老姑娘

L AO
GU NIANG

王志强◎著

新 华 出 版 社

图书在版编目（CIP）数据

老姑娘/王志强著

北京：新华出版社，2017.1

ISBN 978－7－5166－3066－2

Ⅰ.①老… Ⅱ.①王… Ⅲ.①长篇小说—中国—当代 Ⅳ.①I247.5

中国版本图书馆 CIP 数据核字（2017）第 001982 号

老姑娘

作 者：王志强

责任编辑：贾允河 封面设计：李尘工作室

责任印制：廖成华

出版发行：新华出版社

地 址：北京石景山区京原路 8 号 邮 编：100040

网 址：http://www.xinhuapub.com

经 销：新华书店 新华出版社天猫、京东旗舰店及各大网店

购书热线：010－63077122 中国新闻书店购书热线：010－63072012

印 刷：北京文林印务有限公司

成品尺寸：170mm×240mm

印 张：21.75 字 数：356 千字

版 次：2017 年 2 月第一版 印 次：2017 年 2 月第一次印刷

书 号：ISBN 978-7-5166-3066-2

定 价：49.00 元

目　录

老姑娘何许人也

书中所说的这位"老姑娘",并非是多吃咸盐、辈分较长的姑娘,也不是落红褪翠开始花老珠黄的姑娘,而是老死在娘家门上终身未嫁的姑娘。她虽然一辈子没结婚、没解怀生养孩子,但也不是一辈子守身如玉的老处女。她历经坎坷,是一个有故事的女人。

人们都说:闺女大了不中留,留在家里结怨仇。在故黄河荒草滩上,嫁不出去的姑娘是父母的一块心病,也是娘家人的霉头和晦气。

"万人迷"老姑娘是个例外,她像文物珠宝行里的陈年老件,历久弥新,存放的时间越久越值钱,最终成了压箱不卖的"镇馆之宝"。

在苏北、鲁西南、豫东、皖北一带,有一片黄河改道泛滥形成的沙壤质冲积平原,叫大沙河。这里是四省七县的结合部。处于腹地中心有一座有名的大镇叫蟠龙镇,又叫四省庄。新中国成立前这里是八百里荒草滩,比梁山的八百里水泊还要壮阔。这里芦苇和茅草葳蕤茂盛,野狼野狗和杀人越货的土匪及散兵游勇出没其中,荒凉中透着一股萧杀之气。太阳正当顶的时候,壮汉们也得三五成群地结伴行走,否则是不敢从那里经过的。那片一望无际的草荡子和灌木丛,比大虫挡路的景阳冈还要阴森恐怖。当时流行这样的歌谣:黄河故道草茫茫,兵匪劫道很平常,雁过留下一撮毛,身上无财吃刀枪。

现在这片河滩上栽满了各种果树,是名符其实的"果海"。在果林深处,有一个秀美的村庄叫万柳寨,居住着柳姓和万姓两大家族。都说这两个姓氏原本是同宗同源,连外村的人都知道"万柳一家"。

如果你想到那儿走走看看,进入果园就打听"万柳寨"这个村名,果农们十有八九不知道。年纪稍长的人也要抓挠头皮老半天,才若有所思地指示方位:"你到荒庄去看看,差不多就是姑娘庄。"万柳寨过去叫荒庄,据说从有这个村落开始到废除科举制度,这个庄上没出过一个举人。外村的秀才调侃他们:荒庄处在荒滩上,只长野草不打粮;自从盘古开天地,一直无人破天荒。荒庄的人辩解说:他们祖上曾经出过一个善良诚信的柳毅,为了解救龙女脱离苦海，去给东海龙王送信耽误了考期。柳毅才高九斗，学富六车，如果不是心存良善误了考期，肯定是金榜题名的人物，说不定还是殿试钦点的头名状元呢。这事《柳毅传》中有着详细的记载。柳家的先人义薄云天，被东海龙王封为洞庭湖里的将军。好事不能尽着一家占，柳将军成神了，柳氏一门的凡间功名就要革除。

柳毅是否真和荒庄的村民有着历史渊源，正史上没有记载，但是整个黄河故道的乡亲都会拍着胸脯出来作证：柳毅是丰县荒庄柳家的先人，如果不成神仙，那把骨头渣子肯定埋在荒庄了。当时的丰县是一个普通小县，隶属蟠龙中心县管辖。这事如假包换，比谷子碾米都准。"文革"以前，丰县北关还有柳将军庙，庭院里有一棵侧身生长的双枝大柏树，今年这个枝头旺，明年那个枝头春。每年活一半死一半，一直半枯半荣。丰县籍的人外出路过洞庭湖，柳将军一准送礼到他们乘坐的客船上。礼品就是几尾金色大鲤鱼，只要鲤鱼跃到船上，船家就会喜笑颜开地大声询问："有丰县的客人吗？你们的老乡柳毅将军送礼来了。"接着就燃起一挂长长的鞭炮，免去丰县客人的船钱，放生鲤鱼后拉着他到仓廒里喝酒。据说船家把丰县人伺候好了，柳将军就保佑他的渡船平安无事。

万柳寨原来叫大柳寨。柳家的人炫耀说：凡是出过大人物的村寨，都有一股子灵气，下面是风水宝地，上面有祥云罩顶，村名自然也就气度不凡。刘邦的老家原来叫刘家寨，出了皇帝之后就镶上了金边，开始叫金刘寨。柳家寨出了一个神人柳毅，还当不起这个"大"字吗？令人恼怒的是大柳寨被一群酸腐秀才硬贯上一顶"荒庄"的帽子，把原来的村名遮挡得严严实实。后来村庄被溃兵悍匪劫掠一空，又放火烧掉村寨，荒庄也就名符其实了。荒庄村柳姓居多，万姓人家原是柳门的外甥，灾年逃荒过来投奔姥姥的。承受姥姥家一片宅子，安下家来繁衍一大片子孙，这些子孙和他们的柳姓老表从事各种行业，也不乏读书之人，可能是沾有柳氏血缘的关系，仕途功名也被上苍革除了，一直无人在科考中跃过龙门。不过族中不乏浑身蛮力之人，赶上大马子劫寨的时候，他们喝饱姥娘家的红芋糊糊，抄起抓钩子铁锨击退了土匪。姑舅一家亲，为了更好地守护家园，柳万两姓抱团御敌，就把寨子改名为柳万寨。

万家的不屑子孙居然食不果腹、衣不蔽体，继续穷困潦倒。后来有个姓万的后生大驴子认下一个姑娘，买了柳家的田产，救了一个村子的老少，成了这个村寨人的"姑姑、姑奶奶"。姑姑叫"万人迷"，是一个终身未嫁的老姑娘。从那以后，柳万寨被改作"万柳寨"，也叫"姑娘庄"。

在旧中国，三教九流包容了社会上的所有族群和行当。三教就是儒释道，九流分上九流、中九流和下九流。

上九流：一流佛祖二流天，三流皇帝四流官，五流阁老六宰相，七进八举九解元。中九流：一流秀才二流医，三流丹青四流皮，五流弹唱六流金，七僧八道九琴棋。下九流：一流高台二流吹，三流马戏四流推，五流池子六搓背，七修八配九娼妓。

九流中又分三六九等，比如说上九流中的"一流佛祖二流天"，是人们顶礼膜拜的偶像，和凡夫俗子搭不上任何关系。凡夫俗子都是肉眼凡胎，也看不到他们的影像，寻不着他们的踪迹。三流以下才流落到人间，也是高高在上的"青天大老爷"，和平头百姓们格格不入。

老姑娘叫"万人迷"，是一个国色天香的女人。有人说她归属在下九流的最后一位，因为她唱过"拉魂腔"，也步入过"青楼"。旧社会最受人鄙视的行业莫过于此。坊间一直流传着这样的歌谣：戏子王八吹鼓手，剃头匠跟在后头走。还有人说她应该算革命烈士，她救过共产党的干部，为共产党提供过情报。可是她也同样救过国民党的干部，为国军提供过情报。历史无法包装，再怎么隐瞒都是纸里包火、雪中藏石，瞒不了多久。不过心灵可以洗澡，只要有受善良和高尚支配的心灵，无论她曾经做过什么，终究都会赢得人们的尊崇。

1949 年以前，戏子、妓女死后埋不到祖林上去，可以花钱买一块义地当公墓，和一些生前从事不光彩的下流职业或是被族人唾弃的不肖之人长眠在一起。那些人不是汉奸就是惯匪，要么就是鸡鸣狗盗之徒，抑或是有伤风化败坏家风者流，是族人不愿认作族人的人，也是亲友羞与为伍的人。

按照旧社会的风俗，即便是万人敬仰的公主，只要终生未嫁，死后就不能埋入老林。老姑娘的确没有进入万柳两家的祖茔，她成了两个家族共同供奉的神主牌。她老人家殡天以后万柳两家的祠堂就合并起来了，供奉万柳两家的列祖列宗和老姑娘的灵牌。老姑娘自选的一块墓地成了"金不换"的风水宝地，比老姑娘辈分低的族人死去，都偎着老姑娘下葬，老姑娘的葬身之地成了万柳两家的祖林。

一、族长柳至善

故黄河滩上的小路是没长草的沙地，雨天板结如砥，晴天像干面一样，人和牲口走在上面，都会陷出深深的脚窝。

曲折蜿蜒的沙路两侧，是一人多高的苇蒿、芦荻、菖蒲、茅草、艾蒿、野草、刺槐丛、柳条丛和阴柳丛。它们葳蕤茂密，一望无际，相互交织在一起，密密麻麻，遮天蔽日。土匪流寇钻进去躲藏起来，就像一粒跳蚤蹦到黑狗身上，一下子就找不见了。

草丛里常能看见衣衫褴褛的"饿殍"和"倒个"。饿死的是饿殍，"倒个"有多种多样的死因。有的是被仇家扔了"黑砖"、砸了闷棍，有的是被兵匪劫财劫色之后杀人灭口。虽说"盗亦有道"，有的土匪遵守"行规"，只图钱财不害性命。有的土匪凶残暴戾，既要钱财也要性命。有人是醉后跌倒在水洼子里溺死的，有人是被野狼咬死的。死因不一而足，死相形态各不相同，他们都在用自己残破腐败的躯体，诉说着荒滩草荡之中的血腥。

荒滩上没有成群结队的大规模狼群，却有着鬼魅一样阴险的孤狼。

这片隶属四省七县的八百里故黄河荒滩属于平原地区，原本是不该有狼的。年老的人说出一番极富哲理的话来：人稀地荒，人的势力弱了，"人味"淡了，野兽就会过来快速繁衍。人一少"阳气"也弱，"阴气"过重的时候鬼怪也会出笼。阳重阴消，兽进人退。

野狼从何而来，无人知晓。大家猜测它应该属于上游的草原，正巧它站立的那块土崖被洪水冲塌了，狼的耐力极好，可以闭着气随波逐流。也可能它碰巧落在巨龙的脊背上，福大命大造化大，得以不死。也可能就是上天派来的清道夫，把荒原上的"倒个"收拾进肚子里。

都说江山易改本性难移，狼落单的时候往往会改变自己的生存战略，对人畜的进攻方式也会有所改变。

在开阔的草原戈壁上，野狼和非洲鬣狗极为相似。都是集体作战，搞"狼海"战术。它们追逐落单的猎物，开始就扯直嗓子干嚎，纠集众狼围追堵截，耗尽猎物的体力群起而攻之，然后按照等级制度，有秩序地肢解猎物并逐一进食。

孤狼无一例外地都是偷袭。它们埋伏在茂密的草丛之中，发现猎物后悄悄地尾随接近，挨到身后打一个"仰站"双腿直立，两只前爪搭在行人的双肩上。你若是扭头后视，野狼就会趁机咬断你的喉咙。黄河故道的村民用鲜血换来了经验，想和前面行走的人打招呼，必须大声呼喊"张三李四"或"客官兄弟"。如果你走近了用手掌拍他的肩头，他不扭头也不吭声，直接从腰里拔出一尺多长、寒光闪闪又锋利无比的铁攮子，双手向后猛戳一下，惊恐中先用匕首和你打招呼。

荒庄是一个大寨子，村庄周围用沙土、石灰和糯米汁混合搅拌的三合黏料堆砌起一圈宽大的寨墙。寨墙外面挖着开阔的壕沟，有两人多深，沟外围着一圈鸡蛋粗细的木棒，木棒两头都被斧头砍得溜尖，一头插进泥土之中，一头交叉形成狗牙一样的鹿岩。四个寨门各有一口铁铸的大钟，一有风吹草动，守门人就会敲响大钟报警，年轻后生就会抄起家伙什跑出来护寨。

在村寨之中，荒庄也算得上固若金汤了。可是寨主柳至善仍然不敢掉以轻心，他一边组织身强力壮的年轻后生护寨，一面到丰县、砀山、萧县城里托人买枪。枪壮英雄胆，有枪就是草头王。自己手上那几只从枪口往里面装填黑色火药和铁砂的鸟枪火铳，像是八十多岁的老太太，已经落伍了。那样的枪射程太短，准头太差，有时候连兔子也打不死，用来对付凶兵悍匪，实在是太差劲了。这回他要挤脓放血，用真金白银置换快枪。那些老掉牙的套筒子，只能当烧火棍。当然买枪的钱不能由问事的人包揽，那些在围墙里面居住，接受快枪庇护的村民们，也要挤出几滴血来。

父亲年前离开这片多灾多难的荒滩，赶往西方极乐世界去了。柳至善从父亲的手中接过寨主兼族长的职务，也接过了荒滩上野草沙粒一样多的忧愁。

柳至善是家中的长子长孙，因为他父亲也是长子长孙。农村人常说：一辈小辈辈小，一辈大辈辈大。他们这一脉嫡亲人烟，从没离开盘龙集的时候就占据着"长子长孙"的位置。长子长孙可以接替族长，在柳氏和万氏家族中享有至高无上的威望和权力，也要求具有接近于完美的品德和言行。族长也挑着本族荣辱兴衰的历史责任，不是随便啥人都可以担当的，更不是随随便便就可以干好的。

族长好比把兄弟中的老大，虽然不是组织部门行文委派的干部，但是要求德才兼备，至少是有威有德。柳族长说威信的树立靠皮锤，只要拳头硬就能打出威风来。他家光是五服以内的兄弟就有六十多人，加上本家子侄，聚到一起乌压压的一片，二百多号光脊梁。别说在荒庄寨咳嗽一声就会有人感冒，在蟠龙中心县上跺跺脚也能闹出三级地震来。时隔一个多世纪，现代人的言行仍然印证着这句话的正确性。很多村干部都是打出来的，家族势力不大，没有几个拉动棍棒的弟兄爷们在后面撑腰打气，那个村书记的椅子就坐不牢靠。德可以花钱买，古时候的孟尝君就是这么干的。柳至善在立德的过程中时常借力打力，筹集募捐公款来购买自己的声誉。理论根据是"众人拾柴火焰高"、"万事亏众不亏一"。

　　这个柳族长很不简单，他远离现在已逾百年，居然知道恩威并施"两手抓"，并且两手都很硬。然而，柳至善接任族长的时候，正是国运衰微的多事之秋，大清王朝已经处于风雨飘摇之中。大厦将倾，独木难支。连梁启超、康有为那样的饱学之士和皇帝联手都挽不住颓势，一个小小的族长能起什么作用？无非是见证大清王朝一天天垮塌腐烂，胸中多添一缕愁绪而已。

　　古话说"能医不自医"、"能领千军不领一人"。威风八面的柳至善族长，能把村寨治理得井井有条，唯独治不了自己的同胞兄弟。

　　柳族长姊妹六人，上面有三个姐姐，下面有一个妹妹一个弟弟。这个弟弟是老幺疙瘩，是父母的肝尖肺片心头肉。苏北一带流行这样的说法：娇头生、惯末嘎，娇生惯养的是老大和老小。

　　喝酒的人盼晕，打牌的人盼金，大龄青年盼结婚，娶完媳妇盼龟孙。新婚夫妇如胶似漆，共同培育了爱情的结晶。原本没有爱情的男女，也会因为孩子系牢婚姻的红绳。延续香火的责任，初为父母同享天伦的快乐，都是头生孩子带来的。这种喜悦能够伴陪终身，因而头生孩子都是父母的掌上明珠。

　　过去的年月不讲究计划生育，也不懂得人为的节育措施，生孩子没有指标限制，是敞开口无节制地生养。那个年代的母亲，开怀十次八次是非常正常的事。那年月的医疗卫生条件很差，垫在产妇腔下的是一抱干草，止血的药物就是灶膛里面掏出来的锅灰。至于说产后的营养品，大户人家或许能吃上鸡蛋、喝一碗胡椒茶，平头百姓能有一块烤红芋果腹就是烧高香了。穷人家的媳妇坐月子，照样挽起袖子用凉水洗裤子，像牛马驴骡一样，吃草根、啃树皮，还要挤出奶水喂孩子，所以婴儿早夭现象十分普遍，谁能存活下来要看婴儿的造化。

母亲的肚皮鼓了又瘪，塌下去再鼓起来，孩子们接二连三地从生命通道里爬出母亲的肚皮。父母深受生活的拖累，被孩子们耗净了体力，吸干了精力，新鲜劲过去了，疼爱孩子的激情慢慢冷却下来，再看那些满地乱爬的娃娃，就和猪崽狗崽没什么两样了。可是母亲绝经前的最后一次生养，经过老夫老妻反复论证属实，他们确实终结了制造人类的工作，千万般感慨爬上了心头。这时候，这个最后出生的娃娃无论是男是女，都能唤醒父母心中几近麻木的舐犊之情，因而对这个小"殿光"崽子倍加疼爱。故黄河荒原上的父老乡亲，都把最后一个孩子叫"涝渣"，或者是"殿光"。涝渣比较好懂，就是赶到年集末会了，好货都掏腾完了，整壮货没有了，只剩下一点货底子碎沫沫之类。所以最后一个孩子都像歪瓜裂枣一样，长不开个子。用"殿光"来比喻末了出生的孩子，可能是赞美生命极速，说小崽子的腿脚利索，跑得快。父母的生命和精力都到了强弩之末的境地，生命的大门即将关闭，跑慢一点就被关在大门之外，来不到阳世间了。这缕生命之光是父母最后一次焕发青春的证明，小崽子像是"关门弟子"一样，处在"殿军"的位置。

天下的父母疼小儿，小儿子一般都聪明而且任性胡为。任性是娇惯出来的，因为父母疼爱娇宠，从不拂逆小儿的意愿，久而久之也就习惯成自然了。长大之后性格已经像出窑的砖一样，定性定型了，再想改观十分困难。古人下过这样的结论：江山好改，禀性难移。聪明是喂养出来的。尽管孔圣人早已把人划分出等级，对人类的聪明成因有过权威性的诠释：说一等人最为聪明，是生而知之。二等人次之，是学而知之。等而下之，三等人愚蠢，打死也学不会，只能被上等人统治。可是如果一等人生下来就断奶，那个一流的聪明脑袋焕发不出任何光芒就委身泥土，与枯枝败叶同腐，和人畜的粪肥一样，只能滋养庄稼。

柳族长的弟弟出生在殷实的小康之家，从小没受苛刻又倍受父母的溺爱，所以他既聪明又任性。这样的人很难缠，肚子里的鬼点子也比普通人多一些。任性的人都有一个坏毛病，就是自以为是、刚愎自用。新族长说他的弟弟从小不是驴，长大还是驴驹子。柳至贤自己常说，只要他认定是正确的事，就会义无反顾地一干到底，撞到南墙不拐弯，九头牛也拉不回来。

二、族长的幺弟

新族长的弟弟叫柳至贤，是家中的老幺。天下父母娇小儿，老小铁定是一个宝贝疙瘩。

旧社会的人都知道"万般皆下品，惟有读书高"。只要能把肚皮糊弄圆了腰里还能剩下几个铜板，是笃定要把最疼爱的孩子送进私塾堂的。中国从西汉时期就被董仲舒撺掇得"罢黜百家，独尊儒术"，不拜倒在孔圣人门下，把平头镟成锥形也顶不上乌纱。

老族长带着小儿子到蟠龙镇去给老学究邹先生磕头，在心里给自己的宝贝疙瘩制定了两个目标：最高纲领是蟾宫折桂，能竖起旗杆建造状元府邸是最为称心的事。三十里外的状元集李家就出过一个状元李蟠，状元及第之后，那个村庄就改成"状元集"了，李家人世代风光，连坟墓里的老先人都差一点笑醒了。最低纲领是识文解字写春联。家境贫寒的小户人家过年时，只能裁好红纸倒扣着饭碗往上面画圈圈。家道兴盛而没有文化的人家过年，不是花钱买现成的对联，就是请先生到家里写春联。自己能培养一个会写春联的人，也算没有辱没家风。

小兔崽子聪明绝顶，闻一能知十。这小子博闻强记，似乎天赋异秉，耳朵听到和眼睛看过的东西，一下子就能记住，而且过目不忘。

柳至贤从三岁开始进入私塾堂，在荒庄寨跟着老表兄万诗通瞎混几年，七岁的时候来到蟠龙镇，拜在地方名儒邹翰林门下。一眨眼的功夫，四五年的时光又被扔到脊梁后面去了。蟠龙镇也改成了盘龙中心县，管辖其周边的七个偏远小县。邹家书院也被衙门强行征用，改成了新学堂。学生们铰掉了狗尾巴一样的小辫子，开始披散着"二道子毛"，等额头上的头发长长了，又留起了"大分头"、"小分头"、"背头"和"平头"，老年人记不起时髦的名字，一概称之为"洋头"。

中国人非常奇怪，满人入关时汉人宁死也不愿意在脑袋后面拖上一条"狗尾巴"。直到朝廷颁布命令，强制男人扎辫子。留头不留发，留发不留头。如果不把前额剃光，不把后面的长发扎成辫子，就用钢刀砍下你的头颅，像春天割韭菜一样。习惯成自然，大家留辫子留习惯了，又想方设法护着那条"狗尾巴"，仿佛剪掉辫子就像杀头一样。

邬先生还在学堂任教，被衙门任命为"学监"，拿上了官饷。尽管如此，邬先生不能像过去那样一手遮天，屁大的事也要请示县太爷。

自从进入书院之后，柳至贤对邬先生一直敬而不畏，对先生手中那把戒尺的用途不甚了然。因为从入学到现在，他一直没和那把戒尺有过亲密的接触。这并不是他把书读得特别好，或是字写得特别好，而是他懂得顺从。柳至贤不呆不傻，还天生机敏。不过这副嘴脸只在学友之间展现，在家长和先生面前是彻底收敛的。在家长面前他是听话的好孩子。孔圣人倡导孝悌之道，家长们都说"孝顺孝顺，以顺为孝"。只要顺从，就是最好的孝顺孩子。在先生面前，他是好学上进、尊师重教的好弟子。执教西席的私塾先生，无一不想扬名立万。天下人都知道"名师出高徒"这句话，能教出一个状元郎来，就是一世不朽的金字招牌，能把自己中不了举人的羞丑遮挡得风雨不透。一善消千恶，一俊遮百丑。徒弟都能一鸣惊人，跃过龙门登上金榜，何况师傅？师傅为何会在大比之年连走麦城？肯定是发挥失常，要么就是没遇到伯乐。

师傅懂得因人施教，经常给柳相公开"小灶"。遇到家长前来问讯的时候，邬先生总是非常得意地说："孺子可教。"孩子看着自己的好，别人说好是更好。邬先生的赞美就像老蚕吐出的丝线，结成一个厚厚的茧壳把柳至贤罩在里面。老族长看到了一个即将破茧化蛾的蛹虫，头上有一个大红顶子在打旋，顶子上还有皇上殿试之后赏赐三甲的鲜艳宫花。

老族长坚信小儿子就是一个石破天惊的人物，一准可以破掉"荒庄"的天荒。

邬翰林对老族长的看法非常认同，一再撺掇他把小儿子送到徐州城的洋学堂再择名师，以免耽误了"千里马"的前程。

邬先生哪里知道，自己头上那个"而已先生"的雅号，就是这位得意门生给取的。

邬先生的私塾堂类似现代的完全高级小学。高年级是住校生，来自本镇的各个村庄。低年级是走读生，全部是蟠龙镇街面上住户的子弟。高年级的学生缴纳束脩，就是冷猪肉、五谷杂粮和银钱。低年级的学生不交学杂费，但要轮流管先生吃饭。

就像父母疼爱懂事的乖孩子一样，教书的先生都喜欢聪明勤奋的学子。邬先生觉得柳至贤是个不可多得的另类人物，像他那样家道殷实还勤奋好学的孩子，实属凤毛麟角。

从古至今源源不断向下流传着无数个活生生的事例，都在证明着一条雷打不动的规矩，就是"寒门飞出金凤凰，纨绔子弟少伟男"。邬先生门下收容了二十多个接受启蒙教育的顽童，面容一个比一个红润，服装一个比一个光鲜，却是鼻涕"过河"也不知道揩的主儿。只有一个面带菜色、前襟后腚都打着补丁的小户人家的穷娃娃，深深地给先生鞠躬，还会背诵"翩翩少年郎，骑马上学堂。先生嫌我小，肚内有文章"。这个孩子的大名是先生起的，叫万户瞳。小名是父亲起的，叫三驴子。他是柳至贤远门老表的儿子。

轮到邬先生到三驴子家吃饭，孩子的妈妈及早地叫儿子请示先生想吃啥？先生怀揣一副周穷恤匮的菩萨心肠，有意照顾这个贫寒的家庭，就告诉自己的弟子："青菜、豆腐而已。"他到家境富裕的弟子家吃饭至少是四个碟子一个大碗，两荤两素一碗汤，一壶烧酒，四个一块面的大馒头。

学生的道行尚浅，只知道"青菜、豆腐"是啥，实在弄不明白"而已"为何物。放学的时候，他在茅房前碰见了高年级的表叔柳至贤，就虚心求教。

柳至贤把脖子旋转360度，环视一周没发现闲杂人等，故作扭捏地附耳低语说："先生不正经，'而已'是女人的那黄子。"在故黄河流域，表兄弟是"操蛋局"。老表见老表，都是瞎胡操。表兄弟之间的感情是"骂大会"培养的，在诙谐戏谑中增强。

小童生回到家里，如实转述了先生的要求。他母亲在文化造诣这方面，连空中吹过的流云都不如。清风不识字，无故乱翻书。只要触手所及，啥书都翻。童生的母亲是一个裹着小脚的农村妇女，扁担横在地上不知道是"一"。她一辈子只翻过一本书，是线装大开本的黄历，里面夹着鞋样子、花样子，还有几绺子彩色丝线啥的。

"而已是啥？"母亲第一次听到这个陌生的名字，一脸茫然。

"而已是……我也不知道。"小童生不太相信小表叔的话，更不好意思重复表叔悄悄告诉他的那句脏话。"你去问俺爹吧！"

孩子的父亲是一个嗜赌成性的破落子弟，正纠集几个同样是家道中落的破落户在偏房里推牌九。

童生的母亲对自己的丈夫一肚子意见，可是那时候烈女不嫁二夫，女人嫁鸡随鸡嫁狗随狗，嫁个扁担扛着走。男人是天，女人是地。天是高高在上的，气不顺的时候刮风，黑下脸来就是雷电和暴雨。土地是厚重的，能承载屈辱和暴力，能适应一切冷暖恶劣的天气。

一个家道殷实的小康之家，被丈夫手中的骰子转成了捉襟见肘的贫寒之家。为了重振家风，妻子从娘家借钱让丈夫离开荒庄到镇上来做生意。丈夫贼性不改，很快就把做生意的本钱输光了。妻子心疼得鼻子不是鼻子脸不是脸。可是既然踏进了婆家的门槛，就得捏着鼻子过下去，连死后都不能离开。生是丈夫家的人，死是丈夫家的鬼。犯了"七出"之过可以被丈夫休回娘家，那样不光自己没面子，把娘家全族人的脸皮都揭下来了，自己宁死也不能走那条路。

幸好上天垂怜，送子观音给她送来一个聪明可人的三小子。只要儿子有本事，一场科考下来就能头顶乌纱、身着紫莽、足蹬朝靴、腰悬玉带，家道就可以重新振兴。母以子贵，儿子"一举成名天下知"之后，母亲就是地位显赫的官家老太太，晚年也就抱着蜜罐子过了。因为这个缘故，给儿子"传道、授业、解惑"的邬先生就是玉皇大帝，无论提出啥样的要求都必须满足。

三驴子的母亲推开偏房的房门，探过头去问道："当家的，'而已'是啥？"

丈夫是一个没有赌运的赌鬼，点子背得不能提，手气迎风臭十里。他正输得淌汗的时候，老婆过来请教问题。女人进赌场是一大忌讳，她能把晦气带过来，粘连在背点人的手上，让他永远没有翻本的机会。当家的撸开牌九，果然又是一个"七四孬种一"。一点是只吃鳖十的点子，赢钱的几率很小。愤怒的火苗从赌徒的眼睛里喷射而出。他褪下鞋子狠狠地砸向老婆，同时高声骂道："败家的娘们嚎啥嚎？'而已'是你妈的骚 X。"

妻子寒着脸退了出来，丈夫已经开始朗读《三字经》了，并且言简意赅，让她一目了然地看到了人类的生命之门。如果自己不识趣，再呆在那儿黏缠下去，就会饱尝丈夫的老拳了。

三驴子听到父亲的怒吼，心中升起一股对小表叔的由衷敬佩之情。"而已"果然是女人的那黄子，小表叔果然见多识广。

"而已先生"的故事在校园中传扬开来，柳至贤心中有一股莫可名状的快感，同时也泛起几缕酸涩。自己只想调侃一下不务正业的表兄弟，没想到会殃及无辜，有损先生的清誉。

苟敬诗私下里向邬先生汇报，说蔡华祥曾经杜撰一个《骂番瓜》的故事，严重玷污了师母的形象。

说是邬翰林的邻居在门前种了一棵番瓜，那棵番瓜长得很旺，结的番瓜又大又甜。邻居没舍得摘干吃净，把最大的一个番瓜留下来当种。到了霜降之后，该摘老番瓜种的时候，邻居发现大番瓜被人偷走了。邻居家非常生气，叫老娘们到街上去叫骂解恨。邻居家的老娘们长期受到邬先生的熏陶，居然也"近朱者赤"了。她编了一首顺口溜痛骂偷瓜贼，通篇一个脏字没有。她似唱似吟地骂道：偷番瓜的不是人，不值二百文。连门前的番瓜都留不住，家里还能离了人？邬先生对邻居家的娘们大加赞赏，夸她高雅大度，骂得入情入理还押韵合辙。要是自己家里的番瓜丢了，老娘们骂不出这样的水准。师母听了颇不服气，说是没摊上这样的事情，碰上这样的事照样能骂出极高极雅的水平。她本家近门几个调皮捣蛋的小叔子，想见识一下嫂子的本事，凑她在院子里纳凉睡觉的时候把她的阴毛给铰了。师母醒后发现了情况，破口大骂道：偷阴毛的不是人，不值二百文。连裤裆里的毛尾都留不住，胡子老头还敢出门？

柳至贤低着头往教室里行走，有一双手从后面搭住了他的肩膀。在故黄河滩上用这种方式和别人打招呼，是犯了天大的忌讳的。柳至贤猛然间出了一身冷汗，下意识地把手伸向腰间，去拔那把一尺多长的护身匕首。是人的谨慎把野狼饿急了，还是孤狼的胆子越来越大了？在光天化日之下，野狼居然溜进校园来了。

"别动刀子，我是蔡华祥，不是野狼。"柳至贤肩上的两只手迅速向下滑落，停留在肘关节的位置，把他的两条胳膊紧紧箍住。

"又憋啥坏屁？快放。"柳至贤对他这位蔡姓同学，一向都是敬而远之。他的头脑相对简单，但是皮锤很硬。自己装药，他也放炮。惹完祸事当场虽然认熊，过后有个"坏熊"学友苟敬诗总是撺掇他找后账教训自己。

前几天摊上柳至贤、蔡华祥和苟敬诗值日，大清早扫完地他们一起到井边去打水，恰好碰上一个新过门的小媳妇也来井上挑水。那个小媳妇一身红妆，身材颀长，走起路来扶风摆柳，走过去留下一片粉脂的芳香。

触景生情，柳至贤不由诗兴大发，但他没读出声来，而是俯在同学的耳边嘀嘀咕咕。蔡华祥是存不住二两香油的狗肚子，有屎就得拉出来。

等新媳妇走近了，蔡华祥露出一脸得意之色，大声吟道：远看是堵墙，近看是红娘。一双金莲不大，半尺长。那个小媳妇是天足姑娘，长着一双引以为羞的大脚板，忌讳别人说她大脚。

新媳妇生气了，没到井里汲水就哭着回家了。

新媳妇的家人找到私塾堂，把身穿藏青长袍、头戴瓜皮黑帽的邬先生围在中间，向他朗诵他那个蔡姓高足的名文雅作，并着重强调了这首诗作可能导致新媳妇用身躯污染水井，或是用细麻绳勒脖子的严重后果。果真发生了上述情况，邬先生就有纵徒行凶的嫌疑，至少要负管教不严的责任。这个问题不是一般的问题，实在是太出格了。

先生险些受到牵累，吓得两腿发软。他一边用手刮着脸上淋漓不停的汗水，一边嘟囔着："亡羊补牢，犹未为晚。"

戒尺就是邬先生加固羊圈的木桩，它结结实实地砸在蔡华祥的左手和两片屁股上。

先生就是先生，处处都有规矩，雅俗都合礼数。人们都讲究"骂人不揭短，打人不打脸"。除非是十恶不赦的大过，一般不往脸上招呼。打左手不打右手，是对他所犯过失的薄惩，同时又不剥夺他学习写字的权利。打屁股是惩罚宵小之徒的延续，虽然只打一次，却叫他三五天屁股沾不上板凳，只能毕恭毕敬地站在座位上听讲。手掌和屁股隐隐作痛，同学和先生嘲笑调侃的目光像锥子一样刺遍全身。皮糙肉厚的捣蛋鬼们，能抗住先生的戒尺，却扛不住先生和同学的羞辱，脸皮再厚的学子，都会在如炬的目光注视下，羞报地垂下头颅。

蔡华祥忍受了十天的屈辱，等屁股可以沾上板凳了，左手那个发红透亮的发面馒头消褪到正常程度，两个手都能握成拳头的时候，苟敬诗告诉他这顿戒尺原本该打在柳至贤的身上，你是冤大头代别人受过。蔡华祥醒悟过来也觉得自己冤枉。他把柳至贤叫到集镇外面草丛深处，送给他两眼金花，叫他多长了二斤虚肉。

柳至贤从草甸子爬回私塾堂，谎称自己追兔子撞到树桩上了，兔子没逮着，把自己碰得鼻青脸肿。一只眼睛肿合缝了，连眼泪都淌不出来。另一只眼睛虽然睁得跟平时一样大，看世界却是模模糊糊的，看东西都是重影。按他自己的说法，那是还账的最佳时机，平时借别人两块光洋，那时候拿出一块就可以单方面了账了。他的屁股、大腿都被蔡华祥踢得红肿疼痛，他也编了一个似乎合理的缘由自圆其说。他说自己撞到树上仰面跌倒，后腔上也被尖利的苇茬子戳了两个窟窿。

柳至贤和蔡华祥一样，低着头在座位上站了十天，当了十天的"独眼龙"。这十天他倍受先生和同学的瞩目，自己心里热浪滚滚，一阵阵泛酸。还在被窝里诌了一首打油诗：无故作诗惹祸殃，被人打出泪一行。眼肿腔痛惹人笑，半夜醒来直喊娘。

屁股结痂之后，脸上的青紫也开始消褪了。可是他对蔡华祥有了畏惧的感觉，不愿意在距他十尺之内的地方逗留。

听到蔡华祥的声音从身后飘来，柳至贤本能地哆嗦一下，张口骂道：

"烂白菜帮子，你好混蛋。我给你买了两个满麻的烧饼夹羊肉了，你还想咋着？"

"我老蔡不是小肚鸡肠的人，不会得理不让人。"蔡华祥搂着柳至贤的肩膀，附耳悄声说道："给你说件好事情，夏邑县的洪家班到镇上来了。他们班里新出一个年轻的名角，叫小红袍。我的个乖乖，听说她长得像水葱一样。咱们去瞧一眼，哝？"

"真的？"柳至贤的两只眼睛开始发光发直了，十六七岁的半大小伙子，从心眼里愿意亲近异性，也渴望着和漂亮的女性亲密接触。他和蔡华祥一起转过身来，准备向院外走去。

"唉，等等我。"这时后面又跑出一个人来，这个人是叫柳至贤心生厌恶的苟敬诗。"你们是不是想偷看小红袍？我知道她们那个戏班子住哪里。"

三、蟠龙镇的由来

苏、鲁、豫、皖四省交界地区，流行一个说不出名字的剧种，它兼容了评剧、豫剧、柳琴、扬琴等各个剧种的韵味，是四省七县乡亲们的最爱，故黄河荒草滩上的人们称之为"拉魂腔"。

有灵魂才有生命，没有灵魂的躯壳无异于一具僵尸。洪家班的唱腔能把人的魂魄拉走。换句话说，洪家班的唱腔摄人魂魄，听到那个曲调的人无疑都会发癫发狂。故黄河荒滩上的居民都知道，拉魂腔一来跑掉绣鞋，拉魂腔一走睡成死狗。人们对"拉魂腔"追捧的程度何等热烈，由此可见一斑。

蟠龙镇刚改成中心县衙，还没来得及建造戏园子，唱戏的地点是镇子西南角的牲口市。晚上不卖牲口，牲口市就成了蟠龙中心县城最大的露天广场。在广场的上首并排摆上八辆太平车，在车帮上架起三寸厚的宽木板。四个角挖深坑埋上又粗又直又长的衫条棒，低处用粗茼绳绑在车架上固定戏台，高处挂上小水缸一样的大灯笼，里面的蜡烛像牛腿一样粗，像胳膊一样长。高灯下亮，能把整个戏台照得如同白昼一般。

故黄河滩上的村民，秋收秋种完了就到河汊子、水洼子里面割芦苇、芦荻、菖蒲，打芦花。芦苇、芦荻能织箔、织席、编篓子，菖蒲能织草苫子，蒲绒能填枕头，芦花能做毛窝子。苇箔能铺床、苫屋、晾晒东西，毛窝子是八百里河滩地区特有的御寒之物，类似东北深山老林里的靰鞡靴。毛窝子是高跟鞋的鼻祖，先把长方形的厚木板砍削成椭圆形，镂空中间雕琢前后两头，变成厚重的高跟鞋底。鞋底的四周用磨尖的钢条烧红后钻出一圈细眼，用纳鞋底的细麻绳作经，芦花当纬，编织成严口高腰的另类草鞋，里面再垫上揉碎锤软的麦草或蒲绒，站在雪窝里脚下依然像踩在火盆里一样温暖。鞋跟的高度超过清朝宫女的高底绣鞋，走起路来"踢踏"有声，不怕踩水、不怕搽泥、搽雪，是家家户户冬季必备的御寒宝物。透过一双貌不惊人的毛窝子，可以深切地感受到故黄河荒滩上劳动人民的聪明智慧。非洲沙漠里的鸵鸟是顾头不顾腚，碰到危险把头拱进沙窝里，把屁股翘在外面。这是治标不治本的权宜之计，因为敌人从屁股后面进攻一样可以把对手弄死。故黄河荒草滩的老少爷们先顾脚后顾头，中医先生知道，冬天冻头无妨，冻脚不行；头对风暖烘烘，脚对风请郎中。一双毛窝子就彻底解决了"脚对风"的问题，叫你一冬天双脚像踩在火盆里一样，全身不生任何毛病。

芦苇和芦花都能卖钱，芦根、蒲菜嫩的时候还可以果腹充饥，是大自然慷慨馈赠给故黄河荒滩居民的额外收入。

收完芦柴，麦子就能盖严地皮了。任凭老天刮风下雨，任凭你睡觉打呼噜，都不耽误麦苗的拔节生长。乡亲们全身松弛下来，就想看看戏班子里那些年轻花旦的脸盘和身段，就想听几段摄人心魄的"拉魂腔"。

戏曲从古至今都是人的精神食粮，是劝人弃恶扬善的良方。戏中的故事被技艺精湛的演员惟妙惟肖地演绎出来，常使台下的观众纵情大笑或是泣不成声。可是人们从骨子里瞧不起这门艺术，把从事演艺事业的人打到下九流的行列之中。看到集镇上的海报，听到三弦和锣鼓家什响起，就立马想起了三九寒冬的西北风裹着愁云惨雾，冷透五腑。因为乡亲们过足戏瘾之后像死狗一样昏昏睡去，等到他们打着哈欠醒来的时候，经常发现，村里长得水灵俊俏的大闺女小媳妇或是周正一点的小伙子，突然莫名其妙地失踪了。

起初家里人怀疑他们走夜路被野狼咬死了，或是被隐身在草丛深处的悍匪劫掠走了，因而伤心欲绝。后来听说他们是被戏班子拐走了，活得有滋有味，就不单单是伤心，而是无比的愤怒了。不争气、不长进的东西，在戏班子里有啥混头？成了角也是下九流，活着不招人待见，死后入不了祖林。

人们对戏子的态度虽然有别于婊子，但是从骨子里也是非常蔑视的。戏班子里捧红的角儿，一概称之为老板，在社会上有钱无势、有名无权，严格地说还算不上体面的人物。

人前要显贵，人后须受罪。一名普通的戏子想要变成大腕，在强人如林的梨园之中脱颖而出，蹿红舞台以至大红大紫，无论你的"唱功做打"如何，背后非得有点背景不可。业内流行这样的行话：一分功夫二分扮，剩下全是干爹的脸。有姿色、想成名的戏子，用"认干爹"的方法寻找靠山，就像现在的演员要"听从导演安排"一样，是人尽皆知的行业潜规则。

戏子们寻求庇佑的靠山，一般都是当地有钱有势的人物。他们通吃黑白两道，手下豢养着一批地痞无赖，能把主子赏识的人捧红，也能喝倒彩搅场子。

达官贵人都有眠花宿柳抽大烟的嗜好，手下那些鹰犬都有渔色猎艳的本事，能像大草原上的牧羊犬或是大洋中的海豚一样，帮助主人把有姿色的女人驱逐到被窝里去。女人是衣服。刘备说过：衣服破了尚可缝，或者补都不用补，直接丢弃在一边，弃之如烂履，再换一套新的来。

有权有势的男人看重的是年轻貌美，贪图的是一时痛快，和戏子们厮混是逢场作戏，很少投入真感情。

戏子们知道男人的心思，也知道自己的身份和社会地位，看中的是权贵们手中的权势和声威，贪图的是平平安安地挣钱，能把自己挣的钱顺利拿回家去。所以戏子们也知道忍辱负重，随遇而安。走到家中放下沉甸甸的钱包，听一下光洋敲击时发出的清脆悦耳的声响，心情多少有些释然，眼前也不是那么灰暗了……

蟠龙县又叫四省庄，是故黄河荒滩上最大的集镇。说它大是因为就规模而言，它的面积、热闹程度在没升格为中心县的时候就和周边的县城不相上下。改成中心县以后，拉起了小州府的架子。日伪统治时期是中心据点，比普通县城高了半格。老百姓都说蟠龙县是卖豆腐的搭戏台——买卖不大，架子不小。

蟠龙县的前身叫盘龙集，是苏、鲁、豫、皖四省七县交界之处最大的重镇，据说有三十六条正街，七十二条辅街，无数条里弄巷口。督抚州衙、河道、粮道，加上各种帮派聚集在此，市面上热热闹闹。老百姓受到多重盘剥，日子十分清苦。现在都说世界上最大的庄是石家庄，最大的村是地球村，当时全中国最大的集就是盘龙集。

老辈的人说：盘龙集是只有盘龙没有卧虎的地方，三十六条等待机会飞升九霄的卧龙，蛰伏在盘龙集的地层深处。龙大的时候兴云吐雾，小的时候草芥藏形。静的时候像山岳一样岿然不动，动的时候电闪雷鸣。

三十六条飞龙不知是何年何月潜伏在盘龙集地壳下面的，一直稳稳当当地负载着盘龙集这片热闹繁华的土地，承载着在这片土地上生活的人群，以及地面上的一切附属物品。直到1851年，盘龙集地下这群卧龙被一场瓢泼一般的倾盆大雨浇醒了。它们意识到盘龙集这片泥淖不是自己的久居之地，它们要舒展身躯，到汪洋大海中寻找自己的位置。群龙飞走之后，它们的栖身之地就腾出了很大的空间，土层被淋透泡软之后，就连同地面上生活的人群和其他地面附属物一起塌陷下去。这样的陆沉地陷是突然发生的，人们连吼叫挣扎的机会都没有，眨眼间就滑落到地心深处去了。

传说那次地陷的时候，只有三个人幸免于难。根据劫后余生者的叙述，那次天一样大的灭顶之灾始于当年农历五月十三，那场雨太大了，持续的时间也太长了。从那以后，故黄河荒滩上多了一条农谚。大家都知道大旱不过七月十五，七月十五关老爷磨刀，磨刀水泼到地下来，旱情也就解除了。只要七月十五下雨，就会持续半个月没有好天，雨量也大，往往是由旱转涝的开始。可是故黄河八百里荒滩上乡亲却说：几月十五都不怕，就怕五月十三下。五月十三的大雨像瓢浇，淋湿了老鸹毛，麦子水里捞，盘龙集不见了。

一场稀世浩劫居然存活三个幸运儿，传说有好几个版本。第一种说法是这样的：当年五月十三那场大雨停歇之后，在太阳的炙烤和热风的吹拂之下，通透性好、蒸发很快的沙壤质土壤很快就风干了表皮，从外观上看不出和以往有任何异样。盘龙集的市场和店铺重新开张，再现了昔日的热闹繁华，重新升起了青烟薄雾一样的沙尘，重新响起了震耳的喧嚣。

盘龙集南门外官道东侧，有一棵树干粗壮、亭亭如盖的古槐树。树干七八个人联手才能合抱过来，树冠支杈开来过滤着灼热的阳光，树下就有了半亩地一块大的花荫凉。

逢集逢会的时候，蔡老汉就把包子锅支在槐树下，带着两个儿子打包子。蔡老汉的水煎包是盘龙集的一绝，一样的发面擀皮，蔡老汉的包子劲道耐咬。他对和面、揉面、盘面、饧面等各道工序都认真对待，从不偷奸耍滑。包子馅也是肉多配头少，各种佐料齐全，从不偷工减料。人们都说"萝卜快了不洗泥，萝卜慢了要剥皮"。蔡老汉教导两个学活的儿子，萝卜快了洗净泥，萝卜慢了更精细。诚实守信、优质价廉，这样的商家肯定招徕顾客，蔡老汉的包子锅没受过冷落。

盘龙集的阔少柳大公子是蔡家包子铺的常客，就像大明朝的开国皇帝朱元璋喜欢"珍珠翡翠白玉汤"一样，好的就是这一口。

槐树外端一个干净的地八仙小桌，是专为柳公子特设的雅座。桌上一个干净的白瓷大盘，盛好十五个金黄焦酥长着薄薄亮翅的肉馅水煎包。一个白瓷碗盛老缸子稠粥。两个精致的青花小碟子，当地人称之为醋钱子，一个里面是剥好的蒜米，一个里面是上好的陈醋。引车贩浆者流和乡下的泥腿子吃包子没有这样的排场和讲究，他们用土瓦盆装上三四十个包子，溜尖培圆地像小山一样，吃不了用秫秸莛子穿成一串，带回家去犒劳老婆孩子，吃蒜就拿一疙瘩带皮的过来，喝粥也用大黑碗，小碗中看不中用，三碗赶不上一碗，喝起来不过瘾，把碗打了还得多赔钱。

柳公子吃饱喝足之后抹抹嘴唇，心中升起一股舒心的惬意。柳公子掏出一块大洋准备付账，被一个急于吃包子的冒失鬼撞了一下肘关节，洋钱掉到了地上。柳公子俯身去捡洋钱，觉得脚下的土地十分松软，像凉粉一样颤颤悠悠的，抬起脚来，两个脚印下陷的痕迹十分明显，脚窝里慢慢往外渗出水来。

柳公子怪叫一声"娘唉"，拔腿就往远离盘龙集的方向迅跑。打包子的蔡家二公子扔下馇包子的铁铲，拼命追赶柳公子。他平时就对这个油头粉面的阔少看不顺眼，吃几个熊包子还讲究美食美器，大谈"食不厌精"，拿捏着腔调和做派，叫人听起来倒牙，看到了反胃。他经常标榜自己的家庭是盘龙集数得着的殷富之家，自己算是大家公子。大家公子还想白吃白骗？吃了包子不给钱，这是大家公子的做派吗？一定要把他追回来，再当众羞辱一番，叫他把头低到裤裆里去。蔡公子一边追一边骂，柳公子像是听到唱响的"拉魂腔"一样提神，越跑越快。

这时卖肉的苟屠夫叫他家的小儿子过来要包子铺赊欠的羊肉钱。苟屠夫交代儿子谁也不找，就找蔡家二小子，羊肉是他经手赊欠的。小狗子见蔡家二小子跑了出去，害怕羊肉钱泡汤，也跟着紧追不舍。

柳公子在前面跑，蔡公子在后面追，苟公子紧跟着蔡公子。不知道跑了多久，也不知道离开盘龙集多远了。三个小伙子都累得气喘吁吁，实在跑不动了。

柳公子瘫在地上，张着大嘴直喘粗气，一句话也说不出来。蔡公子在他后面五步远的地方跌倒，再往后五步是一身横肉的小狗子。他们都像离开水的鲶鱼一样，张开的大嘴里往外淌着黏沫，眼珠子都泛白了。

柳公子扭过头来，身后的盘龙集已经不见了，热闹的店铺和衙门口那些高大的楼堂瓦舍，还有成千上万的人和畜禽，茂密的树林，参天的古树，全都沉陷到地心深处去了。盘龙集印证了"沧海桑田"的古语，变成了浩瀚无际的茫茫泽国。他伸出指头指向蔡公子的身后，示意他扭头往后看。蔡公子和苟公子扭过头去，像是被谁当头打了一棒似的，瞬间晕厥过去。

盘龙集这三个劫后余生的难兄难弟，就在摔倒的地方堆土为炉，插草为香，相互拜了八拜，成了生死莫逆之交。

柳公子就是柳至善和柳至贤的曾祖父，蔡公子就是蔡华祥的曾祖父，苟公子就是苟敬诗的曾祖父。他们原本是两个阶层的人。柳公子出身豪门，是钟鸣鼎食之家，人丁兴旺的时候最多可以鸣梆（敲梆子）聚餐。蔡公子和苟公子是勉强可以维持温饱的小商贩之流。现在他们一模一样了，全都孑然一身，全都身无分文。

传说的另一个版本是这样的：柳公子、蔡公子和苟公子都是游手好闲的街滑子，为了逃避家长的管束和体力劳动，相约着一起到外地去闯世界。柳公子偷了一背搭洋钱，蔡公子拿了一口袋水煎羊肉包子，苟公子偷了两挂煮熟的猪羊下水。三个人鸡鸣即起，从狗洞里潜出城外，往徐州方向流窜。太阳冒红的时候，他们感觉脚下一震，接着就听到了千军万马一齐奔腾的怒吼之声。这时他们已经离开盘龙集二十华里开外了，身后的巨浪奔腾不息，紧紧地追赶着他们。逃跑已经来不及了，幸好身边有一棵又高又粗的参天大榆树。他们爬到树上去，像鸟儿一样在茂密的枝桠间生活了十多天。

吃完了蔡公子的羊肉包子和苟公子的猪羊杂碎，洪水退了下去。他们沿着出逃的路线往回走，没走完半程就到了东海之滨，盘龙集连影子都没留下一点。柳公子把背搭里的洋钱分成三份，蔡公子和苟公子各分一份，各自到祖茔之地去安家落户，柳、蔡、苟三家成了通家之好。

他们活下来了，心里都揣着流血漂杵一样的伤痛和悲凉。

有人说盘龙集不是陷到地下去的，而是被黄河的波涛冲到东海去了。晚清时期，故黄河从盘龙集的上首流淌，蜿蜒向东，入淮河流进大海。黄河上游的水土不断流失，河流不断淤积堵塞，河床逐年抬升，形成了高出地面十余米的地上"悬河"。

大清政府每年拨出大笔的银子，敕令河道加固黄河大堤，巩固河防。晚清时期，大清王朝已是一座即将倾倒的大厦，贪污腐败之风盛行。河道官员把大把的银子装进自己的口袋，修筑河堤的材料和工作量都大大地打了折扣。

事情做得不漂亮不要紧，可以用虚假的、夸大事实的书面公文来粉饰。河道官员向皇帝汇报说，盘龙集一带的黄河大堤固若金汤，被当地民工誉为"铜底铁帮"。当地人确实这样说过，不过是一句借助谐音的调侃之词。因为负责河底清淤的包工头姓童，负责修筑堤坝的包工头姓铁。

在黄河大堤上砸下了万年桩基，永久性地驯服了那条肆虐凶顽的黄龙。皇帝龙颜大悦，一面下旨嘉奖河道官员，一边准备驾临盘龙集，亲自视察一下固若金汤的黄河大堤。

皇帝金口玉言，说出话来令出法随。皇帝的圣旨不能更改，被河道官员买通的亲王和重臣们，全都像是热鏊子上的蚂蚁，通体燥热起来。他们一面劝说皇帝先到徐州住下，看一看乾隆爷落脚小憩的行宫，也给地方官员留出接驾的时间。一面派家奴快马飞驰盘龙集，通报皇帝御驾亲临的消息，叫河道官员和地方官员想办法糊弄皇上。

贪官们受到了高人的指点，花高价购买两个可以叫响的黑知了。他们觐见皇上的时候，跪在地下从马蹄袖中放出两只黑知了。知了怪叫着飞向室外的树丛，皇帝老儿像晋朝的士大夫见到马匹一样，吓得差点尿了裤子。

"这是什么东西？"皇帝战战兢兢地询问着他的随行近臣。

"这是蚊子，陛下。盘龙集的蚊子。"近臣们告诉皇帝，盘龙集是未经开垦的蛮荒之地，草长得比人还高，蚊子长得比小鸟还大，此外还有蛇蝎豺狼，都是吃肉喝血的毒物。

皇帝没见过的东西太多了，很害怕被这么大的蚊子咬死，就打消了视察盘龙集的念头，转道泰山游山玩水去了。这个皇帝是咸丰帝奕詝，是无远见、无胆识、无才能、无作为的"四无"皇帝。

皇上不来了，河道官员和地方官员全都松了一口气。他们都是一丘之貉，都怕拔出萝卜带出泥来。紧箍咒摘掉了，大小官员弹冠相庆，回到盘龙集大摆筵席，喝得昏天黑地。第二天各个衙门都没开门升堂，天阳升至三竿之后，黄河决开了口子，盘龙集被冲不见了，那些衙门成了地下坟场，衙门口也就永久性地关闭了。

柳家公子和蔡家包子铺的小伙计、苟家肉摊子上的小后生，不知道官府只要两个黑知了，以为黏知了卖给官府有利可图，就拿上水煎包和熟羊肉，和好面筋、扛上竹竿到镇子外面去黏黑知了。年轻人贪玩，吃饱了不想家，他们越走越远，躲过了要命的一场劫难。

还有一个版本说的更为离奇：说是晚清的某一天，闲坐天庭的玉皇大帝忽然心血来潮，决定派神仙到人间微服私访，考察一下民风。神仙变化成一个衣衫褴褛的乞丐，在盘龙集沿街乞讨。一街两巷的人像撵狗一样，把老乞丐赶来赶去。正好柳公子和卖羊肉的苟公子都在大槐树下蔡家包子锅跟前吃包子，老乞丐过来要三十个包子。其他人都不理会，柳公子、苟公子各剩十个，蔡家小子偷偷凑上十个，一起倒进老乞丐的怀里。

老乞丐吃饱喝足坐在城墙根下晒太阳打盹，等吃包子的人散净之后再次踱到大槐树下，对坐在树下聊天的三位公子说：你们回去做一条大船，把值钱的东西装到船上去。然后你们天天到衙门口看一看，哪一天衙门口的石狮子眼里滴出血来，盘龙集就要招灾了，你们就爬到船上去逃生。

三个后生做了一条船藏在城外的芦苇荡里，天天都到衙门口前溜一圈。时间一长，他们都有些厌烦了，去衙门口观望的次数稀疏下来。

卖肉的苟家后生是个好捉弄人的促狭鬼，凑着不逢集少杀猪宰羊的时候，他送完肉跑到衙门口，把预留好的生羊血抹到两个石狮子的眼里，然后去找柳家少爷和蔡家的小掌柜报信。柳、蔡两位后生跟着小苟子跑到衙门口查看无误之后，急忙回家告知亲人带上值钱的细软和他们一起上船。苟屠夫知道石狮子眼里滴血是他搞的恶作剧，只想出出朋友的洋相，跟着看看笑话而已。所以他既没带家人，也没拿财产，连一把剥羊宰猪的刀子也没带，只带了一条性命和一身屠宰的技艺。他们刚上到船上，盘龙集就沉陷在一片汪洋之中，只有他们那艘木船漂浮在烟波浩渺的万顷碧波之上，成了他们脱离苦海的方舟。

柳、蔡二位后生安全转移了家人和财产，天灾没伤他们的元气，落脚后发展也是极为迅速的。苟屠夫只有一身力气和杀猪宰羊的技艺，蔡、柳两家拿钱帮他置办一套屠宰的器具，盖好三间草屋。他依旧以杀猪屠狗为生，一切从头开始，家境和财力都比不上一同脱厄的两位朋友了。

各种不同的版本诉说着同一个故事，那就是规模宏大、热闹繁华的大都市盘龙集千真万确地存在过。在咸丰登基的那一年，盘龙集天没塌却陆沉地陷了。

黄河是大自然的搬运工，不断地从上游带来泥沙，年深日久，盘龙集那片汪洋又被填平了，成了一望无际的茅草滩地。茅花绽放的时候，广袤的大地上一片恍眼的银白，容易使人想起形容军容之盛的那句成语后半阕：不如火却如荼。

规模宏大的古城盘龙集，以及盘龙集流传千百年的故事，都被黄河的泥沙尘封在厚厚的沙层之下。说不尽的感叹和千古遗恨留在天地之间，像轻扬的沙尘那样，被微风挟裹着走进荒草滩上的千家万户。

被黄河冲毁家园、冲散亲人的落难乡亲，流离失所后逃荒聚拢到这片土地上，结庐居住，掘井引浆，又在都市的废墟上建起了村庄。他们真诚邀请柳、蔡、苟三位福星前来新村主事，三个人全都把头摇得像货郎鼓一样，异常坚决地敬谢不敏。只是跑到蟠龙镇包了一包黄土带回居住之地，说是不离故土，就像居住在昔日的盘龙集一样。

一朝被蛇咬，十年怕井绳。他们都已娶妻生子了，想过安稳的日子，再也不敢踏上那块曾经陷落的土地。柳、蔡、苟三位福星都跑到祖茔之地居住，娶妻生子，渐成村落。三个庄寨分别在盘龙集旧址的东南和东北正南，各自相距四十华里。

盘龙集地处苏、鲁、豫、皖四省七县的中心腹地，道路四通八达，水路有故黄河大码头，旱路像蜘蛛网一样延伸到郊外的荒滩草丛，又从芦荻苇蒲和灌木丛中延展至外地的州县。

新村落成后发展极为迅速，十几年光景就成了有模有样的集镇，暴发户们沿街砌起了青砖灰瓦的四合大院，街道上也铺砌了矩形的长条青石。

村可以无名，镇子是不能没有名号的。不光要有名号，还要高雅响亮，能招来风水、聚起人气。

大户人家和商贾名流出钱兑分子，贴告示出赏钱聘请高人给镇子取名。十步之内必有芳草，百户之邑必有俊杰。广袤无垠的故黄河荒滩，是藏龙卧虎之地。有人给"镇名征集筹委会"送来了一个大红纸袋，里面封着"蟠龙镇"三个婉若游龙的行书大字，并附有小楷诠注。

盘龙集是响彻四省七县的重要城镇，在大都市原址上建镇，谁都想恢复昔日的威仪。"蟠龙"和"盘龙"谐音，昔日的客商闻名毕至，熟名熟地，愿意来也好找地方。蟠龙是王母娘娘豢养在蟠桃园里的八部天龙，不会蛰居地下，只会带着这片钟灵毓秀的宝地一起升天。人可以得道，鸡犬可以升天，再没有沦陷之灾。

四、小红袍

八百里故黄河荒草滩，像一片根深、径粗、叶茂的瓜蔓，盘龙集是瓜秧上结出的一个最大的果实。比方说盘龙集是巨型冬瓜，其他城镇就是没长开的野生"腚栽瓜"的生瓜蛋子。抬眼望去，只见一只大冬瓜，见不到其他小瓜蛋子。

盘龙集"轰"然倒下之后，瓜秧子蔓缩叶萎，躲在大冬瓜阴影之中，被肥厚瓜叶遮挡的小瓜开始显现出来。于是蟠龙镇周围方圆百里之内，就有了丰县、沛县、萧县、砀山、夏邑、单县、鱼台等隶属于四个省份的七个县市。

蟠龙镇位于四省七县的中心腹地，地理位置相当优越和重要。这里有故黄河码头，向东北可以取道丰县或沛县，进入山东境内的微山湖。向南通过白衣河直达淮河，顺淮河流入长江，可通大海。就是因为地理位置重要，为了强化偏远地区的绥靖治安，上面才把蟠龙镇升格为中心县衙的。

落后愚昧的人们，在灾难面前没有主见，往往忘记"命由己定，相由心生"的古话，把自己的命运托付给子虚乌有的神灵。

蟠龙县街面上的土地金贵，一般都掌握在官绅和商贾手中。只有西方舶来的天主教堂和清真寺在城内的街面上，有一个金发碧眼的外籍牧师领着两个年轻的加拿大籍神甫，在教堂里面传经布道，类似佛家的老方丈领着两个小沙弥。教堂和清真寺都是外国人设计由信众筹资建造的，有着拜占庭和哥特式的风格。老百姓记不住一长串外国名字，一律称其为"罗马楼"。城外的近郊区域到处都是鳞次栉比的庙宇。有三生佛祖庙、观音菩萨庙、关帝庙、岳王庙、龙王庙、禹王庙、柳毅将军庙、王母娘娘庙、城隍庙、土地庙及三清观和桃花庵等，还有藏传佛教的黄庙。规模大的寺庙里有和尚住持，还有穷人家舍弃到庙里活命的小和尚。中型寺院里通常只有一两个庙祝，开垦几亩荒滩广种薄收，加上善男信女虔诚捐助，一日三顿素餐可以把装有黄庭经卷的肚皮撑得滚瓜溜圆。小型寺庙和土地庙常年无人看管，当地的信徒们自觉捐资修葺，自愿打扫院落和佛龛。

城里叫卖声此起彼伏，镇外庙宇翘檐上的风铃声不绝于耳。晨钟唤醒了太阳，暮鼓迎来了月亮，时光在晨钟暮鼓声中不停地流淌。

夏邑洪家戏班就落脚在县城南门外的禹王庙里。傍晚时分，洪家班在寺外支锅垒灶，准备晚餐。班主想喝韭菜汤、头刀韭、谢花藕，新娶的媳妇、黄瓜妞，是故黄河荒滩上广为流传的四大鲜物。小红袍练功练累了，想到旷野中放松一下。早上在小树林里吊嗓子，看见一个乞讨的老婆婆在树下打盹，她主动请缨到附近的菜地去短摸一把韭菜来，也想顺便把中午省下的半块杂面饼子送给老婆婆。

黄泛区里闲置着大面积的荒地，只要不吝啬力气肯出力干活，就能开垦出肥沃的良田。在刀耕火种的岁月里，力气是财富的重要构成部分。但是人的行为是靠大脑指挥的，大脑要靠知识来充填智慧。孔圣人说过：劳心者治人，劳力者治于人。

故黄河荒滩上的绝大多数乡亲们，毕生追求的目标是温饱和平安。只在庄园就近的地方敲打坷垃头子，不向远处拓展垦荒的事业。他们的信条是农家有三宝：丑妻、近地、破棉袄。人生有三好：妻贤、子孝、人不老。

荒草深处，密苇丛中，有喋血的孤狼，也有杀人不眨眼的大马子土匪。这里隐藏着凶险和血腥，最好的办法是远离是非之地。在村庄附近虽然也是早出晚归，但天天和老婆孩子厮守在一起，死也死在自家的炕头上，心里踏实。

县城四周的土地都被开垦出来了，这儿人烟稠密，家家都有体型硕大、性格凶猛的看门狗，野狼轻易不敢靠近。土匪的劫掠有始有终，散兵游勇的洗劫偶尔为之。那样的天灾人祸是躲不过去的，只能顺其自然。

县城附近的土地多半是种菜。蔬菜的价格一般都比粮食贵，靠着街头不愁销路，手头就不愁活钱零花。

小红袍穿着绿色的夹裤红色的夹袄，粉嫩的脸庞像一朵刚刚绽放的芙蓉花。她像微风一样在田野上飘荡，身后缀着三个图谋不轨的学子。

蔡华祥、柳至贤和苟敬诗悄悄地跟在小红袍后面，一边窥视一边议论："我的个乖乖，这个妮子是画上的人。"

"不对，是天上的人。"

"你们都说错了，这丫头就是咱们的同乡近邻。"柳至贤打断两位学友的话头，低声说道："听老年人说，梁寨渊子里面有小龙女、鲤鱼精啥的，是妖八分俊，一个比一个漂亮。这妮子这么漂亮，十有八九是个妖精。"

"妖精怕啥？宁愿叫妖精迷死，也不能叫自己害相思病苦死受死。"人看到美的东西，思绪也沿着眼睛的轨迹，向美好的愿望上飘落。他们想起了《白蛇传》中的白娘子，想起了《聊斋志异》中那些既美丽又温柔善良的狐仙和鬼怪，唯独想不起《西游记》中以变化弄人的白骨精。

在旧社会，男女之间有大防。怎么和小红袍接近亲热呢？小红袍在蟠龙县演出五天，时间太短了。在这短短的五天之内，晚上加场演出，可能还会被大户人家叫到家里唱堂会。白天吊嗓子练功，还有班主、师傅、同门师兄妹像防贼一样盯着，想和她眉来眼去地吊膀子，像是想摘星星没天梯，实在太难了。即便这些障碍都没有，三个学友眼里都充着血，心突突的要跳出腔外，恨不得张嘴咬人。狼多肉少，竞争也是相当惨烈的。

丛林的法则是弱肉强食，人类的法则是利益为先。柳至贤左顾右盼，看看站在两边的学友。两位学友全神贯注，直着眼追踪小红袍。

柳至贤想起了"金钱万能论"。都说有钱能使鬼推磨，自己花钱买风月，每人给他两块洋钱，叫两位竞争对手退却怎么样？谋事在人，成事在天，无论苍天护佑与否，都要先把事情谋划一下。可是他翻遍身上所有的口袋，今天自己在半路上被蔡华祥拦截出来，身上一个镚子都没带。

"把她拽到苇子棵里去，留一个人在外面把风，大家轮流快活。"蔡华祥招呼两位学友说："我抱头，你们两个抬腿。完了事撂到禹王庙门口去。"

"唱戏的都是武身子，制不住咋办？唱戏的嗓子也亮，大声咋呼把人招过来咋办？"柳至贤心思细密，考虑事情也相对周详。"在城镇跟前不能抢人。"

"这事我还真没想到。那咋办呢？"蔡华祥挠着乌青发亮的头皮，心里火急火燎的。

"一不做二不休，干脆照太阳穴上来这么一下子。"苟敬诗用手掌做了一个砍人的动作，把尚未剪掉的、狗尾巴一样的小辫子甩到脖子前边来，咬到嘴里了。两腮的横肉一颤一颤的，眼里冒着凶光。"把她打昏了拽到草丛深处去，完了事咱们各走各的，叫她自己爬回去。我们悄悄地摸过去，出其不意猛然出击，她根本看不清我们。她醒来的时候我们已经走远了，她吃定这个哑巴亏了，真知道了也不敢张扬。跑江湖的草台班，还不是忍气吞声地把委屈咽下去。"

"你能把握好分寸吗？要是出手重了把人揍死咋办？鲁提辖三拳打死镇关西，是有前车之鉴的。八尺高的汉子都不禁打，何况这样一个弱不禁风的娇丫头？"柳至贤继续摇头晃脑，嘴里像害牙疼病一样，"吱吱"地吸着凉气。"真的弄出人命来就不是闹着玩的了，散尽家财或许可以保住一条赖命。死罪免了活罪也难逃，黑屋老号里的滋味不好受，家里的家法也不是吃素的物件。"

二位学友被柳至贤吓唬住了，愣在那里发呆。美艳的小红袍在他们眼前飘来荡去，就像吊炉里用木炭火烤酥了散发着诱人香气的热红芋，伸手去拿怕烫着了，丢弃了实在舍不得。

柳至贤见状因势利导，把话说到哥们的心坎里去了。"这样一个天生尤物，谁舍得动手去打她？再说咱们原本是来找快活的，不是过来招灾惹祸的。律条上明文规定，欠债还钱，杀人偿命。把小红袍揍死了，我们还有命吗？即便家里愿意花钱把咱的狗命买下来，还会有好日子过吗？"

"你说咋办？"两位学友没有主意了，一起真心实意地请教柳至贤。

柳至贤等的就是这句话。他故意沉吟片刻，才慢条斯理地说："我们轮流去勾引这个骚丫头，反正戏子和婊子也差不了多少，尽管不规矩就是了。谁弄上手谁先睡，小红袍就算谁的了。朋友的妻不可欺，朋友的妾可以借。以后谁想玩小红袍，就从她主人手里花钱买……"柳至贤早已成竹在胸，故意撺掇两位学友，玩欲擒故纵的把戏。"你们两个谁先上？太阳一出红似火，哥们玩罢轮到我。我最后一个试活。"

"这样低三下四的事情我干不来。"蔡华祥摊开双手，耸耸肩做了一个无奈的鬼脸。"玩粗的、不问青红皂白硬抢可以，嬉皮笑脸地拉小架、溜沟子舔腚我不行。都弄不上手还得硬抢。"

"这样的事情我也干不来。"苟敬诗摇摇头苦笑了。他也知道戏子和婊子是近门亲戚，下流的话他会说，下流的事他也会办。可是道行尚浅，当着学友的面，他没法下流，他也不想把有损形象的一面展示给学友。

两位学友把四道笃定的目光指向柳至贤，共同推举他出马调戏小红袍。柳至贤故意流露出畏难的表情，并且适时地提出了不太合理的要求："你们先给我两块洋钱，事成之后到苟家的卤肉铺请我。"

"凭啥？"两位学友一脸错愕。"应该你请我们才对，我们把机会让给你了呀！"

"这样的机会还是不要为妙。表面上看是美事一桩，实际上危机四伏，存在着极大的风险。"柳至贤往后退了一步，推搡着两位学友往前冲。"这事办成了看似风流快活，实际上是拿洋钱去填无底洞。办不成有可能蹲班房，至少要挨打挨骂。带把的烧饼（巴掌）不好吃。何况戏班子里的角色都是武身子，随便甩几下就叫你鼻破脸肿。这样的事情办成的把握有多大？我看连一成都没有。"

两位学友像是被圪针戳破的气茄子，一下子泄气了。他们相互对视一眼，各自从衣兜里摸出一块洋钱。

柳至贤故作推让之状，被蔡华祥抓住胳膊，掰开手掌，硬是把两块洋钱拍在他的掌心上。"这事你要是办不成，我们就用你的巴掌摊鸡蛋。"

小红袍走到一块韭菜地边上，停下来向前后左右张望了一下。柳至贤不失时机地迎面走了过去。

"这是谁家的闺女，长得这么漂亮，把西施貂蝉都比下去了。"柳至贤知道女人喜欢听到赞美，涉世未深的少女更禁不住甜言蜜语。

果然是一击奏效。小红袍面露掩饰不住的喜悦，喜笑颜开地回答说："俺是夏邑洪家班的小红袍，明天晚上在贵地演出，今天刚到你们蟠龙县。"

经常在舞台上抛头露脸的女孩子，多的是美艳妖媚，缺少的是羞涩和扭捏，这正中了柳至贤的下怀。

"这么俊秀的闺女肯定不会干坏事。"柳至贤摇晃着脑袋，像是自言自语，却让小红袍听得清清楚楚。

"这位相公说谁干坏事？是说我吗？"小红袍扑闪着一双明亮的眸子，接住了柳至贤的话茬。

"就是说你，不过不是我说的，是他们说的。"柳至贤指指站在远处朝这儿张望的两个学友，苦笑着说："他们怀疑你偷他们家的韭菜，叫我过来查询一下。"

"我这两手空空的，把韭菜放哪儿了？"小红袍庆幸自己还没下手，若是拿两绺子韭菜在手里，那可是窝窝头翻个——现眼了。

"你要是吃到肚里了呢？我怎么看得见？"柳至贤不紧不慢地丢着松腔，慢慢地把小红袍逼到墙角里去了。

"那你叫我怎么办？难道叫我剖开肚子给你看？"小红袍急于辩解自己的

清白，粉嫩的腮帮上飞出了红霞。

"那倒不必。"柳至贤依旧慢条斯理的，不温不火。"你把嘴巴张开，叫我看看舌头有没有被染绿，闻一闻有没有辣味。"

"这——"小红袍迟疑着，自身依然陷进了是非的漩涡，不证明自己清白是无法脱身的。小红袍十分为难，也万分无奈，只好按照柳至贤的意思做，配合他进行叫人难为情的检查。

小红袍启开朱唇，任凭柳至贤仔细观看，任凭柳至贤把鼻子凑近口腔像狗一样胡闻乱嗅。从远处看，这对少男少女耳鬓厮磨后又把口舌凑到了一起，就像热恋的情人在无所顾忌地大胆接吻。

"检查"完毕，柳至贤拾起小红袍的一只手，把两块洋钱拍在她的掌心上，非常动情地说："刚才是和你闹着玩的，不这样说就不能近距离的端详你。你长得像天仙一样美丽，谁都想靠近了仔细看看你。所以……我想了这个下三滥的招数。现在心愿了了，打骂随你。这儿的韭菜你随便薅，这两块洋钱也给你……"

小红袍一脸诧异，心里却热乎乎的流淌着甜蜜。

柳至贤的两位学友目睹这惊人的一幕，不啻于看到鬼魅把自己的头颅拔下来又从容不迫地安装好，一滴血没淌，一点痕迹没留下。眼珠子要把眼眶撑裂，舌头也像三伏天卧在树荫下的小花狗，伸出唇外好长一截……

五、守宫砂

早春期间，虽然阳气已经升腾，催出了稀疏零散的绿色芽苗，但是"倒春寒"不断，天气依然是阴冷的。故黄河荒原上，有新开垦的荒地，有沟壑纵横的河汊子，有沟沟坎坎的坑塘和深不见底的大片水渊子。灌木丛外围被砍削得光秃简洁，荒滩上的野草被拓荒者烧出一片又一片黑色裸露的土地。因为没能及时深翻除去草根，嫩黄色的野草探出头脑，很快又要收复失地了。河汊、水洼里的蒲苇芦荻被大面积地摞倒，散躺在河滩上睡觉。远处的苇荡无人收割，枯叶飘飘，像小红袍的水袖长袂一样，随风摆舞。

八百里故黄河荒原，像一个凹凸不平的癫痢头，被技艺低劣的剃头匠摆弄得参差不齐。

洪家班在蟠龙镇演出这几天，柳至贤总是请假逃课。小红袍总是跑到镇外很远的地方去独自练功，而且脱掉了她的标志性服装红袄、绿裤和绣花鞋，换上不太醒目的藏青色便装。

城外远处的荒滩上，大面积的蒲苇没被摞倒，芦苇芦荻的躯干挺拔坚硬，蒲棒上的蒲绒能装填出柔软的枕头，菖蒲的叶子是制作上等草苫的原料，韧性好、抗水沤，虽然干枯萎黄了，依旧稠稠的密不透风。

柳至贤折来粗壮高大的芦苇，在芦荻蒲苇深处搭了一个小窝棚。窝棚里铺满了厚实柔软的菖蒲叶，就像一个舒适温馨的顶子床。这是他和小红袍的私密空间，他们避开大家的视线，悄悄地先后溜进芦苇荡，在这小小的窝棚里一吐衷肠。

"你是哪儿人呢？"柳至贤问小红袍："真实姓名叫啥？"

"我不知道。我很小的时候爹娘就饿死了。我讨百家的时候，一个风雪交加的傍晚饿昏在路边上，被洪家班捡起来收留了……"小红袍的眼睛发热发红，两滴晶莹的泪珠像珍珠一样挂在腮帮上。

"你是哪儿人？"柳至贤风流儒雅，穿着体面，有学问还会体贴人，很受小红袍的敬慕。

"我是大柳寨的，老先人住在盘龙集，再往前咱们就是老乡了。"柳至贤粗略介绍一下大柳寨的情况，也谈到了他不愿意提及的"荒庄"。

"其实咱们的祖先都是山西洪洞县老鸹窝的人。从老鸹窝迁出来的人，小姆脚趾头都是两瓣的，辈辈流传，一万年也不变。"柳至贤脱掉鞋袜，把脚丫子伸到小红袍的怀里。"不信你看。你也把鞋袜脱下来，叫我验证一下。"

柳至贤和小红袍都把对方的脚丫子捧在手上，仔细把玩起来。柳至贤是平脚板，几乎没有脚弓，胖乎乎的像一只蹄髈。小红袍的脚丫子白嫩细腻、小巧玲珑，像是玉石雕刻的工艺品。他们逐一检查着对方的每一片指甲，抠揉对方的趾丫沟，挠对方的脚心，挠出了粗犷和清脆的笑声。

闹腾一阵之后，他们又把被微风吹凉的脚丫子蹬在一起，比量大小肥瘦和白嫩柔软程度。柳至贤勾动五个脚趾头，想把小红袍嫩藕一样的小脚包起来。小红袍捧起凉晶晶的细沙土，一抔一抔地把两只脚丫子埋在一起。不一会就培起了一个小土丘，其他地方都被埋严实了，只有两个大姆脚趾头露在外面，一拱一拱的，像是一个被窝里的两只头颅。

"这个是你，这个是我。"柳至贤抚摸着两根脚趾头，望着小红袍傻笑。小红袍羞红了粉脸，把头垂的很低，眼上的睫毛已经够着铺在地上的菖蒲了。

"你真好看，看一辈子也看不够。"柳至贤把小红袍鲜花一样的粉脸捧起来，忍不住亲了一下。小红袍没有抗拒，只是脸面更红了。她把两只柔若无骨的小手掌摊开，蒙住了娇羞涨红的脸。肥大宽松的褂袖滑落到肘关节以下，左胳膊上露出一个醒目的红点子。

"这是啥？胎记吗？"柳至贤指着那个艳丽的红点，十分好奇。

"不是。那是师傅给我点上的守宫砂。"

"守宫砂？干啥用的？"柳至贤一脸迷茫，更好奇了。

"这个……"小红袍迟疑一下，嗫嚅着说："这个红点是师傅的眼睛，师傅不在跟前的时候，它替师傅管着我。"

"嗷—！我知道了。"柳至贤想起来了，他小的时候听老年人说过。守宫砂是用一种叫守宫的壁虎配制而成的丹砂，也是强迫女人守住"一宫之地"的特殊朱砂，是由宫廷传至民间的秘方，很受大户人家和豪门权贵的青睐。据说叫守宫的壁虎是稀有品种，特别难逮，捉住了也不好饲养。养守宫一般都是祖上家传，要么就是师傅带徒弟。不论是家传技艺还是师徒相授，都有着十分苛刻的选拔标准，都是在临终之前交出秘方，而且一辈只传一人。

物以稀为贵，会配制守宫砂的人本身就少，加上"守宫"不好捕捉、不好饲养，配制守宫砂的原料也很稀缺，守宫砂成了稀世奇珍，是千金难买的稀罕物。

把野生的守宫抓到家中饲养驯化，用朱砂掺上秘制的饲料喂养，等守宫吃完七斤朱砂之后，用药酒灌醉，掺上叫不上名色的药石、龟甲、昆虫、沉香等物，用紫檀木杵舂捣一万次以上，再过滤好熬成膏炮制，才算大功告成。小门小户的人家都使用不起，穷人家更是不敢非分觊觎。

女人点上守宫砂之后，只要不行房事，守宫砂是洗不掉的。大家闺秀出阁之前一般都点守宫砂，出嫁的时候，婆家人撸起袖管看到新娘子胳膊上的守宫砂，总是拉扯到亲朋好友面前炫耀一阵子，晚上入洞房就免去了新媳妇腚下垫白布验红的程序。

大户人家出远门在外面留宿久住之时，也都给自己的妻妾点上守宫砂，说是比派专人看管还管用。

古人知其然而不知其所以然，只知道守宫砂能验证女人的贞操，却不知道何以会有如此奇妙的作用。据说现代医学专家研究证明，古人都是用雌守宫配制守宫砂，雌激素的含量非常高，守宫砂抹在女人的皮肤上，就像天然生成的一样，根本看不出来是涂抹上去的。和男人同房之后，在雄激素的作用下消褪，居然连一点点痕迹都不留。据说用雄守宫的舌头也能舔干净，这就有了一个天大的漏洞，可以制造出弥天的冤案。

"我想替你擦掉它。"柳至贤吐了一口唾沫在手上，用衣襟蘸着唾液在守宫砂上揉搓。

小红袍笑了："用唾液擦掉守宫砂，亏你想得出来。我用火碱都没洗掉，你有本事擦掉它？"

"只要你同意，我就有这本事。"柳至贤直视小红袍，意味深长地笑了。

小红袍也明白过来了，消褪的红潮重新泛滥到脸上。"那样我就回不了洪家班了，你敢带我跑走吗？"

"敢吧！"柳至贤的回答不太坚决果敢，明显的有些底气不足。他们那样的小康殷实之家，讲究父母之命、媒妁之言。自己偷偷地私定终身，还委身给一个戏子，父母一定认为他伤风败俗、辱没家风，后果是可想而知的。父亲一定纠集族人，抄起鸡蛋粗的棍棒，像撵狗一样把他乱棒打出宅门，永远不认这个不孝的儿子。兄长柳至善还会高兴得躲在被窝里偷笑。因为被驱逐出家门的败家之子，继承父辈财产的权利也被无情地收回了，族人称之为"除籍"，类似现代的注销户口、吊销执照之类。

"唉—！"小红袍幽幽地叹了一口长气，似有满腹的心事欲言又止。"师傅说我的命不好。我不知道自己的生辰八字，师傅找术士摆过金钱课，说我出生在光绪十八（1892）年八月初八，排行老八。男占三八有马骑，女占三八无福气。相面的说了，我的骨相不好，仔细看可以看出来颧骨有点高。《相书》上说，男人颧骨高智谋高，女人颧骨高，杀夫不用刀。"

柳至贤捧起小红袍的粉脸，仔细端详半天。他只看到了诱人的柔美，目如秋水、眉似远山，让人诧异的地方就是模样过于周正，除此之外没有任何异于常人的地方。一股炽热的青春之火熊熊燃起，焚毁了规矩和封建礼仪编织出来的笆篱。他把小红袍推倒在菖蒲叶子上，解开了伶人腰间方便练功的紫红色板带。

小红袍也被勾出一腔春情，犹如汹涌澎湃的钱塘潮，把理智和羞愧冲得无影无踪了。小红袍闭上眼睛，感觉肚皮上来了一位不速之客，像是被细狗追赶的野兔子，找不到合适的逃生路径，冒冒失失地胡拱乱撞。她抬起头往窝棚外面望去，外面八百里荒原上到处都是茂密的芦花和茅花，整个世界都是一片洁白。

小红袍的大腿和肚皮，像芦花、茅花一样温暖和洁白，却比芦花和茅花更为温润厚实，也更富有弹性。

柳至贤觉得自己浑身有使不完的力气，那个瞬间膨大的阳物可以刺透铁板。可是事实并非如此。小红袍温润柔软的肌肤是攻不克的盾牌，三五个回合下来，他自认为无坚不摧的长矛就卷起了利刃。一股热流喷涌而出，柳至贤在愉悦的峰巅上抽搐颤抖，接下来钢矛变成了煮熟的面条，怎么摆弄都硬不起来了。

小红袍的粉脸又蒙上了红布，头抵着柳至贤的胸膛，整个人都变成了炀过了的发面团，软软的站不起来了。柳至贤看看窝棚外面，太阳升至正南方向了。

"该吃晌午饭了，咱们得回去了。"柳至贤慌忙整理衣衫，给裸露的脚丫子套上袜子。

"啊—!"小红袍吃了一惊，急忙用双手整理头发，叫柳至贤帮助自己择净发丝上的草屑。宽大的褂袖又一次滑落到肘部一下，那颗猩红刺眼的守宫砂依然牢牢地印在原来的位置。

柳至贤迷茫了，又用衣襟蘸着唾沫去擦拭。小红袍再次被柳至贤逗笑了，她知道柳大哥的钢枪扎偏了。她红着脸说："这样也好，我还能在洪家班待下去。你别着急，以后有的是机会。"

小红袍先走了，像一朵浮云飘然而去。柳至贤体内的邪火再次升起，烧得他直不起腰来，懊丧地用拳头锤着沙地。

六、阴差阳错

打完春牛编笼头，勒住牛头封牛口。河边看到绿杨柳，田里耕牛遍地走。这是故黄河八百里荒原上流行的农谚，是说立春之后就要准备农耕。勤于农事的人更信奉"一早三光，一晚三慌"之类的训诫，等不到立春就到牲口市上转悠。

八百里荒草滩上还有一首农谚：一九二九不出手，三九四九凌上走；五九和六九，河边看杨柳、耕牛遍地走；七九六十三，行路的君子把衣担；八九杨花开，九九燕子来。数九结束之后，冬天宣告结束，人们开始往田野里播种希望，等待秋后收获成果。

俗话说"春打六九头"，精明人不到"五九"就开始购置牲畜整治农具了。过完大年，春联、门钱还没褪色，炸炮仗留下的碎纸屑随着微风四处旋转，诉说着年节的喜庆。八百里荒原上的乡亲们早就有了一肚子烦恼，因为尾随春节而来的，是青黄不接的"春荒"。

在"春荒"那段难熬的日子里，穷人家食不果腹，衣不蔽体。小户人家扛不住灾难的击打，剜肉补疮地倾听着肚皮的诉求。这时候，他们往往把牛栏里的大牲口和房前屋后的树木甚至把儿女送到集市上去，换几个锸子买粮食安慰肚皮。这时候，树苗刚刚开始返青，蓬头垢面的娃娃们嗷嗷待哺，大牲口饿得皮包骨头，走起路来一摇三晃，像沉疴缠身的病汉。这时候叫卖家自己喊价，他们也是咬牙放血，不敢往中等价位上攀缘。

柳至善的父亲善于购买这样羸弱不堪的瘦马和架子牛。这一类不怎么入眼的大牲口，是方家高手笔下尚未润色的好文章，是顾恺之、吴道子那样的画圣描绘出还没来得及点睛的蛟龙，稍一用功就大功告成并且是人间极品了。老族长把弱牛瘦马牵回家去费几把麦麸子和碎秆草，下功夫在牲口棚里住上一个多月，就让那些牲口发生了天翻地覆的变化。再牵出牲口棚的时候，一个个滚瓜溜圆，毛色油光水滑，一个比一个精神。

开春之后，被育肥养壮的瘦马弱牛，都成了面目全非的健勇骁将，深翻土地、轧碌碡拉碾子，负重驾辕子，一概不在话下。走沟过坎，跋涉泥淖，甚至是蹚浅水的沟壕，全都健步如飞、如履平地。这时候把它们拉到牲口市上去出售，它们的身价就像二月份的纸鸢，飘飘荡荡的直往上蹿。

半个月前，大柳寨的老族长带着他百年之后接替自己的长子柳至善，背着笼套和缰绳，去牲口市上踅摸几匹大骨架的瘦牲口。故黄河滩上流行这样的规矩：卖牲口不卖缰绳，卖祖业地不卖地界。所以买牲口要自备缰绳，买地要现楔地界。

老先生没有兴趣在集镇上闲逛，牵着三匹瘦马先回家了。柳至善听了一回闲书，又到已经改称"新学堂"的书院看看弟弟柳至贤，太阳偏西的时候才牵着两头瘦牛往家里赶。路过染坊门口的时候，他想起了农家院里的雏鸡。为了防止小鸡仔扎堆混淆，引起不必要的扯皮争端，各家都把小鸡染成不同的颜色。他向掌柜的要了一点染布剩下的浆水，在两头瘦牛的后腿内侧涂上了蓝靛和洋红。

走出蟠龙县城东门不到二里路的地方，迎面走来一个贼眉鼠眼的黄脸汉子。他很客气地掏出烟荷包，让柳至善用烟袋挖一锅蔡家的烟叶，并且非常殷勤地跟柳至善对火抽烟，然后东扯葫芦西扯瓢，说了一通不相干的疯话。

在故黄河八百里荒滩上，蔡家的黄烟和柳家的小灶烧酒一样出名。人们都说：蔡家的烟柳家的酒，走州过府不改口。蔡家的烟叶一下子就勾出了柳至善的馋虫，他的烟瘾犯了，正好烟荷包空了，就把烟袋锅伸进老鼠眼的荷包，实实在在地过了一通烟瘾。

世上没有免费的午餐，也没有凭白无故乱送上等黄烟的陌生人。

等柳至善翘起脚来，在鞋底上磕尽烟袋锅里的烟灰，老鼠眼怪笑着朝柳公子拱拱手说："你快点赶路吧，我还得钻进草荡子里面割蒲草编草苫子。就此别过，后会有期。"

柳至善抬头看看太阳，太阳还在地平线以上，不过阳光已经十分柔和了，太阳公公的脸盘也像下蛋的母鸡一样，红彤彤的了。

时候确实不早了，柳至善害怕夜间出没的孤狼、悍匪和鬼魅，有了急于回家的紧迫感。他加快步伐往前紧走了几十步，重又放缓脚步。他感觉到了不对劲，不论自己疾走还是缓行，身后都没有重物拖坠的感觉。只有空身行走，才会有此进退自如的轻松。柳至善扭过头来往身后张望一下，果然是意想不到的事情发生了。

拴牛的缰绳还牵在柳至善的手中，不过被人用利刃割断了，手上握着的仅是不足一尺长的绳头。多半条缰绳，还有缰绳末端拴着的两头瘦牛，不知道在啥时候、啥地方、被啥人盗走了。

柳至善极目远眺，弯曲蜿蜒的乡间小路上，目光所及的地方杳无一人，满目都是轻烟薄雾一样的扬沙。小路两旁是看不到边的芦荻、苇蒲、野草和遮天蔽日的灌木丛，柳至善钻进草荡子也看不见人影，更不知道往哪个方向追赶。越往里走越害怕，只觉得草丛树木后面潜伏着野狼和鬼魅，随时都会咬断人的脖子，或是突起一股阴风，把你带进一个血腥恐怖的世界。

柳至善不敢在黑暗中逗留，不敢在阴森恐怖的草荡子里面盘桓。慌忙之中他被一个蜷曲在草窝里睡觉的叫花子绊倒了，那个花子操着一口东北的口音询问他：“蟠龙县在哪儿？”

“在你妈的个Ⅹ里。”柳至善正在气头上，狠狠地踢了叫花子一脚，破口大骂。叫花子无端受到侮辱，“哇哇”地怪叫着拉出一副拼命的架势，两眼露出了凶狠的火光。他一下子认准了柳至善，也让柳公子忘不掉自己。

柳至善头发支棱着淌了一身冷汗，急忙返回蜿蜒曲折的黄沙小路上，撒开丫子往大柳寨方向猛跑，把那个躺在野地里的叫花子和带有大碴子味道的谩骂甩在了身后。

立春之所以叫打春，据说缘自于古代一个官场失意的无名小吏撰写的七律《春牛榜子》，这首诗和“打春牛”活动有着莫大的渊源。

立春时节在迎春仪式上“打春牛”，又称为“鞭春”。这一现象在中国汉人居住的地区十分普及，然而它却不是民俗。因为民俗是自发的，不需要专人组织，不需要谁来推动。就像春节吃饺子、中秋节吃月饼、清明节吃凉鸡蛋、端午节吃粽子，无需任何人号召、无论男女老少、无论贫富贵贱，普天下的人都在同一天做着同一件事情。

“打春牛”活动虽然普及范围很广，但是普通人只能在一旁围观看热闹，不能参与其中。这个活动要么由官方主持，要么由民间德高望重、财大气粗者流组织实施，所以它算不上民俗。

“打春牛”的活动自西周时期兴起。据《礼记·月令》记载，先秦时期，每逢孟春之月，天子率三公九卿到郊外迎春。后来，这个活动成了官民共同遵守的礼制，历代统治者都照行不误。上行下效，各级官吏亦步亦趋地紧紧跟随，民间有钱有势的人行“东施效颦”之事，跟着依样画葫芦。每年春季

"出土牛以示农耕早晚"。

县府的开耕仪式由县官主持，乡间的春耕仪式由民间组织主持。历代沿袭，唐宋渐盛。开始一般由四人抬泥塑春牛为象征，由春官执鞭，有规劝农事、策励春耕的含义，也是喜庆新春、聚会联欢的仪式，有很强的愉悦性。到了明清时期，这种仪式愈加隆重。据清人《燕京岁时记》载："……立春先一日，顺天府官员至东直门外一里春场迎春。立春日礼部呈进春山宝座，顺天府呈进春牛图，礼毕回署，引春牛而击之，曰打春。"

男人们"鞭春"时，女人们"戴春"。她们衣着艳丽，头上戴着色彩斑斓的春幡、彩纸花布裁剪的春燕、春蝶等饰物，在一街两巷中穿梭飞舞。老人和孩子则不忘"咬春"，就是在阳气初动的时候啃萝卜、烙春饼、吃春卷。

春牛的制作是很有讲究的。春牛的身长三尺六寸五，象征一年365天；牛尾长一尺二寸，象征一年12个月；四蹄代表四季；柳条表示春天，柳条鞭子的长度为二尺四寸，代表一年24个节气。鞭打春牛，意思是打去春牛的懒惰，迎来一年的丰收。

朝代不停地更迭，春牛也由土牛变成了纸牛。纸糊的牛肚子里装有五谷，在迎春会上让"勾芒神"举鞭狠打。纸牛被打翻在地，五谷从被抽烂的纸缝中流淌出来，象征着打出了一年的五谷丰登。

曾几何时，纸牛又变成了真牛。据说有一位清廉的京官被诬陷遭贬，降至一个偏远的县城当县令。上任那天，正是迎春之日，地方官正在郊外聚众举行迎春仪式。他觉得可笑，于是写了半首诗，题名叫《春牛榜子》。写道：不得职田饥欲死，儿侬何事打春牛？

上任以后，他认真关心农事，常常脱去官服，走到田间和农民一起谈桑论麻，还亲自跟老农学干农活。他上任后的第一个春天，就把"迎春"的仪式挪在"立春"的当天，既不垒土牛，也不糊纸牛，而是搬来犁杖，牵来真牛，让衙役们弄个竹筒子扎在地上，里面装个绒鸡毛，观察立春的确切时辰。到了立春时刻阳气升腾，绒鸡毛轻轻向上浮动，徐徐出了竹筒，轻飘飘地往天空飞去。就在鸡毛飘出竹筒的时候，他迎天抽了一个响鞭。牛走了，犁动了，春耕开始了。他也有了作诗的灵感，续写出《春牛榜子》的下半首：岁首常思盘中餐，脆鞭一响打出春。从那以后，"立春"就有了一个小名叫"打春"，在民间迅速流传起来。

故黄河荒草滩上的居民，仍然用纸糊的假牛迎春。纸牛肚子里的内容越来越丰富，添加了不少彩头。

窃国大盗袁世凯逼迫清朝最后一位皇帝溥仪逊位之后，窃据了中华民国临时大总统的职位。因为同盟会成员和他离心离德，各省督军对他颇有微词。他害怕自己坐不稳江山，为了巩固他的强权统治，强化偏远地区的社会治安，防止犯上作乱者流在官府鞭长莫及的偏远地区制造事端。袁项城决定在苏、鲁、豫、皖四省七县的中心腹地设置一个驻扎军队的中心县衙，督促各县疯狂地搜刮民膏民脂，随时调动军队镇压各县的暴乱。对于镇压不了的悍匪乱党，也可以像宋朝皇帝对待梁山好汉那样，进行招安收服。

中心县的府衙驻地选择在蟠龙镇，蟠龙镇升格为蟠龙县，而且是拥有军权、管辖其他七县的中心县。县太爷是穿过五品朝服的前清知府，级别比其他县长高了一个品级。县长同时兼任标营参将，手中握有生杀予夺的权利，比其他普通县官威风多了。

袁大总统在民国成立之初尚未站稳脚跟，军队编制尚不规范。蟠龙县的新军参照清朝绿营军标、协、营、汛的编制配置。中心县府的知县仍以政务为主，新军参将这个军职是个虚衔，真正统领军队的是一个专职把总。头上顶着一个军职的虚衔，就有了招募兵丁、购买兵器、征收军粮、筹集兵饷等诸多的权利，多了几条聚敛钱财的渠道，中饱私囊更为快捷方便。人们常说：三年清知府，十万雪花银。民国初期的蟠龙中心县县长聚敛钱财的过程是可以大大缩短的。

蟠龙县的新任县长是科考进士出身，叫易得月，表字向阳。得到月亮的光辉照耀，又能享受太阳的恩泽，也就是说不论世道怎么变换轮替，他老易都会顺风顺水、风风光光的。给孩子取名，一般都包含着父母对子女前程福禄的期盼和祝福。易得月对此引以为豪。老爷子太伟大了，可以和武则天媲美。中国历史上唯一的女皇帝取名武曌，期盼日月同辉。女人是至阴至柔的命相，借来太阳弥补阳刚，就把五行和所有的福禄寿禧都占尽了。易老爷子煞费苦心，叫儿子趋月向阳，几乎可以行走阴阳两界。

袁大总统尚在小站训练新军的时候，当时的易知府就卖身投靠，暗中做了袁项城的眼线和幕僚。他不是一个因循守旧的人，早年间也追随过李鸿章和张之洞，对"革新变法"推崇备至。"洋务运动"在朝堂上失宠之后，他又回归儒学流派，满脑子"仁义道德"，一肚子"重农抑商"。易县长任职后的第一个"立春"节气，自然要亲自主持一个非常隆重的"迎春"仪式。

易县长是进士出身，又是文武兼备的全能型官员，很受民国临时大总统的宠爱，自认是天上的星宿下凡，做起事来不同凡响。

为了烘托出繁华热烈的气氛，把风起云涌的社会粉饰出太平昌盛的景象，易县长要求城内规模较大的商户，辖区各个村寨家道殷实的老财，都要扎制各种彩色春牛，到府衙前"鞭春"。

"迎春"仪式之后，老族长和各路乡绅抱拳寒暄一通，给易县长作揖辞行，就拉着大儿子柳至善转悠牲口市去了。

在牲口市的一个旮旯里，柳至善看到了一个熟人。他和这个人仅见过一次面，却终生不能忘怀。一见到这个人，柳至善就像看到了溜乡艺人拉扯的洋片，眼前就有了刻骨铭心的景致，就像灶膛里吹进一股清风，奄奄一息的火苗"噌"地一下蹿起老高。那是半个月以前，柳至善牵着两头架子牛行走在阒无人迹的乡间小道上。就是这个獐头鼠目的家伙在半道上兀突钻出来，拦着他说了半天不相干的话，还让他抽了一袋蔡家的黄烟。抽完烟说完话之后，这个汉子不见了，自己牵在手中的牛缰绳被人割断了，尺把长的绳头还攥在自己的手中，一大截缰绳和拴在缰绳上的架子牛不翼而飞了。

从丢牛的那一刻开始，他就悟出了长着一双老鼠眼的黄脸汉子让他抽烟是黄鼠狼给鸡拜年——没安好心。跑回家之后，柳至善就下定了复仇的决心。自己是柳家门的长子长孙，还是将来接替族长的角色，在故黄河八百里荒滩上也是有头有脸的人物。此仇不报，就像细狗叫兔子咬了一口，老鹰叫小家雀啄瞎了眼睛，传扬出去，这个人实在丢不起。幸好苍天有眼，又叫这个王八羔子在自己的眼前出现了。

柳至善大步流星地奔跑过去，一把抓住老鼠眼的领口，怒声吼道："贼小舅子，我可找到你了。"

那个獐头鼠目的黄脸汉子老鼠眼，正和一个像猴子一样精瘦的男人还有一个长着鹰钩鼻子目露凶光的汉子蹲在地上，牵着柳至善丢失的两头架子牛等候买主。

看到怒目而视的柳至善，三个牵牛的汉子着实大吃一惊。不过他们是见过大场面的人，情绪很快就平复下来了，看不出有一丝一毫的惊慌。

"你说这两头牛是你的，凭啥呀？你能喊应它咋得？"两个贼汉子站起身来，似乎也很理直气壮。"这是我们上一集买的牲口，本来是想追肥之后拉车耕地的。有人划拉我们到上海、广州那边去跑单帮，这牲口就不能喂了。

不是有其他要紧的活计，这么好的架子牛谁舍得低价处理？"

　　老鼠眼和瘦猴子说得入情入理，围观的人都觉得柳至善有些唐突。柳至善心里有底，肚子里有气。他把牛缰绳拿起来看了一眼，被利刀割断的新茬犹在。他的底气更足了，双手抱拳向聚拢过来围观的人作了一个罗圈揖。

　　听老年人说过：荒山古刹里的和尚，经常用一种鄙劣的手段哄骗那些到山坡上放牧的人们。他们在秃瓢上撒一些细微的盐屑，跪到一头落单的老牛面前，告诉牧农说这头牛是他死去的父亲托生的，它能认识自己。说着把放牧的人一同拉到老牛面前跪在一起。那头牛只用舌头舔抚和尚的头颅，一边舔一边流泪。眼里流露出万缕柔情，任怎么拖拽都不舍得离去。

　　牛马驴骡、鹿狍獐麂，乃至大象，都是嗜盐动物。放牛的人无知，自己头上顶着食盐，老牛也会舔舐淌泪的。放牛的人也天真善良，不忍心役使人家的父亲，索性就把老牛送给和尚了。他并不细想和尚如何处理老牛的问题，更不知道和尚会把"老爹"牵到山那边卖掉。

　　柳至善用不着这一类的下三滥手段，他有铁证来证明这两头架子牛是自己的。他告诉三个鬼祟的汉子和诸位围观者，自己在架子牛的后腿盘里抹了洋红和靛青。然后掰开牛的后腿，证实自己所言不虚。

　　柳至善正值青春年少之际，家中有资财，社会上有朋友，从出娘胎就被幸福和娇宠笼罩着，没吃过亏，没受过气。自然也是井底之蛙、浅塘泥鳅那样的类型，没见过故黄河荒滩之外的世界。

　　"我平生最恨鸡鸣狗盗之徒和明火执仗巧取豪夺的土匪强盗。"柳至善怒火中烧，气壮如牛。"两头牛算是个值钱的物件，不过我并不放在心上。大家可以拿二两棉花访（纺）一访（纺），我之所以讨要这两条架子牛，是想顺藤摸瓜，把大马子（土匪）的老窑给砸喽，不能叫那些无法无天的歹徒为所欲为，祸害乡里。"

　　"我说这位大哥，打碟子说碟子打碗说碗，你别指桑骂槐好不好？"鹰嘴鼻子一直没有吭气，听到柳至善大骂土匪有些面红耳赤了。他露出玉米粒一样的黄板牙冷冷地笑了起来。不错，他们就是吃这碗饭干这个活的，胆大心细，不是几句大话就能唬倒的。

　　"腿盘里的颜色管个屁乎。你会染别人也会染，染得颜色和你说的一样，是巧他爹碰到巧他娘——巧了。"老鼠眼急了，冲着柳至善大喊："凭这两片颜色就能把牛讹走了？想得美！"

"有理不在声高，你别急，兄弟。"瘦猴子拦住他的同伙，把头转向柳至善，非常和蔼地说："我说这位大哥，这两头牛是我们哥仨花钱从别人手里买来的，不是在半道上捡的。就算这俩牛原本真是你的，你可能卖给了别人，也可能被别人偷走了，但偷牛的不是我们。我们花钱买来的东西就是我们的，你不会硬抢吧？"

"这——？"柳至善一时语塞了，气焰弱了下去。他的父亲赶了过来，问明情况之后立马赔出笑脸，替儿子打圆场。

古人说"两腮无肉，不与争斗"。面前这三个卖牛的贩子都是形销骨立的主儿，腮帮子明显下陷，在脸上形成两个干池塘一样的深坑。他们的眼睛也异于常人，白多黑少，像猫儿一样拉着一条瞳缝，还东瞧西看地颇不老实，一看就知道不是啥好鸟。古人还说：宁愿得罪君子，不能得罪小人。尤其是在多事之秋，更不能招惹那些不三不四的小人。经验证明，小人多半都是恶人，惹了他们，祸事和烦心的事就会纷至沓来。

"三位兄台请了，我这个孩子缺心眼，你们大人大量，别跟他一般见识。"老族长向二位卖牛的汉子抱拳鞠躬，赔着一脸讪笑："他想买这两头架子牛，怕别人和他争抢，一着急就说胡话了。"

一句话能把人说笑，一句话能把人说跳。老族长的话消弭了卖牛郎的怒气，他们的情绪平复下来了，脸上也堆起了笑意。

"买卖人不往外面推主顾，想买牛尽管好好说，别一张嘴就是'大马子'啥的，谁听了都想和你拼命。如果开始像这位老先生一样，先说几句和气话，再到袖子里面摸摸手指头，我们让几块大洋也没啥。"鹰嘴鼻子把柳至善撂在一边，一同询问老族长："老先生想要这两头架子牛么？我们便宜卖给你。"

"想要。我出这个价咋样？"老族长把手缩进袖子里，和鹰钩鼻子对上把掐手指头。两只手在袖子里面比划着，外面看不到伸蜷的手指头，全是一头雾水。

老族长想尽快脱身，把儿子带离是非之地。他故意出个离谱的低价，如果对方一还价，他正好顺坡下驴，拉着儿子走人了。

"成交。"对方一点迟疑都没有，把手从袖管里面伸出来，手心向上舒展五指，一下子擩到老族长眼皮底下。"你老人家拿钱吧，我们折本赚吆喝，跟明白人交个朋友。"

老族长微微一怔，立刻堆下笑脸。价钱是自己出的，反悔是不行的。那三个汉子目露凶光，也容不得他反悔。

柳至善的第六感觉是准确无误的，这三个卖牛的汉子的确是做无本生意的。他们的大队人马啸聚在芦荡深处，山东的风声紧了就跑到江苏，安徽清剿的时候就蹿到河南，他们居无定所，像旋风一样刮来刮去。把无辜者的生命和财物挟裹一空，把血腥和恐怖吹散在故黄河八百里荒滩上。

这三位卖牛的汉子有两个是外围瞭哨人员。虽然他们有一副残忍狠毒的心肠，有一把锋利无比的铁攮子，但是远离大队人马，人少势单，一般都是偷盗哄骗，轻易不敢动粗。那个鹰钩鼻子是大有来头的首领，跟着出来散心的。大队人马明火执仗地烧杀劫掠，无恶不作。这些家伙们平时都是欺凌别人的主儿，没进绺子入伙之前就是豆腐渣上船——没有好货。撬寡妇门、扒绝户坟、打瞎子、骂聋子、坑哑巴，啥样缺德冒烟的事情都干。他们除了受杆子头的气，此外谁的气都不受，一般都是吃软不吃硬、吃炒不吃炝（炝）的货色。他们对柳至善的诟骂耿耿于怀，决计要惩罚这个不知道天高地厚的狂小子。如何惩罚谩骂他们的愣头青，他们暂时还没拿定主意。不过首先要弄请他姓甚名谁，仙乡何处？对于这一点，三位卖牛的汉子意见空前一致。

有钱难买回头望，经常行走江湖的人都知道这个道理，做无本生意的人也不例外。他们收了牛钱，拱手道谢之后扬长而去，找个僻静的地方乔装一下，重新溜回牲口市，远远地缀在柳氏父子后面。

那三个贼汉子一走，老族长就相信了儿子的判断。在故黄河八百里荒原上，约定成俗的规矩是卖地不卖地界，卖牲口不卖缰绳。他们操着本地口音，说明他们是自小在故黄河滩上长大的，不会不懂桑梓地的规矩。可是他们没有讨要缰绳就溜之大吉了，要么是特立独行，故意为之，要么是做贼心虚，想早一点离开官府能力所及之地。

老族长带着大儿子去邬家书院，看望邬先生和小儿子柳至贤，给邬先生封二斤果子，顺便塞给自己的小王八糕子几个零花钱。

鹰嘴鼻子让老鼠眼和瘦猴子跟着柳氏父子来到已经改为新学堂的邬家书院，贴着墙壁探出半个脑袋往院子里窥探。老族长已经拜会完先生了，正在一棵流苏树下向小儿子交代什么事情。小儿子背对着大门，看样子有点内急，不停地往茅房那边张望，不论老子和兄长交代啥事，也不管听没听明白，他一概点头应承。老爷子也知道人有三急：屙屎、尿尿、生孩子，哪一件都得立马解决，拖延不得。他示意柳至善从背搭里掏出几块洋钱交给小儿子，就领着大儿子踏上了返家的路程。那个在草荡子里被柳至善踢过一脚的东北汉子也逛了牲口市，也认出了柳至善，并且一直缀在老鼠眼和瘦猴子的身后跟踪仇人。这个"叫花子"咬定的目标就是柳至善，没有受到其他因素的干扰，也没有半途而废。他一直跟到"荒庄"寨，把这个村寨的位置烙在脑海之中。

柳至贤急急忙忙地跑进茅房，掏出生儿育女的家伙痛撒一气，闭着眼睛享受宣泄的快感。学友蔡华祥从蹲坑上站起来，拍拍他的肩膀。"尿完了没有？你爹和你哥都走了，你也不去送送。"

"还没呢，实在憋不住了。君子不拘小节，大礼不辞小让，自己的老爹和兄弟，虚礼不要也罢……"看清楚和他打招呼的是蔡华祥，柳至贤又说还想解大便。蔡华祥和苟敬诗老是向他打听小红袍的事，他不想和学友在一起纠缠。蔡学兄也不愿意过多地吮吸屎尿的味道，系好裤带独自走了出去。

老鼠眼和瘦猴子迎着蔡华祥走过去，笑嘻嘻地问道："请问秀才尊姓大名？"

蔡华祥急忙拱手还礼，十分谦逊地答道："学生蔡华祥，二位先生有何见教？"

"噢，蔡家寨的吧？烟行的蔡老板和足下是……?"老鼠眼迟疑一下，继续问道："我们喜欢蔡家的黄烟，不知道路径，过来打探一下。"

"你们问巧了，蔡老板就是家父。蔡家寨出东门往东南方向走，离这儿有三十多里路。"听说客人喜欢自己家的黄烟，蔡公子十分高兴，话语中多了几份客气和热情。"如果你们进的货多，我可以请假给你们带路。"

"那真是太好了。"瘦猴子听到了鹰嘴鼻子的咳嗽声，左右环视一下，见有几个学生正往茅房这边走来。他一边搪塞蔡公子，一边示意老鼠眼撤离。"我们今天还要办别的事情，晚几天过来请蔡公子带路，到府上去拜会一下。"

三个卖牛的汉子走出蟠龙县城，往东南方向眺望多时，然后相互对视一眼，面目狰狞地笑了。

七、移位的守宫砂

上个世纪的前五十年是乱象纷呈的时代，那时候的中国多灾多难，中国公民确确实实地生活在水深火热之中。国家内部有蛀虫啃噬，外部有列强凌欺，早就百疮千孔、摇摇欲坠了。那时候的中国，像一个病入膏肓的垂死老人，也像一头身受重伤的巨兽，蜷曲在一旁舔舐着汩汩冒血的伤口，连喘息的力气都没有了。

1900 年，由英、法、德、美、日、俄、意、奥等列强组成的八国联军开始祸害中国。万园之园的圆明园被洗劫一空后又被付之一炬，中国人的文明礼仪和尊严被洋枪洋炮打得荡然无存，中国同胞在自己的土地上被贬低为二等公民。外国人在中国的公园门口，用洋文写着"华人与狗不得入内"，公然侮辱中国人连狗都不如！

1911 年 10 月 10 日夜武昌工兵营起义，到 1912 年初推翻帝制，被列宁誉为标志着"亚洲觉醒"的辛亥革命爆发了。

1917 年张勋率领五千辫子军进入北京，以调停黎元洪和段祺瑞的矛盾为名，急忙电招各地清朝遗老进京襄赞复辟大业。于 1917 年 6 月 30 日在清宫召开御前会议，7 月 1 日撵走黎元洪，把年仅 12 岁的宣统皇帝溥仪抬出来宣布复辟，改称当年为"宣统九年"，通电全国悬挂龙旗。张勋不懂玄学，没找大师翻看黄历查一查黄道吉日，把复辟的时机选择在农历丁巳年，结果大事不谐。复辟仅维持 12 天的时间，辫子军就被段祺瑞的"讨逆军"击溃，溥仪再次宣布退位。老百姓嘲笑张大帅没有乃祖张飞的雄风，在蛇年里怎么捧龙？而且是钉子一样长短的小蛇，任怎么摆弄也没有龙的气象，就像沐猴而冠上不了朝堂一样。

都说"城门失火殃及池鱼"。过年的时候，常有邻里之间因为燃放炮竹烧了谁家草垛的事。因为离得太近了，"气虎子"被点燃之后拖带着尖利的呼啸声到处乱跑，伤及无辜是再正常不过的事。

公园 1917 年 11 月 7 日，俄国停泊在涅瓦河上的巡洋舰阿芙乐尔号向东宫放了几枚"气虎子"，打垮了孟什维克领导的临时政府，建立了人类历史上第一个由马克思主义政党领导的社会主义国家——苏维埃俄国。1922年改为苏维埃社会主义共和国联盟，简称苏联。据说这是受到"武昌起义"的启发和影响，也反过来鼓舞了中国人的斗志，勾起了中国人燃放炮竹的欲望。从那以后神州大地上一直枪炮声不断，一直到1949年10月份以后，神州大地上的枪炮声才逐渐稀疏下来。

高度腐败或腐朽的东西，往往会快速生成另一种物质，就像腐烂的野草树叶会生成蘑菇、地皮，腐朽的木头能长出木耳一样，中国社会也在向另一种制度演变。变化是无时不有无处不在，亘古不变的东西就是变化本身。

柳至贤对上面这句话有着很深刻的领悟，因为小红袍在蟠龙县演出满五天之后没有离开，她左臂上的守宫砂居然移位了。

易县长也是一个不折不扣的戏迷，但他自认为身份特殊，不屑与引车贩浆者流为伍，也放不下县太爷的架子到牲口市去闻牛马驴骡的尿骚味。蟠龙县还没开始筹建时髦阔气的戏园子，易县长已经把这件事提上了议事日程，正在预算工程造价，谋划着从辖区内的各个县衙和著名乡绅那里筹集善款。

远水解不了近渴，盖一座像模像样的戏园子，从选址到竣工，少说也得多半年的时间。等建好园子再看戏，黄花菜肯定是凉透了。易县长虽然儒雅，却没有耐性，他等不了那么久。

活人不会叫尿给憋死，易县长是懂得变通的人。条条大路通往紫禁城，此路坎坷彼路平。易县长叫师爷和属僚先去观摩一下，果真戏子们演技精湛，班里有入眼的名角，就把他们请进后衙唱堂会。

唱堂会有很多优点。一是开场的时间随意，主家说啥时候开场就啥时候开场，不会晚点。二是想看啥戏点啥戏，戏班子听从主家的安排。三是可以过足戏瘾，不想散场就再加一场。四是可以邀请乡绅、名流和下属们一起看戏，增加一次敛财的机会。下属们想得到上司的嘉奖和赏识，被上司赏识了才有升迁的机会。名流们好附庸风雅、攀龙附凤，士绅们多半为富不仁，身上都有民冤和民怨，说不定哪天就会和冤家对簿公堂了。他们都想巴结县长大老爷，也知道早点烧香强似临时抱佛脚。自己正好成全他们，从他们身上间接揩油，把鱼肉乡里、搜刮民脂民膏的帽子扣到他们头上。

易县长听人家讲过一个笑话，说是很多乡绅巴结某一位县太爷，听说县长的老婆要过生日了，打听出他太太的属相是老鼠，就打了一只金老鼠送去当贺礼。县长乘机告诉送礼的人，后天是自己的生日，自己是属牛的。易县长觉得这位县太爷愚蠢，虽然也能达到敛财的目的，可是却暴露了一幅贪得无厌的嘴脸，有辱斯文，有损形象。自己已经想出了解决问题的办法。一是多娶老婆，二是只娶大属相的女人。把她们的生辰八字人为错开，一年四季轮流过生日，金牛金马把仓库撑满了也扯不着自己。

唱堂会的第五个好处就是……易县长觉得这件事情要见机而作、伺机而动，不好提前预设方案，也不方便弄得满城风雨，人尽皆知。因为这件事情也有辱斯文、有损形象，这件事必须亲力亲为，不能让任何人代劳。

对于洪家班的演技，属僚们交口称赞。洪家班的青衣、老旦、花脸、黑头，都是多年前就放响的名角，新登台的小生、小丑和花旦，唱功打做很有功力，一招一式都很扎实。班主红满滩是个多面手，黑脸、红脸、奸白脸，全都演得惟妙惟肖。他老婆大红袍就是小红袍的师傅，四十大几的人了，风韵一点不减当年。

说起那个精灵一样的小红袍，刀笔吏更加眉飞色舞：那丫头真是个尤物，一颦一笑、一举手一投足，无不牵动观众的心弦。她登台一亮相，不用开口就把人的魂魄摄走了。那丫头现在啥都不缺，就缺有人捧了。

洪家班计划在蟠龙县演出五天，然后到丰县、鱼台一带逗留盘桓，再坐船进微山湖，把拉魂腔唱到湖心南阳岛去。

易县长让书记官去通知红满滩，不用疲于奔命地到处奔波了，县太爷请他们到后衙唱堂会，与民同乐，唱他一个月。易县长是个急性子，等不到四天之后再看戏，拟定一个新的演出方案，叫书记官去和红满滩协商通融。剩下的四天白天在牲口市义演，晚上到县衙去唱戏。

县长的协商就是通牒，一般情况下是不能违背的。洪家班的锣鼓点敲得紧了，小红袍也没有时间跑到芦苇窝棚里练功了，柳至贤成了热锅上的蚂蚁，天天站在窝棚里望穿秋水。

苦心人天不负，三千越甲可吞吴。有志者事竟成，万里秦关终属楚。世道也在不停地变，风水轮流转，楚家的江山又归了汉。

柳至贤躺在窝棚的菖蒲叶子上，像死鱼一样瞪着无神的大眼发呆。一缕阳光从棚顶的缝隙中漏进来，照耀在他的脸上，给他那张没有表情和生气的黄脸增添了几分惨白。

过了惊蛰，各式各样的虫子都开始蠕动了。兽类褪去身上的柴毛，有了吸引异性的光鲜皮毛。鸟儿梳理着漂亮的羽毛，展开歌喉"唧唧喳喳"地使劲鸣叫着，开始构筑爱的巢穴。

柳至贤早就搭好了芦棚，天天在芦棚里守候着，一连五天都没见小红袍的踪影。都说"婊子无情，戏子无义"，看来这样的说辞是有根有据的，不是空穴来风。

柳至贤满腹焦躁，在棚内坐不下去了，站起身来到外面转圈子。他反复踱步，围着芦棚一圈又一圈地转，像磨道里蒙上眼睛的叫驴一样。不知过了多长时间，芦棚周围的芦荻、苇蒿、菖蒲和杂草，被他踩倒了一片。他以芦棚为中心，不断延伸半径，一圈又一圈地向外画圆，像是有人赶着牲口拉碌碡把野草轧倒一样。也像有人在平静的水面上头下一颗石子，水花落下之后，就有放射性的圆形波纹向外散去，圆形的涟漪不停地扩散，越传越远。

正在柳至贤焦躁不安、恨不得踏遍荒原的时候，一缕清风送来了虚幻飘渺的歌声：自从那个盘古开天地呦，三皇那个五帝就到了如今呐乎嗨。

歌声由远而近，越来越清晰了。那歌声甜甜的、脆脆的，余音绕梁，声震林越，一听就知道，歌声是从小红袍喉咙里面飞出来的。柳至贤一阵欣喜，快步紧趋过去，把小红袍拽进芦棚里，紧紧地拥抱在怀中。

小红袍面露悲戚之色，似乎有啥苦衷想对柳至贤倾诉。柳至贤见到小红袍，就像小花猫看到了油炸鱼，早就急不可耐了，不论小红袍有啥样的心事，他都顾不上听她细扯了。他非常娴熟地解开了小红袍腰间的板带，也没忘记撸开袖子看看她胳膊上守护女人贞操的守宫砂，接下来才把咸猪手伸进小红袍的裤裆。这一回他从容镇定多了，不能再像上一次那样，胡乱抛洒粮食种子了。

那个印在小红袍手臂上的红疙瘩还在，好像是移动了地方，而且面积也明显地增大了。

"这是咋回事？"柳至贤询问小红袍，眼里露出了迷茫。

"回头再说吧。"小红袍闭上了眼睛，喃喃呢语："现在说这事不合时宜。"

小红袍也熟知了制造人类的全部操作过程，用手引导着柳至贤走进欢乐幸福的峡谷。

柳至贤毕竟是初尝禁果的火头橛子，做事不得要领，也没有驾驭烈马的经验。虽然跃身骑在了马背上，却不能尽兴驰骋，也不能驱驰烈马跑得更快、更远。不过他像饥饿贪吃的大肚子婴儿，一旦叼住了母亲的乳头就不顾一切地吮吸，直到把自己累成一滩烂泥。

柳至贤像黏胶一样贴在小红袍的肚皮上，用文火烤软了也揭不下来。他觉得生命的泉水喷涌了不下六次，身躯被淘空成一张薄薄的纸片，好像连说话的力气都没有了，不得不停止蠕动，乖乖地趴在恋人的怀里喘息。

"不能了吧?"小红袍两腮绯红，"嘻嘻"地笑着调侃柳至贤："刚才好像英雄汉，现在成了有病的人。不能了吧?"

柳至贤猛然嗅到一股浓浓的香甜之气，不由得大幅度扇动鼻翼，深深地往腹中吸气。

"好香啊，啥样的宝贝这样香甜?"柳至贤像野狗一样，把鼻子贴到小红袍的肚皮上乱嗅。"乖乖，太诱人了。"

小红袍的肚子上带着一个月白色的小肚兜，镶着金边，缀着粉色的丝绦;肚兜上绣着一枝娇艳的红杏，让人联想到了"不负春光"。那缕透入肺腑的香气就是从肚兜里面散发出来的，入口香甜，历久不衰，就像嘴里噙了一大块蜜饯花生糖，浓得化不开。

"里面装的啥玩意? 咋恁香甜呢?"柳至贤抓住肚兜不放，"拆开瞧瞧行不行?"

"不行。"小红袍的神色有些冷峻，一团愁云惨雾罩在心头。"你别瞎闹了，叫我快点把裤子穿上吧。"

"好，我帮你。"柳至贤又想起了守宫砂移位和变大的事，把小红袍的袄袖子挽起来，再次审查。此时的守宫砂已经消褪了，柳至贤如坠云雾之中。"那个红点子怎么会长大? 还挪了地方呢?"

八、唱堂会

蟠龙县的县衙后院里，像过节一样张灯结彩。衙役们在后花园里打扫一片空地，埋上木桩，篷上木板，扯上幕幔，搭了一座露天的高台。这就是专供洪家班唱堂会使用的大戏台。

戏台下面摆着几十张一样大小、一般高矮的八仙桌子，桌子跟前只在看到舞台的一面和两侧摆放着沉重扎实的太师椅，对着舞台的一面空出来。女眷的桌子上有茶壶、瓜子、点心和干果，男客的桌子上是烟筐、老酒和卤肉，还有大烟泡和做工考究的烟枪及烟灯。

蟠龙县的名流士绅、大商巨贾，还有中心县下辖各县的县长和名流，都云集毕至。府衙外面摆满了花轿和车马，从黄昏开始到深夜，中心县衙车水马龙，门庭若市。

小商小贩也过来跟着凑热闹。他们的摊子上除了货物之外，还摆上一盆清水，支起一方铜镜。中国的商人很精明，用这种含蓄的语言赞美官员，为贪官们遮掩羞丑，歌功颂德。小商小贩们万般无奈，迫于生计不得不违心恭维那些贪官"清如水、明如镜"。老爷们心花怒放，愿意花好钱买孬货，随便拣一件不值钱的烂货就扔下一块大洋，物无所值，商品的质量和价格明显不符。当官的却喜滋滋的，好像吃亏的是商人。很少有人扪心自问：平时不注意修身养德，信手抛出一块洋钱就能买来一世的清廉吗？

小红袍一出场，易县长的眼睛就直了。他顾不上喝酒抽烟，只记住一件事情，那就是喊好。

易县长的属僚都是行走江湖多年的船老大，个个都是见风使舵的高手。上司想捧红小红袍是显而易见的，他们跟着推波助澜也是十分必然的。

小红袍确实被各县的名流给捧红了，红透了四省七县的八百里故黄河荒草滩，红得持久，红得发紫。当然了，也有一缕殷红洒在了易县长的床单上，冲开了小红袍心中阻挡泪水的堤防，泛滥出切齿的怒恨和无尽的忧伤。

那天唱完堂会之后，易县长差书记官把班主和大红袍请进后堂，用托盘捧出四个用红纸包裹成圆柱形的银元，每一锭子是一百块，共计四百块现大洋。水酒红人面，财帛动人心。终日在凄风苦雨中漂流四方的草台班，一场苦累之后能见到十个八个大洋就笑逐颜开了。一次收入四百块现大洋，是做梦都难以接近的目标。

礼下于人必有所求。堂堂中心县的高官大老爷，下重手给草民送大礼，明眼人一看就明白，必定有不足与外人道的情由。都知道男不与女斗，民不与官斗，乡下人不和街滑子斗，庄稼人不和经商的人斗，下九流不能和强势的人斗。在那个暗无天日的世道里，无商不奸、无官不贪。当官的愿意拿出四百块现大洋，他索要东西的价值一定在四百零一块现大洋之上，当官的不会吃亏赔本，所求的物件必定物超所值。

洪班主和他的内当家大红袍都是常年在江湖上行走的人物，是那种眼观六路耳听八方的灵省角色，知道"人生在世酒色财气"的道理。

班主红满滩以为，县太爷看上了他们的身手功夫，有意花钱买凶，干一些丧良心的阴损之事。他老婆毕竟是女流之辈，凭借女人的敏感和直觉，认定易县长是一个登徒子那样的好色之徒。

易县长脸色干黄，扑粉抹油，把自己弄得油头粉面。一个服饰新潮的大老爷们，一脸皮笑肉不笑的伪善相，一口娘娘腔，说起话来叫人脊背发凉。

易县长两眼盯着大红袍，一副色眯眯的模样。提起小红袍来，立刻两眼发直，还像野狼一样放出了绿色的荧光。

"你们的戏唱得很好，大家都还没听过瘾，明天接着唱。"易县长摆出一副居高临下的架势，皮笑肉不笑地说："今天大家卖力演戏，确实很辛苦。我叫书记官通知厨房，弄几个精致的小菜犒劳大家。你们那个小花旦叫啥来着？"

易县长挠着头皮，一副急不可耐的样子。书记官在旁边插言提醒他："那个小丫头叫小红袍。"

"对对，就是小红袍。"易县长兴奋起来了，激动得不停地搓手。"你们就在我家厢房里住着，回头叫那个小红袍到我这里来，替我烧两个泡泡。"

"这……"洪班主稍微迟疑一下，已经明白易县长的心思了。他房里养着三妻四妾，还有一群丫鬟仆女，烧大烟泡这样鸡毛蒜皮的小事根本没有啥技术含量，随便叫谁都是可以胜任的。易县长钦点小红袍过来陪侍，其中一定另有深意。可是人在屋檐下，不得不低头。他扭头去看内当家。大红袍面若寒霜，像死了亲爹一样。单从老婆的面相上看，洪班主读不懂有啥内容。老婆和自己也没有过多的交流，却很在意易县长脸上的神色变化。她看到易县长脸上的寒霜越起越多，长长地叹了一口气，一言不发地拿起托盘中那四个沉重的红纸卷，低着头走了出去。这是一种默许，她顺从了易县长的意图，允许他祸害自己视同己出的徒弟加义女。

洪班主愕然一怔，激凌凌打了一个寒颤。老婆是个明白事理的人，知道易县长打招呼是故意赏脸，他们提出异议也是枉费心力的徒劳之举。你答应是八两，不答应也是半斤，活鲜的鲤鱼不吃，摔死再吃就变味了，何必呢？

大红袍怎么也睡不着觉，后半夜就爬起来顶一床被子在易县长的书房门口打坐。洪班主也睡不着，他紧跟着老婆溜出来，在院子里练功。

五更时分，易县长的书房有了"吱呦"的声响，房门拉开了一条缝隙，一个娇小的身影从门缝里闪出身来，停在走廊里不动了。这个黑影就是小红袍，她被易县长蹂躏了一夜，早就痛不欲生了。离开魔窟之后，她要做的第一件事就是结束自己年轻的生命。她揩净眼泪稳稳心神，用力推了推走廊里立在石鼓上的粗柱子。柱子粗壮扎实，她使劲踢打，柱子依旧坚如磐石，纹丝不动。小红袍喘息一口气，确信使劲一头撞过去，立柱仍旧岿然不动，自己的头颅肯定会像瓦罐一样"咣当"一下破碎了。自己在阳间不能伸冤，就到阴间去找阎王爷，化成厉鬼再来蟠龙县的衙门口，把狗日的易县长剁碎了喂狗。

小红袍向东厢房跪拜三下，向师傅和师兄弟、师姐妹辞行永诀，然后朝后退了两步，闭起眼睛攒足劲往大柱子上撞去。

"别犯傻了孩子，跟我回屋去。"大红袍一把抱住干闺女，用手捂住她的嘴巴。"回屋去吧。你死了正好便宜这个畜牲，活着还有报仇的时候。"

洪班主也过来了，拾起地上的被子披在她们师徒身上，拥着他们走回临时暂住的一间耳房。

"孩子，千万不要想不开。"大红袍把徒弟揽在怀里，幽幽地向外吐着寒气。"咱们这些下八门的艺人，是低人一等的贫贱之人，天生就是这样受气的命。认命吧，我的孩子。"

小红袍还在嘤嘤地抽泣，一朵尚未绽放的蓓蕾受到了突如其来的摧残，她一时接受不了。

"我好恨呐——!"小红袍把被子拉过来蒙在自己的脸上，悲从心来，一时止不住哭声。

"傻孩子，家家都有难念的经，谁家的灾难都不轻。"大红袍把自己的裤子褪下来，把两条伤痕累累的长腿伸出来展览。"看看干娘的腿，娘肚子里也是一腔倒不完的苦水。"

小红袍瞅了瞅师傅的大腿，吓得猛一哆嗦。师傅的双腿颀长却不光洁，皮肤上布满了密密的疤痕，短疤像趴在那儿叮咬的蠕虫，长疤像绞缠在一起的蚯蚓。

"这是咋回事？"小红袍忘记了自己的忧伤，忍不住发问了。

"这就是命，女人的命。"大红袍眼里往外溢着泪水，浩然长叹："记住喽，下辈子和阎王爷打八架也不能托生成女人，做女人千万不要长得太漂亮。"

大红袍也是故黄河荒草滩上的娃娃，还不省人事的时候遇上了大灾之年。那一年先是黄河决堤，把荒滩上的庄稼冲进了东海，大水消退之后爆发了瘟疫和蝗灾。遮天蔽日的蝗虫把草茎、树叶、树皮啃噬得精精光光。八百里荒滩上像是被剃头匠用剃刀刮了一样，光秃秃的赤地千里。荒原上的乡亲们扶老携幼，到外地去逃荒要饭。壮年人或偷或盗，很多人索性到绺子里入伙为匪，昧着良心糊弄一下肚皮。妇女们到集市上卖儿卖女卖自己，甚至是易子而食。

大红袍虽然满脸菜色，模样却是十分周正，羸弱的躯体和脏兮兮的外表遮掩不住她的天生丽质。一个专养"瘦马"的人牙子看上了她，花两块大洋把她头上的草标拔掉了。因为离家太早，她记不清仙乡何处，记不清爹娘的姓名，甚至记不起自己叫啥。

"养瘦马"是专业用语，一般人听不明白。说白了"瘦马"就是雏妓。人牙子也是生意人，知道囤积居奇、待价而沽的道理，看到姿色好的小丫头先买下来在家里养着。养"瘦马"无非是粗茶淡饭，小丫头们还要干各种脏累的粗活，买家一点都不吃亏。养到二八的年纪，"瘦马"变成了"肥马"，模样更加周正水灵了。这时候停止粗使丫头的一切劳务，好茶好饭地滋养一年，扑粉开脸，换一身好的行头，戴一头廉价的首饰送到妓院去，至少能换回三百块现大洋。这是一本万利的买卖，老实本分的穷人家不愿意做这种伤天害理的生意，想做这样的生意也实在拿不出粮食养几年闲人。

大红袍还是平胸细腿、头顶一蓬乱草的黄毛丫头时，有一天养她的人牙子卖了两匹"肥马"。人牙子也是酒色之徒，腰里有了钱就想到馆子里问候一下掌勺的大师傅。他又碰巧遇上了两个一样嗜酒成性的狐朋狗党，在一起喝得兴致高涨，只顾着拼酒量、逞威风，酒越喝越多，脑袋越喝越昏，舌头越喝越大，就记不住"喝酒误事"、"多饮伤身"之类的古训了。

钱是怂人胆，酒为色媒人。人牙子喝大了，信口胡喷海侃。说蟠龙县悦君楼今天来了两个国色天香的粉头，是自己亲手调教出来的。这两个妮子不光模样周正，还聪明可人，琴棋书画、歌舞说唱、吹拉抚弹，样样出类拔萃。妓院的老鸨子看见这两个妮子就像看到了摇钱树，出手就给一千二百块钱。我的个乖乖，没钱的时候天天想钱，这银钱太重了，多了真他妈的累人。

酒肉朋友多半不是肝胆之交，靠酒肉来维系的关系也很不牢靠。这两个和人牙子萍水相逢的酒肉朋友，就是典型的见利忘义之徒。他们原本没有正经职业，干一些指山卖磨、说跑媒、包揽词讼、诬陷好人、逼良为娼的勾当。看到人牙子背搭里白花花的现大洋，眼睛立马就直了。

人牙子这两个酒友平时好说一句口头禅：见酒不喝等于见钱不要。现在真的看见洋钱了，能不讹不黑吗？到嘴的肥肉不吃，那是他妈的七叶子、干饭、二百五，脑子里灌水的蠢猪。他们是人，是不讲良心的恶人。尽管经常被别人骂作"禽兽不如"，可是他们穿着体面，能说会道。不是摸根知底的人，谁会把他们打入另类呢？

人牙子的酒友左说右劝，把人牙子灌得烂醉如泥。他们用人牙子卖"肥马"的洋钱付了酒账，然后招来一辆带棚的马车，把人牙子和他的背搭抬到车上，直出西门而去。

人牙子醉得人事不省，已经分不清东西南北了。那时候八百里故黄河荒滩上有一个不成文的约定，就是婚丧嫁娶送朋友，一概忌讳出西门。这一带的州县府衙都把砍头的法场设在西门之外，出西门和掉脑袋之间是可以划上等号的。被官府判处极刑的人，都是怙恶不悛的大奸大恶之人。他们活着的时候无恶不作，死后也不会安分守己。老实巴交的父老乡亲们，除非万不得已，一般不从他们喋血的地方经过。是非之地最好远离，据说路过那片凶杀的坟场，不招灾也会沾染一身邪气。那是阴森萧疏的恐怖之所，不魔道的人对那片土地望而生畏，太阳偏西的时候望而却步，或是绕道而行了。

人牙子醉得像死狗一样，人事不知，任凭他的酒友摆布了。赶马车的驭手被银钱晃迷了心智，就像碰到了黑白无常一样，身不由己地往鄷都泉台走去。结果赶车人和人牙子全都毙命在荒草深处，被野狼给撕扯分尸了。

人牙子的老婆平时被丈夫严厉地管束着，基本上是大门不出二门不迈，鲜有抛头露面的机会，不知道丈夫把"肥马"销售到什么地方，也不知道行规和行情。生意路断了，养"瘦马"的业务必须终止。能够增值变现，是养"瘦马"的主旨要义，不能货畅其流，再好的"瘦马"也是累赘。

近朱者赤，近墨者黑。人牙子的老婆也很精明，自己年纪轻轻的不能守着丈夫的坟头过日子，自己没有树立贞节牌坊的愿望，给族长送点薄礼就可以通融改嫁。迈第二道门槛最好是单身一人，拖拽着"油瓶"是既讨厌又麻烦的事。何况这匹"瘦马"和自己没有任何血缘关系，自己没有义务对她的将来负责。她对这匹"瘦马"多有防范之心，"小马驹"的模样太周正了，有可能诱发男人的坏心思。那样，花老珠黄的自己无疑就会失宠，紧接着就会受到虐待。

事情想明白了，马上就付诸行动。人牙子的老婆考虑着，先把这匹"瘦马"处理出去，换一把洋钱也省一份口粮，这样做是非常划算的。

无福之人跑断肠，有福之人不用忙。那个死鬼人牙子出去送"肥马"，是小老鼠上灯台——一去再不来。他醉倒在荒滩的草丛里，被野狼给撕了。他老婆坐在家里不动不摇，一个唱"拉魂腔"的戏班子到寨子里来演出，班主看上了她家马厩里的那匹"瘦马"，出三十块现大洋把小丫头片子领走了。

瘦马离槽，命运的轨迹也发生了变化。人牙子的计划是把她送进青楼，让她涂脂抹粉，倚门卖春。他撒手人寰之后，他老婆把这匹瘦马送进了戏班子，接受踢腿、压腿、劈叉、蜗腰、翻跟头、抖空翻、吊嗓子等项训练，将来登台演唱，以卖艺为主。戏班子的佘班主喜欢品茶，就把极品茶叶"大红袍"冠在徒弟的头上当艺名。他还请来耍把式、演杂技的师傅过来调教大红袍，叫徒弟学了不少旁门功夫。艺多不压身，掺有另类的功夫能把舞台效果发挥到极致。为了技艺炉火纯青，为了表演美轮美奂，为了吸引观众的眼球，为了赚取更多的铜板，佘班主无所不用其极，可谓是苦心孤诣。

台下肯用功，台上能唱红。大红袍是个有良心的人，懂得滴水之恩当以涌泉相报，对于收留她活命，赐给她衣食的人，她总是心怀感恩，无时不在思虑着如何报答。她也是一个吃苦耐劳的人，深谙"拳不离手、曲不离口"的道理，晚上睡觉的时候总是比别人少脱一层衣裳，少盖一层被子，这样在冬天容易被冻醒，方便起床练功。有时候她故意在烧热的地铺下面浇一盆洗脚水，让湿热的水汽把身体熏出疥疮。疥疮奇痒难耐，使她通宵不能入睡。她就一边挠痒痒一边默诵台词，直到把戏词烂熟于心。

有耕耘就会有收获。大红袍人如其名，一登台就迎来了满堂彩。几场戏下来，大红袍就在班子里挂上了头牌，戏班子的收入显著增长，她本人也跟着大红大紫起来。

天有不测风云，人有旦夕祸福。佘家班的名声越传越远，名头越来越大，生意自然就红火起来。佘班主的谱有些大了，对背一口袋粮食前来邀请他们到某个村寨去唱草台班的事情不那么热心了。在荒贱的年月里，粮食是最为可靠的货币，是最值得信赖的货物，蟠龙县的大商行也不拒绝粮食。顾命是谋生的第一要义，银钱也要换成粮食才能下锅做饭。那时候的城里不光有钱庄，也有粮行。粮行里可以存粮，也像钱庄里存款一样生息。但是饭锅里不能煮洋钱，只能煮粮食，这是无需争辩的事实。

佘班主算的是另外一笔账。一马车粮食换不来一口袋洋钱，两口袋洋钱就能盘下一个规模不小的粮行。他更希望自己能挣一马车洋钱，好买房子置地，换来子子孙孙都吃不完的粮食。佘班主开始留意各个州府县衙里的戏园子行情，打听包场唱堂会的价码和过节。

佘家班离开了蟠龙县，从丰县唱到单县，又从鱼台唱到砀山，一路凯歌地向商丘府挺进。

商丘是个大地方，如果能在商丘一炮走红，唱响小地方就更不在话下。佘班主安排管伙的师傅到集上采买猪头肉，给大家改善伙食。同时强调大家抓紧对词练功，把看家的本领使出来，争取在商丘的舞台上一鸣惊人。

商丘是艺术之乡，商丘人个个懂戏。在上古时期，商丘有"葛天氏之舞"，商代流行"桑林之舞"，周代传唱"杵歌"，汉代流行"睢阳曲"，唐代又衍生出"鼓子词"和"诸宫调"等。各种曲艺一脉传承，不断衍变，明代之后形成了戏剧、曲艺、歌舞等三种主要艺术形式。

梨园中人都知道，腰里没两把刷子千万别到商丘去现眼。如果在商丘唱响了，就等于拿到了戏剧界的绿色通行证，到紫禁城去演出也没有问题。至于其他州府县衙，闭着眼睛也可以平趟。

佘家班在商丘唱的第一场戏是《薛丁山》，大红袍饰演一号女主角樊梨花。樊梨花是巾帼英雄，不着戏装的时候也是千娇百媚的婉约美女，脸上扑粉涂珠，头上插金戴银。为了把各种珠宝首饰牢牢地戴在头上，跑跳弯腰的时候只能颤动不能脱落，演员通常要用抹额，说白了就是用"勒头带"缠头。勒头带像老太太的裹脚布一样长，不过要比裹脚布窄很多；化妆前把勒头带缠在额头和长发下面，缠完了用冷水湮湿，这样抹额就会越勒越紧，不至于在舞台上松开脱落。前额暴露的地方用宝石别针遮掩，头发下面一层叠着一层，正好承载各类首饰。

大红袍第一次在大地方登台演出，心情特别紧张，演出特别谨慎。她不负众望，果真像佘班主预期的那样一鸣惊人了。可是三场下来之后，她突然呕吐不止，接着就起了高热，一下子撂倒了。如果让现代医生来诊断分析，她是因为抹额勒得太紧了，头部供血不足，因为缺氧导致窒息休克。当时的庸医诊断为水土不服，也有人说是中邪。

不论是何种原因，大红袍都不能上台演出了。戏园子的老板急得像大火上房一样。大红袍撂挑子，白花花的洋钱就像黄河里的浑水，"哗啦啦"地淌走了。

佘班主比戏园子的老板还要着急，他天天把手掌伸在眼前观察。大红袍要像自己的手指头一样，有个三长两短的话，自己好不容易栽种的摇钱树就被连根拔起了，这不是要佘家班的命么？

九、大红袍的血泪

　　商丘是商人、商品、商业的发源地，号称"三商同源"。早在远古时期，"三皇"之一的燧氏老祖就在这块宝地上钻木头，并且钻出了火花，终结了华夏民族茹毛饮血的历史。燧氏老祖便定居此地，建立了燧明国。约公元前24世纪，颛顼、帝喾高辛氏等先后在此建都。

　　帝喾之子契（阏伯）佐禹治水有功封于商（今商丘睢阳区）做火正，为商族人的始祖，被尊为火神。阏伯死后葬于封地，因为他的封号为"商"，他的墓冢被称为商丘，这是商丘名称的由来。

　　商丘地理位置优越，水陆交通四通八达。东临沿海，西扼中原，北接齐鲁，南襟江淮。庄周梦蝶、守株待兔、揠苗助长、朝三暮四、取长补短、江郎才尽等脍炙人口的成语均发源在此地。

　　文化底蕴深厚的地方戏迷也多。和佘班主签约的那家戏园子老板，就认识一个戏迷郎中。那位先生姓洪，医道精湛，医德高尚，是一位"一针甫下、沉疴立起"的神医，有着扁鹊那样高深的道行，长着一双华佗那样起死回生的回春圣手。洪先生用不着摇着铃铛走街串巷，挤到堂前就诊的病人天天排成长龙。

　　大红袍的病情并不严重，无非是通经活络、正本理气而已。洪先生治疗这样的毛病，实在是张飞吃豆芽——小菜一碟。虽然不敢吹嘘手到病除，但是可以拍着胸脯打包票，包治包愈。不过要想叫大红袍彻底康复，要标本兼治，除了煎服汤药之外，还要辅以针灸。

　　针灸是技术含量很高的活，扎对了穴位能起沉疴，扎错了地方能让人瘫痪。先生要细致观察病人的表情，不停地询问病人的感觉，及时调整方位和深浅程度，须臾马虎不得。洪先生天天忙得脚后跟直打后脑勺，抽不出时间到戏园子里出诊，只能把大红袍送到杏林药房来看病。

　　针灸是个累人的活，患者躺在病榻上受罪，先生一刻也不能消停，围着病榻不停地转动，朝不同的穴位上用针。手也不能闲着，不停地各处拍打，还要不停地捻着银针转动，既劳力又劳心，反应慢和体力差的人很难胜任这份工作。

洪先生已是年过半百的人了，忙一会就气喘吁吁了，再说活计得一件一件地干，顾东就顾不了西。儿子一直跟在旁边学活，需要多动手好积累临床经验。洪老先生就让儿子煎药、起针、复核、续诊，同时检查其他床位。

小郎中对老子的安排是欣然接受的，他习医是癞蛤蟆不长毛——祖传。老父亲从小就教他死背《汤头歌》，他不敢冒天下之大不韪，顶上"忤逆不孝"的帽子。其实他热衷的是唱戏，在学习"岐黄之术"的时候也没冷落"宫商角徵羽"。他虽然年纪轻轻，早就是著名的票友了，唱腔有声有色，一招一式有板有眼。只是票戏的事得瞒着老父亲偷偷摸摸地进行。老先生是门第观念很重的人，要是知道儿子热衷唱戏的事，立马就会变成黑脸老包，找不到狗头铡行刑，手中那块乌木压方也能把脑浆子砸出来。

大红袍在商丘演出三场，小洪郎中天天坐在前三排看戏，一场都没落下。大红袍的唱腔做打，早就牵动了他的百结愁肠，一场戏看完之后，他就对这个漂亮的小花旦倾心爱慕了。

东西路南北拐，人人都有偏心眼。小郎中概莫能外。他把自己心生倾慕的人和其他病号隔离开来，区别对待。

小花旦住上了单人房间，有了自己的私密空间，心情一下子舒畅起来。女人不会排斥异性的追求，更不会漠视异性真心实意的仰慕。她和小郎中频频见面，接触和交流一天天增多，随着陌生感和戒备心理的消除，心扉一旦敞开，感情的闸阀也就提升起来了。

小郎中是个懂得养生的人，正是风华正茂的年纪，细皮嫩肉、眉清目秀，也有着强烈吸引异性的磁力。

治好疾病，准备离开诊所重返舞台的那天，大红袍从头上拔下一根鎏金的银质凤头簪，用香萝帕包好送给小郎中，叫他求老爹托媒人去找余班主提亲。自己一个地位低微的下九流戏子，能和中九流的郎中结成连理，也算是高攀一步了，估计师傅不会嫌好道歹。

小郎中解下腰间一块椭圆形的玉佩，送给大红袍做定情的信物。金簪玉璧，合起来也是金玉良缘的意思。小郎中情比金坚，兴奋异常。他是老郎中的独生子，是父母的掌上明珠，尽管戏子的身份不让父母称心，估计自己撒泼闹一闹，撅着嘴两天不吃饭，也就把父母心中的门第观念给拱掉了。看到小花旦认可这门亲事，小郎中喜不自禁，从怀里掏出一个圆形的红木匣子，用棉签蘸着里面的丹砂，撸开大红袍的袖筒，在她胳膊上印了一个圆圆的红点。那个红匣子里面装的是守宫砂，小郎中知道它的用途，也知道如何饲养守宫和配制守宫砂的秘方。

两个小冤家私定终身的感人画面，被老郎中和前来接人的佘班主同时看到了。两位长者都很识趣，同时把头偏向一侧。大概是怕年轻人害羞，也可能是故意回避尴尬，他们把目光挪到不相干的地方装作没看见，也没有当场发表任何意见。

老郎中不是太满意，到后堂去找老伴商量，看看如何劝说自己的独苗苗迷途知返。佘班主也不满意。自己刚刚栽种的一棵摇钱树被暴风吹折了，他再心疼也没办法。人不能胜天，突发性的天灾人祸是不可抗力的。别人想把这棵摇钱树移栽到另外的园子里去，他是无论如何都不会答应的。人为的事情可以阻止，至少要尽人事听天命。

佘班主把大红袍交给老婆调教，自己提着一斤好茶叶，去请戏园子的花老板喝酒。

等级社会是极不公平的，出力的挣不着钱，挣大钱的用不着出力。登台演戏的人出力流汗，劝人向善，传播文化和欢乐，付出的劳动能换来观众的笑声和哭声，却怎么努力都换不来体面。终生在下九流的泥淖里跋涉，日子过得憋屈，走到哪儿都低人一等。给戏班子提供表演场所的戏园子老板不用出力，嗑着瓜子喝酒听戏，佣金抽取大头，还被大家尊崇为风光体面的老板。

物以类聚，人以群分。想和上层人士说话就得拜托绅士老板，戏子头是没有资格进入上流社会的。

有成就的老板都是出类拔萃的人物，反应快，能力强，遇事不慌。如若不然，他们凭啥把别人的银钱装进自己的背搭？

酒过三巡菜过五味，花老板已经喝出一点味道来了。佘班主找他倾诉一肚子烦心的事，这是难得的大好时机。此时下狠宰他一刀子，他再疼痛都得咬牙忍着，而且会帮着自己往外挤血。

花老板人如其姓，本身就是一个花心大萝卜。他也对大红袍垂涎三尺，正在暗中算计着如何使坏呢。知道小郎中想横刀夺爱，就是佘班主一声不吭他也不会坐视不管的。佘班主主动过来恳求自己出手相助，这是天赐的良机。佘班主不求自己施以援手，自己怎么能榨干他的油水呢？

"这是缺德的事情，必须使出阴损的招数才能奏效。"花老板略微皱一下眉头，故意露出勉为其难的神色。"今天这酒不好喝，我得仔细考虑一下再答复你。自古衙门朝南开，有理无钱莫进来。你是走南闯北的明白人，明白人不用细讲。有理尚且要使银子，何况我们要做一件见不得人的事情。啊，这事你先掂量掂量吧！"

拆散小郎中和大红袍这对苦命鸳鸯，佘班主是王八吃秤砣，铁下心来了。练完功他衣裳也没换，就沏上一壶酽茶端到花老板的卧室里去了。

"老哥痛快一点，你说花多少钱能摆平这件事？"佘班主神色刚毅，言辞坚决，前面就是一堵厚厚的大砖城墙，他也要一头撞破的。

"我还没来得及和朋友见面呢，你也太着急了吧？"花老板洗漱完毕，坐下来陪佘班主喝茶。"心急吃不了热豆腐，你耐心等几天，这事必须从长计议，想出万全之策才能实施。我吃完饭就去找朋友商量，想明白了再告诉你。没长老鹰嘴，怎敢吃叼食？我就是昧着良心惨无人道，也必须把事情做得天衣无缝，永绝后患还得滴水不漏，不能留下一丝一毫的后遗症。哎，你明白了吧？"

等了十多天的时间，佘班主的胃口被吊起来了。大红袍早已恢复如初，在舞台上生龙活虎地演出了。花老板天天到账房先生那儿去查账，确实摸清了这棵摇钱树给他带来的收益，这才横下心来去做伤天害理的事情。

凑着演员都到后台扮妆的时候，花老板把佘班主叫到暗室里密谈。

"想办大事只有两条道。一条是白道，就是官府衙门；一条是黑道，就是叫帮会的朋友出面。"花老板用银钎子把大烟枪挖净，烧了一个大烟泡美美地抽了两口，吞云吐雾之后精神倍增，思路也格外敏捷起来。"这两条路都得花钱使银子，不花钱哪一条路都走不通。"

佘班主连连点头："这事我知道，您老说得花多少？"

"先拿三百块大洋，白唱七天大戏，我找道上的朋友替你出头。"花老板抓着头皮，露出一嘴玉米菌块那样的黑板牙"嘿嘿"地怪笑一通。"三百块现大洋给道上的朋友，你唱戏的抽红拿去打点官府衙门，把事情给你做得漂漂亮亮、干干净净。把心放到狗肚子里去吧，拿了钱你这颗摇钱树谁也刨不走了。"

佘班主献媚的笑容僵在脸上不动了，嘴里"吸吸溜溜"地倒着凉气，像是还没放血的肥猪被屠夫生生剔掉两根肋骨一样。三百块现大洋再奉送七天大戏，将近六百块洋钱不翼而飞了。六百块现大洋，买粮食够小门小户的人家嚼谷十年！可是，花钱能买安，只要有大红袍在，一千块银钱也能挣回来。这个钱不花，摇钱树就长出翅膀飞跑了。佘家班要么重新回到乡下去当草台班，用高雅的艺术置换廉贱的红芋片子，要么就是树倒猢狲散。

听有学问的人说过：同一块石头，在农夫手里只能垒猪圈，在酱园子里可以压咸菜，在雕刻师手里能变成工艺品，在古董商行里能被吹嘘成价值连城的文物。佘班主不敢奢望自己这块顽石会升华为文物，但也不甘心被农夫拿去垒猪圈，天天被污泥猪溺浸泡着。

学戏需要天赋，集市上插着草标往外出售的丫头多得是，可是要想找出一个大红袍这样身板好，盘子靓，嗓子像百灵鸟一样，还能学出一身绝活的丫头，一登台就赢得满堂彩，能和三教九流结上"台缘"的人，无异于大海捞针。

舍不得孩子套不住狼，舍不得老婆逮不住和尚。虽然才来商丘演出不几天，佘班主也已经看到了富裕的曙光。只要有大红袍在前面领跑，佘家班很快就会成为故黄河八百里荒草滩上的一流戏班，佘班主很快就会脱离贫穷，并且越走越远。有山就可以卖磨，尽管现在背搭里还凑不够三百块现大洋，可是有摇钱树在手里，有戏园子的花老板帮衬着，佘班主信心满满。这点坎坷算个球，在戏台上蹦跶十天半月就行了。

酒香不怕巷子深，洪家医馆杏林大药房就在小巷深处，前来求医问诊的人摩肩接踵。一个青衣小帽的仆童站在候诊室的人群中间，精细伶俐的脸庞上布有一丝愁云。他不是给自己看病，也没把患者带来就诊，而是邀请洪先生出诊。东家点名邀请小郎中过府看病，把老郎中请回去就是没完成任务。武林中常说"自古英雄出少年"，讲究"拳怕少壮"、"一力降十会"啥的。中医先生完全反其道而行，年龄越大诊治的病人越多，临床经验就越丰富，越能看透症候，对症下药才能事半功倍，所以郎中的年龄越大越值钱。自己有心变通一下，又怕东家恼怒起来踢了自己的饭碗。有道是"干活不由东，累死也无功"，杨修就死在聪明上。东家似乎也喜欢那些忠实执行自己指令的人，把差事办砸了有东家兜底，用不着自己闲吃萝卜淡操心。自作主张，不按照东家的意思办，把事情办得再漂亮东家也觉得心气不顺。自己还是乖乖地按照东家的吩咐办，别没事找事了。

洪家杏林堂的生意火爆，大小郎中都忙得不可开交。业务量过大的时候，郎中们在家里坐诊尚且接应不暇，出诊的事自然是得推不揽。前来接先生出诊的人家已经考虑到了这个情况，让家童雇了一顶四人小轿，提了一背搭银钱。出诊会耽误收治病人，从大洋上找补。不论是啥样的人物，一般情况下都不会和银钱结仇，硬通货还是很有面子的。

小郎中被青衣小帽的仆童领进一所靠街面的大宅门。这家主人号称林员外，牛皮哄哄的，据说是黑白两道通吃的人物。他的五姨太病了。五姨太是最受宠爱的小妾，只要能把她的疾病治好了，主家认花大价钱。

男女有别，授受不亲。小郎中没有孙悟空那样的本事，不会悬丝诊脉，必须亲临现场才能操作。主家把他带进后堂内室，把顶子床上的布幔放下来，让患者伸出一截胳膊，再在手腕上铺上一方萝帕，让小郎中隔着丝巾号脉。

中医讲究"望闻问切"。一帘布幔把小小的空间分割成两个世界，"望"和"闻"被排除在本次的诊疗程序之外了，"切"还隔着一层丝巾，也无法清清楚楚地感知，只能感觉到僵硬和寒冷，像一只行将就木的垂危老人一样。还剩下一个"问"。受"非礼勿言"的束缚，也不能想说啥说啥。

小郎中不停地揩着脸上的汗水，心里十分紧张。好在他自幼深得乃父真传，医道还是不俗的。从脉象上看不出有啥大毛病，听声音有些体虚气短。小郎中谨慎地问及排泄情况，病人说这几天连水都喝不足，尿稍有一点，大便一些全无。这分明就是饿出来的毛病。治病的良药就是馒头米饭，佐以鸡鱼肉蛋疗效会更好。小郎中很想拂袖而去，这样的毛病太好治愈了，根本用不着开药方。可是不开药方怎么收取诊疗费？行规也不允许。

小偷的行规是"贼不走空"，即便走到家徒四壁的穷家破院，有一根草棒也得顺出来。带到外面丢掉是自己的施舍，绝能做不成生意。医家出诊必须开处方，针砭药石必须卖出去一样。

小郎中想起了父亲给他讲述过宫廷里的药膳，提笔写下了乌鸡、肉桂、党参、大枣、当归、茯苓等补品，安排主家用砂锅炖好，放盐少许，连肉带汤一起吃净，先吃三只乌鸡，再熬一副温补祛寒祛湿的中药喝下去，五姨太一准就康复痊愈了。

小郎中拿着诊费喜滋滋地回家了。诊所里就诊的人潮已经褪去，老郎中正在药柜旁用药杵捣药，老太太在后面的厨房里拾掇饭菜。爷儿俩都很高兴，忙里偷闲地小酌两盅。

人在家中坐，祸从天上来。大小两位郎中脸上的笑纹还没褪去就祸起萧墙，衙门里的捕快扛着枷锁过来拿人了。

小郎中医治的那位五姨太，吃完乌鸡就一命呜呼了。乌鸡是小郎中叫吃的，也是按照小郎中的方子用砂锅文火慢炖的，小郎中成了杀人嫌疑犯，即便被冤枉了也是百口莫辩。

盗亦有道。林员外是涉黑的人物，黑道的行规是"受人之托忠人之事"、"拿人钱财为人消灾"。他拿了戏园子花老板的银子，就得忠于职守，再棘手的事也得想办法摆平喽。

林员外和花老板在这次诬良栽赃的行动中，是分工协作的关系。林员外收取一份自己应得的佣金，把污水泼到洪家医馆小郎中的头上，也陪着小郎中对簿公堂，但是上下打点的银子由花老板出。

会做官的老爷们都和匪盗过从甚密。一是匪盗们经常孝敬官府的老爷，二是官老爷们也时常利用黑道的混混摆平一些自己不便出面的事情。黑钱都是带血的。强盗和贪官沆瀣一气，收了黑钱就把良心扔到一边，随意草菅人命了。

洪家老郎中被憋得一口气没上来，中风瘫倒在床上了。洪老太太是个妇道人家，又没有亲戚朋友帮衬，光知道捂着脸哭泣，不懂得官场应酬。

老爷好比墙头草，哪边风大哪边倒。洪家的人偃旗息鼓了，只有花老板这边的阴风在吹，老爷的屁股自然就偏到林员外那边去了。

官老爷是个酸得倒牙的腐儒，不论干啥都好咬文嚼字的。他判定小郎中死刑，却不说"斩立决"之类的官话，在告示上写下了"一刀之罪，定于某月某日行刑"字样，用上大印张贴出去。

听说儿子要挨一刀，老郎中夫妇马上看不到太阳的光辉了。儿子的身板原本就不硬朗，侩子手那把鬼头刀又锋利无比，一刀也就足够了。一刀下去，儿子的头颅肯定像皮球一样，在尘埃中打滚了。老两口失去了生存的信念，生命的堤防随之垮塌。

善良的老太太从药柜中找出砒霜，把砒霜化在温水中又放了一把冰糖，搅匀后服侍老伴喝下去，再把老伴喝剩的这种混合饮料倒进自己的肚子里。她和老伴一同先到奈何桥上去，为马上赶往阴曹地府的儿子探路。她也没忘记在砒霜里掺上冰糖，让受苦的老头子在弥留之际品尝一下人世间的甜蜜。

林员外和花老板听到噩耗后第一时间赶到现场。他们是到洪家趁火打劫的，借帮忙料理后事为名，大肆变卖洪家的资产和房产。余班主心怀愧疚，自己原本就想对小郎中略示薄惩，叫他断了勾引大红袍的念想，没成想把事情做得太过了，居然断送了几条无辜的性命。可是船到江心补漏迟，事情到了这种地步，也只能昧着良心将错就错了。

大红袍满腹悲恸，她没去洪家医馆哭丧。人死不能复生，哭得再厉害有啥用？徒增悲伤而已。她要到刑场上去，看望那个深爱自己，也是因为自己罹祸在身的爱人。

刑场上人头攒动，小郎中跪在地上等候着午时三刻的到来。他的灵魂已经出窍了，木讷讷地耷拉着头等死。刽子手头上缠着红头巾，脚蹬麻鞋，下身是大红的灯笼裤，上身光着脊梁，鬼头刀反抱在怀里，闪着耀眼的寒光。知府老爷坐在芦棚上监斩，师爷站在刑场中间宣读告示。芦棚下面燃着三炷报时的信香，飘着三缕袅袅的青烟。

"前来探视送行的亲人快把酒肉端上来，午时三刻就要送小郎中上路了。"刽子手张开瓢叉一样的大嘴，扯直了嗓子大声吆喝："人活百岁也是死，不如早死早托生。别怕爷们，咱二十年后又是一条好汉。"

听到吆喝，大红袍抱着提盒走进刑场，把一壶好酒四个拼盘摆开，放到小郎中的面前，给他斟酒布菜。

"这位大哥行行好，求你件小事中不中？"大红袍可怜巴巴地看着刽子手，泪珠扑簌簌地往下掉。

"啥事？你说说看。"刽子手也懂得怜香惜玉，凶悍的表皮里面包裹着一腔柔情。

"我和他名义上相好一场，其实啥事都没办。承蒙他如此痴心错爱，为我搭了一条性命，我想求大哥把他的辫子割下来，也是今后的念想。"

"好个有情有义的小娘子，哥哥我成全你了。"刽子手拽住小郎中脑后的狗尾巴，用鬼头刀从根部切削下来，递给大红袍的手中，张开了吐不出象牙的狗嘴说道："你的小情郎死了，哥再给你找个相好的咋样？"

"这事以后再说，你先不要急着行刑，我有要事面禀知府大老爷。"大红袍委托师兄弟姐妹看护着小郎中和刽子手，自己拿着小郎中辫子跑到芦棚下面双膝跪倒。"有禀青天大老爷，民女有一事不明，特来请教大老爷。"

"好好，有啥事情，但说无妨。"知府大老爷好为人师，看到一个漂亮的女子前来请教问题，像三伏天喝了一气井拔凉水一样，那叫一个爽。

"衙门贴的告示说小郎中该受一刀之罪，是不是只砍一刀？"

"对呀。一刀砍不死算这小子命大，本知府当场无罪开释。"

"此话当真？"

"本老爷说一不二，令出法随，绝不反悔。"

"好。大老爷您看，这是刽子手从小郎中头上割下的辫子。"大红袍把辫子呈到芦棚上，紧盯着知府说："小郎中已经挨过一刀了，已经受刑完毕了。请大老爷下令开释。"

"这——？"知府沉吟一下，本想按"刁民无理取闹"处理，叫三班衙役把她轰出法场。可是看到大红袍的身段和脸盘，知府心里痒痒起来，便淫笑着不怀好意地说："放了小郎中可以，但是你要到我的后衙去唱三天堂会。叫你的班主前来具保，画押放人。"

所谓"初生牛犊不怕虎"，是小牛犊子涉世未深，没见过老虎伤人。更有甚者，牛氏家族自恃身高力大，以为牛可以吃掉老虎。有关"唱堂会的挣钱多，要给主家暖被窝"之类的传言，大红袍多少也听到了一些。可是年轻人血气方刚，自认为有一身浩然正气，也会几手三脚猫的功夫，只要宁死不从，你知州大老爷又能奈我何？

堂会结束之后，大老爷让丫环把大红袍带进后堂。大红袍早有准备，穿着一身练功服，脚上是千层底的"蹬倒山"麻鞋，收拾得手紧、腰紧、脚紧，利利索索，方便格斗、跑步和跳跃。

大老爷年龄偏大，又被酒色淘空了身子，想武力降服大红袍是痴人说梦。几个回合下来，知府老爷就气喘嘘嘘、汗流浃背了。他坐在床上索性停止博弈，拍拍手叫几个如狼似虎的家奴过来，把大红袍绑在一个龙门架上，固定好手脚堵上嘴巴。

知府老爷像猫戏老鼠一样，拍拍大红袍的脸颊，面目狰狞地鬼笑着。"老爷我是讲理的人，讲究的是心甘情愿、两情相悦。君子不强人所难，我一定叫你亲口答应，绝不鲁莽强迫。你要是同意了就点点头，我们马上脱衣上床，钻进被窝里颠鸾倒凤。良宵一刻值千金，洞房花烛夜不能这样干耗着。如果你不同意就摇摇头，老爷我到其她小妾房中去歇息，他们换另外一种方式和你继续协商。"

大红袍满腔怒火，因为嘴里塞着手帕，想骂人吐不出声来。她两眼往外喷火，坚定地摇了摇头。

知府大人守信如节，果然抱起官服走了出去。两个丫环提着笼子进屋，把两只狸猫交给屋里的男人。那几个彪形大汉把大红袍的裤腰带解开，把狸猫放进她的两条裤腿里，又把裤腰裤腿狠狠地扎紧了。他们手里拿着蘸水的马鞭，和颜悦色地劝说大红袍："你就顺从老爷吧，现在是最后的机会。我们一动手你可就遭大罪了。那时候再应承就晚了，到地狱里走一圈名节照样保不住，老爷还会轻看你。"

大红袍没受过刑罚，自认为武身子有抗击打的能力，对狗腿子的话不太在意。她还不明白狗腿子为啥要往她的裤筒里面放狸猫，摇摇头马上就把谜底揭晓了。

大红袍刚一摇头，狗腿子的鞭子就落了下去。他们没打大红袍，而是抽打她裤腿里面的两只狸猫。狸猫负痛在大红袍的裤管里上蹿下跳，八只可以撕碎老鼠的铁爪子是锋利无比。大红袍的脸色变了，眼睛凸了，裤腿底部流出了殷红的血水。

三天以后，大红袍被佘家班的人从老爷的府衙中抬了出来。她饱受精神和肉体上的双重摧残，已经奄奄一息，没有人样了。

小红袍的泪水"哗哗"的流淌，她没想到师傅也受过非人的折磨。大红袍拿出一件香气四溢、绣着杏花的肚兜让徒弟贴身穿起来，又拿一盒守宫砂交给干闺女。她告诉干女儿，穿上这件肚兜今后就不会生养了，肚兜里面缝着一副用麝香配制的绝育药，自己也是用这样的肚兜伴陪青春的。咱们这样下贱苦命的人，要孩子干啥？叫他们继承我们的苦难，像狗崽子一样叫有钱人随意欺辱吗？师傅看过你的乳房，你是单乳头双乳晕，这是多子女的标记。如果不采取措施让你又开腿随便生养，你活不到老就被苦死累死了。师傅看到你被禽兽凌辱不难受吗？难受还会任由他们胡作非为？咱们斗不过人家，只能像狗一样地活着。

男人动情女人怀春，这是天经地义的。师傅也是从年轻的时候过来的，知道茫茫人海中或许能碰上让你心动的男人，我们只能花前月下地热乎一阵子，不可能终生相守。这就是戏子的命。

十、蔡华祥为匪

世道不太平，老百姓不安生。古人说过：亡百姓苦，兴百姓苦。朝代不停地更迭，兵匪为患，硝烟四起，老百姓的税赋越来越重了。

蟠龙县的易县长是个识时务的俊杰，也是很有远见卓识的人物。他是清末的举人，进士及第出身。武昌起义刚一爆发，他就顺应历史潮流，马上投身到"辛亥革命"洪流之中，追随袁世凯，拥护孙中山，积极赞成取消封建帝王制度。并且率先剪掉脑后那条狗尾巴，脱掉马蹄袖朝服，以示革命坚决。不过他那条被剪下来的辫子并未丢弃或销毁，而是用油纸红布包裹起来，存放在柜子底部。事实证明，这个举动是相当英明的。细节决定成败。他因为保存一撮柴毛，随时可以在脑后续貂，赢得了张勋大帅的青睐，在复辟得逞后被提职提级，任命为徐州知府。可惜好景不长，他仅仅做了 12 天的美梦，还没来得及到任上去履职就笑不起来了。

1917 年，有人说是张勋的马蹄声惊醒了沙俄帝国涅瓦河阿芙乐尔好巡洋舰上的水兵，他们懵懵懂懂地放了一通乱炮，炸毁了彼得格勒的东宫，爆发了俄国十月革命。也有人说是俄国的炮声搅扰了张大帅的美梦，他发癔症一样率领五千辫子军进北京，重新把 12 岁的溥仪找出来扶上龙椅，定年号为宣统九年，正式复辟了。

易县长很有先见之明，从张大帅开始进京还在途中的时候，易县长就从箱子底下找出剪断的辫子，用头绳捆扎好耷拉在屁股上头晃荡。张大帅成功复辟，和一群清朝的遗老遗少一起拥立小皇帝上位。易县长是全国最早一个跟风的人，上头马上有人口头敕封他为徐州知府，叫他择日上任。他的示范作用在蟠龙县引起了轰动效应。可是当时有见识的人凤毛麟角，很少有人把剪掉的辫子存起来，于是牛马驴骡的尾巴成了抢手热销的稀罕物，价格首次超过了黄鼠狼的尾巴。中国人聪明，知道"狗尾续貂"的故事，人的辫子可以用异类的毛尾替代。龙旗也是严重的不足，商铺的老板就请画工在纸上画龙。纸旗悬挂出来也是有模有样的，在微风中猎猎作响，赶上风力稍大或是下雨的天气，纸老虎的本质就原形毕露了。驴尾巴编制的辫子还能糊弄一时，纸做的龙旗不堪一击，就像大清朝的气数一样，在风雨中飘零坠落了。

12天之后，段祺瑞的"讨逆军"赶走了张大帅的辫子军，小皇帝再次逊位。张大帅如同大梦初醒，意识到历史的洪流不可逆转，自己已经无力回天了。自己那百十斤腥臭的皮囊，连同一世英名，都像拖在脑后的那条狗尾巴一样，沉入历史的长河之中，再也回不到现实之中了。

蟠龙县刚刚改过的一切又得推倒重来。蟠龙县的附逆者流，辫子原本就是假的，是用细头绳捆绑在头上的，龙旗是纸质的，已被风雨清理了大半，改正回归民国是很容易的。他们脱去长袍马褂，解掉后脑勺上的马尾驴毛，烧掉大清龙旗，重新穿上中山装，再次拥戴民国的国务总理段祺瑞，该干啥还干啥。

蟠龙县邬家书院改成新学堂之后，送走一批到外地乃至外国求学的学子。邬先生已经回家颐养天年去了，柳至贤、蔡华祥、苟敬诗之流也该毕业了。这时候新学堂又被更名为"黄河中学"，柳至贤留校任教了。蔡华祥和苟敬诗都被易县长选中，要到中心县城警察署当巡警。他们和同学们一起站在操场上，最后一次聆听校长和师长的训话，再到教室里开一次茶话会和同学们道别，以后就是将军不下马——各自奔前程了。

天空中乌云密布，凉飕飕的北风吹落了天上的雪花。两位风尘仆仆的不速之客来到学校，站在大门口等候蔡华祥。他们就是老鼠眼和瘦猴子，一年前在茅厕门口和蔡华祥约定，让蔡公子带路前往蔡家寨购买黄烟的。君子守信，他们履约来了。

做生意的人家，喜欢顾客盈门。顾客都是财神爷，只有他们时常光顾，才能招财进宝、日进斗金。蔡华祥扛起行李卷，喜孜孜地领着客人走进了城外的草荡子，往蔡家寨方向疾走。有些日子没回家了，他很想见见爹娘。

蔡华祥没能回到家乡，他被那两个谎称买黄烟的汉子挟持走了。到哪儿去了？去干啥？没有人说得清楚。总之是一个上过洋学堂的七尺汉子在光天化日之下不见了，像是蒸发了一样，无影无踪，不知去向。

首先发现蔡华祥失踪的是苟敬诗。他是蔡华祥的学友加同事，都是蟠龙县警察署新补的警员。他们约好了一起到警署报到。苟敬诗已经换上警服在街上转悠三天了，还不见蔡华祥的踪影，他隐约感觉到了事态的严重性，急忙向警长作了汇报。警长报告给队长，队长汇报给署长，按照官衔层级逐级汇报上去。署长说话了："去找这小子问问，这碗官饭他还吃不吃。想穿这身虎皮的人多了，他不想干就劣熊，拉鸡巴倒呗。"

署长的指示又逐级传达下来，落实到了苟警官的头上。警长冲着苟敬诗招手，像唤狗一样把他叫到跟前，斜着眼睛说："我说小狗子，去把你那个狗屁同学找过来，想干就麻溜的滚过来给署长大人磕头请安，不想干就拉鸡巴倒了。"

苟敬诗的老爹已经把肉铺开到蟠龙县街面上来了。苟警官到后院屠宰场里牵了一头还没宰杀的瘦驴，骑着它就赶往蔡家寨。

那天下午，蔡华祥带着两个曾经在茅厕跟前谋过面的客人，走出蟠龙县城，在茫茫的荒草滩上游弋。他们一边赶路一边拉呱。老鼠眼和瘦猴子都是行走江湖多年的老油条，一肚子稀奇古怪的故事。他们兴高采烈、天南地北地扯着，把蔡华祥喷得晕晕乎乎，不知怎么就走错了道路。

等到蔡华祥发现路径不对的时候，他已经不知道走到啥地方，也分不清东西南北了。这时，草棵子里面又拱出几个彪形大汉来，他们说蔡家寨的寨主摊上事了，可能是他把黄烟鼓捣得太好了，顶了其他小烟的行市，抢了大烟馆的生意，得罪衙门里的官老爷了。

妓女院和戏园子是官老爷的行乐场，大烟馆和赌场是官老爷的钱箱子。官府查禁的私烟、别人孝敬的黑土、起获出来的赃物、黑吃黑白吃白的战利品，包括一些公告销毁的违禁物品，一般都是通过大烟馆销售给消费者。官老爷还会和赌场的庄家暗中勾结，打假牌、抽老千，坑害一些误入歧途的各色人等。官商勾结如同狼狈为奸，老爷们可以冠冕堂皇地坐收渔翁之利。和大烟馆争生意无疑就是官老爷的冤家对头。可是大烟和小烟是两种截然不同的货色，不是一挂车上的骡子，怎么会咬槽呢？

蔡华祥非常想念他的同学柳至贤。若是柳至贤在跟前，或许能把这团乱麻理清楚，自己想得脑袋发痛、发胀了，也弄不明白个中的原委。他也弄不明白这两个找他买烟的人怎么突然变成了热心的朋友，说是无论如何都会拯救他的。反正已经迷路了，此时独自离去不是饿成"倒个"就是被孤狼咬断脖子。看着眼前一望无际的荒草，聆听远处孤狼和寒鸦的悲鸣，蔡华祥没有任何主意可拿，只能像水上的浮萍一样，跟着那些自称是"朋友"的人走了。

老鼠眼和瘦猴子带着蔡华祥还有半路上邂逅相遇的那几个大汉，在深草丛中绕来绕去，又转悠了好半天。太阳快要落山的时候，转到了一个荒僻的野渡口。一叶扁舟横在河湾里，两个摇橹的船夫用席夹子（芦苇芦荻编织的斗篷）盖着脸，躺在树荫下睡觉，旁边的歪脖子柳树上挂着一个鸟笼子，里面蹲着一只灰鸽子。

"起来，给当家的报信。蔡家寨的蔡老板被官府逮走了，黄烟没买成。他朋友的儿子无家可归，现在跟着我们呢。请示一下是带到老营去，还是放在外面的分舵里？"瘦猴子走过去揭掉他们脸上的席夹子，用脚把他们叫醒。"先带我们到附近的联络点上打打牙祭，迷糊一会，等候瓢把子的指示。"

蔡华祥明白过来了，感情老鼠眼和瘦猴子，还有身边这几个彪形大汉（包括渡口的船夫），都是令人发指的大马子（土匪）！他的眼睛又大了一圈，比听说老父亲获罪还要惊奇。老人们都说大马子是吃人不吐骨头、杀人不眨眼睛的恶魔，自己落到了他们的手中，会是啥样的结果？

河对岸是一片低缓的草坡地，草坡上的野草都被砍倒了，也被晒干了。两个闲汉蹲在一株树干下打盹，十多匹快马在草坡上悠闲地吃草。

老鼠眼和瘦猴子带着蔡华祥还有五六个壮汉，向放马的闲汉悄悄地嘀咕几句，然后牵过马来翻身上马，跃马扬鞭往草荡子深处跑去。他们骑在马背上继续转悠，又转了好长时间，太阳隐到了西山之后，夜色像幕布一样拉开了。都说寸草可以遮丈风，这话似乎是很有道理的。虽然眼下是隆冬季节，他们置身在密密的草荡子深处，居然感觉不到寒冷。

前面有了火光，还飘来了肉香。蔡华祥的肚子"咕咕"乱叫起来，他已经横下一条等死的决心，恐惧感逐渐消退，肚子感觉到饿了。

蔡华祥被带到一个神秘的去处，像是《聊斋志异》中的鬼窟狐洞。一个偌大的院落孤悬于荒郊野外，很容易让人联想到妖魔鬼怪。身边的人有影有形，像是阳世间的同类。即便如此，这一类的窝点也有阴森恐怖之感，就像菜园子张青和母夜叉孙二娘在十字坡开的黑店一样。

"吆，又来一坨子鲜肉。"院子中间有三个青砖垒砌的墩垛，上面坐着一口没盖锅排的大锅，锅里煮着一锅肉，正"咕嘟咕嘟"的吹着水泡，看样子已经开锅多时了。锅下填着一整棵树木，燃烧着熊熊的烈火。围在大锅旁边的几个汉子，脸上油腻腻的，被火苗映照成古铜的颜色。他们的头发和胡子都有好长时间没剃没洗了，像鸟窝一样又脏又乱。看到垂头丧气的蔡华祥，他们异常兴奋。

"这娃娃又白又嫩，肯定比锅里的肉好吃。"院子里的人目露凶光，像雕鸮一样不停地奸笑，吓得蔡华祥头皮一炸一炸的。

老鼠眼狠狠地瞪了那几个火头军一眼，非常郑重地告诫他们："这个学生娃是有来头的，他是咱们大当家朋友的儿子。你们要是胆敢冒犯他，小心大当家的把你们给煮喽！"

船夫放出去的灰鸽子，带着主人的指令"扑扑楞楞"地飞进院子，停在灶棚边缘一个向外凸出的檩条上。瘦猴子把鸽子抓过来，取出脚环上的纸条看了一眼。

"当家的叫咱把这个学生娃带到老营去。"瘦猴子把纸条递给老鼠眼，安排火头军切肉倒酒。"快点开饭吧，我们填饱了肚子还得赶路呢。"

"进老营得按规矩办。"老鼠眼告诉蔡华祥。老营是一个极为隐蔽的地方，轻易不许外人进入。凡是要进老营的陌生人，一律要堵上耳朵，蒙上眼睛，甚至还要塞住鼻孔。这是保密的需要，不能把任何信息透露给毫不相干的外人。

填饱肚子天色已经很晚了，老鼠眼和瘦猴子伙同路上报信的汉子，带着蔡华祥重新爬到快马的脊梁上，披星戴月地在马背上颠簸。到了下半夜，他们说离老营还有一百里路，该给学生娃带上眼罩了。又转悠了好长时间，他们把蔡华祥从马背上搀下来，说是准备爬山，不能骑马了。

前面有一片开阔地，是排列着大小高低坟堆的乱坟场。那几个在半路上送信的彪形大汉分成两个人一组，轮流架着蔡华祥上下坟头。老鼠眼和瘦猴子轮流吆喝着："上山了、下山啦！走稳点，注意脚底下。"

爬完"高山"之后，老鼠眼他们又把蔡华祥扶到马背上，疾一阵徐一阵地围着乱坟场转圈，一直折腾到公鸡打鸣，才又拐到通往草荡子深处的一条蚰蜒小路上，向草海深处走去。

终于到达老营了。抵达老营的时候天已经大亮了，尽管眼皮上罩着一层黑色的布幔，蔡华祥还是能够感觉到太阳的温暖。太阳的光芒中散发着香甜的气息，给万物注入勃勃的生机。他不知道自己身陷何处，感觉着离蟠龙县已经非常遥远了。

眼罩被摘除之后，蔡华祥眯着眼睛好一会才能看清眼前的世界。他被带进一个似村非村的居住点。说它像村庄，是因为这里有一排一排的房子，有水井，有人居住。说它不像村庄，是因为房前屋后看不到家禽家畜，听不到一声犬吠，都是秃葫芦头。房子没有院落，也没有碾子石磨、耩子犁铧、耒耜叉子、扫帚扬场锨之类的农具。

蔡华祥被领进一幢类似庙宇大殿那样规模宏大的房子里，看到了八百里故黄河荒滩上最为凶狠强悍的土匪首领老狼，就是那个在牪口市出现过的鹰嘴鼻子。他说自己和蔡老板是莫逆之交，见到蔡华祥就像见到了久别重逢的亲人。

老狼是故黄河荒草滩上响当当的人物，也是让官府头疼、让民众惊惧的人物。他的脑袋比常人大，说是比常人精明，也比常人的脑袋沉重。所以他总是低着头走路，似乎也有仰脸说话的时候，都是把头颅靠在炕头或是椅子的靠背上。他有天天刮头的习惯，头皮总是青幽幽的放着亮光。

仰脸的婆娘低头的汉，是人世间的两大难缠，稍有社会阅历的人，对这两种人是轻易不会招惹的。

老狼不姓老，估计也不是郎家的后人，他的真实姓名无人知晓。他拉起的这支"杆子"是故黄河荒草滩上既强劲又凶残的悍匪，老狼的名头，威震着八百里荒滩。其他绺子也像牛毛一样多，但是无论名头、规模、战斗力和气势，都比老狼的队伍弱了很多。

老狼为匪多年，是匪龄很长的老江湖，身上的匪气是很重的，生活起居、衣食住行也和土匪息息相关。大概土匪头子也知道"大马子"这个行当不是正儿八经的职业，"土匪"这个名头也不是溢美之词，所以宋江宁愿惨死在蓼儿洼也要接受招安，不做潇洒快活的山大王。既然不能引以为荣，就忌讳别人当面提起并诟骂，就像秃子护头、瞎子护眼一样。老狼听到有人辱骂土匪大马子，必定除之而后快。

去年春天，老狼跟着老鼠眼和瘦猴子去了蟠龙县的牪口市，被柳家大公子骂得狗血淋头。柳公子不知道老狼的厉害，竟敢公然挑衅老狼大爷，说是要把所有的大马子抓起来挫骨扬灰，叫他永世不得超生。

柳至善惹祸招灾了。老鼠眼和瘦猴子跟踪查访的时候，亲眼看见和他们亲密接触的柳至贤进了茅房，走出茅房并接受他们二人盘问的却是柳至贤的学友蔡华祥。就这样，蔡华祥被老鼠眼和瘦猴子诬陷冤枉了，是移花接木式的诬良栽赃，没有生硬拼接的痕迹。

老狼也亲眼看到蔡公子从厕所里出来，并不知道进去和出来的不是一个人。他也没有耐性继续"调查核实"，嫌麻烦，不痛快。大马子也没有"不冤枉好人，不放过坏人"的规矩，真弄错了也就将错就错。哪个庙里没有屈死的鬼？草菅人命不是官府的专利，大马子也是积极推行这种策略的队伍。钢刀嗜血，不能老在刀架上晾着，长时间刀不见血是土匪的忌讳，闲着没事的时候就想砍几个人头玩玩，谁还管被杀的人有罪没罪、该死不该死？

回到匪巢之后，老狼气得暴跳如雷，恨不得马上血洗蔡家寨，用血浆染红他们的黄烟。挑衅老狼，谩骂大马子，老狼的态度是零容忍，一定得叫那些不知天高地厚的家伙付出惨痛的代价，以儆效尤。

喝完酒，吃完肉，集合好队伍，老狼忽然又改注意了。那些道貌岸然的绅士们平生最恨土匪，也肯定羞于和大马子为伍。我老狼就把他家最有出息的孩子弄到狼窝里来，把他培养成铁杆土匪，叫他的亲人心头上永远插着一把钢刀，到死也得往外流血。

十一、洪家班

人的命如钉定，胡思乱想不中用。这是柳至善劝导弟弟的口头禅。

在黄河中学当教员的柳至贤，非常同情小红袍和她那个戏班子里面所有的人，非常强烈地想改变他们的处境。这或许是"爱屋及乌"的原因。他爱慕小红袍，很想用八抬大轿把她抬回荒庄大柳寨，三媒六证、明媒正娶地和小红袍结成百年夫妻。

老寨主已经去世了，新寨主不光从父亲手里接过酿酒的作坊，也承袭了各种各样的世俗观念和因循守旧的思想。他绝不同意弟弟娶一个戏子回家，那是家门不幸、有辱门庭的事，自己要是纵容这样的行径，如何对得起祖宗？

柳至贤暂时还不能和族长抗衡。小红袍被她师傅整治得不能生养了，也直接影响到柳公子痛下决心。他和小红袍只能维持在"秘密暗恋"阶段，不能霸王硬上弓。他和小红袍的幽会还在继续，都是偷偷摸摸地进行。

天气一天比一天暖和，蚊蝇和鸟兽一天比一天活跃。八百里故黄河荒草滩，由枯黄色变成了深绿色，生机无限的荒草深处，被骄阳炙烤得酷热难耐。

柳至贤约见小红袍的时候，成群结队的蚊蝇也过来助兴凑热闹。他们不堪其扰，便在芦棚外面点起一堆枯草，拔几棵艾草用尿液淋湿了扔到火堆里。一股浓烟升起，强烈的苦艾味和尿骚味同时向外散发，便能驱走蚊蝇。荒草丛里常有落单的大马子、结伴行走的商人和附近渔猎的村民。他们肚子饥饿的时候，就会用镰刀砍或是用手薅，清理出一片三丈见方的空地，在空地中间燃起芦柴或枯草，烤鱼、烤虾、烤鸟、烤兔子、烧鸟蛋、烧金蝉、烧知了。草荡子深处常有袅袅的青烟升起，故黄河荒草滩上的人对此司空见惯，不觉得奇怪，没有人前往冒烟的地方探寻究竟。柳至贤和小红袍都是荒草滩上土生土长的土著居民，知道青烟不会招来生人，不会暴露他们的行径，所以非常放肆地在芦棚里乱行周公之礼，赤条条地在地上扭缠翻滚。

柳至贤看到了小红袍两个乳头周围的双乳晕，像是两枚错落重叠的铜钱，包裹着两个颜色更重一点的乳头。据说长有这种乳晕的女人，旺夫益子，能像老母猪一样，一胎生好几个娃娃。可惜，大红袍剥夺了她做母亲的权利。小红袍的肚兜里，不停地散发着幽香，因为知道那个肚兜是一只绝育带，那股透骨的鲜香就不那么诱人了。柳至贤甚至萌生了对大红袍的怨恨，你怎么可以剥夺她人生育的权利？这样的做法太无情、太卑鄙、太自私、太不近情理。

大红袍在小红袍面前，扮演着亦师亦母的角色。她和丈夫都是胸襟豁达、明白事理的人，她理解"男欢女爱、两情相悦"的道理，不反对小红袍和心爱的风流少年往来，但不赞成她痴迷某个人，爱到"非君不嫁、死去活来"。小红袍被别人娶走了，她也会有佘班主不舍自己那样的想法，好不容易调教好一棵摇钱树，无论如何不能叫别人挖走喽。她把"绝育带"勒到小红袍的肚子上，不是心肠狠毒，不是不通情理，也不是头脑发热。是经过深思熟虑的举措，是一种无奈的疼爱和关怀。

小红袍越大越俊秀，出落得像出水芙蓉一样，才艺越来越精湛，唱腔越来越清亮，这就让大红袍不时地想起自己年轻的时候。

那年自己被佘家班的同门抬回商丘戏园子，两条被狸猫抓烂的长腿感染化脓了，肿得像水桶一样粗。班主嫌脏，戏园子老板嫌晦气，不让放到戏园子里调养。大红袍被送到郊外一座破败的尼姑庵里，用香灰止住脓血。因为班主只送病人进庙堂，没有香火资助，尼姑并不用心伺候，没几天的时间，大红袍就奄奄一息了。

看到摇钱树枯萎了，佘班主着急，戏园子老板恼怒。戏园子老板翻脸了，让佘班主立马付清五百块大洋走人，如果赖账他就告发他诬良栽赃、致死人命的丑事，让他为老洪郎中两口子抵命。

佘班主大吃一惊，连夜带着两个稍有姿色的女弟子，收拾一些值钱的细软逃跑了。戏园子老板把剩下的艺人卖给其他戏班子或者是青楼妓院，冲抵佘班主的欠款。大红袍被扔在破庙里，没人管了。尼姑们怕她死在庙里晦气，也怕她的脏身子污了佛门清净之地，就雇几个烧火工，把她抬到无主的坟地里火化。

已经沦落成叫花子的小洪郎中及时赶到现场，又是磕头又是发飙，总算熄灭了大红袍身下的那堆干劈柴，把她从烈火中抢救出来。

洪先生把大红袍背到郊区的一个废弃窑洞里，用秫秸、玉米秸苫住窑口，扔几个破砖头瓦块压顶，在窑门上吊一领破苫子，窑内铺上麦秸草，一个简易的窝棚就搭建好了。这样的窝棚还不如大户人家的狗窝，但是可以遮风挡雨，可以避免烈日的炙烤，也可以御寒。也算是"衡门之下，可以栖迟"。

小郎中和佘家班昔日的名角结成了夫妻，洞房就是他们栖身的窑洞。他们没有三媒六证，没拜天地，也没有亲朋好友前来祝贺，只有小郎中单方面恳切的求婚，大红袍点头认可。因为大红袍命在旦夕，他们婚后不能圆房。小郎中白天到街上去讨饭、讨药，晚上用一个破砂罐为老婆熬药。小郎中的道行很深，用草药内服外洗，固本排毒，还要为老婆刮屎刮尿、揉搓按摩、活血通络。将养了十个月的光景，大红袍康复痊愈了。大红袍刚一清醒的时候，就迫不及待地查看胳膊上的守宫砂。那个红红的圆点还在，像血滴子一样醒目。她内心十分欣喜，贞操守住了，这就对得起一片痴情的小郎中。作为女人，生死事小，失节事大。别说受了一些皮外伤，就是死了也值得。

他们在破窑洞里圆完房，小郎中就拉着大红袍隐居乡间，在乡下搭建三间茅庐，过起了"柴门土墙、荆钗布裙"的清贫生活。

小郎中陪着老婆强颜作欢，内心的郁结如鲠在喉，短时间内是消除不了的。大红袍在人事不省的时候已经被狗官强暴多次了，小郎中怕老婆咽不下屈辱再寻短见，在老婆昏迷的时候做了手脚。大红袍睁开眼就看到那个红点，是小郎中重新点上去的。他独自饮了一杯苦酒，想让老婆生活在阳光里。大红袍虽然看到了胳膊上的守宫砂，可是凭女人的直觉，她知道自己已经失去了做女人的尊严；手臂上那个殷红的圆点，是小郎中玩的二五眼。

天下乌鸦一般黑。城里有地痞流氓，乡下也有泼皮无赖。因为大红袍姿色出众，常有一些混球货到家中搅扰。

大红袍夫妇开始是低头忍让，对小混混露骨的挑逗装傻充愣，故作不知。他们俩夫妻一个是名角，一个是戏迷，都记得戏剧唱词中有这样的句子：忍字头上一把刀，遇事能忍祸自消。

无赖们不这样认为。他们以为自己的拳头硬，信奉的是丛林法则。小郎中夫妇的忍让，在他们看来是怯阵和懦弱，只能换来变本加厉的欺凌。

小郎中还想息事宁人，忍耐不住的时候就跑到里正家里央告，恳请里正大人秉持公道，给予应有的庇护。

乡间的里正也是花钱买来的，一般都是员外财主担任。里正大人貌似公允，当着小郎中的面把几个无赖狠狠训斥一番，又非常和善地体恤他们。

"你的墙头太矮、太单薄了，柴门也不扎实，稍一用力，墙头和院门、房门都能踹开。住在这里实在太不安全了，那帮畜牲今天走了明天还能再来，我又不能白天黑天都在你家门前站岗。"里正大人和颜悦色地告诉小郎中："我家倒是深宅大院，墙头是用大砖垒砌白灰勾缝的，大门的厚度超过四寸，用七七四十九根大钉穿透了包裹的铁叶子，应该是坚硬无比。即便我家的墙头低矮，门窗也不结实，就是敞着门睡觉，那帮龟孙也不敢到我家来找事。你到我家去喂牲口，叫你老婆在厨房里帮工，拾掇两间放农具的库房给你们，管吃管住付给工钱。你掂量一下咋样？如果可以的话，知会一声我叫管家安排拾掇。"

小郎中兴奋异常，觉得自己有幸遇上了活菩萨。大红袍也长舒一口气，烦乱躁动的心情被一下子抚平了。他们怀着感恩的心情，兴冲冲地去里正家里当佣人。只要能平平安安地吃上一口安生饭，工钱给不给的决不计较。

两个月的时间一眨眼就过去了，小郎中两口子在里正的光环照耀之下，舒心惬意地过着日子。天天都是四平八稳的，连鸡鸣犬吠都听不到。小两口的感恩之心更浓了，抢着干活，不惜力气。

小郎中无端地生出许多懊恼。自己当初太莽撞了，脑袋一热就把绝育带贴到了大红袍的肚皮上，现在他心生后悔。人的日子过得舒心了，就会热爱和留恋生活，也非常强烈地渴望哺育后代。

临近春节的时候，东家安排小郎中和管家一起到佃户家里催收租子。晚上回来的时候，里正炒了四个碟子，拿两壶好酒犒劳他们。顺便安排小郎中到门房去值夜一天。门房家中有事，走得很急，他家路途较远，今天晚上赶不回来。

小郎中像小鸡啄米一样连连点头，疑疑惑惑地去了门房。账房先生在一旁掩着嘴偷笑。

更夫敲响了二更天的梆子，整个村庄都寂静下来。小郎中提着哨棒前前后后地转了一圈，三进院子漆黑一片，不论主人还是佣人全都熄灯就寝了，各房都响起了或轻或重的鼾声。

小郎中不放心自己的妻子，闩好门就往牲口棚旁边的库房走去。那是东家为他们安排的临时居住之所。

小郎中是个勤恳能干的人，怀着感恩的心情干活，更是十二分的称职。他先到牲口棚里转一圈，打扫完牛栏马厩的卫生，垫上新土，再给石槽里加上草料，用拌草棍搅匀，这才起身到库房去探视老婆。

　　一个黑影从旁边闪过，引起了小郎中的警觉。深更半夜翻墙入室，笃定不是好人。洪先生首先想到了非偷即盗的梁上君子，梁山水泊中的鼓上蚤时迁之流。自己现在是门房的看护，虽然是临时替班人员，也有守土擒贼的职责。好在自己在暗处，手里还有一根给牲口拌草的哨棒，可以出其不意地打他一个冷不防。

　　洪先生看到那个黑影像鬼魅一样，野狗似地溜到库房的门前，抬起前爪轻轻地打门，还拿捏着腔调模仿自己的声音说话："小心肝，快点开门。"

　　"你不是替门房值夜去了，怎么又回来啦？"大红袍还没睡着，在戏班子里练功养成的习惯，睡觉特别机灵。

　　"想你呗。快开门，热乎热乎再回去，晚不了。"那个冒名顶替的"李鬼"很着急，巴不得这就能从门缝里挤进去。"开门上床就行，不要点灯。"

　　门"吱呦"一声被拉开了，那个鬼影子倏然蹿进房中，迫不及待地抱住大红袍乱啃。

　　夫妻间亲热的时候，一般都有一些不足与外人道的细节。这个"猴急"的"李鬼"按照自己的程序走，很快就露出了破绽。

　　"你是谁？快放开我麻溜地滚出去，再不松手我可不客气了。"大红袍又羞又急，使劲地把色狼往外推，同时扭头闭嘴，躲避那张到处乱拱还臭哄哄的狗嘴。

　　"我是东家，你快点从了我吧。完了事明天给你 30 块大洋。"里正急切难耐，一只咸猪手往胸前探爪，一只手拽住大红袍的裤腰带往下扯。

　　大红袍毕竟是练过功夫的人，情急之下知道防身。她抬起右腿膝盖，狠狠地在东家裆下顶了一顶。东家脸上的汗珠淌下来了，一股钻心的疼痛涌遍全身，把他的头脸憋得青红酱紫，肿大了许多。他急忙松开双手，反过来护住自己的腿裆，弓着腰"唉呦、唉呦"地叫唤起来。

　　小郎中害怕叫唤声惊动打更值夜的人，辱没了自己的家风，一个箭步蹿到东家的身后，抡起手中的哨棒，照准里正的后脑勺狠狠地打了一闷棍。

　　东家酒色过度，按郎中的说法患有"双斧劈柴"之症，原本就是一个单薄赢弱的身板。现在大小头都受到了打击，像一个棉布口袋一样瘫倒在地上，居然没有一点声息了。

东家像死狗一样横躺在库房里，小郎中把手伸到他的鼻下进行试探，又拽过手腕把了一下脉。那个老东西气息脉象全无，但是身体依然是又热又软的。没有两三个时辰的观察，洪先生也不敢判定他昏迷还是死去。

如果东家死了，小郎中夫妇摊上了人命官司。杀人偿命，欠债还钱，他们两口子腰无分文，也不知道找谁打点官府，肯定又要被判处"一刀之罪"。即便东家侥幸不死，他们夫妻俩还能在这个宅院里安安稳稳地住下去吗？

老郎中在世的时候常说"惹不起可以躲得起"，戏文里经常道白"三十六计走为上"。小郎中催促娘子快点穿好衣裳，鞋底上抹油——溜之大吉。

忙中容易出错，慌乱容易失机。小郎中和大红袍忙着逃离是非之地，没人想到要带些干粮细软，也没想到翻查一下里正的口袋，找几块零花的洋钱。他们连夜奔跑，黎明时分钻进了又高又密的草荡子。躲在荒草丛深处睡觉，除了野狼和云朵，没人知道他们的具体位置。

人是一盘磨，睡着了不渴也不饿。人在休眠状态容易打发时间，要是有好梦相伴时间过得更快。然而人是热血动物，睡眠的时候只是运动减少、代谢速度放缓而已。一觉醒来，舒展懒身打个哈欠，再排空体内的屎尿，肠胃马上就像被一只无形的大手抓住，不停地上下抻拉一样，火烧火燎地难受。

大红袍夫妇睁开睡眼的时候，太阳已经偏西了。他们扒开身上的枯草败叶，第一个感觉是裤带松了。他们紧了一扣再紧一扣，还是觉得裤腰往下坠滑。后来他们终于弄明白了，不是裤带松了，是肚子空了。

两夫妻四目相对，脸上布满了愁云。他们目前需要面对的情况是：首先是行不知所踪，居没有定所。其次是囊中羞涩，走到哪儿都是人地两生。再次是衣食无着，如果不在短时间内填饱肚皮，弄一身御寒的行头，就有可能葬身在野狼、野狗、狐狸、獾猪和雕鸮、乌鸦的腹中，做保护野生动物的先驱，为美化湿地环境作出应有的贡献。

罗列完令人绝望的困难，再回过头来翻找一下自身的优势。困难能把走投无路的人送到死亡之地，除了韩信"破釜沉舟"的个案以外，鲜有"置之死地而后生"的先例。"峰回路转"、"柳暗花明又一村"等等翻身重生、摆脱困境的机会和能力，往往隐藏在自身的优势之中。

小郎中拥有祖上传下来的悬壶济世的本事，他还是能唱能演的超级票友。大红袍曾经是佘家班的名角，登台亮相就能吸引观众的眼球，亮开嗓子就能征服台下的观众。两个人商量一会，一致同意组建洪家班，继续唱戏。戏子虽然干着下贱的行当，但收入颇丰，聚敛钱财的速度也快。两个人都有戏剧情结，听见锣鼓响就浑身痒痒，忍不住想蹦想吼。再说两个人都有唱打的功底，招几个精细的娃娃就能搭起班子来。行医看病倒是一个正儿八经的职业，疗疾解苦也是积德行善的美事。可是开起医馆大红袍插不上手，只能站在一边看西洋景，这就严重地损害了大红袍的自尊心，也浪费人才。更为关键的是小郎中胆小怕事，自认为学艺未精，很害怕"五姨太"那样的事情重演。他已经是死过一次的人了，不想沾染把他送进鬼门关的行医行当了。倒不如先搭一个草台班，把衣食问题解决了。一边唱戏一边教大红袍学习医道，年老的时候自医。等有了积蓄，他们也年老体衰蹦跶不动的时候，再买几亩薄田当地主，跻身到中九流的行列，羽化成体面的绅士安度晚年。小郎中被"五姨太"的事情吓怕了，不敢再和医药亲近。唱戏要走"出将"、"入相"两道门，登台的时候化妆，以假面孔示人，演绎一些"包青天怒铡陈世美"之类仗义执言、不畏权贵的故事，多少能吐露一些怨气，过过干瘾。曲终人散的时候卸妆，还原成人世间的俗人。走错门、唱跑调无非是学艺不精，少赚银子而已，大不了重头再来。行医看病也走两道门，那是"生死"两道门槛，走错了就万劫不复，再也不能回头了。

蓝图很好描画，实施起来非常困难。小两口设计的前景是非常诱人的，可是不论干啥，手里要有硬通货才行。行医要有医疗器械，还得进药，成立草台班要置办行头和锣鼓弦子等家伙什。一文钱难倒英雄汉，他们腰里冰凉，怎么实现这个宏伟的计划呢？

天空飘起了鹅毛大雪，小郎中夫妇的心境像天上的密云一样，灰暗而又厚重。小郎中夫妇还没走出草荡子就捡到了饿得奄奄一息的小红袍。他们伪装成一家三口，站到街头上打把式卖艺。先敲锣把人聚拢起来，再站到中间抱拳转着圈作揖，口中还念念有词：各位好汉爷们，小的初来贵地，不懂规矩。无论是东游西逛的，还是南来北往的，看见天上飘过雪花的，听过炮仗炸响的，伸过一拳的，踢过两脚的，都是在下的师傅。

他们走州过府，不辞辛劳，转遍了四省七县的故黄河荒草滩，卖艺的收入仅够维持半饱，根本搭不起班子来。

洪先生不光精通医道，脑袋也很灵光，真的动脑筋使坏要诈，普通人拆穿不了他的二五眼。

大红袍和丈夫都把第一个入门的徒弟视同己出，一边教她踢腿练功，一边叫她练习写字，背诵《汤头歌》。一边再物色新的入围人选。

小郎中带着她们娘儿两个去闯南徐州（宿县）。这一回穿着体面，收拾得漂漂亮亮、干干净净，一步三晃摆着谱横行，俨然是大户人家的阔少爷。进入南徐州，他们挑了一家大型的牲口店住宿，把大红袍吓得咬着指头哑然噤声。

有道是"臭皮香客、贩牲口的是银子垛"。贩卖牲口的客人穿得邋里邋遢，身上沾有牛屎马尿的骚臭气味。可是他们的背搭里装满了沉甸甸的硬通货，身后跟着一群值钱的生灵，是牲口店里最受欢迎的贵客。那时候牲口店是高级宾馆，比单独住人的鸡毛小店强上十倍都不止。

店老板都是尊崇赵公明元帅的，对馈赠银两的衣食父母常怀感恩之心。他们知道自己的客店是因为牲口才兴旺发达，所以招牌上写着"车马店"而不是"客店"，客人们在背地里一概称呼为"牲口店"。

小郎中要了一间上房，安排店小二先送洗脸洗脚水，再上一桌子鸡鱼肉蛋、白面发馍和两壶上等好酒。吃饱喝足之后，洪先生安排女眷休息，自己到街上找到一家大药房，买了两个制钱的水银。

回到牲口店里，小郎中把老婆叫起来，让她拿着水银如此这般，办完事记清楚了前来回报。

大红袍是女流之辈，出入房间都是低着头行走，人们看不清她的面目，也没人对她特别意。她很快就把丈夫交代的事情办妥了，复命之后丈夫安排她到内室休息，自己坐在蜡烛下看书。

不到一袋烟的功夫，牲口店像炸营反狱一样，人声鼎沸，忙乱异常。

头牛疯了，疯得莫名其妙。现在不是探寻头牛为何发疯的时候，关键是治好这头疯牛，不让它继续发疯。头牛一旦疯得无法控制，就会引起牛群、马群、驴群、骡子群的整体骚乱，后果不堪设想。牛、马、驴、骡虽是通人性的大牲口，发起疯来是六亲不认的。更为要命的是大牲口不懂得道德底线，也不畏惧律条的制裁，毁人毁物都在一瞬之间。贩牲口的经纪人也有忌讳，知道哪个"车马店"有过牲口炸群的历史，店家摆上八个大碗也不过去住宿。这样的消息传扬出去，这家牲口店就会路断人稀，剩下的善后事宜就是关张或改行了。店家知道"人无远虑必有近忧"的道理，牲口店的老板一般都会养着一两个兽医。养兵千日用兵一时，该兽医出场为东家排忧解难了。兽医们近距离仔细检查发疯的头牛，挨了十几牛蹄子也没看出门道来，向东家抱拳拱拱手，卷起铺盖卷走人了。

店家傻了，招呼各个房间的客人挪地方。他害怕牲口炸群发生不测，万一摊上人命官司自己这辈子就玩完了。小郎中装作一头雾水的样子，询问店家发生了啥事如此恐慌。店家见小郎中衣着得体，态度和善而又沉稳，像是一位高人。此时别无他法，只能有病乱投医，就把他当作活菩萨央告了。

小郎中跟着店老板来到牲口棚，煞有介事地对发疯的头牛检查一番。老婆告诉他，和头牛对面站立，水银就倒进了牛的右耳朵。和牛并排顺向站立，水银就在牛的左耳里面。这样的交待是准确无误的，小郎中知道该如何操作了。

"这是一种外地的线虫钻进了头牛的耳朵，这种虫子专门吮吸大牲口的脑子，非常厉害。这个虫子还没拱进头颅，再晚一会就没救了。幸好你们碰见我了，一般人是看不透这个症候的。我回去拿副药来，我的药能把这种线虫杀死化掉。"小郎中拿来一包白色的粉末，倒进牛的好耳朵里面，又用包装纸卷成圆筒，把粉末吹向深处。然后安排店老板找几个身强力壮的后生抱住牛腿，洪先生自己抱住牛头，指挥大家按照自己的要求把疯牛撂倒。疯牛那只灌有微量水银的耳朵贴到了地上，小郎中抱着牛头往地上狠狠地顿了两下。牛耳里的水银被惯了出来，耳朵不响了也不疼了，头牛安静下来了，疯牛被治愈了。

小郎中被店主和客人尊为天神，店家和牲口经纪人每人奉上 40 块银元的谢仪。小郎中再三婉拒店家的盛情挽留，用欺诈得来的不义之财做资本，在夏邑县成立了洪家草台班。

十二、大马子夜袭蟠龙县

腊月初八，冻掉下巴。八百里故黄河荒草滩属于高纬度地区，冬天寒冷是天经地义的事。

天一冷，大街上的行人就稀疏了，热闹的气氛荡然无存，代之而来的是一股子清冷和萧杀。大户人家都围着火炉，用老酒和暖锅消遣时光。揭不开锅的穷人和沿街乞讨的花子们，用稻草绳把破棉袄勒紧，像糖葫芦一样在舍粥的寺庙前排队。小猫钻到了床底下，家狗和野狗都拱到了草垛里，只有野狼和大马子还在茫茫的荒原上游荡。

这一天苟敬诗对人生有了感悟，领悟出一条做人的道理：他认为做人就像做狗一样，狗跟着一个好主人就不愁吃喝不受欺负，人关键是有一座坚硬厚实的好靠山。

做生意的人都很勤奋。卤肉铺的苟老板都是在头一天晚上把猪狗牛羊、驴子驽马、瞎眼骡子等老牲口宰杀好拾掇利索，天黑下锅煮到七成熟停火，压上石头用温汤焖到天亮出锅。天黑以后煮肉利于保密，谁也看不清他往锅里放啥样的佐料，放多少。当天晚上不卖肉，谁也不知道他是肉不烂的时候撤火。一般的生肉煮熟之后是一斤出七两，肉烂了不撑盘子，也没有嚼劲，实实在在地按规矩煮肉是出力不讨好的，所以新手总是赔钱。把肉煮到七成熟撤火，用温汤焖一夜，各种佐料和水分充分浸润到熟肉里，味道好、劲道，还涨秤，是一举多得的好事。

苟老板早上起来，点上火把肉汤烧开，香气飘散出去肉也热乎了，正好开张。卖完肉再溜乡逮狗买牲口，午饭后继续重复昨天的故事。第一批前来光顾的不是那些贪馋的老主顾，他们还躺在被窝里享受着香甜温馨的回笼觉，日出三竿才能拱出被窝来。

狗的鼻子异常灵敏，也不像懒人贪恋被窝那样贪恋草窝，闻到肉香之后，他们都像箭簇一样，直射到苟老板的肉铺门前。苟老板是很仁慈的，总是丢给他们一些剩骨头。一边看着狗抢骨头，一边辨认那些狗是谁家的，确认有无主的野狗，他就会用一块带肉的骨头把他引进后院，叫伙计们用夹狗的钳子锁住狗的脖子，掀翻了打死，用尖刀剥皮，发一笔不义的小财。

苟敬诗学着父亲的样子，用一根带肉的骨头把一只又肥又壮的大黄狗诱骗到后院。几个身手麻利的小刀手把院门堵上，用铁夹子卡住狗脖子，把屠狗宰驴的尖刀在砺石上蹭了几下，这就要"白的进去，红的出来"。

老苟从熟肉间的窗户里窥探到这一情况，提着砍刀冲进后院，面红耳赤地冲着小苟狂吠："快点把狗放了，这是县长家的狗。你们这群败家的东西，眼长到腚沟子里去了？不认清是谁家的狗就动刀子，想找死啊!"

小苟吓得一吐舌头，悄悄地溜到外面去了。看老子那个气势汹汹的劲头，自己胆敢扯一根狗毛也会死无葬身之地的。

老苟毕竟多吃了几年咸盐，阅人多、阅世广，是一个阅历丰富的人。老人常说"打狗一定要看主人"，何况是杀狗？很多无知莽撞的傻蛋，贪一时的口福，或是无端被狗咬了压不住怒气，不问情由就呈匹夫之勇，把大户人家的狗给打死了，结果弄得家破人亡，还得披麻戴孝，像发送亲爷老子一样，拉着哭丧棒给畜牲出老殡。

年轻人没吃过亏不知道厉害。别说你这个小龟孙才是一个警官，就是当上署长了，能惹得起县长老爷吗？

小狗子低头不语，沉思了良久，越想越觉得老子说得有道理。姜是老的辣，醋是陈的酸，不服不行。傻小子虽然穿上了黑制服，戴上了大檐帽和白领章，也绑上了白布裹腿，还挎上一支盒子炮，说到底自己还是在混天聊日，白吃局子里的冤枉粮。

乱世之中的人不如和平年代的狗，那条小命不能掌控在自己的手中，不知道会在何时何地，也不知道因为啥样的原因，可能说没就没了。从今往后，不，从现在开始，小狗子要机灵一点，慎重考虑一下寻找靠山的问题，找一个靠得住的靠山。在蟠龙县的地盘上，警察署长算一号响当当的人物，他在盘龙县城跺跺脚，周围七个县衙都得晃悠晃悠。可是树高千丈也大不过天去，孙猴子再能也跳不出如来佛的手掌心。署长的本事再大也得听县长的。署长在中心县长面前，就像自己在署长跟前、像待宰的狗在老爹面前一样，是任由摆布的角色。故黄河荒草滩上的形象说法是"脚面子支锅——说踢就踢"。

苟敬诗决定投奔到县长门下。今天县长家那个前来偷肉吃的大黄狗，就是领自己入门的大师兄。自己和他混熟了就能和县长说上话，只要和县长搭上话茬，他就会让县长赏识自己，相信自己是一条忠诚无比又很听招呼的好狗，叫咬谁就咬谁，保证嘴嘴带毛。

苟敬诗虽然是屠夫的儿子，家中的油水是很厚实的，他也像大户人家的阔少爷一样，读过私塾，上过洋学堂。他在学堂里算不得"聪明上进"者流，也没堕落成"学混子"。他学过"四书五经"，也粗通"六艺"，知道必须"有功"在先，而后才能"进飨之"。想巴结署长、县太爷，不做几件让他们心花怒放的事情是不行的。老爷不认识你就谈不上赏识，不赏识你怎么会让你靠近，不靠近怎么能成为贴身的心腹，不成为上司的贴身心腹怎么会被奖掖提拔？单凭几句忠诚的表白就想得到奖赏，恐怕是痴人说梦。

听说署长和县长都是超级登徒子，给他们拉皮条物色一两个绝色的女子无异于朝他们的腋下挠痒痒，肯定会叫他们心花怒放的。自己倒是有一个豆蔻年华的妹妹跟着母亲在乡下窝着呢，想办法撺掇老爹把他们接过来也就是了。老爹天天喝酒啃骨头，憋着一肚子邪火也是需要发泄的。小妹妹很有几分颜色，关键是年轻，这就能撩起男人心中的邪火！平心而论，小妹妹和洪家班的小红袍相比，技艺一些全无，姿色、韵味、气质和身段，也都稍逊一筹。

提起那个精灵一样的小红袍，苟敬诗就有一肚子怒气。那个骚妮子一头扎在柳至贤的怀里，对蔡华祥那个愣小子也腻腻乎乎，只有自己没分到一丝半缕的温柔。自己也扯着破锣嗓子学唱"拉魂腔"，像一盆木炭火一样在她身旁"呼呼"地燃烧，她居然听而不闻、视而不见，面对自己就像面对一截木桩子，连一点点感觉都没有。

苟敬诗没事的时候常帮老爹逮狗，见识过那种知道抢食的烈狗。抢食的狗想吃餐桌上的炒菜，卧在主人脚下憨等是没有结果的，只能扒泼弄撒。这样做有两种结果：一是挨一顿胖揍，谁都吃不成。二是主人嫌脏不吃了，扔到旮旯里赏赐给自己。现在对付小红袍只有这一个法子，与其像呆狗一样，明知道没戏还要傻等，倒不如把一碟子美味佳肴弄脏、弄撒，等县长大人玩腻了嫌弃不要的时候，自己也能吃上一点残汤剩羹。

苟敬诗知道警察署长早就惦记小红袍这块肥肉了，也知道县长大人已经捷足先登，把小红袍请到县衙唱过堂会了。县长果然喜欢小红袍，自己故意装作不知道，仍然给他创造和小红袍单独接触和亲热的机会，估计县长大人也会眉开眼笑的。

故黄河荒草滩上的父老乡亲们都虔心礼佛，大年跟前干啥事都十分讲究。乡亲们都说：一入腊月，草棒都有神灵，说话要格外谨慎小心。那时候童言也犯忌讳，说错话就会饱受长辈的白眼和老拳，还要不停地往地上吐唾沫，自己也跟着掌嘴。

人们喝了一肚子腊八粥，扎堆取暖去了。西北风"飕飕"的，把鹅毛大的雪片吹到了八百里荒原。

那个曾经在草荡子里把柳至善绊倒的叫花子，是个腰里揣着银票的大土豪，是怕露富遭到抢劫才装的叫花子。他自报家门是故黄河荒滩上的人，从祖父那辈开始闯关东，现在也算是东北人，叫石原郎。谁也不知道他在故黄河荒滩上转悠多久了，也不知道他在荒滩上转悠的目的是啥，他还要继续在荒滩上转悠。他来到了苟家的卤肉铺，喝酒吃肉吃出了瘾头，就在苟家后院租赁两间闲房子住了下来，这样方便吃卤肉喝烧酒，也方便他在故黄河荒滩上四处溜达。

石原郎说自己的老爹曾在深山老林里刨出两支九品叶的老山参，他们受不了关东军的欺压讹诈，老爹让他揣着卖参的钱回故乡寻根问祖，如果能找到一个稳定的活命营生，他准备把家人接过来认祖归宗。

这一天深夜，苟敬诗心想事成。他巴结上峰的机会到了，是老狼窝里的大马子送给他的。

苟警官在睡梦中听到了院子里"扑扑腾腾"地有了响声，他以为是野狗咬架呢，根本就没往心里去。他家的房前屋后、院内院外，到处充满着血腥味。馋猫鼻子尖，狗能闻上天。他们受不住腥味的诱惑，循着味道溜了过来，为了一块剩骨头、一点点碎肉，甚至是一滩热屎拼命撕咬。苟家的肉铺周围，常有野狗的撕闹声，苟警官已经司空见惯。少见才会多怪，多见也就不怪了。他又昏昏沉沉地睡了过去，居然没听到后面急促杂乱的马蹄"踢踏"声。

苟警官的房客石原郎倒是十分机警，他听到动静就翻身起来了，还从枕下拽出一支王八盒子拉栓上膛。等了一会没见有人翻墙进院，仔细谛听一下马蹄声渐渐远去，他才把手枪塞到枕下，重新躺倒睡觉。

早晨起来，苟警官见到院子里隆起了两座雪包，像是小号的坟丘一样。他用扫帚扫去浮雪，看到了一个硕大的包裹，一条肥大的黄毛死狗。狗是县长家的，已经被破腹开膛了，老爹昨天亲手喂他吃下了二斤熟羊肉，估计还没变成狗屎。现在倒好，他自己一肚子"狗宝"都被掏出来了，只能变成熟狗肉叫别人享用，不会再张嘴吃肉了。包裹里面是现大洋和金银器皿，还有两封信，都是失踪许久的蔡华祥写的。一封是写给苟警官的，另一封是家书。

蔡华祥成了大马子，现在是老狼窝里的二把刀。他在信中告诉学友苟敬诗，他不想给官府的贪官污吏当狗腿子，又无法终止社会上的乱象，所以选择了"剪径"的行当。他不是只知道杀人越货的悍匪，而是杀富济贫的义匪。他现在手下有上千号勇猛善战的生死兄弟，有大刀长矛，也有鸟铳和快枪，杀无恶不作的贪官就像杀死一只小鸡那样容易。今天把县长家的恶狗劈了，是给狗官一个警示。如果他不思悔改，继续为非作歹、祸害百姓，我蔡华祥一样能把他肚子里的"牛黄狗宝"掏出来。包袱里那点浮财都是不义之财，你可以留下一些，把剩下的送到蔡家寨交给老父亲。告诉他那个黄烟行经营好坏都无所谓，儿子手里有的是现大洋，供得起老人家安享晚年。

蔡华祥还说，他非常想念昔日的学友柳至贤、苟敬诗之流，也非常想念洪家班的小红袍，希望有时间和他们聚一聚，请苟兄想办法玉成此事。

苟警官和老狼窝的二当家同窗十几载，老同学的笔迹他是认识的。手中这封信上的字迹确有几分相似，仔细看还是可以看出破绽的。可是县长家的狗已经死了，官老爷的小金库也被抢被砸了，说蔡华祥是无辜的，找谁来顶缸？二当家已经在信中提到自己了，替他开脱岂不是招来"同党"之嫌？真把同学择干净了，蔡华祥的武功学识都在自己之上，回到警察署吃粮当差，肯定把自己的风头给抢了。自己可以把县长家的狗煮了，把蔡华祥的书信和那张狗皮一起烧掉，把钱财匿下自己花，那样就少了一次巴结上峰的机会，撤掉一级进身之阶。包袱里的现洋和金银器皿，合在一起也不过五百块钱的身价，自己的脑袋上若能顶上二指长的纱帽翅，就能捞取超过包袱中十倍百倍的好处。贪小便宜舍大利，是脑子里面灌进狗肉汤了，不是傻蛋吗？

二当家在信中提到了自己，自己可以大义灭亲，用实际行动来证明自己对长官的忠诚。信中也提到了柳至贤和小红袍，这就给了自己打压他们的借口。有了比较充分的理由和动机，再怂恿上司下达相关的指令，自己就有了迂回的空间，有了以权谋私的机会，可以充分利用这个瑕疵，谋求自己想要得到的东西。

苟敬诗决定让家人保护好现场，先把这件事汇报给署长。因为案件涉及到县长那条大黄狗，案发现场又在自家肉铺的后院，署长一定会带着自己和县长见面的。罩到网里的鱼，就是迟一会早一会的事，自己没有必要着急忙慌地去争那一炷香的时间了。越级汇报问题是犯忌讳的，自己一定要沉住气，不能还没见到县长就先让署长对自己有啥不好的看法和想法。

果然如同苟敬诗所料，署长带着一队黑衣警察亲自到现场视察。这时烟馆、赌场、钱庄、金店、商行、粮行都来报案，或是遭到抢劫，或是发生了盗窃案件。总之，昨天晚上，凡是稍具规模的店铺，凡是和几位显赫的老爷有点利益瓜葛的商家，都有飞来的横祸。四个城门的守军都被剥光衣服，五花大绑在门洞里，快枪被大马子缴械抢走了，人也被冻得奄奄一息。大马子没费一枪一弹，就割走了官老爷一块肥肉。虽然兵有血刃，只是在柳叶刀上沾了一些狗血，那缕血光衬映的惊悚和恐惧无比巨大，不光塞满了蟠龙县城，也蛰伏在故黄河八百里荒原上经久不息。

署长让侦缉队的警官了解案情，对失窃的物品登记造册，张贴告示缉拿案犯。自己带着苟警官，抬着县长家的死狗和赃物，一起去见易县长。

到了县长跟前，苟警官像是饱受欺凌的孩子见到了家长一样，委屈和悲愤交织在一起，匍匐在地上大放悲声："县长大人，我那可怜的狗兄弟，他死的好惨哪!"

县长愕然一怔，有点懵了。他不知道自家的黄狗和别人结拜过，更没想到他的异类兄弟对他的仙逝如此悲痛。人和狗交朋友，狗能做到忠贞不渝，人却鲜有深情厚义。苟警官对一堆黄白之物视而不见，却抱着已经僵硬的狗尸痛哭流涕，这让易县长有些感动。

"狗死不能复生，你就节哀顺变吧。"易县长揽起苟警官，聊示安抚之意："详细说说具体情况，咱们要想办法逮住凶手，替你的狗兄弟报仇雪恨。"

苟警官依旧是一脸悲戚之色，抽抽噎噎地垂泪不止。好像不是一条黄狗被刀劈了，而是他家肉铺的老掌柜被人扔到狗肉锅里给煮了。

"我的好兄弟呀! 你每天傍晚都跑过来陪我吃肉啃骨头。没想到你竟然撇下我独自先走了，今后的日子还有啥过头? 再香的肉我也吃不出味道了，我的心好痛啊! 该死的大马子蔡华祥，你把我劈了也没啥，干嘛对我的大黄兄弟下黑手呢?"苟警官从兜里掏出两封信，递给署长和县长，低头肃立在一旁，不知道是为狗兄弟致哀还是等候长官的训示。

好在下属面前颐指气使的长官，手底下离不开狗腿子。他们在上司面前也要装狗，表现出狗的奴性和忠诚，受尽上峰的凌辱而不能有任何不满和异议。见到下属的时候，他们就会把上司赏赐给他们的屈辱加倍分发给部下。

易县长脚下一条温顺忠诚的好狗殉职了，县长的忧伤需要慰抚，空出的职缺需要填补。县太爷很赏识苟警官的忠勇，关照署长给予重点培养，并要求苟敬诗经常到中心县衙来走动，经常和县太爷聊聊他那死去的大黄兄弟。

十三、逮猴子的花生

苟敬诗因祸得福。在蟠龙县不少商家和官老爷痛失经济利益，县太爷家的大黄狗罹祸遇难，苟警官却升职当了巡长，不久又升了队长，可以和下辖普通县城的警察局长平起平坐了。他姓苟又因为死狗受到县太爷的赏识抬爱，同事们说他这个"狗队长"名符其实。街面上的市民和进城赶集的老百姓，当面点头哈腰地尊称他为"苟队长"，背后骂他是"狗吃屎"。

警察署长迫于县长的淫威擢升了苟敬诗，他表面上也很赏识这位知趣的下属，私下里对他的得宠醋意浓浓。你苟队长不是和县长家的死狗称兄道弟么？这个大马子袭城的案子就牵扯到你的兄弟，就委托你狗队长办案吧。

当官不为民做主，不如回家卖红薯。你苟敬诗现在是公鸡头上一块肉，大小是个官（冠）了。靖平匪患解民于倒悬是你的本分义务，你和县太爷家的死狗感情深厚，也应当为他报仇雪恨，于情于理、与公于私，你苟敬诗都是首当其冲的。你能破了这个案子，是我署长大人知人善任，慧眼识得金镶玉。你破不了这个案子，在县太爷跟前的威望就会一落千丈。老子再适时地为你浇点酸汤，上点眼药，你小子再想爬到老子上面去，就是南天门上的瓜蒌——有点悬喽。

军令大如山，军人的天职是服从，这些话苟队长早就耳熟能详了。他虽然算不上军人，但是穿着制式服装，腰里也挂着一支盒子炮，是和军人挨得最近的人。老百姓军警不分，知道凡是腰里别着家伙的人都能欺负老百姓，他们之间没有显著的区别。警察过着半军事化管理的生活，对上峰的命令也是要不折不扣地执行，不能含含糊糊，更不能阳奉阴违。

苟队长和二号匪酋蔡华祥同窗十几载，知道老同学有一身功夫，也知道老同学是一个有仇必报、敢下狠手的血性汉子。得罪上峰的后果是削职为民，大不了回家跟老爹一起煮卤肉。得罪老狼窝二把刀的后果更为严重一些，蔡华祥急了眼敢叫他身首异处，把他那个吃饭的家伙砍下来当球踢。果真如此，自己再想长成七尺高的汉子要等到二十年后。那是刑场上囚徒们常喊的一句话，到底能不能应验谁也不知道，自己并不想去验证它的真伪。可是苟队长当官刚刚尝到一点甜头，因此有了一点瘾头，实在不忍心马上舍弃自己的锦绣前程。

回到老爹的卤肉铺，苟队长切了一盘酱牛肉，撕了一块狗肋扇，打开一坛子柳家的老酒。他叫过来像孤狼一样在荒原上到处乱逛的东北虎石原郎，一边喝酒吃肉，一边盘算着怎么做才能"鱼和熊掌同时兼得"。

蟠龙县城的戏园子建好了，易县长亲笔题写了"蟠龙大戏楼"匾额。蟠龙戏楼是官老爷们的猎艳场所，在戏楼舞台上演出并不是洪家班的专利，也可以邀请"李家班"或"张家班"过来一试身手。说不定其他戏班子里藏着"小绿袍"、"小紫袍"之类的美艳娇娘，比"小红袍"的姿色更好。

易县长出了个让戏班子打擂台的好主意，把附近各县市的名角都召集到蟠龙县城来，比一比孰优孰劣，推举出一个色艺俱佳的花魁娘子来。

苟队长现在是蟠龙县数得着的人物，收到了一沓子赠票，天天都可以白吃白喝白听戏，磕着瓜子在戏园子里一饱眼福。他的心绪并不安宁，因为头上戴着一顶"紧箍咒"呢。署长和县长都找自己谈过话，交待完工作之后再三表明他们对这个案子的重视程度，一再嘱咐苟队长要全力办案，尽快结案，要"射人先射马、擒贼先擒王"。从现有的线索上判断，现在的元凶应该是老狼和蔡华祥，他们是大马子的正副头领，是土匪窝里的核心人物。

苟队长感觉到老同学是冤枉的，他一定是得罪了大马子里面"搭腰得劲"的人物，要不然大马子不会这样祸害他。可是上峰认定他是"敌酋匪魁"，自己不能戗着上司的茬子说话，自己也拿不出充分的证据把同学洗白了。如果蔡华祥不是被陷害冤枉的，那他就是"天字第一号"的大傻蛋。做好事、行善事讲究"人过留名、雁过留声"，杀人越货你留啥名号呢？如果没有那两封署名的破信，谁知道这个惊天大案是你蔡华祥带人做下的？无头公案虽然难破案却好结案，随便找两个蟊贼顶岗就行，甚至连无名的喽啰也不要，秘密处死两个乞丐，到荒草甸子里找两个"倒个"，就说他们是真正的飞贼，是元凶真凶，在缉捕过程中拒捕被乱枪打死，把报告写圆了照样立功受奖。这次大马子确实打到了官老爷的痛楚，又偏偏把蔡华祥的名号留下来。这事情就有些棘手难办了。

官老爷为了发泄心头的愤恨，都想把蔡华祥拘捕到案，万刀凌迟而后快。他们当中的大部分人都认识蔡华祥，"偷梁换柱"、"偷天换日"的把戏玩不得。再说蔡华祥也不是瓢葫芦子，玩武的自己根本不是对手，玩文的柳至贤可以聊胜一筹，自己依然是垫底的人物。强攻不行，智取不得，这确实愁煞了苟队长。他把心事吐露给石原郎，叫他帮着自己出主意。

石原郎告诉苟队长，在中南美洲的热带丛林里，生活着一种机灵可爱的蜘蛛猿。蜘蛛猿是一种小巧玲珑的迷尔猴，经济价值很高，也很难猎获。当地人受不了高额利润的诱惑，想出各种各样的招数捕捉蜘蛛猿，下网、下套、下夹子、挖陷阱、用吹管、用枪、用弩、用麻药，结果都是无功而返。后来有一个精明也有经验的猎人想到了一个绝妙的办法，屡试不爽。那个猎人把一粒带皮的花生放在玻璃瓶子里，蜘蛛猿可以把手伸进瓶口，抓住花生以后握成拳头的手却抽不出来。蜘蛛猿体小力衰，不能拖着瓶子逃走，又舍不得松开手放弃手里的花生，只有乖乖地被猎人擒获。

蔡家寨卖黄烟的蔡老板，无疑就是诱捕蔡华祥的一粒老花生。可是万一蔡华祥死里逃生，自己可就结下一个生死冤家啦！

蔡华祥是一个不计后果、不顾性命的家伙，也是一个点火就炸的急性子，再给他注入"仇恨"之类的助燃剂，愤怒的火苗会烧得更旺。自己才二十出头，就像黄嘴家雀一样稚嫩。苟队长觉得生活十分美好，自己还没享够人间的幸福，不想被老同学的怒火烧成灰烬。柳至贤说过"急躁猴操不过慢牵牛"，这事急不得，忙中容易出错，一定要想一个万全之策。

苟队长从肉锅里捞出一条狗腿，灌半斤老酒就把脑细胞激活了。他想起了小红袍。小红袍刚来到蟠龙县就认识了柳至贤、蔡华祥和自己，算得上铁杆朋友。虽然她和柳至贤最贴合，蔡华祥次之，自己是排在最后一位的殿军。可是和外人比起来，自己的名次就非常靠前了。知道蔡华祥为匪，她肯定不相信，相信了也会很伤心。知道蔡华祥大难临头，她一定非常着急，绝不会袖手旁观、见死不救的。

苟队长决定去找小红袍，把蔡华祥的英雄事迹添枝加叶地告诉她，让她去找柳至贤，通过学生娃给大马子二把刀的爹娘报信。自己和柳至贤也是相熟的朋友，可是学堂里人多嘴杂，自己不方便露面。再说了，既然抛出钓线，就叫他们一起咬钩。多钓一条鱼多一份收获，少一个对手少一分麻烦。蔡华祥已经做了老狼窝里的二当家，蟠龙县城已经没有他的立足之地了。再想办法把柳至贤挤兑到一边去，小红袍自然就是自己的囊中之物了。

只要小红袍去找柳教员，他是否给蔡家通风报信已经不重要了。走夜路就能碰见鬼，逮不着黄鼠狼也会惹上一身骚。任凭你柳至贤巧舌如簧，苟队长有办法叫你百口莫辩。

柳至贤是一个志存高远又忧国忧民的人，面对积贫积弱的国家既痛心疾首也忧心如焚。他钻在故纸堆里博览群书，想从书本里找到救国救民的良方。"德不孤必有邻"。因为柳至贤的志向远大，学校里那些执鞭任教的青年知识分子，高年级中那些已经汲取一定知识的莘莘学子，全都好和他聚在一起谈古论今。

威望高的人都受人拥戴，人们也乐意为这样的人做事。听完小红袍的陈述，柳至贤马上差侄三驴子赶往蔡家报信。

苟队长听到小红袍的回音，再三核实准确无误之后，马上把属下人马召集起来开会，部署如何摘取"花生"的工作。他让副队长带领20名警员，穿便衣骑快马，提前到蔡家寨布控，让学生娃把口信传过去，但是不能让蔡华祥的爹娘跑走喽。自己带领30名荷枪实弹、全副武装的警员，穿着警服，骑着高头大马，威风凛凛、排排场场、大摇大摆地进入蔡家寨，光明正大地缉捕二号匪首的亲属和其他涉案人员。

蔡华祥是个孝子，只要拿到这粒"老花生"，捕捉"蜘蛛猿"就十拿九稳了。苟队长是个勤奋好学也很"上路子"的人，虽然进入官场的时间不长，却已历练得十分老道了。万事都有例外，不怕一万就怕万一。万一蔡华祥松开手掌舍弃这粒"花生"怎么办？万一蔡华祥死里逃生怎么办？要让小红袍、柳至贤之流出面作证，证明自己是向着老同学的，虽然是"君命难违"，虽然在上峰的高压监视之下自己仍然冒着莫大的风险在暗中通风报信。是县长和署长太狡猾了，他们并不信任自己，在自己接受命令之前他们就派人化装潜伏到蔡家寨了。自己这次出警，说白了就是稻草人穿衣裳——装装样子。对，这样解释起来入情入理，的确天衣无缝。在上峰面前他可以说"小心驶得万年船"，为了万无一失地确保顺利完成任务，他故意使了一个"双保险"的计策。

战国时期著名的军事谋略家孙武在《孙子兵法》中讲过：夫未战而庙算胜者，得算多也。苟队长虽然没到庙堂之中去苦思冥想，却在老爹的卤肉铺里度过了十几个不眠之夜。他和石原郎一起啃着狗腿、呷着老酒、搜肠刮肚地算计，几乎把各个方面都算计到了。老狼窝二号匪首蔡华祥的老爹在"封神榜"上有名，又挨了姜子牙的打神鞭，再怎么扑腾都在劫难逃了。

十四、二把刀蔡华祥

风雪已经停了，厚厚的雪层并没有融化。金色的太阳高悬在空中，洁白的原野上反射着太阳的光芒，刺得人们睁不开眼睛。

天已经大亮了，室外仍旧像冰窟窿一样阴冷。寒冬的早晨，不光是人贪恋被窝，鸟儿也挤在巢穴里不愿意出来。

老狼窝的伙房里，灶台的夹缝中还有几只越冬的蟋蟀，在灰土中"吱吱"地叫着。蟋蟀是天赋异禀的小生灵，知道根据季节的变化选择蛰居地点。古书中记载：蟋蟀七月在野、八月在宇、九月在户、十月在堂。一入腊月，这个富有灵性的小生灵就从床下钻进灶间里去了。

大马子居住的地方都是一些临时居所，不论是小狼窝还是老狼窝，都没有人想到要砸下万年的桩基。大概是大马子也有"围城心理"，不愿意让自己的后人继续当土匪，所以临时栖息之地都是糊弄起来的豆腐渣工程，只求临时遮风挡雨，不讲究美观和坚固。好在"衡门之下可以栖迟"，再简陋的茅舍也比狗窝舒服。

在故黄河八百里荒滩上，蔡华祥是当之无愧的富家公子哥，虽然不敢妄称富比王侯，但和升斗小民比起来确乎算得上锦衣玉食。开始他听不惯枪炮声和大马子嘴里的粗俗脏话，过不惯居无定所提心吊胆的日子，也不适应土匪窝里邋里邋遢的环境。可是他早就分不清东西南北了，也不知道蔡家寨在什么方位，没人管束的时候他也不敢乱跑。在比迷宫还乱的荒草荡子里乱跑，就是把人肉送给野狼乌鸦当点心，下场就是成孤狼肚子里的粪便。人固有一死，蔡华祥有几分英雄气概，不怕洒了皮下的一腔热血。可是那样的死法太窝囊了，蔡公子不愿意被野狼撕碎了装进野兽那污秽不堪的肚子里。

既然还想生活在人世间，就得跟着这群大马子瞎混。留得青山在不愁没柴烧。先保住自己的百十斤，等待机会的来临。如此一想，蔡华祥的心情平复下来了。习惯成自然，跟在大马子后面颠簸，时间一长也就滋生出匪气来了。年轻人血脉旺，细胞代谢的速度快，头发胡子也长得长。蔡华祥皮肤上布满灰垢，毛发上黏着草屑和草籽，衣服也油腻腻的看不出真色了，虱子肯定也在他的衣服缝里安家并且生儿育女。他居然安之若素，不痛不痒。

看到白皑皑一片一望无际的雪原，蔡华祥有了一丝伤感：看来今年春节又看不上蔡家寨的烟花，也吃不上家里的饺子了。他做梦也想不到的是，卖黄烟的老爹今年也吃不上家里的饺子了。他的老同学苟敬诗，已经把他老爹接进蟠龙县城了。一入公门深似海。只要迈进黑土窑的门槛，就别想平平安安地出来。

官老爷都喜欢有钱的大户人家摊上官司。自古衙门朝南开，有理无钱莫进来。肥猪肉加热才能熬出油来，弄个皮包骨头的穷鬼过来，打死他又有啥用处？横竖就是一堆臭肉，一个铜板也榨不出来。

苟队长把卖黄烟的蔡老板逮来了，署长和县长都很满意。蔡家是殷实之家，平时养尊处优惯了，受不了牢房的罪就得往外掏银子。办案讲究沾边赖四两，管你冤枉不冤枉。染坊里不会倒白布，查清你是冤枉的也不会退给你现大洋。

"花生"已经到手了，班房就是装花生的玻璃瓶。要让"蜘蛛猿"知道"花生"在哪儿，还要给"花生"加加热，炒出香喷喷的气息来，猴子才能受到诱惑，才会奋不顾身地攫取那粒带皮的老花生，才会紧紧地把"花生"攥在手掌里，至死也不松开。

苟队长决定把"老花生"吹成气茄子，释放到天上去，使整个故黄河荒草滩上的居民都能看得到，蔡华祥很快就能收到准信了。

为了震慑八百里荒草滩上的各路大马子，也为了警示黄河故道中那些想着暴动的刁民，苟队长让木匠做了一个大号的囚笼，把老狼窝二把刀的老爹装进去，用太平车拉着在蟠龙县各个街道上游街示众。

冬闲不出去劫掠之时，大马子都猫在狼窝里喝酒赌博。老狼把舌头喝大了，趁着酒劲向在场的大小土匪宣布，他和蔡华祥的老爹是过命的朋友，和故人之子投缘对眼，老狼决定自贬辈分和蔡公子结成忘年之交，让蔡公子坐老狼窝的第二把交椅。蔡华祥懵了，其他人也觉得有些突然。老狼却是一本正经的，一点调侃的意思都没有。

老狼的话像投在渊子里的石头，激起了一层层涟漪。大小土匪都沉不住气了，觉得今天的酒劲太大了，把"杆子头"的脑子烧坏了。蔡华祥和大当家的到底是啥样的关系？他没纳投名状就入伙进了匪窟，寸功未立又被升职坐上了第二把交椅。大家对此颇有微词，既不服气又不明就里。

老狼向蔡华祥颁发砍刀和盒子炮，还给蔡公子披上一件狼皮大氅。这是信任和器重的表示，就像过去皇帝赏赐给大臣"三眼顶戴花翎"和"黄袍马褂"一样。老鼠眼已经把蔡家寨的变故飞鸽传书过来了，他要配合官府，把蔡华祥推到"二把刀"的位置上。

蔡华祥知道，古代的文人雅士也很喜欢裘皮大衣。《诗经》上说"羔裘豹饰，孔武有力"、"羔裘以逍遥，狐裘以适朝"。裘皮大衣也是分档次的。穿羊羔子皮做的大衣，风流倜傥，逍遥快乐。穿狐狸皮做的大衣，到朝堂之上才不至于丢份。刚刚结拜的金兰老大送他一件狼皮大衣，其中有何深意？老狼做了几十年的"杆子"头，一向特立独行，思想意识也异于常人。按照他本人的说法，他身上狼性居多，人性偏少。

狼是既狡猾又有耐力的动物，是可以用生命和毅志与对手战斗到最后一刻的野兽。他们群居的时候采用车轮战术，像运动员跑接力赛一样，轮番消耗你的毅志和体力，直至你彻底崩溃。他落单的时候，就凭他们的机警狡诈和耐力，瞅准机会发起偷袭，叫你死无葬身之地。狼有耐力、有毅力，也歹毒无比。谦谦君子做不了狼群的首领，心地善良也无法在狼窝里生存。这或许就是头把刀要告诉小兄弟的箴言吧？

蔡华祥并没有把老狼的话当一回事，不论干啥都讲究个你情我愿，自己一直没有当大马子的想法。就像珍珠不能一直埋在污泥里，金子不能一辈子委身给顽铁一样，自己这样一个上过洋学堂的大户人家的公子哥，怎么会甘心情愿地做土匪？再说了，自己这样一个乳臭未干的傻小子，因为机缘巧合在"狼窝"里住了几天，没有当土匪的愿望，没有服人的威望，没有任何觐见之礼，哪有资格当这个杀人喋血的"二把刀"？老狼今天喝醉了，拿自己这个傻小子开涮取乐吧？要么就像蛮夷鬼子过"愚人节"一样，故意哄哄属下那群匪徒，让大家宣泄一下情绪。自己可以不把老狼的许诺当真，但是一定要和这群大马子处好关系。跟着他们出去抢劫，不杀人只放火，攒点私房钱把路径探熟了，瞅空跑回蟠龙县，先到警察署报到当差，再到家里和亲人团聚。自古忠孝不能两全，吃官饭的人一定要先公后私。蔡华祥没把书本装到狗肚子里去，这些起码的道理他是懂得的。

大马子不是蟋蟀，他们在严冬季节也知道寻找背风的地方扎堆取暖，但是凶残的本性一点也不会收敛。

庄稼人的活动规律是"春播、夏长、秋收、冬藏"，大马子的运作原则是"春骗、夏绑、秋剪径、冬掠抢"。冬天他们往外多撒"溜子"，到处望风踩点，趁着人们懈怠窘困之时大肆抢夺掳掠。

老鼠眼和瘦猴子回来了，他们披着一层厚厚的积雪，风尘仆仆地来到了老狼窝。他们带回来一条重要的消息，听完这个消息蔡华祥就悲痛欲绝了。

蔡华祥的老爹身陷囹圄，他的老母亲被驱出家门，不知到何处乞讨流浪去了。蔡家寨被警署抄查数遍，像用篦子梳理那样仔细。蔡家的动产被没收充公了，不动产被贴上封条封闭起来了。蔡家几辈子惨淡经营的家业，一夜之间销毁于无形。

蔡家败落了，突然之间莫名其妙地衰败下去，快得让人难以置信。蔡华祥被不幸击倒了，在老狼窝里蒙着头睡了三天三夜。

蔡华祥睡醒了，也把一些烦心的事情想透了。操他姥姥的，当官的一个好熊没有，都是欺软怕硬、鱼肉乡民的混蛋。既然他们不让老百姓好好过日子，我就跟着这群大马子烧杀抢掠，大碗喝酒、大块吃肉、大秤分金银，快意情仇。瞅准机会就打进县衙去闹他个天翻地覆，把草菅人命的狗官逮过来，宰他个狗日的，煎一盘狼心狗肺下酒。

蔡华祥洗漱完毕，跑到草荡里面拉了一泡硬屎，回来从大锅里捞起一个大块的肉骨头，像狗一样蹲在锅灶旁边撕咬起来。

老狼示意老鼠眼给"二把刀"送上一壶热酒，嗅着鼻烟在一边观看蔡公子吃饭，像猎人看到了陷阱里面的老虎，仔细欣赏起来。

"吃饱了没有？"老狼见二把刀扔掉骨头，用袖口揩抹嘴上的油腻，走过来询问这个醉酒时结拜的小兄弟："怎么样，可以安心当大马子了吧？"

蔡华祥走到老狼面前，跪在地上恭恭敬敬地磕了三个响头，从心里接受了这位年长的大哥，告诉他自己愿意为匪，也会听"老大"的招呼。但是，他向老大提出了具体的要求。他蔡华祥是个血性汉子，认定的事情就会死心塌地、实实在在地干好。在这个世道上，最大的冤仇莫过于"杀父之仇"和"夺妻之恨"。自己还没结婚，没有娇妻可夺。父母是他在人世间最亲最近的人，自己身为人子，还没来得及孝敬爹娘，不知道以后还有没有机会。老父亲是被陷害的蒙冤之身，孝敬爹娘的第一步是把老爹身上的冤屈洗刷干净。

和师长、家长说话要彬彬有礼，要点头鞠躬如仪。和野狼打招呼要用刀子。你和野狼讲礼貌，就是想试试他的牙齿是否锋利。自己准备对付比大马子还要歹毒凶残的官府，一定要有点本事，首先就是把枪法练好了，练就一手百步穿杨的硬功夫。能不能正常射出子弹是枪的问题，能不能百发百中是射手的问题。蔡华祥要求参加以后的每一次行动，要求老狼给他配发多出常人两倍的枪弹。他说实战经验是打出来的，他必须参加实战，练手练胆。射击的准头是子弹喂出来的，他不能天天眯着眼睛瞄空枪，也不能只用一块砖头吊在枪管上晃来晃去，他要玩真的，要用子弹撑炸枪膛。

十五、保护"快枪"

古人说过：虽有兄弟，不如友生。苟敬诗对这句话非常赞同。亲兄弟有啥用处？爹娘在世的时候相互争宠，父母离开人世又开始争房子、争地、争家产，正事干不了一点。朋友就不一样了，知心的朋友可以趴在地下给你当马骑，让你踩着他的肩膀往上爬。唐朝的皇帝李世民就是一个典型的例证。他的兄弟哥跟他争王位，一点也不念手足之情，差一点把他弄死在玄武门内。他那帮子瓦岗寨的朋友就不同了，效死命扶植他当皇上，替他开疆拓土。

石原郎就是一个不错的朋友，他的"花生学说"帮了自己的大忙。苟队长已经晋升为警察署的副署长了，这就得益于石原郎那个《猴子和花生》的故事。他才刚刚抓到那颗"老花生"就开始官运亨通了，如果再能把蔡华祥这个"猴子"捉到，估计署长那把椅子就坐在自己的屁股底下了。

通过缉捕"老花生"这件事，苟副署长又悟出了一条人生哲理，那就是人人都有软肋。就像那些武林高手，虽然练就一身"铁布衫"或"金钟罩"的功夫，看上去刀枪不入，异常了得。其实他们都有一个练不到的"罩门"，找准这个破绽，普通的笨汉也能用一根手指头捅死"练家子"。

诚如苟敬诗所言，人人都有一颗放不下的"香花生"。小红袍就是易县长舍不得松手的"花生"。

苟副署长已经把那个通风报信的学生娃三驴子叫到了"少年感化院"，问清了他的消息来源和受谁指使等问题。他也把案情笔录写成了书面报告呈交给县长和署长，准确无误地指出了小红袍和柳至贤有涉案嫌疑。这份报告已经送上去十多天了，署长大人急得像热锅上的蚂蚁，天天催请下一步的工作指示。县长大人不急不躁，把报告放在案头上，任凭浮尘一天天增厚。他对小红袍的行径极为愤慨，不止是恼怒她泄露机密，而是恼怒她伙同一个小白脸联手施救大马子。

所谓"儿女情长英雄气短"，小红袍的微笑能融化他心中的坚冰。对于小红袍这个天生尤物，他使不出商丘知府那样的手段，暂时还不忍心用狸猫抓烂她那绸缎一样爽滑细腻的肌肤。先放她一马，以观后效。她要是不知道好歹，继续为虎作伥，自己再下重手把她打进十八层地狱。至于那个柳至贤，易县长像老太太喝柿子一样，一个劲地嘬瘪子了。别说他暗中通匪，单凭勾引小红袍这一条，也必须把他置之于死地而后快。

苟敬诗升职后在警察署里有了独立的办公室，也有住宿的地方，可是他很少在警署里留宿。一办完手头上的公事，他就风急马快地回到老爹的卤肉铺，和石原郎一起喝酒吃肉。

苟副署长觉得，石原郎是个高深莫测的能人，虽然平时不显山不露水，一张嘴说话就显得睿智非凡，让你感觉到他是一个有学问的人。苟敬诗决定向石原郎讨教，好好地扯一扯蔡华祥的问题。

"老花生"已经装进玻璃瓶子里面了，逮猴子势在必行。他怕这个猴子一个跟头翻走了，回过头来就会用金箍狼牙棒砸碎自己的狗头。他也害怕"老花生"在牢房里熬不了多久，等不到"蜘蛛猿"过来伸手施救就一命呜呼了，那样自己可就闯下弥天大祸了，这一辈子都得"吃不了兜着走"。

石原郎详细了解了蔡华祥的情况，知道了蔡华祥的胆识和能力，对他手下那传言的一千多号有功夫还挎着快枪的大马子，更是垂涎三尺。在乱世之中，有枪就是草头王，有奶就是妈妈娘。虽说"乱世出英雄"，如果只是一个光杆司令，身边没有扛枪的武夫前呼后拥，这个"英雄"就是"狗熊"。一个人单打独斗，功夫再好也成不了气候，只能做江洋大盗或是浪得虚名的侠客。侠客们也吹嘘标榜自己，侠之大者，为国为民。可是单丝不能纺线，独木不能成林。一个人的能力是有限的，身手好无非是可以"蹿房越脊"，却挡不住一粒铁制的花生米。事业不是轻而易举可以成就的，先得有成千上万的人前仆后继地去死，那个在后面踩着别人的躯体、踏着别人的血迹行走的人，才有可能享受到胜利的果实。这就是"一将成名万骨枯"的由来，是万古流传的至理名言。

要寻找喽啰兵在前面挡子弹，要寻找"炮灰"替自己流血，这是明白人的选择。石原郎觉得苟敬诗可以当狗，不论是啥人，只要丢一块骨头就能成为他的主人。这条狗乐意选择有实力的主人，被主人呼来唤去甚至用皮鞭子抽打，他也不会有丝毫的怨恨和不满。蔡华祥和苟敬诗不同，他是宁折不弯的硬汉，只能哄骗他上钩，拿着他当枪使唤。

蔡华祥是把好枪,是把快枪。既然是自己的枪,就不能让他折断在别人手里。自己要得到这把"快枪",叫他在战场上"突突"敌人。石原郎决定劝说苟敬诗保护蔡华祥,如果他不答应自己就施以援手,绝不能让那个"饭桶"县长把自己的"快枪"给毁喽。

黄河中学的训导主任就是湖北籍的"九头鸟"黎启亮,他是柳至贤最为要好的朋友。"九头鸟"就像非洲大草原的鬣狗,嗅觉是异常灵敏的。从三驴子被叫到"感化院"做笔录那天开始,他就估摸着小红袍和柳至贤会出事。可是十多天过去了,学校里平静得像一潭止水,啥事都没发生。响水不开、开水不响,越是表面上平静,越让人觉得内心沉重。

黎主任孤身一人在蟠龙县工作,原本是了无牵挂的,可是他放心不下柳至贤。他把柳兄弟叫到自己的寝室,安排他秘密逃亡的事情。

"九头鸟"是共产党员,知道春节前共产国际代表马林在广西桂林和孙中山会晤,商讨"创办军官学校,建立革命军"的事情。孙中山虽然是中华民国和中国国民党的缔造者,头上顶着"临时大总统"、"非常大总统"、"护法大元帅"等光彩夺目的职衔,却有职无权。他三番五次地流亡海外过着寓公的生活,各路军阀在北京轮流理政,国民都盼望早点结束军阀割据的局面,实现国家真正意义上的统一。老百姓也知道"鸡多不下蛋,人多瞎胡乱","一国三公"那样的多头政治只会让国家越来越乱,老百姓越来越苦。

孙中山认清了各路军阀都是一丘之貉的本质,提出了"联俄、联共、辅助工农"的三大政策,国共两党进入了共同合作的"蜜月"期。国民党已经知道了建立"革命武装"的重要性,创建"军事学校"是指日可待的事。

共产党也有安定天下的理想,也需要储备自己的军事人才。黎主任已经物色了几个青年才俊,想发展他们加入中国共产党,然后把他们送到军事院校去培训,将来好建立共产党的武装军队。九头鸟认可的人员里面就有柳至贤。他原本想继续考察一段时间再发展他们的,没成想半路杀出个程咬金,蔡华祥这档子烂事扰乱了他的工作计划。

"九头鸟"黎启亮是李大钊的高足,是"五四"运动的积极参与者,也是八百里故黄河荒滩上第一个传播马克思列宁主义的人,他是一粒"共产主义"火种,是把光明送给故黄河荒草滩的普罗米修斯。他觉得自己肩上的责任重大,目前迫在眉睫的首要任务,就是不能让有理想、有抱负、有信仰、有前途的革命青年和大马子一同沉浮。

让大马子委身于泥土是为民除害，如果柳至贤变成"倒个"，或许就是革命阵营中少了一块通向成功的基石。

八百里故黄河荒滩虽然没有被很好地开发利用，那浅黄色的沙壤质土地已经非常肥沃了，少一两具腐烂的尸体，荒草滩上的野草灌木照样葳蕤茂盛。他要让有为的进步青年把热血抛洒在寻求真理的战场上，用鲜血染红战旗，让红旗插遍全中国。

别看柳至贤文文弱弱的，现在还是一个手无缚鸡之力的小白脸，经过斗争的洗礼，一准是一把使起来顺手的"快枪"。

黎启亮把未来的"大同世界"描绘得美好无比，让所有的血肉之躯充满憧憬，甚至连不食人间烟火的神仙也很期待。他又向柳至贤灌输许多"解民于倒悬"、"拯救黎庶于水火"的道理，然后非常郑重地询问柳至贤：愿意不愿意为真理而献身？

青年小伙子个个热血沸腾，向往正义是年轻人的天性。柳至贤早就给自己定下宏伟的奋斗目标，就是让中国这头"雄狮"从沉睡中醒来，屹立在世界的东方。为此他也给自己定下了这样的清规戒律：口不含美味，耳不悦逸声，目不淫于色，身不怀于安，朝夕勤志。小红袍托人带信要求和他见面的时候，他依然兴奋异常，不过已经能够克制感情，不主动约她会面了。

九头鸟在一张长方形的红纸上，用毛笔画出锄头和镰刀，告诉柳至贤这就是中国共产党的党徽党旗。如果他自愿加入中国共产党，就举起握成拳头的右手，跟着自己一起背诵入党誓词。记住誓词中的每一句话，最为关键的就是"保守党的秘密，永不叛党"。

九头鸟深信"因人成事"这句话，见到人才就发展到党内来。愿望是良好的，行动是急切的。

柳至贤觉得黎主任这个人不错，他在的组织一定也不错。年轻人接受新生事物的能力特强，也特快。柳至贤加入了中国共产党。他仓促之间猛然拥抱了崇高的理想和信仰，心情是兴奋和激动的，但对入党以后如何开展工作是茫然无知的，对共产党将要面临的困难也是估计不足的。估计那几个被各个省市推举出来到上海开了一半会议，又跑到嘉兴南湖开完另一半会议的代表，也和柳至贤一样，思想是进步的，信念是坚定的，理想是远大的，品格是高尚的，也是能够为了捍卫真理流血牺牲的，但对中国共产党的前途也在探索之中。

黎主任和另一位本地的党员是柳至贤的入党介绍人，也是他的领导。既然加入了组织，就得服从组织纪律。党的组织原则是"下级服从上级，个人服从组织"。组织上要求柳至贤离开蟠龙县，到另外一个陌生的地方隐蔽起来，等待组织的召唤。柳至贤尽管有些犹豫和迟疑，最终还是服从了组织的决定。他觉得"九头鸟"说的话有道理：共产党人是干大事的英雄，应该深明大义，能够放得下个人恩怨和个人私事，不应该"儿女情长英雄气短"。

柳至贤拿着"九头鸟"的介绍信，一个人坐火车去了郑州。小红袍的事情由"九头鸟"善后处理。

十六、混蛋狗肚

听说书的艺人说：箭在弦上不得不发，子弹上膛不得不打。"老花生"已经被拘到号子里一个多月了，打完春大地马上又要换上绿装了，警察们隔三差五地把"老花生"装进囚车里拉到街上示众。蔡华祥肯定早就知道消息了，为啥荒草滩上还是一派寂静？

蔡华祥也是十里八乡知名的孝子，难道说一当上大马子就泯灭人性，不把亲爷老子放在心上了？

"这不可能。"苟敬诗知道老同学的禀性。在危难的时候，自己可能不把卤肉铺的老屠夫当一回事情，蔡华祥绝对不会不管他的老爹。那就再加一把火，让花生皮爆裂开来，让更浓郁的香气在八百里荒草滩上飘荡。

苟敬诗请示署长和县长，在蟠龙县的辖区内贴出告示，决定在农历三月初三王母娘娘寿诞之日，把老狼窝二号匪首蔡华祥的老爹押出西门斩首。你蔡华祥就是蛤蟆毒蛇那样的冷血动物，听到自己老爹要被砍头的消息，屁股下面的板凳也会变成烧热的饼铛。不信你还能吃下饭去，还能坐稳椅子！

苟副署长早就对房客石原郎另眼相看了，听他讲完"蜘蛛猿和老花生"的故事，就觉得他是技高一筹的高人，是当之无愧的师傅。小狗子有啥想法、想干啥事，都要先找石原郎商量一下，讨教一个稳妥的主意再去实施。石原郎喜欢啃狗蹄子、吃狗肚子、喝热狗油，尤其喜欢鸡蛋灌狗肚。苟敬诗嘱咐老爹专门跑到沛县去，拜樊哙的后人为师，学习"鼋汁狗肉"的做法。

传说两千多年前，"丰生沛养"的汉刘邦长大了，膀大身宽，貌相堂堂。但他确实是一个地痞无赖型的人物，终日游手好闲，还好吃懒做。他和樊哙是发小，朋友铁哥们，他就厚着脸皮天天白吃樊哙的狗肉。

生意人多半都工于心计。樊哙掰着指头粗算一下，舌头一下子就吐到嘴唇外面来了。一天一斤狗肉值不了几个银子，可是小账不能细算，日子不可长算。一年365个日日夜夜，天天如是就是一个吓人的数字。他们刚到束发弱冠的年纪，不出意外的话60岁之前不会"入土为安"。就算还有四十几个麦季要过，刘邦白吃的狗肉也能堆成一座山丘，比埋人的坟堆还大。刘邦吃到肚里顶下一泡大便而已，自己要淌走一堆白花花的银子。

樊哙知道友情不能当饭吃，银子可以中大用。他心疼了，脸色比死狗还难看。直接拒绝刘邦白吃狗肉不行。刘邦是个一肚子坏水的小混混，能搅闹得樊哙做不成生意，自己惹不起这个主儿。老话说"恶人远离"、"惹不起可以躲得起"。樊哙决定躲避刘邦，到刘邦找不到的地方去卖肉，就算你刘邦的大嘴叉子能长得像大象的鼻子一样长，也叫你吃不上我樊哙的狗肉。

樊哙起了一个早五更，用柳编的笸箩装起狗肉放到独轮红车子上推着，到微山湖东岸去卖肉。樊哙和摆渡的船家说好了，付给他一整天的船钱，把渡船包下来，叫船老大躺倒舱廒里睡觉，今天不许再渡其他任何人。你刘邦的本事再大，还能长出翅膀飞过湖面不成？

刘邦是个游手好闲的人，好吃必定懒做，他起不了早。日上三竿之后，睡眼惺忪的刘邦懒洋洋地溜达到集市上。他兜了十八个圈子，把沛县卤肉市场转了三四遍，也没见到樊哙的肉摊子。他的肚子"叽叽咕咕"地叫着，饥肠辘辘，十分难受。

刘邦见人就问樊哙的下落，终于打听到樊哙到湖东卖肉的消息。他一溜小跑来到湖边，把手围成喇叭状，冲着在不远处飘荡的渡船大喊："船家，把船划过来，我要过湖。"

船家从舱廒里探出头来，冲着刘邦摆手："对不起客官，你等明天再来吧，我的船今天被一个卖狗肉的包下了，不能再渡别人了。"古人诚实守信，不知道变通。一诺千金，绝不反悔。

听说是卖狗肉的包船，刘邦马上就想到了樊哙。这个混小子是故意的，成心不想叫我吃狗肉。哼，门都没有。我刘邦就是凫水……看到宽阔的湖面，用手测试一下冰凉的水温，刘邦有些失望了。要想游过湖去，除非变成鱼鳖虾蟹。刘邦两眼一亮，心想要是有一只大王八驮我渡水就好了。

刘邦是真命天子，冥冥中有神灵相助。刘邦的心思一动，就听到一阵"哗啦啦"的水波响，一只小碾盘一样的大王八浮出水面。这个团鱼把脖子伸得老长，一双透亮的胡椒眼瞪着刘邦，做出"恭候差遣"的状态。

"你能渡我过湖吗？"刘邦喜出望外，连忙大声询问着。

大王八眨眨眼，非常恭顺地点了点头。

刘邦坐到老鳖的脊背上，只觉得两耳生风，头昏目眩。大王八驮着刘邦劈风斩浪，不一会就行驶到微山湖的对岸。刘邦踏上湖岸，走两步又转回头来，唤住老鼋嘱咐道："别跑远了，回头再把我驮回去。"

老鼋似乎能听懂人话，他望着刘邦点点头，慢慢地沉入水下去了。

樊哙在湖东的集市上出摊多时了，一直没发市利。人们在集市上往来穿梭，对他的狗肉摊视而不见。人们的眼睛仿佛瞎了，看不见他车子上的狗肉，耳朵聋了，听不到他的吆唤，鼻子也被啥玩意塞上了，嗅不到狗肉的香味。他甚至怀疑自己走错了地方，那儿的人都不吃猪狗驴肉？

"嘿，你小子在这儿呐。"刘邦长着一只狗鼻子，闻香知味，一爬上微山湖就锁定了樊哙的具体位置。他从肉筐里撕下一块狗肉，根本不理会樊哙有啥反应，张开嘴大咬大嚼起来。

说起来奇怪。刘邦的第一口狗肉还没咽下肚去，整个集镇就飘起了狗肉的香味。大家一下子变成了贪吃的馋猫，纷纷涌到樊哙的肉摊子跟前抢购狗肉。大家前呼后拥，你抢我夺，把狗肉摊子掀翻了。狗肉散落到旁边的一个花椒摊子上，沾满了椒聊之食。

樊哙趁势起价，狠狠赚了一笔。人们用狗肉蘸着花椒放在嘴里咀嚼，感觉不到花椒辛麻，反而觉得越嚼越香。狗肉卖火了，也拉动了花椒的俏销。大家急不可耐地争抢狗肉，连切肉的功夫都没有，只能用手撕了。谁也顾不上看秤，甚至是顾不得用秤，分量都由樊哙掂量一下估摸着大概，也就是丈母娘的嫂子——大（约莫）岳母了。从那以后，故黄河八百里荒滩上吃狗肉不用刀切用手撕，待客的狗肉盘子旁边一定放一把赤红色的花椒。

樊哙也看出来了，自己的狗肉还非得送给刘邦白吃不可。刘邦吃后狗肉就涨价热销，刘邦不吃就不发市利。刘邦吃白食的事情已经掰扯清楚了，刘邦帮助自己高价推销狗肉，白吃一点也没啥亏处了。湖上摆渡的船家不守信用，私自渡刘邦过湖，自己不会饶过他的，至少要把一天的船钱要回来。

刘邦告诉樊哙，他冤枉摆渡的老大了。船家守信用没渡自己，自己是坐在老鼋的背上过湖的。樊哙似信非信，跟着刘邦来到湖边。刘邦连呼三声"老鼋"，果然湖面上泛了一个大大的水花，一个小碾盘一样的大王八浮出水面。刘邦和樊哙连同红车子都上了老鳖的脊背，不一会就划到了微山湖的西岸。

樊哙目测一下大团鱼的块头，估摸着剔骨除杂去盖也能剩下五百斤净肉，差不多是20条剥皮狗的重量，煮熟了能卖不少银子呢。你刘邦一直蹭着脸皮白吃我的狗肉，现在踅摸这么一个玩意来，多少算是有点回报。大团鱼啊，碰上屠狗的樊哙是你的命不好，要怪只能怪你不该跟刘邦这样的瞎包孩子沾板，不能怨我樊哙心狠手辣。我樊哙天生就是一个刽子手，终生从事操刀的营生，不会见到畜生不杀，也不会见到银子不捡的。

樊哙拿出逮狗的铁挠钩，搭住老鳖的脊背，使劲拖到岸上来，一刀砍掉了老鼋的头颅。他不顾刘邦的抱怨，用砍刀把王八大卸八块，装进盛狗肉的筐箩，只把鳖血和一根鳖肠子留在湖岸上，其余的物件全部弄回沛县老家，分期分批地烩进煮狗肉的大锅里。从那以后，八百里荒原上飘出了狗肉加鳖肉的混合鲜香，人间有了"鼋汁狗肉"这道令人咂舌的美味。

蟠龙县城苟家卤肉铺的老掌柜，按照儿子的要求跑到沛县拜师学艺，并且从师傅那里带回来一桶煮狗肉的老汤子。苟敬诗怕汤中的老鳖味不足，又托人从梁寨渊子里钓上来几个十多斤重的大王八，扔到肉锅里和狗肉一起炖。苟敬诗还别出心裁，支起一口大铁锅，用狗肉汤为石原郎下荷包蛋。苟敬诗把狗肉汤烧开煮沸之后，用擀面杖顺着一个方向转圈搅动，在中心部位搅出一个快速旋转的漩涡，把鸡蛋磕进那个圆圆的漩涡之内。煮熟的荷包蛋不是平时那种偏平的形状，而是正圆的立体，就像带壳煮熟的剥皮鸡蛋一样。

鼋汁狗肉和荷包蛋的味道非同凡响，那种"水陆两栖"的混合味道强烈刺激人的味蕾，让人觉得舒心惬意，也能诱发人的奇思妙想。石原郎吃完鼋汁狗肉之后两眼发直，开始非常着迷地热爱并钻研美食。投桃报李。他品尝了苟敬诗的"鼋汁狗肉"和另类荷包蛋，受到了很大的启发，也把自己构思发明的一道美味"混蛋活灌狗肚"奉献出来，叫苟敬诗操刀制作，一同品尝。

鸡蛋灌狗肚是故黄河荒滩上的一道名菜，也是石原郎的最爱。他喜欢吃鸡蛋灌狗肚，也亲自到灶间里制作。传统的制作方法是把狗肚取出来，翻过来洗净再翻过去，用细麻绳扎住一头，把鸡蛋、碎肉丁和各种佐料掺在一起搅匀，灌进狗肚子捆扎好扔进汤锅里煮熟，凉透以后切成薄片拼盘，淋上少许麻油和蒜泥，就做成一道美味可口的凉菜了。

石原郎说，他很小的时候就跟着老父亲在关东都督府下属一个机构的伙房里打杂。关东都督府改为关东厅之后，他和老父亲继续伺候花小一郎的队伍。他对日本料理十分熟悉，因为常吃日本关东军的残汤剩羹，渐渐养成了生食的不良习惯。他一直想把鸡蛋灌狗肚改造成半生不熟的美味佳肴，满足一下偏好血腥的味蕾。这样的做法可能有点另类，不过细想起来和故黄河荒滩上老少爷们的饮食习惯并不矛盾，至少是能找到理论根据的。故黄河荒滩的居民吃肉有两大特点：一是肉吃满腮，二是肉吃响茬。肉吃满腮是为了解馋，嘴里塞满肥肉，把腮帮子撑鼓了，咀嚼起来满嘴流油，满肚子生香。肉吃响茬就和生食沾边了，煮烂炖软的肉无需费力咀嚼，自然也发不出响声，能够嚼出声音的肉块，一准还带着血丝呢。

苟敬诗也用材料汁生灌王八，充分入味后和老母鸡一起红烧，做了一个"霸王别姬"给他吃。苟敬诗把一只活老鳖放在干锅里，锅里码上几块大砖头，放一个勾兑好的材料碗，然后用文火烧锅。老鳖感觉到爪子发烫的时候就排空屎尿爬到砖头上去，被热气蒸得脱水时就把头伸进碗里喝料汁。料汁被喝光之后，苟敬诗开始加火增温，不一会就把老鳖烤死了。老鳖临死之前是非常痛苦的，也拼命地进行垂死挣扎。剧烈运动的时候血液流动加速，料汁也就渗透到了王八的每一个细胞，这时王八肉的鲜香就被提升到了顶点极限。煮好肉再浇汤汁是没有那种效果的。

石原郎让苟敬诗给他弄来一只肥肥胖胖的好狗，先饿他三天，叫他把肚子里的赃物排净，再连喂他三天清水，把肠胃洗刷干净。

七天过去了，肥狗变成了瘦狗，不用上秤测量体重，人的肉眼就能看出来明显地小了一号。石原郎叫苟敬诗拿来一个中号的瓦盆，把鸡蛋、鸭蛋、鹅蛋、鸽子蛋和碎肉丁掺在盆子里顺向搅和，再放上油盐酱醋和葱姜大料面，掺匀之后把狗牵过来。那条狗已经被饿了七天了，倘若不是在嘴上带着笼套，他会把身子下面的土地啃出坑来。猛然间嗅到了肉香，看到了一盆"混蛋"糊糊，他啥事都忘了，低下头去"吧嗒吧嗒"地猛吃猛喝，最后用狗舌头把瓦盆舔得光可鉴人。

苟敬诗叫过肉铺的伙计，拿着鞭子、棍子，撵着那条喝过"混蛋"的倒霉狗在院子里猛跑。人和狗都被累得筋疲力尽的时候，石原郎操起尖刀刺进狗腔，直接破腹开膛，把狗肚子取出来，用细麻绳捆扎好两头，血淋淋地丢进了煮肉的汤锅里。

伙计们把"活灌混蛋狗肚"从肉锅里捞出来，用托盘送到上房的东屋里面。按照常理，肉质的物件被煮熟了，体积多少都会萎缩一些。可是这个"混蛋狗肚"却比入锅前胖大了许多，形状也有所改变。以前的生狗肚是椭圆形的，触摸上去感觉是软不邋遢的。现在煮熟的"混蛋狗肚"变成了正圆的形状，像是怀有双胞胎足月待产的孕妇肚皮，鼓涨涨的像要爆裂一样。

石原郎和苟敬诗相互交流着探寻的眼神，像伯乐相马一样围着"混蛋狗肚"转圈子，拍拍摸摸、听听嗅嗅，有些新奇和兴奋。

"砍开吧，砍开看看。"苟敬诗想起了《封神演义》中的陈塘关总兵李靖，哪吒初出娘胎的时候就是这个"混蛋狗肚"的模样。李靖一剑砍下去，才蹦出一个粉妆玉琢的好孩子。历史的经验证明，奇迹往往隐藏在怪异的表象后面。他把剔骨镟肉的尖刀递给石原郎，怂恿他把"混蛋狗肚"划开。

随着"噗"地一声钝响，一股污浊之气弥漫开来。从切口处喷出许多热烘烘、黏糊糊、还腥臭无比的污秽之物，溅到了他们的脸上和身上。

石原郎和苟敬诗谋划很久，觉得把活狗饿了很久，又用清水洗净了狗的肠胃，狗也确实把腹中的屎尿排得干干净净了。可是狗的消化功能依然存在，消化液也没彻底排空，只要让他进食就能消化分解，制造出狗屎来。别说是"混蛋"，吃龙肉也是如此。

"八嘎。"石原郎吐出一句关东军常说的脏话，像"混蛋狗肚"一样臭气熏天。不知道他是抱怨狗肚子造粪的速度太快，还是嫌自己过于愚蠢。

看见石原郎会用日本话骂人，苟敬诗的尊崇之情又增添了几分。日本人还在山海关之外，可是霸气已经来到了故黄河荒滩。苟副署长的第六感异常灵敏，他觉得日本人是比易县长实力更强、势力更大的硬靠山，石原郎似乎可以把他提携成日本人的走狗。

苟敬诗和石原郎的名声大噪蟠龙城，就像爆裂开的混蛋狗肚一样，臭烘烘的熏人。罗马楼的教徒把这个奇闻告诉外国神甫，把他们吃到肚子里的卤肉笑喷出来。混蛋狗肚的故事成了他们调侃人们愚蠢的代名词，那世荣神甫和屠善修、隆仁昌牧师经常操着蹩脚的中国话耻笑石原郎和苟敬诗，说他们是"愚人国"的国王和宰相。苟敬诗尊重所有的外国人，听后一笑置之，还自我解嘲说：老苟的名气越来越大了，连外国人都知道。石原郎觉得自己有一身功夫，说出真实身份是"日本帝国的中佐"来，还不吓死你们这几个金发碧眼的西洋鬼子。现在是"龙卧浅滩遭虾戏，虎落平川被犬欺"。不行，自己不能受这个窝囊气。石原郎灌足了老酒，趁着胆肥的时候，拉着苟敬诗去罗马楼，他要把西洋鬼子剁碎了再灌狗肚。"美洲豹"长得牛高马大，个个都是拳击高手。身大力不亏，出拳是很有分量的。表面上看，对峙双方是三比二的态势，苟敬诗害怕引起国际争端，对东西洋鬼子都不敢得罪，实际上就是三打一的结局。好汉难敌众拳，一力可以降十会，石原郎再是"会家子"，也打不过三头彪悍凶猛的美洲豹，吃亏像谷子碾米一样。关键的时候苟敬诗吹响了警笛，把巡逻的警察召集过来，替石原郎解围出气。

诸葛一生惟谨慎，吕端大事不糊涂。苟敬诗决定袒护石原郎，他早就从地图上看出了日本和中国是近邻居，他不能舍近求远，去偏袒三个相隔万里之遥的西洋鬼子。

苟敬诗是有先见之明的，在此以后的日子里，苟敬诗和石原郎的名气越来越大，就像"混蛋狗肚"里爆出的污浊之气，弥满了故黄河八百里荒滩。他决定投靠石原郎的时候，就把名誉和德行放进"混蛋狗肚"蒸煮了。对于"流芳百世"还是"遗臭万年"这两条做人的行为准则，他也有了明确的抉择。

十七、老花生糇了

农历二月初二，是龙抬头的日子。这一天，故黄河荒原上弥漫着一种热烘烘的咸香气息，是爆炒黄豆散发出来的。

在八百里故黄河荒滩上，流传着这样的习俗：人们在二月二龙抬头的时候，用沙土爆炒五香材料水加盐浸泡入味的黄豆。先把过箩面粉一样的细沙土倒进铁锅里，用干柴火把沙土炒热，等沙土像开水一样"咕嘟咕嘟"冒泡的时候，把笸箩中泡好晾干的豆粒倒进沙土，这时候，热烘烘的咸香气息就从千家万户中飘出，把故黄河荒原罩在下面了。

故黄河荒滩上的熟黄豆是被热沙土煸熟的，尽管香气袭人、焦酥无比，却没有焦煳发黑的现象。黄豆入锅之前还叫黄豆，出锅之后形象没有太大的改变，却有了一个蹊跷怪异的名字，叫"蝎子爪"。荒原上野草丰茂，林隐百兽草藏千虫，荒草荡子里咬人的毒虫多不胜数，蝎子尤为猖獗。人们不能变成雄鸡，对蝎子、蜈蚣这类毒物恨之入骨又万般无奈，只能凭借臆想咬断它们的爪子，叫它们爬不出蛰居的洞穴伤人。

故黄河荒滩上的居民传说：龙和长虫、蛤蟆、青蛙、黑瞎子是一样的属性，都在天冷的时候冬眠。所以隆冬时节百虫噤声，大雪封门的日子也看不到闪电，听不到雷鸣。

这几种冬眠的东西在春天睁开睡眼的时候，要办的第一件事就是杀生。青蛙、蛤蟆像老虎一样卧在田边地头，虎视眈眈地傲视着各种蠢蠢欲动的昆虫。在他们看来，这些肥胖的虫子都是它们盘中的美味。诗人对甦醒之后的蟾蜍和青蛙有过这样惟妙惟肖的描述：独坐池塘如虎踞，绿杨树下养精神。春来我不先开口，哪个虫儿敢作声？

熊瞎子要猎捕小动物，长虫要吃蟾蜍、青蛙和老鼠。这些东西都是凡间的俗物，只知道"物竞天择、适者生存"，活命是第一要义。它们吃比自己弱小的东西，也被比自己强大的天敌吃掉，一生都在演绎"弱肉强食"的故事，诠释着"丛林法则"，没给"高尚、道德和善良"留下一丝的空间。

天龙是不食人间烟火的神祇成员，自然有别于凡间的禽兽。龙是天庭的刀斧手，用雷电杀人杀妖，杀逆忤不孝、无恶不作的坏人，杀不听天界调遣、祸害人类的妖怪。

二月二之后炸响的第一声春雷，类似于人世间代表正义的子弹，一定要处决一个十恶不赦的魔头。所以"龙抬头"之后第一声春雷震响之前，大马子也是有所收敛的。各类江洋大盗和惯匪都龟缩在隐蔽的角落里，轻易不敢露脸。

传说有一个像李元霸那样不畏天威的愣种，赶在春天下雨的时候到地里给家人送饭。他提着一瓦罐糊糊，拿着一把放羊的鞭子，一路走一路用鞭子抽打荞麦，把荞麦抽打成无头的红铁杆，这样的荞麦就是活下来也结不出籽实了。不仅如此，他还用臭屁污染送给家人充饥的糊糊，有屁就放到糊糊罐子里，放完屁再把瓦罐盖得严严实实，把一罐子香喷喷的粥饭变成了"混蛋狗肚"。刚走到送饭的地头，一声炸雷响起，他应声跌倒，再也爬不起来了。家人跑到他的尸首旁边，看到他的衣服已经成为灰烬。家人把他翻过身来，看到脊背上写了两行小字：鞭打荞麦二百亩，屁渍糊糊一小罐。

蔡华祥是被动进入绺子的，是有名无实的大马子，虽然稀里糊涂地当上了老狼窝的二把刀，身上还没背负血债，所以他是不怕第一声春雷的。

老父亲就是一个老实巴交的庄稼把式，承袭了祖上留下的一点薄产，继承一个黄烟行，手头有一点暗钱而已。可是老人家想着这个那个，为了后辈子孙一辈子含辛茹苦，连一块面的馒头都不吃。把咸菜疙瘩用豆油煎炒一下就是改善生活，吃个白水煮鸡蛋就是过年。他天天面朝黄土背朝天，一个汗珠子摔八瓣在地里面忙乎，买大粪都要亲口尝一尝真假。老人家老实厚道，从不招谁惹谁。这样的人也能祸起萧墙，居然被狗官抓到班房里面，还要砍掉肩膀头上扛着的那个吃饭的家伙。蔡华祥心中升起了一股无名的怒火，他要把自己变成春天的第一声惊雷，在狗官们的头上炸响！

蔡华祥是在洪拳门里捶打过的练家子，是学过"三晃膀"、"六步架"的武林中人。行家一出手，就知有没有。蔡华祥跟着队伍劫掠几次，把活人当成木桩和沙袋来打，出手就能毙人性命。他还带着一个小队的人马，背着干粮和子弹，躲到萧县淮北一带的山窝里住了一个多月，消耗了几万发子弹，带回来不少风鸡、熏兔和兽皮，枪法也大为精进了。凭他现在的水平，虽不能百发百中，但是在射程之内打击敌人的胸部位置，有把握不会脱靶。

有道是"恨命吃药"。是说罹患重病的人为了活命,再苦、再难下咽的药物都得闭着眼睛吞到肚子里。背负血海深仇的人,为了报仇雪耻,苦练功夫也是不顾性命的。蔡华祥的老爹已经定了断头的日期,拯救老爹的时间已经非常紧迫了。

"混蛋狗肚"没能在活狗体内研制成功,石原郎和苟敬诗都觉得遗憾。通往成功的路径都是坎坷崎岖的,路上没有鲜花只有荆条。一次小小的挫折只是败兴败胃口而已,丝毫也不影响他们对美食的追逐和热爱。

苟敬诗用牛油、驴油、猪油、狗油等混合油脂,炸了一盘毒蝎子、一盘臭豆腐,炖一盆"霸王别姬",撕一条狗腿,继续请石原郎品尝柳家的"小烧"。

蔡家的黄烟掌门人进了局子,传承人当了大马子,蔡家寨的黄烟行被警察署贴上了封条,烟炕下面没人续火添柴,蔡家的黄烟没落了。柳家的酒坊还在,他们还能喝到正宗的柳家烧酒。

苟敬诗一边啃着狗腿,一边用心琢磨着,如何利用柳至贤出走的事情作文章。把警署的封条贴到柳家的酒坊里,把蔡柳两家主事的人摁下去,酒坊、烟行就是自己的囊中之物。石原郎腰里揣着卖参娃娃的银票,拉他投资入伙,用不了多久,老山参的钱也就姓苟了。

计划容易实施难,饭要一口一口地吃,事情要一件一件地干,主意要一个一个地想。这叫"吃一看二眼观三",吃着碗里的不影响看着锅里的,同时还可以想着地里那个茁壮成长的。眼下最为当紧的事情,是先把蔡家的事情办好。蔡家的事情完了,再消停地摆弄柳家。署长也是自己晋身途中的绊脚石,最好能不动声色、不留痕迹地把他搬掉。

苟敬诗告诉石原郎,招安蔡华祥的事情不太好办。署长和县长原则上同意招安故黄河荒滩上的响马,但不包括老狼和蔡华祥这两个"杆子头"。老狼为匪多年,和官府的积怨太深,一时化解不了。蔡华祥虽然出道很晚,但起点很高,一入绺子就混到了"二把刀"的位置。他还胆大妄为,敢向官老爷们下重手。不久前他带人夜袭蟠龙城,在官老爷的心头留下了巨大的伤痛,致使蟠龙城风声鹤唳,草木皆兵。官老爷食不甘味,夜不安枕。那些涂脂抹粉的太太和小姐们,更是听不得"大马子"三个字。一听到响箭和马的嘶鸣声就心惊胆颤,腿肚子转筋,裤裆里马上流淌出温热腥膻的黄色液体。

初步拟定的计划是把"老花生"装在囚车里拉上刑场,在刑场周围埋伏手拿快枪的兵丁。只要蔡华祥来劫法场，他们就采用"乱枪剥狗"的方式，把蔡家父子一齐打死。蔡华祥不来救父，就把"老花生"的头颅剁下来，挂到城门楼子上示众。蔡华祥能不来吗？蔡华祥是个孝子，苟敬诗不相信老同学会舍弃这粒"老花生"。蔡华祥一准会来，他已经在阎王殿上注册了户口，这一回他一准死定了。

听说自己选中的"快枪"要被别人折断，石原郎气得"哇哇"怪叫。北洋政府虽然怵着关东军一头，暗中眉来眼去地想攀上一点亲戚关系，他石原郎和关东军也有着莫大的渊源。可是关东军远在山海关之外，对八百里故黄河荒滩鞭长莫及。石原郎怒火中烧，愤怒地大骂几声"八嘎"。那几声怒骂被一阵清风吹得看不见踪影，连"混蛋狗肚"那样的气味都没留下。

苟敬诗给石原郎斟酒布菜，劝他不要为了蔡华祥大动肝火。故黄河荒滩上有的是汉子，蔡华祥死了还有张华祥和李华祥。他姓他的蔡你姓你的石，他蔡华祥和你没有"考妣"那样的关系，用不着为了一个大马子费心劳神。

石原郎白了苟副署长一眼。这个姓苟的家伙确实具有狗的属性，根本理解不了主人的心思。现在自己还在苟家卤肉铺吃住，还得需要这位"狗署长"罩着，客官不方便和东家翻脸。

人在屋檐下不得不低头。当下是在"狗署长"的一亩三分地上，先忍着吧。按照故黄河荒滩上的说法：卖枣的跟着卖碗的——早（枣）早晚（碗）晚。你们早晚会知道我石原郎是打啥家伙的。

外面响起了犬吠声，有人进入卤肉铺里来了。两个背着长枪的警员，跑过来向苟副署长汇报一个惊人的消息：蔡华祥的老爹死了。他家的"大领"（工头）前来探监的时候，告诉东家太太看着这副家破人亡的样子，一时想不开上吊死了。蔡家老掌柜急火攻心，一口气没上来，一头栽倒在地上了。

蔡家寨的寨主，蔡家寨蔡氏宗族的族长，故黄河八百里荒滩上有名的黄烟行老掌柜，在蟠龙县算得上一号人物。和升斗小民相比较，他怎么说都是一个养尊处优的人。虽然他信奉"仁义礼智信"和"温良恭俭让"，一辈子老实本分，辛勤劳作，克勤克俭；虽然他对苦难甘之如饴，穿粗布衣裳，吃粗茶淡饭，甚至为了多收一捧粮食亲自品尝大粪的真伪。然而他是粗通文墨的落第秀才，有文人的清高和自尊，关键的时候也能记得起"士可杀而不可辱"这样的信条。

看到斗方之室的囚笼里污秽不堪，地上屎尿横流，墙上沾满麦糠一样的虱子皮，他也干哕反胃。可是为了活命，他还是可以咬牙吃下那些猪狗不闻的饭菜。他受不了狱卒的勒索和讹诈，受不了狱霸的羞辱。他七天前就绝食了，连水都不喝。

"老花生"糗了，"猴子"还会往"瓶子"里伸手吗？苟敬诗慌神了，也害怕了。不把蔡华祥收服或除掉，自己肩膀头上这个吃饭的家伙就长不牢靠。不知道何时何地，也不知道是醒着还是在梦中，随时都会有一把钢刀或是子弹飞过来，送他去见易县长的大黄狗。

石原郎听信后两眼一亮，知道自己选中的那把"快枪"又可以保住了。他让苟敬诗赶紧去见署长和县长，安排所有知情人封锁消息，然后如此这般办理，还是可以让"蜘蛛猿"把爪子伸进瓶口里面的。

十八、诱捕"蜘蛛猿"

农历三月初三是瑶池王母娘娘的寿诞之日，各路神仙都到九霄之上去参加"蟠桃盛会"。地上这些凡夫俗子们也有东施效颦之举，就是依样画葫芦地在集镇上举办盛大的庙会，共襄瑶池天庭的神仙盛举，也为王母娘娘增添一点凡间喜庆，送去些许无关紧要的人间祝福。

今年蟠龙城的庙会比往年热闹，因为逢会的头一天要召开公审大会，处决二号"杆子头"的老爹。会场设在牲口市，当年柳至善怒骂大马子的地方。刑场设在西门外的蛮子林。历代被砍头的犯人都要出西门，易县长也不想标新立异，坏了祖辈流传的规矩。

蔡华祥早就进城侦察过地形地貌了，逢会那天两个小队的人马，分散化妆进城，星散在会场的各个角落。开完公审大会，他们随着看热闹的人群，像潮水一样涌向西门外的蛮子林，在刑场的前排驻足观望，单等"二把刀"吹一声呼哨，他们就会像"蛟龙出海、猛虎下山"一样，冲出去劫持法场。

老狼原准备带着大队人马在路口接应的，蔡华祥摇头谢绝了。他觉得人多目标大，容易打草惊蛇。何况蟠龙县城的军警不多，又都是熊包软蛋。土匪也是乌合之众，但战斗力比蟠龙县的"老爷兵"强得太多了。

大意容易失荆州，麻痹容易吃亏上当。蔡华祥以为自己知己知彼，不知道他"入绺子"之后卤肉铺来了一位不速之客石原郎。只要运筹得当，指挥有方，弱兵也能擒住强将。诸葛亮凭借一个锦囊打了无数次胜仗，根本用不着亲临战场。石原郎已经给"狗署长"支过招了，也像诸葛军师一样，十分潇洒地"坐在城头观山景"。

蛮子林是山西会馆的商人出资购买的公共墓地，掩埋一些暴病客死他乡的外地人和无人认领的孤魂野鬼，也叫"义冢"。本地有家室、有根底的人家，也就是八百里故黄河荒滩上人们称之为"老门旧家"的人，无论穷富都不会把亲人安葬在这片"义冢"里。沾上"义"字就带有一定的"福利"性质，是好心人或慈善机构的施舍。比如"义演"、"义卖"、"施粥"等，多半是不收钱的，收了钱也不能装进自己的腰包里，要捐献出去或是拿出来做善事。

接受"慈善施舍"和吃"嗟来之食"一样，是让人格蒙羞的事情，至少是对受赠者能力的批判。对爹娘不能活养死葬，再怎么孝顺都是没有本事的人。推而广之，没有本事的人很难受人尊重，倒是十分容易被别人瞧不起。

北方人要面子。死要面子活受罪，只能承受更多的苦难和屈辱。

"义冢"里埋的都是外乡人。大家习惯把外乡人称之为"蛮子"，埋"蛮子"的地方就顺理成章地成了"蛮子林"。

长眠在"蛮子林"里的他乡游子，他们的亲人是不会到场送葬的。那些掩埋他们的人和死者非亲非故，也不在乎他们穴位的优劣，所占的风水是荫福子孙还是为祸后人，没有人给他们请"看阴宅"的风水先生，也没有人抱着公鸡为他们破土，甚至没有人想着把他们的坟堆排列整齐，更没有人给他们立碑铭志。

蛮子林的树木都不是人们有意栽种的，是风吹来、水漂来的种子，也有鸟兽腔里拉出来的种子，都是自然成活的野生树种。因为没人修剪管理，长得高低参差不齐，粗细肥瘦不一，歪歪斜斜，枝密叶稠。树上鸟巢很多，老鸹和猫头鹰居多。因为蛮子林也是乱坟岗，经常有蔡华祥的同行在这里祸害迷路的行人，附近村庄的死孩子也用杆草包裹一下丢弃在这里。老鸹和鹰隼都是食腐动物，就像牛羊追逐水草一样，好在食物丰盛的地方安家。

蛮子林地面上的野草比大草荡子的野草还要茂盛，是毒蛇、老鼠、野兔子的天堂。食物链条一扣一扣的衔接不断，就把猫头鹰和野狼的居室迁移过来了。

官府的人把墓地之中没起坟堆的地方除草摊平，临时清理出一块五六亩地的刑场。刑场的北端埋着柱子，搭了一座简易的芦棚，摆了两个条机和十几把椅子。县府的要员聚集在芦棚下交头接耳，他们的身后和棚前站着十几个荷枪实弹的哨兵，还有别着短枪的便衣护卫。

刑场的下首是砍人的地方，两个膀大身宽的刽子手扛着系有鲜艳红绸的鬼头刀，斜眼乜视着跪在脚下的人犯。

蔡华祥此时正站在围观的人群之中。他剃了头修了面，却并没把面部的"茅草"全部清除净。在学堂读书的时候，和柳至贤比起来他有些皮糙肉厚，和苟敬诗比起来他又显得敦壮扎实，尽管不是"白面"，也勉强算得上"书生"，怎么比较都看不出"仕女张飞"那样的悬殊。可是入了"绺子"之后，性格慢慢地向"粗犷野蛮"的方向发展，头发也毫无节制地疯长，竟然越过自己固有的"版图"，肆无忌惮地侵略到脸上来了。有了这脸络腮胡倒是很好的掩护，他不用刻意化妆就可以自由出入蟠龙城。他认识昔日的熟人，往日的熟人却认不出他来。

蟠龙城西关这条主街上，大路两旁的店铺都及早地开门了。掌柜的在柜台上摆着一壶酒、一只细瓷碗、一双精致的乌木筷和一块红烧方子肉。按照以往的惯例，被砍头的囚徒被押解出西门的时候，随便在那个铺子门前停下来，都能痛饮一气"断头酒"，啃上一口"辞世肉"。吃喝完了还要大吼一声：老少爷们看好了，脑袋掉了碗大的疤，没啥大不了。明年的今天是老子的周年，二十年后老子又是一条好汉！

越是愚昧怯懦的人越崇拜英雄，是一种盲目的崇拜。不论是哪路英雄，一概崇拜，没有原则和是非观念。即便是杀人不眨眼的恶魔，犯下了十恶不赦的滔天大罪，只要断头之前能吼出一路的英雄气概，一街两巷的人都竖大拇指，对那位"二十年之后的好汉"佩服得五体投地，心甘情愿地破费好酒好肉，听到摔破细瓷碗的声音也很舒心。过后和别人谈论起这条汉子依旧是眉飞色舞的，笑平了脸上的每一条褶皱。

过去常听人说：美女笑、画眉叫、打瓷碗、吹笙箫是"四大好听"。每当打碎细瓷茶碗的时候就心痛无比，光顾着算计赔了几个铜板，根本没有心思品味它的音乐质感。被死囚摔碎的瓷碗，里面装盛着一股子视死如归的豪气，叫人钦佩有加。榜样的力量使然，死囚连最为宝贵的生命丢掉了都在所不惜，自己也不应该太小家子气，于是没有人计较那几枚铜板了。

要是碰上一个熊包软蛋，吓得屙尿一裤子，腿软得像面条一样叫人架着走，围观的人就特别失望，好长时间都回不过神来，觉着活得没劲。尽管吓瘫的犯人不喝酒吃肉，也不会摔烂他们的细瓷碗，他们就是觉得美中不足，好没有意思。既然"雄"也是死，"熊"还是死，伸头缩头都躲不掉一刀，何不吼出"空谷足音"，给相干的人留下想头，给不相干的人留下有趣的话头？

蔡华祥的老爹是"英雄"还是"狗熊"？一直到现在也无人知晓。因为这个"纵子为匪"的黄烟行老板坐在囚车里疾驰而过，根本就没光顾他们的店铺，没有满足沿街翘首引颈者流的好奇和期待。

等着看热闹的人们义愤填膺，气得自己摔碎了细瓷茶碗，觉得本任署长"不上路子"，有点像蟠龙集那个卖柴火的傻小子，白搭了两担好柴火，却分不清"肚皮"和"树皮"。

处决犯人杀头固然重要，但是不能急于砍掉犯人的头颅而走错了程序，更不能省略一些愉悦观众的细节。是警察署的几个笨蛋做事匆忙，像学习不好的学生，一进考场就紧张，提起笔来就忘字。也像乡间一些低能的"大老知"，做事之前信心满满，做事之后总结经验，被同一块石头绊倒十次也不知道拐弯绕路，还腆着脸原谅自己：龙人也是"十事九不全，出点差错在所难免"。也可能是警署县衙这群饭桶被大马子吓怕了，不敢让"杆子头"的老爹在街面上逗留。其实他们都猜错了，"老花生"已经糠了，囚车里面是一个冒牌的赝品，不敢以真面目示人，怕被围观的人看出破绽，影响捉拿"蜘蛛猿"的计划。

蔡华祥对苟敬诗之流也颇有微词。小鸡不撒尿，各有各的道，三百六十行，行行有道。没有规矩难成方圆，有道就得遵守。临该砍头了还不让人家吃肉喝酒、吼一嗓子豪气出来，这是对神灵的极大不恭敬，迟早要遭天谴的。事情摊在自己的老父亲身上，反过来一想倒是可以略去这些繁礼缛节的。老父亲身体羸弱，带着沉重的镣铐徒步走到刑场，那是一场天大的灾难。老父亲自尊心很强，一个有身份的绅士沦落为阶下囚已经是奇耻大辱了，再让乡亲们看着他被当作活猴一样戏耍，老父亲不一头碰死才怪呢！父亲坐着囚车直接去刑场，给自己营救亲人节省不少时间，或许因为这群笨蛋的疏漏，自己的老父亲能早一点脱离苦海。

蔡华祥是个"硬点子"，老狼培养他用利刃从自己身上割肉，说是先不顾痛后不怕死。敢对自己下刀子的人，再捅别人的时候心不惊眼不眨，手腕也硬硬的，能把对方刺透。武松能用肉皮锤打死大老虎，李广能开弓射穿顽石，那股子勇猛的狠劲都缘自不顾自己的性命。

数场劫掠下来，蔡华祥已经历练得心狠手辣了。他敢舔食溅在脸上的鲜血，敢摘下活人的心肝煎炒下酒。真被敌人俘虏了，也有一种视死如归的英雄气概，有"君子死、冠不免"的从容和淡然，不失君子风范，彰显英雄气概。

依据"老子英雄儿好汉，老子孬熊儿混蛋"、"虎父无犬子"、"有其父必有其子"之类的逻辑反方向推理，"老花生"也应该是一只当之无愧的"硬核桃"。硬核桃皮厚肉少，质地严密，抗击打能力很强，用牙齿是咬不开的。

看上去"硬核桃"在牢狱中受了不少敲打，虽未破碎也接近承受极限了。"老花生"像一团馊过了的面季子，半跪半卧地蜷曲在刑场上，插在脖子后面的"亡命牌子"上写着土匪老爹的名字，囚徒身上穿的那件藏青色棉袍也是蔡家的物件。"老花生"也是络腮胡子，满头满脸的长发脏兮兮的，遮挡住了他的面孔。脖子上倒是露出了皮肤，也被一层黑色的灰垢蒙蔽着，看不见真实的颜色。两只眼睛黯然无光，透露出内心的悲凉和绝望。

"老花生"仰起头来，哀求面前的刽子手，想讨一口水喝。刽子手业务范围是砍头，对于囚犯超出职权范围的请求他不敢擅自做主，便汇报给站在一旁掠阵的警长。警长把"盒子炮"插进枪套里，皮笑肉不笑地调侃"老花生"说："你老小子真有福气，我刚刚憋了一泡尿你就口渴了。张嘴接着，老子的尿不热不凉正好喝，像茶馆里的大叶子茶一样，压渴，清理肠胃，还消毒败火。"

警长解开束腰的皮带，准备往外掏出裤裆里那副猪下水一样丑陋的东西。

蔡华祥忍不住了，大骂一声："我操你姥姥"，抬手飞出一支钢镖。那只钢镖射进了警长的咽喉，没有贯穿出去，深深地嵌进了脖腔。警长应声倒在地上，蹬蹬腿就挺直了身躯，中镖的位置居然没有一滴鲜血溢出。

还没等大家弄明白事情的来龙去脉，蔡华祥已经蹿到"老花生"的身旁，打晕了立在两边的刽子手，搀起那个蓬头垢面的囚徒："爹，孩儿救你来了。"

坐在芦棚里的署长看到这突然发生的一幕，方寸一下子大乱了，急忙吹响警笛，大声咋呼起来："蔡华祥劫法场来了，快点把他抓住。"

因为署长慌乱紧张，在其他土匪尚未露面的时候就提前吹响了警笛，失去了一次把到场大马子一网打尽的好机会。

苟敬诗必须出手了，要是让老同学把他背到草荡子深处再露"庐山真面目"，自己的下场就像那个没来及撒尿的警长一样了。

"二当家的你上当了，这都是署长和县长的主意，我也是迫不得已。"苟敬诗用盒子炮顶着蔡华祥的胸膛，贴着蔡华祥的耳朵说："现在你得听我的，先保住性命再作打算。"

埋伏在坟丘后面的军警端着枪围拢过来。蔡华祥看明白了，此时自己已经身陷重围之中，胡乱挣扎徒死无疑，倒不如顺从这个冒牌的"老爹"，先保住"百十斤"再说。蔡华祥被缴械了，他放弃了逃跑的打算。但是要把撤离的信号释放出去，保全其他弟兄们的安全。

　　"风紧，扯呼。"蔡华祥大声吼出了撤离的暗语，制止了同伴的盲动。此时响箭飞天乱炸，刑场像"炸营"一样开始大乱了。看热闹的人狼奔豕突、东奔西跑，大马子随着人流淌到了安全的地段。

十九、捉放曹

柳至贤像是蒸发了一样，一下子就销声匿迹了。

对于弟弟的失踪，柳至善并不伤心难过，只是有些愠怒而已。高堂健在的时候，一奶同胞是一家人，是最为亲近的亲人。血浓于水。和别人相交是萍水相逢的关系，兄弟之间有着扯不断的血缘关系。一拃没有四指近，亲兄弟食宿都在一起，小的时候都吊在母亲的乳头上，两个乳头的距离是世上最近的距离，怎么也超不过"四指"。隔壁近邻是最近的邻里关系，看上去只有一墙之隔，其实是两个世界。再说泥土挑墙的厚度超过二尺，怎么算都大于一拃。

高堂辞世以后，兄弟结婚分家另过，"一家人"就变成"亲戚、朋友"性质的了。都说永恒的是变化，不老的是乡愁。人际关系也处在变化之中，无时无刻不在变化。虽说"兄弟一家亲"，可是后世子孙却越过越远。古人说：君子之泽，十世而斩。市井小民出了"五服"就像路人一样。譬如说老族长仙逝之后，他的遗产要一分为二，柳至善和柳至贤各自继承一半。柳至贤虽然远适他乡，生死难料，可他的继承权依然存在。柳至善只能代为管理，而不能据为己有。只要财产寄存在柳至善名下，柳至贤就啥时候回来啥时候拿走。如果这老哥俩去世了，这份财产转移到柳至善后辈的名下，柳至贤的后人再来讨要就得费些周折了。年代相隔的越久远，讨要回来的希望就越渺茫。谁也不否认是一个老先人的本家近门，事关财产的馈赠，就取决于持有人的态度了。给你是情分，不给是本分，谁也无权干涉持有人的自由。

柳至善丢了弟弟，心态和丢了物品截然不同。丢了钱财和资产，谁都想失而复得。丢了分肥的财产继承人，柳至善是不希望他在视野之内出现的。对于弟弟不辞而别的无礼行径，柳至善也是怒不可遏。柳至善巴不得弟弟远走高飞，一翅膀扇到天涯海角，永世不再回头。弟弟打招呼他会假意客套一两句，然后礼送出门。弟弟一声不吭就溜之大吉，说明他目无尊长，这是对兄长极大的不尊重。只要你无情就休怪我无义，是你自动放弃这些资产的，兄长我就笑纳了。只要这些财产的支配权使用权在自己手里，怎么摆布都是合情合理的。柳至贤不回故黄河荒滩就天下太平，他真的返回故乡横竖都是算账。年景有旱有涝，生意有赔有赚。刀把子攥在自己手里，一个憨憨痴痴的书呆子还能翻过天去？

柳至善是个见多识广的精明人，知道有些事情心里可以想，嘴上不能说。尤其是损人肥私的事，做成做不成都忌讳张扬。他决定到蟠龙城和周边各县去，张贴寻找柳至贤的"寻人启事"，顺便打听购买快枪的事。这件事已经张罗几年了，一直没有结果。贪官们越来越精明了，过去是见钱眼开，贪赃马上违法。现在要考察一下送礼的人是否可靠，收了钱会不会出事。保险安全才伸手拿钱，吃不准的事情得推不揽。

柳至善决定去找苟敬诗。都说"一辈子同学三辈子亲，断了骨头连着筋"。他和柳至贤是光腚在一起的发小，从私塾堂到洋学堂一直在一起读书，是关系很铁的老同学。我是他老同学的嫡亲哥哥，高攀一下也是他的兄长，应该可以让他放下心来。

柳至善和苟敬诗谈了好长时间，该说不该说的都说了，连傻子都能听出他此行的目的。苟敬诗悟性不算太高，经过柳至善的诱导，看清了这是一条生财之道，并且是快速致富的捷径。在战争年代里，军火、粮食和药品是关乎生死存亡的三大法宝。故黄河八百里荒草滩，点缀着星罗棋布的村寨，为了防匪防盗都想弄几只可以搂响的"烧火棍"护寨。还有家资颇丰的大户人家，为非作歹的各路绺子，斗殴寻仇的莽汉，都喜爱那些喝血的家伙什。

苟敬诗早就琢磨着捞取外快的招数了。千里做官为了吃穿。当官只为民做主，一点好处都不捞，小狗子还削减脑袋钻营个啥劲？老爹辛辛苦苦干了几十年，积攒一点辛苦钱很不容易，自己都弄过来拉关系还不够，又借了不少印子钱孝敬署长和县长，图的是啥？贪财之心人皆有之，精明人知道避祸趋福，安全保险的钱财马上抓过来，有所闪失的银子暂时不要伸手，千万不能把火炭一样的热红芋捧到掌心上。

在"老油条"的点拨唆使之下，苟敬诗已经开始收取烟馆、妓院的保护费了。查户口、查旅馆的时候，也昧着良心往人家的旮旯里塞几粒子弹再翻出来，说是查出了违禁物品，讹诈当事人的钱财。也私开路条，收受贿赂之后私自放行一些违禁物品。唯有军火和药品，是挂着弦的土地雷，轻易触碰不得。

苟敬诗把自己的顶头上司看作是晋身途中的绊脚石，是眼中钉和肉中刺。他一直在搜肠刮肚地想主意，想把"绊脚石"推到沟壑里面去，叫他改变用途和功能，不光不再挡道，还要为自己垫脚。可是这块"臭石头"在完成"职能转变"之前，它的分量比泰山还重，稍微倾斜移位就能把自己压成齑粉。

苟敬诗还没活腻歪，也不想马上去见易县长家的大黄狗。火中取栗的买卖都是趁火打劫，先把水搅混了才能浑水摸鱼。苟副署长还得盘着尾巴耐心苦等，静候故黄河八百里荒滩上风云突变。

苟敬诗想起了另外一件事。石原郎授意他一定要把这件事情办成了，办成这件事他蔡华祥会对他感恩戴德，小红袍对他也会另眼相看。然而要想当一个两面光的"驴屎蛋子"，他只能暗中推波助澜，不能公开出面插手其间。这件事叫柳至善从中传情递语是再合适不过的，而且捎口信万无一失，写成信札就有可能留下把柄。

小红袍是个心地善良的姑娘，听说蔡华祥在黑屋子里受苦，就像被人摘去心肝一样。

苟敬诗在不摊班的时候查岗，是故意放小红袍进去探视蔡华祥。蔡华祥一准有私密的事情交待小红袍，也一定让小红袍往外面捎口信。苟敬诗决定当护花使者，确保小红袍替蔡华祥把事情办成。只要小红袍和蔡华祥见面，就会扯出缉捕"老花生"之前的事情。是自己安排小红袍给柳至贤通报的消息，柳至贤派遣三驴子专程到蔡家寨送信。可惜人的两条腿跑不过马的四条腿，消息迟到一步。自己只是一个副署长，上面有署长和县长管着，自己空有救人之心，却实在无能为力。

蔡华祥把一个狼头徽标交给小红袍，叫她把狼头佩戴在胸前，农历"二五八"三个日子到城外禹王庙附近的一个小树林里，有人过来和她接头。小红袍在那儿偷吃过韭菜，也是在那儿和柳至贤、蔡华祥及苟敬诗三个浪荡公子结识的，对那一带的地形非常熟悉。

触景生情。小红袍一进小树林就想起了柳至贤、蔡华祥和苟敬诗。这三个浪荡公子是光腚长大的铁哥们，祖居之地都是早已陆沉的盘龙集，他们的祖上都是那次劫难的幸存者，原本就有很深的渊源。可是他们三个人的禀性品行是不一样的。柳至贤和蔡华祥不是同一种类型，蔡华祥和苟敬诗也不是一挂车上的骡子。小红袍想了好大一阵子，暂时还分不出他们之间的好歹。不管怎么说，大家有缘相识相处一场，无论如何都不能见死不救。

前来蟠龙县城打探消息的大马子是老鼠眼和瘦猴子，他们是老狼窝的资深交通员，负责着老狼窝和小狼窝以及其他绺子之间的联系。小树林是"老狼"这一窝子上呈下达的地方，也是各个"一字并肩王"之间沟通和互换情报的地方。老狼已经命令本部人马向距离蟠龙城最近的小狼窝里集结，在前沿阵地上厉兵秣马，随时准备营救"二把刀"蔡华祥。

老狼安排老鼠眼和瘦猴子，除了打探消息之外，还要联络各个绺子的"杆子头"，呈上自己的拜帖，邀请他们和自己配合联动，再次血洗蟠龙城。

老狼原本只想教训一下蔡氏父子，叫他们不敢小觑八百里荒草滩上的大马子，以后规规矩矩地听从老狼的招呼，别动不动张嘴就骂"大马子"，更要彻底放弃剿灭大马子的危险念头。没成想手下人把玩笑开过了头，捞不出"二把刀"蔡氏一家就灭门绝户了。这样干有点太阴损了，老狼决定倾巢出动，一定要把蔡华祥救出来。

擒获了老狼窝的二号匪首，易县长十分高兴。虽然故黄河八百里荒草滩上土匪多如牛毛，但毕竟是杀一个少一个。杀蟊贼也能震慑老百姓，杀响马头子的警示作用会更大，也更好向上面邀功请赏。易县长决定把小红袍叫到衙门里唱堂会，苟敬诗和署长都被邀请出席了。易县长要学诸葛亮，在谈笑间布置处决土匪头子的事。

唱完堂会之后小红袍是走不掉的，这一点她和情同母女的师傅都心知肚明。她已经被禽兽多次玷污过，反应也不像起初那样激烈了。她知道在世人眼中自己的身子是永远洗不白了，但她坚持善念不泯，尤其怜悯弱者。师傅说她的胸襟就像那双没缠裹脚布的天足一样，善良没被禁锢，随时随地的充分释放着。

小红袍被留在县衙里，陪着县长、警察署长和副署长喝酒，继续讨论对蔡华祥行刑的日子。蔡华祥被擒获一个多月了，还没来得及仔细审问，其实也用不着审问。他是著名响马老狼麾下的二把刀，这一点是千真万确的，大马子无恶不作也是秃子头上的虱子——明摆着的事。每一个土匪都是恶贯满盈的坏蛋，匪首元凶更是十恶不赦，把他的脑袋砍下来当夜壶甚至是凌迟削肉都是顺理成章的事。这样的人拉过来就可以直接砍头，用不着费劲劳神地录制口供。

易县长和警察署长急于把蔡华祥处死，一是震慑故黄河八百里荒草滩上的悍匪、惯匪和流寇，二是尽快向上峰报功请赏，要人要钱要军火。都知道"好哭的孩子有奶吃"。可是光知道闭着眼睛哭闹，不懂得博爹娘一笑的傻孩子也会挨巴掌。肃匪、靖边、安民就是把爹娘逗笑的法宝，上峰不怕大把地往外撒银子，就怕银子打水漂。砍掉蔡华祥一颗头颅，喷出的血浆不光染红荒草滩上的沙土地，也能染红很多官老爷的"顶子"。二是向地方商户和乡绅卖人情，借机敛财，叫他们出出血多交一些保护费。三是趁机鱼肉乡民，可以巧立名目派捐摊款，按户按丁收取清剿土匪税。

苟敬诗知道易县长对小红袍从来不设防，也就是说他在小红袍面前不隐瞒自己的秘密。这是为官的大忌。苟敬诗把自己心中的疑虑告诉署长，而不是当众坦露出来，也是故意而为的。署长是顶头上司，官场上反感"越级汇报"，更忌讳在更高层次的上司面前表现得比顶头上司聪明。苟敬诗对这一类的潜规则已经谙熟于胸了。

小红袍充分了解官老爷的决策之后，决定通过苟敬诗再度到狱中探视蔡华祥。探监之前她先去了禹王庙附近的小树林。巾帼之中不乏英雄，有时候女人的见识和她们的头发一样长。

小红袍在舞台上唱过"三思而行"这句词，也知道动心思揣摩算计了。她和蔡华祥非亲非故，频频探监会招人怀疑的。她决定等到接头的日子，先和老鼠眼、瘦猴子见面，让他们把有关"二把刀"的消息带给老狼，讨来主意再会蔡华祥。把杆子头的指示，大马子的营救计划，还有口传消息之外的东西一起送过去。苟敬诗是个胆小怕事的人，偶尔关照一下可以，屡次让他承担风险和过失，他也未必乐意。

蟠龙县的官老爷们准备在清明节前的某一天处死蔡华祥，想让"二把刀"安安稳稳地赶赴阴曹地府过鬼节，所以不打算招惹他那些阳世间的同伙了。易县长让秘书呈文上报，等待上峰的批复。批复下来了他也不贴布告，不大张旗鼓地布置刑场。为了避免"老花生"那样的事情重演，他们决定选一个不逢集、不逢会的日子，不声不响地秘密处死蔡华祥。

中心县就是中心县，蟠龙城不逢集赶会的时候也比普通县城热闹。警察署长以为处决蔡华祥的消息被封锁在县城之内了，所以放心大胆地带着武装骑警押解二号匪酋出西门。当然，老猴子手里掉不了枣，必要的安保措施还是有的，乐观的时候也不能喝"大胆汤"。警察署长熟知各种刑罚方法，外出时防范犯人的最佳方式是用粗钢丝刺穿皮肉，叫狱警像牵牲口一样拽着走。只要肉里掺了假，铁打的硬汉也发傻。喂过牲口的人都知道，再烈再野的牲口只要穿上鼻钳就乖乖地听话，用鞭子狠打狠抽也不敢尥蹶子。他用两根粗铁丝从蔡华祥的双耳中间穿过去，把软骨也拧在铁条里，这样系拽不豁耳朵，被刺穿的人又顾痛不敢硬挣。两边有人牵着铁条，前后都有持枪的警察警戒，已经做到万无一失了，蔡华祥就是有三头六臂，就算像辛环和雷震子一样突然从肋下长出翅膀来，也只能有飞走逃亡的想法，血肉之躯是绝对逃脱不掉的。

蔡华祥沿袭旧制，一路上喝酒吃肉瞎咋呼。快出城门的时候，他在一家剃头铺面前停下了。

"我说二位署长大人，我这肚子已经被牛羊肉撑满了，酒也喝得差不多了。在现在这样的年头，能同时过足酒瘾和肉瘾，也算是享福了，值！我蔡华祥这辈子算是没有白活。"蔡华祥扭过头来，仰脸看着骑在马背上的署长和副署长，提出最后一个要求："我蔡华祥是老狼窝的二把刀，在八百里故黄河荒草滩上也算得上一号人物。我想修修脸剪剪头，风光体面地去见阎王爷。现在这个熊样不是大马子的形象，倒像一个地地道道的花子头，到了阴间也丢故黄河荒草滩老少爷们的脸，你们说是不是？"

苟敬诗扭头去看署长，有当家的在跟前他不好率先表态。署长微微地点点头，罩在网里的鱼，绑在案上的猪，不论怎么折腾都躲不过一刀。死囚都像鬼蜮一样，嘴里含着喷人的晦气，大马子原本就是不要命的主儿，死到临头更是无所顾忌。现在招惹他咒骂自己，不是用磨刀水洗头——锈满脑子了吗？

剃头匠也不敢触碰死囚犯的霉头，笑脸相迎，小心伺候，还锎子不能收取一个。剃头匠是一个老实本分的中年人，经营一个两间门脸的小铺子，没有大店面的霸气。大型剃头店铺张贴的对联多是"拳打各路好汉，刀扫天下英雄"之类。这个小店铺的对联清雅别致，上联是"进门来乌发盖顶"，下联是"出门去白面书生"。

蔡华祥在"响马"组织中虽然身居在"一人之下万人之上"的位置上，但毕竟才是一个二十出头的毛头小伙子。他身材魁梧，长相周正，经过剃头匠一番精心的修剪梳理，果然像阳光雨露滋润过的春天杨柳，舒展飘逸，满身的帅气。

蔡华祥对着镜子，仔细欣赏自己的形象，由衷地夸赞剃头匠的技艺。这时理发店后面唱响了一句拉魂腔："华容道上纵曹操，我关某如何把令交。"

蔡华祥微微地皱了一下眉头，转身对剃头的师傅说左边鬓角上刮得有一点点不到位，他想自己解决问题。人道四十不学艺，自己虽然出了剃头铺就去断头台，可是才二十郎当岁，好奇心很重，还想学上一门子手艺，说不定到黄泉之后也还用的着。

父命天命不可违，临终的要求不好拂逆。剃头匠把剃头刀重新磨到吹毛离刃的程度，又在油布上蹭了几下交给蔡华祥。

蔡华祥接过剃头刀，煞有介事地对着镜子在脑门上比划着，把剃头匠和牵着铁条的押解警察都吸引过来入神地观看。蔡华祥猛一咬牙，"哇哇"怪叫两声，自己的两只耳朵已经被剃头刀切削下来了，他的耳根处血流如注。在场的人全都傻了，不知道"二把刀"唱得是哪一出折子戏？还没等他们回过神来，蔡华祥把刀锋一转，两个押解他的警察脖子上就汩汩流红了。他像杀鸡一样宰了两个牵拉铁条的警察，拾起一把快枪砸开剃头铺的后窗，纵身跳到后面去了。

剃头匠被吓得浑身瘫软了，坐在地上大声咋呼："不得了了，二把刀杀人逃跑了！"

二十、搬开绊脚石

蟠龙县西门里有一条南北街叫罗马街，街南头有一座基督教堂，街北头有一座清真寺。故黄河八百里荒滩上的乡亲们很少有人越洋出国，见识短浅，分不清"阿拉伯"和"欧洲"建筑的风格，对异国情调的建筑一概称之为"罗马楼"。这条街因此而得名。

剃头铺的屋后头是一条偏僻的小巷子，顺着巷子往南走再往东拐，就可以进入罗马街。罗马街的东面就是蟠龙县城的主街道，叫凤鸣街。凤鸣街像一根长扁担，挑着南北两座城门。

小红袍在基督教堂南面的路口上，牵着一匹白马等待蔡华祥。他从这条路上走，出南门比较方便。老鼠眼通过小红袍给蔡华祥传话，老狼亲自参加这次营救行动，弟兄们都在三里井旁边的草荡里面候着呢。

蔡华祥从小红袍手中接过马缰绳，翻身跃到马背上，顺势来个海底捞月，把小红袍抱起来横在马背上，这才双脚叩马，发出奔跑的指令。

孝子谨记三纲五常，一生不忘双亲的养育之恩。可是"老花生"已经糗了，蔡华祥只能把悲恸吞咽到肚子里，化成复仇的火焰终日燃烧。小红袍是他心中放不下的一颗"嫩花生"，他要紧紧地攥在手里，至死也不松开。

英雄救美是最能赢得美女芳心的，不知道大马子掠美会是啥样的结果？蔡华祥顾不了那么多了，先把倾心爱慕的人劫持到"狼窝"里再说。

小红袍一点也不惊慌，更不恼怒，甚至还满怀着某种期待。她厌烦现在的生活，早有离开蟠龙县城的意愿。柳至贤不知所踪，苟敬诗舍不得"副署长"这碗浆糊糊，只有蔡华祥能带她逃离苦海。

警察署长觉得晦气，他是轻易不离警署的，今天原本是想穿马甲拜年，露两手给易县长看看的。没成想在西门里就栽了跟头，自己成了掉进灰堆里的臭豆腐，灰头土脸的威风扫地了。他咽不下这口窝囊气，吹警笛集合骑警队的全体警员，挥舞着马刀像风一样往南门外追去。

蔡华祥的马背上挂着一个背搭，背搭里面放着"喷子"和"黄米"。这是老鼠眼让小红袍转告给蔡华祥的话，蔡华祥想起来了。此刻背搭压在小红袍的身子下面，他不方便伸手去取。

"小红袍，把'喷子'递给我。"蔡华祥扭头看看后面的追兵，急切地伸手向小红袍要家伙什。

"啥是'喷子'？"小红袍听不懂大马子的黑话，感到非常迷茫。

"你摸摸背搭里有啥？"

"枪！"背搭里有两把压满子弹的驳壳枪，还有几个压满子弹的弹夹。

"对。枪就是'喷子'，'黄米'就是子弹！"蔡华祥接过驳壳枪，在大腿上蹭开机头，开枪撂倒了城南关守门的警察。

蔡华祥身后，枪弹声像炒黄豆一样密集。蔡华祥一边打枪一边打马，在枪弹和呐喊声中跑到了城外。

三华里的路程就是一千五百米，骑在马背上丈量这段距离也就是一眨眼的功夫。三里之外就是一人多高、一望无际的草荡子和灌木丛，蔡华祥钻进草荡子里去，就像刘邦逃到了沛县，犹如游龙归海、飞鸟入林，再想抓他就难似登天了。放虎归山的后果就是养虎为患，这只凶猛的老虎养好伤、恢复了元气，再磨尖利爪和牙齿，就会出山伤人了。老虎准备猎获的首选目标，应该就是警察署长和县长。想到这儿，警察署长不由地打了一个冷颤，这是你死我活的斗争，不能迟疑，更不能手软。

蔡华祥还没拱进草荡子里去，必须在他被荒草淹没之前把他缉拿归案，要么就把他打死在沙地里，千万不能让他逃脱了。

警察署长举起枪来，眯着眼睛向前方瞄准。警察署长也是行伍出身，虽然算不上"神枪手"，枪法还是不错的。可是紧张容易出错，他手有些颤抖，在马背上颠簸着也不好控制平衡。扳机扣动了，子弹飞出枪膛，只是着弹点有些偏差。子弹钻进了马的腔帮子，没伤着蔡华祥的毫毛。

马屁股被子弹撕开一道口子，热烘烘的鲜血喷涌而出。大白马忍受不住疼痛，奋起前蹄准备飞奔，后腿承受不了重负，猛然扑倒在地上。

蔡华祥顺势一滚，拱进路边的水沟里，甩手给了警察署长一枪。"二把刀"被禁锢在监牢里达数月之久，脱离樊笼之后身手依然敏捷矫健。在萧县山窝里练就的功夫没有舍他而去，枪械子弹很听招呼，他的枪法准头超过了警察署长。

蔡华祥狠搂枪机，打的是连发速射，随着"哒哒哒"一阵清脆的枪响，警察署长应声落马。蔡华祥爬出水沟,准备到白马身边去救小红袍。她的一条腿被压在马肚子下面,急得双手捶地也动弹不得。

"蔡华祥你快走,别管我了。"看到越追越近的骑警,小红袍急切地催促蔡华祥赶紧撤离。"你给我听好了,从今以后做一个义匪,做秦叔宝、程咬金那样的义匪。只要你不再欺压老百姓,我小红袍为你死了也能含笑九泉。"

老狼带着几个"炮头"(小狼窝的负责人)从小路上斜插过来。老狼吩咐小响马把"二把刀"送到距县城最近的小狼窝,他和几个"炮头"带着一队土匪断后。几个炮头都想在老狼面前表现,纷纷下马指挥手下的喽啰如何排兵布阵,老狼拎着枪在马背上巡视。

苟敬诗带着大队骑警从后面追赶过来。他们的坐骑比署长的差一些,所以晚到了一步。都说利害相连、福祸相依。署长精心挑选了一匹快马,原准备遇到险情的时候方便脱身,没成想快马成了催命的判官,把他送到前边来率先品尝了大马子的"黄米"。现在署长命悬一线之间,但他神智还是非常清楚的。他知道自己死了可以给家属换来一些抚恤金,也能落下一个"恪尽职守"和"身先士卒"的好名声。可是生命只有一次,闭上眼睛一切都完结了。现在把肠子悔青也于事无补,只能寄希望苟敬诗大发慈悲心肠,及时救助他了。

苟敬诗是邬翰林的高足,知道"射人先射马、擒贼先擒王"的道理。他看到一群乌合之众像蝼蚁一样在路边沟里忙乎,只有一个人骑在马背上悠闲地东瞧西看。他还不清楚这个人就是老狼窝的总瓢把子,直觉告诉他这个人和自己一样,一准是个管事的。

"弟兄们,立功的机会来了。"苟敬诗先自开了三枪,又大声交代手下的骑警:"先招呼那个骑马的,然后攻击前进,猛冲过去。"

老狼骑在马背上,比沟里响马高出好大一截。他成了立在对面的活靶子,几十只快枪一起对着他喷出了炽热的火舌。

老狼的身手很不一般,仓促之间疏于防范,结果就是大意失荆州。这也警示后人小心谨慎,在战场上一刻也麻痹不得。蟠龙县的警察擅长鱼肉乡里,军事素质稀松平常,可是他们距离老狼太近了,又抢得了"先发制人"的先机,子弹的密集程度也异乎寻常。这群吃干饭的警察,平时不论是立式射击、跪式射击,还是卧式射击,趴在那儿一动不动地瞄着死靶开枪也是经常脱靶,十射九不中。这次大家集中射击一个目标,枪弹又十分密集,难免就有人"瞎猫碰上死耗子"。

老狼被乱枪射中了，长出翅膀也躲不过饮恨饮弹的结局。

白菜不抱心则散，蜜蜂不抱王则乱。大马子原本就是乌合之众，没打过像样的战争，没受过正规的训练，平时欺压手无寸铁的老百姓胆气很壮，半路上劫道也是仗着人多势众，腰里有家伙可以狐假虎威。现在看到大当家的被撂倒了，一霎间群龙无首，畏惧的心理就过分地膨胀起来。

大马子"嗷嚎"一声一哄而散，只想着把老狼的尸体弄回营地，没人理会小红袍了。

苟敬诗知道草荡里面充满了凶险，不敢继续追踪了。抓到小红袍就能讨好县长大人，已经是立功了。自己要知道进退取舍，把握好啥叫"火候分寸"和"见好就收"。

大马子阵营中伤了一员大将，这是苟副署长亲自指挥的结果，在场的骑警全都有目共睹，战报上还可以继续吹嘘夸大一些。其实土匪头子是死是活碍不着苟副署长的蛋疼，他急于知道署长大人伤得怎么样。署长是自己的顶头上司，也是压着自己不能抬头的顽石，他非常渴望大马子的枪弹长眼，能射中署长大人的要害部位。

署长要是死了，苟敬诗会觉得浑身轻松舒坦，从此少了一块心病。要是署长命大活下来，要让他误以为是自己施救及时，从此对自己感恩戴德。

责任是可以和别人一起分担的，好处最好不让别人染指。署长像卤肉铺那些还没下锅的死狗一样，躺在地上不能理事。山中有只死老虎，不耽误猴子称大王。苟副署长成了级别最高的长官，他安排警员把署长架到马背上卧好，自己牵着马辔头先行一步，叫队长带着大队人马押解小红袍，在后面阻挡大马子追击。

"水、水，我要喝水。"蔡华祥虽然跟着劫掠几次，还是临战心慌。他确实击中警察署长两枪，都打在腹部，没伤到要害部位。署长醒过来了，因为失血过多，体虚脱水，十分干渴。

苟敬诗回头张望一下，骑警们都没骑马，他们簇拥着小红袍缓缓而行。押解一个如花似玉的女土匪，长官又没在旁边监管，青年人过剩的精力和被服装皮囊包裹压抑的低俗情趣，是可以随便释放一下的。他们远远地缀在苟敬诗后面，心思全在洪家班的小花旦身上，没人理会这个全心巴结署长的副署长。这是搬掉"绊脚石"的大好时机，苟敬诗是不会错过的。他勒住自己的坐骑，跳下马来抓住署长的双脚，使劲贯到地下。署长的脖子被折断了，脸上挂着见到鬼魅那样的惊骇和恐惧，哼都没哼一声，脖子就偏垂在一边，绑上夹板也挺不起来了。

"署长大人千万不要怪我狠心、没良心。'慈不掌兵'、'无毒不丈夫'、'人不为己天诛地灭'等等，都是你署长大人经常训导我的话。我既然进了师门就不能给师傅丢人，还应该光大门楣，把师傅的精髓要旨广为流传并发扬光大。"苟敬诗把署长抱到马背上，快马加鞭地往城里赶。他急于给死去的署长找郎中，让人感觉到他对署长忠心耿耿，比亲生儿子还亲。

兔子滩是距离蟠龙县城最近的小狼窝，蔡华祥先到一步，已经让管马的兽医用温盐水把脸上的血迹擦净了。"马郎中"一边用治红伤的棒疮药涂抹创面，一边不无惋惜地告诉蔡华祥："平时两个耳朵支楞着，觉得既碍事又碍眼。猛然间把这个玩意弄掉了，脑袋像个秃葫芦似的，确实不怎么受看。我估摸着，你以后得学娘们家，要留长头发了。"

蔡华祥正要搭话，突然看到寨子外面的小道上扬起了烟尘。沙路上扬尘，一般都是马队疾驰造成的。他和"马郎中"对视一眼，心中有了一丝疑虑。耳朵和眼睛是近邻，两个血肉模糊的耳根疼痛难忍，株连到眼睛不停地流淌一些黏糊糊的液体，把视线遮挡住了。

小狼窝的土匪异常警觉，不等"二把刀"吩咐就把吊桥拽起来了。从虎口里夺食、在刀尖上舔血，不机灵是不行的。大马子之间常有火拼械斗，稍不留神这"土窑"就被别人给砸了。

马队越来越近了，喽啰兵过来向"二把刀"汇报：是跟在老狼身边的几个炮头回来了。老狼也来了，是"竖着出去横着回来"的。老狼"呼呼"地倒着粗气，他被骑警射中了三枪，伤口像山间的泉眼，热血还在"汩汩"地往外流淌。看样子判官已经把他收留了，救助已经失去了意义，当务之急是给他烙几个打狗饼子笼在袖子里，叫他顺顺当当地过了恶狗山，而不是枉费力气做无用功。他还阳的希望已经微乎其微了。

蔡华祥还在向远处眺望，他没看到小红袍回来，心中沉甸甸的，有了不祥的预感。了解小红袍被骑警抢走的情况之后，蔡华祥感觉不到耳根的疼痛了。心痛比耳痛更为剧烈，难过和痛苦都聚集在心尖上了，另一处疼痛就被淡化出神经感觉系统之外了。后来人们根据这一现象，发明了缓解痛苦的"疼痛转移法"，就是局部位置受到戕害疼痛难忍的时候，马上在另外的地方制造更为剧烈的痛苦，把轻微的疼痛驱赶到感知系统之外去。

一个炮头跑过来拉扯蔡华祥，叫他赶快到窝棚里去见大当家的。老狼醒过来了，急切地想见"二把刀"。

老狼把自己的配枪递给蔡华祥，这是大马子移交权柄的仪式。老狼有两把驳壳枪。一把是鎏金的，一把是镀银的。一把枪的枪把上嵌着象牙，另一把枪的枪把上镶着玉石。老狼麾下的土匪都认识这两把枪，这两把枪在谁的身上，谁就是老狼窝的主人，是他们这个绺子的总瓢把子。

"华祥兄弟，老哥不行了，这个绺子就托付给你了。"老狼手上的血迹未干，他用沾满鲜血的双手攥着蔡华祥的胳膊。"我是一个有罪的人，老天爷已经惩罚我了。天作孽犹可恕，自作孽不可活。我的肚量太小了，不该因为一点小事就硬拉你入伙当响马，请你务必原谅我的过错。"

牵拉老狼性命的游丝断了，他的呼吸和声音戛然而止。老狼的头颅偏垂下去，两只沾满血渍的大手也松开了。蔡华祥一头雾水，茫然失措地看着老鼠眼和瘦猴子，不明白大当家的为何在临死之前情真意切地向他道歉。

二十一、生死兄弟

男人最舍弃不下的是漂亮女人的脸蛋和身段，最不能忍受的是"小心肝"的背叛。同性之间也是如此，首先切齿怒恨的都是背叛。战争时期，人们对势不两立的顽敌怒恨一米，对屈膝变节之类叛徒的愤恨高达六尺。

孙中山总理在流亡生涯中弄明白了一个道理，就是后来共产党的领袖毛泽东概括总结的经典语录：枪杆子里面出政权。因为他手中没有自己的军队，袁世凯敢伸手摘去他园里的"桃子"，陈炯明也敢撕破脸皮向他发难。

1921年12月，共产国际代表马林在广西桂林会见孙中山，提出了"创办军官学校，建立革命军"的建议。孙中山如同拨云见日，和马林代表一见如故，一拍即合了。1923年元月，国民党第一次全国代表大会决议在广州黄埔区长洲岛建立军官学校。同年九月，孙中山派蒋中正、张太雷、沈定一三人组成"孙逸仙博士考察团"访问苏联，学习建军经验。

1924年"中国国民党陆军军官学校"正式挂牌成立，史称"黄埔军校"，孙中山任命自己的侍从长蒋介石为第一任校长。

黄埔军校1924年5月份招生，6月16日举行开学典礼。从1200名考生中录取了350名学生，备取生120名。

柳至贤就是这120名备取生中的一员，没能如期如愿地进入黄埔军校读书。候补队员得耐心等待正式队员下场，否则是没有机会进场踢球的。在等待替补或扩招机会的日子里，柳至贤经熟人介绍住进了广州市越秀路的惠州会馆。1924年7月，广州农民运动讲习所在此创立，后来迁至中山路番禺学宫，历时将近两年的时间，举办六期学习班。由毛泽东任所长，肖楚女任教务长，周恩来、瞿秋白、吴玉章、彭湃、邓中夏等任教员，讲授有关农民运动的各种课程，为中国革命培养出一批重要的骨干。

柳至贤是憋着劲准备再考一次军官学校的，进入农民运动讲习所学习之后，就把"黄埔军校"忘到脑后去了，当将军的思想也淡化下来，一门心思迷恋"农民运动"，只想着"一切权利归农会"了。

平心而论，柳至贤是有能力考取黄埔军校的，他没被正式录取非常令人惋惜。柳至贤被"九头鸟"派往郑州之后，被地下组织安排在火车站当乘警。在南下广州的火车上，他认识了前往广州报考军官学校的王敬久、贾韫山、张世希、蔡敦仁、王仲廉、王家修、郭建鸣等人，相谈甚欢。王敬久是丰县人，勤奋聪明，好学上进。民国十年他在徐州江北中学读书，因为品学兼优，深得当时的校长顾子扬赏识。顾校长对他的评价和乾隆皇帝评价纪晓岚一样，敏而好学可为文，受之以政无不达。顾校长是老同盟会员，国民党的正宗元老。他也有着"九头鸟"那样的心结，看到优秀的青年才俊就想吸收到自己的组织中来。和王敬久结伴同行的伙计都是徐州和丰（县）、单（县）、萧（县）、砀（山）一带的学子，都是顾子扬的高足，都被顾校长发展成了国民党员。那时候虽然驱逐了清朝的末代皇帝，虽然执政者也承认"共和"，使用"中华民国"的国号，但是国民党和共产党在北方的待遇一样，都是执政者打击铲除的对象。

列车驶过了长江，这群革命青年才吐出胸中那团压抑许久的浊气，露出笑脸，唱起欢快的歌曲，才公布自己的真实身份。柳至贤没有暴露他的"共产党员"身份。组织上有保密纪律，真实的身份上不告诉父母，下对老婆孩子隐瞒。虽说国共两党像新婚夫妇一样如胶似漆，孙中山先生提出了"联俄、联共、辅助工农"的三大政策，很多共产党的高层人士以"共产党员"的身份加入了国民党，还在国民党内担任高级职务。可是国共两党的政见不同、信仰不同，刀把子在国民党手里，谁知道这样拌着蜂蜜的和睦还能维持多久？柳至贤多了一个心眼，觉得还是有所保留为好。故黄河荒滩上的老年人，经常这样嘱咐出门在外的晚辈：逢人只说三分话，不可全抛一片心。

大家都是故黄河荒滩上的老乡，都是热血青年，都有一腔爱国的豪情，都有崇高的理想和抱负，都有善良美好的愿望，也都有坚定的信仰。在王敬久等人的怂恿之下，柳至贤坚定了报考军官学校的决心。

柳至贤是在组织的人，也是组织观念很强的人。他不能不向组织汇报就擅自作主，所以不能和王敬久之流一同留在广州。他要随列车返回郑州，报请上级批准之后再跟随班车南下，所以迟到了十多天的时间。

王敬久他们赶到广州的时候，考期已经临近了，柳至贤又往返折腾一趟，赶到长洲岛已经没有复习的时间了。

屋漏偏逢连阴雨，船破却遇顶头风。赶在这个要命的节骨眼上，柳至贤水土不服，吃不下饭去。王敬久很受花城蚊子的青睐，被叮咬出了疟疾病，天天行走在阴阳两界，过着冰火两重天的日子，一会到了"火焰山"，一会又到了"通天河"。如不及时治愈这个顽疾，王敬久根本就进不了考场，中华民国的将星就会胎死腹中一颗。

黄鼠狼专咬病鸭子。病鸭子被黄鼠狼俘获的结果不光是毁掉自己的大好前程，还关乎到生死存亡。

大家只知道着急，面对病魔却束手无策。柳至贤从小红袍的口中听说过一个治疗疟疾病的特效偏方，就是把干草、甘遂两位中草药焙干碾碎，用白酒调和成丸状，贴在肚脐眼上，对时之后，再严重的恶性疟疾立马痊愈。

甘草、甘遂都是极为普通的中草药，在哪个药店都能买得到。可是你要同时购买这两味中药，掌柜的一定不会卖给你。这两味中药全都是胖大嫂的裤腰带——稀松平常，全都无毒无害，对人体没有任何毒副作用。可是这两味中药搅和在一起，就是其毒无比的剧毒药物。药店老板怕摊上人命官司，一般不会同时出售这两味中药。

柳至贤初到广州，眼睛有些发直，脑袋有点发懵。广州是一座大城市，比蟠龙县大了不知道多少倍。广州还是一座很洋气的城市，比郑州阔绰洋气了不知道多少倍。除此之外，广州还是一座流行"鸟语"的城市。柳至贤听广州的市民说话，像听"鸟叫"一样好听，但是他一句也听不懂。

初到一个陌生的地方，人地两生，还存在着语言障碍，没办法和当地居民沟通，这就直接影响到了办事效率。柳至贤拖着疲惫的身躯，晕晕乎乎地在大街小巷里转悠。那一天柳至贤吃得比猫还少，起得比鸡还早，跑得比兔子还快，转得比驴还累。从东方泛起鱼肚白开始逛街，到西山映照落霞回到住宿的宾馆，总算把两味中药凑齐了。

第二天早晨，王敬久精神抖擞，身体恢复如初。柳至贤像听了一夜"拉魂腔"似的，睡成了死狗。王敬久使劲把救命恩人摇晃醒，喊上另一个老乡一起，把柳至贤架到了考场。柳至贤的躯壳进了考场，魂魄还在床上。他的脑子像糯子，黏稠到了空白的地步，转着转着就"滑轮"了。他的眼皮像柿子皮，又涩又重，老是想往一起合拢。他把眼皮撑起来，勉强做着试卷，还没把考试卷做完，柳至贤的脖子就支撑不住头颅，趴在课桌上打起了呼噜。

张榜公布的时候，王敬久、贾韫山、张世希、蔡敦仁、王仲廉、王家修、郭建鸣等人都被正式录取了，柳至贤成绩稍差，只取得一个"备取生"

的资格。那一年故黄河荒滩上出了三个王姓军校高材生，就是王敬久、王仲廉和王家修，人称"河滩三王"。与之齐名的还有"山东三李"，是李仙洲、李玉堂和李延年。这六位俊杰当中，除了王家修在棉湖战役中壮烈成仁之外，其余的人都成了中高级将领，这在民国时期是凤毛麟角的现象，一度被传为佳话。

1925年10月，国民党为了讨伐军阀陈炯明，发动了第二次东征战役。已经毕业留校担任区队长的王敬久被任命为教导团中尉排长，参加攻打惠州，击败陈炯明主力林虎部的战斗。

惠州城的城墙坚固无比，守城的军士凶悍异常。兵临城下，到了生死存亡的紧要关头，攻城的部队十分英勇，守城的官兵更为顽强。东征军像蚂蚁一样密密麻麻地沿着云梯向上攀缘，城墙上面往下倾泻的子弹像沸水一样，一次又一次把攻城的敌人清洗下来。

林虎人如其名，像林中的猛虎一样，雄踞在山岗一样的城墙上。东征军像秋风中的树叶，从云梯上飘然落下。尸体越码越高，用不着专人扶持攻城的梯子了。鲜血四处飞溅，一股热烘烘的腥臭在沙场上弥漫，叫活着的人感到窒息。

王敬久身上沾满了战友的血渍，头脑被子弹蹭热了，眼睛也被鲜血染红了。他家的"大领"好急眼，抢收抢种的时候都是光脊梁玩命地干活，下面的长短工就不好意思偷懒耍滑，就能如期甚至是提前干好地里的农活。常年耳濡目染，王敬久也学会了脱光脊梁玩命的招数。他脱去军衣的上装，把大刀片衔在嘴里，一手提着盒子炮，一手抓住云梯的横档，健步如飞地向城头飞去。这一招果然提振士气。他手下那一排士兵全都脱掉上衣，像小老虎一样"嗷嗷"地嚎叫着往上冲。事后他们慨然说道："官有必死之心，兵无偷生之理。"

林虎的部下没见过这种战法，像是看到了魔术师在玩"活人头"一样，一下子傻在那里了。

在鏖战正酣的时刻，子弹不能稍事休息。枪支停止射击的片刻功夫，王敬久和他手下三十多名健勇已经跃上城头，用大刀片和驳壳枪给守城的士兵点名了。城墙上阵线被撕开了一条豁口，这个口子再也缝合不上了。东征军像泉水一样，源源不断地从这个撕开的口子中涌出，又像涟漪一样，朝着四面八方扩散。

适逢此时，蒋介石校长正坐着飞机在空中巡视。他看到了第一个脱光脊梁的王敬久，看到了模范的作用和示范效应，也被他们的忠勇深深地感动和鼓舞着；只是还不知道那个忠勇玩命的低级指挥官是黄埔一期的高材生。

王敬久在阵地上杀红了眼睛，早把生死置之度外。他身先士卒，带着头追击溃败的残敌。敌人失败了，兵败如山倒，敌人像潮水一样向后溃逃。来不及逃跑的敌人跪在地上，举起手来缴械投降。

溃逃的敌人终于明白过来了，战场上没有魔术师，脱光脊梁的敌人不玩"二五眼"，也是真刀真枪玩命的主儿。他们记恨那个带头脱掉军褂的坏小子，一边跑一边向他射出了复仇的子弹。

王敬久是"光脊梁敢死队"的始作俑者，又跑在队伍的最前面，被乱枪击中是在所难免的。王敬久腿部中弹，仆倒在血迹斑斑的战场上。

柳至贤和王敬久虽然信仰不同，但是关系密切，私交很好，渊源也极深。共产党组织一批战地救护队，帮助东征军抢救伤员。柳至贤就是救护队的队员，他又一次救了故黄河荒草滩上的老乡王敬久。

中国幅员辽阔，疆域广大，就像"深如大海"的侯门，深深的宅院之中垒着好几道围墙呢。

有道是"隔山不同俗，十里改规矩"。国家的疆界这么大，不论是风土人情、地形地貌、物产语言，还是气候条件，都是存在巨大差异的。长城以北地区的气候是"胡天八月即飞雪"，长江以北是"七月流火、九月授衣"。岭南地区是四季如春的，不知道"九月初九蚊子封口"之类的俗谚，隆冬季节也是"光棍不沾一两棉"。

广东的十月，仍然是穿着单衣服还要出汗的时节。柳至贤发现王敬久的时候，他正昏倒在血泊之中，伤口周围趴着一个团的绿头苍蝇。苍蝇是追腥逐臭的生物，闻到血腥味就"嗡嗡"地飞过来吮血，还把肮脏的细菌和白渣（蝇卵）留在寄主的身上。蝇卵很快就会变成蠕动的蛆虫，钻进伤口里会加速伤口的感染，也会引起剧烈的疼痛。

一个小小的铅质弹头，在敌人身上钻个血窟窿就完成历史使命了。这个受伤的人可能会因此送命，也可能侥幸不死，却落下了终生的残疾。受身体的拖累，当将军的理想也不能放飞。当将军之后再瘸腿就是"跛脚将军"。当将军之前瘸腿，就会脱掉军装走人，充其量是一个曾经血战沙场的"荣誉军人"。其中的奥妙和悬殊实在是太大了。

柳至贤从卫生员的药箱里找到碘酒、纱布和剪刀，先把伤者的裤腿冲开剪断，扯下一根布条勒紧伤口的上方，止住流淌的血液。再把蝇卵和赃物弄掉，用碘酒反复擦洗。他还从王敬久的弹夹里取出几粒子弹，拔掉弹头，把枪药倒在伤口的创面上，用火柴点燃。

随着"呲"地一声轻响，一道耀眼的白光一闪，枪药燃烧完了，一股在炉膛上烤猪蹄那样的皮毛焦香在空气中弥散。王敬久疼得猛一抽搐，激灵一下醒来了。

柳至贤搀起王敬久，露出一嘴洁白的牙齿，冲着河滩上的老乡笑了。王敬久眼睛一潮，趴在老乡的肩膀上哭了。他知道自己被老乡又拯救一次，这种高温杀菌的方法十分科学，消毒灭菌彻底，自己的伤口不会感染化脓，自己的腿就不会残疾。自己今后如果能有锦绣前程，都是这位老乡所赐。他对这位老乡的感激之情，迅速升华到"再生父母"的高度，只要有机会，一定要好好报答。

二十二、戏子变成婊子

天有不测风云，人有旦夕祸福。王敬久在攻打惠州的战役中因为作战勇猛而一战成名。

坐着飞机在天空中视察督战的蒋校长，亲眼目睹了王敬久光着脊梁舍生忘死的感人一幕。当他得知这个提着脑袋为他攻城掠地的勇士是黄埔一期的高材生之后，爱才惜才之意更加浓厚了。

蒋校长慧眼识英才，王敬久犹如锥处囊中，一下子脱颖而出了。在将总司令的亲自干预下，他这位忠勇可嘉的好学生被提拔重用了。还没等王敬久伤愈出院，挂着少校军衔的制服就送进病房里来了。王敬久上学的时候经常跳级，他把这个习惯带到兵营里来了。他从排长擢升为连长，军衔却跳过了"上尉"，直接跳到"少校"的军阶上了。他很快又被陈诚要到自己的麾下任营长，参加北伐战争。到达赣州后，王敬久的队伍被编入东路军作战序列。

1927年春，东路军在浙江富春江两岸与孙传芳部展开决战，王敬久在桐庐战役中再次负伤。痊愈后调到顾祝同指挥的第三师，升任第九团副团长，继续北伐。第三师轻车快马，一路追击军阀孙传芳到徐州。在扫清徐州外围的敌人据点时，该团团长指挥不力被撤职，王敬久临危受命，率部攻坚克难，一路势如破竹，很快攻进徐州城内。此役王敬久再露锋芒，又一次彰显了他的智勇和忠心，战后被提拔为团长。

柳至贤学的是"农民运动"。农民都在农村，共产党内的有识之士也看到了中国的国情，觉得共产党应该选择的正确道路是"农村包围城市"。在这样的思想指导之下，呆在城市里显然是不合时宜的。柳至贤奉命潜回八百里故黄河荒草滩，秘密开展工作，发展共产党的武装力量。

王敬久少年得志，正值春风得意之时。柳至贤在深深的草荡子里面昼伏夜出一年有余，细致地考察了故黄河荒滩上的各种情况。他受八百里荒滩上老少爷们的委托，到徐州来为王敬久道贺，顺便为民请命来了。

蔡华祥挣脱樊笼、死里逃生之后，心中最为感激的一个人就是小红袍。在帮助他虎口脱险的过程中，苟敬诗也起了很大的作用。老蔡知道，苟敬诗救他是狗不咬屙屎的——有想法。苟副署长把自己当成一粒包在弹弓里的圆形石头子，把站在高枝上的警察署长打下来，自己展翅飞到高枝上去。自己是他手中的一根"擦腚棒"，用完就扔到一边去了。不，扔掉了他也未必放心，有机会他一定会除掉自己的。也许就是下一次相遇的时候，他手里的家伙就会对着自己喷出火舌。

小红袍帮助蔡华祥没有任何功利思想，完全是一腔大爱使然。小红袍也十分清楚，她稀里糊涂地把自己和大马子缠绕在一起，后果一定不太值得骄傲。她也犹豫彷徨过，可到底还是管不住心中的善良，不知不觉之中就掺和进去了。和土匪沾上边噩梦也就开始了，好比放进染缸的白布，退出去也洗不干净了，她只能闭着眼睛等候命运之神的发落。

苟敬诗实际掌控了蟠龙中心县警察署，他觉得并未得偿所愿。因为上峰只是口头宣布他为代理署长，并未正式任命他为一把手。他有空就揣摩这件事，想想还有哪方子不透。

小红袍在苟敬诗进城之前就被警察送进监狱的女号里了，苟署长知道后马上把她提出来送到了县衙。小红袍是易县长手里那枚不想舍弃的"花生"，苟署长不敢把她羁押在县长看不到的地方。他知道不论办啥事情，透明度高了就不好作弊，他更清楚暗箱操作容易引起怀疑，越是上峰不甚了解的事情越容易扯皮，而且是磨破嘴皮也说不清楚，跳进黄河也洗不干净。最后往往是百口莫辩，因此长期蒙受不白之冤，先坐冷板凳后进鬼门关。

小红袍的腿被摔伤了，易县长叫秘书请郎中到官邸给她治伤。虽说小红袍是易县长心中最难丢下的"花生"，可是她竟然野性难驯，明目张胆地去救大马子蔡华祥，这让易县长既难堪又气愤。他决定再教训她一次，让她头脑清醒冷静下来，仔细审视"马王爷"到底几只眼！

易县长决定把教训小红袍的事情交给几位夫人办。这几个老娘们都是醋坛子，早就对小红袍恨之入骨了。过去碍于县太爷的淫威，再忌恨也得把怒火咽到肚子里。就像吕太后祸害戚夫人，慈禧太后杀慈安，都是等到皇帝驾崩之后才动手的。她们几个老娘们也在背后密谋很多次了，只是害怕老爷死后失去靠山不好生活，巴望老爷早死也是不可泄露的机密，她们任凭妒火的炙烤，只能咬着牙静候其变。老天爷开眼了，老爷还没死她们就把机会等来了。阴险狡诈的人必定凶残，但狡诈的人往往把凶残隐藏起来，拿一副和善的假脸示人。易县长的大老婆和三个小老婆都是那样的人。她们接到老爷整治小红袍的指令之后，高兴得聚在一起喝酒庆祝，共同商议处置的方法和方案。

"正宫娘娘"是个有心计的人，她不赞同把小红袍趁乱整死的意见。她像猫戏老鼠一样，先是慢慢消遣，玩足玩够之后再把她置之于万劫不复之地。易县长的原配结发之妻是家里的大房，被下人尊称为"正宫娘娘"。按照故黄河荒滩上的习惯分工，男人主理外部事务，叫"外头人"。女人负责院墙之内的闺帏事务，叫"家里人"。

"正宫娘娘"是出身豪门的大家闺秀，知道"名不正言不顺"的道理。如果小红袍是家里的客人，自己就得曲意逢迎，热情待客，自己受天大的委屈也不能叫客人挑理。再不懂规矩的家庭主妇都知道"相忍为家"，不能随随便便地在客人面前撒泼。要想好好地修理小红袍，第一件要做的事是改变她的客人身份，把她变成"家里人"，哪怕是名义上的"家里人"也行。只要进入府衙大院，论资历、论年龄、论威望和人缘，她小红袍都得敬陪末座，这就自然归属自己领导了。

大太太召集几个偏房和全府的下人都到小红袍养伤的屋里开会，当众宣布小红袍是易县长新收的姨奶奶，伤好之后马上举办合卺之礼。散会后她又专门关照厨房的大师傅，小姨奶奶口味重，汤水饭菜都要多加一些盐。

下人们领完"旨意"就散去了，他们各人有各人的活计，耽误了挨打挨骂还得扣工钱，谁也不敢磨磨蹭蹭的。几个偏房早就气歪了鼻子，一同追到正房的房间里，一起大声质问："姐姐，你这唱得是哪出？"

"这样做老爷会高兴。"

"哼，咱都成了'剩人'娘娘了，还想着讨那个老鬼的欢心？"二房不等老大把话说完就抢过话头说："依着我就把那张 X 脸划烂，恶心恶心那个老东西。"

"哎，二姐说得对，我们赞成。"三房四房齐声附和。

"你们懂得个锤子。"大奶奶拍拍床帮，叫小姐妹安静下来。"划烂那张脸无非丑一点，她用腻子（演员化妆的底粉）抹巴抹巴照样上台唱戏。我要把她的心尖子戳烂嘘，叫她比死了还难受。"

"咋弄？"

"你们听我的就是了。"大奶奶摆摆手，一副成竹在胸的样子。

"嗯。"几个偏房应了一声，眼睛里褪去了惊恐又充满了疑虑。

小红袍吃咸饭、喝咸汤，时间一长就受不了了。她的腿伤还没痊愈，自己不方便去厨房取水，叮嘱下人十几遍也没人听从照办，到后来连洗脚的淡水也没有人送了。小红袍急了，叫下人去叫大奶奶说话。

易县长家的"河东狮子"都在正房屋里，听完下人的禀报全都喜不自禁。按照她们自己的话说，她们是舀粮食不要瓢也不要斗，就等着这一（升）声呢。

大太太安排几个偏房到厨房去忙活，自己捣着大辣椒一样的小脚往小红袍屋里跑。

"唉呦，我疼不够的小妹妹。粗心、粗心，都怪我太粗心了。"大太太拍着巴掌，嘴巴里往外吐着蜂蜜和冰糖，不论说啥话都是甜甜的。"光惦记着给你补身子，忘记'口渴'这档子事了。我叫她们给你调制蜂蜜红糖水去了，你这身子现在还虚着呢，可不能光喝白开水。"

偏房也过来了，端着一大海碗红糖水。大太太早就安排过了，红糖水是用几味中草药熬制的，里面还添加了用朝天椒萃取的辣椒水，用老姜疙瘩萃取的辣姜汁，还有一把捣碎的黑白胡椒粉。这碗水的真实名字应该叫"三辣汤"，专门破坏艺人嗓子用的。

对艺人的嗓子而言，三辣汤的杀伤力超过了烈性白酒，它是声带的天敌，是"金嗓子"的超级杀手。说书唱戏名角只需半碗三辣汤，那副"金声玉振"的嗓子就倒了。艺人"倒嗓子"就像百灵鸟"落叫"一样，喉咙里再也飞不出嘹亮动人的歌声了。性情刚烈的艺人，承受能力差的舞台老板，往往是确认艺术生涯终结的时候就了此残生，直接用极端的方法结束生命。忍耐力强、能看开烦恼的明白人，也会终生生活在痛苦之中。他们的声带受到了不可逆转的严重戕害，从此一辈子声音沙哑，说话的声音像带刺的荆条，一开口就磋磨听话人的神经。

小红袍的腿受伤了，其他部位完好无损，各个器官也是非常健康健全的，她的嗅觉、味蕾和第六感觉尤其灵敏。看到丫环端着托盘进门，看到其她几房姨太太尾随而至，嗅到海碗里散发出来刺鼻子的辛辣味，小红袍感觉到情况有些不妙了。女人的直觉告诉她，来者不善。大太太虚假的笑容包裹不住后面隐藏的敌意。

大太太目光如炬，一下子就捕捉到了小红袍眼中流露的疑虑和惊悚，心中不由地升起了一股快意。她想起了易老爷第一次纳妾时的情景，老东西突然不到正房的屋里睡觉了，好像大太太的屋里撒满了带尖的铁蒺藜，大太太的顶子床变成了烧红的饼铛。大太太不习惯男人的冷落，在客厅里堵着老爷大兴问罪之师。易老爷略显尴尬地笑了笑，把大太太拖回自己的房间里去，寒下脸来警告她说：想过好日子就得学会忍气吞声，不听话这就赏你一纸休书，卷起铺盖滚回娘家去。这叫"一不做二不休"，大户人家都是这个做法。

事到如今不好退步抽身，只能是"一不做二不休"了。大太太的决心更加坚定了，其她妻妾惟"正宫"的马首是瞻，早就迫不及待了。

嫉妒是人类与生俱来的劣根性，有学问的人说"这是看到别人幸福就立马产生的一种极度不适的感觉"。有智慧的人经常利用人们这种天生的缺陷，故意"捧杀"自己的敌人。对于女人而言，最恨女人的人往往是女人。丑女人恨俊俏的女人，老女人恨年轻的女人，下贱的女人恨高贵的女人，贫穷的女人恨富有的女人，愚蠢的女人恨优秀的女人，被冷落的女人恨受宠爱的女人。大太太开始最恨的是二太太，是她第一个夺走了自己的男人，把堂堂正正明媒正娶的夫人挤下了"受宠爱"的台阶，让自己躺在坟茔一样的黑屋子里饱尝寂寞。后来又有了三太太和四太太，她们打败了前面的姨娘，从某种意义上说是为自己报仇雪恨，自己在无奈中偶尔欢乐一下，麻木的心灵也能得到抚慰。

岁月如刀，岁月在皮肤上雕刻的皱纹是无论如何都抚慰不平的。眼瞅着后面几位姨娘也被时光吞噬了青春，很快就从外观上和大太太趋于一致了。没成想半路上杀出一个程咬金。这个小戏子太年轻、太漂亮了，等到这个骚妮子变老，自己就要躺到棺材里去了。不光大太太等不得，后面几个姨娘也等不得！苍天开眼，大太太终于等来了那个老不死的信任，等来了惩戒小红袍的机会。大太太闻信就念"阿弥陀佛"。这也怪不得老娘心狠手辣，是你这个小戏子的生辰八字不好，犯到了"扫帚星"手里。小红袍原本是个武身子，幸好她腿上有伤，躺在床上不能动弹。幸好她身体虚弱，身上没有一丝一毫的力气。如若不然，就凭这几个四五十岁的老娘们，吃喝可以算一份，陪老爷们睡觉也是行家里手，动起粗的根本不是小红袍的对手。

大太太干咳嗽两声，这是事先约定好的行动暗号。几个老娘们闻声一哄而上，按住小红袍的胳膊和头颅，大太太捏住了小戏子的鼻子，逼着她把嘴巴张开。为虎作伥的下人趁着小红袍憋不住窒息张嘴换气的时候，把三辣汤倒进了小戏子的嘴里。

小红袍感觉有一把通体布满倒刺的长剑捅进了喉咙，一路燃烧着往下疾走。她剧烈地咳嗽着，连喘息的力气都没有了。

完了，小红袍清楚地意识到自己的舞台生涯结束了。厨子的汤，戏子的腔。嗓子倒了自己怎么登台演出？"金嗓子"的名号和自己永别了，黄莺一样的唱腔得到睡梦中去寻找，最后一场演出成了戏迷记忆深处的绝唱。

小红袍绝望了，觉得整个世界都是阴冷晦暗的，看不到一丝半缕的阳光。她被人按住手脚，内心万分悲愤和焦急，就是动弹不得。她使尽全身的力气挣扎着大吼一声，一口带血的水柱从口中喷涌而出，她急火攻心昏死过去。

"她死了，这可如何是好？"小姨奶奶没经历过这样的事情，一时胆怯畏缩，不知道如何是好。

"是老爷安排我们惩戒她的，死了拉出去喂狗。"在二太太眼里，县长家里弄死一个戏子，就像普通人家摔死一只小猫小狗。这个戏子最让人讨厌的是那张花一样的脸庞，拉出去喂狗之前得先把那张迷惑男人的脸盘给她弄烂喽。"去，拿把尖刀过来，把这张骚脸给我戳烂。"

"不，这个骚妮子的脸蛋毁不得。"大太太拦住盛怒的二太太，阴险地奸笑起来。她想留住小红袍那个漂亮的脸蛋子，不是心存善念，也不是怜惜她的美丽舍不得。大太太知道女人的脸庞越美越被男人惦记，越招女人忌恨。不论多么端庄贤淑的女人，只要进了"暗门子"，就会褪净身上的光环，哪怕她属于坚贞不二、终身卖艺不卖身的类型，人们也会把"风骚下贱"的帽子摁到她的头上，让人们记不起她有过一星半点的好处。

"这个骚脸蛋子不是招人疼吗？那就多找几个男人疼她。"看到几个偏房姨太太一副大惑不解的样子，大太太不慌不忙地接着说道："我已经找好'卖瘦马'的人牙子了，把这个骚蹄子卖到妓院里去当婊子，让万人摸、万人骑……安排人牙子把她卖到外乡去，让老东西死也见不着她。"

二十三、青楼名媛

王敬久荣升团座之时，正值民国十七年初夏之际。看到自己的救命恩人柳至贤前来造访，王团长十分高兴。任何人都想把高兴和喜庆分享给别人，包括那些和自己毫不相干的人。柳至贤是王团长的故交好友，又是自己的救命恩人，能把自己"春风得意"的消息捎带回桑梓故里，这就更让王团长兴奋和激动。

王团长对柳至贤曲意逢迎，极尽殷勤周详之能事。他让副官先到"玉人楼"去定一个包间，自己驾车带着警卫人员和好友柳至贤换上便装随后跟进。

玉人楼是徐州极上档次的欢乐场所，新近来了一位靓丽的名媛，可以和李师师、陈圆圆、苏小小、董小宛、杜十娘之类的人物媲美。

自古好汉爱娼妓，天下没有不吃腥的猫。王团长觉得自己和柳至贤都在青春年少之际，青春之火天天在体内炙烤。在战场上硝烟弥漫，青春在血与火中燃放着异彩，脑海中盘踞着理想和信仰，感觉不到青春的躁动。现在是休整期间，体力恢复了，大脑也放松了，恰逢故人来访，喜悦之情充溢心头，是应该好好释放一下的时候。

柳至贤是当过中学教员的儒雅之人，饮酒讲究"曲水流觞"。可是徐州不是苏州，没有"小桥流水"那样的园林。再说战事尚未消停，野外常有"流弹冷枪"之类的事情发生，野炊没有安全保障。文人雅客喜欢"红袖添香夜读书"，有美女在旁边骚扰着，那书也难读得专心致志。或许可以诵读《孙子兵法》和《三十六计》，让陪读的美女心里想着孙子了。

王团长也是科班出身的军校高材生，也喝了一肚子墨水，只是时常在枪林弹雨中穿梭，身上的"酸腐"之气被枪炮声磋磨殆尽。他觉得在老朋友面前无需扭扭捏捏，也用不着掖着藏着。古人不说"英雄难过美人关"嘛，自己也想检视一下"石榴裙"的威力几何，他决定在青楼招待柳至贤，找挂头牌的曼妙名媛陪酒，以此报答柳至贤的救命之恩。

王敬久带着柳至贤及警卫随从一行步入玉人楼院门的时候，打前站的副官从二楼一个雅间里惊慌失措地跑了出来。

侍从副官衣衫不整、头发凌乱，脸上青一块紫一块的，枪也被别人下掉了。王敬久大吃一惊，以为是孙传芳的溃军蹿到了徐州城里。他把柳至贤挡在身后，本能地抽出腰间的勃朗宁手枪，拉动枪栓子弹上膛。

"怎么回事？"头脑机灵身手矫健的警卫人员马上跑到长官的前面，一边仔细观察情况，一边询问打前站的副官。

"一只厉害的东北虎……"副官从未如此狼狈过，神情十分沮丧。"那小子有两下子，我还没顺过眼来，枪就被那个王八羔子夺到手里了。"

副官提前来到玉人楼，为王团长和他的朋友预定雅间，预选靓丽的名媛陪侍，准备开洋荤喝花酒。现在玉人楼挂头牌的名媛就是"万人迷"，一个天生的尤物，刚刚开始接客。很多商贾名流都想让挂头牌的粉头陪酒，也想叫漂亮又懂风情的婊子陪睡。王团长的副官早到一步，捷足先登了。

做生意讲究先来后到，先下定金的人先得到货物，这是天经地义的事情。副官是个精细伶俐的明白人，怕自己粗心把事情搞砸了，戏子和婊子一样，照相之前是请化妆师化妆的，常有人实际上是豆腐渣，看照片确实一朵花。也有的人是仔细看不如猛一看，看人不如看照片。

为了让长官和他的客人满意舒心，副官决定先行目测一下万人迷，并且是素颜面试，不让万人迷梳妆打扮。

万人迷来到雅间的时候，身后有一个笨熊一样的小舅子直勾勾地跟着看，居然失魂落魄地跟到房间里来了。

笨狗熊自报家门，说他姓石叫石原郎，是做皮毛生意的。做生意的人都知道，商场上流传着"臭皮香客"这句话，是说倒腾皮毛的生意人身上臭烘烘的，不太招人待见。他们的背搭里沉甸甸的，不缺银子。

君子喻于义，小人喻于利。石原郎把军人和商人混为一谈了，他以为天下没有不爱钱财的活人，一概拿钱说事。

"我说当兵的，你可以换个房间找其她姑娘消遣，把这个妞转让给我怎么样？"石原郎掏出两条"小黄鱼"拍到桌子上，和副官商量转让万人迷的事，那口吻分明是命令，听不出有任何回旋的余地。

副官的心里悸动一下，马上又恢复了平静。自己是给长官办事，不能让私欲这么快就膨胀起来。长官是招待救命恩人的，恐怕不会为两根金条所动。把自己到这儿来干啥的事情搞清楚了，利害关系也就清楚了。现在是在长官面前表现的时候，得把贪婪暂时收敛起来。下面要想想自己是打啥家伙的，身上穿着"二尺半"，腰里有个"二斤半"，自己是当兵吃粮的行伍军人，虽然腰里那个铁家伙没摆弄好，但是掏出来唬人应该绰绰有余。

王团长的副官缺少王团长那样的彪悍霸气和过硬的军事素质。他把手枪掏出来，连保险都没打开就开始黑唬别人了。

"你个憨小舅子最好识相点，别给自己找不痛快。睁开你的狗眼瞧好喽，看清楚大爷手里拿的是啥玩意。知道吗？这玩意可不是吃干饭的！"

"你瘪犊子不是一个合格的军人，不掰开枪机怎么射击？"大"笨熊"原来是只"东北虎"，一开口说话就把关外的风雪招来了，让副官感觉到脊背上一阵阵发凉。东北虎不是普通的老百姓，单兵素质超过副官好几个档次。

副官先生过于轻敌了，或许是刚刚打了胜仗，正骄傲自满着呢。要不就是觉得大笨熊看见手枪就会尿裤子，根本想不到会在妓院里碰到尅星。副官也是机警过人的，见对手指出了自己的破绽马上就想出手补救。对手技高一筹，自然不会把这样的机会留给副官。副官只觉得肘关节猛然一麻，手里的家伙不知怎么就飞到了虎爪子里去了。

东北虎把手枪丢在一边，和副官在雅间里徒手相搏。三五个回合下来，东北虎面不红气不踹，副官却头昏目眩，找不着北了。

听完副官的陈述，王敬久反倒有了惜才之意。他把绸子小褂脱下来扔给警卫员，让副官去把"东北虎"叫到院子里来。王团长把指关节握得"磕巴磕巴"直响，像小孩子过年一样兴奋得眼里放光。他的手痒痒了，要亲自考校一下东北虎的功夫，准备收服一员"虎痴"在麾下效力。

王团长在玉人楼院内的天井里拉开架势，再现了当年攻打惠州城的场景。他光着脊梁握紧拳头，皮下的肌肉纷纷凸起，像发芽的种子尚未拱破土层一样，一个隆包接着一个隆包。腹内的一团真气也在周身游走，就像水层下面泛花的鱼儿。

东北虎看到矫健壮硕的王敬久和他身边七八个拎着匣子枪的彪形大汉，像是被人当头打了一棍一样，脑袋惚地一下就晕菜了。脑袋既晕且重，下盘就扎不稳当了。

行家的眼毒。他搭眼一看就知道，这个光脊梁的伙计是个会家子，无论力气还是技巧都在自己之上，和刚才交手的副官悬殊太大了。即便自己使个阴招侥幸赢了这个"光脊梁"，他身后那七八个虎背熊腰的汉子会饶过自己吗？强中自有强中手，好汉敌不过众拳，何况他们手里还拿着家伙呢？中国的古人说过：大丈夫能屈能伸，好汉不吃眼前亏。学汉朝的大将军韩信，屈膝跪倒从"光脊梁"的胯下钻过去，像癞皮狗一样夹着尾巴溜走。看样子"光脊梁"是有身份、有来头的人，不会对主动示弱的人穷追猛打。

石原郎只是犹豫一下，并没有撒丫子逃跑。他虽然长相粗糙，看上去木讷讷的像个笨熊，其实一点都不傻。冷兵器时代结束了，身板再硬也硬不过子弹，身手再好也好不过钢枪，跑得再快子弹也是可以追上的。石原郎的全名叫石原灰太狼，是一个地地道道的纯种倭寇，自幼就接受"武士道"精神的熏陶，认为武士战死了光荣，乞求饶命可耻。

高手之间的对决，大兵团作战讲究谋略，单兵教练短兵相接的时候拼的是实力和技巧，也拼信心和意志。他们不像笨汉那样搂抱在一起出手就打，而是试探对方，招数有虚有实，看到破绽时才会打出重拳，一招制敌。

王团长素有"拼命三郎"之称，尤其在救命恩人面前不能丢人现眼，所以他急于取胜，也给自己定下了许胜不许败的信条。他毕竟是军官学校毕业的高材生，熟读《孙子兵法》，知道"夺气攻心"是克敌制胜的法宝。自己要稳住心神，把对手的浮躁之气调动起来。他开始"磨叽"几下摸清对手的路数，确信自己更胜一筹之后就拳脚生风，以泰山雷霆之势下狠手压制住对方了。在王团长面前，灰太狼成了"二流高手"。他也知道武场的规矩是"当场不让父，出手不留情"。他也用尽全力以死相搏，可是终归是技不如人。

日本人也是人，挨揍的时候也知道疼痛。石原郎心里抱着非常坚定的信念，就是死了也不给大日本皇军丢脸。可是血肉之躯承受不住铁拳的击打，本能地背叛了他的信念，他跪在地上求饶了。事后他对自己的行径有过这样的诠释：英雄之所以坚贞不屈，是对手诱惑的筹码太低，要么就是没有受到超越极限的迫害。

"不要打了，我退出竞争，等你们潇洒完了我再玩。"灰太狼打起了白旗，把刚刚收进口袋里的两条"小黄鱼"掏出来捧在手上。"我给你们赔礼，请你们饶过我吧。"

王团长达到了扬威的目的，替副官找回了体面，心情十分舒畅，就显得格外大度起来。"罢了。梁山好汉不打不相识，咱们交手也是缘分，如果你不嫌弃咱们就交个朋友，一起喝这场花酒如何?"如果石原郎再咬咬牙坚持一会，再多挨几记老拳不开口讨饶，王团长会非常喜爱并看重他的。现在王团长认为他不过是一个多挺一会的软骨头，人品靠不住，是不能托付大事的人。邀他入席是看在"小黄鱼"的面子上说的客气话，并非真心实意。

灰太狼苦笑一下，摇头谢绝了王团长并不诚的邀请。他听苟敬诗讲过《三国演义》，胜利者让失败的人进酒场，就是耍把式的玩猴子，当活宝戏弄一下，增添一点笑料而已。就像蜀汉的后主刘禅，把泪水吞到肚子里，丢掉尊严博人一笑才能保住一条赖命，苟延残喘在嘲讽和蔑视之中。

灰太狼是大日本帝国的中佐军官，任职于关东军司令部特高科，他已经威风扫地、颜面无存了，不想留下来继续受到羞辱。另外他身负特殊使命，是来徐州汇报蟠龙地区综合情报的，刚才被万人迷迷乱了心性，还没顾得上和上司接头呢。

坦率地说，柳至贤是真不愿意进入花街柳巷的，可是主人硬要往这儿安排，并且是盛情难却。故黄河荒草滩上约定成俗的规矩是"客随主便"，主人的金面难违，不好驳了王团长的面子。再说自己是奉上级的命令而来，肩负着八百里河滩老少爷们的重托呢。

故黄河荒滩上匪患成灾，当官的只知道搜刮民脂民膏，却不顾老百姓的死活。密密的草丛遮不住民怨，八百里荒滩上饿殍遍野，民不聊生，怨声载道。党组织委派柳至贤前来拜访王敬久团长，劝说他带兵回故里剿匪，解民于倒悬。并借助抗击土匪的名义，动员他留下一些枪械弹药，趁势发展共产党自己的武装。

柳至贤肩膀上扛着组织安排的任务，也承载着故黄河荒滩上父老乡亲们殷切的期盼。如此说来他不能回避和王敬久的正面亲密接触，和王团长会晤就得听从东道主的安排。事已至此也只能"客随主便"了，大不了再"随机应变"。周颐硕笔下的荷花可以出污泥而不染，身为共产党员的柳至贤也能在玉人楼做到涅而不缁。

万人迷被老鸨子搀扶出来了，脸上带着一层网状的纱罩，一时看不清庐山真面目。不过她身姿绰约，走起路来扶风摆柳，脖颈和双手都露在外面，让人想起了《诗经》中的句子：手如柔荑，领如蝤蛴。名媛确有婀娜多姿的美女气象。

"几位爷温柔一点，我们这位姑娘是初涉欢场的小雏，千万别把她吓着喽。"老鸨子一边说笑，一边仔细端详着几位客人。几位客人不怒自威，看样子不是轻薄之人。

副官催要酒菜回来，见婊子脸上罩着面纱，打扮得跟贵妇人一样，心里不由得腻歪起来。当着长官的面他不敢放肆，当着长官贵客的面他也不好发作。副官走到万人迷跟前，亲手摘掉她的面纱，把长官和柳至贤隆重推出，郑重介绍。同时故意揶揄万人迷说："在这儿就不要装作一本正经了，快点过来斟酒，好好地伺候这两位大爷。"

万人迷除去了面罩，王团长和柳至贤都被惊呆了。王团长惊艳她的美丽，一时间竟然如同入定了一般，盯着她目不转睛地看，两只眼睛都直了。王团长是在广州、上海这样的大都市溜达过的，见多识广，什么样的摩登女郎都见识过。他确实没想到，徐州这座不洋不大的北方古城里面，竟然也藏着鸾凤一样的俊鸟。柳至贤惊讶的是他做梦也想不到会在这里遇见故人，眼前这个楚楚动人的婊子万人迷，竟然是他朝思暮想的戏子小红袍。

"小红袍，你怎么会在这里？"柳至贤完全忘记了王团长及其一行的存在，十分忘情地抓住万人迷的双手，脱口说道："我把蟠龙县的砖头瓦片都翻一遍了，你叫我好找啊！"

"这么多年了，你死到哪儿去了？"万人迷没有了拘谨，也忘记了羞涩。她趴伏在柳至贤的肩膀上"嘤嘤"抽泣，满腔的委屈随着泪水滚落出来。"你说走就走了，像蒸发一样一下子就无影无踪了，你一抬腿蹽到天边去了，知道我是怎么过来的吗？"

万人迷还是小红袍的时候，替师傅誊抄过一些治疗疑难杂症的《草头方》，其中就有治疗哑嗓子的药方。她凭记忆置办硫磺、冰片、麝香、透骨草等中草药，焙干磨碎，碾成厚片，在患处贴一片鲜姜，把药片放在姜片上点燃，点对点地灸烤病灶。小小偏方治大病，气死名医。万人迷说话的声音恢复到正常状态，不沙哑了，可是再努劲也亮不开嗓子。他是当兵的复员回故乡——没腔（枪）了。

王团长接连不断地到处杀伐，五脏六腑都被战火烤焦了，嗓子眼里时常有无数个小虫子咬噬的感觉，动辄就干咳不止。浸润体内的硝烟战火时常从口腔里喷射出来，军医官被训斥得战战兢兢，仍然束手无策。万人迷从密闭的小瓶子里倒出几块土坷垃一样形状、香灰一样颜色却香气十足的东西，在王团长的患处贴一片薄薄的生姜，把药块放在姜片上点燃。一阵烧灼的痛感过后，一股清凉直透五腑，焦渴奇痒的感觉消失了。王团长好不高兴，催促副官开酒加菜。

"我、我……"柳至贤仍旧沉浸在愧疚中，语言堵塞了。他是被组织派到郑州去的，后来又到广州报考黄埔军校。要不是为了救王敬久耽误了自己的事情，他现在也是一身戎装的军队校官。柳至贤是没有公开身份的地下共产党员，从事的是秘密工作，自己所做的事情，所去的地方，途经的路线，和谁接头，被谁领导等等都是组织秘密，统统不能说。

看到柳至贤吞吞吐吐的样子，万人迷的心头猛然一紧，像掉进冰洞里一样，通体冰凉。人贵有自知之明。万人迷还是小红袍的时候就知道自己出身卑微，从心里也没想黏着柳相公不放。现在自己在人生的峡谷中又往下坠落一个档次，攀龙附凤的心思早就彻底熄火了，可是她还是厌恶没有担当的男人。如果他躲出去是为了甩掉自己，就说明他没把自己放到心上，以前的柔情蜜意和甜言蜜语都是虚情假意，无非是玩弄自己的感情而已。

"不不，我不是你想象的那种人。"柳至贤读懂了万人迷心中的凄苦和哀怨，急忙表白说："我真的在乎你。"

话好说，决心也能表，可是自己是有组织的人，身心都被组织纪律约束着。个人要服从组织，小局要服从大局。有组织管着，个性不能肆意张扬，意志不能充分体现。柳至贤依然深深地爱着他心中的女神小红袍，知道她所做的事情都是被逼无奈，虽然失去了女人的贞操，却与女人的品行无关。他不嫌弃这些事，不过自己想结婚是不太容易的。首先要向组织汇报申请，经由组织审核后研究决定。以万人迷目前的身份和她从事的职业，是很难通过组织审查的。这也是组织秘密，还是不能说。

可能是真心相爱的人能释放出让对方感受到的信息，万人迷看到了柳至贤的真诚和无奈，心中升起一股暖流涌向四肢。她释然了，满足了，也就破涕为笑了。"不好意思，让大家扫兴了。"万人迷向大家深深地鞠了一躬，十分歉疚地说："咱们喝酒吧。"

柳至贤顾不上喝酒，他要抓紧时间和王团长谈正事。现在八百里故黄河荒滩的父老乡亲生活在水深火热之中，饱受"水旱蝗匪"的欺凌。黄河是一条到处肆虐的苍龙，汛期冲毁堤坝四处蔓延，枯水期把河堤交给太阳公公晾晒。故黄河荒草滩上旱的时候沙窝里能烫熟鸡蛋，涝的时候床底下游鱼。大水褪净之后，蝗虫纷纷拱出地面，遮天蔽日地啃噬青苗和树叶。土匪就是老狼等一伙子为非作歹的大马子，他们明火执仗地强取豪夺，弄得河滩上乌烟瘴气，民不聊生。

故黄河荒滩上民风淳厚，乡亲们心地善良，重情重义。俗话说："好狗护三村"，何况人乎？王敬久是堂堂的七尺男儿，是威风凛凛的党国军官，拥兵千人之众，更有资本急公好义。官场上得意的人都巴不得锦衣还乡，在老少爷们面前夸官亮职，显摆一下。回乡剿匪是义不容辞的事，也是千载难逢的良机。

"你们知道滩上的老狼是谁吗？"万人迷偷偷地瞟了一眼柳至贤，腮边飞出两朵红霞。虽然她已经干起了出卖皮肉的行当，虽然她和面前这个男人有过肤肌之亲，在这个男人面前她还是自然露出一副羞涩的女儿之态。"老狼已经改名叫豺狼了。"

"管他是谁呢，就算是修炼成精的千年老狼，也保准把他送到阎王殿去。"王团长拍拍腰里的勃朗宁，对"老狼"和"豺狼"都是满不在乎的。

"是谁？"柳至贤很想探寻究竟。他觉得小红袍不会凭白无故的这样询问大家，或许这个豺狼和在座的某人有些渊源。

"是你的学兄蔡华祥。"

"蔡华祥是谁？"王团长不知道老蔡是何许人也，投过来探寻的目光。

"啊——！"柳至贤大叫一声，像被烧红的烙铁烫了一下似的。他做梦也想不到蔡华祥会是大马子，更没想到他在这么短的时间就干到了"老狼"的位置。

二十四、围剿大马子

蔡华祥被老狼指定为接班人。他失去了两只耳朵，增添了无穷的怨恨，胸中的愤懑像庄稼地里的土杂肥，把头发滋养得像春天的韭菜一样，油光苗壮，又密又长。长发齐肩，像鬃鬃一样飘飘扬扬，遮挡住了"葫芦瓢"上缺少"油撇子"的缺陷，也让新任"老狼"成了地地道道的"长毛贼"，单从外观形象上，一眼就能看穿这是个活脱脱的大马子。

大马子是一个特殊群体，是一个另类组织，他们的心态也是异于常人的。蔡华祥觉得自己已经不齿于人类了，带着一群有人形没有人性的家伙混天聊日，过着有今无明的日子。这样的日子没有奔头，很少有舒心的时候，谁都不愿意这样过。蔡家的郎君自幼就用圣人的训示修心养性，知道儒家倡导的"四心学说"。恻隐之心为仁之端，是非之心为智之端，羞恶之心为义之端，辞让之心为礼之端。这个社会上坏人当道，顺民饱受欺凌，谁对自己有过这样的情怀？狼和羊讲过道理吗？猫吃老鼠的时候只有戏弄没有谦让。自己从今天开始就把"心性修养"和"仁慈善良"丢弃到一边，专心致志地研究"离经叛道"。把这样的想法付诸于行动，"蔡郎"很快就堕落成了"豺狼"。豺狼和他的属下都把社会道德和公理看成儿戏，把法律和法令丢弃在"屁话"的位置上，几乎没有不敢干的事情。

不讲人伦道德又蔑视官场律条的人，都把自己视作玉皇大帝的把兄弟，自认为老天爷老大他老二。这样的人张扬任性脾气差，喜怒无常，发起怒来殃及无辜是在所难免的。比如说随便劫掠他人的财物，随便剥夺他人的幸福和生命，随意强行无偿征用他人的体力和妻女，随意限制他人的人身自由等等。跟大马子没有道理可讲，大马子自认为他们就是道理，规矩要由他们来制定。他们杀人像擤鼻涕一样随便，强奸妇女像喝凉水一样稀松平常。

蔡华祥是被动为匪的，他被一只无形的黑手推进了大马子的行列，还莫名其妙地成了"豺狼"。他一直愤愤不平，胸中的怨气直冲九天。老蔡是熟读圣人诗书的莘莘学子，知道"三纲五常"、"四维八德"，也想"学成文武艺，贷与帝王家"，上可以报效国家，下可以安黎庶且能光宗耀祖。可是这个社会偏偏容不下他，命运之神一巴掌把他扇进了人生的万丈深渊。祖上也是慈悲积善之人，一直教育子孙"维耕继读，诗礼传家"。豺狼仔细检视自己以往的一言一行，没有亵渎神灵的地方，怎么就被上苍丢到人人切齿痛恨的"恶人谷"里来了呢？他揪着头发苦思冥想，怎么都想不明白。心气不顺，淤积心中的怨气就化解不了，时间一长，那股怨气就点燃了心中的怒火，烧沸了一腔热血。他恼怒了，迁怒范围一天天扩大，囊括了那些无辜的人。

天天被烧酒、怨气和怒火炙烤的人，心智也不健全，行为乖张暴戾，做事有失偏颇。豺狼就以杀人劫掠为乐，开始只是放纵部下胡作非为，后来就亲自下场参与。实地历练一段时间之后，豺狼的手腕和心肠都被鲜血泡硬了，烧杀奸淫，啥事都干，就像一日三餐那样习以为常。

豺狼和前任老狼一样，高兴的时候也敢喝点生血，用朝天椒煎炒一盘人心下酒。河滩上的人都是美食家，他们认为狼心狗肺、驴肠马肝是人间的珍馐美味。豺狼没吃过人心之前他也这么认为。和人心比起来，这几样东西就是王敬久打败的石原灰太狼，一下子就变成二流货色。如果能把仇人的心肝揪出来下酒，那才算得上人生一大快事。仇人的心肝不光味道鲜美，还能熄灭胸中的怒火，吐出腹中的怨气，托举他到快乐的云端去漫步。

豺狼看着全天下的人都不顺眼，可是掰着指头数一下，最主要的仇人目前有两拨：一拨是同窗好友柳至贤的哥哥柳至善和前任老狼。柳至善无端地乱骂大马子，把前任老狼得罪了。老狼派人去抓柳至善的弟弟柳至贤，却阴差阳错地把他骗到狼窝，摁着头强戴一顶"杆子头"的大帽子。第二拨仇人是易县长和死去的那个警察署长。他们诬陷自己是老狼窝的二号匪首，把自己的父亲变成了一粒糨花生。自己被这两个畜生弄得家破人亡，再也不能回归到"良民"的行列了。卖枣的跟着卖碗的，豺狼咬着牙在心里暗暗发誓：我早晚要抓住没死的仇人，手刃仇人快意情仇，把他们的心肝掏出来下酒。

都说人命关天。在豺狼看来，杀人也不过如此，和杀鸡宰羊割韭菜一样。豺狼是肚子里有墨水的人，入绺子时间不长就总结出杀人和割韭菜的异同点，让那些杀人如麻的老牌惯匪自叹弗如。他说杀人和割韭菜都得用刀。不论是人还是韭菜，被刀砍断的地方都会有液体流出，被砍死的人和割断根的韭菜都会倒下。区别在于杀人用鬼头刀，割韭菜用镰刀。杀人以砍头为主，从上盘下手，割韭菜从根部下刀。人的血液是红色的，韭菜的汁液是绿色的。人头落地不会再有第二颗头颅长出来，韭菜却是割一茬长一茬。

豺狼有意识地放纵部下和自己，努力把自己打造成一个作六恶（无'五'恶不作）的人。他的依据是自己原本也厌恶大马子，压根就没想过当土匪，是被别人逼到这步田地的。既然你们热衷叫我当"豺狼"，我就真心实意地好好干，弄出一点动静来叫大家伙瞧瞧。都说受人滴水之恩当以涌泉相报，遭人暗算受人戕害怎么算账？也一定是加倍奉还！

上行下效，在豺狼的示范之下，大马子全都像得了魔症一样，一天比一天疯狂起来。大小喽啰都把自己的野性和兽性放大到了极致，所作所为和人类渐行渐远，只保留了语言功能和两足动物直立行走的特征。无需赘言，这样的人干着反人类的勾当，就像今天的恐怖组织，是非常招人忌恨的。豺狼也非常清楚这一点，知道众怒难犯。天作孽犹可恕，自作孽不可活。

蝼蚁尚且偷生，人类更加珍惜自己的生命。豺狼只想索取别人的性命，并不甘心把自己的生命拱手送给敌人。职场上讲究能者为师，战场上强调智勇双全，都是技高一筹者获胜。那就得分两个层次，锻炼两种本领。两个层次就是脖子以上和脖子以下。脖子以上管计谋，脖子以下要强壮和勇敢。

豺狼也知道"哀兵必胜"的道理，除了烧杀奸淫吃喝玩乐之外，就超负荷练兵，还一遍又一遍地狂读《孙子兵法》和《三十六计》。他要让大小狼崽子都认识"你死我活"四个字，叫他们知道"狼群"里面没有好人，只有河滩上的全民公敌——大马子，都是罪恶累累、十恶不赦的土匪。大马子在河滩上广播怨恨，也有投桃报李的效果，弹射回来的怒火和怨恨也在成几何级数增长。只要练不好本领，或是腿短跑得慢，结果可想而知。十恶不赦的坏家伙被敌人捉过去就是"杀无赦"的结局，立马被愤怒的敌人"寝皮吃肉、万刀凌迟"，连押解的程序都没有，更等不到法院判决。

了解完蔡华祥变成豺狼的过程，听完乡亲们对"豺狼"的血泪控诉，王敬久团长义愤填膺。知道自己率领一支出师有名的正义之师，一定能赢得乡亲们的衷心拥戴，也能赢得上司的赏识。哪还有啥说的？王团长一拍桌子，口中吐出一股冲天的豪气。厉兵秣马去河滩，并敌一向，千里杀将！好狗尚且护三庄，何况国军堂堂一团长？

灭匪如救火，王团长想尽快地把父老乡亲救出苦海，等不及上峰的批准通知就擅自行动了。他让柳至贤带领一个便衣手枪连，提前到蟠龙中心县及所辖的其他七县城区，策动北洋政府的地方军警哗变，逮捕拒不投降的北洋政府官员。他亲自率领大部队和粮草辎重等物，随后跟进。

王敬久少年得志，正是风华正茂意气风发的时候。他从惠州到富阳，又从江西到江苏，一路上士气如虹，势如破竹。徐州是最硬的一块骨头，造成了四位团长殒命。可是轮到王团长陷阵冲锋的时候，那些号称"固若金汤"的堡垒工事就像豆腐渣一样，孙传芳的精锐之师不堪一击。辉煌的战果坚定了王团长的信心，在他眼里没有攻不破的堡垒，没有啃不动的骨头。正规军尚且如此，大马子就是一群乌合之众，连游兵散勇都不如。在"党国"的嫡系王牌面前，豺狼的武装又能如何？

王团长以为，自己亲率大军剿匪，是以虎搏兔，杀鸡用了宰大象的刀，实在是大材小用了。用今天的语言来形容，这是一场不对称的战斗，王团长完全不必亲临前线，在玉人楼陪着万人迷喝花酒，等候捷报就行。

王团长是个很懂礼数的人，情系桑梓之地，想在父老乡亲面前露露脸，也想假公济私，趁机看看辛苦养育自己的老娘。老爹殡天的时候自己正在"淞沪战场"上和小鬼子拼杀，他戴孝参加战斗，没有回家给老父亲送殡。老娘一个孤苦的老人在家乡守候，也是见一面少一面了。

按照常理来看，大马子就是一群欺软怕硬的乌合之众，王团长把拥有钢筋混凝土工事、握有重型武器的正规军打得稀里哗啦，消灭几个小蟊贼更是易如反掌。

《孙子兵法》开篇就说：兵者，国之大事，死生之地，存亡之道，不可不察也。也提到了"多算胜，少算不胜，而况于无算乎？"这样的经典语句。王团长根本没把大马子放在眼里，也没派侦察兵提前到河滩上了解情况，就贸然轻进了。小心驶得万年船，大意就能失荆州。

第一仗打得十分惨烈，双方的损失都很惨重。王敬久吃亏吃在轻敌上，应了"骄兵必败"这句古话。豺狼的队伍整体素质不高，临阵开始磨枪，是磨不锋利的。他之所以没有一战而亡，是提前准备充分，占了熟悉地理环境的便宜。

豺狼本身就是一个大而化之的马大哈，长得牛高马大，怎么琢磨都是粗线条的形象。他粗枝大叶地浏览《孙子兵法》，一时半会是很难揣摩透个中深意的。兵书的第十一篇是《九地篇》，谈到了"散地、轻地、争地、交地、衢地、重地、圮地、围地、死地"，系统分析了各种情况的利弊，处在错综复杂的地理环境中如何自处，如何战斗，如何变不利为有利等等。

豺狼仔细考察一下故黄河荒草滩上的地形地貌，把河滩沙土地比喻为“衢地”和“圮地”。蟠龙县城地处荒滩的腹地之中，有水路和陆路与外界相通，我方可以来，敌方可以往，这是典型的衢地特征。兵书上对圮地的定义是这样的：行山林、险阻、沮泽，凡难行之道者，为圮地。

故黄河荒滩是一马平川的平原，无山而有林，林木乔灌混杂，林下荒草丛生，荆棘遍野，蚰蜒小路崎岖难行。荒滩上都是故黄河多年淤积沉淀的沙壤质土壤，被雨水和河水冲刷得高低不平，湿地上到处是盘根错节的蒿草和蒲苇芦荻，低洼的坑塘存满了雨水和黄河决口淌过来的洪水。密密的灌木丛和草荡子深处，到处是纵横交错的河道，散布着星罗棋布的坑塘和渊子。沙土地不淤不陷，无沼无淖却有泽，属于险阻难行之地，只能归属在“圮地”之列。

孙子说：“是故散地则无战，轻地则无止，争地则无攻，交地则无绝，衢地则合交，重地则掠，圮地则行，围地则谋，死地则战。”豺狼开始考虑退路了，他准备先派人到枣庄去联系大土匪刘黑七援助自己，兵败之后要么向北逃跑，投靠枣庄的刘黑七或者钻进微山湖，打劫船家也能过日子。要么向南逃跑，钻进皖北的大山里去，继续为非作歹。

豺狼和他手下那窝狼崽子一直欺压手无寸铁的平头老百姓，偶尔骚扰一下手里拿着“烧火棍”却贪生怕死没胆量更没有战斗力的地方军警，从来没和正规的部队交过手。这一回豺狼碰上了狮子，他也胆怯得浑身发抖。可是豺狼也是犬科动物，长着尖牙利爪是为了喝血吃肉的。兔子急了还咬人呢，何况是豺狼？“豺狼”听说过河滩上绵羊打败“孤狼”的故事。一只羯虎头绵羊被孤狼追赶到渊子边缘，无路可退了。要么投水而死，用自杀的方式结束生命，那是一种屈辱的死法，被逼无奈，只能了此残生，避免了葬身狼腹的尴尬，却要到坑塘里喂鱼，颜面和尊严依然是蒙受羞辱的。要么“以羊搏狼”，作殊死之战。这样死得壮烈，可以赢得同类和异类的尊重。绵羊选择了后者。它调转羊头，发疯似的冲向得意洋洋的孤狼。狼没想到羊会反抗，也没见过这样的阵仗，一时间不知如何应对。在孤狼迷茫思考的过程中，羊用犄角划开了狼的肚皮，创造了一个神话故事。

豺狼决定“以兔搏虎”，或许自己侥幸，可以重演“狼羊相斗”那样的故事呢。思绪可以像柳絮，在虚幻的微风中自由飘荡，可以心存侥幸，幻想着不可企及的胜利。准备实战的时候，豺狼也是全力以赴，不敢丝毫有所懈怠的。他安排手下各个"狼窝"的狼崽子们，在草荡里下上逮野兽的铁夹子，支起逮鸟的旱网，在路口设路障、撒铁蒺藜，还挖了很多埋着尖木桩的陷阱。这些东西使充满险阻的道路更加难行，可以使圮地更"圮"。这些东西也许不能使敌人顷刻毙命，但能让涉足险地的人致伤致残，能有效地削弱敌人的战斗力。

大马子像跳蚤一样，星散在草荡子的各个角落，分散开来各自为战，有目的地引诱敌人朝设伏的地方行进。

王团长的正规军钻进草荡子，就像钻进魔术师的表演箱，一下子就不知道东西南北了，也不知道目标在哪里，该往哪个方向挺进。

枪声是可以壮胆的，国军找不到目标就朝不同的方向打枪。枪声也是可以暴露目标的，大马子等国军的枪声稀疏下来，就朝响枪的方位打冷枪。部队停下来就成了固定的标靶，要不停地吞咽"铁花生"。冒然疾进又会踩着夹子、蹚着网子，还会掉进陷阱里，被尖头朝上的梅花桩戳出几个血窟窿。

战斗从金鸡还没睁眼就打响了，一直持续到玉兔东升才暂时脱离战斗。枪声停止了，血腥仍在弥散。大马子心惊胆裂，国军官兵苦不堪言。

这是一次叫人郁闷的战斗，除了战斗减员之外，其他战果很难统计。河滩上一直是被野草和野兽统治着，无论是大马子还是正规军，都赶不走这两样东西，很难说收复或占领了多少土地。草荡里面河网纵横交错，渊子坑塘星罗棋布，踩倒野草就是可以通行的道路，几天没有行人荆棘就会重新占领路面，野草再次把黄沙染绿。乱军逃跑时踩踏出蜘蛛网一样的小路通往四面八方，把河滩草荡子弄成了一座迷宫。沿着那些羊肠小道行走，根本辨别不清方向，不是误入歧途就是转回原点。即便咬住敌人追打，把敌人赶出枪弹的射程之外，国军退出草荡子之后，大马子就像野草一样，很快就把失地重新占领了。只有伤亡数字是实实在在的。国军常打的是阵地战，不熟悉逮野兽的套路，结果被夹子、签子、木制标枪、陷阱和冷枪打乱了队形和程序，死了几十人，伤了一百多，一个整建制连的人员丧失了战斗力，必须撤出战斗序列。大马子把正规军当作老百姓，仍然像往日出窝"请财神"（绑票）一样，大胆狂妄，没有一丁点风险意识。他们知道正规军的装备精良，但不知道精良装备的具体种类和性能，不知道正规军的火力会比大马子猛烈多少倍。小狼崽子们就像一群顽皮的孩子，光着屁股去戳马蜂窝，后果是可想而知的。

开始的时候国军不熟悉地形，又被夹子、网子、签子和陷阱羁绊困扰，挨了不少冷枪和闷棍。在没有陷阱和路障的草地里，训练有素的正规军很快就能发挥速度快、纪律性强、武器装备精良、协同作战能力强等优势，对大马子进行了有效压制。大马子也是非常精明的，知道在什么条件下使用什么战法，土匪们也在自觉地践行着"游击战法"。每当他们逃不脱的时候，他们就会扭头反扑回来，和国军混杂在一起，用冷兵器和肉巴掌进行还击。这时候枪弹和手榴弹就派不上用场了，火力优势随之消除。你明明看到战友和土匪搂抱在一起，准备开枪进行支持。可是当你扣动扳机的时候，对方早已挪动了位置，子弹很可能打在战友的身上。拉响手榴弹是万不得已时准备同归于尽的办法，你也没有把握只带走敌人，甚至是没有办法让己方的伤亡小于敌人。这时候起关键作用的制胜法宝是勇敢、气势和一身牛一样的蛮力。只有和敌人拉开距离，让大马子在自己的射程之内又不能靠近自己，这时候精良的武器才能把威力发挥到极致。

大马子溃败的原因是没有耐心，缺少战斗到底的意志。国军和他们一样饥饿和疲乏，但国军有纪律管束，没有命令不敢停止战斗。土匪挺不下去了，急于摆脱国军的追袭，找个隐蔽的地方饱餐一顿、眯糊一会。也有人是大烟瘾上来了，就是拉出去砍头也得抽两口才有精神。

嫡系王牌正规军的装备比杂牌军更为精良，而且是轻重武器都有，腰里还有手榴弹。步枪、机枪、冲锋枪，枪筒里都有"来福线"，比没有膛线的滑膛老套筒强一百倍都不止，射程远，精准度高，可以打连发，一旦发现目标，枪响就有斩获。

王团长的先头部队一路攻击前进，追到了一条无名的小河边上。大马子乘着小船和木筏渡到对岸，把载人泅渡的工具拖到岸上损毁，人也拱进草荡子深处去了。常言道"近路怕鬼，远路怕水"。王团长虽然是本地人，带的都是外地兵，初次来到陌生的草甸子，不知道这条小河的深浅，也不知道水下藏着啥样的凶险。太阳已经下山了，还有一抹西山落照点缀在天边，夜幕即将拉开，要以保存实力为主。

先遣部队的指挥官命令部队停止前进，打三颗红色信号弹告知大部队他们所处的位置，同时命令火头军埋锅做饭。皇帝不差饿兵，枪械也要检查擦拭，不休整实在是不行了。

二十五、打豺狼

柳至贤不愧是"智多星"。他单枪匹马地勇闯蟠龙县，秘密策反了警察署代理署长苟敬诗，逮捕了北洋政府的中心县长易得月。

易县长也是精明人，属于马虾包饺子——弯里套弯之类的人物。他洞察了北洋政府和各路军阀迟早要灭亡的命运，早在孙传芳过境的时候就想到过跟着他流亡逃跑。可是自己如果像丧家之犬一样夹着尾巴逃窜，自己置下的田产、积攒多年的钱财，还有如花似玉的大小老婆和女儿，都得留给别人享用。偌大一片宅院装不上轱辘，不能用牛马拉走。钱财都是正儿八经的真金白银，硬通货死沉死沉的，自己背不了多少。老爹娘早就入土了，自己又捡了几个逃荒的老人谎称是自己的爹娘，像喂猪一样养一段时间，追肥之后弄死出殡，借机聚敛钱财。在他眼里亲爹娘和后来冒认的假爹娘一样，都是换钱花的商品，丢了毁了都不值得心痛。年轻貌美的妻妾子女他想带在身边，可是她们都被一双"三寸金莲"所累，不适合长途奔袭。

易县长成了"蜘蛛猿"，手里攥着太多的"香花生"，哪一个都舍不得丢下。于是他又想起了一种生活在马达加斯加岛上的变色动物避役，还有生活在大洋之中的变色章鱼。

避役俗称变色龙，蜥蜴亚目避役科，是爬行类动物。马达加斯加岛是它们的天堂，有将近一半的变色龙在这里生活，剩下的分布在撒哈拉以南的非洲、西亚和南亚，还有印度南方和斯里兰卡。

避役这个名字取得好，谁看了都忍不住拍案叫绝。役字的中文注释是需要出劳力的事。避役是避开劳动或奴役，不出力就能吃到食物。变色龙能够做得如此出色，可见是有大智慧的。

变色龙表皮的颜色变化决定于环境因素，如光线、温度和情绪等，它们善于随着环境变化，随时改变自己身体的外观颜色。这是一种生理变化，是在植物神经系统的调控下，通过皮肤里的色素细胞扩展或收缩来完成。因为具备这种功能，变色龙既利于隐藏自己，又便于捕获猎物。

能者为师，低等动物有时候也可以向高级动物传授生存技艺。早在张勋大帅进京复辟的时候，易县长就借鉴了变色龙的招数。

人生一世，酒色财气。自己手上不缺"黄白之物"，也有"红颜祸水"，必要的时候，易县长舍得送老婆送闺女，不相信孤身军旅的王团长能抵御住二八女郎那热烘烘的白屁股。

易县长知道"英雄难过美人关"，历史上就有许多君王"不爱江山爱美人"。他对《三十六计》中的第三十一计（美人计）推崇备至，坚信王敬久团长也是"关内"的英雄，过不了"美女"这一关。太阳还没落山他就准备闷上一锅小米饭，眼睛还没闭上他就想穿越时空，跑到槐安国去当南柯太守。结果美梦没能成真，他本人反倒成了苟署长实施第二十二计（关门捉贼）的对象。

苟署长和易县长都不是忠贞不二的那种人，把生存放在第一位，把气节和品行排在后面。他们都没打算用自己百十斤的血肉之躯为北洋政府殉葬，都有变节易帜的打算。只要能够活着，哪怕是屈辱地活着，他们是愿意拿着良知和人格去交换的。

蟠龙县两位左右形势的风云人物都把心思藏在肠胃里，像反刍动物那样在没人的时候翻出来秘密地咀嚼回味，不告诉对方。因为他们虽然预测到了形势发展的趋势和结果，但局势并未十分明朗，谁也不想主动挑破这层窗户纸。再说人心隔肚皮，最难揣测的就是人心，谁知道对方是咋想的？万一他心怀叵测，以此为借口整治自己咋办？现在的人为了一己之私啥事都敢干，而且翻脸比翻书都快。另外还有一个阻止县长和署长交流沟通的原因，是邀功请赏的争宠心理在作祟。变节投降也是分先论后的，也有主动和被动之分。主谋者就是趋向进步，主动弃暗投明，是受优待的有功之人。经他人劝说或胁迫放下武器，就是被形势所迫，不得已而为之，是大家鄙视和防范的对象。这就好比一枚卵生动物的蛋，被外力打破的时候，无论其质量多好、营养多高、味道多美、外观如何漂亮，充其量只能算作食物，被异类吞到肚子里变成大便。而自己主动地从内部打破蛋壳，就意味着一个新生命的诞生。他可以继续成长并由小变大、由弱变强，继续繁衍子孙后代，延续自己的生命，组建自己的团队。

主动和被动只是理念不同。计划没有付诸实施的时候看到的只是意见相左，没有非常显著的区别，因为计划在酝酿之中对任何人的生活都没有影响。计划实施之后就能导致完全不同的后果，牵累到个人的命运和前程从此就大相径庭了。

先开口说话，把自己置于主动、主谋的位置相当重要，也相当的凶险。两位"风云人物"都在默默地关注着形势的发展，都在默默地揣测对方的心理，却在人前人后三缄其口，轻易不敢坦露自己的心腹之事。

柳至贤秘密潜回蟠龙县，打破了县长和署长之间的僵持。这个僵局一旦被打破，命运之神就选边站队，开始让幸运偏袒苟署长了。

柳至贤和苟敬诗曾经是同窗好友，因为小红袍的事情，柳至贤对易县长恨之入骨，所以他把突破口选在了苟敬诗的身上。

苟署长正在考虑怎么睡觉的时候有人送来了枕头，口渴的时候被人带到了井边上，他不由得心花怒放，兴奋之情溢于言表。柳至贤又给他描绘出一团耀眼的亮色，让他看到了前面不远的地方有一块肥嘟嘟的熟羊肉，还有一个焦酥喷香、像磨盘一样大的葱花油饼。不论柳至贤说啥，他都小鸡啄米一样连连点头应承。

柳至贤趁机把王团长的便衣手枪队带进城里，安插在苟敬诗的身边，指导他的行动，给他壮威壮胆，也监视他的一言一行，让他心存畏惧，不敢生出魏延那样的不轨图谋。

在柳至贤的密谋策划之下，手枪队协助苟署长制定并完成了诱捕易县长的行动计划。

苟敬诗把柳至贤关进号子里，派心腹去请易县长，说是抓到了小红袍的姘夫，他知道小红袍现在藏在哪里。另外自己也聘了一个蛮有姿色的新媳妇，县长眼光独到，务必过来帮忙目测一下。易县长是登徒子他爹——老登徒子，也是用染坊的颜料埋死人——老色鬼。这样的理由是他抗拒不住的诱惑。

易县长利令智昏，在大兵压境的危急关头色心不减。他急于知道小红袍的下落，没考虑苟署长的胸腔里长着一副啥样的心肠，没考评此行的风险系数，听到信息就毫不犹豫地只身犯险去了。他要亲自审讯柳至贤，把这个万恶的登徒子砍头示众，再把妙不可言的玉人儿小红袍弄到跟前来享用，或是送给行情看涨的国军团长王敬久，换取自己的锦绣前程。

苟署长把易县长送进号子里去见柳至贤，说明情况后把柳学友置换出来，把悔恨惊愕的易县长留在号子里砸上镣铐。易县长腰里的家伙被苟署长搜走了，跟着一同前来的保镖也被手枪队的勇士五花大绑起来，关进另外的号房里，失去了威风和自由。镣铐不光困住了易县长的手脚，也把他"变节投降"的想法和使用"美人计"贿赂王团长的计划永久性地禁锢起来，咽气之前没机会出笼了。

把中心县长囚禁起来，其他七个普通县的县长和警察局长就群龙无首了。苟敬诗是中心县的警察署长，和普通县长平级，职务级别高于普通县的警察局长。他在中心县任职，占了地利的便宜，成了中心县的临时最高长官。他借用易县长的名义，把各县的县长和警察局长召集到中心县衙开会。各路"诸侯"咸集毕至之后，他让手枪队和荷枪实弹的武装警察包围会议室，在刺刀的威慑下宣布脱离北洋政府，拥护中国国民党，带领大家一起投身革命。让大家当场表态，做出正确的抉择。

大家的枪械已被便衣手枪队员卸掉了，表示异议马上就会被刺刀捅成马蜂窝。大家都是在官场上混的人，脑子灵光得很，见此情景马上想到了"识时务者为俊杰"。人生最为宝贵的是生命，每个人一辈子只能活一回，还是保命要紧。

苟敬诗听从了柳至贤的建议，把各县的县长和局长都留在中心县衙，以保护他们人身安全为由软禁起来，派自己的心腹带着手枪队的人到各县主持公务。从某种意义上说，王团长还没彻底剿灭大马子之前，河滩上的各级政府机构已经归顺北伐军了。

苟敬诗是很会巴结上峰的，会"扒上"的人也善于"踩下"。苟署长同样是搜刮民脂民膏的高手，敛财的手段花样繁多，层出不穷。现在易得月倒台了，可以把易家的财产拿出来犒劳王团长的正义之师：这叫"拿着官礼送人情"，怎么折腾都不心疼。只是柳至贤太过仔细，查抄易得月家产的时候偏要登记造册，让他没有机会从中揩油。看到白花花的银元被收缴到库府之中，自己的口袋瘪瘪的连一块都装不了，那个眼馋眼气呀，搅闹得小狗子心神不安。

苟署长征用了蟠龙县城的所有包子、油条、烧饼和壮馍，买尽了苟记卤肉铺的狗肉和羊肉，叫警察署的警察用红车子推着，由柳至贤和便衣手枪队的队长带领着，一起到战斗前沿去劳军。

夏季的故黄河荒滩，野草和野生的树木都长疯了，到处都是绿油油的青纱帐。夜幕降临了，天然的屏障上面又罩了一层黑色的幕幔，更方便人和动物的隐蔽了。

王团长跟随预备队来到阵地前沿，叫报务员通知各营集中隐蔽宿营，多加流动的暗哨，以防大马子劫营。

兵书上说：众树动者，来也；众草多障者，疑也；鸟起者，伏也；兽骇者，覆也。尘高而锐者，车来也；卑而广者，徒来也；散而条达者，樵采也；少而往来者，营军也；辞卑而益备者，进也；辞强而进驱者，退也；轻车先出居其侧者，陈也；无约而请和者，谋也；奔走而陈兵车者，期也；半进半退者，诱也；杖而立者，饥也；汲而先饮者，渴也；见利而不进者，劳也。鸟集者，虚也；夜呼者，恐也；军扰者，将不重也；旌旗动者，乱也；吏怒者，倦也；粟马肉食，军无悬缶；不返其舍者，穷寇也。谆谆翕翕，徐与人言者，失众也；数赏者，窘也；数罚者，困也；先暴而后畏其众者，不精之至也；来委谢者，欲休息也。兵怒而相迎，久而不合，又不相去，必谨察之。

在夜幕和青纱帐的双重掩护下，只能屏住呼吸倾听天籁之音，听声音辨别敌情和方位。既看不到"尘高而锐"，也见不着"土卑而广"，只要敌人不点明火，不大张旗鼓地惊扰酣睡的飞鸟，他们就是就近潜伏在你的旁边也是很难被人发现的。想践行兵书上的条文，必须要等到太阳公公醒来才行。

大马子的习性自私贪婪，贪生怕死。圣人云：小人勇而无义是为盗。盗贼是不讲究礼仪的。圣人还说朽木不可雕，粪土之墙不可圬。土匪在关键的时候显现本色，是指望不住的。无义之人多半都是极端自私的，又没有坚定高尚的信念作支撑，在逆境中很难坚守。大马子的霸气和勇猛都止于西山落照之间，黎明时分他们的骨头和勇气都被鲜血浸软了。

当天晚上，大马子睡觉之前清点人数，战斗减员将近三百人。大马子啃上几口干粮，掬起坑塘河汊里的凉水灌灌缝隙，连吃惊的表情都没来得及展现，就拱进草窝里昏昏地睡去了。恐惧和烦躁都被疲乏赶跑了，蚊虫蚂蝗却循着汗臭味成群结队地奔袭过来。人的汗臭味在空气中弥散，蚊蝇和各种嗜血的虫子捕捉到信息，就像饥饿的人嗅到了热烧饼出炉时的麦香味，就像馋嘴的猫看到了油炸鱼、八天没吃东西的野狗看到了骨头，那种急切的心理是可想而知的。如果任凭这些恶物贪婪地吮吸和叮咬，后果多么严重也是可想而知的。

八百里故黄河荒滩上，惩治大奸大恶之人和大马子"撕票"最为严厉、最为残忍的刑罚就是"穿黑袍"。

河滩上到处是野草和水塘，腐草遍地，污水横流，那种让人类无法忍受的湿热瘴气，是蚊蝇蚂蟥和蚂蚁之流最为理想的栖息之地。害虫们的繁殖速度十分惊人，它们的增殖方式是几何倍增的。人多势众，虫子多了同样势众，它们的威力也是超乎想象的。它们才是草荡子里的真正统治者。

官府捉到十恶不赦的元凶，平民百姓对付不共戴天的仇人，都是把他们拉到草荡子深处，找一棵对掐粗的歪脖子老树，扒光犯人的衣服，用细麻绳把赤身裸体的人犯绑扎在树干上，叫他们反剪双手脚不沾地皮，从脖颈、腰间到脚踝，紧紧地箍上三匝，再用臭抹布堵上受刑者的嘴，然后扬长而去，把受刑者扔在荒滩上不管不问。如果犯人有本事弄断麻绳逃跑，那是他的造化。逃逸的人不敢在人前露面，往往是跑到煤矿去当下井的"煤黑子"，过着暗无天日的生活。要么就用炒黄豆烫麻自己的脸面，远走他乡，隐姓埋名。也有人入了绺子，变本加厉地报复那些惩治他的人。绝大多数的人弄不断麻绳，只能任凭蚊虫蝼蚁享用。

蝼蚁尚且偷生，人更看重自己的生命。被绑在荒原上受刑的人，无论能不能逃脱，都会作一番垂死挣扎。夏季的夜晚多半都是闷热的，草荡子深处密不透风，太阳虽然收起了灼人的光芒，躲到西山后面休息去了，但他留下的余威尚存，吸附大量卡路里的沙滩和污水，在夜间向外散发着令人窒息的潮热。这个时候挣扎运动，最显著的效果就是出汗。汗臭味给蚊虫发出了集结的信号，蚊虫蚂蟥都争先恐后地往散发汗臭味的地方奔跑，前仆后继，趋之若鹜。

草荡子里面的长脚蚊子、花脚蚊子、小咬、草虱子、臭虫、跳蚤，口器锐利毒性大，一口下去就会隆起一个蚕豆大的红包，而且奇痒难耐，叫人无法忍受。蚊虫密密麻麻地布满全身，连一点点缝隙都没有，就像受刑人穿了一件黑色的无缝天衣，所以叫"穿黑袍"。

受刑人的手足都被束缚住了，不能拍打抓挠，只能更为剧烈地挣扎。剧烈挣扎就会流出更多的汗液，招来更多的蚊虫。也就是三四个时辰的光景，受刑人的血液就被吸光了，他在极度的痛苦之中渐渐地失去知觉。

晨曦初露的时候，荒滩上还是一片模模糊糊的，鸟儿们的头颅还别在翅膀下面没有睁眼。饱餐一顿的各色蚊虫拖着发红透亮的大肚子纷纷离去，它们跳不动了，也飞不起来了，像蚂蟥一样成了缓缓爬行的蠕虫。这时候黑蚂蚁、红蚂蚁开始上场，他们吃饱之后再把人体肢解搬运，再有五六个时辰的光景，受刑者身上的"黑袍"没有了，剩下一具完整干净的骨骼标本。

大马子的手足没被细麻绳捆住，蚊虫的叮咬像老牛拉套的绳索，把他们从睡梦中拖拽到现实之中。痛痒的感觉触动了神经，活跃了他们的思维，让他们记起了战斗的残酷和恐怖。满天的星斗不停地向地下倾泻着一缕缕寒光，往他们的心里种植恐慌。

硝烟弥漫血肉横飞的场景再次在眼前重现，让大马子十分忧虑自己的处境。现在是午夜十分，正是人们熟睡的时候，可是兵匪都不能像正常人一样休息和劳作。也许剿匪的队伍正在附近搜寻，不知道什么时候，也不知道在什么地方，凶险随时随地都会发生。也许马上就能听到"叭勾"一声清脆的枪响，不是身边同伙的脑袋开花，就是自己的头颅被流弹打爆。幸福的前提是活着，生命只要终结，一切荣辱也会随之灰飞烟灭。大马子是被人们切齿痛恨的坏蛋，早就声名狼藉了，这个组织并不值得留恋。再说为这个组织效命愈久罪孽愈深，为这个组织战死的喽啰拿不到抚恤金，也入不了祖坟。

有一部分大马子继续战斗的信念动摇了，这对王团长来说，是天大的利好消息。

在更深人静之时，被蚊虫咬醒的残余土匪一边抓挠身上的红包，一边谋划着下一步的行动。保命成了他们心中最为强烈的愿望，没人愿意重新睡死过去继续喂蚊子了。背主作窃不能约期，突然萌生开小差的念头也不能结伙。大约有三分之二的土匪如鸟兽散。胆大的带着枪逃跑，兵荒马乱的年月枪炮军火都是价格昂贵的俏销货，带回去能换几个洋钱花花。胆小的把枪械扔进河汊坑塘里去，洗净身上的灰垢，变成平常的老百姓回家。

柳至贤在赶往前线劳军的路上，收容了几个开小差的喽啰，问清情况之后给他们一些吃食，把他们带到了王团长的宿营地。

柳至贤是黄埔军校第一期的备取生，虽然没被军校录取，却也熟知用兵之道。《孙子兵法》第十三篇是《用间篇》，开宗明义地说道：故明君贤将，所以动而胜人，成功出于众者，先知也。先知者，不可取于鬼神，不可象于事，不可验于度，必取于人，知敌之情者也。

故用间有五：有因间，有内间，有反间，有死间，有生间。五间俱起，莫知其道，是谓神纪，人君之宝也。

看到手里这几个意外捡到的小狼崽子，柳至贤心花怒放了。他知道这几个开小差的狼崽子都是贪生怕死之辈，就有了"用间"的谋略。把这几个"棋子"下活了，对学友蔡华祥是非常致命的一击。虽然没有硝烟炮火，却也是"出其不意、攻其不备"。

柳至贤决定向王团长进言，给他支一步"将军"的死棋。他准备把开小差的小狼崽子派回去，把"内间"变成"内奸"。

王团长也想过"用间"的事，苦于找不到"行间"之人，心中早就挽起了一个解不开的大疙瘩。手下一群没有拐弯心眼的大头兵，都不是当间谍的料，派出去一个白搭一个，派出去两个可能会被识破一双。

柳至贤赶在这个节骨眼上来到了军前，让事情有了转机。他收容了十多个私自潜逃的小狼崽子，都是"豺狼"的老部下。就说在混乱中迷失了方向，没找到大队人马，相互结伴摸回老营的，一般不会引起怀疑。

兵书上说：故三军之事，莫亲于间。赏莫厚于间，事莫密于间，非圣智不能用间，非仁义不能使间，非微妙不能得间之实。

昔殷之兴也，伊挚在夏；周之兴也，吕牙在殷。故惟明君贤将，能以上智为间者，必成大功。

王团长决定出手了，而且是一击得手，志在必得。他把"残废"名单登记在册，查清他们的家世，然后宣布每人重赏三百块大洋，剿匪成功之后在庆功会上发放。他们可以回家安居乐业，愿意加入正规军也行，凡是参加"国军"的人，一律提拔为少尉排长。

在兵荒马乱的年月和狼烟四起、硝烟弥漫的战场上，"排叉子"、"连股子"就是带头送死的炮灰，可以大量批发。

中国人的正统思想严重，入绺子都是万不得已的事，谁也不想一辈子顶着"大马子"的头衔，毕生从事刀口舔血的职业。所以古代的梁山好汉，现代的大土匪孙美瑶才会接受招安。都说重赏之下必有勇夫，为党国效力马上就能得到三百块大洋的奖赏，算是发了一笔横财。参加国军可以被提拔成少尉排长，穿大马靴挎盒子炮，肩膀上扛着一道银光闪闪的铁杠杠，威风神气，算是修成了"正经木头"。小狼崽子们心里甜滋滋的，庆幸自己逃跑的途中碰到了柳至贤，也是祖上积德。柳至贤又把他们交给了王敬久团长。他们早就心悦诚服了，恨不得这就趴到地上，给团长大人磕几个响的。

二十六、混蛋逻辑

柳至贤和王团长搜肠刮肚地引经据典，煞费苦心地蓄意谋划，大把撒钱还封官许愿地厚赏，事后看来确实是有些小题大作了。王团长拿来"用间"的几个开小差的土匪喽啰，并没开发出"间谍"的功能，只起到了向导的作用，把国军的大队人马带到了大马子的老营——老狼窝。

王团长太性急了，不能坐等部下深入虎穴取回内奸的情报，也没有闲情逸致等候飞鸽传书。他亲自带领主力部队，沿着小狼崽子在路上留下的指示标志一路疾进。小狼崽子拱进老狼窝不到三个时辰，王团长就率领大军随后赶到了，并且迅速包围了老狼窝，准备"关门打狗"。

大马子的习性就是到处流窜作案，又在自己熟悉的地盘里和国军周旋，开始的确是游刃有余的。因为得不到人们的尊崇，看不到光明的前程，大马子只是一味地享乐，每次劫掠回来，狼窝里就是一片杂乱喧嚣。大小土匪聚集在一起，大碗喝酒，大块吃肉，肆意奸淫抢来的妇女。匪窟狼穴里鬼哭狼嚎，群魔乱舞，一团乌烟瘴气。在这样的环境下没有纪律、没有节制地混日子，身体基本上都处于亚健康状态。

大马子杀人不眨眼，也不怕用一腔子热血滋养河滩地，豺狼手下的土匪很有战斗力，但他们缺乏持续能打的耐力和韧性，也扛不住持续不断的打击。当疲乏、饥渴、困倦、恐惧和窒息一起袭来的时候，大马子就挺不住了。

三分之二的喽啰伤亡或开小差逃跑了，豺狼身边还有二百多名铁杆土匪。他们自知罪孽深重，欠下的血债太多了，脱离大马子的阵营就只有死路一条。

蔡华祥把最后剩下的铁杆追随者带进老狼窝，关闭寨门之后海吃一通，酒后把所有的军火全都搬到寨墙上，发给每人一颗手榴弹。子弹打光、刺刀拼软的时候，就拉响腰间的手榴弹和敌人同归于尽。杀一个够本，杀两个赚一个。

豺狼坐到老狼这把交椅的时候，老鼠眼和瘦猴子就劝他另外选址建立新窝子。说这个地方原来叫郭庄，豺狼姓蔡，菜入到锅里会是啥样的结局？一准是被焯软炖烂了，盛到盘子里被别人吃下去。蔡华祥年轻气盛，起初并不怎么信邪，看来俗话不俗，还真是有点讲究的。

豺狼原本打算把剩下的这帮子铁杆兄弟带到皖北的山区里去，光棍不吃眼前亏，惹不起可以躲得起。兵书上说过，在敌强我弱又有大兵压境的时候，战斗必然失败，和谈等于投降，只有逃走可以保存有生力量。俗话说"千军易得一将难求"。自己手里有两百个身经百战又意志坚定的大马子优良品种，蓄精养锐之后再繁衍出大批的优秀土匪，图谋东山再起是易如反掌的事。可是天不作美，最后溜进老狼窝的这几个弟兄是早已变节的逃兵。现在老狼窝在重兵围困之下，所有人都没有逃生的机会了。既然非死不可，就得死得壮烈，死得英勇，死得气壮山河，把浩然之气留在人间。大马子毕竟是人，是人就不会彻底泯灭人性，看到自己的末日，在弥留之际人性竟然开始回归了。

战场的形势早就发生了逆转，现在国军已经胜券在握了。王团长把柳至贤叫到跟前，他要和救命恩人商讨如何打出这最后一击。早在徐州玉人楼喝花酒的时候，柳至贤和万人迷就给蔡华祥求情，求他法外施恩，保住豺狼一条狗命。

依照王团长的脾气，把重武器和火炮调过来，让这群十恶不赦的大马子做土飞机去周游西天极乐世界，让土匪在河滩上彻底绝迹。可是柳至贤对自己有再造之恩，万人迷有取悦自己的功能和治愈顽疾的功劳，自己不能把他们的话当成耳边风。

柳至贤建议王团长暂缓使用重型武器攻击，希望他招安蔡华祥，以匪治匪，役使他去剿灭其他绺子。他愿意做说客，到老狼窝去给豺狼指点迷津。

蔡华祥在患难兄弟面前展示了视死如归的大无畏气概，感染着二百号铁杆兄弟和他一样，都抱定了必死的决心。临死之前，金钱美女、权势恩仇对他们来说已经不重要了，他们一门心思考虑的事情，是如何多拉几个垫背的和他们一起共赴黄泉。

不怕死不等于渴望去死。人在临死的时候，内心深处求生的欲望是非常强烈的。就像生活在地下的土拨鼠，虽然生活在黑暗之中，同样渴望着光明。所以柳至贤的到来犹如春风吹进池塘，仿佛阳光射进了黑暗的洞穴，一下子就唤醒了所有人心中活下去的愿望。

哲人们都知道，看问题要剖析内里，去伪存真，透过现象看本质。从表面上看，二百名彪形大汉对付一个文弱书生，二百支黑洞洞的枪管指向同一个敌人，就是用脚趾头当脑袋，也能判断出胜负结果。事实上是书生把一股凛然之气吹进匪窟，这二百个无法无天的铁杆大马子就像铁匠炉里被炭火烤红的钢铁坯块，开始变形变软，马上就要融化了。知道还有生存的希望之后就被柳至贤击垮了，二百个敢闯阎罗殿的灵魂，被一个手无缚鸡之力的书生生擒活捉了。

钱穆说过：事贵于刚决，多思转多私。如果豺狼发完手榴弹接着一声呐喊，带领兄弟们冲到国军的阵地上扯断拉弦，谁也不会皱一下眉头。结果就是河滩上多出万把斤碎肉，野草长得更加茂盛而已。可是柳至贤带来了国军招降的消息，让弟兄们的心中有了牵挂。情绪左右行动，表现在战斗士气上就是"再而衰、三而竭"了。

大马子像是中暑的人喝了冰镇西瓜水，一下子清醒过来了。遇事要前思后想，三思而后行。这样仔细一想就了不得了，阳世间值得留恋的地方多着呢。譬如说父老乡亲、老婆孩子，譬如说酒肉、金钱和女人，譬如说从此时来运转，以后果真能混得人模狗样，下半辈子还有几十年的清福好享。此时此刻就轻率赴死，把一腔子热血轻易抛洒出去容易，收起来可是难上加难。百十斤热烘烘的血肉之躯，顷刻间成了孤魂野鬼，化作一团冤气在河滩上东游西荡，该是多么的遗憾呐！对，只要有活的希望就不能死，好死不如赖活着。操你姥姥的，说啥都得活着。

春风又绿河两岸，明月今日照我还。豺狼也渴望活着，见到生机后和小狼崽子一样欣喜若狂。和同窗学友在这种场合、这种地点、这种情形下见面，他像喝了云南白族的"三道茶"一样，各种滋味一齐涌上心头，经久不散，让人反复咀嚼甜苦酸辣，回味无穷。

没被国军围困之前，豺狼对自己的仇人切齿怒恨，必欲除之而后快。仇人的范畴里面包括学友的哥哥柳至善。城门失火殃及池鱼。恼怒柳至善就会迁怒柳至贤，柳至贤也在不赦之列。身逢绝境之后，他对送来生机让他绝处逢生的学友柳至贤心怀感激，并且因此宽恕了仇人柳至善。人家丢了两头架子牛，发发牢骚骂几声有何不可？

蔡华祥铁下心来当土匪的时候，曾经暗暗地立下了志向，要轰轰烈烈地闹腾，在河滩上搞出一点惊人的动静来。进则天下，退则田园；进则流芳百世，退则遗臭万年。现在形势变了，而且变化大的超乎想象。现在是进则必死无疑，退则销声匿迹，连一点点臭味都留不下来。这个时候柳至贤来了，给他送来了续写历史的机会，他还有什么理由不立即遵从呢？

蔡华祥设宴款待学友柳至贤，吩咐厨子一定要动荤，没有肉就去死人身上打兑，一定不能慢待自己的救命稻草。酒席间除了畅叙友情之外，豺狼也提出了手刃仇人的要求。他已经把柳至善踢出"仇人"的圈子之外了，这个要求对柳至贤没有损伤。

孟亚圣训导我们说：鱼我所欲，熊掌我所欲，二者不可兼得，舍鱼而取熊掌。生我所欲，义我所欲，二者不可兼得，舍生而取义。大马子的是非观念异于常人，价值取向是畸形的，叫他们捐躯容易，"取义"却很难。既然舍生不能取义，死的意义和必要性不大，就没有必要轻生了。

易县长也是柳至贤痛恨和厌恶的人，也是河滩上父老乡亲早在心里数次被判处死刑的人。众怒难犯，和众人结怨就是作到麦（麦到芒种自死）该死的人。蔡华祥把柳至善摒弃在"仇人"之外，强烈要求手刃易县长，是很对柳至贤的心思的。王团长也是会算账的人。一个该死的囚犯叫谁杀都是死，用枪嘣、用刀砍、用火烧、用绳子勒都是一个归宿。用一个该死之人的死，换取二百多个汉子的生，换取战事结束和河滩上的安宁，怎么算都是划算的。

石原灰太狼在徐州玉人楼被王敬久打折了脊梁和鼻梁，汇报完工作又领受新的指令之后，像癫皮狗一样夹着尾巴灰溜溜地潜回蟠龙县城。通过认真仔细地观察和比较，他发现当过大马子的蔡华祥身上匪气太重，不太容易管束，翻起脸来"豺狼"也有一嘴尖利的獠牙，敢把"大灰狼"的脖子咬断。豺狼和国军的关系很铁，骨子里流淌着一腔爱国热情，并且为朋友两肋插刀，把生死置之度外，这样的人不是大日本帝国拉拢扶植的对象。相比较而言，苟敬诗贪心更重，贪财、贪色、贪酒、贪肉，迷恋当官，心眼活络，怕吃苦受罪，骨头软。这样的人一吓唬就变节，容易控制。灰太狼决定不对所有人平均使用力量，把工作的重点放在苟敬诗身上，为大日本帝国培养一条忠实的走狗，让他变成一条疯狗去撕咬自己的同胞。

灰太狼请自己的房东喝酒。他提着一个盛粮食的布口袋，里面装着银元金条和古玩玉器。他以祝贺苟敬诗聘婚的名义塞到苟房东的手上，并在苟记卤肉铺后院宰杀牲畜的地方埋了一碗大红枣，喷着满嘴的酒气向苟署长吹嘘说："你看好了，这就是卖枣的跟着卖碗的，早（枣）早晚（碗）晚我要在河滩上呼风唤雨、颐指气使。只要你横下心来跟我干，当一个忠实温顺的哈巴狗，你也会飞黄腾达，享一辈子荣华富贵，想咋的咋的，要啥有啥。"

黄金白银和雕刻精美的玉器，还有在血液中燃烧的烈性白酒，瞬间烧绿了苟敬诗的眼睛，也烤干了他的自尊和气节。灰太狼进门的时候，苟敬诗还是端着架子的，看到口袋里的东西之后，苟敬诗就再现了石原灰太狼和王敬久交手的情景。腰折了、鼻梁塌了、腿上的骨头也缺钙变软了。乱世求安，穷人想的是把肚子糊弄圆，苟敬诗想的是保住性命能寻欢作乐。手里没有黄白之物，连沦落街头的母狗都不理你，怎么能博得美貌女子的笑脸？气节不能当饭吃，尊严不能换钱花，这年头有枪就是草头王，有奶就是最亲的娘。只要有人送钱，暂且不管这钱的来路，也不问这钱干净还是肮脏，叫送钱人一声"亲爹"又有何妨？

看到苟敬诗脸上挂着媚人的贱笑，看到苟敬诗几乎头颅拱地的鞠躬姿势，灰太狼全身轻飘飘的，得意非凡。他轻蔑地"哼"了一声，苟敬诗在他心中的分量已经像灯草一样了。不知死活的东西，你得意的太早了。目光短浅的人都走不出这样的误区，他们以为钱从自己手里过就是自己的。其实对无福消受的人来说，无非就是充当一个保管员的角色，替人家临时看护几天财产。银子还没捂热呢，主人又回来把它拿走了，就像奶妈带孩子，终究不是自己的。《左传·僖公》中撰文记载着《假道灭虢》的故事：晋献公采纳大夫苟垂息的计谋，把屈地出产的良马和垂棘地区出产的美玉送给虞国的国君，向虞国借道去攻伐虢国。晋国灭掉虢国之后，在回师的途中顺手牵羊灭掉了虞国，虞国的国君和家人都成了俘虏。晋献公打开虞国的库府，看到自己当年送出去的礼物，传国玉璧仍旧和以前一模一样，只有马的年龄陡然增加了一些。他嘲笑虞君说："这些天下至宝我怎么舍得送人呢？只不过请虞君暂时保管而已，他未免对我的用意想的太天真了吧！"

《假道灭虢》的故事被收录记载于《三十六计》之中，位列第二十四计。这个故事万古流传，晋献公得意的笑容和虞国君主悔恨的泪水依然清晰可辨。

苟敬诗成了当代的虞国君主。或许是金银玉器的质量太重了，把他的眼睑拖坠得低垂下来，遮住了目光，无法向远处眺望。

苟敬诗把灰太狼送来的口袋收藏好，安排伙计把卤制好的驴狗牛羊身上各个部位端到桌子上来，磕掉酒坛上蒙口的风干胶泥和猪尿脬，倒出坛里的烈性液体，排开青花大瓷碗，和情同爹娘的房客痛饮。

灰太狼知道投其所好，苟敬诗以为找到了知己，两个人表面上臭味相投，实际上各怀鬼胎。因为交友存在着目的性和功利性，彼此互动频繁，攀谈的时间被拉长了，酒菜的耗费量也加大了。

狗在兔子面前不会羞涩，猫的心思也从来不对老鼠遮掩，强者的威风是做给弱者看的，主子的架子只在奴才面前显摆。灰太狼愿意花钱购买"小狗子"的灵魂，目的是役使他的躯体。

借助酒醋胆肥之际，灰太狼开始贬低中国的白酒，说中国的白酒再香再醇也比不了日本的清酒。中国的摔跤不如日本的柔道，鉴真和尚在扬州平山堂就是一个不入流的小沙弥，是戏班里面跑龙套的角色，到了日本就是超级大师。徐福继续留在秦始皇的辖区就会像河滩上的野草一样，无声无息地枯萎，谁也不会知道他是打啥家伙的。到了扶桑琉球就撑起一片蓝天，繁衍了高贵的大和民族。你苟敬诗想这辈子成为人上之人，下辈子还大富大贵，就得脱胎换骨，就得卖身投靠大日本皇军。

苟敬诗的眼睛直了，愣在那里目瞪口呆。眼前这个肤色毛发和语言都和自己一样的家伙，居然是外国品种！自己和这个愣种对阵，就像袖珍哈巴狗遇上了超级藏獒，连一霎霎胜算都没有。自己腰里也别着家伙呢，可是自己的身手肯定没有对方敏捷矫健，稍有异动就会死无葬身之地。哈巴狗敢对藏獒呲牙吗？蜘蛛猿同样不敢招惹大猩猩。羊顺从恶狼，老鼠臣服狸猫，都是命中注定的事，神妈子打嘴——没神下了呀。这个灰太狼现在能给自己金银珠宝，将来能给自己权势、地位和美女，只要自己能人模狗样地活着，管他祸害谁呢？

苟敬诗很赞赏自己的精明，他认为爹妈遗传给他的最大优点就是这副见风使舵的禀性。这种与生俱来的天性每每让他化险为夷，遇难呈祥。就像今天遇到的这件事，搁在柳至贤或者蔡华祥身上就不是这样的结果。他们身上秉承了太多河滩人的性格，要么讲究民族气节，要么宁折不弯，结果要么是河滩上的"倒个"，要么两败俱伤，把灰太狼打残了，自己也是生活不能自理。

河滩上的父老乡亲都不是太透亮（明白），包括自己的亲生爹娘。苟敬诗继承了祖上的姓氏，却没记住"子不嫌母丑，狗不嫌家贫"这句古训，倒是养成了一身猫的属性，不恋贫寒之家，谁家有鱼就涎着脸到谁家蹭饭，挨打挨骂也赖着不走。就说妹妹找婆家这事吧，爹妈都不关心对方的土地财产有多少，关心男方孩子的品行如何，能不能和老婆白头相守。听说西边山区里的父母就比较开通，知道"留着儿子不出外，闺女全都当马卖"。是啊，女人就是长两条腿会说话的商品，再俊的姑娘也得嫁出去叫男人祸害。是男人都能糟蹋妇女，挑啥人品和长相呢？谁出的价码高就叫谁糟蹋呗。要是自己能当家作主，就把妹妹送给灰太狼暖脚。河滩上的人说媳妇也送聘礼，但是礼物寒酸得可怜。小门小户人家的聘礼不过是四五斗杂粮，外带一块红布，十几块豆饼花生饼啥的。大宅门的聘礼像样一点，也就是几十块光洋，外带一头架子牛、一匹歪嘴骡子，就算撑破天了。灰太狼送的那一口袋硬通货，送给他八个水葱一样的妹妹再饶上老娘也不吃亏。

苟敬诗的父母是一对勤俭夫妻，老母狗没出阁的时候就会过，怀孩子、坐月子的时候才吃几个鸡蛋，啃几口卤肉，过后心疼得鼻子不是鼻子脸不是脸，咽气前一直掰着指头细算她糟蹋的那些东西能换多少铜板。老人家长期不懈地苛刻自己，终于把肠子饿细了，胃的体积也显著缩小，眼睛倒是一天天地变大了。一张薄薄的黄皮包裹着骨头，皮下的血管和脉络清晰可辨，走起路来三步一歇、五步一喘。小狗说老娘的脖子下面全是黄沙，这就得给她准备棺材了。

老牙狗倒是能吃能喝，喝客人剩下的残酒，从野狗嘴里抢骨头剔肉下酒。现在黄河故道里还有一道菜肴叫剔骨肉，据说就是老牙狗发明的。无论是狗嘴里的食物，还是客人扔到桌子上的残汤剩羹，味道还是正宗地道的卤肉味道，肥肉里面的脂肪含量一点不少。老牙狗身上主干动脉和毛细血管，就像多年无人清理的下水道，严重淤积起来了。他的四肢已经开始麻木，走路一摇三晃的，看样子他是准备和老伴结伴行走，一起前往望乡台。血管堵塞导致脑部供血不足，说话办事也就糊涂起来。他经常絮絮叨叨地在儿子面前聒噪，让他脱掉身上的官衣，交出腰里的家伙，回来接手卤肉铺，娶个老实巴交的笨媳妇好好过日子。你老棒子也不仔细想想，我小狗子混到今天这个位置容易吗？再说我是肚里揣着雄才大略的人，会置自己的前程于不顾，立马扒掉身上这套官服吗？

灰太狼把苟敬诗领进自己的卧室，扣留了他的灵魂和尊严，让它们永远滞留在十八层地狱里。

灰太狼的床下不知道啥时候挖了一个大深坑，上面篷着厚木板，里面放着好几只大箱子。那些神秘的箱子被打开之后，苟敬诗看到了枪械子弹、锤子、攮子、改锥，看到了电台、隐形药水、微型照相机和钢笔枪，特制的绳子、抓子、链子、放大镜、指南针、手术刀、注射器，还有银元金条和夜行衣等，应有尽有。灰太狼说这是间谍器材和经费，要求苟敬诗学会使用各种器材为日本帝国效力，只要效忠天皇，马上就可以按时领取活动经费。

苟敬诗异常兴奋，高兴得手舞足蹈，对面前这个控制自己灵魂的鬼子感激涕零，把扫帚星当成了福星。他早知道关东军在东三省耀武扬威了，小鬼子早有吞并中国的野心。野心极度膨胀的东西都是泯灭人性不顾公理的，日本人跨越山海关是迟早的事。灰太狼在卤肉铺后院埋了一碗大枣，就是要表明这种态度和决心。如果小鬼子不能统治中国，他灰太狼凭啥早早晚晚要在河滩上呼风唤雨、颐指气使？自己早就想卖身投靠了，苦于不得其门而入，上苍垂怜自己，把灰太狼送到了自己身边。自己没啥忧虑烦心的事了，日本鬼子进入关内之后，有灰太狼罩着，自己依然是大爷，照样过花天酒地的日子。

这一场月光下的邦交持续到深夜，主仆身份得到了确认，狼狈为奸的序幕也就拉开了。鸡叫头一遍的时候，灰太狼和小狗子的眼皮都涩了，他们就在石原郎的大床上抵足而眠。小狗子倒下头就鼾声大作，迅速地进入了梦乡。灰太狼猛然想起一件不能耽搁的大事，立马跑步出城，一头拱进浩如烟海的大草荡子，倦意消退得无影无踪了。

二十七、大马子的卤煮

王敬久接到了上峰的电令，要他处理好辖区的各项事务，立即开拔归建，再到徐州集结，接受新的重要任务。

1928年4月5日，蒋介石为了扩大自己的地盘，在徐州誓师，对窃据中华民国陆海军大元帅，实际上是奉系军阀首领的张作霖等北方旧军阀举行"第二次北伐"。4月30日，各路军对北方重镇济南发起总攻，王敬久团长率部首先攻进城内，张宗昌率残部连夜弃城逃跑。5月下旬，张作霖见大势已去，在6月2日发出"出关通电"，宣布退出北京回东北。北伐战争宣告结束，各路军阀都表示服从蒋总司令的领导，中国从表面上看实现了统一。

王敬久是攻克济南之后回防徐州时来黄河故道剿匪的，还兵不血刃地收复了七个县的地盘，应该算是有功之臣。可是他是私自调动军队，没得到上峰的许可就擅自行动，违反了纪律。军法如山，对目无尊长不服管理者绝不姑息纵容。尤其严重的是，王团长擅离职守专心剿灭大马子期间，日本人于6月4日凌晨5点30分在皇姑屯炸毁了张作霖乘坐的花车专列。张作霖当时身负重伤，被送回沈阳抢救，因为伤势太重了，于当天十时许在医院不治身亡。王团长撞到枪口上了，私自行动和这样令人扼腕的大事牵扯在一起，是很容易引起猜忌的，谁敢保证王团长不受到严厉的处罚？

国民政府军完胜北洋旧军阀，大部分国土的统治权都被蒋介石收入囊中，蒋总司令成了炙手可热的人物，中国的大好河山已经十分天下有其九了。可是总司令的嫡系就是黄埔军校那几期学生，不可能由他的嫡系治理所有的地方。总司令还是相信自己的嫡系，在权力移交的过程中，地方武装和地方政府的领导人都由嫡系军官推荐使用。

王敬久再次驻防徐州的时候，受到了降级处分，从团长降级为副团长，不过领兵治军的大权没有旁落。他仍然行使团长的权利，以代理团长的名义全权管理军队。

1930年3月份，西北军将领冯玉祥联合山西的阎锡山发动"中原大战"，共同倒蒋。这一年王敬久恢复团长职务，奉命与冯玉祥部争夺陇海铁路上的田庄车站。

王敬久离开黄河故道之前，利用蒋总司令的信任，推荐了柳至贤为蟠龙中心县县长，蔡华祥为蟠龙县保安司令，苟敬诗为警察署长兼任保安司令部参谋长，九头鸟黎启亮为黄河中学校长。

王团长真心实意地推荐柳至贤为党国效力，黎启亮完全是沾柳至贤的光。蔡华祥那股拼命三郎的英雄气概很受王团长的赏识，战争年代长官都欣赏不怕死的人，不怕死是不变节的可靠保障。苟敬诗听从柳至贤的劝告，顺应历史潮流自动缴械投降，还按照柳至贤的谋略智擒易县长，冲抵了王团长的不少过失，这样的安排应该是至臻于完美的。

古时候有个知人善任的祁黄羊，内举不避亲，外举不避仇。王团长效仿古代先贤，为国家举荐可用之才。

俗话说十步之内必有芳草，百户之邑必有俊杰。蟠龙县是黄河故道中最大的中心县城，四省通衢，物丰人稠，像柳至贤这样机智，像蔡华祥这样忠勇的人不难找寻，甚至比他们更优秀的人也大有人在。可是自己军令在身，马上就要开拔到新的防区去，没时间仔细走访巡查，那怕遗漏了诸葛亮那样杰出的人才，也怨不得自己。因为他们是陌生人，自己不认识不了解。有本事的隐者都清高孤傲，他们视"毛遂自荐"为自贱，他们本人不会张扬显摆，别人不在自己面前提起，自己怎么会发现他们？自己去的是黄埔军校不是青岛崂山，学的是指挥作战不是仙家幻术，也没有未卜先知的道行，举荐疏漏也是在所难免的。目光所及之内就数这几位优秀，自己举荐他们也是出于公心，这样做也算对得起"党国"了。

王团长也是一个言而有信的人，一定会兑现承诺。他让柳至贤劝降蔡华祥的时候，答应让他亲手杀死易县长。另外他还要带走豺狼手下一百多号勇士，补充剿匪中的战斗减员。这些事在开拔之前都要交代一下。

王团长把自己推荐的四位蟠龙县民国要员约到自己的指挥部，一起喝分手告别酒。席间王团长宣布处死易得月的决定，并指定由蔡华祥具体执行。战争年代军队的权利大于地方政府，团长手中握有生杀予夺的权利，判处一个反动军阀爪牙的死刑是张飞吃豆芽——小菜一碟。这事办完了他又私下里交代蔡华祥和苟敬诗，叫他们在盘龙县城找一块不错的地方，给柳至贤盖一处宅子。这笔费用由王团长掏腰包，请蔡、苟二位操心。柳至贤是他的救命恩人，作为堂堂的国军团长，得知恩图报，不能叫人在背后戳他的脊梁骨，骂他忘恩负义。蔡华祥和苟敬诗连忙点头应承，这笔钱自然也不会出在王团长身上。

王团长率领大军围困老狼窝准备犁庭扫穴的时候，蔡华祥十分绝望地想到"一切都完了"。自己就是一块撞在犁铧头上的大地瓜，非被铁铧犁削成"花瓜烂蛋"不可。没想到王团长会法外施恩，用清水洗净了自己身上的灰垢，还把自己蒸熟烤香，让自己威风体面。

蔡司令后来才知道，他之所以绝处逢生又被党国委以重任，主要得益于学友柳至贤和他的梦中情人万人迷。王团长是看在救命恩人的面子上，才撤走重炮对自己网开一面的。如此说来，王团长只能算他人生中遇到的贵人，而柳至贤却是他和属下二百多号铁杆土匪恩同再造的救命恩人。贵人需要巴结，恩人必须报答。王团长开拔之前交代自己给柳至贤盖一位宅子，自己索性多加水多和面，把馒头蒸大一点。听说丰县的名流士绅自己募集善款，在凤鸣塔下给王团长树立一块剿匪功德碑，正面勒刻着"王团长敬久剿匪纪念碑"几个行书大字，后面铭刻着王团长的功德善举。反正不花自己的钱，自己还能巧立名目从中揩油，干脆在王团长的桑梓之地给他老人家盖一栋豪华的楼堂瓦舍。柳至贤的宅院也要清一色的青砖灰瓦，飞檐斗拱，铁叶子包门，不过造价要比王团长的节省一些，地理位置随便一些，豪华程度也要差一些。那时候河滩上的父老乡亲还没见过"洋灰"（水泥），当地的泥水匠不会使用这种建筑材料，从徐州聘请高明的师傅到现场指导，才把房子建起来。那是"洋灰"第一次在黄河故道里落户，人们便把王敬久的楼房叫"洋房子"。

蟠龙县新上任的权贵们，率领所辖各县的县长、保安团长、警察局长、商会会长等头面人物，鸣锣放炮地欢送王团长撤离蟠龙县，八百里荒滩上能走动路的人都来围观。上到九十九，下到刚会走，人山人海的把蟠龙县各个地方挤得水泄不通，比逢集赶会还要热闹。

王团长撤走以后，蔡司令有点飘飘然了。柳至贤虽然有恩于自己，但是他的哥哥柳至善差一点把自己送进十八层地狱。自己不把柳家的人当仇人看，不和他争夺万人迷，还给他在蟠龙县城里盖了房子，也算是报答了。苟敬诗在学堂里就不是自己的对手，咬败的鹌鹑斗败的鸡，他看见自己就有几分发怵，何况还是自己的属下？蔡华祥更不把苟参谋长放在眼里了。

181

蔡华祥找到他逃走的那家剃头铺，让大师傅用他那天割掉两只耳朵的剃头刀刮净头上的乱草。蔡司令对着镜子仔细观赏自己，那颗光秃秃的葫芦瓢就像砸掉耳鼻的瓷坛子，十分简洁利索。他让勤务兵抱着新军装和他一起到澡堂里去，洗掉过去曾经是大马子的历史，也洗掉以往的晦气和憋屈。新军装是黄色的，颜色和式样都和"中央军"十分接近，老百姓是看不出有啥区别的。那年月中央军比杂牌军吃香，自己是王团长亲手提携起来的，亦步亦趋地追随中央军不会有错，而且务必要神形兼备，惟妙惟肖。当然了，实在不得已可以求其次，做不到神似就追求形似。

那年月河滩上的形势是这样的：水里面是大鱼吃小鱼，小鱼吃马虾，马虾吃泥。陆地上是横的怕愣的，愣的怕不要命的。社会上是黄狗咬黑狗，黑狗咬穷人，老百姓干愣神。"黄狗"就是蔡华祥之流，穿着黄色军服的军人。"黑狗"就是苟敬诗之流，穿着黑色制服的警察。蔡华祥竖起招兵的牌子，马上就有很多人排队报名。他们都是平头老百姓，平时赶集上店进出城门的时候，见到黑狗子像见到大爷一样，点头哈腰地陪笑脸还挨枪托子。他们受够了，换上黄皮马上就能在黑狗子面前耍横。先脱下军鞋叫守城门的警察用腮帮检验鞋底的强度，再坐下来翘起二郎腿看黑狗子像孙子一样再现自己入伍前的场景。

黄狗子心满意足地扬长而去之时，黑狗子的两片腮帮子变成了腔帮子，肥胖得发红透亮，连鼻子也显不出凸起了。他们真的像黑狗一样，在城门楼子附近爬来爬去，双手捂着腮帮子，哭哭啼啼地寻找散落在地上的威风和牙齿。

蔡华祥换上一身崭新笔挺的戎装，扎紧双排扣的宽牛皮武装带，肩膀上交叉挎着两把盒子炮，把黑色的马靴擦得锃亮。他原本就身材魁梧，再穿上军装更显得威风凛凛，十二分体面。

威风八面的蔡司令安排他的苟参谋长，叫他约柳县长和黎校长及其他士绅名流到苟家卤肉铺喝酒，把易县长押过去陪酒助兴。

人在发迹闻达的时候，面子就像黑狗子那张和黄狗子鞋底亲密接触过的脸，明显地比腾达之前大了许多。蔡司令的脸面好像庙里的泥胎刷金漆，不仅大而且熠熠生辉。金面难驳。蔡司令发出了邀请，在现今的蟠龙县境内没有人拒绝。

蟠龙县的政要名流、商贾士绅都来了，被安排在卤肉铺的雅间和散座上。易得月也被带来了，绑在剥狗的柱子上。门外、墙上、树上都挤满了看热闹的人群，卤肉铺的墙头长了一人多高，靠近卤肉铺的树杈上结满了会说话的大型"人参果"。

易县长是典型的拜金主义者，也坚信金钱万能论。他是清末的举子，当官的日子很长，在位的时候大肆敛财，搜刮了无数的民脂民膏，家里有的是银子。他以为蔡司令不过是为了泄私愤当众羞辱调侃自己而已，发泄完了还会拉回去过堂审案。只要能和蔡司令在私密之处当面对上话，他就会送出金山来赎命。自己开出的是天价，绝对能让这位没见过世面的响马忘掉自己的八辈子祖宗。

蔡司令是想当众立威，他要显露大马子的本色，掏出易县长的心肝下酒，还要砍下他的头颅，祭奠自己含冤屈死的爹娘。他之所以没有事先公布这件事，是想出其不意地让属僚和围观的民众惊悚一下，制造出超常的威慑效果。另外他要让易县长抱着幻想和希望去赴死，在尖刀刺进胸膛之前是愉快安定的，至少不能被吓得浑身筛糠，或者是屙到裤裆里。人在受到惊吓的时候，肌肉会收缩，肾上腺素会增加，情绪会变坏。不正常的生理反应和情绪变化会产生不利于人体健康的化学元素在血液里流淌，直接影响死者身体器官的质量和口感。

蔡司令背剪双手绕着剥狗桩转了两圈，看到蓬头垢面的易县长不停地摇头叹气："唉，太脏了，这成啥样子了？"

"勤务兵。"蔡司令像唤狗一样吆喝一声。

"到！"勤务兵从蔡司令的身后转到面前，立正敬礼，像木桩子一样挺在那儿听候训示。

"去把副官叫来，给县长大人梳洗打扮一下，弄得体面一点。"蔡司令吩咐勤务兵去叫老鼠眼和瘦猴子。他们已经荣升为蔡司令的贴身副官了。

"是，我们给他老人家净身。"副官就在旁边候着呢，听到蔡司令的吩咐马上应声而出。他们知道蔡司令的嗜好，也熟悉操作程序。

老鼠眼和瘦猴子用尖刀划烂易县长的裤子，把那些烂布条扯下来扔掉，把易县长的光脊梁暴露在光天化日之下，叫他赤膊上绑。在狼窝里为匪作歹的时候，他们都是把无人赎买的"财神"剥得一丝不挂，一边亵渎一边操作。现在被政府收编成吃官饷的人了，算是有些身份了。有身份的人就得讲究礼仪，又在热闹繁华的闹市街区，他们才没有扒掉易县长的裤子，护住了所有人的脸面。

勤务兵端来热水和毛巾，送上来一把锋利的剃头刀，还有一碗用碓臼子捣成粉末的面子盐。

两位副官娴熟而又轻柔地给易县长洗涤擦拭，用剃刀给昔日的县长大人剃头光脸。易县长被摆弄得舒舒服服，全身都放松下来了，眼睛迷迷糊糊的几乎昏睡过去。

蔡司令觉得时候差不多了，安排勤务兵去提一桶刚从深井中汲出的凉水，自己摘掉大檐帽，脱去外套，让苟参谋长拿来一件剥狗的围裙给他系好。

凉水提来了，蔡司令把手探入水中测量温度。井水拔凉拔凉的，逼迫身体强健的蔡司令在三伏天打出了冷颤。

老鼠眼看到了蔡司令的示意，唱了一句"给县长大人醒脑提神"。

易县长正在温馨惬意的半睡眠状态，一桶冰冷的凉水兜头浇下。他激灵一下清醒过来，浑身哆哆嗦嗦，嘴唇发紫发青了。他十分惊恐地瞪着身边的老鼠眼和瘦猴子，不明白他们搞的是啥名堂。

蔡司令出手了。易县长至死也没明白，围观的人都把眼睛瞪得像牛蛋一样，同样没弄清楚蔡司令是如何给易县长破肚开膛的。只见蔡司令一扬手，一道白光一闪，一把一尺多长的双刃匕首已经插入了易县长的胸腔。蔡司令把匕首上下划动一下，老鼠眼和瘦猴子已经砍断了捆绑易县长的麻绳，并在推他向前倾倒的时候，照准他的后心猛击一掌。随着一声尖利的惨叫，一股温热咸腥的红色液体喷涌而出，一颗尚在跳动的心脏悬在了胸腔之外。蔡司令摘下那颗不良之心，随手扔到卤制熟肉的汤锅里，吩咐苟参谋长说："卤煮好了切片装盘，咱们一起喝酒。"

易县长卧倒在苟家卤肉铺的后院里，消失了一切生命体征，皮肤也失去了血色，惨白惨白的像起了一层冰霜一样。

蔡司令抄起大砍刀剁下易得月的头颅，带领随从骑上快马去给屈死的爹娘上坟。苟参谋长安排伙计们，把易县长的无头尸体拉出去，扔到草荡里喂狼。他的父母受到了过度的惊吓，彻底瘫倒在床上，不几天就一命呜呼了。

蔡司令卤煮人心之后，苟记卤肉铺的生意开始萧条了。大家都说老汤子里面煮过人心，卤肉有了人肉的味道，想起来就觉得瘆得慌，更不敢放到嘴里咀嚼了。主顾少了，阳气大幅度地减退，卤肉铺院落内和周围附近都长满了野草，密布着愁云惨雾。有人说夜深人静的时候还能听到易县长的尖叫，人们更不敢靠近那片商铺了。偌大一个院落路断人稀，成了令人望而生畏的凶宅。

发送完老爹娘之后，苟敬诗张罗着给自己娶媳妇。他早就看上了黄河中学的一名女学生，托媒人到她家里对她的父母威逼利诱，总算是把事情撮合成了。合卺之后，伙计们都自动遣散寻找别的门路去了，苟记卤肉铺也就顺势关张了。偌大一个院落空空荡荡的，新近丧去的老人和旧时死去的猪狗牛驴好像都没有离去，时不时地弄出一点响动，叫人头皮发麻，顿生恐怖之感。苟参谋长嫌这样的宅子不吉利，在另一条街上重新购置一套房子，把新媳妇和灰太狼留下的东西悉数带走，委托蔡司令带着荷枪实弹的卫兵过来帮他看护老宅，顺便照顾一下尚在闺中待字的妹妹。

苟敬诗听说鬼怕恶人，先叫吃过人心的蔡司令帮他镇镇邪气。苟敬诗估计着，等他度完蜜月之后，就算妹妹是根密实挺直的红木桩子，差不多也被蔡司令雕刻成舟船的模样了。孔圣人说了，夫不在从子，父不在从兄。妹妹的婚姻大事要由"小狗子"作主。自己干脆顺水推舟，把老宅子和粉嫩的妹妹一起送给蔡司令，扯上一条裙带关系，日后也好有个照应。

二十八、东郭娘们

灰太狼手里的指南针失灵了，他在草荡子里面迷失了方向，草叶上的露水被蒸干了，他身上的汗水像雨淋一样。太阳继续往高空升腾，草叶被烤焦了，他身上的汗水也被太阳烤干了，皮下浸出了融化的油脂，眼前还是一望无际的草荡子，不知道啥时候能走到尽头。他肚子里饥肠辘辘，嗓子眼干渴得冒烟，忍不住大声干咳起来。剧烈的咳嗽声惊动了草丛里抱窝的鸟儿，亲鸟"扑扑楞楞"地飞走了，七八枚带着黑色斑点的鸟卵裸露出来。

日本特工的眼睛直了，急切地跑过去把鸟蛋攫取在手里，如获至宝，兴奋异常。他把鸟蛋直接扔进嘴里，带着壳咀嚼。润滑鲜香的蛋白质和胆固醇在舌尖上蠕动，慢慢地爬过食道，流淌进肠胃里。鬼子崇尚生鲜食品，几枚带血的鸟蛋勾起了灰太狼的食欲。他走得太急了，没来得及带上卤肉和烧饼，现在肚子造反了，两条腿也跟着响应，麻苏酸软，像灌了铅一样沉重。他找到一条河汊子，逮了几条小鱼，用干草燎一燎，半生不熟地吞到肚子里。跳到河里痛痛快快地洗了一个澡，就赤裸着身子在岸边的草地上昏昏沉沉地睡去了。

昨天晚上酗酒到深夜，早上鸡不叫就开始赶路，饥渴、劳累加上迟来的酒劲，把喝了一肚子河水、生吞几枚鸟蛋和小鱼的灰太狼拖进了梦乡。他在睡梦中走进了魂牵梦绕的徐州玉人楼，和万人迷腻乎在一起，欲死欲仙，难分难舍。人生的混世规律是"否极泰来，乐极生悲"。在睡梦中也是如此。灰太狼正在欢乐谷里徜徉，突然翻身掉下床来，一屁股砸到钉尖朝上的钉板上，疼得他怪叫一声醒来了。自己的腿上腔上，手背胳膊上，脖颈、肚皮和脸上，到处都黏着喝足血液的蚂蟥和花脚蚊子。用手掌随便揉搓一下，手掌和手掌触及的地方全都鲜血淋淋的。

蚊子和蚂蟥都有特异功能。它们吮吸血液的时候先在口器刺入的地方注入麻醉剂，让被戕害的对象感觉不到疼痛和瘙痒。它们吃饱喝足停止工作之后，蚂蟥叮出的血窟窿有了钻心的疼痛，蚊子咬出的红包奇痒难耐。

天上的太阳已经偏西了，灰太狼依然不知道如何走出这片广袤辽阔的草荡子。他受不住身上的痛痒，跳到河水里再次洗刷自己。他知道天黑的时候再找不到走出草荡子的路径，自己就看不到明天早上的太阳了。夜晚暑气消褪的时候，是白天蛰伏休息的蚊虫和野兽大批出动的时候，那时候的蚊子无论是数量还是凶狠程度都超过白天十倍都不止。自己在这样的环境中过夜，除了效忠天皇还有别的路子可走吗？

灰太狼流出了绝望的眼泪，洗完澡穿好衣服重新在河边上躺好，闭上眼睛悄悄等死。这时候，几个跑单帮的客商到河边来饮马，救了这个鬼子一命。

灰太狼晚到徐州一天，错过了和上级接头的时间。他根据上线留下的暗记启用了事先约定的应急预案，在另一个更为隐秘的地点和上级接上了关系，得以饱尝上线的老拳和"八嘎亚路"那样的奖赏。他已经被蚊虫叮咬得满脸红包了，被长官抽打之后"面子"更为显著地增大了。

长官向灰太狼透露了大日本帝国的贪婪和野心，陆军部的当权者要和德国一道征服世界。上司要求灰太狼在徐州逗留一段时间，等候大本营的具体指令。灰太狼被煽动起来了，也和上司一样热血沸腾，信心满满。可是第二天他就像霜打的茄子一样蔫了。河滩上的父老乡亲用四种东西形容这种情况，称之为四大蔫：霜打的草，晒干的枣，腌咸的萝卜，跑马的鸟。

和中国这样的大块头相比，日本就是小人国中的侏儒，悬殊实在是太大了。从地图上看，中国是一望无际的大森林，日本不过是吃树叶的毛毛虫。林子大了啥样的树木都有，有的树叶有毒，有的树叶能流出粘稠的胶质液体，把虫子的嘴巴封住。碰上有毒的树叶，虫子打个滚就一命呜呼了，碰上有黏胶的树叶，虫子被封口了会活活地饿死。即便这块大森林里都是甜果子和猴面包，他也不相信"贪心不足蛇吞象"那样的典故，即便是非洲巨蟒也吞不下大象的躯体，吞下去也得把肚皮撑烂了。

中国是泱泱大国，人口达四万万之众，是可以轻易招惹的吗？别说众怒难犯，把他们的怒火激起来能把日本这条毛毛虫化为灰烬，就是一人吐上一口唾沫，也能把日本送到大洋深处去当海床。灰太狼领教过王敬久的老拳，暂且不提中国有多少忠勇之士，可是连中国的蚂蝗蚊子也知道袭击日本人。

草荡子里面的蚊子狡猾大大地。它们喝血吃肉之后，还知道把疟原虫之类的病毒病菌注入敌人的体内。灰太狼到徐州的第二天就感觉到身体不适。

他大意了，以为小小的蚊子咬一口没啥大不了，过度张扬了会招致上线领导人的笑话。试想一个谈蚊子像谈老虎一样陡然色变的人，在上级和同僚的眼中是啥样的人？他们会嘲笑自己胆小如鼠，把属于他的勇敢和荣誉全都撕下来扔掉，自己连现在的职位和体面都保不住，大好前程就彻底被小小的蚊子断送了。

受过特殊训练的日本武士，对天皇要绝对忠诚，为了帝国的利益赴汤蹈火万死不辞。别说几只小小的蚊子和蚂蝗，就是富士山再次喷发，炽热的岩浆流淌到跟前，也要沉着冷静，面不改色。灰太狼默诵着豪言壮语给自己加油鼓劲，他万万没想到，比蚊子还小许多倍的疟原虫能把他的决心和信心吞噬殆尽。他在南极和赤道之间来回奔跑，一会冷一会热，热的时候想把皮肤剥掉，冷的时候想重新躲到老娘的子宫里面回炉酣睡。他实在受不了两种截然不同的洗礼，在冰火两重天里奔波几个来回后就没有信仰和忠诚了。自己真的为天皇效忠了，不论死得如何悲壮，那个老王八犊子根本不认识我是谁，会为我掉下一滴眼泪吗？他决定到玉人楼去找万人迷，那是让他最为心动的女人。苟敬诗早就告诉过自己，那个骚妮子不光会唱"拉魂腔"，还精通医道。有病乱投医，既然正规医院治不了这种恶性疟疾，自己只好去找野郎中，死马当成活马医。万人迷扔掉了小红袍这个艺名字，扔掉了舞台生涯，但是扔不掉吃到肚子里的本事。

人们都说爱是没有国界的，爱要两情相悦。灰太狼痴迷万人迷，曾经为了她被国军团长王敬久打得鼻青脸肿，对方对他好像无动于衷。如此说来，自己充其量就是一个害有"花痴症"的单相思。即便如此，灰太狼认为单相思也是没有国界的，他对万人迷痴迷的程度丝毫不减。

苟敬诗苦口婆心地劝说过灰太狼。他说在中国只要有钱有势，两条腿的女人多得是，迷恋一个人尽可夫的婊子太不值得了。灰太狼摇头制止苟敬诗继续大放厥词，反过来嘲笑他目光短浅，孤陋寡闻。苟敬诗没去过日本，不了解东洋扶桑的民风和国情。

在中国，凡是孔圣人没走到的地方都叫"蛮荒"之地，那儿的人没有教养，更不懂礼数。男人不知道修身齐家，女人抛头露面还不裹脚。岛国日本远在大洋之中，属于化外番邦，更是不宣王化的地方。有人说"站在海边往日本看，牲口一半人一半"。也有人说日本人只是披一张人皮、长一副人形，完全是野兽的心态。譬如说他们大肆鼓吹的"东洋料理"就是生食，就是像原始人一样"茹毛饮血"。他们不光不懂"三纲五常"，还不顾人伦，没有"礼义廉耻"之心，姊妹兄弟、父女母子、老公公儿媳妇都可以在一起裸泳裸浴。中国人说只要手拉手就能口对口，做了就得有所担当，执子之手与子偕老。日本人能在一起裸体相拥，肤肌之亲的事也是可以有的。日本的女人多叫"由子、幸子、美智子"之类，就是说在服侍好丈夫的同时也要宠幸儿子及其他有亲缘关系的男性。和丈夫在一起名正言顺、名符其实，和其他人的关系暧昧一些，也就是有实无名啦。

苟敬诗瞪着一双惊奇的大眼睛，确实无话可说了。灰太狼倒是很懂中国的规矩。他说中国有句俗话叫"相中就是货，对眼就是磨。"他和万人迷大概就是"对眼"吧，也可以叫"有缘"。

规矩是人定的，有些规矩是约定成俗的，就是所谓的"习惯成自然"。习以为常，司空见惯则不怪。但是习惯和规矩的形成是人们心中的理念决定的。日本人和中国人的理念不同，择偶的标准和条件也迥然不同。中国人信"妇道"不信"王道"，在乎脚丫子，不在乎脸蛋子。把脚丫子裹小就算美人，守妇道就是贤惠。日本人不管这些。他们衡量女人美丑是看脸盘和身段，希望占有美女最为青春靓丽的那段时光，并不在乎她以前和今后如何，是不是和别的男人睡过榻榻米或是钻过苞米地。

看到好的东西，灰太狼头脑里蹦出的第一个念头就是占有她，不顾一切，不择手段地达到目的。不管对方愿意不愿意被占有，也不管自己该不该占有，有没有权利占有。万人迷有一双大脚，证明她是一个敢于反叛的女性，是一个不入俗流的女性。她还在蟠龙县唱戏的时候，那双大脚就把灰太狼的仰慕之情踹到了极致。她来到徐州之后，灰太狼虽然为了她挨了王团长一顿暴打，可是小鬼子觉得王团长的拳头和巴掌就是铁扇公主送给孙悟空的假扇子，把他心中的邪火欲火扇得更旺了。

灰太狼忍受不了疟原虫的折磨，以为自己在人世间存活的时日已经不多了，如果再不启动这个"掠美"的计划，恐怕以后就没有机会了。原来他还有一个为天皇招揽人才的计划，如果自己不久于人世，这个计划也就藏在肚子里永远不见天日了。如果自己可以躲过这一劫，这个计划是一定可以得到实施的。病魔袭来的时候，邪恶的本性又让他想到了另一个计划，直接促使日本侵略者在东北成立令人发指的魔鬼部队——731部队。天使的善良往往给魔鬼祸害人类创造机会，这是万人迷心中永远的伤痛。

灰太狼拦住一辆黄包车，扔给车夫一块银元，叫他用最快的速度把自己送到玉人楼，找一个叫万人迷的姑娘。

车夫的两条腿捣腾得很快，疟原虫发威整人的速度更快。车夫刚把灰太狼搀扶到万人迷的房间门口，灰太狼就被高热烧得喘粗气翻白眼了。车夫知道死人头上有糇子，黏上谁谁就倒霉一辈子。他害怕摊上人命官司，把灰太狼放在万人迷的门口就一溜烟地跑走了。

万人迷出来送客的时候发现了昏死过去的灰太狼。这个人她认识，是租赁苟家卤肉铺贩卖皮毛的客商，在蟠龙县的时候常跟苟署长一起去戏园子听戏，也好黏着她送点小玩意、说几句浑话啥的，不怎么讨人喜欢。万人迷天生就是一个好心肠的善良人，知道"救人一命胜造七级浮屠"的道理，何况还是有过多面之交的故人？对陌生人尚且伸出援手，对熟人更不能袖手旁观。

万人迷叫两个"龟公"把灰太狼架到自己的床上去，用毛巾蘸着温水给他擦拭。这时候灰太狼又从赤道回到了南极，浑身像筛糠一样哆嗦，嘴唇乌青，浑身冰冷。肚子鼓鼓的像是有一只皮球在里面，那是脾脏极度肿大造成的。他的脸也肿了，像是发面蒸出来的一样。灰太狼从冰雪荒原到太上老君的八卦炉，又从火焰山跑到西伯利亚，来回折腾了几次，那副练过柔道的身板又虚脱晕厥过去了。万人迷在旁边轻轻地舒了一口气，把悬着的心放入腹底。她已经诊断清楚了，这个皮货商得的是恶性疟疾，和王敬久考试前得的是一个毛病。王敬久也因为恶性疟疾险些送命，万人迷的徒弟都能妙手回春、药到病除，这样的小毛病在万人迷手里更不在话下。

灰太狼的病情很重，又因为接头延误了诊治，徐州其他中西医医院和诊所都不能救治，险些命丧黄泉之下。是万人迷伸出一双华佗、扁鹊那样的回春妙手，把他从鬼门关上拽了回来。大病初愈的病人身体是极度虚弱的，万人迷像磁石一样吸引着他不愿意离开。他找到老鸨子，扔给她一只小黄鱼（金条），说是要在万人迷的房间里休养一段时间，请她杜绝其他嫖客到房间里骚扰。黄金的比重很大，拿着黄金说话也很有分量，老鸨子点头应承了。

灰太狼养好身体之后，上级的新指示下来了。要他尽快赶回东北去，参加情报汇总，上报日本帝国陆军部。这项工作完成了也不马上回到蟠龙县，要他回国参加军官作战训练团。他行前回了一趟蟠龙县，安排苟敬诗不要开展任何工作，先隐蔽沉睡起来，等待需要的时候把他唤醒。他又拿了一大笔钱，给万人迷赎身，在北关一个不太起眼的小巷子里购置一套房产叫万人迷暂住，说是过几天会有朋友过来陪她。他找了一个女特工过来调教万人迷，自己决定先不暴露真实身份。

徐州处在淮泗包围之中，还受黄河泛滥的祸害，是一个水灾频发的城市。市内地势最高的地方是户部山，南关次之，所以民谣说"穷西关、富南关，有钱人都住户部山"。灰太狼想把万人迷隐蔽训练，所以不去户部山和南关跟有钱人斗富，也不能到贫民窟去扎穷人的眼睛。要和周围的人一模一样，不逊色也不突出，不引人注意，所以他选择了北关，可谓用心良苦。

中国虽然正在积贫积弱，所谓弱国没有邦交，所有列强都有欺凌中国的狼子野心。但是中国毕竟是泱泱大国，被拿破仑称之为沉睡的雄狮。日本鬼子想吞并中国，怎么说都是以小博大，以无道伐有道，是违反人伦天道和倒行逆施的，所以说也是存在巨大风险的。灰太狼认为，对于庞大凶猛的狮子，最好的办法是让它继续酣睡。无端地招惹狮子有可能招来灭顶之灾。这头雄狮醒来会如何？会把招惹它的列强当兔子吃下去。如果雄狮再长着狐狸的脑袋，列强们连逃跑的机会都没有。可惜自己只是一个小小的中佐，军阶太低了，首相官邸和陆军部那些老爷们没谁认识自己，更没有人理会自己。

以小博大的倒行逆施需要勇气和胆略，也需要更为充分的战略筹备。招揽人才也是战略储备的构成部分，灰太狼觉得金钱和美女是降服人心的有效工具。万人迷是比苟敬诗更有用的人才，一定要积极拉拢过来。

二十九、得偿所愿

1931年9月18日，是中国人永远不会忘记的日子。世界史学家把那一天称之为"九一八事变"、"奉天事变"、"柳条湖事件"。那是日本帝国主义在中国东北蓄意制造并发动的一场侵华战争，是日本帝国主义全面侵略中国的开端。

1931年9月18日夜晚，在日本关东军的安排下，石原灰太狼加入了铁道守备队，参与了炸毁沈阳柳条湖附近日本修筑的南满铁路路轨行动，并栽赃嫁祸给中国军队。日军以此为借口，炮轰沈阳北大营，是为"9·18事变"。第二天，日军侵占沈阳，陆续把魔爪伸向东三省全境。1932年2月，东三省全部沦陷。日本在中国东北建立了伪满洲国傀儡政权，开始了对东北人民长达14年的奴役和殖民统治。

当时东北有中国驻军16.5万人，加上配备武装的警察、私人武装等约4万人，总兵力超过20万人。小日本仅仅有3万人在东北，加上"开拓团"那样的准军事组织也不过6.6万人。如果东北军民同心协力、同仇敌忾，六万多小日本鬼子就是没成型的软豆花，没牙的老头老太太也能喝了它。可是号称"东北王"的陆军上将张学良竟然让他的中将参谋长荣臻下达让国人扼腕伤心的命令。荣臻命令东北军："不准抵抗、不准动，把枪放到库房里，挺着死，大家成仁，为国牺牲。"

荣臻下达完命令之后，就和张少帅一起躲到枪炮射程之外的安全地带去了。八千余名北大营守军手里没有枪械，成了鹰犬追逐的兔子。张少帅枉为陆军上将，连绿林草莽"菜葫芦"都不如。蔡华祥皈依国军之后剃掉了头上的长毛，有了一个非常形象的雅号。他知道"困兽犹斗"，在生死存亡的关头要全力拼搏，杀一个够本，杀两个赚一个。对方的人不会向着咱们，也不会替咱们着想，这是象棋盘上千百年来演示的军事常识。不把对方的棋子吃光，怎么将死老帅？张司令也不过脑子想想，让军中健儿集体赴死，以后谁来抗击倭寇？死是最无能、最无奈的招数，死亡吓不退野兽，再高尚、再悲壮的死亡也唤不醒禽兽的良知，"成仁"有个屁用？

北大营八千多名忠勇之士壮烈殉国了，日本鬼子更加嚣张跋扈，第二天就把沈阳城中的所有中国军人赶走，接着又陆续侵占了东三省全境。本庄繁和南次郎露出了狰狞的笑容，四万万中华同胞泪流满面，血流成河！

九一八事变是日本帝国主义长期以来推行对华侵略扩张政策的必然结果，是企图把中国变为其独占殖民地而采取的重要步骤，也标志着世界反法西斯战争的开始，拉开了第二次世界大战的序幕。

张学良将军早在 1928 年 12 月 29 日就通电全国，愿意"仰承先大元帅遗志，力谋统一，贯彻和平。已于即日起，宣布遵守三民主义，服从国民政府，改易旗帜"。可是当国家发生灾难的时候，他竟然不顾民愤和国恨，也忘记了老父亲惨死在日本人手中的家仇，居然下达了不抵抗的命令，从沈阳和锦州撤军，把肥沃的黑土地拱手让给日本人。而此时的民国政府最高军事统帅蒋介石，刚刚结束"中原大战"，又忙于到赣州"剿共"。一直忙于内战，竟置外贼入侵而不顾，完全忘记了老祖宗的经典训示：兄弟阋于墙共御其辱。

蟠龙县涌来了东北难民，他们向关内同胞诉说着日本鬼子惨无人道的暴行，如泣如诉地吟唱着《我的家在东北》：我的家在东北松花江上，那里有我的同胞，还有漫山遍野的大豆高粱……

九头鸟黎启亮带着血气方刚的青年学生到街上游行，声讨日本鬼子的暴行，声援关外的同胞。柳至贤县长对此不参与也不干涉，采取包庇纵容的态度。苟参谋长比较着急，拿着上峰"攘外必先安内"的条令来找"菜葫芦"，叫他下令弹压不安心读书的学生娃。

菜葫芦把自己的前程押在"党国"身上，铁下心来追随提携他的王敬久团长，对党国领袖的指示是坚决服从的。

苟敬诗趁机挑拨，说学生被共匪赤化了，一定有共产党人从中煽动闹事。柳县长对此视而不见，是不是和赤匪有啥瓜葛？

菜葫芦能有今天，柳至贤是功不可没的。若是没有柳至贤和万人迷的劝说和斡旋，王敬久早就用大炮把老狼窝轰平了，他菜葫芦根本没有生还的可能。知恩图报，受人滴水之恩当以涌泉相报，对柳县长还是要客气一点的。柳至贤和自己有着同窗之谊、超度之恩，又是王敬久亲自推荐的"文武钦差"，自己虽然攥着枪把子，也是不能随便乱来的。

尽管菜葫芦对政治不感兴趣，报纸还是每天都看的。"九一八"事变之后，中国的历史进程已经被改变了。蒋介石已经释放了软禁起来的胡汉民，派蔡元培和张继携带他写给汪精卫的亲笔信赴广州议和。汪精卫妥协了，应邀前来南京出席国民党四届一中全会，重组国民政府，广州政府被取缔了。汪精卫出任政府行政院主席兼外交部长、国防最高会议副主席、国民党副总裁，承认蒋介石为国民党的最高领袖和最高军事统帅，一国三公的分裂分治局面彻底结束了。踌躇满志的蒋介石掌握了党国的军政大权，从表面上看国民党统一了中国。王敬久是蒋总裁的得意门生，是国军的嫡系部队，是党国的栋梁之才。柳至贤恰恰是王敬久的救命恩人，对王敬久有再造之恩。不看僧面看佛面，有王将军的金面罩着，就是柳县长真有啥出格不对的地方，自己也只能闭着眼睛装看不见，千万不能吹开浮土找裂纹。

菜葫芦和柳至贤的职务级别应该是没有悬殊的，但他手里握有兵权，自认为高人一等。碍于柳县长有恩于自己，碍于贵人王敬久的金面，蔡华祥决定屈尊降贵，亲自到县政府去找柳县长，协商一下如何稳定蟠龙县及辖区内的局势问题。

菜葫芦知道，柳至贤是个"夫子"型的文弱书生，心地善良，沾染血腥之类伤天害理的事情他是不会染指的。非但如此，恐怕还会从中掣肘，想办法加以阻拦。柳县长的面子在蟠龙县值钱，自己肯定也要买账的。折中的办法就是先把闹事的人全部抓起来，学生娃们让家长拿钱赎走，敕令带回家去严加管教。让校长和激进的教师顶缸，诬陷九头鸟和支持他的教师是共产党，怂恿学生公开对抗政府。把他们送到上边去严办，自己就算有所作为了。射人先射马，擒贼先擒王，这是符合兵家谋略的。

柳县长的哥哥柳至善也来找弟弟说事，菜葫芦见了他像吞了一只苍蝇似的，恶心干哕不舒服。

柳至善不明就里，不知道自己痛骂大马子得罪了老狼，还鬼使神差地玩了一个移花接木的把戏，把蔡华祥变成了"菜葫芦"，弄得他倾家荡产，家破人亡。要不是他有一个好弟弟替他积德，菜葫芦进城之日他就身首异处了。柳至善来找当县长的弟弟，要办两件大事。一是叫弟弟抽空回家一趟，把舅舅叫过来分家另过。弟弟身为县长，回到村里也给自己长脸。有身份有地位就不愁钱财，他不会在祖业上和自己斤斤计较，此时分家是对自己最为有利的时刻。当着亲娘舅的面给弟弟提媒说亲，也显得这个兄长是个通情理识大体的人，邻里乡亲肯定会为自己拍案喊好，这样更能拉抬族长的声威和信誉，两全其美。第二件事就是购置快枪，了结多年的夙愿。叫弟弟出面帮衬着，这事就没有麻烦，还能省下不少银元。买军火肯定要找玩枪的人，天公作美，叫蔡司令过来一起凑热闹，这不是想睡觉有人递过来柔软的蒲绒大枕头吗？

柳县长赞同并大力支持兄长购置快枪的做法，理由是居安思危，防患于未然。尽管草荡里面的流寇和大马子已经被王敬久团长肃清了，野狼和蚊虫也有显著的减少。从表面上看，蟠龙县是政通人和、月明风清，可是东北难民的歌声中充满了凄怨哀婉，提醒着人们要高度警惕，故黄河荒草滩离灾难并不遥远。

土匪的本性就是贪财好色、凶狠残暴。菜葫芦虽然换上了制式军装，受到"皇封"一样被民国政府国防部委任为蟠龙县的上校保安司令兼七县抗日常备队总队长，但他积习难改，大马子的习气渗入骨髓，一辈子也抛弃不掉了。听说柳至善是过来找他送银子的，也不思忖一下这银子咬不咬手，就立马笑得灿烂起来。

"大哥来了，先咧几盅再说呗，公务回头再谈。"对柳至善的厌烦和憎恶像开水浇过的残雪，化得一点痕迹也没有了。菜葫芦安排勤务兵到饭店去定雅间，被柳至贤拦住了。

"把酒菜送到我家去，咱们谈的是大事，还是隐秘一点为妙。"柳至贤掏出一把洋钱交给勤务兵，被蔡司令拦住了。

"唉，你这是干啥？"县长和司令在一起喝酒，要谁家的菜是看得起谁，哪有拿钱的道理。

柳至贤大力支持哥哥购买快枪，成立村民武装护寨队，并恳请蔡司令派出军事素质高的军官驻村培训队员，教他们使枪修枪和其他军事科目。他说等分家以后，把自己名下的所有资产全部变现，用于资助哥哥购买枪支弹药。对蔡司令这边他也极为慷慨，菜葫芦把买枪的钱全部中饱私囊，柳县长一分钱的红利也不要。王团长撤退时他舍脸要来的枪械军火，柳县长只要求蔡司令稍微把价格向下浮动一点，算是照顾家兄，他也不分一点肥水。

蔡司令觉得自己当这位县长的同窗学友真是太够意思了，一股由衷的钦佩和崇拜之情油然而生，从心底流淌到脸上。古人说"在貌为恭，在心为敬"。菜葫芦打心眼里尊崇这位老同学的大度，真情外露，心神合一，由表及里，先内后外，既敬且恭，是典型的"恭敬"合璧。

人们都说"肝胆之交多出草莽"。柳县长一介文弱书生，在"仗义"这方面一点也不输给当过多年"绿林响马"的菜葫芦。那还有啥说的，痛痛快快地喝酒感谢呗。爱屋及乌，因为钦佩同学所以善待县长的家兄，他们算是彻底的冰释前嫌了，估计以后在任何场合下见到柳至善，蔡司令都能想起白花花的洋钱，不会再有"吃苍蝇"的感觉了。

枪炮是没有爱恨意识的，掌握在不同人的手中会起到不同的作用。枪在猎人手里可以打狼，在魔鬼的手里也能杀死天使。持枪人的意志决定枪支的属性是正义还是邪恶，持枪人的意志也决定枪口的指向。柳至贤要让枪支消灭邪恶，护佑善良。组织上不允许他暴露身份，他一双手也拿不了几杆枪，所以他支持并资助家兄购枪组建武装护寨队，准备让九头鸟派地下党员和进步青年参与进去，冠冕堂皇地拥有武器，秘密掌控这支私人武装。这支队伍就是黄河故道地区共产党组建军队的火种，若是把整个荒草滩的柴火都点燃起来，熊熊烈火成了燎原之势，别说是几个为非作歹的小蟊贼，就是青面獠牙的日本鬼子也会死无葬身之地。

蔡司令张开嘴就是一个没有瓶塞的酒葫芦，轻轻松松地就喝干了一坛辛辣的无色汁水。酒这玩意看起来像水，喝到肚子里闹鬼。菜葫芦喝得味蕾麻木了，品尝不出酸甜苦辣咸，喝酒像喝凉水一样。麻木的感觉从味蕾向全身扩散，不一会蔡司令就像全身麻醉的病人，开始腿软舌头大，说了很多该说不该说的话，先是查不清自己的手指头，后来鼾声大作，渐渐地失去了知觉。

蔡司令被警卫员和勤务兵抬回司令部，他的大舅子参谋长长长地叹了一口气，把头颅垂到了裤裆里。

第二天，蟠龙县城依然热闹异常，街上摩肩接踵的人群都是赶集上店的。扯着嗓子大声吆喝的多是引车卖浆者流，群情激奋的学生娃不见了，领导大家上街游行的湖北"九头鸟"不见了，连保安司令部密定的"出头椽子"（激进分子）也不见了。

三十、罂粟变昙花

　　孟家沟是徐州北郊城乡结合部的一个地方，住着一些外乡客。他们是来徐州做生意的，店面在城里，仓库和住所在郊区。郊区的地皮和房产的价格比市区低很多，消费水平也低，生意人工于心计，不论干什么都要仔细算计的。生意人也很勤奋，都是顶着星星出门，披着月亮回家，一点也不输给那些"三更灯火五更鸡"的苦读之人。做生意的人讲究和气生财，辛苦受气都隐忍不发，不好（也没空）打听别人的秘密。

　　万人迷住到孟家沟一个多月了，附近的邻居们居然不知道她的到来。生意人居住的地方原本就是流水之地，亏损了卷铺盖滚回乡下老家去，发达了到南关或户部山买洋房子显摆，今天你走明天他来，大家习惯了这种"走马灯"一样随便乱换的邻里，既不惊讶，也不打听。万人迷天天喝茶嗑瓜子，从屋里转到院子，从院内溜到街上，没人东扯西拉，没人喝酒打牌，实在是无聊透了。

　　人往高处走，水往低处流。万人迷处在生活的最底层，靠倚门卖笑、出卖自己的皮肉过日子，改变处境的愿望比常人更为强烈。她在暗中发过誓，不论是啥人，只要能把自己拯救出烟花柳巷，不计较自己的过去，自己就为其执帚铺床，伺候他一生一世。她从心里感激那个把她救出苦海的皮货商，出了青楼就可以从良。重新回归到正常的人群之中，过平安稳定的日子，是她人生中的最高理想和毕生追求。现在已经实现一半了，下一步是找个不嫌弃自己的男人，别说是做小做妾，就是做牛做马她也十分乐意。万人迷心中最理想的夫君，还是那个在韭菜地里给她两块洋钱的人。那个冤家在自己面前对天盟誓，说今生非她不娶。这句话让她高兴得差一点晕厥过去，现在回想起来心中依然流淌着甜蜜。他的第二句话让万人迷心痛许久，有了穿单衣服被埋在雪窝里的感觉。柳至贤让万人迷放心，说自己信奉一夫一妻制，保证和她一个人终身相守，白头到老。他那样的家庭，怎么会接受一个风尘女子做正房？何况自己还失去了生育的能力，何况那个冤家又当了县长。即便他不顾家人及亲友的阻拦，像倔驴那样一根筋到底，自己又怎能忍心给心爱的人抹黑？

有钱的商人一般都会三妻四妾，万人迷想到了那个东北的皮货商。他十分贪恋自己的美色，委身给他也是成全心尖子柳至贤。青楼女子也有高尚的时候，杜十娘、小凤仙就是女中豪杰，编成戏文也是一段佳话。皮货商不知道死到哪儿去了，犹如飞走的黄鹤一般，一去一个多月杳无音信。自己天天倚门翘首眺望，脖子已经拉长了，两汪清水马上也要望穿。

万人迷把院子扫了两遍，把桌子擦了三遍，又把被褥拉开重新叠好。正在她百无聊赖又心急如焚的时候，有一位不速之客前来造访。

万人迷阅人无数，一眼就认出了访客是个雌儿。那个巾帼女流自以为高明，穿青布长衫，戴灰呢子礼帽，鼻梁上还架着一副阔边的墨色蛤蟆眼镜，硬把自己乔装打扮成不伦不类的爷们。

"你这是唱得哪一出？"万人迷调侃访客说："穿一辈子男装也长不出茶壶嘴，还是跟老娘磨瓢干蹭。"

"好一双火眼金睛，果然厉害。"来人摘掉礼帽和墨镜，笑眯眯地说："太狼君说得不错，你是一个非常聪明的女人。"

"太狼君是谁？"万人迷有些糊涂了。

"就是那个东北的皮货商，他的名字叫石原灰太狼。"来人一点也不生分，大大咧咧地走进堂屋，招手叫万人迷过去，好像她是这家的主人，万人迷是访客或是临时暂住的房客。

"这个名字好怪呀，谁给起的？"万人迷根本没想到远行的皮货商和这个突然造访的女人都是日本人，更没想到自己会和日本人扯上关系。

"我们大和民族都这样取名，很正常的。"访客向万人迷自我介绍说："我叫鬼冢幸子，大日本帝国陆军少佐，是太狼君的下属，中文名字叫应素花，请您多关照。"应素花毕恭毕敬地给万人迷鞠躬行礼，把腰弯成了九十度直角。万人迷觉得自己的心灵被魔鬼控制并扭曲着，就像自己洗完床单绞拧着往外挤水一样，逼迫着她放弃慈善、正义和良知。眼前这个应素花分明就是罂粟花，是不折不扣的美女蛇，是披着人皮的厉鬼。

"唔。灰太狼到哪儿去了？"万人迷机械地应了一声，没有做出更为激烈的反应。柳至贤说过，遇事沉着应对，不能着急上火，想明白想透彻再付诸行动，这叫谋定而后动。自己先装憨装傻，弄清小鬼子的意图再说。最好是找柳县长商量一下，他一肚子主张，肯定会帮助自己，能把坏事变成好事。

鬼冢幸子和石原灰太狼是不同年份参军入伍的学生，是同时被部队谍报部门选拔到特高课参加间谍培训的优秀士兵，结业后都被派遣到中国关东军谍报部门工作。罂粟花是灰太狼的得力助手，被灰太狼派驻到淮北地区去搜集情报工作。灰太狼离开徐州之前，拜托幸子发展万人迷为大日本帝国效力，向她传授各种间谍知识和技能，教她学会说日本话，并指示幸子一定要把事情办成。

灰太狼到沈阳参与了"皇姑屯事件"的具体实施，在行动中表现突出，受到了本庄繁的嘉奖和接见。

在庆功酒宴上，石原灰太狼喝着清酒吃着生鱼片，向本庄繁长官汇报了自己在黄河故道荒草滩里九死一生的经历，汇报了自己被蚊虫咬出虐疾病之后萌生的"细菌战"想法。既然蚊蝇、昆虫、老鼠等寄生体中可以储藏大量的病毒病菌，可以充当传播病毒瘟疫的中间介质，那么批量喂养培养这些有害的物体，就可以祸害敌国的有生力量。

在对待敌对势力的态度上，灰太狼和蟠龙县的保安司令"菜葫芦"十分相似。他们都对中国象棋感兴趣，都从棋盘争斗杀伐中悟出了"对方的子不替我向"的哲理。对于敌方势力，只要没有把握让他出卖灵魂就要把他弄死，不论他是平民百姓还是参战人员，一律杀无赦。部队的后勤补给靠老百姓，老百姓也给参战部队生养着生生不息的兵源补充，老百姓也留不得。这样荒谬残暴的理念居然得到了本庄繁和南次郎的认可，导致了日本军国主义盛行，武士道精神左右着那些无知的杀人狂。他们在中国实行"三光"政策，到处制造"无人区"，把中国的秀丽山川变成了一片焦土。他们想让中国亡国灭种，霸占中国的大好河山。"开拓团"就是他们的移民"先遣团"。

时任日本关东军司令官的本庄繁很重视灰太狼的建议，安排石井四郎全权负责筹建"细菌部队"的事。1932年，石井四郎奉命率部队修建中马城，开始细菌病毒培植研究之前先做临时监狱，关押反满抗日分子。1932年8月，本庄繁调回日本国内任军事参议官，但日本鬼子制造人间地狱的兽行并没停止。1935年的一次监狱暴动迫使石井关闭了中马城，到离哈尔滨更近的平房区筹建设立规模更大的新区设施。另外在背阴河设立东乡支队（也叫加茂部队），开始进行日本国内无法进行的人体试验。为了掩人耳目，他们挂了一块"关东军防疫给水总部"的牌子，直到1941年8月才彻底撕掉伪装，正式更名为"满洲731部队"。这是日本侵略军细菌战制剂工厂的代号，那片魔窟占地三百亩。

1945年5月，日本见苏联攻克了柏林，为了掩盖其滔天罪行，再一次把731部队改名为满洲25202部队。日本投降前夕，为了毁灭证据，他们在撤退前将工厂炸毁，致使大批带菌带毒的动物逃跑出去，给当地居民带来了巨大的灾难。1940年至1942年间，日本731部队向华中地区派遣远征分队，密称"奈良部队"，在浙江宁波、湖南常德、浙赣铁路沿线一带实施细菌战实验，所犯的罪恶罄竹难书，其行径令人发指。

灰太狼被任命为石井四郎的副手，参与工厂筹建和各项试验工作，负责军需后勤保障和捕捉"马卢达"。马卢达是日文"原木"的译音，就是把中国人捉过来进行活体实验，其残忍的程度骇人听闻。

灰太狼离开徐州的时候推荐幸子到河滩上接替自己的工作，并交代幸子发展万人迷做助手，把蟠龙县的几位要员收买过来当狗使唤。对于这些当官在位的中国人，能拉的就拉，不能拉的就杀。因为731部队是新成立的全新部队，各种事务千头万绪，灰太狼天天忙得不可开交，没有时间和鬼冢幸子联系，没再给幸子下达新的指令，也没把苟敬诗已经是"狗"的事情告诉幸子。好在幸子是个独立性很强的女人，干啥事都能独当一面，并不事事依赖上级的指示。

罂粟花和上级接头时知道了灰太狼的近况，他投身于另一条战线，没时间顾及自己了。自己也没把发展万人迷的事情向灰太狼和新任上级汇报。她把万人迷当成一个秘密武器，就像中国武林高手的暗器，突然使出来一招制敌，提前张扬出来对手就有了防备，再使用就不灵了。暗器贵在"暗"字上，表面上看不到的东西才有威力，才能出其不意攻其不备，取得意想不到的效果。

没有拐杖自己走。罂粟花来找万人迷之前，已经到蟠龙县侦察过了。她发现苟敬诗的禀性是祖姓传承的，是一条百依百顺的哈巴狗。蔡华祥一身匪气，对日本人不怎么买账。柳至贤阴阳怪气的，叫人琢磨不透。战争年代是特殊时期，甄别人的标准十分简单，要么是朋友，要么是奴才，要么是敌人，非友即敌。她的初步主张是先把苟敬诗留下，菜葫芦和柳县长该杀。为了实施这个计划，她需要找一个精明能干又十分可靠的帮手，这才想起灰太狼离开徐州时的嘱托。按照灰太狼中佐留下的地址，找到了能让男人心乱神迷的万人迷。她和万人迷吃住在一起，向她传授各种自己掌握的技艺。

万人迷慧根聪敏，沦落青楼之前在戏班子里面苦练过功夫，身手也很矫健。鬼冢幸子在调教万人迷的过程中，惊讶地发现了她的聪明，她接受各项知识和技能的速度超过了预期，她的感悟能力极强，大有超越自己之势。不到一年的功夫，万人迷就学会了收发电报，使用、维修枪支和谍报器材，日本话说得非常流利，甚至可以破译简单的密电码。易容化妆、随机应变更是小菜一碟，她唱戏的时候就常给自己和师兄弟师姐妹化妆。

鬼冢幸子把万人迷训练得差不多了，决定带她到蟠龙县去，实施她的"定点清除"计划。她要把仇视日本人和不向日本人表示效忠的核心人物杀掉，为大日本皇军挺进黄河故道扫清障碍，杀鸡吓猴，震慑那些主张抗日救亡的中国仁人志士。

罂粟花交给万人迷一瓶无色无味的透明药水，说是一种新式毒药，无色无味，可以掺在酒水里，也可以掺在饭菜等食物里，不容易被发现。万人迷神色凝重地把药瓶收好，等罂粟花出去的时候倒一滴药液出来，抹到一条小鱼上喂猫。毒药果然厉害，小猫享受完美味没多久就蹬腿翘辫子了。万人迷咬咬牙，重新把药瓶藏好，嘴角上泛起了一缕不易察觉的笑纹。

罂粟花深夜之后才回来，交给万人迷一支王八盒子，一把军用匕首，告诉她明天在家睡大觉，后天早起，吃饱喝足了去蟠龙县干活。他说全世界的男人都一样，都是见到漂亮女人就不知道东西南北的色狼。咱们的姿色都不差，先用美色勾引诱惑他们，等他们飘飘欲仙，完全放松警惕的时候，在酒菜食物或者茶水里面下毒，叫他们沉浸在幸福之中不知不觉地死去。这是一种值得期待和享受的死法，是天大的造化。等到日军的大部队挺进过来，他们就会死得非常悲惨，非常难看，再也得不到这样的死亡机会了。

万人迷和罂粟花都长着一双大脚，扮上男装行走方便，也省掉了很多麻烦。罂粟花弄来了一辆自行车，两个女扮男装的假须眉轮流蹬车载着同伴在通往蟠龙县的蚰蜒小路上行驶。

晴天的沙土路是非常难走的，沙壤质结构的土壤比较松散，表面上看非常平整的路面，踩上去就是一个脚窝。负重的车轮一轧，土壤马上松散开来，车轮跑偏打滑，车把摇摇晃晃的不好驾驭。进入草荡子之后，清凉的微风逃逸到草丛外面去了，汗水顺着面颊不停地流淌下来。

青纱帐遮挡住了外面的凉风，却遮不住天上抛洒下来一缕缕炽热的阳光。一涉足辽阔的大草荡子，就像拱进了火炕煴热的被窝，再往里走，湿热的蒸汽不停地往上升腾，热被窝又变成了大蒸笼，把人蒸煮得 接近窒息。走到梁寨渊子附近，训练有素的罂粟花首先支撑不住了。她摘下挎在身上的铝质军用扁壶，里面的清水已经在路上消耗完了，幸好上苍护佑，前面出现了一大塘清水，把全日本的畜生都弄过来，撑破肚皮也喝不完。

"咱们休息一会吧，洗个澡吃点东西，补充能量恢复体力。"罂粟花一边脱衣服一边下命令。"枪里不装子弹再好的射手也搂不响，不跟男人睡觉再好的女人也生不出娃，不往肚子里面装东西是不行的。你洗不洗？不洗就抓紧烧一壶开水吃干粮。"

日本人不顾羞耻，敢在光天化日之下扒光衣服，赤条条地在渊子里戏水。万人迷知道，草荡子深处根本碰不到行人，前来偷窥的只是蚊虫和苍蝇，她已经在风尘中滚打好多年了，啥样的场面都经练过，可是中国的传统圣训已在她的心中扎下了根，怎么都抹不开脸皮脱光腚。

三伏天冲凉是非常舒服的，清水消除了胸中的烦躁，洗净了身上黏糊糊的臭汗，把光亮的皮肤抻平，更显得细腻爽滑。罂粟花确实饿了，狼吞虎咽地吃了两个烧饼夹狗肉，又喝了大半壶温开水，疲乏像渊子里的清波一样，被微风推过来渐渐地浸漫全身。她阖上眼皮，赤裸着身子舒舒服服地迷糊过去，嘴角上挂着一缕幸福和满足。万人迷焦急不安地注视着罂粟花，心中非常紧张。她两手紧紧地攥着枪把，眼睛快要蹦出眼眶来了。

罂粟花猛然觉得腹中一阵剧痛，像是被谁捅了一刀似的。她"哇"地怪叫一声，像一条被摞到岸上的大白鱼，剧烈蹒动几下就平躺在地上了。

"你——？"罂粟花愤怒地攥着拳头捶地，一缕发黑发暗的黏稠液体从嘴角溢出，无色无味的毒药开始发挥作用了。真是木匠做枷自带枷，老蚕吐丝缚老蚕。罂粟花做梦也没想到，她亲手交给万人迷保管的毒药会吃进自己的肚子里。万人迷长出一口气，那颗悬着的心终于可以放下来了。她知道罂粟花很快就会再次睡去，而且永远都不会重新醒来了。她现在纵有满腔的怒火，也没办法爬起来和自己搏斗。

罂粟花连垂死挣扎的机会都没有了，一副奇怪的表情永远定格在脸上。那个复杂的面部表情不太好形容，是怒恨、悲哀、后悔、惊恐交织在一起，让看到那副表情的人不寒而栗。

万人迷汗流浃背，浑身上下流淌着汗珠，像是刚从渊子里爬上来一样。

知道罂粟花彻底完蛋的那一刻，她如释重负地一下子瘫坐在地上，好像骨头被人剔掉了一样。罂粟花再挺上一时半会，她的手就攥不住枪把了。万人迷毕竟是一个心地善良的女人，从来没想到过要杀人，不论用哪种方式终结别人的生命，她都会惊恐无比，也深怀歉疚之心。可是罂粟花硬要逼着她把刀尖对准自己的同胞，第一批测试刀锋的人员里面还有她心仪心爱的柳至贤，她是无论如何下不去手的。他曾经想过把刀尖对准自己，虽然阻止不了罪孽，却也洁身自好，双手不沾别人的鲜血。自己一死了之，也就一了百了没有任何牵挂，恐怕也不被别人牵挂了。可是魔鬼的脚步不会停止，柳至贤始终在危险的漩涡中难逃厄运，还有更多的同胞要被歹毒的蛇蝎吞噬。这事不知道也就罢了，不知者无罪。既然知道了，她就不能听之任之，放下那么多苦难同胞不管。罂粟花想叫她当狗，也会给她丢一块骨头，她早就在心里拒绝了，别看她身板貌似柔弱，骨头还是很硬的。面对像禽兽一样歹毒的日本人，她只能先把无原则的善良扔到渊子里喂鱼。她虽然有过嫁给灰太狼的念头，即便真的有了事实的涉外婚姻，她也会舍家为国，顾全大局。自己一个小家毁了，换回来千百万个同胞可以安居乐业，有一个稳定的居所享受温馨的天伦之乐，怎么算都是合适的。在把无疆大爱奉献给谁的问题上，她刻意地缩小了范围，选择的是同胞而不是同类。

扬汤止沸不如釜底抽薪，她在接到去蟠龙县执行暗杀任务之后就有了一个决定，那就是把刀尖对准罂粟花，拼上性命也要彻底阻止这场罪恶。罂粟花小瞧了中国的女性，觉得万人迷不会也不敢对自己下手。她也过分地相信她的前任领导石原灰太狼，以为灰太狼睡过的女人会和她一样效忠天皇。结果大意失荆州，像关二爷逃出麦城奔西川一样，走上了一条任谁也拉不回来的不归路。

万人迷从沙滩上爬起来，到渊子边缘喝一气凉水，重新掏出无毒的烧饼啃两口补充体力。稍事休息之后，她掏出军用匕首，在罂粟花细腻的肚皮上划了几刀，她要把腥臭气息释放出去，叫野狼野狗和蚊虫蚂蚁过来帮她毁尸灭迹，连骨头渣子也不留下。

罂粟花变成了昙花，转眼的功夫就烟消云散了。万人迷却皱起了眉头，自己下面该怎么办呢？还有王八盒子和电台，一辆世面上尚不多见的自行车，一身价值不菲的男人行头，自己如何处置？

三十一、黄河故道抗日第一战

　　九头鸟黎启亮带着几个保安司令部内定的"出头橡子"莫名其妙地失踪了，菜葫芦"枪打出头鸟"的计划落空了。蔡司令一脸失望，抓破头也找不出问题出在哪里。他的大舅哥苟敬诗也是满腹狐疑，一时半会也捋不出头绪。

　　共产党徐海埠特委又派遣一位精明强干的秘书沈素萍到黄河故道开展工作。沈秘书是大学生，带着一副眼镜，说话文绉绉的，一脸书卷气。组织上叫她到蟠龙县去找柳至贤，凭她的才华和气质，当教书先生是再合适不过的。以教书先生的身份作掩护，发展追求光明、有进步倾向的学生入党，把红色的火焰烧遍故黄河荒草滩。

　　柳至贤去找菜葫芦，说是王敬久师长把一个大学毕业的远房亲戚介绍过来谋职，咱们商量一下如何安置。

　　蔡司令巴不得有机会巴结国军正规嫡系部队的王师长，恨不得把柳至贤赶跑，腾出县长的位子让她当。

　　抓共产党是各级军队、政府、警察局、稽查队的第一要务，是考核好坏的标准。升迁的条件和政绩，都是看你抓了多少共产党。为了完成任务，菜葫芦接受大舅哥兼参谋长苟敬诗的建议，突击凑数，给辖区内的下属同僚下达硬性指标。对辖区内的人员要进行拉网式排查，每天都要发现可疑人员，每个月都要破获几起案件，每季度都要有人悔过自新，都要枪毙冥顽不化的死硬分子，每一年都要捕获共产党的高级领导人。而且一定要把案件做铁坐实，似是而非不能邀功请赏，显得经办人无能，还会激起民怨。这就违背了自然规律，滋生出许多冤假错案。

　　发现蛛丝马迹是从怀疑开始的，苟参谋长认为破案的先决条件就是怀疑一切，让共产党招供的办法就是严刑拷打。屈打成招也没啥，有"宁可错杀一千"这把杏黄伞罩着，录好口供按上手印就是翻转不了的铁案，报上去就能得到嘉奖。

在城门口站岗的黑狗子，在街上像野狗一样到处溜达的黄狗子，他们歪戴帽子敞着怀，松松垮垮地抱着"烧火棍"，斜着眼睛看人，嘴里喷着酒气，肚子里憋着坏水。他们随意敲诈勒索过往行人、店铺老板，甚至是乡绅和妓女，白吃白喝白拿也白嫖，谁稍有一点不满的表示，就扣一顶红帽子在你头上。那年月红帽子比绿帽子吓人。绿帽子只是剥夺一个男人的尊严，红帽子却能把男女老少统统置之于死地，叫你万劫不复。

这些穿"狗皮"的家伙，良心也被狗皮蒙住了，见到男人就像油坊的老板看到花生、黄豆、油菜籽一样，一定要想方设法地榨出一些"油水"来。见到有姿色的女人就诬陷她们是共产党的探子，强行搜身，该摸不该摸的地方胡乱划拉，分明就是明目张胆地"揩油吃豆腐"。

己不正难以正人。菜葫芦自己克扣军饷，倒腾军火，还和不法商人乃至昔日的同行勾结，挖掘古墓，倒卖文物，走私贩毒，拐卖人口，啥恶都作，啥事都做。他明知道下属肆意搜刮民脂民膏，欺压良善，也睁一只眼闭一只眼，不和他们较真。他私下里告诉同窗好友柳至贤，虽然没有高人赠送"天高三尺"的牌匾，他也清楚蟠龙县的地皮他们挖深了一米。

柳县长把未暴露身份的地下党员和进步青年交给哥哥柳至善，参加他组建的武装护寨队。九头鸟带着暴露身份的激进分子跑到了丰县，经地下组织安排，藏匿在华山李新庄村的著名士绅、中共地下党员李贞乾家中，帮助李贞乾策划成立抗日武装的事，同时介绍李贞乾到蟠龙县去找柳县长，通过柳县长接触菜葫芦，从保安司令手中购买枪支弹药。

西安事变后抗日救亡成为光明正大的事，李贞乾也不藏着掖着的了，直接成立了"丰县抗日游击队第六中队"。后来又与华山镇抗日游击队合编为"苏鲁人民抗日义勇队第二总队"，后来改编为"八路军苏鲁挺进支队"。李贞乾任队长，王文彬任政委。

柳至贤接到上级的命令，任务仍然是秘密潜伏，秘密帮助九头鸟工作，不能公开暴露自己的真实身份。

九头鸟也接到了上级的指示，要他马上回到蟠龙县，在那儿建立共产党的抗日武装。九头鸟黎启亮回来了，带着和他一起到丰县避难的骨干力量，趾高气扬地回到了蟠龙县城。

菜葫芦已经忘记九头鸟是自己赶走的了，也忘记自己严令手下想法拘捕共产党要员归案，抓住就砍掉脑袋。现在枪口一致对外了，国共两党再次精诚合作，自己带头热烈欢迎共产党的要员归来，并且隆重地设宴款待。他说上头那些头头脑脑又合穿一条裤子了，我们也得往一个壶里尿。

九头鸟对国共两大阵营过去的恩怨情仇表示理解和谅解，主动伸出热情的双手和蔡司令相握。他说亲兄弟也有拼刀子的时候，打血架也是在自己的院子里。现在日本鬼子欺负到家门上了，我们纵然有杀父之仇夺妻之恨也得先撂下，等把狗日的小日本揍趴窝之后再说。天下太平了，咱们那点烂事啥时候想扯就啥时候扯。

苟敬诗发表了不同的看法。他说中国是礼仪之邦，讲究温良恭俭让，至少要做到先礼后兵。现在日本人还没开到咱的地界，咱们就舞枪弄棒、磨刀霍霍的，会不会激怒日本人，授之于侵略的口实？

平时温文尔雅、沉沉稳稳的柳县长站起身来，瞪大眼睛用巴掌把桌子拍得山响。啥叫日本鬼子还没开到咱的地界？东三省不是中国的吗？咱们不抵抗他们会停止烧杀奸淫吗？你也是堂堂七尺高的汉子，腰里还有打狼的盒子炮，非得等日本鬼子把你亲妹子按倒在床上你才知道愤怒吗？

九头鸟扯扯柳县长的衣襟。柳县长急忙收住话头，知道自己失言了。蔡司令皱皱眉头，脸上有了一丝不快的表情。苟敬诗是他的亲大舅子，他实在不想让日本鬼子祸害苟参谋长的亲妹妹。

1938 年 3 月初，灰太狼领着一个联队朝蟠龙县进发。这个小龟孙已经升任大佐了，是一个作战联队的军事主官。他对故黄河荒滩上的地形地貌以及风土人情特别熟悉，也很感兴趣，主动请缨进犯这个地区。

灰太狼还是一只孤狼的时候，初到河滩上刺探军事情报，在草荡里面迷失了方向，被丢牛窝火的柳至善踢了一脚。他对这件事一直耿耿于怀，从在蟠龙城牲口市发现柳至善并尾随跟踪到荒庄寨那天开始，他就决计要用柳至善的鲜血雪洗前耻。他也知道，不论是哪一支日本武装来到黄河故道，都会非常残忍地祸害中国人。可是别人认不准柳至善，极有可能让他溜掉。即便柳至善被别人的军刀砍为两段，自己的仇人死在他人的屠刀之下，自己没有快感，心情不爽。

九头鸟回到蟠龙县之后，就和柳至善联手，以荒庄寨的武装护寨队为基础，扩编增容，成立了"黄河故道抗日义勇队"，竖起了"抗日救亡"的大旗。队长仍由柳至善担任，九头鸟出任"党代表"。

上级已经下达了备战指示，说日本鬼子正在进犯台儿庄，准备南下徐州，从津浦线过江，和攻占国民政府首都南京的日军汇合，占领中国的大江南北。黄河长江是中国的母亲河，日本鬼子认为把两河流域占领了，中国人就会老老实实地接受殖民统治。如果台儿庄失守，徐州也会危若累卵，日本鬼子会分兵西进，向黄河故道进犯。现在正规军要保护党国要员往陪都重庆撤退，抽不出兵力支援地方，保卫黄河故道家园的重任就落到了地方治安军的肩膀上。荒庄寨地处县城东南，是日军进入黄河故道的必经之地，是扼守咽喉的军事要塞。守住荒庄寨，蟠龙县可保安然。失去柳万寨，蟠龙县的门户洞开，整个荒草滩都会置于日本鬼子的铁蹄蹂躏之下。

苟敬诗也接到了灰太狼的指令。日军大佐命令他从接到指令之日起出卖自己的灵魂当内奸，向主子提供黄河故道各个县市的军力布防、火力配置和部队的战斗力情况，并要他想办法劝说蔡司令和柳县长变节投降，为日本人当走狗。

人们常说：不怕贼偷，不怕匪抢，就怕小人算计。贼偷易物，把钱财藏严实一点就能避免损失。匪抢弱汉，把圩墙加高加固，安排壮汉手持利器巡守，也可以防患于未然。小人算计是在暗中进行的，小人头上没有标签，脸上不动声色，行动不露可疑的痕迹，叫人防不胜防。现在又处在民族危亡的关键时刻，"菜葫芦"和柳至贤同赴国难，满脑子想着如何御敌，没想到自己人会在暗中打黑枪，遭到暗算是情理之中的事。

苟敬诗知道自己文不如县长，武不如司令，自己对付他们任何一个人都有相当大的难度。如果他们两个人联手对付自己，自己就会变成卤肉铺汤锅里卤煮的玩意，必死无疑。要想顺利地给鬼子当狗，当务之急是把县长和司令拆开。苟敬诗向妹夫献言，说是兵熊熊一个，将熊熊一窝。身为大将一定要身先士卒，提振士气才能稳操胜券，这就好比皇上御驾亲征。他鼓动妹夫司令到柳万寨前沿阵地上去，和柳至善、九头鸟在一起，合兵一处把五指握成拳头，战斗力会增强，同时也能监视九头鸟之流是否真心抗战。虽说国共合作了，蒋总裁在心里提防着共产党，一直没有信任过他们，更不会向共产党交心。推情度理，我们也要多一个心眼，预先想好怎么对付共产党，为自己留个后手。让柳县长和自己留下来守县城，看住军火和粮秣物资。柳至贤是文弱书生，到战场上只会添乱。他和柳至善是一母同胞，和黎启亮有过师生之谊，真帮忙也会偏袒共产党，还是不让他上阵最好。

灰太狼接到上级的命令，叫他带领队伍攻打济宁，从济宁往东北方移动，驰援枣庄的友邻部队。灰太狼放弃了进攻柳万寨的计划，直到 6 月下旬才卷土重来。

为了阻止日军西进，老蒋采取"以水伐兵"的办法，下令程潜扒开位于郑州市北郊 17 公里的黄河南岸渡口——花园口。地上"悬河"飞流直下，水浪滔天，一泻千里。大水确实暂时阻止了日本鬼子西进，但给黄泛区的人民带来了巨大的灾难。这次大水从萧县南面流向东南，蟠龙全境没受水灾。老辈人都说是柳将军显灵保佑，让蟠龙县躲过了一场浩劫。

蟠龙县免了黄河决口这样的天灾，却难免日本鬼子劫掠的人祸。小鬼子看到西进无望，就让后续部队侵略蟠龙县，图谋控制故黄河荒草滩。

日军第 16 师团中岛部队两个少尉向井敏明和野田毅相约"杀人竞赛"，从句容杀到汤山，彼此的军刀都砍出了豁口。野田毅杀了 105 人，向井敏明杀了 106 人。因为确定不了谁先杀到 100 人，竞赛继续进行，谁先杀到 150人为胜。日本战败投降后，这两个恶魔因屠杀非战斗人员而获得"实为人类蟊贼，文明公敌"的罪名，在南京被执行枪决。其实所有参战的日本鬼子都恶贯满盈，论罪当诛。中国人太善良了，竟然把大部分战犯放回了日本。

灰太狼以为自己是帝国的大佐，没有理由输给两个乳臭未干的小少尉。他也纵容部下，打破柳万寨，攻占蟠龙城之后，可以肆意烧杀奸淫。

虽有"台儿庄大捷"的前车之鉴，面对穷凶极恶的鬼子兵，菜葫芦一点也不敢懈怠。他召集辖区七个县的保安团长、常备队长到盘龙县城，召开紧急军事会议，让柳县长在会上宣读共产党的通电文告。

日本鬼子全面侵略中国，在全国引起强烈反响。"七七事变"的第二天，中国共产党中央委员会就通电全国，呼吁："全中国的同胞们，平津危机！华北危机！中华民族危机！只有全民族实行抗战，才是我们的出路！"并提出了"不让日本帝国主义占领中国寸土"、"为保卫国土流最后一滴血"的响亮口号。蒋介石委员长也提出了"不屈服，不扩大"和"不求战，必抗战"的方针。向全国人民表明联合共产党抗日救亡的态度：人无分老幼，地不分南北，皆有守土抗战之责。军人的天职是服从，国家最高统帅发出指示了，咱们就得把巴掌抡圆了，狠狠地揍小日本个狗日的。

养兵千日用兵一时。现在是国难当头，咱们都得脱光脊梁往前冲，谁也不能缩起头来当孙子。柳至贤告诉大家，咱们现在都是属乌龟王八的，伸头是一刀，缩头也是一刀。上战场去拼搏，肯定能把东洋鬼子赶出中国去，在战场上就是死了也轰轰烈烈，能流芳千古，受后人的尊崇和敬仰。缩起头来死了就像小猫小狗一样悄无声息，出了名也是遗臭万年。

菜葫芦匪性重新附体。他告诫各位保安团长和常备队长，战时情况特殊，别把部下约束得太严了，小心有人打黑枪。军饷一定要足额发放，上战场之前要好好地改善伙食。老百姓下地拉犁耙也得吃点干的把肚皮撑圆喽，干卖命的活一定要有白面馒头和猪肉炖粉条子。一时操办不齐也没啥，可以到老百姓家里借点拿点。老子在前线拼命，后方的百姓也该犒劳犒劳老子。

柳至贤是一县之长，是国民政府委任的蟠龙县行政一把手，但他干得非常憋屈。县党部部长是中统的嫡系，不把他这个县长放在眼里。蔡司令有人有枪，更不会低下头来听他的招呼。

在战争年代里，枪比钱的威力大。当今社会有钱是男子汉，没钱是汉子难。战争时期有枪就是草头王，没枪放屁也不响。柳县长对蔡司令的论调颇有微词，可是他的话对兵痞们没有一丁点约束力。

菜葫芦决定亲率部队去前线，他和大舅子参谋长嘀咕好长时间，心中也有自己的算计。如果这一仗把日本鬼子打败了，像"台儿庄大捷"那样漂漂亮亮的，人们传诵这场战役的时候会打听指挥官是谁，自己的名字也会响彻云霄，在四海八荒的上空传扬。男子汉大丈夫，功名利禄、老婆孩子不能让给别人，他要和共产党抢风头争功劳，至少不能让九头鸟把风光占尽。如果这场战斗打败了，自己置身乱军之中仍然可以掌控军队。虎瘦雄心在，驴倒架没倒。凭着自己为匪多年的经验，把残部带进草荡子深处，或是拉进皖北的山区，照样威风八面，继续呼风唤雨。留得青山在不愁没柴烧。只要自己手上有人有枪，就有机会东山再起。

兵败如山倒，乱军如潮水。如果军中无将，就如同无王的蜜蜂漫天乱飞，一准被大风吹散了。自己躲在蟠龙城里当光杆司令，那就是瓮中之鳖，只能缩起头来任凭东洋鬼子摆布。自己从上学开始就是欺负别人的主儿，恐怕受不了小鬼子的鸟气。

柳至善队长和蔡司令腰里别着驳壳枪，每个人脖子上挂着一副高倍军事望远镜。他们从天不亮就站在东面的寨墙上往远处眺望，望到吃完晌午饭，脖子酸了，眼睛也涩了，连一个鬼影子也没看到。

日头开始偏西了，治安军和护寨队员都趴在工事上打起了呼噜。此起彼伏的鼾声宛如半夜奏响的竹箫，让人心悸不已。都说箫声邪性，半夜三更在野地里吹箫，能把野鬼招来。这不，箫声一起，就有"突突"的声音跟着和鸣。黄河故道中没长草的羊肠小道上扬起了沙尘，五六辆卡车拉着带钢盔的鬼子兵，插着"膏药旗"，朝着柳万寨的方向逶迤前来。这是鬼子侦察开道的卡车，鬼子在驾驶楼上支起了歪把子机枪，还有六零式迫击炮和掷弹筒。很多人没见过汽车，不知道用皮轱辘在地上爬行的东西是啥玩意，好奇之心大发，竟然忘记了害怕。

九头鸟意识到了问题的严重性，敌我双方的火力配置悬殊太大，估计整体军事素质和单兵军事素质也有很大的悬殊。我方所占据的优势就是熟悉地形，这要把敌人"机动性快"的优势打掉之后才能显现出来。他让蔡司令找几个枪法准的射手充当狙击手，专打卡车的皮轱辘。自己带领一部分身强力壮的人召集没"跑反逃难"的老百姓，扛上铁锹在寨内和寨外的主要道路上挖陷阱、埋地雷手榴弹，就算鬼子把寨子攻破了，也能炸得他们人仰马翻，给老百姓和队伍撤退争取时间。

台儿庄失利之后，日本鬼子更加疯狂反扑。这群畜生奉行"杀光、烧光、抢光"的"三光"政策，把膏良变成焦土，到处制造"无人区"。

灰太狼领教过王敬久的拳脚，知道中国人不是吃干饭的。苟敬诗那样吃素的软骨头也不在少数，不过态势明朗之前全都夹紧尾巴伪装自己，不敢明目张胆地反水。日本人也怕死，为了避免吃亏，灰太狼利用武器射程远、威力大、火力密集的优势，停在汉阳造、老套筒的射程之外，用小钢炮、掷弹筒和歪把子机枪向柳万寨开火射击。

黄河故道抗日义勇队的前身是武装护寨队，所有队员都是第一次参加战斗，平时怕糟蹋子弹，军训练习的时候都是拿烧火棍乱戳，没打过实弹。他们对日本鬼子切齿怒恨，也有保卫家园的决心和勇气，可是实战经验太少了，听到枪炮声便慌作一团，不知道如何应对。

蔡司令的治安军也是乌合之众，只有那些当过土匪的兵油子有实战经验，起到了稳定军心的作用。

日本鬼子的枪炮之声大作，像二月二爆炒"蝎子爪"一样密集。初次临战的新兵蛋子们，听到枪炮声就傻了。连大队长柳至善也像鸵鸟一样，把头拱进草窝里，外面的屁股翘起老高。鬼子的火力凶猛而又密集，像掐掉头的蚂蚱一样到处乱跑的义勇队员和治安军新兵，还有魂飞魄散的老百姓，被炮弹和流弹炸伤了很多。血肉横飞的场景和夸张的哭喊声映入作战人员的脑子里，加重了他们的恐惧心理。

九头鸟朝天空开了两枪，镇住场子之后，安排轻伤员和老百姓带上受伤的人先行撤离，找安全的地方隐蔽。叫大家在工事中匍匐卧倒，等枪炮声稀疏的时候抬头观望阵地，只要日本鬼子进入射程后，就集中火力狠打。

鬼子进入射程之内，菜葫芦率先打响第一枪。治安军虽然是党国的杂牌地方部队，毕竟领着国民政府的军饷，穿着统一的制式服装，武器装备也比土八路强。刚才已经输给九头鸟一招了，这一回无论如何不能让土八路再抢风头。蔡司令的枪声就是作战命令，汉阳造、老套筒、大抬杆、七九式等等，一齐喷射出愤怒的火焰。落后的装备虽然射程短、火力较弱，但是老套筒和大抬杆里面装的是铁沙子和碎铁片，是呈放射状喷射的散弹，覆盖范围较广，死人很少，伤人极多，同样削弱了鬼子的战斗力。

鬼子仓惶后撤，退出守军的射程之外后便疯狂还击。这一回不光加大了打击力度，还向中国守军的阵地上释放了大量的毒气弹。

九头鸟知道阵地守不住了，和蔡司令协商撤退。蔡司令还没上阵之前就萌生了去志，对撤退保存实力不持异议。但是对于如何撤退，向哪儿撤退，他的意见和九头鸟是相左的。

九头鸟想往丰县、鱼台方向撤退。丰县驻扎着八路军苏鲁挺进支队，微山湖东岸活跃着一支共产党领导的铁道游击队，黄河故道抗日义勇队也是共产党领导的队伍，要向组织靠拢，和主力部队汇合。

蔡司令要往皖北山区撤退，淮北还在国军手里，能为自己的队伍提供庇护，补充军需。再说了，自己有当大马子的经验，可以和弟兄们在山里和草荡里转悠，跟鬼子藏猫猫，瞅准机会就咬他一口。共产党的清规戒律太多，连"一针一线"都不能随便乱拿，不能随便玩女人，一切缴获要归公。吃不饱、穿不暖，过苦行僧的日子，跟他们瞎混还不如投降日本鬼子呢。

道不同不相为谋，道不同就分道扬镳。九头鸟说服不了蔡司令，蔡司令也拉不转九头鸟，两个人相互握手道别，互致珍重。将军不下马，各自奔前程。柳至善把驳壳枪和望远镜交给九头鸟，请假离开了部队。他说父母都已不在了，身为长兄自己不能不管同胞兄弟柳至贤。他要先往盘龙县城给县长弟弟报信，让他快速撤离是非之地。如有可能，他会拉着弟弟一同寻找大部队，投入到义勇军的怀抱。

三十二、侥幸

从 1938 年日寇的铁蹄践踏中华大地，到 1945 年鬼子战败投降，故黄河流域的荒滩上飘起了腥风血雨，一直是兵燹连年，烽火不断。

灰太狼的鬼子兵攻破柳万寨之后，寨子里的人已经跑光了。义勇队和治安军挖好的堑壕、陷阱，挂在门后、埋在路边的手榴弹地雷炸毁了部分日军和汽车，灰太狼肚子里的邪火没有发泄出去，气得"哇哇"怪叫。他整顿好兵马，挥舞着指挥刀向蟠龙城进发。他要把黄河故道最大的中心城市变成人间地狱，在那里制造骇人听闻的惨案，和中岛部队的两个小少尉一决高下。

人的两条腿跑不过马的四条腿，更跑不过四个汽车轱辘，菜葫芦撤出战斗之后就在路边的草荡里面潜伏下来。他是有经验的老土匪，知道晃动树梢草梗、扬起沙尘啥的，都能暴露目标，招来杀身之祸。他安排部下咬紧牙关，任凭太阳炙烤、任凭蚊虫和蚂蟥叮咬，都得屏声敛气地挺住，不能翻身拍打，不能咳嗽，不能弄出一星半点的响声。现在想死都不行，弄出动静来就会连累大家。军令如山，谁敢不服从就赏他一粒铁花生尝尝。

柳至善藏身在蔡司令的队伍当中。他已经看清形势了，自己没有神行太保戴宗那样的本事，没办法比鬼子先进蟠龙城。鬼子把蟠龙城占领了，自己再秃着头往茬子上碰，就是打着灯笼进茅房——找（屎）死。人的寿限是有数的，怎么死也是生前定好的，阎王爷和绿脸判官在送人托生之前就妥善安排了人的归宿，小孩子都知道人是"先定死后定生"。如果县长弟弟命不该绝，天大的劫难也能躲过去，如果他命该如此，自己跑过去也是徒劳，不光救不了柳县长，还得饶上一个柳族长、柳寨主和柳队长，太不划算。柳队长自己劝自己，那样做是六个手指头挠痒痒——多此一举，也是脱了裤子放屁——自找麻烦。说到底就是拿一枚制钱去东海——贩不了鱼。既然不能成事，就没有必要画蛇添足多此一举了。希望弟弟也能看清形势，体谅兄长的处境，去不成蟠龙城实属无奈，不是哥哥不顾手足之情。

这件事想清楚了，柳队长决定放弃冒险去闯蟠龙城的计划。后面的路子怎么走？接下来该干啥？自己还要花费一点心思，仔细掰扯掰扯。按理说自己应该去找九头鸟，自己是黄河故道抗日义勇队的队长，义勇队的枪支弹药大部分都是自己花钱买来的，大部分人员也是自己亲自招募的，自己不应该脱离部队。可是自己已经把枪交给九头鸟了，现在的武器就是两只肉皮锤，孤身一人在敌占区晃悠，安全怎么保障？菜葫芦是见钱眼开的人，自己的衣襟里缝了一沓子银票，可以抽出两张来贿赂蔡司令，买个"啥长"先当着，等时局稳定了再说。

主意既定，付诸行动，这叫谋定而后动，也叫有的放矢，成功的概率很高。

黄昏时分，通往蟠龙县城的土路上又响起了"突突"声。四辆大卡车在松软的沙窝里缓缓蠕动，就像蜗牛在爬行。因为地面沙质松软，阻力很大，汽车低档大油门运行，腚后面向外喷着浓浓的黑烟，没能充分燃烧的生汽油味随着黑色的浓烟向河滩上飘散。这是负责运输军需给养的辎重车辆，由一个军曹带领一个班的鬼子兵押运。他们行进的速度过于迟缓，成了脱离大部队的孤军。

蔡司令的眼睛贴在望远镜上，直直地瞪着车辆仔细查看，准确地看到了车上的所有人员和物资，他们确实是一支放松警惕的小股部队。

见猎心喜，蔡司令决定捞点油水再走。

挖陷阱已经来不及了，蔡司令安排老鼠眼和瘦猴子，带几个人跑到前面去，在汽车必经之地多埋几把锋利的匕首和军刺。自己带领大队人马随后跟进，埋伏在土路两侧的草棵子里面，等日军下车查看车轱辘的时候用枪和手榴弹一起招呼。这样的地点适合打伏击，这样的机会千载难逢。这儿离蟠龙城路途很远，灰太狼根本听不到枪声，听到了也来不及救援。兄弟们精神一点，辛苦一点，速战速决，打扫完战场到皖北山区去啃小鬼子的牛肉罐头。我操你东洋小鬼子的妈妈，这一回老子一定是赚了。

万人迷已经回到了蟠龙县，她并不知道自己的老家在哪里，但是第一个让她身心愉悦并终生不能忘怀的人是柳至贤。柳县长的老林疙瘩就在蟠龙县的荒庄柳万寨，她也知道自己这辈子不能坐上八抬大轿进入柳至贤家的大门，来世能不能成为他的老婆也得两说着。可她偏偏痴迷柳至贤，为情所累，就把柳至贤的家乡认为自己的桑梓之地。情这个东西确实怪得很，既看不见又摸不着，偏偏能够左右人的心思，叫人痴迷疯癫一生一世。戏文里面也唱过：问世间情为何物，直叫人生死相许。

万人迷干掉罂粟花之后，跑到她和柳至贤经常约会的地方把王八盒子和电台埋起来，骑着自行车连夜赶回徐州。那个地方的草庵子早就无影无踪了，但她对那个地方有刻骨铭心的记忆，闭着眼睛也能找到那个位置。

万人迷变卖了孟家沟的房产，把自己多年的积蓄和罂粟花留下的活动经费陆续转移到蟠龙县城，一部分存到了钱庄上，一部分买成粮食储存到粮行。在荒贱的年月里，粮食是最可靠的货币，是比金银纸票还要受人推崇的物资。

人是介于天使和魔鬼之间的两足动物，向善的时候就是天使，为恶的时候就是魔鬼。万人迷决定终结罂粟花生命的时候就做出了选择，即便当不成天使也要和人类在一起，绝不能与魔鬼为伍。

明明是在作恶却要故意隐瞒罪恶的行径就是大恶之人，灰太狼和罂粟花就是大奸大恶的典型。真心向善却不张扬自己的善行就是纯善之人，万人迷替同胞锄奸却不向任何人炫耀，她觉得锄奸斩佞是正直善良人的职责所在，不需要奖励，也不需要扬名。

万人迷在罗马楼附近的偏僻小巷中买了一所不大的宅院，算是安下家来。她初到蟠龙县唱戏的时候就被罗马楼唱诗班的优美歌声所吸引，后来索性加入了唱诗班，用拉魂腔的曲调高唱赞美诗。她还信奉佛教、道教、伊斯兰教，也信奉国学儒教，喜欢听书、听戏。因为各种宗教和戏文都劝人向善，让她看到了社会的美好，听到了天堂的福音，确信人生中存在着"六道轮回"和"善有善报、恶有恶报"的因果关系。

定居蟠龙城之后，她更是罗马楼的常客，有空就到教堂去，听外国牧师讲经布道。让牧师和神甫坚信她是上帝的子民，是虔诚的天主教信徒。

罗马楼的一个神甫和两名牧师都是加拿大人。神甫叫那世荣，两名牧师的名字叫屠善修和隆仁昌。他们都喜欢万人迷，认为她是一个温柔漂亮又很阳光的中国姑娘。

魔鬼灰太狼和他带领的鬼子兵还没进蟠龙城，惊悚紧张的气氛随风袭来，大街小巷就开始鸡飞狗跳了。

鬼子进城了，凄惨的阴风猛吹起来，"叭勾、叭勾"的枪声此起彼伏，"突突"的汽车声十分刺耳，"踢踢踏踏"的翻毛皮鞋叩响街面上的青石板，让人的心灵震颤。风吹烈火的"呼呼"声四处响起，烈火借助风的威势向全城蔓延，房梁断裂的"噗通"声，烈火烧炸瓦片的"啪啪啵啵"声交织在一起，引来了苦难百姓撕心裂肺的哭叫声。蟠龙县成了凄凄惨惨的人间地狱。

战争一直存在着"正义"和"非正义"之分，战场上也总能看到"成王败寇"的影子。但是打破道德底线，直接把"丛林法则"引入战争，全凭尖爪利齿和力气说话，泯灭人性不顾国际公约准则，对战士、俘虏、手无寸铁的平民百姓、没有丝毫抵抗能力的老弱病残和妇女儿童，甚至是孕妇肚子里的胎儿，统统采取无差别级的大肆奸淫和屠杀，是日本鬼子的首创。这就充分证明了鬼子兵连畜生都不如，比德国纳粹更为凶恶和残暴。

看到远处飘起的浓烟，听到随风传来的悲惨呼号，罗马楼里的神职人员和在教堂里面祈祷的人心中无不惊悚胆寒。

万人迷决定走出教堂，通知大家到罗马楼来避难。听那世荣神甫说过，日本和加拿大不是敌对的交战国家，教堂、医院、学校等都属于非军事目标，按照国际惯例日本人不会侵犯上述目标。中国人早就看透了东洋倭寇的本质嘴脸，直呼他们为"日本鬼子"。那世荣神甫犯了一个严重的错误，就是把鬼子当人。这个错误是致命的，招来了一场天大的灾难。

屠善修和隆仁昌也赶来了，他们知道魔鬼是不讲道理的，也是不可理喻的。中国哲人说得对，恶人远离。在敌强我弱的态势下，与其和他们正面接触，倒不如先钻进地下室躲避为妙。他们都劝万人迷和他们一起躲起来，等时局平稳了再到大街上抛头露脸。

万人迷放不下自己的同胞，也放不下那个让她智乱神迷、魂牵梦绕的冤家县长，执意要到街上去，把无法逃命的老弱病残和妇女儿童收容到罗马楼来避难。

鬼子进城了，苟敬诗有恃无恐起来，夹在腚沟子里面的尾巴露了出来，呲着尖牙开始咬人了。

县衙门的警卫人员都是苟敬诗收买的软骨头，早就和哈巴狗汉奸沆瀣一气了。苟敬诗让他们下了柳县长的枪，把他捆起来，派两个亲兵押送柳至贤到警察署看管起来。他带着一群野狗回到保安司令部，拿出事先准备好的膏药旗和鞭炮彩旗，叫狗腿子到卤肉铺和自己的官邸插上膏药旗，安排内眷稳当地在家呆着，膏药旗可保庭院内的人员无虞。再派一拨人找几个吹鼓手和叫花子，挥舞着膏药旗吹吹打打地去接日本主子。

万人迷走到街上，见人就招呼他们到罗马楼去，说教堂里有外国神甫和上帝耶和华庇护，应该是非常安全的地方。

大街上的人越来越少，汉奸忙着去迎接主子，年轻力壮的人都撒开丫子逃命去了，跑不动的老弱病残和妇女儿童，还有个别舍命不舍财的店铺掌柜的，都躲进家里把大门插好闩上，又找杠子石头顶住。他们也知道鬼子不是人类，魔鬼不会因为你关上门就不进入的，可是他们实在没有别的办法，只能失火钻到床底下，躲一会是一会。

万人迷转悠到衙前街的时候，碰上了在刺刀押解下的柳县长。她向柳县长使了一个眼色。柳至贤会意，故意自言自语道："鬼子兵还在城外打枪，鬼子娘们已经在大街上到处溜达了，速度真够快的。"

"鬼子娘们？在哪里？"两个押解县长的治安军没见过日本娘们，十分好奇，也很想巴结，都伸长脖子询问柳县长："日本娘们啥样的？浪不浪？"

"八格牙路，你们的敢骂日本女人，良心坏啦坏啦的。"万人迷接受过特工培训，虽然教练让她弄死了，学到的功夫并没被教练带走。她知道面前这两个草包不懂日本话，故意把汉话说出日本味来。她先用巴掌把草包搧懵，又指着柳至贤问道："这个人，什么的干活？"

"共产党的干活。"两个草包点头哈腰地献着殷勤，像狗一样摇着尾巴说："苟参谋长让我们把他关起来。"

"哎哎哎，既然是敌人就没有必要浪费粮食养着了。你们把他放开，让他使劲跑，看我怎么射杀他。"万人迷嘴里没有了"日本味"，说起来地道的蟠龙话。两个草包被万人迷的美貌惊呆了，被美女的巴掌打傻了，居然没有听出破绽，还乖乖地按照她的指示去做。

柳至贤身上的绳子被割断了，万人迷拿起枪来拉动枪栓推子弹上膛。她先瞄准柳至贤的脑袋，把两个草包的目光和注意力吸引过来之后，猛地调转枪口，一枪撂到了那个背枪的治安军，又把枪刺插入另一个没反应过来的短命鬼胸腔。

"你快跑吧，草庵子下面埋着枪和电台呢。跑不出去就到罗马楼躲藏，那里可能安全些。"蟠龙城笼罩在血腥和恐怖之中，人们都忙着躲藏逃跑，枪声已经引不起别人的注意了。日本鬼子的枪声和中国民众的哭声不断，人们听到枪声马上避而远之，也无人发现万人迷杀汉奸的事情。

敌人的敌人可以为友，何况万人迷是自己昔日的情人。柳至贤只知道自己的情人会唱戏，会看疑难杂症啥的，不知道自己的情人会杀人。士别三日刮目相看，老娘们分别三日也能惊得你瞠目结舌。

"唉，冤家，你还愣个啥劲？快跑呀！"万人迷知道现在不是煽情的时候，不能露出悱恻缠绵。她捶了柳县长一拳，催促他快点逃命。这个书呆子关键的时候没有投降日本人，还是一个有骨气的中国人。万人迷十分高兴，对老情人又多出了几分敬仰。

"王敬久给我盖的房子也在罗马楼附近，苟敬诗这王八蛋知道地方，这是钥匙。"柳至贤把钥匙拍到万人迷的手上，就像当初在韭菜地里往她手里拍洋钱一样。小红袍接过洋钱献出了真情和贞操，万人迷接过钥匙觉得肩头一重，似乎是接过了一副担子，担着道义和责任。

"以后我会想法找你联系的，你也快点躲起来。"柳至贤抱住万人迷，在她的腮帮上狠亲一口，含着眼泪跑走了。万人迷鼻头酸酸的，也不敢在是非之地久留。

三十三、血溅罗马楼

听到日本鬼子的枪炮声，苟敬诗像调皮捣蛋的娃娃听到了过年的鞭炮声，心中的狂喜按捺不住，得意的笑容布满眉宇之间，不停地向外扩散。他终于可以在人前呲出尖牙狂吠，用不着夹着尾巴蛰居在地下充当癞皮狗了。

石原郎故意不坐汽车，骑着高头大马，挎着东洋刀在蟠龙城耀武扬威。他是在蟠龙县混过几年的故人，很多人认识他却不佩服也不尊重他，他要让那些有眼无珠的瞎子用锉刀把眼睛磋磨亮了仔细瞅瞅，石原郎不光是赖在苟家卤肉铺里骗吃溜喝的地痞无赖，是掌握实权的皇军大佐。他要在蟠龙县驻扎下来，先要用刀锋和子弹耍耍威风，树立威信，让蟠龙县的中国人提起这匹狼就浑身哆嗦。

一路烧杀奸淫过来，途经柳万寨的时候还和菜葫芦、九头鸟打了一场遭遇战，石原郎腰酸腿软，刀砍卷刃了，胳膊沉重酸麻，肚子也"咕咕"地叫唤起来了。军曹那里有刷着绿漆的日本产军用牛肉罐头，可是罐头里面掺有淀粉和防腐剂，口感和味道都不是太好。

"苟桑，你的过来。"石原郎在马背上勾勾手指头，把紧跟在马屁股后面摇旗呐喊的苟敬诗叫到跟前。"卤狗肉的有？我的米西米西。"

日本鬼子占领了蟠龙县城，自以为就是这片土地的主宰。石原郎的中国话虽然掺有很浓的东北泡菜味，但口齿清晰，说得非常流利。为了显示自己的纯种大和血统，他把中国话扔到一边，拿捏着说出了带中国味的日本话。

"有有，活狗现宰味道更好。"老掌柜虽然不在了，制作卤肉的师傅也都远走高飞了，灶台、汤锅和家伙什都在，有蔡司令的老婆看着呢。苟敬诗拼命巴结日本鬼子，自然不敢违拗主子的意思。他自恃为门里出身，不会通三分，只要能叫主子高兴，就下功夫鼓捣呗。这些日本主子都是索命的冤家，扫了他们的兴后果是很严重的，他们敢把自己劈开了扔到锅里当狗煮，自己一定要小心翼翼地伺候着。

灰太狼放纵手下的鬼子继续在蟠龙城烧杀奸淫，他本人带领着翻译官和一小队鬼子兵去苟家的卤肉铺。他在苟记卤肉铺寄宿过，道路是很熟悉的。

苟敬诗安排手下去猎获一只肥狗，到杂货铺去拾掇煮肉的佐料。蟠龙城不当汉奸的中国人已经被鬼子吓跑了，跑不动的也躲在旮旯里打哆嗦，没人有心思照料店铺门面，别说是花椒大料，就是金银珠宝也随便拿。只要不和鬼子兵发生冲突，趁火打劫也是可以发一笔横财的。

菜葫芦没带走的治安军，没来得及逃走的警察，为了活命统统聚集起来，暂时投到苟敬诗的麾下听差。苟敬诗牛起来了，蟠龙城除了鬼子谁也没有他神气。

苟家卤肉铺成了蔡司令的官邸，蔡司令跑到皖北的大山里面去了，家眷和佣人都留在家里没能带走。大舅哥苟敬诗参谋长对自己的亲妹妹十分眷顾，早早地派人在卤肉铺的门楣上插上了膏药旗，叫自己的老婆在蔡府伴陪妹妹解闷，表明了效忠日本皇军的态度。可是鬼子兵并不买账，大马子都不守公理和公约，何况是日本鬼子？小鬼子照样用三八大盖的枪托子砸门，隔着墙头往院子里扔手雷，吓得蔡太太和丫环老妈子管家们发出一阵阵刺耳的尖叫。

"八嘎，你们的眼睛瞎了吗？"灰太狼急于吃到卤狗肉，对砸门的士兵发出鬼一样的吼叫。他指指插在门上的膏药旗，非常得意地狞笑着说："插旗的人家，朋友大大的。"

苟敬诗麾下的小汉奸把肥狗牵来了，他急忙跑到前面去把门叫开。他媚笑着把灰太狼搀下马来，让日本鬼子先进到院子里，然后安排妹妹和佣人刷锅洗灶，叫小汉奸把肥狗吊到杀狗的木桩上，拔下枪刺剥狗。

蔡司令是大马子出身，离不开酒肉和女人。他的府邸里贮存着大量的坛装"闷倒驴"，那是柳至善家用秘制方法酿制的烈性高度白酒。

热狗肉和烈性酒像江洋大盗手里的飞抓，勾起了灰太狼对往事的回忆。自己蛰伏在蟠龙县当间谍的时候就寄宿在这个院子里，在这里他和苟敬诗吃过很多卤肉，喝过很多烈酒。自己曾经想弘扬中国厨艺，和苟敬诗一起研究发明"混蛋狗肚"。发明没搞成，把自己的名声和形象搞得臭不可闻。自己为此受过很多无知愚民的奚落，还挨了罗马楼神甫的老拳。现在老子回来了，吃完饭要去报仇，去罗马楼把那三个西洋鬼子拎过来，扔到汤锅里做卤狗肉。

灰太狼和属下以及苟敬诗这些两条腿的走狗们，嘴上、脸上和手上都沾满了狗油，烈酒扩张了血管，他们的脸上红扑扑的油光发亮。肚子里的胀气上下乱顶，从上面随着饱嗝扩散出来的是酒气，从下面腔沟子里面泄露的是沼气。烈性酒搅合着胃液发酵的味道，硫化氢混合着劣质烟草的味道，把卤肉铺弄得乌烟瘴气，浑浊昏暗，令人窒息。

一个小汉奸带着一个满脸是血的鬼子军曹跑过来。小汉奸哆哆嗦嗦地喊着："报、报告皇军……"

那个鬼子军曹用手捂着耳朵，拉着哭腔"咿哩哇啦"地说了一通日本话。灰太狼听明白了，蔡司令把军曹的两只耳朵削掉了，把他放回来带信给灰太狼。信是蔡司令写的，用毛笔蘸着鬼子兵的鲜血书写的。大意就是要日本鬼子滚回日本去，如果赖在中国的地盘上不走，见一个杀一个。下一次不割耳朵了，一律是砍头地干活。

灰太狼是中国通，能听懂中国话，也能认识中国的文字。看完这封血书，灰太狼的脸色变绿了，他大骂一声"八嘎"，挥起军刀疯狂地砍烂了酒坛子。

"菜葫芦良民的不是，良心坏啦坏啦的。"灰太狼被气疯了，一边乱砍乱砸，一边破口大骂："抓住菜葫芦，死啦死啦的。"

蔡太太端着一盆大菜跨过门槛，突然听到日本鬼子要杀"菜葫芦"，吓得惊叫一声，手中的菜盆滑落在地上。随着一声清脆的爆响，菜汤飞溅起来，弄得灰太狼一身油腻。

"她的，什么的干活？"灰太狼正在气头上，又被人泼脏了军服，火气更盛了。他抬起军刀要砍。看到刀下蜷缩着一个漂亮的女人，举起的军刀停在空中没有落下。

"报告太君，她是在下的妹妹。"苟敬诗指着自己的鼻子讪笑，暗中向蔡太太挥手，示意她赶紧出去躲藏起来。

"报告太君，她是蔡司令的太太。"一个想争功邀宠的小汉奸嘴快，没弄清苟参谋长的意思就把实情抖落出来。

"吆西，花姑娘的，哎？"淫邪的目光从灰太狼的眼睛里射出来，苟敬诗被吓得魂飞魄散了。

"太君，你不能……"苟敬诗本能地上前阻拦灰太狼，几个鬼子兵把刺刀对准了他。

"不许动，不老实死啦死啦的。"苟敬诗和几个小汉奸被赶在一个角落里，双手抱着头蹲下了。

灰太狼用力撕开蔡太太的衣襟，把两只雪白的乳鸽子暴露在光天化日之下。

"苟桑，你的看好了。"灰太狼一边解着衣扣，一边狞笑。"菜葫芦割了皇军的耳朵，我们轮流使用他的老婆。"

蔡太太愤怒而又绝望，她两腿乱蹬，双手乱挠。一个柔弱的女子毕竟能力有限，她像被群狼围住的羔羊一样，连死的机会和权力都被剥夺了，只能听任鬼子的凌辱。

几个年龄稍大的佣人眼里噙着泪水，双手合十地跪在地上祈祷，希望西天佛祖和救苦救难的耶和华降临人间，铲除这群畜生一样的恶魔。

畜生们一哄而上，把苟敬诗的老婆和蔡府的女佣全部按倒在地，连祈祷神灵庇护的老妈子也没放过。

祈祷之声让灰太狼想起了嘲弄过他的西洋鬼子，绷紧了一根邪恶的神经。他决定发泄完兽欲就去罗马楼，把蔡太太悲痛屈辱的鲜血和眼泪抹到西洋鬼子的脸上。只要杀了那三个西洋鬼子，自己就是大日本帝国的第一武士，杀人的数量不输给向井敏明和野田毅，质量上更是胜过了那两个乳臭未干的小少尉。

蟠龙城的老幼妇孺像潮水一样涌向罗马楼，万人迷随着这股潮流进入教堂，被屠善修安排在一个隐秘的地下室里。

柳至贤熟悉蟠龙城的大街小巷，他没去罗马楼避难，而是乔装一下沿着僻静的小巷往城外走。治安军的大部队和多数警察都被蔡司令带走了，苟敬诗手下的小汉奸忙于巴结鬼子兵，所有的城门路口都空荡荡的，无人把守。柳县长在城门口巧遇抹了一脸锅灰、把自己染成黑脸老太太的女地下党员沈素萍。他们一同走出城门，牵着手一起扎进浩如烟海的草荡子，马上就像天空的飞鸟一样安全了。他们是有主义有目标的人，他们要去山东寻找黎启亮，继续从事抗日救亡工作。

那世荣、屠善修和隆仁昌并排站在一起，他们手里举着十字架，嘴里喊着"人道"和"国际公约"，用血肉之躯挡着教堂的大门，阻止鬼子兵进入院内滥杀无辜。

灰太狼过来了，他挥挥手让日军退后，自己走到前面，像绅士一样给三个美洲神职人员鞠躬行礼。

"尊敬的那先生、屠先生和隆先生，我可以放过院内所有的人。不过……"灰太狼收起脸上伪善的笑容，恶狠狠地说："我不会放过你们！"

三位加拿大传教士像被雷电击中一样，同时打了一个冷颤。看到魔鬼狞笑的同时，他们也听到了上帝的召唤。同一方水土养大的人，具有相同或类似的禀性。他们和老乡白求恩一样，品行和精神都是高尚的，也是勇敢果决的。中国有句古话叫"救人一命胜造七级浮屠"。教堂里挤满了三千多口子中国难民，果真把他们保全下来，也算践行了上帝"博爱"人类的旨意，做了一件大善事。自己的肉质凡胎会和泥土同腐，精神一准在黄河故道中传扬。上帝也会让天使接引他们，把他们送进万人向往的天堂。魔鬼是不可理喻的，灰太狼不遵守承诺他们也毫无办法，只能咀咒他被厉鬼索命，直接送到十八层阿鼻地狱。

"希望你能信守承诺，放过院子里的难民。"三个金发碧眼的北美洲传教士异口同声地说了一句话，慢慢地闭上眼睛，准备慷慨就义了。

灰太狼朝前挥挥手，做了一个劈刺的动作，手下的豺狼像非洲鬣狗一样围上去，把明晃晃的刺刀捅进了异国传教士的胸膛。

万人迷已经换了一身修女的服装，用面纱罩着脸溜出地下室，站在一个墙拐角上往门口窥探。她看清楚了，那个指挥手下杀人的恶魔就是自己救助的皮货商。过去只知道"臭皮香客"，皮囊臭了或许心灵不坏。没成想他的灵魂丑陋肮脏，五脏六腑都奇臭无比。自己的眼里生长了"萝卜花"（白内障），心灵也被猪油蒙上了，居然像东郭那个迂夫子一样，闭着眼睛把恶狼给救了。

叫魔鬼信守承诺就像上天摘星星，一万年以后也是有很大难度的。加拿大神职人员的鲜血唤不醒畜生的良知，更阻止不了禽兽们的残暴行径。

灰太狼要做恶魔的典范，要制造骇人听闻的惨案，要树立一个同伙难以逾越的诛戮目标。他抬起带着洁白手套的右手，高喊道："机枪准备。"

那只魔鬼的爪子落下来，机枪就会喷出邪恶的火焰，让三千多名中国难民紧步外国传教士的后尘，随着传教士一起步入天国。此时万人迷悄无声息地退回去，钻进地窖里躲起来，仍然是非常安全的。可是她没有退缩，而是迎着刺刀和枪口跑过去，用日本话大喊："住手！"

三十四、出师锄奸

黄河故道中的一草一木都是倾向革命的，青纱帐用自己婀娜的身体掩护着抗日救亡的战士，草丛深处生长着各种菌类、可食的茎根、嫩叶和花朵，河汊坑塘里有莲藕、菱角、蒲棒、鸡头米和鱼鳖虾蟹，也有贝类和蛙类。树杈的鸟窝里有鸟蛋，草根缝隙里藏有长虫、四脚蛇一类的爬行动物，还有野兔子、骚狐狸和土拨鼠，都是可以充饥果腹的美味食品。只要不被敌人发现，在草荡里常年潜伏也是饿不着的。

柳至贤带着沈素萍到他和小红袍的欢乐谷去，扒出电台和王八盒子，白天吃饱了拱进草窠子里面睡觉，晚上看着北斗星行走。柳至贤握着沉甸甸的王八盒子，心情也沉重起来。万人迷知道自己需要这些东西并不奇怪，奇怪的是这些东西怎么会埋在那儿，她怎么会知道那个"温柔冢"下面有军用物资，是谁埋在那儿的？

柳至贤的心绪像乱麻一样，一时半会的理不出头绪。他带着沈素萍绕过梁寨渊子，进入丰县华山境内，找到了李贞乾的抗日武装部队。

黎启亮带领黄河故道抗日义勇队，比柳至贤早到丰县半个月，部队正在休整改编。

柳至贤带来了军用电台，让大家两眼一亮，全都高兴地欢呼起来。在战争年代望远镜是"千里眼"，发报机是"顺风耳"。只要发报方和接听方同时开机，远隔千万里的路程，也会在一瞬间"嘀嘀嗒嗒"地把情报传过来。没有发报机就得靠人工传送情报，写成字条容易被发现，被发现了就要泄露军事秘密，容易暴露地下工作者，导致战争失败。不写成字条容易忘记内容，或者漏落条款，甚至是以讹传讹，不能准确传递情报，影响领导对战局形势的判断和决策。

八路军的部队全都穷得叮当响，武器装备一律从敌人手中获取，政府不给配发，上级手里没有物资。现在有电台了，李贞乾总队长决定成立机要室，由沈素萍担任机要室主任，负责收发电报，培训报务人员。

八路军苏鲁挺进支队和黄河故道抗日义勇队整编合并，使用"湖西抗日义勇队第二总队"的番号，推举李贞乾任总队长，王文彬任政治委员，黎启亮任参谋长，柳至贤任政治部主任。

共产党的湖西地区包括丰县、沛县、萧县、砀山县、单县、鱼台县、禹城县、铜山县、金乡县、蟠龙县等地，首脑机关和公署驻地设在单县。这些地方位于苏鲁豫皖四省交界处，大部分位于山东南阳湖、独山湖、昭阳湖、微山湖四湖以西，所以称为湖西地区。李贞乾总队长兼任湖西专员公署的专员，这是共产党任命的，国民政府没有表示反对，但也迟迟不发委任状。

湖西抗日义勇军二总队下辖十一个大队，人数逾千，在黄河故道范围内算是一支很有影响的抗日武装。灰太狼视抗日二总队为眼中钉和肉中刺，必欲除之而后快。

灰太狼在蟠龙县立足之后，在各个村庄成立维持会，在集镇上修筑炮楼碉堡，在各个路口设立关卡，在各个县城设立皇协军和汉奸侦缉队。对所占领的区域实行"囚笼"政策，想把抗日武装困死、饿死。

苟敬诗被灰太狼救封为蟠龙中心县皇协军总司令，在他的鼎力推荐下，他的另外七个把兄弟分别就任其他七县的皇协军司令。

苟敬诗牛起来了，蟠龙县地界的狗也牛起来了。苟敬诗在鬼子面前像鳖孙子一样，从不大声说话，从来没直起腰来走路。可是在黄河故道的老少爷们面前，他却大耍威风，一味地穷臭显摆。因为他是苟氏的后人，与家狗野狗谐音，便要求辖区内的父老乡亲为"尊者讳"，不能随便说"狗"，不能随便骂"狗"，更不能随便打"狗"。老百姓唤狗的时候不能"大黑"、"小黄"地随便吆喝，要毕恭毕敬地称呼"狗大人"。人们见到苟司令的时候，故意大声招呼"狗大人您早"。这时就有几只野狗窜出来摇尾巴，弄得打招呼和被招呼的人都有些尴尬。

敬狗的规矩是给中国人立的，日本鬼子例外。灰太狼好吃卤狗肉，打狗、勒狗、杀狗都是再正常不过的事情，苟敬诗还会挽起袖管，亲自上阵操刀。为了巴结灰太狼，他把自己的妹妹和老婆都搭上了，何况一条癞皮狗？

苟敬诗没让妹妹跟随"菜葫芦"行动，哄骗她在卤肉铺里看家，是想诱使蔡司令潜回蟠龙，把他捉起来献给灰太狼，威逼利诱他像自己一样变节当狗。日本人谎称帮助中国人实现"东亚共荣"，需要一些在民众中有威信、有实力的人装潢门面。还没进攻蟠龙县之前，他就通过电台密令苟敬诗想办法稳住柳县长和蔡司令，让他们披上狗皮当傀儡。可是苟敬诗混蛋无能，没留住蔡司令，也没抓住柳县长。不得已求其次，只能让这只哈巴狗浴猴而冠了。

灰太狼当众奸淫蔡太太，固然是恼怒"菜葫芦"杀个回马枪抢劫皇军的军需辎重。要是苟敬诗按照指令行事，把蟠龙县的军政要员灌醉在衙门里，大日本皇军一路高歌猛进，无人阻挡，就不会损兵折将，也不会丢掉后面的军需辎重。他和部下轮流奸淫的花姑娘不光是蔡司令的老婆，也是苟参谋长的妹妹，这样既报复了"菜葫芦"，也警告了苟敬诗。不出力的懒狗啃不到骨头，完不成任务要受到惩罚。自己还当间谍的时候，苟敬诗给自己讲了一个蛮有趣的故事：说有一个出嫁的小媳妇被丈夫打了，回娘家向老父亲告状，要求父亲带着兄弟们去婆家打女婿。老父亲听后沉默不语。沉思很长时间，忽然站起来对着女儿又踢又打。一边打一边恶狠狠地怒骂：不通人性的畜生，你敢打我的女儿，我就狠揍你的媳妇。灰太狼认为自己就是那个聪明的老丈人，既祸害了"菜葫芦"的老婆，又玷污了苟敬诗的妹妹。至于鬼子兵兽性大发的时候奸淫不分对象，株连到苟司令的老婆，那是箭在弦上不得不发，惯性使然，情有可原。就像荆轲刺秦王一样，只要把手中的匕首刺出去，杀死杀不死秦王，刺着刺不着秦王，事情的性质都是一样的，罪名和结果也是一样的，无须过分地苛求细节完美与否了。

蔡太太当场就咬舌自尽了，苟太太被吓得疯疯癫癫。灰太狼觉得这一巴掌把苟敬诗拍得太重了，于是升任他为蟠龙中心县的皇协军总司令。这是符合驭人之道的。苟敬诗曾经向他炫耀过，管理属下的最好的妙招就是"胡萝卜加大棒"，一会搧他两巴掌，一会赏他一个甜枣吃，一会揍哭，一会哄笑。战争年代的"司令"就像和平年代的"经理"、"主任"一样，比牛毛还多。随便啥"阿猫"、"阿狗"的，随便纠集几个人，扛上"烧火棍"就可以当"司令"。那年月人们常年食不果腹、衣不蔽体，当兵是为了"吃粮"，只要能把肚皮糊弄圆了，啥队伍都参加，当大马子也不含糊。只要不露皮肉，啥衣服都穿，狗皮也照样披在身上。鬼子手下的汉奸司令，军阶再高也是送命的主儿。说白了，不打仗的时候是狗，打起仗来当炮灰，在鬼子前面挡子弹。

丰县的皇协军司令叫王限臣，是苟司令的铁哥们。他和结拜兄弟苟敬诗一样，也是王八吃秤砣，死心塌地为日本鬼子效力的铁杆汉奸。王限臣早年横行霸道，仗着有几分蛮力鱼肉百姓，被一个云游四方的野和尚打塌了鼻梁。伤好之后鼻梁就错位生长，再也周正不过来了。乡亲们根据这一显著的生理特征，在背后叫他王歪鼻子。因为这个绰号形象贴切，一下子就传遍了四省八县。

日本鬼子侵华期间，在鬼子手下当伪军的人也分三六九等。有的人是受国共两党派遣打入敌人内部的地下工作者，老百姓非常形象地把他们比喻为"白皮红瓤"萝卜。有的人属于"身在曹营心在汉"，身上穿着狗皮，心里藏着善念，在保障安全的情况下，偶尔也帮助八路军或国军骚扰鬼子一把。有的人纯粹为了混饭吃，表面上任凭鬼子驱驰，暗地里偷奸耍滑，并不真心祸害老百姓。有的人对鬼子阳奉阴违，表面上比日本鬼子还不是东西，私下里对鬼子的命令大打折扣。像苟敬诗和王歪鼻子那样搭上老婆亲妹妹也无怨恨之心，死不悔改坚决彻底的铁杆汉奸是极少的。

抗战时期，皇协军贪生怕死，日本鬼子民怨极大，得不到老百姓的帮助。他们还不熟悉风土人情和地理环境，在战场上经常吃亏。

抗日的烽火在黄河故道流域的草荡里燃烧，抗日的队伍也迅速扩张壮大。截止到1938年底，湖西地区抗日二总队就发展到20个大队5000余人。后来队伍奉命改编为八路军山东纵队挺进支队，成为抗战初期坚持湖西抗日斗争的一支主要武装力量，为开创湖西抗日根据地作出了很大贡献。

日本鬼子听不懂中国话，认不准本地人，随便编个瞎话就能糊弄过去。本地人熟知本地人的脸孔和禀性，只有本地人才知道如何祸害本地人。

王歪鼻子在丰县各个乡镇招募兵丁，专门招收那些"差把火"、"半熟"、"缺心眼"、"没良心"、"狼心狗肺"和"猪狗不如"的东西。这样的东西六亲不认，能把坏事做绝。这些人知道乡亲们的底细，敢于指认没来得及"北撤"的共党干部，举报农会、妇救会、武委会干部和积极分子。对于不愿意和他们一样变节当狗的人，他们采用极其残忍的手段进行大肆地屠杀和迫害。其中"活埋"、"活刮"、"铡头"、"点天灯"等，残忍到了令人发指的地步。

为了保护革命的火种，稳定人民抗日的决心，挺进支队决定除掉王歪鼻子，杀个猴子给鸡看，警示那些冥顽不化的铁杆汉奸。

1938年9月，李贞乾把抗日二总队和丰、沛、萧、砀、单五县的抗日武装力量集结到丰县城北，进攻汉奸王歪鼻子的驻防地常顺镇。

王歪鼻子龟缩在炮楼里面不敢露面，一边用轻重机枪、掷弹筒等重武器压制镇外八路军的火力，一边打电话向驻防丰县城的鬼子中队求援。

八九月份的天气，镇子外面到处都是青纱帐，共产党的队伍都会打游击，也能吃苦，纪律观念强，这是制胜的保障。义勇队白天钻进青纱帐里休息，只留少数人放冷枪吸引敌人火力，消耗他们的体力和弹药。夜间他们用铁桶鞭炮、鸟铳、三眼枪惊吓守敌，让他们吃不香，睡不稳。

敌我双方相持十多天，把丰县城小岛中队的鬼子兵也调度出来了。黎启亮和柳至贤向李贞乾建议，趁丰县城空虚无兵之际，派一支精干的小分队化妆进城，炸掉鬼子的军火库。

为了保险起见，李贞乾决定派遣两支小分队从常顺镇东西两侧涉水渡过白衣河，分散潜入丰县城里，天黑的时候汇集在一起，对医院、粮库、军火库、军需物资库进行突袭，尽可能多的运输一批枪支弹药和医药、粮食、布匹等军需物资到红区来，拉不动拿不走的东西全部炸毁。对鬼子以牙还牙，能杀死的就不留活口。对伪军网开一面，只杀十恶不赦的铁杆汉奸，对被胁迫抓壮丁、出来混饭吃的人，教育释放，劝其改恶从善，暗中为八路军传递情报，打仗的时候往天上放枪。

因为政府消极抵抗，蒋委员长想借助日本鬼子的力量消灭共产党，所以国军开始就节节败退。南京失守之后，"亡国论"在军中蔓延，似乎日本人是不可战胜的，汪精卫开始变节投降，绝大部分国军和党国要员都患上了"恐日症"。日本鬼子推进的速度很快，战线拉得太长，兵源和给养相对短缺。据说当时丰县驻防的鬼子号称一个中队，实际在编人员连一个小队都不到。日本鬼子狂妄自大，逃难的老百姓听信就"跑反"，以讹传讹的居多，很少有人见到有鬼子兵在后面追赶。这样的现象非常普遍，更助涨了日本鬼子的嚣张气焰。鬼子兵老鼠枕着猫蛋睡，越混越大胆，开始是枕戈待旦，后来和衣而卧，再后来像住宾馆一样，洗涮干净了脱光衣服舒舒服服地安睡。军营外面也不设岗哨，吹几个橡皮制作的假鬼子唬人，就像插个稻草人吓唬飞鸟一样。

小分队潜入县城之后，分散到车站、码头、茶馆、饭庄、书场、剧场、澡堂、集市、商铺等闲人聚集的场所，和他们胡扯八啦，充分了解日伪军的兵力部署情况。晚饭后继续分散休息，凌晨开始摸岗，把鬼子兵宰杀在床头上。把伪军全部缴械，押着他们搜罗了几十辆大车，由一支小分队把布匹、粮食和枪支弹药运出西门，往单县方向疾驰而去。辎重离开县城两个时辰之后，另一只小分队开始放火，引爆炸药包，让鬼子的军营和仓库坐上土飞机上了天。

小岛接到汇报之后，当场休克过去。王歪鼻子忙着帮他掐虎口、掐人中，用中国的土法施救。中医也能救活鬼子，小岛醒过来了，仍然有些歇斯底里，他挥刀砍掉了桌子的一角，大声骂道："支那猪，统统死啦死啦的。"

王歪鼻子一脸迷茫，没弄懂是啥意思。翻译替他解释一遍，他依旧朝着小岛鞠躬，脸上挂着献媚的贱笑。他把小岛的意思弄明白了，并不认为自己受到了侮辱，因为主子是在骂猪，他认为猪猡和自己不搭界。他的把兄弟上司曾经在酒桌上说过："咱弟兄几个乌鸦和猪掺堆了，谁也别说谁更黑，都他妈的是日本狗。"

"小岛太君，发怒的不要，我想……"王歪鼻子把小岛搀到椅子上坐好，小心翼翼地讨好着。"中国有句古话叫'以其人之道还治其人之身'。我们悄悄地杀到李新庄去，把李贞乾的祖坟扒喽，把他们的房子烧掉，把共党的家属杀掉，给皇军报仇。"

王歪鼻子做了一个抹脖子的动作，奸笑着看小岛的反应。

"吆西。"小岛点点头，对身边的鬼子说："王桑的带路，李新庄的干活，开路以马斯。"

三十五、私人内线

长顺据点的吊桥高高地拽起来了，枪声也明显地稀疏了，柳至贤觉得这个情况很值得怀疑。他从前沿跑到指挥所，把这个不正常的情况汇报给李贞乾和黎启亮，一时猜不透日伪军在搞啥鬼把戏。

沈素萍也来到了指挥所。她刚刚收到上级发来的电报，由八路军115师685团改编的苏鲁豫支队拔掉了微山湖畔鬼子最大的据点谷亭，消灭日伪军700余人，活捉伪县长朱启森。现在苏鲁豫支队乘胜追击，继续扩大战果，先头部队已抵达丰县东北部的师寨境内。这个消息令人鼓舞和振奋，大大地激发了战士们的斗志。大家纷纷到指挥部请战，要求马上发动总攻，一举拿下长顺据点，活捉小岛和王歪鼻子。

冲锋号一响据点里就竖起了白旗。鬼子和伪军的主力都偷袭李贞乾的老家李新庄去了，剩下一个排的留守伪军自知不堪一击，全都做出了明智的选择。他们把武器扔出据点，举起双手鱼贯走出乌龟壳，向挺进支队投降。

地下工作者经常张贴各种标语，到处投送赤色传单，伪军早就知道共产党的各项政策。诸如"缴枪不杀"、"优待俘虏"、"立功受奖"之类，这是保命的秘诀，他们更是烂熟于胸的。为了争取宽大处理，他们立功心切，见到八路军就汇报了王歪鼻子带着鬼子偷袭李新庄的行动。

李贞乾马上让沈素萍给苏鲁豫支队发电报，请他们火速赶往李新庄，配合挺进支队消灭鬼子汉奸。

进城破坏鬼子仓库的小分队已经回来了，了解情况后都后悔做事鲁莽。导火索点燃得太早了，留下了不小的遗憾。

因为兵源和给养严重不足，日本陆军部给驻防中国各地的鬼子下达了"以战养战"的命令，就是搜刮民脂民膏充作军费。

各地的鬼子暂时把屠刀的锋刃包裹起来，不像先前那样肆无忌惮地杀人了。灰太狼原本也是要把黄河故道变成无人区的。八路军老是大力宣传"军民鱼水情"，说八路军是鱼，老百姓是水，共产党和老百姓结合在一起就如鱼得水。灰太狼想把养鱼的水耗干，涸辙之鱼难以安身立命，自己就可以干地里拾鱼，彻底消灭抗日的武装力量了。可是没人种庄稼吃啥穿啥？自己岂不是死得比"鱼"还快？中国幅员辽阔，有四万万热血公民，即便不作反抗，小日本能杀得完吗？

灰太狼遵从上级的指示，再抓到手上没有老茧的文化人，或者是中指上磨出腒子的疑似武装抵抗人员，先不急着砍头，而是送到"劳工营"出苦力，大肆掠夺中国的资源。

小岛出发前打电话向灰太狼汇报行动计划。灰太狼到苟司令家里喝花酒去了，知道这个消息的时间晚了一些，想制止已经来不及了。放弃军事要塞孤军犯险，这是犯了兵家大忌的。偷袭成功了杀几个老弱妇孺，扒开一个大土堆，没有任何实际价值。共产党都是飞毛腿，打扫完战场抄近道回去布个口袋阵以逸待劳，小岛大队就是肉包子打狗——有去无回。

灰太狼只觉得脊背发凉，无端地出了一身冷汗。他马上叫来铃木少佐，让他带领一个鬼子中队，和苟敬诗的皇协军一起，火速赶往李新庄，救援小岛中队。

灰太狼大意了，他不知道苏鲁豫支队已经进入丰县。以为李贞乾是"土八路"出身，虽然换上了统一制式的灰布军装，军事素养和作战经验是比不过大日本皇军的。铃木虽然年轻，毕竟是陆军士官学校毕业的高材生，军龄比自己短不了几年，也是身经百战的老兵，一定不会辜负自己殷殷期望的。

有道是"鬼怕托生人怕死"，苟敬诗就是那个不想"托生"的家伙。他一听见枪炮声就腿软心颤，只想扭头往回跑。可是灰太狼的命令他又不敢不听，只好硬着头皮带着铃木在草荡里面瞎转。

鬼子兵知道土八路狡猾狡猾的，害怕踩上地雷，一入丰县境内就把汽车马匹放在草荡子深处藏好，叫伪军走在前面蹚地雷。

走到丰县的套楼附近，苟敬诗发现一个河汊子里面飘来一团带有血渍的白纱布。他折下一根树枝把绷带捞起来，拿到铃木面前汇报说："请太君下命令叫部队隐蔽前进，这儿情况大大的有。"

苟敬诗顺着河流往上游找，果然发现了几个带着红十字袖标的年轻女兵在河边洗绷带和衣物。狗东西发现了苏鲁豫支队的野战医院，并且袭击得手。他们枪杀了20多个重伤员，抓获了30余名轻伤员、10多名医护人员和一名政工干部王旭仁。

苟敬诗劝铃木撤回蟠龙县，理由是这里出现了八路军的野战医院，说明八路军的主力大部队到了，咱们这几个人就是八路军的一碟豆芽菜，前去参战就是飞蛾扑火，自寻死路。太君不要不服气，别看你们黑瞎皇协军在行，和八路干起来就是底子了。还不如把俘虏带回去审问，摸清情况再说。王歪鼻子是和我一个头磕在地下的把兄弟，我们在一起喝过血酒，折过鞋底，磕过响头，拜过关老爷，我不想救他吗？可是想有啥用？再想救他也不能胡来。前面就是无底深渊，一步踏过去连退步抽身的机会都没有，不光救不出被围困的哥们和太君，咱们也得搭进去。这事千万不能干，有一个心眼子也不能当愣种。八路军的主力收拾王歪鼻子，更是快刀剁豆腐，根本不挡牙。说不定现在战斗早就结束了，再不抓紧逃命，八路军打扫完战场就该收拾咱们了。

铃木有了恐怖的感觉，被苟敬诗说得浑身发冷，头发和汗毛都倒竖起来了。日本鬼子崇尚武士道精神，也知道血肉之躯挡不住子弹。用切腹自杀、饮弹自尽的方式结束自己的生命，用死亡证明自己对天皇的效忠，实际上是愚弄士兵的无奈之举，在没有生还可能的情况下，为了保住体面，逃脱惩罚，选择一个有尊严的死法。现在有逃生的可能，自己是没有理由放弃的。小岛君多多保重，我实在顾不上你了，请你谅解并自求多福吧。灰太狼长官经常训斥我们，要向中国人那样"从谏如流"，我现在就开始遵从长官的训示，按照苟司令的方法办了。苟司令经常苦口婆心地劝说自己：听别人的劝吃饱饭。今天不听劝行吗？死拧到底吃饭的家伙就要挪地方。吃饭的家伙没了，还怎么活命？

天作孽犹可恕，自作孽不可活；多行不义必自毙，正义终究能战胜邪恶。日本帝国主义凭一时之利，呈匹夫之勇，自以为可以统驭全球，实际上是给自己敲响了丧钟。从侵略军进犯中国的领土开始，就陷入了全民抗战的汪洋大海之中，注定了失败和灭亡的下场。

愚蠢的小岛队长和他的走狗王歪鼻子主动选择一条不归路，提前演示失败和灭亡的全部过程。

八路军苏鲁豫支队根据挺进支队提供的线索和方位，找当地老乡当向导，提前在距离李新庄十多里的大沙河草荡里隐蔽设伏，布了一个大大的口袋阵等候着，把日寇和伪军全部装进了"口袋"里。

这是一场不对称的战争，八路军的人数和战斗力都远大于日伪军。铃木中队大踏步地后撤，加速了小岛中队的灭亡。枪声一响敌人就乱了阵脚，强大的火力攻势压制得日伪军匍匐在地下抬不起头来，排子枪和手榴弹密集地从两侧投送到中间，日伪军鬼哭狼嚎，惊恐尖叫，毫无还手之力。八路军像砍瓜切菜一样，轰炸完了，一个冲锋就解决了战斗。

小岛在绝望中先用王八盒子点了王歪鼻子的名，然后拔出指挥刀戳向自己的腹腔，切腹自杀了。

王歪鼻子灭亡之后，丰县又出了一个效忠鬼子的铁杆大汉奸侯本升。这东西凶残暴戾，六亲不认，唯鬼子的狗头是瞻，很受日本主子的赏识。他从一个驻守乡镇小炮楼的伪军班长做起，官运亨通，一路腾达，一直升到伪淮海省皇协军副总司令兼第九纵队司令，被授予少将军衔，和苟敬诗一样，成了伪省长兼皇协军总司令郝鹏举的左右手。苟敬诗当了副总司令之后仍在蟠龙县任职，侯本升却调到了省城，做了专职常务副总司令，高出苟敬诗一头。大奸大恶之人，下场一定是非常可悲的，侯本升也没有得到善终，日本鬼子投降之前，他就被丰县籍爱国青年陈黑枪杀在彭城剧场里面了。

时势造英雄，社会需要也出奸雄和狗熊。在战乱的年代里，黄河故道中出了五位将军级的风云人物。第一位大英雄首推抗日名将范子侠将军。他于1942年2月12日在沙河县柴关一带的反"扫荡"作战时牺牲，年仅34岁。时任八路军129师新编第十旅旅长，平汉抗日游击纵队司令员，太行第六军分区司令员。第二位是国民党的上将王敬久，也抗击过日本鬼子，在玉人楼把灰太狼揍得鼻青脸肿，私自带兵去家乡剿匪，在黄河故道中有一定的影响和声望，口碑不错。第三位就是被王敬久招安的大马子蔡华祥，那个用剃头刀削掉自己两只耳朵的葫芦头。日本鬼子投降之后，他是国军派驻蟠龙县的接收大员，被授予陆军少将。另两位是孬熊、狗熊、不是熊的熊货，大家一定也猜出来了，就是侯本升和苟敬诗。他们都是伪淮海省的皇协军副总司令，日本鬼子授给他们少将军衔。

丰县大沙河这场战役打出了八路军的气势，灭掉了日本鬼子和汉奸伪军的威风。八路军气势如虹，一口气拿下了丰县和鱼台两座县城，拔掉了20多个村镇据点，打出了一个抗日小高潮。八路军准备一路高歌猛进，继续扩大战果和影响。

革命队伍发展迅速，抗日形势十分喜人。到了1939年上半年，两个支队都迅速壮大，军队人数都超过了8000人。这时中共中央有了新的指示，根据形势发展的需要，中央要求八路军苏鲁挺进支队和苏鲁豫支队合并改编，组建八路军苏鲁豫皖纵队，任命彭明治为司令员，吴法宪为政治委员。同时成立湖西军分区，李贞乾任湖西专员公署专员，兼任湖西军分区司令员，李毅任专区党委书记，兼军分区政治委员。

遵照苏鲁豫皖纵队向陇海路以南发展的指示，司令员彭明治率领三个支队挺进到陇海路以南、津浦路以西一带开辟根据地，并与淮北的新四军师长彭雪枫部取得了联系。纵队政委吴法宪率领三个支队开赴到陇海路以南、津浦路以东地区开辟根据地。改编后的苏鲁豫皖纵队第四支队继续留在湖西地区，协助专员公署和湖西军分区工作，是八路军留在湖西地区的一支重要武装力量。第四支队的支队长是梁兴初，政治委员是王凤鸣。王政委还同时担任湖西军政委员会的主要负责人。王凤鸣政委独揽湖西地区的党政军大权，为湖西地区埋下了一个严重的隐患。因为权力过于集中，挤压掉了"民主"生存的空间。手下有人溜须拍马、阿谀奉承，领导人自视过高、自以为是，陶醉于颐指气使的家长制管理方法，听不进逆耳之言，独断专行，我行我素，指鹿为马的温床就被催生出来了。

两个支队合并之前，因为挺进支队久居湖西地区，营救被捕同志的任务就理所当然地交由李贞乾队长来完成。

野战医院被俘的战士和政工干事王旭仁被关押在蟠龙县城里。灰太狼失去了两个县城，被长官叫到徐州城扇了十几个大嘴巴子，就想拿这几个被俘人员做点文章，所以防范是很严密的。组织上已经联络了几条暗线，一直不能接近被捕的同志，想不出用啥好办法解救他们。

共产党讲究群策群力、集思广益，但这事又不能大张旗鼓地公开宣传，弄得满城风雨就不好营救他们了。这事还急得像大火上房，一刻也延迟不得。日本鬼子惨无人道，多一分钟就多一分危险。

大家又被召集到司令部研究营救方案。李贞乾抓耳挠腮，黎启亮手足无措。柳至贤猛然想起一个人来，或许她真有办法把人救出来。

形势危急，有路子就得走，行与不行要尝试之后才知道。人说"有病乱投医"，现在也只能先把"死马当成活马医"。

三十六、魔窟里的天使

故黄河荒滩上的父老乡亲一直惦记着一个神秘的人物。那个人带着面纱，穿着一身修女的服装，会说日本话。看样子她是一位女性，一位身姿姣好的女性，心地自然也是善良的，否则她不会在危难的关头挺身而出，大义凛然地救护罗马楼中的中国难民。

这个人拯救了三千多名中国难民，自己则被灰太狼带到日军宪兵司令部。后来那个救苦救难的观世音像是蒸发了一样，再也看不到踪影了。

那个被大家惦记的具有侠士风范的神秘修女就是万人迷。她的一声怒吼托住了灰太狼即将落下的手臂，阻止了鬼子兵扣动歪把子机枪的扳机。三千多名中国难民的性命保住了，她被鬼子兵带走了。

万人迷贴着灰太狼的耳朵，小声说出了自己的名字。她让灰太狼支开身边的人，关上门进行了一次长谈。万人迷告诉灰太狼，自己是罂粟花发展的日军特工，和罂粟花单线联系。这事就是灰太狼安排小学妹办理的，他对此深信不疑。可是罂粟花早就和组织失去联系了，她到哪儿去了？

万人迷说罂粟花到孟家沟找过她，说自己要到蟠龙县刺杀柳至贤和"菜葫芦"，约定一月后在云龙山放鹤亭接头，安排下一步的工作。万人迷连续十几天都到接头地点去，一直不见罂粟花的踪影。她的积蓄花光了，把房子也典当出去了，再也没有人上门找她联系。万般无奈之下，她来到蟠龙县城寻找罂粟花，靠教堂的牧师和信徒施舍过日子。

"罂粟花完了。"听完万人迷的陈述，灰太狼摇头叹息，一副十分惋惜的样子。他知道故黄河荒滩大草荡子里面的凶险，自己就曾经差一点点送命。罂粟花年轻气盛，不知道天高地厚，肯定是在草荡深处喂狼了。

"从今天开始，你可以趾高气扬地生活，昂起头来把胸脯挺得高高的。"灰太狼建议万人迷扔掉面纱罩，以本来的面目示人。"为大日本帝国和天皇陛下效力无上光荣，用不着偷偷摸摸的。"

"不，我还要继续从事地下工作。"万人迷微笑着摇摇头，说出了自己的道理："我仍然在隐蔽的战线上工作对皇军更为有利。你不暴露自己，敌人发现不了你，也不会防范你，这样就能轻易地获取更多、更有价值的情报。"

灰太狼曾经是特高课的专职间谍，在特工方面一点就透。他由衷地点点头，有几分佩服这个救过自己一命的美女了。

"我怎么安置你呢?"灰太狼征询万人迷的意见，他还拿不出具体方案。

"我不能住在你们的军营里，和你也要间断性的秘密往来才行。"万人迷说："我还做一个普通的家庭妇女，越不起眼、越不引人注意越好。"

"吆西。我有办法啦。"灰太狼突然兴奋起来，他想起了苟敬诗昨天汇报的情况。

王敬久是蒋委员长的嫡系部队，柳至贤是共产党的心腹爱将，他们都是抗日分子，都已经离开蟠龙县逃之夭夭了。他们的洋房子都还在蟠龙县城，都盖得坚实漂亮。现在蟠龙县是日本皇军的天下，坐在"龙庭"上管事的总瓢把子是皇军大佐石原灰太狼阁下。在皇军看来，抗日分子罪可弥天，抗日分子的一切资产都可以当作"逆产"来充公，或是奖赏给那些积极建设"王道乐土"、真心效忠天皇陛下的人。

苟敬诗把王敬久的洋房子翻修改装，弄出了日本的特色和韵味。他把房间的实木门改成玻璃推拉门，画上樱花的图案。在卧室里放上了木屐和榻榻米，还专门修建了浴室和厕所，搞得十分豪华舒适。王敬久的洋房子高大敞亮，是蟠龙县档次最高的房子，他自己不敢享用，装潢好就把钥匙送到了灰太狼的办公室。苟敬诗认为，巴结主子要像孝敬老子一样，先察言阅色观其所好，再投其所好，往主子心里做事。

灰太狼远渡重洋，从东瀛岛国来到中原大地，天天杀伐决断，案牍如山。他一个大老爷们孤悬异国他乡，肯定是吃不好、睡不香。看到灰太狼一天天憔悴，苟敬诗十分心痛。他要让灰太狼像大诗人李白一样，但使美酒能醉客，直把他乡作故乡。光是吃饱喝醉了不想家还没达到最高的境界，清醒过来情绪还会反复的。古人也说过"抽刀断水水更流，借酒浇愁愁更愁"。如果太君大佐清醒的时候也像蜀后主刘禅一样，有"此间乐、不思蜀"的心态，自己的目的就达到了。

把灰太狼伺候舒服了，自己是可以从中捞取好处的。苟敬诗苦思冥想，觉得把蟠龙县变成北海道他没有那样的本事，不过一定要让灰太狼在蟠龙县找到"回家"的感觉。那就首先要有宅院，其次要有家眷。宅院已经有了，没有也好鼓捣。这个女人嘛，还要探探主子的口风，看他喜欢哪种类型。

先贤说"君子有三畏"。在"君子"堆里找不着苟司令，但他也存有敬畏之心。他不畏"天地君亲师"，也不畏"圣人之言"，而是畏惧日本鬼子的权势和淫威。所以在妻子和妹妹遭到鬼子强暴的时候，像乌龟一样缩头闭眼，连大气都不敢喘。老百姓说他空披一张人皮，白顶一个咬人的姓氏。狗在夺爱的时候知道以命相搏，相互撕扯得皮开肉绽。苟敬诗很有肚量，能把天大的屈辱吞咽下去，把满腔的怒火消弭于无形，甚至可以给刚从老婆身上下来的干老子递手纸，这是常人无法达到的修为境界。

在日本鬼子面前，苟敬诗像条哈巴狗，有奶就是娘，见骨头就摇尾乞怜。日本鬼子扶植他当司令，给枪给钱给职给权，他就跪下磕头认老子。

中国人一直宣传孝悌之道，到处传扬着《二十四孝》的故事，苟司令也是认真进行研究的。他发现动物的尽孝行为是自发的，与生俱来，没有功利因素。像"乌鸦反哺"、"羊羔跪乳"、黑鱼自动游进母鱼的口中让其果腹等等，都是有力的证明。可是人类的爱以下行为主，父母可以为孩子舍生忘死，自己遭再大的罪、受再大的委屈也无怨无悔。世间流传着"童子尿当佐料"、"孩子的屎妈妈的酱，抹巴抹巴到嘴上"之类的歌谣，映照着父母拉扯孩子的艰辛。为孩子擦屎刮尿在所不辞，吃屎喝尿也甘之如饴。儿子养老人或多或少是有条件的，要老人为自己盖房子、娶媳妇，兄弟之间还要争夺家产，常以老人"偏心不公"为由拒绝赡养老人。孝顺的孩子也难持之以恒、一以贯之地尽心尽责，所以才会有"老来难"、"久病床前无孝子"之类的说法。《墙头记》直接暴露了人类的真实嘴脸，唯利是图者居多，忘恩负义者普遍。当儿子享受实实在在的实惠，当老子必须付出无私的大爱，承担各种各样的责任。选择做儿子实在是明智之举，苟司令一点也不糊涂。

苟敬诗也没忘记犒劳自己。他把柳至贤的宅子收入囊中，把黄河中学改成"黄河女子中学"，只收女生不招男生。

为了巴结日本鬼子，苟司令把老婆和妹妹全都搭上了。妹妹不光失去了贞操，连性命也没有了，"菜葫芦"肯定不会饶过自己的。苟敬诗也知道日本鬼子靠不住，投靠日本人就像燕子把窝垒在幕布上，随时都有被大风刮到地面上摔碎的可能。可是自己已经把灵魂泡到大粪池子里腌臭了，良知和良心也扔出去喂狗了，将来自己肯定不得善终，死后肯定入不了祖林，只能及时行乐，混一天算一天了。

出卖灵魂、缺失良知的人，做事一定是缺德的，也必定是疯狂的。没有人性的畜生不会有责任和担当，没有良知的人也没有正义，他们数祖忘典、背叛祖国，只会对社会疯狂地索取。苟敬诗的脖子被绿色的帽子压歪了，心灵被极度地扭曲了，心理也是极度地失衡。他要向社会报复。日本鬼子他不敢惹，施暴的对象就选择那些无辜的弱势群体。

苟司令安插两个心腹小汉奸到黄河女子中学当督学，专门物色俊秀的女学生。把有姿色的女生先弄到王敬久的洋房子里面叫灰太狼玩弄，灰太狼玩腻了他再接手祸害，他糟蹋够了再赏赐给手下的干儿子当老婆。他还借此机会摆酒席大宴宾客，大肆敛财。

日本鬼子占领黄河故道之后，苟司令仗着干老子的势力横行乡里，认了很多不三不四的干儿子。

苟司令知道，自从老婆和妹妹被鬼子奸污蹂躏之后，他的脸上就糊满了日本鬼子的臭屎粑粑，今生今世恐怕是擦不掉了。他的心理极度变态，于是疯狂地报复自己的同胞，想把自己的屈辱找补回来。每当看到被鬼子和自己折磨的同胞流淌着屈辱痛苦的眼泪，他的心中就有一股压抑不住的莫名快感，似乎自己的委屈被冲刷得清淡许多。

灰太狼很喜欢王敬久的洋房子，因为他的入住，洋房子很快就变成了阴森恐怖的魔窟。他要求万人迷住进洋房子给他当管家，一是调教苟敬诗送来的女学生，她们整天哭哭啼啼的，扫兴败胃口。二是自己搜刮的民脂民膏和汉奸孝敬的黄白之物要有人管理。他相信万人迷，委托她全权理财。她贪污一点也无妨，因为她是自己的救命恩人，让她挥霍贪污也算报答。如果没有万人迷，哪里会有帝国的陆军大佐？哪里会有帝国的细菌战术和化学战术？

万人迷答应了替灰太狼做管家的要求，她也有自己的主张。她告诉灰太狼自己在罗马楼附近有一处小宅院，为了便于工作自己不在洋房子留宿。加拿大的三位神甫遇难之后，她自觉地当起了教堂里的"主持"。那里时常涌入饥寒交迫的难民，她要照顾他们。在灰太狼面前不能说出真实的意图，她编造的理由是方便获取各方面的情报信息。

万人迷还要学习川剧的变脸大师，在洋房子里面穿日本和服，带纱网面罩。回自己庭院的时候，穿粗布工装，打扮成女佣的模样。

三十七、苟司令多了一个兄弟

从洋房子到罗马楼，中间正好经过柳县长的门口。柳县长早就跑出蟠龙城了。昔日的县长官邸，现在成了苟司令的外宅。自从老婆被日本人轮奸之后，他就不怎么搭理那个失节的黄脸婆了。疯疯癫癫的黄脸婆被关在后院的一间房子里，由几个干净利索的老妈子伺候着，苟司令忙着巴结灰太狼之流，跟着风流快活。

万人迷依旧带着面纱在小巷里行走，苟司令门前那几条黄狗都知道这个女佣是有来头的，见到她就点头哈腰地讪笑，像苟敬诗见到灰太狼一样。万人迷从不在洋房子里面过夜，都是顶着星星到那儿去点卯。她有洋房子的钥匙，有灰太狼亲自签发的特别通行证，可以随时随意地出入蟠龙城的各个机关场所。晌午以后，万人迷穿着一身佣人的衣服回家，胳膊上挎着一个大笸子，里面是从洋房子泔水桶里捞出的各种食物，有面条、粉条、面片、饺子皮、撕烂的烙饼、米饭、剩肉、剩鱼等。她回家以后，用清水把这些残剩的饭菜洗好，用盐腌制一下，晾晒在庭院里的苇箔上，晒干了装进口袋里储藏起来。或许善良的人天生节俭，她是黄河故道中第一个知道"打包"的人。

这天她走到苟司令的外宅门前，看到一个学生模样的青年人在门前逡巡，反复往门里面张望，又犹犹豫豫地不敢靠近。

"小伙子，你是干啥的？"万人迷上前扯了他一把，轻声问道："是不是走亲戚找不着门了？"

"是的，俺表叔原来住这里。表叔出远门了，叫俺姑姑留下来看家的。"年轻人有几分局促，显得有些羞涩。

"你表叔姓啥叫啥？啥时候出门的？"万人迷一下子警觉起来，想起了和冤家柳至贤分手的情景。柳至贤把钥匙拍在自己的掌心里，一往情深地说："我会派人找你的。"

"俺表叔姓柳，叫我过来找万姑姑。"学生娃对万人迷说："我姑姑拿着宅子的钥匙呢。"

"啊，我知道了。"万人迷拉起学生娃的手，急切又激动地说："我的好乖乖，啥都别说了，跟我走吧。"

万人迷拽走的那个学生娃叫万户瞳，小名三驴子，和柳至贤是一个村的，按辈分称呼柳至贤表叔。他才十六七岁的年纪，中学还没毕业就投笔从戎了。他是受到《义勇军进行曲》的感召，追随黎启亮校长举起大刀"向鬼子们的头上砍去"的。小伙子很有朝气，虽然面庞清瘦，却也英气逼人。

"我就是替你表叔保管钥匙的万姑姑，找我有啥事就敞开了说吧。"万人迷了解柳至贤的为人，在这种时候没有万分紧急的事情，他是不会麻烦自己的。这个小伙子冒险前来，一定也是"无事不登三宝殿"。柳至贤能把这个表侄派过来，说明这个小伙子精明能干，可以胜任交办的工作，也表明了柳至贤对这个表侄子的信任。

"我表叔是共产党，现在是湖西军分区的政治部主任。"万户瞳简单介绍一下表叔的近况，一脸凝重地说："上次李新庄战役的时候，我们的野战医院一个分部被鬼子发现了，几十名战士和伤员被鬼子抓来了。"

"这事我知道，人就关在战俘营里面。"灰太狼和万人迷商量过要把男八路送到劳工营出苦力，把女八路送到军人俱乐部当慰安妇。万人迷向灰太狼献计，说是找个理由让他们逃出战俘营，趁机派人跟着他们潜入八路军内部。灰太狼是老牌间谍，对派遣特工的事很感兴趣。他也读过中国的古典名著《西游记》，很喜欢"孙悟空钻进铁扇公主肚子里"的故事。他觉得掺沙子不是好办法，让逃跑的八路带个生脸膛过去，很容易暴露身份。八路军狡猾狡猾的，善于将计就计，故意不拆穿西洋镜，却利用自己的间谍传递假情报，那不是偷鸡不成蚀把米了吗？

万人迷有意拯救自己的同胞，故意给灰太狼下套。灰太狼没有马上就范，心里默许万人迷的计划，实际上已经中招了。

一个背着粪叉子拾破烂的流浪汉，一直缀在万人迷和万户瞳身后，到了万人迷的宅院门前才止住脚步。他三十岁的年纪，岁月在他身上刻下的印记很重，生理年龄和心理年龄都显得格外沧桑。他蓬头垢面，衣衫褴褛，行动迟缓，目光呆滞，素未谋面的人也能一下子读懂他的不幸。

流浪汉是万户瞳的胞兄万户暖，他猛然间看到了被万人迷拽走的小子像他的亲弟弟三驴子，可是看得不够真切，不敢冒然相认。他缩着头蹲在万人迷门口不远的地方，等万姑姑送万户瞳出门的时候，他凑到跟前喊了一声

"三驴子"。

万户瞳猛然一怔，眼前这个素昧平生的叫花子，怎么会张口喊出了自己的乳名呢？是表叔怕自己完不成任务，又派别的同志化妆赶来了？

"我是你的亲哥哥，大驴子。"见到弟弟一脸茫然的样子，万户暖十分着急，音调也调高了。"咱爹妈被鬼子祸害了，你二哥也跟着爹妈去了。"

"既然是大侄子到了，快点到家里去说话。"看到门前这个比自己还要显老的大侄子，万人迷的眼圈红晕了。

三驴子突然两眼一亮，福至心灵。自己嫡亲的哥哥，对日本鬼子怀有深仇大恨，天天在蟠龙城里转悠，叫他接送情报，确实是比自己更为合适的人选。

灰太狼提审了所有被俘人员，只是把审讯室放在刑讯室，让被审讯的八路军能看到残酷的行刑过程，能听到受刑人的惨叫。灰太狼仔细观察每个人的表情变化，关注他们的目光是坚定不移还是游移不定。人的表情变化是外观的，心理变化是内在的，内里的因素决定着外观上的变化。坚贞不屈的人表情刚毅，眼里没有惊惧和恐慌。贪生怕死的软骨头不一样，表情和目光会暴露他们内心的秘密。

灰太狼第一次见到王旭仁的时候，心情就无端地轻松起来。这个王旭仁脸盘子白白净净的，两只手也是细皮嫩肉的没有一丁点老茧，完全是一副养尊处优的形象，这样的长相在共产党的队伍里是非常少见的。他所见到的共产党人，不是黝黑粗糙就是面黄肌瘦，一副营养极度不良的样子。这说明眼前这个年轻的八路军干部出身在殷实之家，不是饥寒交迫者流，从小应该是娇生惯养的少爷羔子，没吃过苦受过罪。这样的人害怕吃苦受罪，更怕结束自己的生命。灰太狼特意和他对视一眼，王干事像被匕首刺中了一样，哆嗦一下把目光投向别处去了。因为恐惧他才躲避灰太狼的目光，这种躲避暴露了他内心的怯懦。

灰太狼得意地狞笑了，安排随从把王干事带离刑讯室。

"把王桑请到我的办公室里去，优待大大的。"灰太狼脱掉手上的白手套，在政工干事王旭仁面前轻轻地摇晃着。"咱们换个地方说话，喝酒的干活，按你们中国人的说法是啦啦家常理短。"

灰太狼的办公室非常宽敞高大，那个地方易县长和"菜葫芦"都坐过，蟠龙县的老年人说过，那个地方虽然比不上紫禁城里的金銮殿，至少也类似王爷坐北朝南的银安殿那样的规模和威仪。

当初悬挂"明镜高悬"的匾额被灰太狼摘了下来，换上了"武运长久"的大型条幅，下面是巨幅军事地图和蟠龙县日、伪、顽各方力量对比态势图。案牍上堆着卷宗、档案、电报、文件等杂物，紫檀木架上平托着一把日本军刀，电话机安在案子的另一端。

灰太狼的办公室也是苟司令改装的，东西两侧各有一个隔间。灰太狼招招手叫过门前站岗的卫兵，示意他们拽开两侧厢房的门板，向王干事展示一下隐蔽在门后的场景。西厢房装有两个高大的铁笼子，一个栅栏后面关着两条德国黑背大狼狗。他们呲着尖利的牙齿，吐露着蛇信一样猩红的大舌头，兴奋地"猖猖"狂吠起来。灰太狼轻描淡写地告诉脸色蜡黄的王干事，这两条狼狗都是吃人肉长大的，见到人就兴奋异常。另一个笼子里关着两只苍鹰，灰太狼在蟠龙县干间谍的时候，跟着苟敬诗牵狗架鹰地逮过兔子，对狩猎有着浓厚的兴趣。他告诉王干事，这只鹰已经熬出来了，现在是铁爪钢喙，能轻而易举地啄瞎人的眼睛、划开猎物的肚皮。栽不死的葱，熬不死的鹰，这是你们黄河故道人总结出来的规律。鹰固然熬不死，可是熬鹰的人天天像过阴一样，不死也得脱层皮。

王干事唯唯诺诺地胡乱应承着，心里充满了恐慌。他的腿肚子不停地打颤，猜不透灰太狼的葫芦里卖的什么药。

灰太狼继续诱导王干事。他告诉王干事，你们虽然祖祖辈辈都生活在这片土地上，可是这片土地的真正主人是大日本皇军。中国人是劣质民族，是二等公民，永远当不了主人。做奴仆也有做奴仆的好处，伺候好主人就万事大吉了，吃完饭倒头就睡，万事用不着操心。你们的先人把为朝廷办事的人比喻成"鹰犬"，这是尽善尽美的解释。猎物为了逃避追杀，往往钻进石堆、土洞或者是草丛树根里面，主人很难发现，看到了也不好捕捉。鹰犬帮助主人围猎，逮到猎物主人就高兴了，会把下水赏给鹰犬吃。

王干事是读过书的文化人，脑子反应很快。他听明白了，灰太狼希望他和苟司令一样，做日本鬼子的鹰犬。

灰太狼又把王干事带到东面的厢房里参观，那里歌舞升平，一派祥和的气象。那里有几个浓妆艳抹的日本女人在展示茶道技艺，泥炉煮水，高瓶插花，还有人在一旁拾掇日本料理，捧着酒壶等候侍宴。

昔日躺在大厅中央的作战沙盘已被挪到了房屋的一角，不过酒宴过后它会重新回归中心的位置，继续主宰这里的空间。魔鬼的屠刀仍在滴血，灰太狼总是拿着指挥棒在沙盘上指指点点，在故黄河荒原上制造着血腥的惨案。在作战室里摆酒宴客，怎么能够营造出欢乐和谐的氛围？几个日本艺妓单方面忙碌，用绞索勒出王干事的惨笑，又给室内的短暂"祥和"注入了诸多的虚假和滑稽。

王干事更清楚了，灰太狼像耍猴的师傅训猴一样，一手拿着花生，一手拿着鞭子。一边是"威逼"，一边是"利诱"。想挺直腰杆做人就得付出生命，今天走不出这座魔窟了，自己这百十斤皮肉加骨头，无疑要做鹰犬的点心和美餐。一个活蹦乱跳的大活人，转眼间就能变成狗屎，这样的事情实在太恐怖了。如果想继续享受生活，还想看到明天的太阳，自己就要屈膝做鹰犬，替魔鬼效劳，去撕咬自己的同胞，用同胞的鲜血换取苟延残喘的时间。

动物从低级往高级进化的过程是复杂而又漫长的，猴子进化成人类，需要千百万年的时间。道德沦丧，把进化过程翻转是迅速的。人出卖灵魂做鬼，摒弃良知做畜生，都是一念之间的事。主人破费的成本无非是一把麦糠，一根骨头，值不了几个钱。这条狗要无休止地撕扯同胞的心肝和肚肠，并且永远也回归不了人类，这个代价是巨大的。

王旭仁反复权衡着个中的利弊，迟迟不肯表态。两害相权取其轻，两利相权取其重。孰轻孰重一看就明白，王干事也清楚地知道应该怎么做。王干事的腿软了，骨头顶不直腰椎和头颅。畏惧的情绪越来越重，驱散了在胸中涌动的英雄之气，把人沦为畜生，把崇尚英雄的人变成了狗熊。他屈膝跪下去，向鬼子叩头求饶："太君别杀我，我愿意为皇军效劳。"

灰太狼得意地大笑起来，拍拍手叫出躲在屏风后面的苟敬诗，一脸快意。

"吆西。苟桑快来，你又多了一位好兄弟。"

三十八、大驴子置业

政工干事王旭仁被送回监房的时候，脸上有了被耳刮子搧过的红肿痕迹，衣服也被撕得一条一缕，嘴角上挂着青紫的淤血。

被关押的女八路挥舞着拳头向日伪军抗议，隔着栅栏声援王干事。同号的男八路围过来嘘寒问暖，没有人想到他是没有一点骨头渣子的"软皮鸡蛋"。

"咱们已经束手就擒了，不能再干耗着坐以待毙。"王干事向野战医院的魏政委和几个党员干部汇报自己的想法。"咱们都是共产党员，都是不怕死的铁汉。可是不怕死也不能作无谓的牺牲，我们对党对人民还有用处，现在还不是死的时候。就算去死，也得死得轰轰烈烈，至少是死得其所。"

"你的意思是？"魏政委是监狱里级别最高的八路军干部，党龄也最长，是大家的主心骨。魏政委的威信很高，说话很有号召力。

"我们当然想挣脱樊笼，重返前线打鬼子。可是我们被关在高墙之内，手无寸铁，就像老牛掉进枯井里，会有啥作为呢？"旁边有人这样插言。

"大家都开动脑筋想想办法，只要有一丁点希望，我们就要积极地采取主动措施。"魏政委示意大家先不要急着七嘴八舌地议论，鼓励王旭仁说出自己的想法。"王干事可能有主张了，咱们先听听王干事的主意。"

"都说苍蝇不叮无缝的鸡蛋，咱们搞策反肯定不能找鬼子。"王干事压低声音，等查哨的伪军走过去后接着说："共产党强调'中国人不打中国人'，在战场上都是主动放伪军一马，他们嘴上不说心里有数。咱们还强调建立'民族统一战线'，团结一切可以团结的力量，一致对外，共同抗日。我是搞政工工作的，知道不少伪军也是苦出身，他们不是为了混饭吃就是被强征入伍的，对鬼子有深仇大恨。"

"你找到突破口了？"有人急切地询问。人们对光明的向往，对自由的渴望，都是非常强烈的。

"有一个伪军小队长，他的父母也被鬼子的飞机炸死了。"王干事说：

"他恨日本鬼子，同情我们这些被捕的八路军战士。我试探过他，他还在游移不定，不过应该是可以争取过来的。"

"都老老实实地呆着，别扎堆起哄瞎嘀咕。"巡逻的伪军又转悠回来了，咋咋呼呼地抖着威风。其实表面上是做给鬼子看的官样文章，私下里给在押人员通风报信，让他们避开风头，等巡逻队过去了再继续自己的工作。

伪军叫狱警打开铁门，像旋风一样从这个监室刮到那个监室，他们说是要搜查违禁物品，打消服刑人员越狱逃亡的念头。因为明天晚上皇军要和蟠龙县的名流士绅联欢，同时聘请四个戏班子大唱《拉魂腔》，共同营造一个"中日亲善"的祥和氛围，迎接上级的检查团。汪精卫和日本人合谋，要在故黄河流域筹建伪淮海省政府，省会城市定在徐州。"中日亲善"大会开好了，就能营造出民众"欢迎日本友邦，拥护汪伪政权"的假象，就可以在报纸上大肆宣扬"大东亚共荣"的主张。

伪军走后，王干事从怀里摸出一个小纸包，里面包着能打开脚镣手铐和监狱铁门的钥匙。王干事向魏政委汇报，这是那个伪军小队长塞给他的。

伪军已经明白无误地泄露了鬼子的军事机密，就是说明天晚上鬼子忙于召开"中日亲善"大会，为成立伪"淮海省"宣传造势。大部分兵力要抽调到大会现场警戒，确保级别更高的鬼子和汉奸的人身安全。大会在西关戏园子召开，离关押王干事他们的战俘营很远。这个战俘营靠近蟠龙城东大门，出城之后就是一望无际的草荡子，三十多个人拱进八百里草海，犹如飞鸟入林、鱼儿在渊，鬼子知道了只能胡乱放枪，徒增悔恨而已。战俘营里有一个临时军需库，里面储存着枪械、军装、食品等物资。野战医院被鬼子包围之后，重伤员已经被鬼子处死了，被俘人员中的轻伤员已经痊愈得差不多了，只要迅速有效地控制住两个班的伪军和四五个鬼子，逃离魔窟是板上钉钉的事。

魏政委是参加过两万五千里长征的老红军，因为年事稍高，身上还有未取出的国民党炮弹残片，组织上为了照顾他，方便他修养疗伤，才把他调到后勤保障部门的。魏政委足智多谋，有丰富的作战经验。八路军战士都有着很强的组织纪律性，训练有素的优秀士兵和优秀的指挥官结合在一起，战斗力就会成几何级数增长。

魏政委安排王干事凑放风的时候联系伪军小队长，让他把狱警叫到值班室开会，最好能让人枪分离。王干事带几个身强力壮会武术的战士偷袭值班室，然后到军需库偷枪偷服装，用匕首、拳头、枪托子解决留守的日本鬼子，不到万不得已绝不开枪。对伪军网开一面，缴械后捆在一边把嘴堵上就行了。打着"执行任务"的幌子容易出城，出了城拱进草荡子就安全了。等鬼子听完"拉魂腔"反应过来的时候，越狱人员可能早就到了丰县地界了。

"菜葫芦"带着残部啸聚在山林和草荡子之中，重新操起旧业，继续从事打家劫舍、为非作歹的勾当。

再次沦落为"大马子"之后，蔡司令感觉到世道变了。日本鬼子大搞"囚笼"政策，不间断地清剿扫荡，就像用篦子篦头上的虱子，因为篦子齿太密，连虮子都刮下来了。

老百姓跟着共产党反"扫荡"，采取"坚壁清野"的对策，推开房门徒见四堵墙壁。家家户户如出一辙，一个屋里四个旮旯，比水洗得还要干净。

财主和老百姓一样，值钱的东西早就转移到安全的地方去了，粮食和浮财也沉到地下去了。

抢不到粮食、抢不到可以换粮食的钱财，司令和士兵的肚皮都会"咕咕"地造反。肚皮一瘪，战斗力明显下降不说，抗击日本侵略者的情绪也是一落千丈。

蔡司令让传令兵把军需处长柳至善叫过来，让他想办法解决粮饷问题。

官场上流行的潜规则是"官大一级压死人"，队伍里强调"军令如山"、"军人的天职是服从"。蔡司令两片嘴唇轻轻地一碰，那个天大的困难就转移到柳处长的身上，和蔡司令的关联度不是太大了。

上级领导检视下属的绩效，看的是结果不是过程。至于你怎么去完成，能不能完成，面临啥样的困难，有哪些不能逾越的障碍，不在蔡司令关注的范畴。只要你柳处长不聋不哑，听到命令就要积极地想办法完成。你欢天喜地也好，愁眉苦脸也罢，在规定的期限内完不成任务就得"吃不了兜着走"。

蔡司令给柳处长的期限是十天，十天后火头军仍然无米下锅，成千号士兵嘴里仍然没有嚼谷，蔡司令声色可以不动，只需要轻轻地动动二拇指，一粒铅质"花生米"飞出枪腔，就把处长大人送回姥姥家去。

柳至善窝着脖子在草窠子里面睡了一天，太阳落山的时候他换上便装来见蔡司令。

"我先溜到蟠龙城转一圈，摸摸情况再想法子。"柳处长向蔡司令保证，自己是一名坚定的抗日分子，在抗日部队遇到困难的时候挺身而出，责无旁贷。自己已经下定决心了，大不了毁家纾难。皮之不存，毛将焉附。没有国哪里有家？我一定想办法帮助蔡司令度过眼前的难关，就是变鳖也要弄出粮食和光洋来。此一去少则三五天，多则七八天，你老人家就等着好消息吧。

"把钱粮筹集上来你就是党国的大功臣，我为你请功。请上峰给你颁发青天白日勋章，给你提职提级，晋升军衔。"蔡司令晃动着青幽幽、光秃秃的"葫芦瓢"，非常动情地说："我们大家都得仰仗着你老人家活命，拜托了。你有啥要求尽管提，我叫老鼠眼和瘦猴子跟着你听差，也好保护你。"

"司令英明，人多力量大、主意多，做事也有照应。"柳至善满脸流淌着感激之情，心里并不是这么想的。"毁家纾难"只是一句搪塞之词，他柳至善的深宅大院早在日本鬼子铁蹄践踏黄河故道的时候就被毁掉了，再毁一次无非是把那堆烂瓦砾砸得更碎，连一枚铜板都换不回来，怎么"纾难"？

柳至善曾经在老宅子里面埋过十几根金条，那是他今后安身立命的根本，他不舍得把金条交给"菜葫芦"。蔡司令是"大马子"出身，生性凶残又贪得无厌，挥霍完了还会向他伸手，到了拿不出金条的时候，"菜葫芦"就会咬着牙摘掉他的"葫芦"。

柳处长带着两个随护人员，感觉像是被衙役押解的犯人一样。自己好比披枷带锁的豹子头林冲，老鼠眼和瘦猴子就是董超和薛霸，深草荡子权当是野猪林，真有个风吹草动的，会有手持月牙铲的花和尚鲁智深出来搭救自己吗？柳至善默默地编排着《野猪林》的场景，思虑着如何甩掉身边这两个讨厌的跟班，把金条扒出来远走他乡，重新找个娘们过太平的日子。或者蛰伏起来等待时机，等世道太平了再露出头来，找个温柔的娘们过日子。可是连医院太平间的死人个子都被翻来覆去地折腾得不得消停，这个世道啥时候才能太平呢？

柳处长决定回寨子一趟，看看生他养他的桑梓之地。他知道"国破家不在"的道理，从日本鬼子攻破寨子开始，他们村就没有囫囵的房子了。炮弹把房屋变成了瓦砾，把平坦的道路和院落炸出不规则的坑坑洼洼，少了脚踏车轧，野草肯定是稠密旺盛的。活着的动物也有，像鸟儿、昆虫、老鼠、蛇蝎、野兔子、狐狸、刺猬啥的，现在应该是村庄的主宰了。

人类的逃亡和迁徙，和做生意改行一样，都是在不得已的情况下进行的。柳至善离开难离的故土，跟着"菜葫芦"东躲西藏也是如此。

钻山沟、溜河道、蛰伏在草荡里听虫子唱歌，柳至善悟出了一个道理：

当强盗明火执仗地破门而入的时候，家就不再是避风、避祸的港湾了。强盗来势汹汹，挡是阻挡不住的。强盗的势力大、武器好，打又打不过，抵抗同样是无济于事的。古人说过，要扬长避短，避其锋芒。这样看来"躲避"是最佳的选择。蔡司令躲避的是日本鬼子，我柳至善除了躲鬼子之外，还要躲避共产党和蔡司令。

柳处长想离开队伍，仔细追究起来他躲避的并不是民国政府，而是蔡司令个人。军需处长是个肥缺，他当初愿意花大价钱贿赂蔡司令，把这个让人眼馋的差事弄到手，是因为国防部按时发饷，自己在这个位置上有机会把撒出去的光洋捞回来。可是自己的运气不好，接手这个差事之后就四处逃亡，像耗子一样躲在旮旯里不见阳光。到处都是鬼子的"封锁沟"和"堑壕"，给养和军饷都无限期地寄存在国防部，蔡司令的队伍成了没奶吃的苦孩子。

蔡司令缺钱了就知道向军需处长伸手。他伸开五个指头把掌心向上摊平不费多大力气，柳处长的脊背上立马就压上了一座大山。自己在这个位置上没捞到一点好处，反而把自己带在身上的银票全部搭了进去。这个差事推不出去，再干下去有可能连小命也不保了。蔡司令不知道体恤属下的疾苦，觉得柳处长有点石成金的本事，不论想要多少钱，也不论啥时候在啥地方要，只要把所需的数额、期限告诉柳处长，就闭着眼睛等候点钱了。柳处长想明白了，他要保住自己这百十斤，也要保住最后这十几根金条。

柳处长躲避共产党，是因为他家那个憨弟弟柳至贤和九头鸟黎启亮都给他上过课。说共产党讲究"官兵平等"、"吃苦在前、享乐在后"等，当官光跟着吃苦受罪担风险，连一点油水都没有，跟着共产党还有啥混头？共产党，顾名思义是要求大家共同拥有财产的，国民党私下传言说共产党"共产共妻"，自己并不完全相信。可是单单"共产"这一条就够自己喝一壶的了，自己总共才十几根金条，根本不够共产党"共"的。自己把金条"共"出去，后半生就是一文不名的穷光蛋，折一根树枝就加入"丐帮"了。共产党多这十几根金条也好不到哪儿去，杯水救不了涸塘之鱼，灭不了车薪之火，还是自己留着吧。自己家里那个傻弟弟被九头鸟绕懵了，猪油蒙心加上鬼捂眼，他是王八吃秤砣，铁了心地跟着共产党闹腾，已经病入膏肓，无可救药了。按理说祖上留下的金条他也有份，可是分几根给他就等于送几根给共产党。唉，给他也无益，还是自己留着吧。

日本鬼子是兔子的尾巴——长不了。投靠鬼子只能风光一时，下场肯定是可耻的。凭自己现在的级别，投降鬼子还得排在苟敬诗的后头，看鬼子的脸色，受"二鬼子"的辖制，鬼子兵败的时候不会把自己带到日本去。破费两根金条或许能搭上顺风船，但是到了东瀛也是二等公民。在人屋檐下，天天得低头，日子长了还不得憋屈死？

生物学家发现，外来物种的入侵能对当地物种产生巨大的负面影响，甚至带来巨大的灾难。日本鬼子入侵中国，曾经有人一厢情愿地认为是流落海外的孩子回来认祖归宗，其实也是一种"外来物种"入侵的典型案列。归降不归降日本鬼子，似乎是食物在舌尖和在胃里所展现的形态完全不同一样。食物在舌尖上释放着酸、甜、苦、辣、香、咸各种刺激感官神经的味道，展示着软、硬、脆、柴、筋韧、爽糯等口感，给人带来愉悦。人们会品评、会议论和褒贬，但不会唾弃。食物一旦滑落到胃里，不论多么名贵的美食，瞬间就变成一泡屎了。

缩着头一味躲避也不是万全之策。避祸避祸，说不定躲避也能招来灾祸。柳处长决定脱离国民党，不找共产党，不投靠日本鬼子，一个人搭台唱独角戏，独自一人闯天涯。柳处长天黑之后摸到村里去，他以为现在还在村里游荡的除了动物就是孤魂野鬼。荒庄柳万寨正在大兴土木，这是老寨主（老族长）柳至善做梦也没想到的事。

大驴子认了姑姑之后就发达了，穿着体面起来，温饱问题也解决了。古人说过：衣食足知荣辱，仓廪实知礼仪。大驴子吃穿不愁就想改善居住环境，不能像虫子一样天天趴在草根底下喝露水。受他的影响和感召，不少流落在外的村民也开始回家盖房子。不论世道多么动乱，人们对"安居乐业"的憧憬始终不变。河滩人常说：拉要饭棍的时候只想不让狗咬着，只要端起糊糊碗，就必然会想（馍）么的。拱草荡子再暖和也是不折不扣的无家可归，坐在自己的房子里等死也有安全感。

柳处长对村民的认知不以为然。原来他认为傻弟弟柳至贤是天字第一号的大傻瓜，没成想表侄子万大驴也和二表叔一样，脑子里都装上豆腐脑了。现在盖房子，就是燕子在幕布上垒窝，就是在鼎釜里畅游的鱼儿，说毁就毁。犯傻的人都有魔道病，劝是劝不醒的，倒不如……柳处长有了一个新的计划，可以从大驴子这儿筹集一笔军费。

三十九、祸起萧墙

是人都有缺点，或许喜欢被别人恭维就是一种错误。人都有"重要感"和"被尊重"的心理需求，希望被别人看作"重要人物"，希望得到别人的尊重。

中共湖西专区党委书记兼湖西军分区政委李毅同志因病住进了医院，湖西专区专员兼军分区司令员李贞乾忙于县大队和区小队的筹备建设，苏鲁豫皖纵队留守湖西地区的第四支队长梁兴初专心过问军务，不理地方上的事情。湖西地区的党政军大权实实在在地旁落到四支队政委兼湖西地区政军委员会主席王凤鸣手里。

王主任是有血有肉的凡夫俗子，有喜欢"听好话"的坏毛病。同样一句话，从不同人的口中说出来，在不同的场合用不同的口吻说出来，效果是大相径庭的。俗话说"一句话能叫人笑，一句话能叫人跳"。因为语言本身可能是中性的，说话的人带有明显的倾向性，他用眼神、面部表情、语调的急促或舒缓、语气的轻重程度、疑问或反问等要素辅佐自己的观点，对听话者有着极强的心理暗示作用。

从日军战俘营越狱逃跑出来的副团职政工干事王旭仁，是一个很会察言阅色的精明人。他对着镜子进行语言练习，反复比较之后发现，不论多么有修养、多么大度的人，都觉得"顺耳朵"的话好听，尖叫声和骂人的话刺耳。听婆媳俩骂架，怎么都不如听"拉魂腔"舒服。

王干事知道共产党反对"拉山头、搞宗派"，便利用同宗同族的关系和王主席套近乎。他说"天下无二王，都是三槐堂"。还说天下的王姓始于姬姓，五百年前是一家。他和王主席的房份不远，按照族谱论应该叫王主席叔叔。革命队伍里都是同志关系，不能搞封建宗族那一套。可是一拃不如四指近，见到王主席就像见到父亲一样。王干事人前人后地张扬，说在工作上我和王主席是上下级关系，论私交是本家爷们关系，从公从私都归王主席领导，王主席的话他不敢不听。谁要敢对王主席不敬，那也是和我王旭仁过不去，我第一个就不答应。

许多事情都是这样的，公开提倡是一回事，私下里执行是另一回事。著名诗人北岛先生说过：卑鄙是卑鄙者的通行证，高尚是高尚者的墓志铭。王旭仁故意装傻充愣，像"小把戏"一样在王主席面前作践自己，给王主席留下深刻而良好的印象。在大庭广众之下，他一本正经地立正敬礼喊"报告"，没人的时候他就嬉皮笑脸地叫"首长叔叔"。王主席总是摆着手让他喊"首长"或"同志"，非常严肃地批评他，让他坚决改掉这些不合时宜的称谓，再三强调"只允许这一次，下不为例"。王干事总是媚笑着点头应承，虚心接受批评，但坚决不改称谓。

王政委嘴上敷衍，心里受用，在干部的提拔使用上，总是第一时间想到这个自称"侄儿"的下级。王主席不傻，他知道提拔对立面会在工作中形成掣肘，使用拥戴自己的人能把自己抬到更高的位置上去。王干事不久就升任为正团职政工科长，再不久又兼任了湖西专区的组织部长，提到副旅的级别了。

穷人乍富，挺胸凹肚。王旭仁当上湖西专区的组织部长之后就是这副德行，头昂起来了，两只眼睛翻翘着只往上边看。

湖西专区为了顺应形势的发展，更好地引领抗日救亡运动，在鱼台县的微山湖边上办了一个"湖边干部学校"，重点培养青年干部，把他们派到敌后去开展武装斗争。1939 年 8 月，在干校"青训班"毕业的时候，有一些学员以熟悉故乡情况为由，提出回故乡工作的要求，不愿意服从组织的统一分配。

柳至贤是干部学校的名誉校长，也曾间接地过问学校的事务。出现了学员情绪波动的情况，校长打电话到军分区政治部，向柳主任请教解决问题的办法。

趁着八路军追击日寇的时候，"菜葫芦"趁虚而入，带领他的保安军进驻丰县。柳主任被李贞乾司令员拉到丰县找国民党的蔡司令谈判去了，政工科长王旭仁接到了电话。这个不经意的电话在湖西地区掀起一场轩然大波，给湖西地区的党政军民造成了不可估量的损失。

那个帮助王部长越狱的伪军小队长也跟着投诚到八路这边来了，被安排在军分区社会保卫部当参谋。他是一个会说中国话的日本鬼子，是王旭仁部长的上级。

王部长先找"小队长"商量一下，得到了"挑拨离间、制造混乱、能整死几个人更好"的指示后，王部长这才不慌不忙地去找"首长叔叔"汇报情况，让主席"爷们"先定下调子，自己随后推波助澜，把事态无限地上纲扩大。

"首长叔叔"下基层视察去了，秘书给王部长倒上一杯水，叫他坐在办公室里等候。王主任的办公桌抽屉没上锁，王部长观察一下附近没有闲杂人等就下意识地拉开了。首长的抽屉里一定藏有军事秘密，或许可以找到有价值的情报，自己可以借机离开是非之地，向日本主子邀功请赏。

王主席的抽屉里放着一本油印的小册子，题目是《铲除日寇侦探民族公敌托洛茨基匪徒》。这篇文章王主席带领大家一块学习过，是中共中央情报部和社会部部长康生的文章，1938年1月份刊载在《解放》周刊杂志上。凡是看过这篇文章的人，无不把"托派"这个词当作"汉奸"来理解。中国人痛恨无恶不作的日本鬼子，同样痛恨那些没有廉耻和人格，认贼作父、为虎作伥的铁杆汉奸。

王主席非常崇拜康生，王部长对王主席佩服得五体投地，自然也崇拜康生。敌人的敌人可以为友，偶像的偶像一定是偶像。谈论王主席感兴趣的话题气氛一定会融洽，所谈的问题一定谈得拢。想把事情办成并不难，投其所好就行，难就难在如何"知其所好"。这本"速查托派"的小册子泄露了王主席的喜好。

王旭仁大喜过望，揣测出领导的意图，这是赢得好感、获取信任的法宝，也是获取秘密和职务升迁的捷径。他摊开信笺纸，拿起王主席签字用的钢笔，坐在王主席办公用的椅子上，伏案书写一份书面报告《托派的魔爪伸到了湖西地区》。

王部长是揣摩别人内心世界的高手，单凭这个触目惊心的标题，就能一下子吸引住王主席的眼球，让他不由自主地倒吸一口凉气。

苏鲁豫皖纵队第四支队政治委员兼湖西地区军政委员会主席王凤鸣，是革命阵营中最为坚定的左派分子，是百分之百的布尔什维克，眼里绝对揉不进沙子。他不允许"托派"分子占领革命阵地，他要坚决切除健康肌体中的"汉奸"毒瘤，要把托洛茨基的流毒彻底肃清，把滋生"毒苗"、"毒芽"的土壤彻底铲除。

王旭仁在书面材料中提到一个李鼎铭式的党外人士，叫魏定远。这个人虽然不是共产党员，却是主持"湖边干校"日常工作的副校长。他的叔叔是野战医院的魏政委，一个从延安下派过来的老干部。魏政委很早就参加了革命，经历了万里长征，资历很深，威望很高。据说他和中央高层的很多领导关系密切，是一个大有来头的人物。如果能通过这条线索顺藤摸瓜，挖出隐藏在延安的"托派"分子，自己对中国革命的贡献可就大得无法估量了。通过这件事自己向延安迈进一步，甚至跻身于中央委员的行列也未可知。

王主席决定亲自过问这件事，让王旭仁部长具体负责，自己在后面为他撑腰打气。

受到王主席的表扬和鼓励之后，王旭仁部长像打了鸡血一样神气，走路像充足气的皮球，"嘭嘭"地跳跃式行走。

走出"首长叔叔"的办公室，王部长有了诸葛亮走出南阳茅庐的感觉。受命于危难之中，领军于败兵之际。他有了"火烧博望坡"那样急切的心态，一定要尽快地打一场漂亮的胜仗，鼓捣出一点名堂来稳定王主席的"军心"，也让灰太狼太君看看我王旭仁的能耐。

王部长干过多年的政工干事，知道舆论工作的重要性。做事讲究"先入为主、先声夺人"。"先入为主"的事自己已经做了，自己臆想出"托派"组织渗透到湖西地区，写成书面材料汇报给军政委员会主席王凤鸣叔叔，已经取得了他的信任。"先声夺人"就是抢占宣传阵地，必须马上着手进行。嘴是两张皮，反正都是理。只要动手查抄，又掌握着左右形势的主动权，总能找到对自己有利的证据。真理掌握在有权力的人手里，谁的嘴大谁说了算，这就是流传后世的历史。

一朝权在手，便把令来行。为了报答灰太狼的活命之恩和王主席的知遇提携之恩，王旭仁部长决定担当起湖西地区的"肃托"大任，不再畏首畏尾、缩手缩脚了。在报请王凤鸣主席签字批准后，湖西专区和苏鲁豫皖纵队第四支队联合成立了"肃查托派分子工作组"，王凤鸣任组长，负责全盘工作。王旭仁部长任副组长兼办公室主任，负责排查办案。

在"揭批查"动员大会上，王部长号召办案人员撤掉思想上的"裹脚布"，大胆办案，创造奇迹。在具体办案过程中，他也确实大胆创新，甩掉了各种条条框框，也把党的组织原则和纪律扔到了一边。我行我素、独断专横，对所有不同意见嗤之以鼻。除了把王凤鸣主席奉若神明之外，其他领导的指示他也一概置之不理。

务虚之后马上务实。动员大会刚一结束，王部长就命令"小队长"带领保卫部的人赶赴"湖边干校"，把常务副校长魏定远逮捕关押。

"只要把人弄进来，就得想办法办成铁案。"王部长向"首长叔叔"汇报说："叫他们招供，在书面材料上签字画押，这样到天边也翻不了案。如果轻描淡写、雨过地皮湿，弄不出名堂来就不了了之，他们出去后会疯狂地反攻倒算，到处越级上访、鸣冤叫屈，我们就惶惶不可终日了。"

王主席知道"侄儿"想搞"刑讯逼供"，这样容易制造冤假错案，也确实能够迅速地扩大战果。只要办案人员不能秉持公允，别说把事情办成铁案，就是像秦桧那样，有了"莫须有"的口实就足以致使人头落地。可是干革命必须铁面无私，不能心存妇人之仁。为了保持革命队伍的纯洁，为了证明党的伟大正确，为了打败日本帝国主义，为了建立红色的新中国，为了自己日后跻身中央委员会，王主席虽未明确表态支持，但却暧昧纵容，在心中点头默许了。

"小队长"搜查魏定远校长的寝室和办公室时，发现了专区党委宣传部副部长兼《团结日报》社社长朱华写给常俊亭、魏定远关于给报社投稿的信件，这让王旭仁找到了动用法西斯刑罚的理由。

王旭仁在灰太狼的刑讯室参观过各种法西斯刑具，看到了那些触目惊心、令人发指的操作过程。王部长不会亲自操刀干这些又脏又累的活，但他会全程观摩整个受刑过程。和他一起"反正"过来的"伪军小队长"就是一个行刑的高手，肯定也能带出一批优秀的徒弟，能不断翻新花样，不停地刺激他的感觉器官。

丧尽天良的人必定丧心病狂，失去良知的人就会像畜生一样残忍。王部长变狗之后就有了"啃骨头"和"撕咬人"的嗜好，每当看到"小队长"折磨侮辱"托派分子"的时候，他就非常兴奋。每当听到那些无辜者的惨叫时，他就萌生出巨大的快感。于是他就变本加厉地冤枉人、折磨人，制造一起又一起冤假错案。

第一个坐"老虎凳"的是"湖边干校"常务副校长魏定远。王旭仁先是假惺惺地和魏校长套一阵子近乎，又文绉绉地讲了一遍《请君入瓮》的故事，看到魏校长仍然没有主动坦白的意思，王部长失去了耐心。

魏校长是一介腐儒，自幼生长在殷实之家，没吃过苦、没受过罪。本家叔叔魏政委怜惜他有一肚子墨水，从延安回来之后硬劝着他出来参加革命工作。

魏校长坐在"老虎凳"上还在想："天将降大任于斯人，必先劳其心志，乏其筋骨。"

看来魏校长不是堪当大任的理想人选，脚下垫到第三块砖的时候，就杀猪一样嚎叫起来。

"别再用刑了，我受不了。"魏校长脸色蜡黄，豆大的汗珠扑簌簌地往下直滚。"你们想叫我说啥？需要我怎么配合？请明示。"

魏校长自幼熟读经史子集，除了钦佩和尊崇孔仲尼和孟轲两位大圣人之外，还熟悉老子、庄子、墨子、韩非子等诸子百家。他确实不知道俄国还有一位"托老夫子"，更没想到托洛茨基会和自己扯上关系，会把自己变成天怒人怨的"公敌"和"汉奸"。

王部长也知道魏校长是非党人士，对俄国、中国的党内路线斗争一无所知。说他是"托派分子"，实在是滑天下之大稽。可是自己是玩政治的，需要就是政治。现在王部长需要魏校长和托洛茨基攀上亲戚，需要他绘声绘色地编撰子虚乌有的故事。

敢想的人敢干，只要方法得当，思路清晰，不论路线是否正确，业绩一定是辉煌骄人的。突破口已经打开，攻下堡垒是指日可待的。

王部长在心中绘制了一张网络图，把"托派"的组织体系、层级、人员布局、政治目的都清晰地描绘出来了。

魏校长是魏政委的侄子，魏政委一定是涉案人员。说不定魏校长就是他叔叔发展的，魏政委的政治背景很不简单，上面和延安牵扯着呢。如果王部长判断属实，这条"托派"的黑线是从中央延伸下来的。我的个乖乖，这是一篇大文章，拉开序幕就好戏连台，有热闹看了。

柳至贤是"湖边干校"的名誉校长，他平时和魏定远黏黏糊糊的，这事肯定也脱不了干系。还有专区党委宣传部的人，《团结日报》社的人。沈素萍是跟着柳至贤一起来到解放区的，她现在是苏鲁豫皖纵队第四支队的机要室主任，是支队长梁兴初身边的红人。她和柳至贤关系暧昧，好像是在恋爱一样，现在看来他们不是简单的"恋爱"关系。柳至贤还和李专员好得像没分家一样，这"油里酱里"也少不了李贞乾。这些有"托派"嫌疑的人遍布湖西地区党政军机关要害部门，已经把一张无形的大网张开了，若不是王主席英明伟大，若不是王部长慧眼如炬，及早地发现了异常的端倪，湖西革命根据地就惨遭大祸了。

王部长再次把工作进展情况和心得体会写成书面报告，呈文给王主席。他在《报告》中把王主席吹捧成湖西革命根据地的救世主，也没忘记大表忠心，说自己是共产主义信仰的捍卫者，是正确路线的追随者和执行者。

"首长叔叔"成了货郎摊里的气茄子，被王部长吹得心花怒放，头大身轻，很有几分飘飘然。

四十、死人整活人

秋天到了天转凉，出门别忘了加衣裳。大驴子自从在蟠龙县城认了本家姑姑，就像笼屉里的大馒头，快速地发达了。他现在不仅有四季服装可以替换，被褥也是三面子（里面和棉絮）新的。

算命的曾经断言大驴子是个穷命鬼，一辈子都受饥馑的煎熬，终身食不果腹，衣不蔽体。因为大驴子的两只耳朵又薄又大，支棱着向前伸展。乡亲们说这样的耳朵叫"招风耳"，是招惹是非的征兆。玄学大师说：两耳向前，田园卖完。长这种耳朵的人，一辈子没钱，有钱也存不住，天生就是受穷的命。

大驴子发迹之后，逢人就想掰扯这件事。在路上笑着向行人解释，在家里隔着墙头和邻里攀谈，有时候还弄两个小菜，烫一壶散酒，把人拉到家里来细啦。他告诉父老乡亲：俺姑姑说啦，人只要行好就能破除灾祸。俺姑姑说古时候有个叫孟尝君的人，小时候碰见一条双头蛇。遇见双头蛇就像大白天撞见厉鬼一样，谁见了谁死。孟尝君觉得自己已经厄运缠身了，就不想再叫别人倒霉。他用石头砸死那条双头蛇，挖个深坑把蛇埋起来，这样别人就看不见它了。做完这些事他哭哭啼啼地回家等死。他母亲告诉他你死不了，行善积德的人上苍护佑。果然，孟尝君非但没死，还大富大贵。

大表叔柳至善来找大驴子，把地契拍到桌子上。他说现在兵荒马乱的，自己以身许国，没时间蒔弄土地了。他家那个憨兄弟喝了共产党的迷魂汤，同样不会回来砸那百十顷土坷垃。真把土地交到傻弟弟手上，他马上就会平均分配给穷鬼。现在正是国难当头之际，国军的队伍缺少粮饷，我想低价变卖这些坷垃头子，连地界一起卖。咱们亲戚理道的，便宜卖给你比甜欢别人强。肥水不流外人田。你看看一亩地能给几个钱？一文钱难倒英雄汉，事急卖得堂前地，你尽管大胆砍价，我是给钱就卖。

大驴子安置表叔和他的随从在村里住下来，叫老婆蒸一笼白面大馒头，用洋红在馒头上点上红点，又逮了两只肥肥的老草鸡，带上闺女儿子到城里去，认认姑奶奶的家门。听说大表叔要低价出售土地，并且连地界一起卖，他的心里痒痒得难受。可是一下子购进百十顷良田不是小动静，自己也没有那样的本事，必须向姑妈大人汇报。

故黄河流域的规矩，卖地不卖地界，卖牲口不卖缰绳。如果卖地连地界一起出售，就是永远不会赎买回来的意思，业内的行话叫"卖死地"。黄河故道一带的人出卖土地，一般有两种情况：一是遇到大灾大难，实在有跨不过去的坎，比如说碰上大马子"绑票、请财神"啥的。二是爹死娘亡，老人殡天"当大事"，卖地才能显得事情重大。不论遇到哪种情况，卖地都是主家极不情愿的事。卖地不卖地界，是留下恢复祖业的信心和决心，是留下誓把地界砸回去的志向。即便是回天乏术，确实没有能力赎回祖业的败家子，为了起码的尊严也不卖"死地"。物以稀为贵，"死地"就比"活地"的价格高出一截。

大驴子碰上一个卖死地还自动降价的主儿，摊上了天上掉馅饼的大好事。

人们崇尚有雄心抱负的人。故黄河流域就有了一个不成文的规定，凡是留着地界只卖裸地的人，十年内有能力赎回土地的时候，买家不能推诿，也不能加价，必须原价完璧奉还。这样一来，卖活地如同借钱，至少有一点抵押贷款的意思。连地界一起出让的人家，多半是无儿无女的绝户头，或者是准备浪迹天涯永远不回故里的败家子。这样的人活着的时候是异乡游子，年年"遍插茱萸"总是见不着的那个人，死后也是外地的孤魂野鬼，入不了老林的东西。

万人迷和大驴子商量一下，决定出手买地，不准备趁火打劫，强压柳至善的价格。

万人迷认为，国民党也是打日本鬼子的，柳处长要真是为了筹集军饷出卖土地，咱们就不能杀他的价钱，还要想办法帮他一把。

万人迷和柳至贤一直是"干相好"，混到现在也是没名没分的。可是情人眼里出西施，恋爱让人心乱神迷。她从心眼里喜欢柳至贤，因而无原则地亲近和柳至贤沾亲带故的人。

帮有道者智，帮无道者愚。这是柳至贤讲给她听的经典语言，是古代圣人的训示。中国被日本鬼子祸害得百疮千孔，"日伪顽匪"等各种势力共存。透过表象看本质，通过他们的所作所为，"有道"和"无道"不难区分。日本鬼子是畜生、魔鬼，是邪恶的化身，惨无人道。汉奸是日本鬼子豢养的走狗，不光无道，还无耻。大马子也是十恶不赦的坏家伙，可是有的大马子还能记得住祖宗，还有一点点人味。就像削掉两只耳朵的"菜葫芦"，现在还挺着腰杆站在鬼子的对立面，这就很值得世人钦佩。

共产党是中国的脊梁，是抗日救亡的主力军。虽然小鬼子开始也没把共产党放在眼里，以为共产党是不堪一击的"土八路"。可是"百团大战"和"平型关大捷"之后，日本鬼子找到了方向，中国人民看到了曙光。

帮"有道"就是帮助共产党和国民党，这是毋庸置疑的事。可是万姑姑居住在日本鬼子占领区域，这样的事可以做，这样的话不能说。她授意新认的侄儿大驴子，叫他和柳处长接洽协商，自己开始筹集款项。

万人迷迟疑一下，默默地心算着这笔费用的数额。按三十块大洋一亩地的公道价计算，百几十顷地得几十万块银元，这是一笔天大的数字，沉甸甸的让人犹豫。没有金刚钻不揽瓷器活，这笔钱自己不是拿不起，是不能太爽快。不眨眼、不皱眉就大把大把地往外撒银子，会招来更多开口借钱的人。心地善良的人都有菩萨心肠，可是行善也得量力而行，自己确实没有能力普度众生。

"这些地要是在你二表叔手里，他真会分给穷人吗？"万姑姑想起柳至善品评他那个"傻弟弟"的话，扭头询问大驴子。

"他会的。"大驴子肯定地点点头，直言相告："二表叔从小就仁义，他在的那个共产党讲究平均平等，听大表叔说共产党'共产共妻'，不论啥稀罕的东西，到他们手里就是关中（大家）的了。"

"真的吗？"万姑姑疑惑迷茫，对共产党有了浓厚的兴趣。这种兴趣缘自于她对柳至贤的好感和信赖，她相信柳至贤的感觉，相信柳至贤的智慧，能够让柳至贤始终追随并为之付出的组织，一定是英明伟大的，一定是观世音那样拯救万民的。她相信自己的第六感觉，并且跟着这种感觉行走，踩着柳至贤的脚印行走。

"姑姑，把地买过来以后咋办？"大驴子没见过这么多的地，真的花几麻包洋钱把这么多土地买过来，他是真的不知道咋办才好。当然了，他也非常清醒地知道，钱是姑姑出的，土地的所有权也是姑姑的。所以他要先讨姑姑的口风，自己天生不是当财主的料，能在姑姑手下当个大领（长工头）也算是烧高香了。

"这事我要好好地掂量掂量，想透了再说吧。"万人迷有当地主和做生意的经验，也懂得如何理财。有了一大片土地，除了高兴之外，首先想到的就是如何作长远打算。她准备先请风水先生看看，选出盖房子的宝地留下来，其余的土地叫大驴子雇人先种上粮食，再细细地盘算长远之计。史书上说过"萧规曹随"的事情。萧何是亡故的死人，曹参是当朝的宰相。一个权倾天下的丞相遵循死人定下的规矩，自始至终不敢越雷池一步是何道理？是曹参认为自己的能力不如前任，自己想破脑袋也制定不出比前任更好的规矩。人大体分为两类：有本事的人制定规矩，没本事的人遵循规矩。万人迷觉得柳至贤比自己看得更远，想得更为周详，和自己相比柳至贤算是有本事的人。自己的长远计划，一定要参照柳至贤的想法制定。

　　对于自己倾心爱慕或是真心佩服的人，万姑姑愿意亦步亦趋地紧紧追随，即便是走错了道路也无怨无悔。她已经让三驴子带话给柳至贤了，咨询一下她这样的人能不能加入他那个党。对于大驴子鹦鹉学舌般从"大表叔"那儿贩腾过来的共产党"共产共妻"论，她将信将疑，非常想深入细致地了解。想彻底弄明白一件事，最好的办法就是把自己融入进去。柳至贤说共产党是光荣、伟大、正确、科学、纯洁的组织，共产党的队伍是为穷人打天下的。想到这儿，万姑姑的心有些凉了，自己虽然没有露富，可是她自己心里有底。如果亮开家底说话，不论怎样严格筛选，自己一定会荣登富人榜的。更要命的是"纯洁"两个字，像一把锋利的匕首直刺心脏。不论自己如何无奈，如何身不由己，可是自己连"青楼"的门槛都进了，还能算得上"纯洁"吗？

　　在黄河故道流域中国共产党划定的湖西地区，"肃查托派"运动在共产党的组织体系之内如火如荼地进行。王旭仁部长的工作积极性很高，攻坚克难的措施很多，工作力度也很大，政绩也是非常"卓著"的。起初只是突破魏定远校长一个点，后来就揪出了党内军内的一大片。

　　在"小队长"的授意之下，王旭仁采取极不正常的手段，诱使魏校长和总务长郝晓光胡咬乱攀。办案人员先后打死了在"干校"受训的学员曹广善，处决了骨干分子王天章、朱新民、徐中舒等人。还把野战医院的魏政委、行政公署专员兼军分区司令员李贞乾、统战部长王文彬、湖西军分区政治部主任柳至贤、《团结日报》社社长常俊亭、副社长朱华、姚焕敏、地委宣传部长袁如哲、军事部长尹一僧、副专员马霄鹏、支队参谋长李长发、军分区参谋长黎启亮、支队机要室主任沈素萍、副支队长秦廷奎、鱼台县委书记史维功、县大队长孙立岩、政委权新年等湖西地区一大批党政军要员都被罗列在案。

王凤鸣主席是"肃托"运动的掌舵旗手，被王旭仁吹捧成拯救湖西革命的英雄。王主席也认为自己有力挽狂澜的能力和魄力，擎住了即将倾倒的大厦，挽救了湖西地区的中国共产党。直到中央保卫局委托115师保卫部把他羁押处理，他也没弄明白"托派"组织是怎么一回事。"托派"组织也有吞并和奴役中国的野心，为啥"老托"只在共产党内发展人员，只祸害共产党呢？共产党成立的时间比较晚，还是一个不太成熟的小党派，共产党早就知道派人到日伪顽内部从事地下工作，早就知道分化瓦解所有的敌人，团结一切可以团结的力量。"托派"是跨越国境的国际性组织，怎么会比中国的一个小党派还要幼稚呢？

托洛茨基的真实姓名叫列夫达维多维奇·布隆施泰因，托洛茨基是他写文章用的笔名。因为作品的影响力太强，托洛茨基名噪天下，他原来的真实姓名淡出了人们的视野。就像中国人都知道大文豪鲁迅和老舍、茅盾等人，查阅资料之后才知道他们的原名叫周树人、舒庆春和沈雁冰。

托洛茨基1879年10月26日出生于俄国乌克兰赫尔松县扬努夫卡村，是犹太人的后裔。他是俄国和世界上最重要的无产阶级革命家之一，20世纪国际共产主义运动的左翼领袖，工农红军、第三国际和第四国际的主要缔造者，以对古典马克思主义"不断革命"和"世界革命"的独创性发展闻名于世。

托洛茨基是十月革命的关键领导人之一，狂热的斯大林派代表雅克·沙杜尔撰文说道：托洛茨基在起义中居于支配地位，是起义的钢铁灵魂。

托洛茨基是一位知识渊博的学者，有大量富有影响的作品流传后世，代表作品有《俄国革命史》、《过渡纲领》、《被背叛的革命》等。他虽然和列宁有过嫌隙，却是列宁最为要好的朋友和战友，是大家公认的"列宁接班人"。

十月革命胜利后，托洛茨基担任苏俄外交人民委员。1918年1月，在与德国签订《布列斯特和约》的问题上，提出"不战不和"的主张，代表多数派反对列宁的意见，拒绝在和约上签字。后来事实证明列宁的意见正确，托洛茨基被免去外交委员职务。9月份以后，在列宁的干预下，托洛茨基改任共和国军事委员会主席，陆海军人民委员。1918—1920 年反对外国武装干涉和国内战争期间，托洛茨基在建设红军和战略战役指挥方面发挥了重大而积极的作用。

1923 年季诺维耶夫、加米涅夫、斯大林三位头领，代表新兴官僚阶层的利益，特别反对托洛茨基。

1924 年 1 月 21 日列宁逝世，斯大林集团执政，他们合谋排挤托洛茨基。斯大林在 1924 年提出了著名的"一国建成社会主义论"，这是对第二国际右翼伯恩施坦有关理论的继承和发展，是对经典马克思主义理论的重大修正，形成了一条独特的、对后世影响至深的斯大林路线。

斯大林从他的观点出发，将马列主义者攻击为所谓的"托洛茨基主义"，即是"托派"。斯大林还把早已被人淡忘的列宁与托洛茨基旧时的分歧提出来，指责"托洛茨基主义"违背"列宁主义"。并且借此理由大力排除异己，大搞"清党"运动，大肆逮捕、处决和自己政见不合的"异己分子"。这是利用死人整活人的典型案列，被康生、王凤鸣、王旭仁这些别有用心的人复制到中国来了。

1925 年苏维埃中央执行委员会主席团决定解除托洛茨基陆海军人民委员和革命军事委员会主席职务，为进一步打压迫害托洛茨基埋下伏笔。

1927 年托洛茨基坚决反对斯大林对中国革命瞎指挥，被开除出党。1928 年被流放到阿拉木图。1929 年 2 月 12 日被逐出国境，流亡到土耳其，以后又辗转法国和挪威，最后定居墨西哥。

1940 年托洛茨基走到了人生的尽头，按中国的话说，是"人在家中坐，祸从天上来"。一直被他视为亲密朋友的苏联情报机关特务拉蒙·麦卡德尔用冰斧残忍地凿入托洛茨基的后脑将其杀害，结束了托洛茨基波澜壮阔又曲折坎坷的一生。托洛茨基的生命终结了，历史并没有终止。"托老夫子"的能量是很大的，他生前死后都能掀起巨大的波澜。这种波澜犹如黄河决堤，没有堤坝可以阻拦，它不光吞噬了很多俄国政要的生命，也把中国共产党体系之内的贤达卷入洪水的波涛漩涡之中，有了灭顶之灾。

四十一、交易

灰太狼从日军司令部回到洋房子，满脸洋溢着春风，荡漾着笑容。他接到了"小队长"的情报，八路军湖西根据地已经被王旭仁给搞乱了。皇军可以浑水摸鱼、趁火打劫，趁着共产党自顾不暇的时候重兵偷袭，很快就能收复失地。

鬼子高兴的时候也想喝酒。灰太狼安排厨房卤制狗肉，切生鱼片蘸芥末油，喝日本清酒。他要把这件事情汇报给上级，要求增加兵力，增加军费和军需物资。他决定把这件事情告诉万人迷，让她分享自己的快乐。叫别人分享自己的快乐，其实是向别人炫耀自己的能力或运气。自己开始寻找破鸡蛋下蛆的时候，故意瞒着万人迷，不是对万人迷不相信，是怕把事情搞砸了招人耻笑。现在事情朝着预期的方向发展，结果非常理想，甚至超过了预期，是可以张扬庆贺的时候了。

万人迷主动请缨，要求到"国统区"和"解放区"去，考察核实情况，接转情报关系。灰太狼早就有这个意思，只是不想让自己的救命恩人遭罪受委屈。现在万人迷主动请战，这样善解人意的请求让灰太狼十分舒心。

万人迷知道了"越狱逃跑"的八路里面有了日本鬼子下蛆的鸡蛋，她忧心如焚，一直惦记着柳至贤的安危。她回到家里准备化妆出城，正好大驴子来了。万姑姑喜出望外，大驴子是她此刻殷殷期盼的传信之人。

"大驴子你来得正好，赶快到北边去找三驴子，叫他告诉你二表叔，上次……"万姑姑说得急切，喉咙里一阵干燥，止不住咳嗽起来："上次跑回去的八路有坏种，可能会对共产党不利。叫你二表叔知道这件事，把坏种挖出来。"

"我就是三驴子派来的，二表叔和李贞乾都被打成'托盘'了。八路把他们抓起来了，关在丰县西北的首羡镇。"大驴子比姑姑还着急，三驴子冒着风险跑出来送信，他也怀疑一个柔弱女子的能力，可是事情紧急，他实在想不出现在除了姑姑之外还有人能拯救二表叔和李司令。纵队主力远在淮北和宿迁一带，支队主力到湖东配合铁道游击队劫持鬼子的军列去了，跑过去找到他们要十多天的时间，等主力赶过来恐怕黄瓜菜都凉了。军分区才搭好架子，只有一个番号和几百号骨干分子，都分散在各个区县招兵买马，筹建县大队和区中队，想解救总部的领导也是鞭长莫及。军分区社会保卫部和支队警卫营掌握在王主席和王部长手里，他们的枪口现在全部指向了自己的同志。军人的天职是服从，首长安排他们拘捕自己人，情愿不情愿都得坚决执行。

"托盘是啥玩意？"这个情况来得太突然，也让万姑姑有些迷惑。

"酒楼里上菜用的托盘？还是脱出来还没晾干的坯块？"大驴子和姑姑一样迷惑，一脸茫然地说："三驴子没说清，我也没弄懂。"

"肃托"运动像一股冰冷的阴风，在湖西地区越刮越盛。"肃查托派"的始作俑者是康生和王明。他们从苏联回国之后就依照苏联的葫芦画瓢，在国内鼓吹"肃托"。上行下效，就引出了王凤鸣、王旭仁这样的铁杆追随者。他们没见过苏联的葫芦，这个"瓢"越画越走板，到后来完全变味，成了"画虎不成反类犬"了。随着湖西地区"肃托"运动的不断深入，人们对"肃托"事件越来越感到神秘和恐惧，思想也极度地混乱起来了。大家都不认识苏联的托洛茨基，对"肃托"的意义和必要性不甚了然，在相互传达通报过程中难免出现错讹。以讹传讹，越传越错。流落到民间，"托派"就成了"托盘"，和托洛茨基扯不上任何关系了。

坊间传言八路军在寻找一只紫檀木雕刻的名贵托盘，吓得辖区内和临近周边集镇的饭店都把托盘藏起来，用两只肉巴掌捧着热碟子给客人上菜。说共产党已经抓了很多藏匿托盘的人，如果这些人舍命不舍财，硬挺着不把托盘交出来，就会把他们砍头或活埋。

万姑姑低头沉吟着，救人如救火，一刻也延迟不得。可是自己手里没有一兵一卒，怎么救呢？让灰太狼派日本鬼子是不切实际的想法，说出来叫人笑掉大牙。需要解救的人身处水深火热之中，拯救的目的是让他们脱离危险，回归到"自由"和"安全"之中。把他们交给日本鬼子，不是把羔羊抱出狼群再送入虎口吗？万姑姑摇头否定了这个方案，她想到了苟司令，一瞬间同样摇头否决了。伪军没有良知、没有胆量，也没有战斗力，根本无法胜任这样的工作。她又想到了"菜葫芦"，两只眼睛里立刻放出了绿色的光芒。蔡司令和柳主任是同窗好友，跟自己和王敬久都有交情，"西安事变"之后国共两党开始携手合作，同仇敌忾，共同抗击日本侵略者。蔡司令应该会伸出援手，柳至贤和李司令到蔡司令的军营里躲避危险应该是安全稳妥的。

"走吧，大侄子，跟我到丰县去。"万姑姑要把日军调集重兵收复失地的消息告诉蔡司令，叫他做好迎战或转移的准备。作为交换条件，蔡司令要派兵到首羡去，把柳主任和李司令抢出来。

蔡司令抚摸着光秃秃的"葫芦瓢"，低头思考一会就答应了万姑姑的请求。他让机要官把万人迷提供的情报发给上峰，请示如何办理，很快就接到了撤退转移的回复命令。上峰要求他的部队撤到丰县东北部的欢口镇，避开日军的锋芒，和鱼台境内的八路军成为犄角之势，可以互相支援。

国民党第九行政专署跟随蔡司令的部队转移，已电令行署专员董汉槎带领先遣团提前过去构筑公事了。上峰还派来一位军统局的少校女特工，要求蔡司令帮助她打进鬼子内部，色诱石原灰太狼，挑拨他和下属及伪军的关系，如果有机会得手，就把他的"葫芦瓢"拧下来当夜壶使。

蔡司令问清首羡的八路军驻防、兵力和火力配置情况，决定叫先头部队从师寨掉头向西开拔，驻扎到顺河设防，趁共军忙于"肃托"对友军疏于防范之际，突袭首羡的八路军地方武装，把临时关押在首羡的柳至贤和李贞乾等人抢救出来，交给万人迷处理。蔡司令也有交换条件，就是要求万人迷把军统的少校特工洪天娇带进"洋房子"，让她勾引迷惑灰太狼，然后见机行事。

蔡司令的先头部队是鱼台县保安团，团长姓胡，大家都称这个团为"胡团"。李司令和柳主任进入丰县找蔡司令谈判的时候，就是"胡团"接待的，团长认识万人迷要解救的对象，中间不会出现差错。

柳至贤上学的时候就比别人聪明，玩"花活"蔡司令不是他的对手。就拿上次谈判来说，自己已经把主力部队开进丰县，完全有实力占领丰县全境，瞅准机会向鱼台和沛县推进。柳主任跟着李司令过来找蔡司令，大谈"交情、友情、感情和民族大义"，把"菜葫芦"绕得晕晕乎乎，不知咋的，丰县西北几个乡镇就绕到共产党手里了。

蔡司令害怕柳至贤再跟他瞎缠胡绕，干脆学习古人的样子，给他来个"王不见王"。首羡一带是共产党的新区，李司令和柳主任只带了十几个警卫人员随行，丰县县大队和区中队刚开始筹建，建制严重缺员，武器也非常落后，弹药还严重缺乏，胡团对付他们是绰绰有余的。湖西专区社会保卫部派来一个排的兵力逮捕看押李司令和柳主任等人，战斗力相对较强。不过他们人员太少，又没有后勤补给，终究也是寡不敌众。

事情和蔡司令预料得一模一样，"胡团"一个冲锋就把警卫排拥到单县的平岗集去了。县大队的人员高呼"中国人不打中国人"，并不真心对抗国民党。

"胡团"派副官过去谈判，点名要带走李司令和柳主任。不交人就打，交人就撤退。

李司令的余威依然存在，在谈判僵持的时候下令"县大队"停止抵抗，他和柳至贤等几个"托派"跟着"胡团"去见国军的蔡司令。这个命令被"县大队"不折不扣地执行了。

李司令非常清楚眼下的处境，他们被社会保卫部的人员带回总部，结果是没有生还的可能了，被国军带走相对安全一些。李司令从举起拳头宣誓入党那天起，就坚定了共产主义信仰，生是共产党的人，死是共产党的鬼。他和柳至贤都不是贪生怕死之徒，他们不怕死，也不想马上就死。他们要活下来，要解救那些和他们一样被冤枉的同志。他从听到社会保卫部的人宣布逮捕他和柳至贤开始，就觉得湖西专区和四支队内部出了问题，他要查清问题的症结所在，恢复湖西地区被瘫痪掉的党政军机关正常运转。

柳至贤身上的绳索也被解开了。他揉搓一下僵硬麻木的手腕和肘关节，心中升起了一团疑云。在黄河故道里，日伪顽匪各成体系，势力范围和控制范围相互交错，形势极为严峻复杂，像六月的天气一样，瞬息万变。他在思虑着这场突如其来的"兵变"事件。难道说"菜葫芦"投降日寇了，要抓共产党前去献礼？柳至贤不太相信蔡司令会忘记祖宗，像苟敬诗一样给鬼子当狗。那就是后悔割让丰县西北部地区给共产党，想独霸丰县的地盘，不愿意和共产党分而治之。这是极有可能的事。

见到红颜知己万人迷，柳至贤一下子释然了。他指使三驴子翻墙逃跑，到湖东去找苏鲁豫皖纵队第四支队的支队长梁兴初，叫他带兵返回湖西，解救那些被错误关押的所谓"托派分子"。同时向上级党委汇报湖西地区的"肃托"情况，叫上级派人来终结这场闹剧，避免革命组织和军事力量的损失。三驴子渡过微山湖之前，先让大驴子给姑姑送信，算是双管齐下。谁也不知道哪块云彩先下雨，枣树的叶子稠，有枣没枣不知道，先搅和两杆子再说。

柳至贤和李司令商量一下，顾不上和万人迷、"菜葫芦"他们寒暄。他让老同学把自己带到机要室，用国军的电台给省委、苏鲁豫皖纵队党委、第四支队在外线作战的梁兴初队长同时发报，告知他们湖西地区"肃查托派"的情况。王旭仁借"肃托"为名，大搞刑讯逼供，大肆株连无辜，大批迫害革命干部，已经瘫痪了湖西地区的军政工作，问题非常严重，必须尽快彻底解决，拖一天就有一天的恶果。

蔡司令告知万人迷，洪天娇最近几天就去蟠龙城找她，身份是原洪家班班主的本家侄女，和万人迷曾经是师兄妹。

接头暗号是洪天骄问万人迷："姐姐还能唱戏吗？"

回答："嗓子哑了，只能听戏。"

万人迷已经知道"小队长"是日本坏种，王旭仁是被鬼子"下蛆"的破鸡蛋。她把这个消息告知柳至贤，自己准备返回蟠龙城了。

李司令和柳主任等来了上级的回电，省委和苏鲁豫皖纵队党委已经充分认识到湖西"肃托"问题的危害性和严重性，要求第四支队长梁兴初和湖西军分区司令员李贞乾联起手来，马上拘捕王旭仁和"小队长"，暂时羁押王凤鸣，释放所有在押的"托派"分子，恢复他们的工作，善后问题等候上级派人前去处理。

和柳至贤话别的时候，万人迷提起了心中始终牵挂的问题："我叫三驴子给你带的话带到了吗？"

"带到了。"

"我这样的人能不能加入你在的党？"

"现在不是讨论这个问题的时候。"柳至贤说："我和李司令现在非常着急，很想解救那些被冤枉的同志，他们被关押在自己的监狱里，生命朝不保夕。他们都是党的财富，一旦惨遭毒手，革命的损失可就太大了。千军易得，一将难求。这些人都是身经百战的优秀指挥员，他们要是遭到不测，湖西地区就会元气大伤，好不容易筑就的钢铁长城就没有根基了。可是我们光着急有啥用？手里没有一兵一卒，没有一枪一弹。唉，你去找蔡司令通融一下，能不能把'胡团'借给我们用几天。"

"好吧，我一定尽力。"万人迷去找蔡司令，许给他十根金条的好处，叫他借兵给柳至贤。

蔡司令直视着万人迷，不停地"呵呵"傻笑。他说老子手里有人有枪，朝那些富人亮亮家伙金条就来了，老子不稀罕钱。小狗子的妹妹被鬼子给祸害死了，我秃老蔡现在还是光棍一条。别看你长得好看，可是出身微贱，柳至贤可能不嫌弃你，他那个组织不一定瞧得上你。柳至贤和你早就"那个"啦，到现在都不娶你，为啥呀？我老蔡是大马子出身，不在乎戏子和妓女，你也凑合一下，搂着我这个"葫芦"过呗。

"嫁给你肯定是不行的，不论我干过啥事，也不管柳至贤咋样，我的心思始终在他身上。再说我已经失去了生育能力，你这个'菜葫芦'想拉秧罢园，不再往下庹秧子了？"看到蔡司令沉思不语，正在慎重地考虑"庹秧子"的问题。万人迷沉下脸来，非常认真地对蔡司令说："喜结连理的事情就别想了，如果你答应把'胡团'借给柳至贤，我可以留下来陪你过几天，等接到洪天娇一起去蟠龙城。"

四十二、屠杀

王旭仁果然是个人才，他把屁大一点事无限上纲，借助苏联的托洛茨基把问题复杂化、神秘化、扩大化，搞得湖西地区鸡飞狗跳，很快就瘫痪了解放区的军政领导机关，给鬼子疯狂反扑大开方便之门。

日本鬼子趁着湖西地区人心惶惶、元气大伤之际，从济宁和徐州调来重兵，对解放区发动大规模的扫荡。共产党军队和政府中，那些对党忠心耿耿、英勇善战、军功卓著的优秀指挥员，都被打成"托派分子"，解除职务关押在牢房里。除了社会保卫部和军政指挥部警卫营的战士有充足的子弹，其余人员有枪无弹。说是为了防止"托派分子"狗急跳墙搞暴动，子弹、炸药、手榴弹等严格控制，统一管理，临战之前政治审核合格后再行发放。有枪没有子弹，再好的枪也没有铁锹杠使起来顺手。

人无头不走，鸟无头不飞。优秀的指挥员是部队的灵魂，有他们在场军心才能稳定，士气才会高涨。现在懂军事会打仗的指挥员不是被关押就是被解职，剩下一些跟着王旭仁瞎咋呼的政治新星根本没上过战场，听到枪炮声自己先"草鸡"了，怎么指挥别人打仗？

王凤鸣看出问题来了，缺编缺员缺将的湖西根据地，面对强敌的进犯束手无策，没办法组织有效反击。他让王旭仁带领社会保卫部的战士押解"托派分子"，军分区和地方武装人员负责群众转移，自己和四支队留守人员及警卫营的战士拉着弹药和军需物资，一起向湖东方向撤退，争取和支队长梁兴初汇合。专区公署所在地单县还有很多机关和搞后勤的同志，王主席顾不上他们了，他们也不知道鱼台这边有了突然的变故，只能自求多福了。

可能是"慌不择路"的原因，从根据地撤退出来的部队和机关，赶在夜间急行军，又是仓促转移，没有制定详细的行军路线和计划，犹如盲人骑瞎马，在无序的状态下行进。忙中容易出错，他们忘记提前和支队长联系协商，居然走到两股道上去了。

梁支队长带领队伍赶到鱼台县驻地谷亭镇的时候，和李司令、刘主任带领的国民党"胡团"相遇了。

　　大家相互通报一下情况，梁支队长和李司令简单地碰头协商一下，做出了如下决定：对友军的支持帮助表示感谢，因为情况非常紧急，来不及客套寒暄，简单致意后礼送"胡团"回防归建。李贞乾司令员和柳至贤主任带领一个大队赶往单县，根据具体情况见机行事，尽量减少伤亡和损失。梁支队长带领其他人马折回湖东，寻找王凤鸣政委和随行人员，解救被打成"托派分子"的在押同志。梁支队长返回湖西时，在沿途留下了不少便衣流动侦察人员，应该能够迅速查明王政委的去向。

　　王凤鸣带着一群没有战斗经验也无心打仗的政治狂热分子，押着一批"托派分子"，挟裹着后勤辎重和一伙子"叽叽喳喳的妇女儿童（干部家属），非常狼狈地撤到了山东邹县的郭里集。

　　"小队长"见队伍越走离蟠龙县越远，渐渐地离开了灰太狼控制的范围，内心有些狂躁。他找到王旭仁，给他下了最后通牒，要他想办法在三天之内处死那些在押的"托派"，否则就把他的底细抖落出来。

　　王旭仁也想让那些"托派分子"尽快地死掉。人死口封，死无对证。只要这些人把嘴巴永远闭紧了，刑讯逼供、栽赃陷害等等劣迹也如石沉大海，被永远掩盖起来了。首长叔叔害怕承担责任，也不会主动拆穿这个"西洋镜"。果真按照纵队党委的指示做，把这些人官复原职放出去，等候上级派工作组过来调查甄别，自己很快就会原形毕露的。问题查清楚了，是自己蓄意迫害革命干部和群众，给党和人民造成了不可估量的损失。再查出"小队长"是日本鬼子，自己是变节投敌的汉奸，自己这条小命还保得住么？

　　王旭仁把纵队党委和梁支队长发来的电报藏匿起来，找"首长叔叔"请示下一步的工作。他先仔细地分析当前的形势。前面有敌军围堵，后面有日寇追击，天上有飞机盘旋，那些飞机都会"下蛋"，下出来的都是重磅炸弹，形势异常危机，就是千钧垂于一发之上。我们和大部队失去了联系，现在是孤军深入敌后，再这样拖泥带水地像蜗牛一样行军，极有全军覆没的可能。我们不怕死，但不能作无谓的牺牲，尤其是你王政委、王主席，受党教育培养多年，肩负着党和人民的重托，今后前程似锦，不到万不得已的时候，你没有权利把自己的宝贵生命交给敌人。我们要迅速甩掉"包袱"轻装简行，以最快的速度摆脱敌人的追击，转移到安全地带和梁支队长联系。

　　"你说的'包袱'是啥？怎么甩掉？"王政委没有亲自指挥大规模战斗的

经验，梁支队长不在跟前，他早就没有主意了。

王旭仁认为，现在的"包袱"有两个。一个是后勤部门那些老弱病残和干部家属。叫他们脱掉军装，隐蔽到山区的老乡家里，等和梁支队长汇合之后再来接他们。第二个"包袱"就是"托派分子"。他们是党和人民的公敌，是八路军的生死对头，早晚是要处决的，留下他们后患无穷。带着他们起码是累赘，很可能是祸害，反正风险系数挺大的。晚处决和早处决的结果是一样的，横竖脱不了一死，这事要坚决果断、雷厉风行。古人说过：当断不断，必受其乱。

"我好好考虑一下，你再给纵队首长发一封请示电报，看看首长的态度如何？"王政委一脸倦怠，很想闭上眼睛小憩一会。

王部长愣了一下，默默地退了出去。等了一顿饭的功夫，王部长又悄悄地出现在"首长叔叔"的面前。

"叔叔，我们接连发了三次加急电报，纵队首长一直没有回复。"王部长摊开双手，满脸无奈地说："时间不等人，形势逼死人，我们不能再等了。"

王部长确实找了报务员，不过没谈发报的事，而是让他把发报机关掉，说是害怕暴露目标。行军的时候关闭电台，这是常有的事，报务员并不怀疑。"首长叔叔"相信王部长，对王部长的话深信不疑，根本没想再去核实。

"你看着办吧！'托派分子'杀就杀了，干部家属、尤其是孩子，他们都是革命的接班人，一定要保护好，千万不能有一点点差错。"王政委挥挥手让王部长快些办好那些棘手的事情。他摊开军用地图，思考着把精简之后的队伍带到何处去。

讨得尚方宝剑在手，王旭仁有恃无恐了。已经被他打成"托派"和即将被他打成"托派"的人，都是和他有过嫌隙过节、批评整治过他的人，也有一部分"托派"分子是"小队长"点名划定的。那些人是日本皇军的心腹大患，因为他们勇敢爱国，会打仗，还痛恨日本鬼子。有这样的人在中国存在，中国不会灭亡，小鬼子的图谋无法得逞。按照这样的标准肃查"托派"，梁兴初支队长也绝对在劫难逃。可是王部长硬是把曾经"整治"过自己的梁支队长从"托派"组织的名单中抹掉了。他知道梁支队长在军中的威望，惹了他就捅了天大的篓子，是用韩城的花椒蒸馒头——自找（麻饭）麻烦。军队的干部战士闹起来，首长叔叔是弹压不住的，自己这场图谋就会前功尽弃。不光逮不了梁支队长，其他人员也会在梁支队长的干预下无罪开释。像沈素萍、秦廷奎等支队上的干部如何抓捕，如何定罪？自己心里一直打怵，不知道如何能过梁支队长这个关口。

现在好了，"小队长"说了，趁着梁支队长不在、首长叔叔犯浑的大好时机，把这批"托派分子"处决完毕。他们就像江河里的游鱼，今朝脱得金钩去，摇头摆尾再不回。他们躲进鬼子的据点炮楼里面享福，让梁支队长和首长叔叔后悔去吧。不论他们怎么骂架，都不会影响自己喝日本清酒，搂着日本女人的屁股跳舞。

临行前他们还有一件事情要办，就是叫王部长引开机要室的报务员，由"小队长"用暗语向灰太狼发报，汇报这次部队的行军路线，叫灰太狼派出部队在微山县和鱼台县之间的草荡里设伏，吃掉剩余的共军。

所有的事情都做得非常顺利，似乎也是天衣无缝的。王旭仁安排两个排的人员去村外挖大坑，通知地方和部队的全体人员到打麦场里开大会，叫"小队长"带着社会保卫部的人持枪把场院包围起来，不许任何人随便出入。

王旭仁主持会议，先历数"托派分子"的反动罪行，阐述彻底铲除这个"毒瘤"的重要性和必要性，然后把押解随行的"托派分子"带出村外用刺刀挑死。最后王部长又从口袋里掏出一张信笺纸，按顺序读出上面的名字，念一个起立一个，起立一个缴枪绑上一个，又在现场逮捕了一百多人，都是作战勇敢的连以上干部。逮捕完了，当场宣布他们是"托派分子"，拉到村外活埋。

四支队一直跟随在王凤鸣政委身边的警卫排长刘宝勤看不下去了，站起身来大叫："王政委你管管你的侄子吧，我不相信这些人都是'托匪'！"

祸从口出，这一句仗义执言的话给刘排长招来了祸难。王旭仁指使社会保卫部的人把刘排长绑起来，当场打得皮开肉绽，又把血肉模糊的刘排长拉到村外去，和其他"托匪"一起活埋。这就是湖西地区"肃查托派"运动中对无辜群众和革命干部一次集中的大屠杀，给湖西革命根据地造成了不可估量的损失，大伤了解放区的元气。

四十三、战火中的婚礼

黄河故道中战火依然不断，还是一副民不聊生的苍凉景象。

李贞乾司令员和梁支队长在单县汇合了，湖西地区地方部队和地方政府的干部群众们，现在又和八路军苏鲁豫皖纵队四支队的指战员在一起朝夕相处了。

内奸就像大树肚子里的蛀虫，虽然没有能力吞噬一颗大树，却有本事让大树迅速地腐朽溃烂。王旭仁就是这样一条蛀虫，他和"小队长"一起，仰仗着野心家王凤鸣的支持，狐假虎威地肃查"托派"分子。

"肃托"本身就是一个伪命题，真正的"托派"当然是揪不出来的。不过他们利用"肃托"运动大肆清洗湖西地区的军政干部，致使根据地元气大伤，在鬼子"清剿"、"扫荡"的时候不能有效反击，被动地撤退挨打，根据地的面积也大大地缩小了，成了"一枪可以打穿"的根据地。老百姓非常形象地说"一缩大褂子就能从解放区这头蹦到那头去"。丰县、鱼台等地重新被日本鬼子控制，湖西军分区和八路军苏鲁豫皖纵队第四支队退居单县，准备向豫东拓展生存空间。

三百多名久经战火洗礼和考验的革命干部被王旭仁和"小队长"处死了，长眠在山东邹县郭里集村的地下，永远醒不过来了。这是一场飞来的横祸，是不折不扣的疯狂屠杀，也是我党我军应该引以为戒的惨痛教训。

梁支队长赶到郭里集的时候，已经是黎明时分，正好晚了一步，没能及时阻止王旭仁的暴行，没能救出那些优秀的战友。

王旭仁发现梁支队长进村以后，神情十分慌乱。他急忙找到"小队长"，请求化妆逃跑。梁支队长已经在村里村外布置了明岗暗哨，张开了一片恢恢天网，他们插翅难逃了。天网恢恢，疏而不漏。王旭仁和"小队长"左冲右突，从不同的方向分散集中潜逃，均未得逞。

"小队长"把王旭仁拽到屋子里，说他们已经出色地完成了灰太狼大佐交给他们的任务，现在走投无路了，我们一起效忠天皇，绝对不能当俘房。

"小队长"交待完王旭仁应该怎么做，并不监督执行。他认定王旭仁一定会紧步自己的后尘，因为王部长的手上也沾满了共产党的鲜血，背负着巨大的血债又走投无路，除了死还有别的路径可以选择吗？

　　"小队长"掏出匕首，先于王旭仁刺破自己的肚皮。是王旭仁带他混进八路军的队伍，把八路军湖西地区和苏鲁豫皖纵队第四支队祸害得不成样子，王旭仁有功于日本帝国。是他把王旭仁领进了地狱，他有义务把王旭仁变成日本的鬼魂。所以他提前上路，先去面见故去的老天皇，为王旭仁的魂魄办理入境手续。

　　王旭仁呆呆地看着"小队长"现场示范"切腹自杀"的技艺，灵魂早就逃出躯壳了，直到一股温热咸腥的鲜血溅到脸上他才惊醒过来。看到"小队长"两眼暴凸，肠子、下水和鲜血淌满一地，立马又被吓傻了。

　　王旭仁拾起沾满鲜血的匕首，在手指肚子上轻划一下，手指一麻，一股电流传遍全身。他哆嗦一下，像扔掉毒蛇瘟疫一样迅速扔掉匕首，从腰里掏出手枪，两手颤抖着掰开机头。他把枪口指向头颅，犹豫一下慢慢地松开了搂住扳机的食指。在脑袋上钻一个血窟窿，头盖骨掀去大半拉，死相太难看了。打心脏呢？开膛破肚杂碎都淌出来了，也够恶心人的。"小队长"就躺在旁边现身说法，那个丑陋的样子叫人不寒而栗，怎么还能再去效仿呢？打胳膊、大腿倒是淌不出肠子来，不过也死不了人呐。

　　王旭仁思前想后地拿不定主意，他索性关上保险机在身上胡乱比划，这样琢磨朝哪儿开枪比较从容，不论怎么不小心都不会走火。细发人干啥事都不能盲目，自杀也要死得漂亮，还得一枪毙命。

　　王部长还没考虑好往哪个部位开枪，紧闭的大门就被砸开了。梁支队长带领战士们破门而入，缴了他的盒子炮，把他捆了起来。

　　贪生怕死的人守不住秘密，执法战士的绳子一紧，王旭仁的嘴岔子就像上厕所时的腰带一样松开了。为了保住自己的狗命，他像修行拜月的狐狸一样连连磕头求饶。他坦白了自己在战俘营投敌变节的事实，也供出了"小队长"死前向灰太狼发出电报的事情。"小队长"是日本特工，自己是可耻的的叛徒，他们取得王凤鸣政委的信任和重用之后，故意借助一点鸡毛蒜皮的小事掀起"肃查托派"的巨浪，目的就是搞乱共产党的地方政府和八路军，搞垮抗日的红色根据地。

　　梁支队长将计就计，根据王旭仁提供的情报制定临时作战计划。因为叛徒是一个典型的"软皮鸡蛋",料定他不敢撒谎。吝啬的赌徒不敢拿身家性命下注,王旭仁目前只有"情报"这一根救命稻草,他活命的欲望十分强烈,立功的表现就会同样的积极。

梁支队长让沈素萍给湖西军分区和临枣地区的抗日武装发报,请求友邻部队增援,决定反过来包围截击日军,给他们以重创。

灰太狼没想到梁支队长会带领主力部队赶到郭里集,没想到"小队长"已经自杀、王旭仁反过来背叛了日本鬼子。梁支队长的突然出现,打乱了灰太狼的军事部署,粉碎了日本鬼子消灭八路军第四支队留守湖西部队和湖西地区军政机关的图谋,歼灭了日本鬼子从济宁和微山县派出的一个鬼子中队和一个鬼子小队,歼灭日军四百多人,俘获伪军五百多人,斩获大量的枪支弹药和马匹等军需物资。

王旭仁太在乎自己的性命了,老是担心自己的狗命不保,在八路军和日本鬼子双方交战激烈的时候,想趁乱逃跑,被看押他的战士开枪打死了。

被王旭仁称之为"首长叔叔"的王凤鸣政委被115师保卫部来人提走,准备送往延安。罗荣桓政委心怀善念,以为他是受人蒙蔽的糊涂蛋,准备降级留用并改造他为党继续工作。王凤鸣害怕受到处罚,逃跑投敌当了汉奸,日本鬼子投降后被共产党公审处决。

梁兴初支队长暂时代理四支队政委和湖西地区军政委员会主席,成了湖西地区共产党组织体系内的党政军第一把手。

微山战役结束之后,梁支队长率领主力部队返回湖西根据地,这时湖西专区的党委书记兼军分区政委李毅病愈归队了。他和李贞乾司令员一起来找梁支队长,要求为惨死在郭里集那批蒙受不白之冤的革命烈士召开追悼会,隆重祭奠他们的在天之灵。

沈素萍和柳至贤在单县邂逅相遇了,他们紧紧地拥抱在一起,热泪飞溅,感慨万千。她和黎启亮、柳至贤都是在蟠龙县工作过的老战友,都在"肃托"运动中被王旭仁污蔑为"托派分子"。柳至贤因为和李贞乾一起去丰县被国民党的"胡团"解救了。沈素萍因为和主力部队在一起,受到梁支队长的保护,始终没被拘捕到案。黎启亮却殒命在山东邹县郭里集,和他们阴阳两隔在完全不同的世界,永远诀别了。

李贞乾司令员和李毅政委看到了这感人的一幕,萌生了当"红娘"的念头,决定成人之美。沈素萍是四支队的机要室主任,想玉成这件事也离不开梁支队长。

梁支队长支持李贞乾和李毅的做法，赞成柳至贤和沈素萍联姻。他们两个人都是优秀的共产党员，是经过血与火考验的忠诚战士，也都符合"二五八团"的条件，可以结婚，组建幸福的革命家庭。

所谓"二五八团"，是指年龄达到25周岁，八年以上军龄，正团职以上的级别。柳至贤和沈素萍都符合这个标准，三位领导盘算着捅破这层窗户纸以后，立马让他们把两副铺盖合到一个屋里去。解放区被王旭仁祸害得百疮千孔，士气非常低迷，需要一股热闹的喜气荡涤污浊。柳主任结婚庆典之后，再找机会打几场"微山战役"那样漂亮的胜仗，士气就被提振起来了。"解放区的天是晴朗的天，解放区的军民好喜欢……"这样的歌曲和笑声又会到处飞扬了。

保媒拉纤的人都知道一条潜在的行规，就是在情场上"羞女不羞男"，所以往恋人的手腕上拴红线之前要先征询女方的意见。女方点头首肯，成功的概率在百分之九十以上。男方愿意，成功的概率只是百分之五十。

为了尽快促成这桩美事，李司令和李政委作了具体分工。李毅政委做女方的媒人，李贞乾司令员做男方的媒人。

李政委风急马快地找到了沈素萍，开门见山地说明了来意。沈素萍听完之后脸上漾起了甜蜜的笑容，一点羞涩和忸怩都没有，毫不迟疑地点头答应了。她早就爱慕柳至贤，认定他是自己最合适的终身伴侣。

李司令被政务、军务羁留在办公室，还没来得及去找柳至贤通气。李政委来到李司令的办公室，把沈素萍"没有问题"的喜讯放到桌子上。

"只要沈主任同意，这事就板上钉钉了。"李司令大包大揽地说："柳主任这边保证没问题，你叫沈主任打《结婚报告》，先叫老梁签上字。男方这边说不说都无所谓，所有的事情由咱俩全权办理。"

柳至贤被李司令的警卫员叫到司令部签字的时候，他还懵懵懂懂的一头雾水，不知道李司令让他签署啥样的文件。看到李司令、李政委和梁支队长都在上面签了字，他也依样画葫芦地顺手签上了自己的名字。黎启亮牺牲之后，他这个政治部主任也代理着参谋长的职务，在各类《作战计划书》上签字是经常的事。

李政委安排两个干事把柳至贤的《结婚申请报告》送到军分区和四支队两个政治部存档，安排一个参谋通知机关食堂加菜，购买香烟、糖果和鞭炮、红纸等婚庆用品，晚上邀请四支队的领导和相关人员联欢，一起庆贺军分区政治部主任柳至贤和四支队机要室主任沈素萍喜结连理。这时候柳主任才如梦初醒，恍然明白过来，自己在不知情、不经意的状态下定了终身。此时木已成舟，相当"赖马"也吃不了"回头草"了。

共产党讲究"婚姻自主"、"恋爱自由"，自己是自觉自愿签字的，没有任何人强迫自己，叫任何人评判都符合共产党的规矩。大丈夫一言既出驷马难追，何况是白纸黑字的证据，自己没有任何理由反悔抵赖。仔细一想，沈素萍有文化、有能力，人长得漂亮，还是共产党员、八路军的干部，怎么说都对得起自己。可是人是个奇怪的动物，感情也是个奇怪的东西，人讲究两情相悦，对眼了什么都好。感情虽然看不见、摸不着，却能叫人生死相许，不能像烂履那样随便丢弃。柳至贤心里乱糟糟的，还是放不下万人迷。

"你在想啥呢？不高兴吗？"李司令见柳至贤魂不守舍的像呆鸡一样，看样子是被天上突然掉下来的馅饼砸傻了。

"高兴，高兴。"柳主任激灵一下，连忙掩饰说："我在想大驴子和万人迷的事。上次三驴子从蟠龙县回来，说他哥和他姑姑都有加入共产党的意愿和要求，咱们能不能发展呢？"

"这事交给当地的党组织去考虑吧，咱们把他们的情况介绍过去，叫当地的党委考察发展。"李司令说："大驴子应该没啥问题。他姑姑的背景和社会关系太复杂了，恐怕得仔细观察考察。"

不一会外面的炮仗就炸响起来，四支队的政治部主任过来拉柳至贤出去举行结婚典礼，他和李司令讨论的话题被迫中断了。

四十四、双雄罹难

提起郝鹏举，黄河故道的乡亲几乎是无人不知无人不晓的。郝鹏举是比汪精卫小一号的汉奸，也是一个反复无常的小人。

郝鹏举（1903—1947），河南灵宝人，1927年从苏联基辅红军兵种混成干部学校结业回国后，任国民军炮兵团长、军参谋长及鄂豫皖三省"剿共"总部参议。抗日战争时期，任暂编第五军副军长，不断制造反共摩擦。1941年7月叛国投降日本。鬼子无条件投降后，被蒋介石委任为新编第六军司令，充任反共先锋。1946年1月，在强大的政治、军事压力下，在台儿庄、枣庄反共前线率部两万余人起义，改编为中国民主联军。反复无常的郝鹏举，一颗狼子野心一直未改，起义一年零十五天后，见蒋介石调兵遣将向解放区疯狂进攻，以为共产党大势已去，遂于莱芜战役前夕，1947年1月16日撕掉伪装，公然叛变，复又投靠蒋介石，任鲁南绥靖区司令长官兼第四十二集团军总司令。其部两万余人，2月7日被中国人民解放军全歼，郝鹏举也做了俘虏。4月份，郝鹏举因逃跑被击毙，结束了罪恶丑陋的一生。

华野司令员陈毅得到二纵生擒郝鹏举的战报后，当即写下《示郝鹏举》一诗，训斥汉奸郝鹏举：教尔作人不作人，教尔不苟竟狗苟。而今俯首尔就擒，仍自教尔分人狗。

郝鹏举早年就读于洛阳河南省立第四师范学校，1920年怀揣着"书生掌兵"的梦想参加冯玉祥的西北军。1925年郝鹏举任西北军干部学校大队长，同年被派往苏联乌克兰的基辅学习炮兵指挥。郝鹏举不能吃苦，也没有毅力，没等学成毕业就半途而废了。他放弃学业回国参加五原誓师，因此冯玉祥心中不喜，一直不肯重用郝鹏举。

抗战爆发后，郝鹏举投靠在胡宗南麾下任参谋，被其安排出任中央军校西安七分校少将总队长。郝鹏举对胡长官曲意逢迎，极尽巴结恭敬之能事，却始终得不到黄埔高材生胡长官的信任。郝鹏举情绪极度低落，开始散布对胡的不满。胡宗南觉察之后便怀恨在心，借着郝鹏举与一位军官家属通奸的

"桃色事件"下令将其逮捕关押。郝鹏举买通看押人员得以逃脱，越狱后投靠了南京的大汉奸汪精卫。

汪精卫急需一批为他卖命效劳的人，于是在1942年2月任命郝鹏举为伪武官公署中将参赞武官长，兼任由汪精卫亲任团长的中央陆军将校训练团教育长。1944年1月13日，汪伪中央政治委员会决定在徐州成立"淮海省"，任命郝鹏举为伪省长兼保安司令、徐州绥靖公署中将主任。他秉承汪伪旨意，网罗了4个军7万多人的兵力，积极反共，与八路军、新四军分庭抗礼。他曾指使汉奸文人在报纸上发表《郝鹏举论》，用以自吹自擂，表示效忠日本"肝脑涂地，死而后已"。

郝鹏举投靠汪精卫之后，于1941年9月就给汪伪政府写报告，指出徐州是中国北方的锁钥、南方的门户，自古就是兵家必争之地，地理位置十分重要，得徐州者可以得天下，应该在徐州设立省会，建立"淮海省"。

汪精卫把郝鹏举的报告印发给南京伪政府中央政治委员会的常委圈阅，也把这份报告抄送日本主子一份，探探鬼子的风向如何。

冈村宁次赏识这个"建省"的计划。此时他已晋升为日本陆军大将，被天皇钦点出任中国华北方面侵略军司令。当时日军驻扎在华北地区的军队人员24.5万人，战马5.2万匹，重炮740门，汽车8000辆，各种弹药、粮秣充足，是日本最大的一个战略集团。

拥兵自重，冈村宁次这只"三羽鸟"（乌鸦）的野心也迅速膨胀起来。他自认为很快就会再次晋升职务，等自己升任"中国派遣军总司令"的时候再成立"淮海省"，政绩就属于岗村宁次了。现在不能"为他人做嫁衣"，也不能消极懈怠、无所作为。岗村拖延了成立伪淮海省的时间，但一直积极筹备这件事。

石原灰太狼这一年晋升为日本陆军少将，他也觊觎着"淮海省"日军主官的位置，开始想办法创造政绩，为自己的升迁铺路。

苟敬诗沾灰太狼的光，也被晋升为伪军少将。像是国际邦交讲究"礼仪对等"一样，在敌方人员加官进爵的时候，民国政府也把蔡司令提升为陆军少将，封为黄河故道的"抗日联军"司令。

国民党军统特工洪天娇已被万人迷领进了蟠龙县的洋房子，她把这个千娇百媚的小丫头介绍给魔头灰太狼。洪天矫天生丽质，充分施展她的柔功媚术，很快就成了灰太狼的新宠。

洪天矫不光彻底征服了日本魔头灰太狼，还把他身边的一些要员勾引得魂不守舍，有事没事的都好围着她的屁股转。上峰派她到蟠龙县的主要任务就是制造混乱，离间鬼子伪军的关系，找机会除掉灰太狼和一些铁杆汉奸。上峰把她送上前沿的时候向她许诺，只要能出色地完成任务，她的肩膀上就会多开两朵梅花。她现在是少校军衔，再多两朵梅花就是上校军衔了。

开弓没有回头箭，梅花乃至将星都是虚的，保命是实的。完不成任务组织上要执行纪律，自己花一样的容貌就在这个世界上彻底消失了。何况自己上学的时候就被日本鬼子祸害过，父母也在日本飞机大轰炸的时候丧生了，即便没有"梅花"那样的奖赏，她也不会忘记国恨家仇，有机会就会给鬼子致命一击的。

灰太狼为了取悦冈村宁次，为了得到上司的赏识和重用，1942年12月和徐州、济宁、菏泽、商丘等地的鬼子勾结在一起，集结重兵进犯湖西抗日根据地。

敌人从四面袭来，采取"铁壁合围"的"拉网"式战术，想彻底消灭湖西地区的抗日武装。看到敌人兵多将广、武器精良，"菜葫芦"胆怯了。他知道鸡蛋碰石头不论有理没理都要吃亏的，不想光着脑袋往钉茬子上碰。兵书上说过"三十六计走为上"，他带领自己的属下和国民党第九行政专署的大小官员，撤离丰县欢口地区，重新拱进虽已干枯却茫茫无际的大草荡子里去了。

梁兴初支队长和李贞乾司令员召开联席军事会议，仔细研究破敌之策。大家集思广益，形成了这样的共识：先把后勤物资和家属转移到乡下隐蔽起来，湖西军分区和各县大队在根据地坚守作战，梁支队长带领四支队的主力突围到外线，等战斗打响之后再折回头反过来包围日寇，同时给国民党的抗日联军司令蔡华祥将军发电报，叫他趁鬼子重兵在外作战、内部空虚的时机，袭扰鬼子的后方，劫掠鬼子的军需物资，烧毁鬼子的粮食，炸毁鬼子的弹药库和医院，牵制鬼子回防。蔡将军可以以逸待劳，在途中预先设伏狙击日寇，八路军在后面追击，这样就能反败为胜，取得辉煌的战果。同时向纵队报告情况，叫总部联合淮北地区的新四军、豫东地区的八路军、济宁、临枣地区的铁道游击队及其他抗日武装力量，出其不意地突袭鬼子老巢，攻其所必救。

鬼子和伪军从四个不同的方向朝湖西根据地压来，用重炮、山炮、迫击炮开路。天上的飞机也出动了，像黑老鸹一样密密麻麻地到处"下蛋"，采取"无差别级"的"地毯"式轰炸方式，使整个湖西地区狼烟四起。

梁支队长带着四支队的主力，从砀山禹城方向"翻边"出去，趁着月黑风高的时候渗透到敌后，拔了很多鬼子的村镇据点。

李贞乾司令员、李毅政委、柳至贤主任兼代理参谋长，带领湖西军分区和各区县抗日武装的广大指战员，在单县城外修筑一圈环城工事，做好了和日本鬼子浴血奋战的准备。

狂轰滥炸之后，鬼子兵端着刺刀猫着腰向阵地前沿靠近。为了节省子弹，李司令命令战士近距离射击，小鬼子不走进三十米之内的距离不准开枪。

近距离射击能有效地消灭敌人的有生力量，也容易被敌人的枪弹击伤。开始战士们都往敌人的胸部以上瞄准，只要击中就能毙命。鬼子见势不妙，纷纷向后溃逃，敌人重新往阵地上开炮，飞机再往我方阵地上扔炸弹。我军没有制空和防空的能力，伤亡很大。柳至贤跑到李司令跟前，向他陈述了自己的意见。

战士的政治觉悟很高，对党无比忠诚，可是文化程度很低，军事素质平常，加上我军的装备低劣，这样硬碰硬地打消耗战，我军拖不起，拖下去会吃大亏。现在要尽可能地拖延时间，等梁支队长杀回马枪的时候里外夹击。我们要尽可能地保存实力，还要想办法给敌人制造麻烦。在战场上给敌方增加负担、制造麻烦，不是把敌人打死，而是打伤。伤兵是部队的累赘，因为伤兵生活不能自理，需要有人照顾。伤兵疼痛的时候还要呻吟喊叫，能传播恐怖惧战的情绪，快速涣散军心。

李司令很赞赏柳至贤的精明，暗想着这次战役之后就把"代理"去掉，让他转任专职参谋长。李司令再次下达命令，叫战士们仍然是近距离射击，瞄准鬼子的小腹以下开枪。

小鬼子再次发动进攻的时候，八路军战士改变了打击战术。依然是按照李司令的要求近距离射击，依然是枪声一响就撂倒一片，不过躺倒的不再是一具具冰冷的尸体，而是断胳膊、断腿和淌肠子的伤兵。两三轮攻击下来，鬼子兵的非战斗减员大幅增加，直接影响到武装推进的速度。受伤致残比死亡更可怕，一向嘲笑伪军胆小的鬼子兵也有了畏战的情绪，被丢弃在阵地上的伤兵一边奋力往己方的阵营攀爬，一边愤怒地大骂那些没受伤却不顾"国别战友"之情的战友。地上涂满了伤兵拖拽出来的血渍，空中漂浮着厚厚一层"八格牙路"。

灰太狼醒悟过来了，现在和八路军近距离接触不是明智之举。他下令所有的鬼子和伪军撤退到八路军的射程之外，动用飞机和大炮打头阵，继续对八路军的阵地狂轰滥炸。

随着鬼子战术的改变，战场上的形势发生了逆转。抗日军民被动挨打，还没有还手之力，马上就要招架不住了。

梁支队长打完禹城打永城，拉开了攻打商丘的架势，把商丘的日伪军调离单县之后转头向东，拔了砀山的鬼子据点迅速向北疾进，从灰太狼的身后包抄过来。蔡司令也捉住了洪天娇放飞过来的灰鸽子，从鸽子腿上取下来蟠龙县的守备情况和医院、军需、军械仓库布局图。他集合兵力饱餐一顿，直捣灰太狼的老巢，并许诺打胜仗之后每人加饷十块大洋。

灰太狼已经接到了告急的电报，也预测到了包围圈内八路军的艰难。战事胶着的时候敌对双方都很艰苦，这个时候除了比拼战斗力和军械、弹药、粮饷之外，也比拼彼此的意志。谁有毅力坚持到最后，胜利就会属于谁。

北门外是区县地方武装把守的，战斗力相对较弱。密集的炮弹呼啸而至，炸得他们血肉横飞，没被炸着的战士身上也披着厚厚的尘土，根本抬不起头来。一队鬼子兵在硝烟炮火的掩护下潜行至阵地前沿，硬是撕开了一道口子。

柳至贤参谋长带着警卫员到东门巡防去了，李贞乾接到北门告急的电话之后，让李毅政委在指挥所留守，独自一个人跨上白色的战马往北门飞奔而去。

柳参谋长巡防回来，得知李司令去了北门的消息，马上跃上马背追赶过去，他要把李司令替回来，一号首长应该留在指挥的位置上，而不是亲自到前线去拼杀。

李司令知道在生死存亡的关口，士气只可鼓舞不能懈怠，这时候指挥员的情绪和态度是至关重要的。他要和坚持战斗的战士在一起，在战斗最前沿抗击日本侵略者，坚持到战斗胜利。

为了稳定军心，提振战士们的士气，李司令和阵地指挥员简单交换一下意见以后，重新跃上马背，在阵地上来回走动，让所有的参战人员都看到李贞乾司令员就在身边。

李司令原本就身躯魁梧，又骑在马背上行走，一下子把自己暴露在敌人的枪口之下。鬼子的狙击手也看到了李贞乾司令员，李司令所在的位置在狙击步枪的射程之内。那个王八羔的日本狙击手，知道"射人先射马"这样的中国俗语，第一枪先打马头，第二枪才瞄准李司令射击。

随着两声枪响，李司令和他的坐骑都应声倒下了。柳参谋长正好策马过来，看到李司令被压在马身下不能动弹，急忙飞奔过去施以援手。邪恶的枪声又响了，柳参谋长也应声坠下马来。

梁支队长率领四支队的主力，在黄泛区的沙土路上急行军，离单县越来越近了。灰太狼放在外面的流动暗哨发现了八路军回援的主力，在草荡里点燃一堆用水湮湿的柴火，放出狼烟向鬼子报信。

灰太狼看到远处升起浓浓的黑烟，被包围的共军依然坚守在阵地上没被击溃，他不敢恋战了。飘起黑色浓烟的地方在南边，他率领残部和济宁的鬼子一起向东逃窜，菏泽的鬼子向西北败退。

灰太狼在飞机大炮的掩护下，退到丰县依旧惊魂未定，直到听说李贞乾和柳至贤两名八路军的重量级领导人被狙击手射中躺在医院里生死未卜的消息后，情绪才缓和过来，在丰县宿营做饭，歇马两天后灰溜溜地返回蟠龙县城。

四十五、超前的土改

大驴子进城报丧来了，进了姑姑的门就嚎啕大哭，比死了亲爹还要悲痛："姑姑唉，天塌下来喽！"

自从洪天娇入住魔窟之后，万人迷就不到洋房子那边去了。这是她和洪大小姐的秘密约定，分开了才能里应外合，在一起扎堆摊上事一个也跑不了，太冤了。万人迷也怕灰太狼心存顾忌，坏了洪天娇的大事。她高估了灰太狼的人格。小鬼子非我族类，对事情的认知也有别于人类。按照"大隐隐于市，小隐隐于野"的信条，万人迷在城市的小巷里闹中求静，过起了隐居的生活。

"是谁死了？你先喝口水，把事情说清楚了再哭。"万姑姑给大侄子沏了一杯茶，关切地询问大侄子吃饭了没有？前一段时间大驴子刚给她报了柳至贤和沈素萍成婚的喜讯，难道说……万姑姑摇头否定了自己的猜测。吉人天相，她强烈地渴望柳至贤处处逢凶化吉，遇难呈祥。是洪天娇？分手的时候洪天娇郑重其事地告诉她，事情紧急的时候，她会用一种特殊的方法给自己传递消息，叫自己得到消息之后迅速撤离，保住有用之身去做更重要的工作。难道……不、不，洪天娇不会用这种方式给自己传递消息。即便用，也轮不到大驴子前来送信，他们不是一挂车上的骡子。

听到柳至贤结婚的消息，万姑姑的内心酸楚了好一阵子。她早就知道自己和柳至贤进不了洞房，就算柳至贤准备明媒正娶，拿着聘礼过来求自己，自己也会坚决推掉这门亲事的。家匿黄金，邻里有秤。万姑姑心里也有一杆秤，早就称出了她和柳相公不般配。她让三驴子带信给柳至贤，表明了加入共产党的意愿。她提出入党要求的时间比大驴子早，可是大驴子已经是正式党员了，自己还在"观察考验"阶段。这个"考验"过程十分漫长，不说是"遥遥无期"吧，至少现在还看不到尽头。

万人迷非常渴望嫁给柳至贤，她在心中设定的结缘方式是做妾当偏房，不是原配结发的正牌老大。人贵有自知之明，自己的身份和阅历以及娘家的背景，都决定了自己在社会上的卑微地位。自己是福浅命薄之人，不能强争尊贵。高贵的人注重颜面和名分，社会底层的人注重实际。做大做小都在一张床上睡觉，都有夫妻之实，何必非争正房的名分呢？皇帝宠爱的都是妃子，妃子升到正宫娘娘的时候就被皇帝冷落了，不具备做娘娘的条件硬要觊觎"正宫"的人，差不多都被贬到了冷宫。这样的戏在台上传唱几千年了，自己不置那个闲气。

共产党不认老礼，提倡一夫一妻制，反对娶小纳妾。万人迷知道共产党的大门始终是敞开的，但一直没摸清共产党的门道。既然自己没进共产党的大门，就不受共产党那些条条框框的约束。不论共产党如何主张，也不论柳至贤认不认这壶酒钱，反正自己在心中认定是柳至贤的二房小妾，这辈子就和他柳家黏在一起了。

万人迷想加入中国共产党，也是奔着柳至贤去的，并不是怀有啥样崇高的理想和信仰。她信任的两个侄儿三驴子和大驴子也在共产党，这就使她和"共产党"愈发亲近了。

"姑姑，你千万要想开点，小表叔他死啦。"大驴子牛饮一气冷凉的茶水，把噩耗和盘托出来交给万姑姑。他没有文化，肚子里没有弯弯绕，不像三驴子那样懂得委婉。"人死不能复生，咱该咋着咋着。"

万姑姑的心往下猛然一坠，立马沉下脸来，连声问道："他是怎么死的？"

"守单县的时候被鬼子打死的。"大驴子实话实说，把三驴子交代他如何劝解姑姑宽心的话全都忘记了。

万姑姑的眼泪像断线的珠子，扑簌簌地往地下滚落。她用手绢掩着口压抑住自己的嚎啕。哭声可以被遮挡，内心的悲痛是无法阻止的，她心痛得抽搐起来，翻了翻白眼昏厥过去了。

大驴子手足无措。他没经历过这样的场面，也不知道如何是好。听姑姑说过，救治休克的人可以狠掐"合谷"和"人中"两处穴位。他就手忙脚乱地忙乎起来。

万姑姑"哇"地吐出一口浓痰，气脉又通畅了。她老人家眼里依旧蓄满泪水，不过不再抽搐了。

"你表叔如果还活着，咱把土地全都交给他，他会咋办？"万姑姑旧话重提，再次询问这个问过多次的话题。

"还能咋办？分给穷人呗。"大驴子也是在党的人了，知道共产党的规矩。"小表叔是共产党的高级干部，一准坚决拥护和贯彻党的政策。我入党的时候，领导告诉我共产党要画一个圈，在党的人全都站到圈里去，不准往外跳。把土地分给穷人这件事，恐怕也划到圈里去了。"

"那行，咱们就按照你小表叔的意思办。"万人迷揩揩眼泪，心情平静下来了。"给我留下一块宅基地，没人要的最差劲的薄田给我留着。统计一下咱村的人数，把剩下的田地按人头平均分配。"

"啊，真的要分地？"大驴子以为自己听错了，又大声询问一遍。

"真的要分地。"万姑姑从柜子里拿出一个精致的小匣子。她把匣子交给大驴子，非常诚恳认真地告诉他："这里面是地契，你回去带人实地丈量一下，看看有没有出入，别到时候分不公道。"

离开蟠龙城之后，大驴子急忙找到自己的上线，把万姑姑要把土地分给穷人的情报汇报给上级。上级很快把意见反馈回来，对万姑姑的做法持赞赏和支持的态度。

大驴子回到村里，找几个好问事的"大老知"乡亲搭班子，一起统计全村的人口，丈量姑姑名下的所有土地。

黄河故道里沟壑纵横，到处都是一望无际的草荡子，这里碱大地薄，地广人稀。在草荡里垦荒种地是不受约束的，只要你有力气，就可以随便拓展疆域，没有人稀罕管你。各村的财主都超负荷使用长短工，不让他们多吃自己的冤枉粮。不贪心的地主叫大领把庄稼种到地界外面去，一锨一梨地慢慢向外转移地界。心劲高的财主先把地界挪到二里开外，叫长工们加夜班垦荒。

大驴子很快就把土地实际面积和本村的常住居民统计出来了。土地不光一厘没少，还涨出了几十亩耕地。村民也多出了一个外乡人，他说自己是本村原任老族长柳至善的把兄弟，和柳处长有过命的交情。

万柳寨新入户的村民是个大麻子，一脸又黑又密的深坑，大小和深浅都很均匀，像用模具印制的一样。他的身材和柳至善很像，走路的姿势也差不多。他是一个破锣嗓子，说话像野鸭子一样"嘎嘎"怪叫，听不出是哪儿的口音，无法判定他的籍贯。

外乡人说他是个光棍汉，也是流浪汉。一个人吃饱全家不饿，家乡没有立锥之地，却以四海为家。漂泊半生下来，几乎游遍了神州的山川。他吹嘘自己"走过南、闯过北，江河两岸尿过尿，大海边上培沙堆，高山岗上睡过觉，在东北老林子里追过野鸡飞"。

外乡人流落到海州火车站，在旮旯里发现一个蓬头垢面的叫花子。叫花子的一条腿被人打折了，百衲衣裹不住肮脏的皮肉。他在风雪中瑟瑟发抖，看样子有好几天水米不打牙，连呼救的力气都没有了。这个人就是柳万寨的老族长、后来在蔡司令手下当军需处长的柳至善，曾经是红极一时的风云人物。

当时的狸猫欢如虎，落时的凤凰不如鸡。柳至善落魄了，衣食无着，性命堪忧，眼瞅着就像黄河故道草荡里面的"倒个"一样，马上就要暴尸街头了。外乡人把柳至善扛到城隍庙，用砂壶头煮开一锅类似"珍珠翡翠白玉汤"那样的杂烩菜，口对口地一点点喂到柳至善的肚子里，把他从鬼门关拽回来了。

柳至善感念救命之恩，和外乡人结成了生死兄弟。外乡人不知道自己姓甚名谁，只记得一个在各处不用介绍就被别人叫响的雅号"黑麻子"。外乡人有了可以依靠和牵挂的兄弟，内心十分高兴，有了一丝半缕的宗室观念，就随着兄长姓氏和辈分，取名叫柳至异。他说自己长得和别人不一样，不用化妆就能当判官。自己的心肠和别人不一样，别人碰上柳至善多半会先翻翻口袋，找不出值钱的东西就不管不问了。自己的心肠太软，宁愿自己死也要把兄弟的命换回来。

两个乞丐结成了不弃不离的生死兄弟，他们相依为命，继续过着饥寒交迫的日子，相互用打狗棍搀扶着，四处漂泊流浪。

两个倒霉蛋在青口镇被鬼子抓住了，说是先用轮船送到大连集中培训，再用更大的轮船送回日本当劳工。其他人都像傻瓜一样，几乎麻木地随便日本鬼子摆弄。柳至善见多识广，脑袋瓜子也比别人机灵。

柳至善当军需处长的时候就听说过"731"工厂的事，那是鬼子在东北建造的人间地狱，专门捕获中国的"马卢达"去做活体实验。试想被人当牲口一样使唤，干重体力活出苦力的劳工用得着培训吗？连云港、日照、石臼所、青岛等地都有军用或民用港口，都能直接到达日本，干嘛还要脱裤子放屁？不耽误工夫、不费油、不浪费粮食吗？

听完兄长的分析，柳至异也觉得不对劲，弟兄两个谋划着如何逃跑的事。他们被关押在青口镇的临时班房里，白天被押解出去修工事，晚上有几个伪军和狼狗看守他们。

柳至善想带着弟弟柳至异逃跑，他们需要重点对付的是狼狗而不是伪军。伪军在鬼子面前享受的待遇虽然比劳工优厚，说到底不过是"高级奴隶"而已，还没有狼狗的地位高。伪军憋着一肚子怨气，也有消极怠工的意思。再说他们白天在鬼子面前积极表现，精神高度紧张，晚上松弛下来也是非常倦怠的。狗的警觉度比伪军高很多，鼻子耳朵都很灵敏，稍有差池就会前功尽弃的。

劳改营的茅房就是埋几根木桩用芦席围成的隐身之所，被鬼子捉过来临时关押的犯人，全都透过芦席的缝隙瞭望铁丝网外面的世界。厕所后面的铁丝网被海风和屎尿熏蒸得严重锈蚀，因为那儿屎尿横流、蝇蛆遍地，很少有人往那儿涉足。锈蚀的铁丝网很容易用手折断，铁丝网外面就是广袤无垠的沙滩，沙滩上长满了茂密高大的盐蒿和赤碱蓬，是越狱逃跑犯人的天然理想庇护所。只是夜间伪军总是解开拴狗的链子，让那几只德国黑背自由溜达。那几只狗好到厕所附近逮老鼠吃，这事有点麻烦。

投其所好是办事成功的法宝，对付外国狼狗也不例外。柳至善安排柳至异和自己配合，利用外出干活的时候逮了两只大老鼠，用囚衣包裹着带进了工棚。后半夜他拽醒身边的柳至异，把老鼠腿折断扔到离厕所很远的地方。老鼠负痛"唧唧"地乱叫，它们的四条腿都被折断了，跑不了也爬不动，只能在原地滚动。馋猫鼻子尖，狗能闻上天。狗的嗅觉比猫更好，耳朵也格外灵敏。大狼狗被老鼠引到远处去了，柳氏两兄弟撕开厕所后面的芦席，折断锈蚀的铁丝，爬出铁丝网拱进碱蒿地，像鱼儿游进江河一样，彻底摆脱了魔鬼的控制。

柳至善是个福分浅薄的人，河滩上的乡亲形容这种人是"小姐身子丫环命"。他早就落魄了，一下子跌到了社会的最底层，却受不了餐风宿露的苦楚，受不了被人役使诟骂的羞辱。再加上衣食无着，营养极度匮乏，柳处长很快就罹患了重病。没钱的人有病本身就不好调养，他还心高气傲，忧虑、愁苦、愤懑、怒恨等各种情绪交织在一起，不利于病人的康复，却能快速加重病情。没钱看病，没有营养品补充体能，还有一肚子怨气，这样的病人在病榻上躺不了多久得挪地方，挪到棺材里长眠。因为怨气不消两眼不闭，世上就有了"死不瞑目"的成语。

柳至善至死也忘不了故里。他在弥留之际把原籍告诉柳至异，并拜托这位邂逅相遇的弟弟把自己火化掉，把骨头渣子带回黄河故道安葬。

柳至异背着哥哥的尸骨，一路乞讨着来到了柳万寨，挨家挨户地磕头跪门，感动得大伙出人出力兑份子，把柳至善的骨头渣子体面地埋到了南边的土坑里。

河滩上的乡亲尊重死人，说是"逝者为大"，讲究"入土为安"。出殡那天，凡是和柳至善同一班辈的族人、亲戚和朋友，不论年龄大小，都得跪在灵柩前磕头行礼，辈分差的更不用说了，还得披麻戴孝，拉着哭丧棒举哀。

埋完柳至善，万柳寨的大事就算办完了。柳处长长眠在桑梓地，有时间慢慢挑选好人家投胎转世。活着的人不晓得"六道轮回"，还得继续受洋罪过苦日子。

乡亲们在殡葬之后酬客喝杂菜汤的时候，也喝了一壶悲痛的小酒，借着酒劲评论这个让哥哥魂归故里的柳至异。他虽然送来的是一把骨头渣子，可是他重情重义，守信如节。他把柳至善的骨灰撒到异地他乡谁会知道？单凭这一点柳万寨就得接收这位义士入户。这个义薄云天的举动不得了，简直比得上《赵匡胤千里送京娘》。有人当场给柳至异改了名字，改叫"柳至义"。说是柳万寨摊上灾难可以不连累柳至义，不论有啥好事都得想着人家。

听完大驴子的汇报，万姑姑点头赞同。凡是能和柳家扯上关系的人，她都觉得亲近，都想尽力扶植。

柳万寨少了两个正宗的柳氏传人，他们弟兄俩一个是共产党，一个是国民党，都是受人拥戴的抗日分子。现在多了一个随着柳至善姓柳的黑麻子，就像大清朝的从二品官员，也拿朝廷的俸禄，根基还是差了一些。万姑姑要求大驴子像对待正宗柳氏家族成员一样，把柳至善、柳至贤的宅基地悉数送给柳至义，还和柳万寨其他村民一样，分到数额相等的土地。

柳至义讲述柳至善的情况乡亲们不是太了解，但在时间上是吻合的。就是柳至义把柳至善背进城隍庙的前几天，柳处长从大驴子那儿拿到了剩余的土地款。其实万姑姑是准备一次性把地钱付清的，柳处长不同意。他先要了三万块现大洋，叫老鼠眼和瘦猴子送给蔡司令，并让他们给蔡司令带话，说自己等拿了后面的银票马上归队。后面的账务结清了，柳处长提取一百块现洋，把剩下的银票藏了起来，一头拱进茂密的草荡子，不知所踪了。

四十六、鬼子的太监

1944 年元月，侵华日军华北方面军司令冈村宁次已经掌控了中国派遣军的实权。为了促使日本政府的任命书早日下达，岗村宁次怂恿汪精卫集团筹建成立伪淮海省。

汪精卫原本就是"儿皇帝"，自然不敢驳拂日本悍将冈村宁次的面子。1944 年 1 月 13 日，汪伪集团召开"中央政治委员会全体会议"，仓促决定成立伪淮海省，任命郝鹏举为伪省长兼皇协军保安司令、徐州绥靖公署中将主任。

郝鹏举走马上任之后，把丰县的皇协军司令侯本升调到省会徐州，出任皇协军保安副司令兼第九纵队司令，也给蟠龙县的皇协军司令苟敬诗加了同样的官衔。只不过苟敬诗不用驻会办公，仍然在蟠龙县石原灰太狼的麾下为皇军效劳。

灰太狼有点郁闷，他渴望自己能入驻徐州，当上日军派驻伪淮海省的最高司令官。结果事与愿违，他被任命为日军淮海省守备副司令，仍旧驻守蟠龙中心县。只是多顶一个官帽，看起来鲜亮，没有多少实际意义。

愿望得不到满足，直接会导致情绪低落。灰太狼对冈村宁次心怀怨尤，只能憋在心里，敢怒不敢言。工作疏懒兴趣就会转移，他对美酒和美女近乎疯狂地亲近起来。

洪天娇一边和灰太狼温柔缠绵，一边当他的感情教练。她告诉灰太狼男女之间交往的最高形式不光是泄欲，比如说"红颜知己"，再譬如说"君子好色而不淫"。征服一个国家容易，征服一个女人困难。对于弱小的女子，占有她的肉体容易，征服她的心灵困难。强奸是力量可以办到的事，但强奸只会增加女性的厌恶和愤恨，却无法让她倾心仰慕。

过去灰太狼忙于征战，沉湎于攻城掠地的喜悦之中，没有仔细研究男女之间亲昵的事情。同样是肤肌之亲，有"两情相悦"，也有"屈辱和愤懑"。过去他认为男女之间的性爱就像吃饭和喝汤一样，再好的烙饼自己吃饱了可以让给别人，再美味的羹汤自己喝足了别人可以舀走一碗。洪天娇告诉他，这里面有一个做人的尊严问题。女人真心实意地爱慕谁，才会心甘情愿地以身以心相许。男人尊重爱戴谁，才会谨言慎行，不轻易招惹他的女人。其他男人侵犯自己的女人，在得到女性温柔的同时，也拿走了这个男人的尊严。

矫枉往往过正。在洪天娇的调唆引导下，灰太狼对中国的贞操观念推崇备至。洪天娇继续对灰太狼进行两性教育，讲了许多"金屋藏娇"和"深闺幽怨"的故事，讲了皇宫内苑不允许男臣进入，伺候皇帝、嫔妃、公主、王子的男人要"净身"才能入选。净身就是割掉男人的生殖器，剥夺做男人的权利和尊严，从此不男不女地苟活在深宫之中，他们有一个共同的名字叫"太监"。平民百姓没有能力把其他男人的生殖器割下来扔掉，只能瞪大两眼看紧自己身边的女人。他们先把女人的脚丫子绕残，叫她们不方便和异性接触，不方便抛头露面，再把她们锁进深宅大院，在手臂或眉心处点上守宫砂。

灰太狼早就听万人迷说过"守宫砂"的事，当时并不入心。现在他看到洪天娇送到眼前的守宫砂，就像看到了稀世珍宝，一把攫取过来，在洪天娇的胳膊上摁了一个醒目的红点。

舆论导向的力量是十分惊人的，灰太狼被洪天娇哄傻了，洪天娇说啥他信啥，到了拿着硬屎当果蛋子的地步，彻底分不出好歹了。

洪天娇对灰太狼十分温存，一搂进怀里就叫他肉烂骨酥。洪天娇对灰太狼身边的其他男人也搔首弄姿，百般抛洒乱人心性的媚眼，弄得他们魂不守舍，如痴如醉。

灰太狼理解了吃醋的含义，也时不时地有些醋意萦怀。他的心态有了显著的变化，做事也和以往不一样了。过去他也娇宠洪天娇，并不刻意限制她的行动自由。现在他要把自己的美人当鸟养，"金屋藏娇"不就是这个意思吗？可是洪天娇天性好动不好静，关在笼子里容易憋出病来，这会有损她的花容月貌。病人的形象是神情呆滞、形销骨立、憔悴干黄，再怎么捯饬也没有红白相间、水灵灵的健康女人好看。

灰太狼想起了苟敬诗。他和自己一样都是少将军衔，但是皇协军的少将和皇军的少将不可同日而语，按现在的话说是含金量不一样。皇军的少将是主人，可以吃五喝六，颐指气使。皇协军的少将是更高层级的走狗，只能低眉顺眼，乖乖地听从驱驰。

灰太狼依然放纵洪天娇在蟠龙县城里随便游荡，叫苟司令带着武装卫士随行保护。有这样一群张牙舞爪的黄狗跟着，估计男人的色胆不敢"包天"了吧？

苟敬诗带着七八个护卫，荷枪实弹地跟在洪天娇的屁股后面，像哈巴狗一样摇着尾巴伺候着，任凭洪天娇呼来喝去。

逛到吃晌午饭的时候，洪天娇累了饿了。蟠龙县城里的馆子她都吃遍了，也吃腻了。她想换换口味，品尝一下苟敬诗家的小灶。苟敬诗受宠若惊，忙差狗腿子跑步回家安排掌勺的大师傅，一定要拿出看家的本事来，好生地伺候洪大小姐。

请人下馆子吃饭要的是排场，有身份有钱的人才会下馆子。到家里去做客讲究的是感情，私交甚厚的人才会不拘俗礼，亲亲热热地到家里去吃饭。

苟敬诗鸠占鹊巢，仗着有日本人撑腰，强行霸占了柳至贤的房产。柳至贤的宅子是王敬久安排蔡华祥司令亲自督建的，虽然规模、档次和奢华程度都比不了王敬久的洋房子，但也是两进院子，在平民百姓眼里绝对是"高门大院"。现在这所院子成了苟司令的官邸，自然设有专门招待贵宾的单独雅间。

进了苟司令的家门，卫士们把洪天娇让进正厅去喝茶，他们自觉地退到一边的偏厅里闲坐。在黄河故道草荡里长大的人，都很识趣懂规矩，对于身份高贵的客人，要由主人亲自奉陪，没有身份和地位的下人要自觉回避，不能轻易凑到桌上去。领导都赏识这种人，他们知道回避生人，给领导留出足够的私密空间。实在回避不了的时候，也能装瞎、装聋、装哑。

春节过后就到阳春三月了，草荡下面都是细沙土，升温很快。草荡子和灌木丛涵养水分，黄河故道中纵横交错的沟壑、河汊和水塘，能吸附大量的热能缓慢散发。这就让故黄河流域有了海洋性气候的特征，夏季凉爽宜人，冬季温暖湿润。苟司令家的梅花还没彻底败落，迎春花就迎风绽放了。

苟司令被副官叫到旁边去接听电话，洪天娇信步到院中赏花，又踱步走进厨房，参观大师傅煎炸烹炒，还仔细询问择菜的大妈，苟司令平时待客都喝啥酒、吃啥菜，犒赏下属用啥酒、啥菜。

女佣谨慎地回答洪天娇的问题，一一把实物指给洪大小姐看。洪天娇仔细检查酒菜，还揭开酒坛舀出一小端子嘬一小口在嘴里搅动，像评酒大师那样慢慢地品尝。

苟司令派一个年轻的女佣把四处闲逛的洪天娇引领到用膳的雅间。洪天娇汗涔涔的，喘息略显急促，桃花一样的红云飞满双腮，更加娇艳动人了。

凉盘和酒壶、筷子、碗盏都在桌子上摆好了，两个年纪稍大的女佣端着铜盆和漱口杯在一边垂立，等着伺候洪大小姐洗手净面，漱口吃饭。大户人家吃饭很有讲究，为了方便客人放心大胆地动手撕扯，或是拆掉肉里的骨头，餐桌前始终有人端一盆温凉不热的洗脸水，备有毛巾和肥皂，随时可以洗净客人手上的油腻。漱口水是为了让客人更好、更准确地品尝美味佳肴，吃过一道菜漱一次口，以防各道菜肴相互串味。

洪天娇从女佣手中接过漱口杯，示意另一个女佣把铜盆放到盆架上，扭过头来冲着苟司令莞尔一笑。

"苟司令，我这个人野惯了，没有一点淑女风范，做事刁蛮无状，吃相极不雅观。"洪天娇笑得一脸灿烂，娇滴滴地说："今天咱姊妹俩痛痛快快地喝一气，叫生人出去吧。"

苟司令连连点头，挥挥手叫下人退出雅间。他渴望能和洪天娇单独相处，还期待着独处一室的时候能发生一点故事。洪天娇的要求正中下怀，这样的美事正是他梦寐以求的。听到洪大小姐的提议，他心里美滋滋的，像吃了蜜蜂屎一样。

下人们很懂规矩，屏声敛气地低着头退出门外，并且悄悄地随手把房门带上。洪天娇谈笑自若，像是没看见一样。苟司令心头略过一丝慌乱，害怕被鬼子司令知道了不好解释。

都说一人为私，二人为公。两个人鬼鬼祟祟的聚在密室里，不论是同性还是异性，都让人觉得诡异和不太光明。都是男人容易在那样的场合策划阴谋，都是女人一准会扯"老婆舌头"。一男一女能做啥事？故黄河流域的人都知道：一准将不了好狗！

苟司令想到了这一层，但是抗拒不了洪天娇的妖媚诱惑，并不愿意伸手把门打开。他犹犹豫豫地往门口和洪天娇身上逡巡，脸上挂着极不自然的讪笑。

洪天娇也想到了这一层。她是肩负着挑拨离间的使命故意而为，巴不得现在就流言四起。想叫在意自己的男人怒火中烧，让他愤怒到丧心病狂、丧失理智的地步。至关重要的一步就是先往自己身上泼脏水，让他坚信自己的核心利益受到了侵犯，自己心爱女人的节操被另一个男人毁掉了。这个男人从勾引他的女人开始就注定成为他的万世宿敌，这件玷污他心爱女人的事件就是终生插在他心头的牛耳尖刀。这样的耻辱要用"情敌"的鲜血来清洗，想拔掉心脏里的尖刀，先要拔掉"情敌"的头颅。

洪大小姐把外套脱下来扔到一边，伸开葱白一样的手指头把苟司令按到椅子上，亲自为他斟酒。

三杯小酒落肚，生人也会变成盘子里的炒肉片，混到七八成熟了。洪天娇和经常出入洋房子的苟司令原本就是相熟的，因为身份、地位、性别、社会背景等各方面的差异彼此矜持拘谨而已。"酒过三巡，菜过五味"之后，尴尬、拘束、不自然等都被酒菜挤出了小小的雅间。苟司令释怀放松下来，说话的声音高了两度，笑声也爽朗起来。

洪天娇让苟司令下厨告诉大师傅，把热炒、大件、羹汤和主食做好以后，一起差人送到雅间。断断续续地送菜，时不时地敲门叫门，影响主人和客人尽兴交流，也败坏酒兴。

苟司令不停地给洪大小姐斟酒布菜。酒能乱性，他正暗暗地期待着洪天娇迷乱心性呢。

洪天娇突然端着酒走到苟司令身边，和他齐肩而坐。"苟司令，我还从来没有单独和一个大老爷们喝酒呢，今天是第一次，咱们尽兴喝，不醉不归。"

洪天娇的举动叫苟司令凛然一惊，看来洪大小姐真要"乱性"了。趁着苟司令望着自己的粉脸发呆之际，洪天娇把手中的酒杯放在苟司令跟前，把苟司令的酒杯端在手里，提示苟司令把酒杯端起来。

"你和女人单独喝过没有？"洪天娇把嘴唇凑到苟司令的耳朵上，弄得他痒痒的非常舒服。

"喝过，娶媳妇那天和老婆一起在洞房里喝过交杯酒。"故黄河流域一带的民俗规矩，新人合卺的时候要喝交杯酒，说是喝完交杯酒就在夫妻的心里打上了同心结，所以交杯酒也叫"同心酒"。夫妻双方先把酒杯送到对方的唇边让对方嘬一口，然后挽着对方的胳膊把手臂弯过来一饮而尽，这叫"小交杯"。先让对方喝一口，再把胳膊绕过对方的脖颈，把对方揽在怀里喝透，叫"大交杯"。各自把酒噙在嘴里，和对方口对口地互换酒液，喝对方的酒和唾沫，唖对方的舌头，叫"口子酒"。

口子酒是交杯酒的最高层次，是夫妻就寝之前的最后一道程序。一喝

"小交杯"夫妻间的情绪就趋于高涨了，到喝"口子酒"的时候，男女双方的血管早已极度贲张，不是血液流淌的速度在加快，而是满身的邪火在燃烧。等不到酒水下肚蜡烛就被弄灭了，被子在他们身上剧烈颤抖，再扎实的实木床也"叽叽哇哇"地乱叫，像要散架一样。听说血液流速加快的时候，人体内也会增加分泌荷尔蒙的数量。医生说：现在"伟哥"的主要功能就是扩张血管，供血充足情绪就会高涨。

这时候新娘子会发着嗲音断断续续地说：冤家，你轻点。明天还喝口子酒。"

新郎官忙不迭地应承着："天天和你心交心，口子酒算龟孙。"

"咱们也试试喝个'交杯酒'呗。下人都不在跟前，咱偷偷地试一下。"洪天娇还没结婚，交杯酒已经喝过很多次了。在特工训练班跟教官喝，在情报站跟上峰喝，为了获取情报跟敌人喝，在蟠龙县跟鬼子头灰太狼喝。她从少尉喝成了少校，喝得成绩斐然，也喝得男人只想跟她上床却不想娶她当老婆。

洪天娇留着长长的指甲盖，指甲盖用夹花桃一类的植物染成了红红的血滴子，伸出来就让男人的眼睛发直。她跟万人迷学了很多验方和用毒的知识，也受过专门的培训，是精于歪门邪道的。苟司令下厨的时候，她用指甲盖挑了一点能让男人血管扩张的药面，倒酒的时候把指甲盖浸在酒杯里，药面就溶解在酒水里了。现在那杯酒被洪天娇掉包换给了苟司令，并哄着他喝进肚子里。药力发作之后，再加上"口子酒"那样的撩拨，铁打的汉子也把持不住。

苟司令"唔唔"地叫着，像草荡子里面受伤的孤狼一样，僵硬地定格在那儿，动弹不得了。洪天娇抱着苟司令扮演喝"大交杯"的动作，感觉到下体被一个硬邦邦的橛子顶住了。她伸出手来往下摸索，解开苟司令裤子的前开门，把那个不安分的东西抓在手里轻轻地揉搓起来。

"嗷，嗷——！我的个爹来，我、我……我死了！"苟司令猛然用力抱紧洪天娇，要把洪大小姐的杨柳细腰勒断似的。足足有三分钟的光景，苟司令的呼吸依然急促，眼睛却已散光，像个泄气的皮球一样，蔫蔫地松弛下来。

"我的亲姑奶奶，你把我整死了。以后你叫我干啥我干啥，这事千万不能让鬼子狼知道。求你了，姑奶奶。"堂堂一个皇协军少将司令，连过去蟠龙集上那个耳背缺心眼的卖柴郎都不如。人家用一担好劈柴换了一块肚皮，自己隔着女人的裤子就跑了原阳之气。唉，堂堂七尺高的汉子，以后怎么在爷们堆里混呢？

"你出去稳稳吧，我喘匀气就该走了。"洪天娇叹了一口气，掏出一方绢帕来揩净手上湿滑、黏稠、温热、腥臭的液体。等苟司令出门之后，她把绢帕装进兜里，掏出一个光滑油亮的扁圆形葫芦。那是大户人家的子弟揣在怀里养蝈蝈过冬用的，洪天娇在葫芦里面养了一只雄守宫。

用朱砂养守宫是非常精细的技术活，洪天娇是跟万人迷学会的，她还学会了制作守宫砂、配制饲养守宫饲料、诱捕这种壁虎的手艺，当然也知道雄守宫可以舔去女人身上的朱砂印记。她把饲养守宫的秘制饲料用水泡软，化成糊糊涂抹在守宫砂上面，把雄守宫倒出来放到胳膊上。雄守宫贪婪地舔食饲料，那个用刀刃都刮不掉的红色圆点很快就消失了。

把洪天娇小姐送回洋房子之后，苟司令仍然没止住"突突"外冒的冷汗，裤裆里为数不多的黏稠液体也由温热变得寒凉了，浑身黏黏糊糊的很不舒服。他决定带着卫士到"天一阁"去，舒舒服服地泡一下热水澡，泡透了再砸背修脚，喝一壶俨茶，吃一包茴香豆，再啃上两片"心里美"甜萝卜，光着屁股美美地眯瞪一觉，实在是惬意。

天不遂人愿。苟司令还没走到澡堂子门口，就被一小队端着三八大盖的鬼子兵追上了。

鬼子兵拦住苟司令，缴了他和卫兵的配枪，用刺刀顶着他们的屁股，把他们押解到了洋房子。

灰太狼用马靴把卫兵踢到污水坑旁边抱着头蹲下。他从腰间掏出王八盒子，拉着枪栓上膛。苟司令绝望地闭上眼睛，知道自己马上就要告别这个世界了。等了几分钟的样子，枪声没响，苟司令像筛糠一样不停地颤抖，冷汗一个劲地流淌，觉得恐怖的时刻有一个世纪那样漫长。事后他为此发过感慨，说死就是一闭眼睛的事，真摊上了并不可怕，可怕的是在恐怖中等死。

灰太狼"嘿嘿"地冷笑着，想起了洪天娇讲述的那些有关太监的故事。

"把苟桑送到医院去，他的土炮有问题，必须马上修理。"灰太狼挥挥手，让鬼子兵架着像烂泥一样瘫软的苟司令，开车往医院驶去。

苟司令继续冷汗如注，两条粗壮的大腿连屎尿也夹不住了。他的衣服全都湿透了，汗酸味、尿骚味、屎臭味混合在一起，熏得鬼子兵直齉鼻子。

灰太狼换上白大褂，带上口罩和无菌手套，在手术室里全程跟踪，仔细观察用现代医疗手段去除人根的每一个步骤。手术室内开着暖气，像春天一样温暖。苟司令在这里得偿所愿，几个年轻漂亮的日本护士把他脱得一丝不挂，用温水把他的全身各处洗净擦干，给他注射全身麻醉的氯胺酮针剂。

医生伸着手指头在苟司令眼前晃动。苟司令舒舒服服、晕晕乎乎地跟着医生的指头转动眼球，还没数到五眼睛就不再眨动了，眼睛睁得很大却一动不动，用钢针扎下去也不会躲闪。

医生非常娴熟地割掉了苟司令腿裆里的那坨赘肉，为他预留尿道口、止血、清创、缝合、包扎，手术顺利地完成了，做得非常成功。

灰太狼把白色搪瓷盘里的那坨狗下水递给两个鬼子兵，安排他们留下来守护苟司令，等他清醒过来的时候，当着他的面用那坨碎肉喂狗。

四十七、狼回头

没人见过魔鬼的庐山真面目，但是人们对魔鬼有着一致的认知，都觉得魔鬼是灭绝人性的人。他们以折磨别人为乐，把幸福建立在别人的痛苦之上。

灰太狼剥夺了苟司令做男人的权利，这是非常残忍也是非常残酷的。中国的圣人把女人定性为"小人"，基本上不承担家庭和社会的主要责任。男人逃避责任或是做错了事情，人们表达不满或是愤慨的时候，总是怒骂他"简直不是男人"。男人一旦被大家认定"不是男人"，这个男人"做人"的资格就受到了强烈的质疑，苟活在世上也没有风光体面可言了。

苟司令也被国人"千夫所指"，却被外国鬼子踹出了男人的行列。他开始考虑如何做人的问题了。

灰太狼摘除了苟司令的"男根"，并没停止对他的羞辱。他自己独享国色天香洪天娇，却纵容手下的小鬼子去苟司令的官邸淫乱，当着他的面轮奸他的妻妾，嘲笑苟司令不是男人。反正苟司令已失去了做男人的资格，也丧失了男性的功能，司令官邸那些如花似玉的美女不能闲置浪费。过去鬼子军官过来偷偷摸摸地吃她们的"豆腐"，苟司令也是睁一只眼闭一只眼，故意装聋作哑，或是有意回避一下。现在苟司令成了"太监"，他的女人犒劳皇军是理所当然的，大小鬼子都明目张胆地出入司令府邸，不再遮遮掩掩了。苟司令进门就蒙着头睡觉，出门的时候把头低到裤裆里。他自己觉得脸皮被鬼子撕掉了，身上披着的不再是人皮了。

从医院回到官邸，苟司令像是一条被打折脊梁的癞皮狗，在自己的下属面前也抬不起头来。他虽然从祖上开始就以"苟"为姓，或许也确实崇拜狗的图腾或特性，他也确实在给日本人当狗。但他毕竟是在人群里长大的，读过四书五经，有着心理和生理上的双重需求。尤其是生理功能被强迫削减之后，精神上的需求就迅速地膨大了。过去他对《三国演义》中的蜀主刘玄德佩服得五体投地。女人是衣服，兄弟是手足。衣服破了尚可缝，手足断了安可续？

苟司令把日本鬼子当老子对待，自己的"衣服"尽着他们穿。自己原配结发的正房大老婆被鬼子祸害了，他多找几个小老婆，在数量和年龄上找补回来。小老婆被鬼子强奸了，他就强暴平民百姓家的黄花大闺女或是年轻俊俏的小媳妇，在质量和品位上找补。心理总能平衡，心灵总能得到慰抚。可是日本人不把他当兄弟，不把他当人，甚至连狗都不如。在日本鬼子的眼里，苟司令这样没有气节、没有尊严的人，扔一个小钱随便抓，根本就不是啥好玩意。

苟司令在被窝里出了几次透汗，脑袋渐渐地清醒过来了。自己卖身投靠日本鬼子，出卖了灵魂和人格，丢了祖宗八辈的脸面，目的是为了出人头地，免受涂炭之苦，在乱世之中可以风光体面地尽情享受。自己想要的是金钱美女、权力和尊严，现在看来，这一切都是泡影。金钱可以在自己手里暂时保管一会，日本鬼子一翻脸，随时可以拿走。连自己的狗命都捏在日本人手里，何况是金钱？对于女人的温存，被灰太狼摘除男根之后就只能追忆过去，即便是七仙女下凡，自己也只能远观不能近玩，徒增烦恼而已。权力是日本人给的，日本人随时可以收走，不收走也不敢在日本人跟前耍横。日本人派来一个还在吃屎的四指高孩娃，也是自己虔诚供奉的祖宗，自己必须小心翼翼地伺候，稍有差池就得挨鞭子，甚至送掉自己的性命。前面那些东西都没有了，哪里还有风光体面可言？自己又如何尽情享受？可是自己作孽太重了。为了巴结日本主子，跟着鬼子到处烧杀奸淫，疯狂掠夺同胞的财物，抓捕杀害抗日分子，犯下了不可饶恕的滔天罪行。共产党、国民党，还有那些受苦受难的老百姓都不会饶过自己。自己没有脸也不敢跑过去投靠他们，更不敢指望它们会拯救自己。自己曾经给灰太狼讲过《楚王剪缨》的故事，也天真地幻想着灰太狼有容人的雅量，会看在自己多年来一直忠心效命的份上不予计较这点过错。失去男根之后他终于明白了，豺狼的本性就是凶残、贪婪和无耻，没有中国同胞那样的宽厚仁德。

苟司令不再骑着大马到处耀武扬威了，鬼子不派人到府上召唤，他也懒得去司令部值勤理政。他找出上私塾时读的那些经史子集，蛰伏在密室里看闲书消遣。受到某种触动的时候就"嘤嘤"抽泣，稍有羞耻之心的时候就想赴死。这样龌龊又窝囊的人生不值得留恋，倒不如了此残生，一了百了。

人总是要死的。司马迁说过：人固有一死，有的人重于泰山，有的人轻于鸿毛。人无欲则刚，看淡功名利禄、无欲无求的时候，就不再惧怕死亡了。苟司令知道，自己可以死得轰轰烈烈，想"重于泰山"已经没有可能了。他想把自己变成一片有色彩的鸿毛，在人们的心中留下一缕记忆，在故黄河荒滩上留下一个传奇。

灰太狼也开始头疼了，连续半个多月了，他天天毕恭毕敬地站在电话机跟前接听上司的电话，被级别更高的鬼子训斥得不能睁眼。现在已经作下毛病了，一听到电话铃声响，心头就有惊悸掠过，脸上就起愁云和寒霜，像死了亲爹一样。

日本鬼子灭绝人性，所以也轻看人心。他们以为统治人的心灵像攻陷城池一样容易，只要占领就等于完全拥有。

围城心理无处不在，在弹丸岛国长大的小鬼子，极度渴望疆域版图的扩大。他们快速地攻城掠地，同时侵占中国、朝鲜和新加坡、印度尼西亚、马来西亚、越南、菲律宾、缅甸等东南亚国家，还盲目地跟美国开战，把战线拉得太长，也树敌太多了。攻占的土地要有人把守，有人反抗的时候需要士兵弹压，部队需要给养，需要粮食、服装、枪支弹药和医药用品。小日本地域狭小，国民相对较少。战争对人类的消耗是巨大的，伤亡的速度很快，婴儿从出生到成长需要一个漫长的过程。日本鬼子兵源不足，给养也经常断档，二鬼子原本就战斗力不强，看到鬼子的实力衰退又见风使舵，和国共两党眉来眼去，和小鬼子离心离德。战争的形势朝着对抗日武装有利的方向发展，小鬼子的情势非常危急。

上级鬼子给灰太狼打电话下达指示，重点强调了"以战养战"的问题。日本鬼子已经拿不出巨额的军费了，需要各个部队劫掠老百姓维持生计。

抗战初期，国民党消极抗日，想保存实力，借助鬼子的力量消耗共产党，玩一箭双雕的把戏。等鬼子把共产党消灭了，鬼子也消耗掉大量的有生力量之后，国民党再发动大规模的抗战，全线反击日本侵略者，就会像卞庄刺虎一样，一击得手了。日本鬼子直盯着国民政府的正规军，确实没把共产党手下的那些"土八路"当一回事情。熟料"土八路"才是难啃的硬骨头，鬼子一张嘴牙齿就被咯掉了。

"土八路"的军力日益增强，队伍规模一天比一天壮大，让鬼子和蒋总裁都头疼不已，都意识到自己犯了严重的错误。

灰太狼实在没有对付共产党的好办法，他想到了自己献计筹建的731细菌部队。

黄河故道上绵延八百里的草荡子是灰太狼心里的梦魇，让他极度地惊恐和愤怒。葳蕤茂盛的野草和灌木，像魔术师手里覆盖魔盒的红布，看上去普通平常，一旦掀开了就能让你血压升高。盖上去没有任何异样，揭开了就能变化出许多让人惊悚的东西。

野狼、野狗、毒蛇、蚊蝇都在草荡子里面藏身，灰太狼就被草荡子里的蚊子狠咬过一回，还把疟原虫注入体内，要不是万人迷有起死回生的本事，自己早就回到姥姥家了。要不是有了那次恐怖的经历，也不会有哈尔滨那个臭名昭著的 731 工厂。

大马子、游击队、土八路和国民党的敌后武装部队也藏身在草荡子里面，他们比那些吓人的毒物还厉害。蚊虫、蛇蝎和野狼啥人都咬，以填饱肚子为目的。抗日武装专打日本鬼子，以消灭侵略者为目的。皇军的兵源和给养马上就要断档了，确实消耗不起。

灰太狼听苟司令讲过"三国周郎赤壁"的故事，因为恐惧而产生的狂躁和恼怒让他渴望把草荡子化为灰烬。他也做了这方面的尝试。热天时河滩上一片碧绿，新鲜葱茏的草木多水多汁，根本点不着火。冬天天干物燥的时候，这边烽烟一起，抗日分子就在老百姓的帮助下，在几里外的地方割出一条宽阔的隔离防火带，那些纵横交错的沟壑蓄满清水，也是天然的隔离带。火舌舔不着防火带对面的草木，把鬼子兵暴露在一片开阔地之上，成了活靶子。等鬼子兵分散兵力准备继续放火的时候，还没能靠近防火带就被草丛里射出的子弹送回姥姥家去了。

落入陷阱里的野兽比平时更加疯狂和凶残，垂死挣扎的野兽也会拼尽全力作最后一搏。灰太狼明确了自己的作战目标，把共产党领导下的"土八路"作为"重点首选"打击目标，清剿的力度越来越大。他一边对解放区进行蚕食鲸吞，大肆推行惨无人道的"三光"政策，把老百姓的家园变成屠宰场和瓦砾堆，把良田变成焦土。一边给冈村宁次发电报，申请调拨毒气弹和可以传播瘟疫、细菌、病毒的介质过来，在黄河故道上进行更为灭绝人性的大面积杀戮戕害。

从周边乡镇清剿扫荡回来，灰太狼急忙走进机要室查看冈村宁次回复的电报，看看自己特意申请的那些胜过枪炮的另类"武器"发货了没有。他的参谋长龟田大佐带着几个参谋和亲兵，到皇协军司令苟敬诗家里找乐子。

在中国，女人一直是男人的私有附属物品，归属在谁的名下就被谁终生占有，当然不允许其他男性染指。小鬼子大张旗鼓地去司令官邸玷污苟司令的女人，这是让人感到非常屈辱和痛苦的事。尽管苟司令已经失去了男人的功能，面对美女只有羞愧。可是看到自己占有过的女人钻进别人的被窝，或是被别人强行压在身下当驴骑，他仍然非常地痛苦和愤怒。

小鬼子的马靴和翻毛皮鞋踏响苟司令官邸时，厨房里烧火的郑大妈正好出来抱柴火，见到鬼子她的心中十分慌乱。她儿子被鬼子抓去当劳工，离开家乡三年多了，音讯渺茫，生死未卜。儿媳妇也被鬼子祸害过，为了活命跟人牙子跑了，把一个七八岁的小孙子扔给了自己。她天天带着小孙子到厨房里帮厨，拾点残汤剩羹充饥。苟司令那个疯疯癫癫的原配大老婆很喜欢这孩子，见到他就往嘴里塞点好吃的。

郑妈妈担心小孙子被鬼子撞见。中国人都恨日本鬼子，自己知道忍辱负重，把怒火强压在腹腔之内燃烧。小孙子不知道掩饰，把仇恨挂在脸上，时常切齿怒骂那些灭绝人性的畜生，并且有把复仇的志向付诸行动的倾向。郑大妈怕孙子吃亏。

苟司令的妻妾都在家里。大老婆神情呆滞地在院子里胡乱溜达，小老婆聚在一起抹窄页的纸牌消遣。女人是男人的附庸。嫁鸡随鸡嫁狗随狗，嫁个扁担扛着走。一旦确定了婚姻关系，男人带领她们下地狱她们也亦步亦趋地紧紧相随。

日本鬼子完全无视苟司令的存在，进屋就把他的女人拽在怀里，臭哄哄的狗嘴在她们脸上胡拱乱蹭，狗爪子往她们怀里裆里胡抓乱挠。

苟司令的小老婆们满脸哀怨，凄楚而又无助地向她们的男人求援。苟司令闭着眼睛垂下头去，满怀痛苦地吞咽着屈辱。他非常清楚，狗是没有资格没有能力和豢养他的魔鬼争东西的，他只要稍微呲呲牙流露出不满的情绪，就可能保不住这条狗命了。

苟司令的原配大老婆蹓到了客厅门口，被鬼子的参谋长龟田大佐看到了。他扔掉苟司令的小老婆，走过来撩开疯女人脸上的乱发。苟司令的原配夫人是很有姿色的，气质也很好，人们排斥她的疯癫，也忽视了她的美貌。她常年用脏兮兮的散乱长发遮挡着面孔，像鬼影子一样到处乱晃，勾不起人们亲昵亲近的念头。

龟田大佐经常和灰太狼讨论中国的女人，知道大老婆在男人乃至整个家族中的地位。大老婆是家庭主妇，是下人的主母，大老婆生的孩子是"正出"，是族人最为认可的嫡传继承人。小老婆生的孩子是"庶出"，地位也像他们的母亲一样，比"正出"的孩子矮那么一截。男人找小老婆不顾及出身，只要长得漂亮，妓女、戏子都行。娶大老婆一定要门当户对，以名门的大家闺秀为荣。小老婆可以随便送给别人，大老婆不容别人染指。所以社会上才会流传"朋友的妻不可欺，朋友的妾可以借"。

龟田得意地淫笑起来，睡了苟司令的大老婆才算真正占有他的女人，才算有了在灰太狼将军面前炫耀的资本。那些小老婆苟司令原本就是不太重视的，对他的伤害和羞辱不够大。

龟田想把苟司令的大老婆拽到床上去。那个疯婆子向后坠着身子不跟他走，两只手还往他脸上抓挠，想摆脱他的控制。龟田失去耐心了，一脚把疯女人踹倒在地，骑上去撕扯她的裤子。地作牙床天作被，在平地上也能发泄兽欲。疯女人仍然大呼小叫地极力反抗，但是她毕竟羸弱单薄，折腾一会就体力不支。龟田就要得手了，十分得意地望着疯女人狞笑。疯女人绝望了，发出了让人心碎的痛苦哀嚎。

一个瘦小的身影从厨房里蹿出来，像箭头一样射到龟田的身上，把鬼子撞懵了。郑大妈的小孙子见疼爱自己的主母被鬼子欺负，怒火迅速燃烧起来，跑过去抓住龟田的手腕，狠狠地咬了一口。

龟田感觉到一阵钻心的疼痛，"蹭"地一下从地上弹射起来。郑大妈的孙子趁机拽起主母，让她快点跑掉。

疯女人跑进厨房，摸了一把菜刀架在脖子上，摆出了"可杀不可辱"的架势。郑大妈的小孙子没能跑掉，被龟田拎在手里。龟田"哇哇"地怪叫一通，叫过来两个鬼子兵，做了一个两手分开的动作。

郑妈妈看明白了，小鬼子要活劈了他的小孙子。她几乎要晕倒了，满脸煞白地跑到苟司令面前，跪着请他施以援手。

苟司令的心头颤动一下，一股热流涌遍全身。日本人把他当狗，打骂侮辱还不给他啃骨头。同胞们也把他当狗，通骂他寡廉鲜耻，羞于和他这样的走狗为伍。郑大妈把他当人看，认为他是男子汉，有能力保护自己弱小的同胞。苟司令有了自豪和骄傲的感觉，似乎有一股暖流涌进裤裆里迅速膨大起来，自己又是伟岸的大丈夫了。是男人就得有所担当，就得承担责任。他决定扔掉祖传的姓氏，用行动证明自己还有人性。即便回归不到人类的序列，也要退出哈巴狗的行列，做一条敢对日本人呲牙、带有野性的狼狗，使使劲能拉出硬屎来。

黄河故道中那些在草荡子里面游荡的孤狼，都有一个共同的特征，就是不停地碎步向前慢跑，轻易不会回头张望。孤狼只对仇人和恩人回头，目的是记住他们的气味和模样，准备实施报复或报答。荒草滩上的人都知道，孤狼回头，必有情由，不是报恩，就是报仇。苟司令被日本鬼子欺压到了痛不欲生的地步，他开始回头审视那些没有人性的魔鬼了。

"放下那个孩子！"苟司令大声咋呼着，让鬼子停止伤害孩子。快步跑到龟田面前，满脸堆着讪笑替孩子赔不是。

"孩子不懂事，别跟他一般见识。"苟司令露出了奴才的本相，毕恭毕敬地对龟田大佐说："搞花姑娘是很累人的，要消耗大量的体力，空着肚子搞不尽兴，太君也受不了。花姑娘的跑不掉，太君先吃完饭，有了力气慢慢地搞好不好？"

"米西米西的，呦西。"龟田确实饿了，让鬼子兵把苟敬诗的大小老婆赶到卧室里锁起来，通知厨房上酒上菜，等吃饱喝足之后再享受那些貌美如花的女人。

酒菜很快就上齐了，酒香和肉香弥漫整个客厅，牵动着人们的肠胃激烈蠕动。最后一道大菜卤狗肉上桌之后，苟司令下厨亲自调制一碗秘制的酱料端上来，让各位太君蘸着吃。他自己走回卧室换了一身崭新的中式便装，还在裤裆里塞了一团棉絮，鼓鼓囊囊的，像是找回了阳刚。

肉是香的，酒是醇的，酱料是鲜美的。饥肠辘辘的饿鬼受不住这样的诱惑。他们从来不跟苟司令客气，不管主人在不在场，一味地风卷残云。等苟司令从卧室里走出来的时候，桌上杯盘狼藉，酒肉都已告罄了。

鬼子们在微醉的状态下看到了两个苟司令，晕晕乎乎地露出了惊异之色，随即口角流淌出白色的黏涎，罪恶的头颅低垂下去。下盘也扎不稳了，身躯像无骨的口袋一样瘫软到地下去了。

苟司令在最后的酱料里放了上等的大烟膏子。大烟膏子就酒，小命立马没有。鬼子不懂中医药理，也想不到苟司令会坏他们的性命，一点防范和节制都没有，在迷幻和快乐之中了此残生，成了异国他乡的野鬼。

苟司令拿出家中的浮财，遣散自己的妻妾和下人。大家含着眼泪给他磕头，捧着苟司令分发的银元离去。他的原配夫人沉着稳重地对着镜子梳洗打扮，不肯离开。苟司令的原配大太太装扮好了光彩照人，看不出一丝一毫的疯癫迹象。

"我们这样的人这样死去比苟活要好，我陪你一起赴死。"大太太第一次用尊崇的目光看着丈夫，她这些年一直装憨卖傻，其实不疯也不癫。"浪子回头金不换，你还是有点人性的，不过醒悟得太迟了！"

"我是太混账了，好在没有混账到底。"苟司令从厨房里拿出一只柳条编制的馍筐，拎出一把锋利无比的剔骨菜刀，划开鬼子的裤裆，逐一割下他们的猪下水。苟司令看着一馍筐鬼子的鸡巴，纵声狂笑起来。"我操你日本人八辈祖宗，你他妈的骗了我一个，我他娘的劁了你们一群。我把这些鸡巴带到棺材里去，下辈子托生一个浑身长鸟的男人，到你们日本国去，操遍你们日本的女人。"

几个奉命寻找参谋长的鬼子兵来到苟司令的官邸，被苟司令用大肚匣子扫倒了。枪声就是警报，招引着巡街的鬼子往苟司令的官邸集结。苟司令换装的时候已经在腰间栓好了一圈手榴弹。匣子枪里的子弹打光了，他和夫人拥抱在一起，等鬼子进院后向他们身边聚拢的时候，毅然地扯断了拉环。

四十八、把魔鬼带进地狱

灰太狼期盼已久的杀人利器终于运到了蟠龙县，他妄想利用这些祸害人类的细菌病毒武器扭转战局。

洪天娇在第一时间内探知这一消息，就心急如焚地去找万人迷，叫她把这一重要的情报传递给共产党。洪少校是国民党的特工，有办法和国军联络，却进入不了共产党的网络。她知道万人迷路路皆通，和共产党、国民党、汉奸、大马子及日本鬼子都有联系。想破坏灰太狼这个歹毒的计划，国军的力量过于单薄了，在这片辽阔的草荡子上，一定要和共产党联手才能成事。共产党会收买人心，有"统一战线"之类的法宝，办事效率高，成功的概率大。老百姓都知道，八路扒路，气得鬼子鼓肚。

灰太狼从入侵中国开始就得了气鼓病，越是在战场上逆转为劣势越加重病情。穷凶极恶的魔鬼黔驴技穷了，在狗急跳墙之际想到了一条比"火烧赤壁"更加歹毒的计策。

日本鬼子在中国的处境越来越艰难，日子一天比一天难过。黄河故道和神州的其他区域一样，到处燃起抗日的烽火，到处都是鬼子的坟场。

国共两党联手抗日，加上老百姓的觉醒和介入，日本鬼子身处即将灭顶的汪洋大海之中，在绝望和窒息中作垂死挣扎。灰太狼被打得焦头烂额，于是想起了一些"下三烂"的孬种法子。他是干特工出身的，对局势的判断有职业上的敏感。

自从洪天娇入住洋房子之后，鬼子的运气上就涂满了狗屎，长出了白毛绿毛，一天天霉烂下去。国军、土匪，土八路和游击队，都像有了"千里眼"和"顺风耳"一样，熟知日军的活动规律，了解日军的军事口令和火力配置，把日军玩于股掌之上。

几次损失惨重之后，灰太狼开始反思：中国人常说"家贼难防"、"没有家贼招不来外鬼"。自己的身边一定有国共两党的奸细，从现在起一定要加强防范。辖区内的桥梁道路屡次被挖断，电线杆被伐倒，军火库被偷盗炸毁，医药、粮食和布匹莫名其妙地到了国军和土八路的手里，出城的部队屡遭埋伏，这些事情似乎都和洪天娇有着某种关联。洪天娇是万人迷的小师妹，是万人迷从国统区带到蟠龙县又竭力推荐到自己身边的。灰太狼倒抽一口凉气，洪天娇是不折不扣的敌人，万人迷对皇军的忠诚非常值得怀疑，自己的身边埋着定时炸弹呐！连苟敬诗那样的窝囊废都敢掉头反咬一口，中国人还值得信赖吗？

灰太狼依然痴迷洪天娇的靓丽和妖媚，天天夜里缠着她同床共枕，过夫妻一样的生活

中国人说，卧榻之侧不容他人酣睡，是怕别人占了自己的女人。看到躺在身边一丝不挂酣然入睡的女人，体态匀称，皮肤白皙，怎么看怎么招人爱怜。这个漂亮的女人真要把自己送进地狱吗？灰太狼审视身边这个尤物，实在不忍心把她毁掉。可是再美丽的敌人毕竟是敌人，她的目的是断送自己的前程和性命，这就不能再心慈手软了。

女人的温柔抵消不了心中的烦躁，灰太狼披上睡衣走下床来，到院子里漫无目的地转悠一圈。回到寝室门口的时候，窗台上"扑棱"飞起一只鸽子。灰太狼听说过"飞鸿传书"的故事，知道鸽子里面有专业传送情报的信鸽，它们会用地球磁场定位，耐力强，记性好，恋巢，不受外界干扰，可快速持续飞行 1500 公里以上，传情递语的本领远胜鸿雁。

灰太狼急忙跑进卧室，洪天娇依然一丝不挂地躺在榻榻米上，像是还在睡梦之中，看不出有啥可疑之处。干过特工的鬼子非常狡猾。他再次走出室外，叫卫兵把新任参谋长安倍晋二和下属的大队长叫来，召开临时军事会议。

老鬼子从魔窟 731 工厂调来了一大批携带瘟疫、病毒和细菌的老鼠、跳蚤、蚊虫等动物，并且决定把这些毒物释放到草荡子里面。在黄河故道里生活的乡亲离不开草荡子，天天在杂草之间的蚰蜒沙路上穿行不息。大马子、国军和土八路也隐藏在草丛深处，神出鬼没地消耗着鬼子的有生力量。只要他们被这些毒物咬上一口，或是喝了被病毒污染的水，吃了被细菌污染的食物，他们马上就会罹患无法救治的瘟疫，并且成为传染的病源，迅速伤害那些和他们近距离接触的人。灰太狼只需要做好鬼子的预防隔离工作，就可以轻而易举地对付敌对势力，以及具有反抗意识和倾向的老百姓，这是一件非常恐怖的事。鬼子已经到了穷途末路之时，心里没有"人道"二字，凶悍残

忍的程度超乎想象。

灰太狼也准备了杀戮之后的预案，等把敌对势力赶尽杀绝之后，要求上司派"开拓团"进驻黄河故道，接管这片茫茫的草荡子。

洪天娇已经把这个情况告诉了万人迷，也利用信鸽把消息送给了大马子出身的蔡司令。此时不再轻举妄动就能很好地保护自己，让鬼子奈何不得。可是她偏偏又听到了灰太狼调整作战部署，提前到草荡里释放毒物的情报。职责所系，不能保持沉默，为了黄河故道的乡亲和战友，洪天娇还得把最新情报送出去。

翌日早晨，洪天娇发出了招来信鸽的信号。灰太狼暗中布置了一张捕鸟的大网。

灰太狼用过早餐，在警卫人员的前呼后拥之下乘汽车前往日军司令部。洋房子里面空荡荡的，洪天娇披衣下床，满脸都是疲惫和倦怠。白色的信鸽如约而至，落在了洪天娇寝室的窗台上。

洪天娇把写好的情报放进鸽子身上的信筒里，观察院内确实没有闲杂可疑人等，长长地出了一口气，十分放心地把鸽子放飞了。

信鸽承载着拯救黄河故道众多生灵的重大责任，展翅翱翔在蓝天之上，像箭簇一样往城外飞去。这一次它没能出色地完成洪少校交给它的光荣任务，它还没飞到城外，就被鬼子放出的苍鹰捉住了。

灰太狼把一份署名"麻嘎子"的密信摔到洪天娇的脸上，狠狠地抽了她一个大嘴巴子。密信是用暗语写的，灰太狼一时破译不了。"麻嘎子"是当地的方言土话，标准的学名应该是"灰喜鹊"。灰喜鹊的叫声劈劈啦啦的，不像花喜鹊那样悦耳动听，长相也很丑陋，不怎么招人待见。在黄河故道这片燥热的沙土地上，花喜鹊被视为报喜神鸟。麻嘎子有点讨厌，是臭名昭著的坏鸟，名头略逊于夜猫子（猫头鹰）。

这么俊俏的姑娘起了一个如此丑陋的代号，她是成心恶心日本鬼子的。鬼子吃了她那么多的亏，此刻真像吃了苍蝇一样，满肚子不舒服。

麻嘎子知道自己暴露了，清楚地意识到一切都结束了，包括自己的前程和性命。洪天娇准备作困兽之斗，一定要在自己的生命终结之前完成上峰交办的任务。这是两败俱伤、玉石同焚的招数，杀死灰太狼自己也不复存在了。估计国防部不会食言，会把事先许诺在她肩膀上增加的两颗豆豆放进她的棺材里。

蝼蚁尚且偷生，何况是人类？洪天娇一直害怕死亡，甚至天真地幻想自己是牛皋那样的福将，死神永远不会寻找自己。现在绿脸判官已经站到自己的面前了，她的内心反而沉稳起来。"砍头只当风吹冒"、"脑袋掉了碗大的疤"之类的声音在她耳畔频频响起，催发了她心中的豪气。她也觉得下体发热，好像自己的性别在改变，也能像那些视死如归的大老爷们一样，喝一碗老酒，直着嗓子吼一声：龟孙小鬼子不要得意，二十年后老娘还是你们的姑奶奶。姑奶奶杀一个小日本够本，杀两个赚一个，临死也得拉个垫背的。

灰太狼早有准备，不给麻嘎子反抗的机会。荷枪实弹的鬼子兵已经把洋房子围住了，洪天娇稍有异动就会被子弹打成筛子。

洪少校也是早有准备，她下手准备的时间比灰太狼早多了，从一进入洋房子就开始准备，以应不测。她自信自己有办法把灰太狼置于死地，不过要出其不意，还得搭上自己。

国军从接到第一次情报开始就该采取行动了，万姑姑也一定把情报送给了共产党。共产党那边有能人，做事比国民党麻利。但愿国共两党再次联起手来，尽快采取行动，拯救故黄河流域的父老乡亲。快，一定要快，鬼子的计划提前了，再不行动就来不及了。

洪少校利用自己特殊的身份，在灰太狼的眼皮底下藏了一个炸药包和十几颗手雷。这些送命的玩意就包裹在衣橱底层的一床锦缎被子里，因为"灯下黑"的缘故，没有人敢到司令的卧室里例行检查，灰太狼也一直没有发现。

四个狗熊一样的鬼子兵过来控制住洪少校，灰太狼示意下属扒掉她的衣服。没有幛幔难变戏法，把人剥得一丝不挂，她就藏不住杀人的凶器。非但如此，在大庭广众之下被扒掉衣裳的人，就像小鸡被拔净了羽毛，内心会有很强的屈辱感、自卑感和恐怖感，气势一落千丈，想怎么摆弄就怎么摆弄。

折磨人是魔鬼的天性，看到敌人屈辱痛苦地死去，是恶魔的享受。灰太狼不想一刀劈死洪天娇，也不想用一粒子弹终结她的生命，他要让这个有损皇军声誉和军威的中国女人死前受尽凌辱。

灰太狼敞开卧室的大门和窗户，让鬼子兵进入室内，让伪军站在窗前和门前。他要带头轮奸洪少校，叫别人近距离围观。洪少校是中国的女特工，这样施暴无疑加大了戕害的力度，也等同于抓破中国人的脸皮，可以把伪军的不满和反叛心态震慑下去。

一个手无寸铁的弱女子被脱得一丝不挂，面对一群如狼似虎又禽兽不如的男人，就是神仙也难有任何作为。鬼子兵麻痹松弛下来，把碍手碍脚的枪械仍在室外让伪军看管。他们急切地等待着灰太狼完事走人，下面好轮到自己快活，神情十分专注，已经记不起还有别的事情了。

洪天娇向灰太狼提出了临终前的最后要求，她想把珍藏在柜子里的新绸缎被褥铺在榻榻米上，躺在自己亲手缝制的被褥上接受践踏。

一朵娇艳的鲜花就要凋落了，看到这么美丽的垂死之人，灰太狼动了一丝惋惜和怜悯之心，点头同意了。

洪少校从橱柜的地层抱出粉红色的提花绸缎被，装作铺展的样子拉开了藏在被子里面的炸药包的导火索。一缕青烟从被子里钻出来，在屋子里弥散，导火索燃烧时发出的"呲呲"声清晰可辨，一股浓烈的火药味随着烟雾弥散，把在场的鬼子熏懵了。

"伪军兄弟们，咱们都是中国人。为同胞姐妹报仇雪恨的时候到了，学学你们的苟司令，别再给鬼子当狗了！向你们的苟司令学习，关键的时候知道自己是男人。"洪少校突然站起身来，挥舞着双臂大声咋呼，两只雪白丰满的乳房在胸前乱颤，像振翅欲飞的信鸽一样。

"端起枪来堵住门窗，别让这些畜生跑掉。"洪天娇把灰太狼扑倒在地，含着眼泪向室外的伪军告别。"亲爱的同胞们，麻嘎子走了。请你们记住，麻嘎子走的时候带走了一群魔鬼。"

伪军端起枪来，拉栓推子弹上膛。他们向后撤到相对安全的地方，卧倒在地上用枪口瞄准门窗。鬼子乱作一团，争先恐后地往室外奔跑。伪军扣动扳机，把外逃的鬼子打死在门槛和窗台上。鬼子来不及组织第二次反扑，炸药包就炸响了，十几个手雷也被引爆了。房屋被气浪冲到了天空，洪少校和二十多个鬼子一同被炸成齑粉。爆炸平复之后，只见废墟中有一滩黏稠的血水，院墙和树干上沾有零星碎肉，英灵的血肉和畜生的皮囊混合在一起，神仙也分辨不出哪一块是洪少校的骨血，哪一块是鬼子的臭肉。

万人迷听到了那声惊天的巨响，她知道灰太狼完蛋了，也知道洪天娇升天了。洪天娇生前和她有过约定，在特殊的情况下用特殊的方式向她报信示警。只要听到突如其来的异常爆响，她就放下手头的任何事情快速逃到城外去，搬兵回来给小师妹报仇。

万人迷没有跑，八路军湖西军分区和苏鲁豫皖纵队四支队的主力已经潜伏到了城下，部分侦查员也潜伏进了城里，她要再一次核实鬼子存放瘟疫病毒和细菌的地点，不能让那些万恶的小东西跑出去祸害黄河故道里的父老乡亲。

驻防在蟠龙县城的鬼子兵，一大半下乡扫荡去了，最高指挥官和司令部的核心人员都被洪天娇炸死在洋房子里面。鬼子兵群龙无首，像松散的沙子一样，成了一群没有战斗力的游兵散勇。

国民党的行动稍微迟缓一点，共产党的主力已经兵临城下，加上城内的伪军哗变，溃不成军的鬼子兵很快就抱头鼠窜了。

四支队的战士在万人迷的带领下，找到了灰太狼的"杀手锏"，交给了野战医院的卫生兵进行无害化处理。

卫生兵把那些传播瘟疫病毒的跳蚤、蚊虫和老鼠，连同装盛他们的玻璃器皿原封不动地放进大锅里，添上水烧开煮熟炖烂，然后挖深坑加石灰块注水掩埋。

一场浩劫性的灾难被制止了，万人迷在人们的视线里消失了。她带领大驴子和万柳寨的几个支前民兵，一起去寻找苟敬诗的遗骸和洪天娇的遗物，要把他们掩埋起来，祭奠他们。分地之后，因为万姑姑姓万，乡亲们把柳万寨改成了万柳寨，把人数较少的万姓放在村名前头，以示对万姑姑的无比尊崇。

小师妹是当之无愧的巾帼英雄，苟敬诗虽然一度猪狗不如，但他毕竟回头了。佛家信奉"苦海无边回头是岸"，无论他回头早晚，只要狗身上闪烁出人性的光芒，人们就不能再轻慢他了。

四十九、万姑姑放粮

日本鬼子投降之后在蟠龙县风光一时的蔡司令追随王敬久溃逃到台湾去了。

共产党重新调整行政区划，撤消了蟠龙中心县的建制。蟠龙镇以城镇中心的十字大街为界，归属苏鲁豫皖四个省管辖。西北归山东省单县，西南归河南省夏邑县，东北归江苏省丰县，东南归安徽省萧县。蟠龙镇的名称也被取消了，更名叫"四省庄"。

灰太狼被炸死之后，共产党怕鬼子报复，秘密地把万人迷接到乡间隐蔽起来。日本鬼子投降之后，万人迷没再回到城里居住。她跟着大驴子回到万柳寨，选择一片地势稍高的空旷地方大兴土木，用特殊材料建造了一个固定的居所。这座宅子在三年自然灾害时期再次拯救了万柳寨的村民，是万姑姑在蝗灾发生之后的一大创举。

1947年是故黄河流域的大灾之年，乡亲们称之为"贱年"。大灾之年物价飞涨，粮食像黄金一样稀缺，拿钱（有时候拿命）都买不到。怎么会有"贱年"这样的称谓呢？许多人搞不懂这件事，后来请教一些阅历丰富的老人，才弄清其中的原委。原来"贱年"廉贱的不是粮食和物品，而是人的性命和尊严。只要肚皮瘪下去，人的脸面和气节全都可以忽略不计了。孬年成一块烤红薯就能换走一个如花似玉的黄花大闺女，甚至可以当着她父母兄弟的面随意祸害。

老年人都说，每当改朝换代的时候，上天必垂异象。内战打响了，世道是注定要改变的，所以天气也十分异常。

淮海战役打响的前一年，冬天没有下雪，气候像春天一样温暖。野草、枯树早早地拱出了芽子，地里的麦苗也像竹笋一样疯长。还没等到打春，人们就牵着牛马骡驴拉着石磙下地了，同时把猪羊鹅鸭等家畜家禽放到麦田里，用石磙碾压、用畜禽啃噬，利用外部的力量抑制麦苗的生长。

老话说"干冬湿年"，一冬无雪开春应该多雨。大家对春天充满期盼，翘起脚尖、伸长脖子等候像油一样珍贵的春雨。老天爷叫黄河故道的父老乡亲伤心失望了，那一年有过几次阴天，滴答几回连眼子毛也淋不湿的蛤蟆尿，全年都处在高温亢旱状态。

有经验的庄稼把式都知道，古人说过"久旱而蝗"、"久旱必有蝗"。蝗虫像日本皇军一样，是祸害人类的妖魔鬼怪。

蝗虫俗称"蚱蜢"，是蝗科直翅目昆虫，故黄河流域的乡亲们管它们叫"蚂蚱"。蝗虫的种类很多，全世界超过一万种。它们分布在热带、温带的草地和沙漠地区，口器坚硬，前翅狭窄坚韧，盖在后翅上，后翅很薄，适于飞行。蝗虫后肢发达，善于跳跃，主要危害禾本科植物，是农业害虫。

蝗虫体内富含蛋白质，可以食用。它的天敌很多，主要是鸟类、禽类、蛙类、蛇类和人类等。

蝗虫的数量多，生命力顽强，繁殖周期短，能栖息在各种场所。蝗虫一旦大量爆发起来，就会对自然界和人类形成毁灭性的灾害。

每年夏、秋是蝗虫的繁殖季节，交尾后的雌蝗虫把产卵管插入 10 公分的深土中，产下 50 到 80 粒卵。气温在 24 度左右的时候，蝗虫 21 天即可孵化。在中国北方一年可以长成夏蝗和秋蝗两代蝗虫。中国有蝗虫 200 多科，859 个品种。其中对农作物危害最大的东亚飞蝗，就生息在黄河故道地区。

黄河故道地区的乡亲善良而愚昧，他们把蝗虫看作是有灵性的动物，是受上天差遣的神虫。发生蝗灾是上天惩罚人类的过失，上天的旨意让蝗虫这个由来已久的"灾仙"来执行，人们只能接受不能反抗。所以老百姓不是驱赶消灭蝗虫，而是修建蝗虫奶奶庙，烧香磕头摆贡品，祈求它老人家法外施恩。他们还坚信"蝗鱼（虾）互化"。李苏《见物》记载："旱涸则鱼虾子化蝗，故鱼多兆丰年"。

史书上记载，明朝崇祯十三年"开封大蝗，秋禾尽伤，人相食"。

著名诗人白居易作过这样的《捕蝗》诗：始自两河及三辅，荐食如蚕飞似雨。雨飞蚕食千里间，不见青苗空赤土。由此可见蝗虫的危害之重。

干旱使蝗虫大量繁殖，迅速生长。酿成灾害的缘由大约三个方面。一、在干旱年份，由于水位下降，土壤变得比较坚实，含水量低，地面植被稀疏，蝗虫产卵数量大为增加，多的时候可达每平方米 4 千到 5 千个卵块。每个卵块有蝗卵 50—80 粒，即每平米有蝗卵 20 万—40 万粒，这个数量是相当惊人的。二、干旱让河流湖泊的面积萎缩，给蝗虫产卵提供了更多的理想场地。干旱的环境植物含水量较低，蝗虫以此为食，生长较快，生殖力较强。三、人们愚昧迷信，不懂科学。不采取积极的防治措施，而是消极被动，任其自由发展。

那一年黄河故道里发生了两次蝗灾，夏秋两个季节的蝗虫泛滥成灾，飞起来遮天蔽日，落下去黑压压的一片。蝗虫落到地上像铺了一层地毯一样，看不见土层。蝗虫飞身远去的时候，地面上光秃秃的，看不见禾苗和青草的踪影。树叶也被蝗虫吞噬了，嫩一点的小树连树皮都没剩下，惨白的树干像骨头一样杵在荒原上，让人不寒而栗。

湖西地区党委向全体党员发出通知，要求他们想办法带头赈灾，帮助乡亲们渡过难关。

蟠龙县还在国民党的手里，被国军的少将保安司令蔡华祥和国民政府第九行署统治着，共产党不好直接插手过问。大多数人都挎上篮子，折一根被蝗虫肯光树皮的短棍在手里，逃亡他乡乞讨去了。

万柳寨的乡亲们没有外出逃荒。那个把前任族长遗骸背回故乡的黑麻子当众拍了胸脯，说自己在粮行里有朋友，可以帮助大家借粮度过灾年。

柳至义成了万柳寨的救星，是所有人的恩人，形象一下子高大起来。像观世音菩萨那样让人顶礼膜拜，像关二爷那样叫人永远不能忘怀。万柳寨没有恐慌和悲伤，人们耐心等待着柳义士到粮行去借粮，一种难以掩饰的喜悦在心中扩散，穷家破院里充满了甜蜜和温馨，尽管他们的裤腰带紧了又紧，尽管柳至义还没有确切的回复，但是他们心中的希望不泯。有这个希望支撑或者说诱惑着，他们就有信心在家园里守望。那年月普天下都闹灾荒、兵荒、匪荒，加上粮荒，一旦离开故土，能不能回来还得两说着，出去的人能不能保全性命也得两说着。

其实柳至义就是柳至善。他把老鼠眼和瘦猴子糊弄回去，自己把后面的银票藏好，带着一百块现洋跑到外乡躲难。在一座荒芜的破庙里，他半夜里起来，用铁锅岔子炒了二斤黄豆，黄豆变成黑豆，再加热就要着火的时候，他像扎猛子一样，咬着牙把脸闷在了滚烫的豆子里。离开破庙的时候，柳至善没有了，黑麻子柳至义诞生了。他舍不得埋在老宅院里的金条，舍不得把卖地的钱全部献给菜葫芦当军饷。在外面闯荡两年，一百块钢洋花得差不多了，他在荒郊野外捡了两块狗骨头背回万柳寨，说成是柳至善的遗骸，把乡亲们全都糊弄了。

柳至善是精明的土财主，知道国难财好发，大荒之年穷人的钱好挣。他要趁火打劫，狠狠地捞上一笔，把柳家的高墙大院再垒起来，顺便捡个漂亮的小妮子当老婆，小日子就有滋有味地过起来了。

好事多磨，一般情况下好事都不是一蹴而就的。万柳寨的乡亲们倚门翘首盼望，从满怀希望到失望，继而是叹息、后悔加绝望，柳至义的消息还在老虎尾巴上晃荡，他们已经饿得头昏眼花，喘不匀气息，也没有力气到外地乞讨了。这时候柳至义从蟠龙县城回来了，带回了让所有人震惊的消息：借粮的事情联系好了，不过荒贱年间粮食金贵，借粮的人太多了，僧多粥少，利息相对较高。放粮的人说了，今年借一斗明年还三斗。这也是挨了天大的面子求来的。贱年的谷子是皇帝的女儿，再贵也有人抢着要。大家想好了，过了这个村没有下个店，要借就抓紧过来写字据，不借我也没办法。地里的沙土不能当饭吃，实在是爱莫能助。

柳至义的话像春天的炸雷，把大家震住了。也像是搬起一块华山石扔进梁寨渊子里。一石激起千重浪，引起了一片惊呼。这个价码要得太高了，高得有点离谱。可是要价的人十分精明，很会拿捏分寸。有道是商场如战场，军人讲究"慈不掌兵"，商人讲究"机不可失，失不再来"。

现在粮食是救命的仙丹，只有这个时候才能有效哄抬物价，才能多赚一点昧心钱。柳至善看准了火候，抓住了这个千载难逢的机会。

大家咬牙跺脚地骂了一阵子，纷纷过来找柳至义签字画押领粮食。蝗虫把青草都啃光了，家家断炊，户户无粮。老人无奈地叹息，嗷嗷待哺的孩子的哭泣，逼迫领家汉子低下头颅，把亏空和痛苦吞咽下去。

柳至善笑了，只要大家在借据上画押把粮食背回去，你们就成了柳家的长工，年年还债交租子。自己请个精明的账房先生，按复式记账法算账，驴打滚、利滚利，年复一年，债台高筑起来，万人迷从老子手里拿走分给你们这些穷鬼的土地还姓柳，你们还得乖乖地送回来。

大驴子回到家里的时候，老婆已经把一口袋粮食背回家里了。孩子们围着锅台，兴高采烈地等候着饼子出锅。老婆像驮了一座大山一样，不停地唉声叹气。大驴子扭头走出家门，把这个事情汇报给上级，汇报完了再到高坡地，去找无所不能的万姑姑。

万姑姑见多识广，啥样的阵仗都见过，啥样事情都能坦然处之。她说商人求利是理所当然的，有良知的商家讲究互惠互利，兼顾别人的感受和利益。黑心的商人唯利是图，只顾自己，下手肯定会狠一些。这个柳至义果然有些奸猾，不过很会把握火候，也是相当精明的。

"告诉乡亲们，不要悲悲戚戚的，天塌不下来。"万姑姑告诉大驴子，自己离开城里时把房子典出去了，卖房子的钱买成粮食存进了粮行。"我既然在万柳寨挂号入户了，肯定要给乡亲们一份觐见之礼。说白了就是做点实事，做点善事。我在粮行里也有粮食，咱们也借粮给乡亲们，让他们提前把粮食还给柳至义，把身上的包袱卸下来。你马上统计一下，看看乡亲们借柳至义多少粮食？连本带利都算上。"

"这个数目可不小，你有这么多粮食吗？"大驴子抽了一口凉气："这可不是闹着玩的事，大话不能随便乱说。你把土地买过来分给他们已经是做善事了，别放着素净不素净，再往自己头上揽事。"

万姑姑笑了，让大侄子把心装到肚子里。粮食的事不用大驴子操心，自己不是好吹牛皮的人，没有把握办成的事绝对不胡乱许诺。

"你也找个记账的先生，咱们也写借据，也叫乡亲们签字画押。"万姑姑和大侄子商量一下，制定一个利率标准。"我看这样吧，你再仔细合计一下，每人每户需要多少粮食能够渡过难关？咱们还得给乡亲们预备明年的种子粮。饿死爹和娘，不吃种子粮。叫乡亲们一定把种子粮种到地里去，不能胡乱糟蹋了。咱们也是收取佣金的，你看看叫他们还多少合适？"

"咱们肯定得比柳至义仁义，您看借一斗还两斗行不行？"大驴子直视着姑姑，试探性地问道。

"不行。"万姑姑果断地摇头否决了大侄子的意见。看到大驴子一脸错愕不由地微微一笑。"咱们反过来算账，叫他们借两斗还一斗。不过要确实借给乡亲们过灾荒，不能叫见利忘义的人钻空子。这事由你亲自操作，粮食多少都不是问题，就是不能出差错。"

"好的，你放心吧，姑姑。"大驴子压不住内心的狂喜，一溜烟蹿出姑姑家的大门，又去找组织汇报去了。

过去的粮行类似现在的期货交易所，也兼具着一部分银行的功能。地主开始都是把粮食存在自己家的仓库里，被老鼠消耗一部分，放贷一部分，销售一部分，留出种子，还有家人和长短工的口粮。放在家里除了鼠咬虫蛀，赶上阴雨天通风不好的时候还会霉烂变质。存粮多了也招惹各路兵匪，他们三天两头地敲诈勒索，人不得安宁，粮食很不安全。粮行在这种情况下应运而生。开粮行的老板黑道白道都有路子，仓储条件好、空间大，有专业的技术管理人员，地点选择在有坚固城墙、有军队驻防的城里，安全系数很大。

粮行里豢养一批经验老道的粮食行人，代存、代购、代销粮食，提取一定数额的佣金。他们利用各路主顾存在行里的粮食当本钱，青黄不接的时候高价放粮，收获季节低价购进，自己赚得盆满钵满，也确保存粮主顾的收益只增不减。他们也会联系队伍上的军需官狼狈为奸，用兵血喂肥贪官和自己。秋后收完新粮的时候，粮行的老板就会邀请存粮的主顾算账换据，要钱给钱，要粮给粮。多数人选择继续存粮，这时候粮食已经孵出崽子来了，粮行老板抽走佣金，把原来的字据销毁，重新写一张加上利息的条子给你。

家有钱粮心不慌，这是过日子的硬道理。万姑姑重返蟠龙城之后就留了后手，在钱庄存了不少硬通货，在粮行存了一批等同于货币的粮食。她把土地分给万柳寨的村民之后，年年也能收到一些租子。她把这些粮食存到粮行里，年年换据，从未要求变现，也没向外提取粮食。人不可貌相，谁也想不到这个妇道人家会有大主意，不论比钱比粮，这个妇道人家已经是蟠龙县最具实力的人物了。只不过女流之辈不太惹眼，没有人对她过分关注。

半路杀出个程咬金，破了敌人的长蛇阵。因为万姑姑的介入，柳至义的收益没能达到预期，他的图谋也无法得逞了。

柳至义为此恨得咬牙切齿，捶胸顿足地大骂"憨B破娘们"。

穷人乍富，挺腰凹肚。憨娘们有两个糟钱烧得不知啥好，她卖掉了城里的宅子，回到万柳寨大兴土木。这个憨娘们盖屋也别出心裁，和别人拧着劲地干。她不用砖瓦、石灰、泥土之类的建筑材料，而是用大铁锅熬中草药、艾蒿，兑少许石灰水和糖盐，滤净药渣，用这种有色有味的液体调和栗子跟糯米面还有其他杂粮的混合面，把这些混合面蒸熟之后脱成坯块，晒干了垒墙。开挖好地基之后，只在下面垒一层薄薄的华山石，上面全是这种特制的坯块。这种坯块使用草药水和石灰水调和制成，不遭虫蛀和鼠咬，也不霉烂变质。万姑姑用白灰在房屋和院墙上粉刷一遍，把墙体严严实实地包裹起来，用这种特殊的工艺方法，巧妙地贮存了一大批粮食。整个院落里空气中弥散着粮食和草药的香味，沁人心脾；屋子里冬暖夏凉，确实别具一格。外人不知道也想不到万姑姑会用这种特殊的建筑材料盖房子，还以为是万姑姑从外地拉来的黏土呢。

五十、火烧乌巢

蚂蚱和苍蝇一样，是边吃边屙的动物。蝗灾过后，遍野都是蝗虫的粪便和尸体。这些东西是很好的有机肥料，是植物最为喜爱的高级营养品。天气转暖后，一场春雨浇透大地，野草"噌"地蹿出地面，比原来更为茂盛和葱茏。庄稼苗也粗壮挺拔，水灵灵的招人疼爱。故黄河流域，又成了茫茫无际的绿色大草原。

国民党像去年遭受蝗灾的庄稼地，在战场上节节败退，战事一天比一天吃紧。徐蚌会战在即，黄河故道上空乌云翻滚，蟠龙县的保安司令蔡华祥少将实实在在地感觉到了压抑。他已经接到了上峰的电报通知，留少数兵力维持地方治安，带领主力向徐州靠拢。

共产党是打游击的行家里手，早就知道"敌退我进"的打法。国军前脚出城，共产党的队伍后脚就跟进来。蟠龙县及下属七县几乎没费一枪一弹，就在建立新中国的前一年被全部解放了。

蔡司令成了国军的师长，奉命前往南宿县方向运动，接应黄维兵团北上，已经顾不上蟠龙县了。上峰的命令是死守徐州，不让他回头。

共产党撤消了蟠龙县的建制，蟠龙镇成了名符其实的"四省庄"。万柳寨在四省庄东北角辐射的范围，归属到江苏省丰县的管辖区域。丰县隶属徐州地区，徐州还是"国统"地区，被刘峙、杜聿明等党国的高级将领盘踞着。丰县暂时仍由湖西地区代管。

共产党执政之后，第一项任务就是"土改"和"支前"。中共丰县军事管制委员会代县委县政府，向万柳寨派出了"土改工作组"，除了分地、分浮财之外，也准备根据具体情况划定成分。

工作队进驻万柳寨一段时间，通过调查了解，发现了一个独一无二的奇怪现象。万柳寨没有贫下中农，也没有地主富农，清一色都是不愁温饱又没剥削穷人的中农户。家家都有余粮，户户都有土地，而且人均拥有土地的数量相等。大家全都衣食无忧，邻里之间和睦相处。没有罪大恶极的恶霸地主，没有"地无一垄、房屋一间"、"食不果腹、衣不蔽体"那样的贫雇农。

上级任命大驴子为万柳寨的党支部书记，在武装工作队的领导下推行"土改"运动。上级领导告诉他，搞阶级斗争，分清敌我，最有效的方法是及时划定不同的成分。划成分不能搞一刀切，人与人之间区别总是有的。土地上区别不出来就在房屋住宅上区别，房屋住宅区别不出来就在家庭财产上区别，譬如说家里有余钱、余粮的户。

"嗷，我知道了。"大驴子两眼一亮，一下子恍然大悟了。

大驴子召集村里的党员和积极分子开会，严肃认真地仔细讨论本村的情况。在万柳寨，大家人均拥有的土地几乎一样多，房子就数万姑姑和柳至义的大，也数他们两家新颖、宽敞、整洁、排场。可是万姑姑的房子是泥墙草顶，外面的黏泥也是泥。柳至义家的房子是砖墙瓦顶，看上去比万姑姑的值钱。比钱粮万姑姑似乎比柳至义更为殷实，不过万姑姑都周济万柳寨的父老乡亲了，万柳寨的村民不论老少都受过万姑姑的恩惠，家里耕种的土地也是万姑姑送给他们的。柳至义在大灾之年趁火打劫，只顾自己挣钱，不顾乡亲们的死活。要不是万姑姑出手相救，全村人都沦为柳至义的佃户了。大家都能看到这样一个事实，柳至义的粮食一粒没动，还赚了不少利息。万姑姑的粮食全部发放给村民了，还积极地为乡亲们筹备种子粮。万姑姑的钱买地分给村民了，柳至义用赚取的昧心钱在柳至善的旧宅基础上盖起了高墙大院。这个地主富农的帽子非柳至义莫属。大家把这顶帽子扣在柳至义头上，又给他系紧带子，他想摘都摘不下来。

一个团队、一个群体，如果必须具象化形容，应该类似于两头溜尖的圆锥体，非常优秀和极端差劲的是少数，一般化的普通人最多。受"见贤思齐"、"恶人远离"这类思想理念的影响，人们会把上述两种人挑选出来，树为"榜样"或"靶标"。榜样是检视自己行为的标杆，是身上闪耀着光芒、普通人必须仰视的楷模，是接近于"圣人"或"神人"那样的完人，彰显的都是优点。靶标是用来打击的，一旦竖立起来就是众矢之的，各种快枪、土炮、梭镖、投枪、暗器、弓弩都会瞄准他，随时准备射击。柳至义被大家共同推举出来了，树立为万柳寨的一号靶标。

出头的椽子先烂，柳至义被推出来放在显眼的位置，打击"出头鸟"的枪弹就开始射击了。因为投标的人多，打击的批次十分频繁，一波跟着一波，出手越来越重，精准的程度越来越高。

党支部带领"贫协"中的积极分子先抄了"地主"的家，又把柳至义的宅院掘地三尺，挖出了埋在地下的银元和金条，挖出了蟠龙县钱庄的银票和粮行的存粮收据，还挖出了一个用油纸裹着的描金匣子，里面装着昔日拥有土地的亩数和具体位置。贫下中农说这个小本本就是"变天账"。

地主家的浮财一经发现立马充公，上交国家一部分，经上级批准可以平均分给贫下中农一部分。万柳寨没有穷人，比柳至义穷的都被定为"贫下中农"了。大驴子一直没弄明白，"贫农"和"下中农"同属一个阶级，却不是一个层级的"成分"。

事情都是由因至果的，万事都不例外。万姑姑的金钱和粮食比柳至义还多，但她心地善良，两次拯救了万柳寨村民的性命，分给他们土地，保护他们的财产。大家对她心存感激，从心里拥戴她，没有人同意把她划成"地主"成分。柳至义牢记"人不为己天诛地灭"，只想着自己，没有顾及乡亲，甚至在大灾之年趁火打劫，想把一个村的老少爷们变成自己的奴隶，这种行径招人憎恶。即便他把财产败坏光了，大家也会推举他为"破落地主"。

柳至义烦恼怒恨，万般无奈，于是心中燃烧起嫉妒之火。

柳至义受到了严格的监视和控制。那时候国共两党之间的矛盾十分尖锐，两个党派之间的斗争是不可调和的。丰县县委的主要领导陪着更高层级的军政首长来到万柳寨，前来审查柳至义是不是潜伏下来的国民党特务。淮海战役即将打响，无论是前线还是大后方，都是万万马虎不得的。

柳至义已经被贫下中农清理出了门户，在他家昔日的牛棚里暂住。他家的宅院成了村党支部和土改工作队的办公场所。上级领导到来之前，大家正在翻看柳至义的"变天账"，分析这本烂账是不是联络用的暗语或密电码啥的。大家的文化程度普遍不高，也没有专业的技术业务知识，从这本烂账中看不出任何蛛丝马迹。不过大驴子和另外几名积极分子看出了另外的问题，他们觉得那些蝇头小字很熟悉，很像一个人的笔迹。那个人就是已经过世的柳至善，他很早的时候就帮助老爹抄写各种文书和字据，在蔡华祥手下当军需处长的时候，还到处张贴他亲笔书写的征集军粮的告示。

这个发现太重要了，只要能够证实是真的，柳至义是"狗特务"的罪名也就夯实了。如果没有政治目的、不想秘密潜伏的话，干嘛要毁容改名呢？

柳至义被军事管制委员会逮捕了。他承认自己就是当过国军军需处长的柳至善。他开小差逃跑是害怕死在战场上，再次潜回万柳寨是想从乡亲们手中夺回失去的土地。

地主就是地主，任何时候都忘不了剥削压迫贫下中农。故黄河流域已经全境解放了，他还疯狂地向党和人民反攻倒算。这种反动的行径，是由反动的本质决定的。他站在反动的立场上，与党和人民为敌，是自取灭亡，共产党和劳苦大众是不会饶恕他的。

万姑姑去探视意识中的"大伯哥"柳至善，还拉着大驴子到工作队为他求情。他弟弟柳至贤是革命烈士，是黄河故道里的英雄，能不能看在他弟弟为革命献身的份上，从轻发落这个罪孽深重的大伯哥。

三驴子是湖西军分区的代理参谋长，被组织上派到丰县担任"军管会"主任。他是柳至贤一手培养提拔起来的，和小表叔的感情极为深厚。万姑姑是万柳寨所有父老乡亲的救命恩人，是他非常敬重和感激的人。

万代参谋长是在战场上拼杀出来的铮铮铁汉，浑身都是侠肝义胆，同时也不缺少似水柔情。看完万柳寨土改工作队的书面汇报，他被亲情打动了。拧开从国军将领那儿缴获的派克金笔，签署了"同意保释，监视居住"的意见。让大驴子兄长把破相易容的大表叔领回村里去，交给民兵看管。

柳至善知道自己是被万人迷张罗着保释出来的，可是他一点也不领情。他觉得这个破娘们阴险无比，是故意想看他的笑话。回村之后，柳至善到处散布流言蜚语，故意中伤万姑姑。说她和清末的官僚、和日本鬼子、汉奸、土匪、和国民党反动派、特务都有一腿，这个娘们一辈子都不是正经人，她手里的金钱粮食都是肮脏和邪恶的，和她沾上边可不会有啥好的结果。

世人都知道"是非朝朝有，不信自然无"。可是"人禁不住千言，树禁不住百斧"。谣言能动摇人们的信念，让人心生疑窦，再重新审视某人某事的时候，全都戴着有色眼镜，故意放大一些凭空臆想的莫须有猜度。譬如说万人迷姑姑，她是万柳寨所有人的恩人，对共产党有功劳，可是她也确确实实地和鬼子、汉奸、土匪、国民党反动派有着千丝万缕的联系。

柳至善在蔡司令手下当过军需处长，虽然不是专职特工谍报人员，也多少知道一些国军的暗语和暗记。他到丰县城里去赶集，看到人丹广告画上有几个鬼画符一样的符号。他马上意识到蔡司令的人还在黄河故道中游荡，老鼠眼和瘦猴子就乔装在人群里，不知道肚子里憋着啥样的坏蛆呢？

看到国军的联络暗记，柳处长内心窃喜，一下子莫名其妙地兴奋起来。他意识到自己脱离国军是个错误，现在又重新找到了归属的感觉。蔡司令经常挤兑自己是因为他们之间存有个人恩怨，而且花几个小钱就能化解情仇。共产党是不共戴天的死对头，没收了他的土地和钱财，还往死里整他。柳至善决定重新投入国军的怀抱，借助国军的力量把自己的土地和财富夺回来。

现在徐蚌会战在即，国共两党的军队都往徐州附近集结。有道是"兵马未动粮草先行"，皇帝不差饿兵，填不饱肚子的士兵不能上战场打仗。毁掉敌方的粮秣辎重最能扰乱军心，是克敌制胜的有效法宝。万柳寨就是共军的一个重要屯粮之所，是湖西地区的临时兵站。放上一把熊熊烈火，把万柳寨的军粮化成灰烬会咋样？会把共产党变成失去乌巢的袁绍，共军就必败无疑。此举成功了，自己帮着蒋总裁守住江北的半壁江山，可谓居功至伟。蒋校长一高兴，自己肩膀上的梅花就会变成星星，官阶超过"菜葫芦"是绝无问题的。那时候蔡师长就不敢欺负自己了，说不定还会像自己在蔡司令手下时一样，像哈巴狗似的摇尾乞怜，连大气都不敢出。

柳至善和老鼠眼接上了头，先证实了自己是军需处长柳至善的身份，再谈了"火烧乌巢"的计划，让蔡师长上报"剿总"邀功。

"咱们都是瓦盆、陶罐、黑碗、蒜臼子，一个窑里的货。"柳至善掏出三炮台卷烟，递给老鼠眼一根。"咱们和共产党横竖尿不到一个壶里去。"

蔡师长在萧县城里接见了柳至善，拥抱着褒奖了他对党国的忠诚，当场宣布恢复他军需处长的职务。柳至善重新回归，蔡师长就像看到一件失而复得的至宝一样，一下子心花怒放了。他这个大马子出身的草莽行伍，从地方保安部队升格为国防正规军之后，一直寸功未立，心里总觉得对不起提携他的知遇伯乐王敬久。

1947年7月，王敬久在羊山集战役中被刘伯承打得溃不成军。整编第23师、第66师、第70师都被解放军歼灭，像74师师长张灵甫一样牛皮哄哄的国民党的王牌师长宋瑞珂被俘虏，让蒋家王朝折了一支劲旅。王敬久自知难辞其咎，为了减轻罪责，匆忙招兵买马，补充战场缺员。蔡司令就是这个时候脱颖而出的，他手下虽然都是一群乌合之众，但因人数众多，也会使换各种枪械，收编这样的兵痞比现抓壮丁省事。再说党国正在风雨飘摇之际，大厦将倾，实属用人之际，也顾不得精挑细选。饥不择食也好，滥竽充数也罢，只要下面上报花名册，国防部就下发委任状和军需军饷。

日本鬼子投降之后，内战一开打国民党就交了狗屎运，一直丢盔掉甲。这说明共产党的队伍里确实有能人，比国民党更加通晓用兵之道。

兵马未动粮草先行，共产党自然不会疏忽后勤保障问题。丰县已经是解放区了，为前线将士筹集粮草、棉布、军鞋是义不容辞的职责所在。

黄河故道刚刚经历一场蝗灾，老百姓没有存粮，地里的禾苗还在成长，离收获季节还有很长时间，家家户户都揭不开锅，筹集军粮不是一件易事。

大驴子拉着苦瓜脸去找万姑姑，拉着哭腔诉说心中的忧虑。

"现在大战在即，大部队都拉到前线去了，战士们饿着肚子怎么打仗？咱老百姓是真心拥护共产党，宁愿自己不吃也想把粮食送到前线去。可是，地里的粮食没下来，屋子里面四个旮旯，空荡荡的连麦糠都没有。唉！上边的领导和老百姓一样，干着急不出汗呐！"

"我来想想办法吧。"听完大驴子的陈述，万姑姑打开柜子，从箱子底下摸出一个非常精致的螺钿匣子，开启一把精致的小锁，拿出一沓有些泛黄的宣纸递给大驴子。那是周边各县粮行出具的存粮票单，有一百多万斤呢。

大驴子傻了，在姑姑的再三催促之下，赶紧跑到丰县城里，把这一迭沉甸甸的票据送给三驴子。三驴子的眼睛直了，翻看完票据就心花怒放了。三驴子傻乎乎地笑着，叫手下的干事通知军管会和地方政府的主要领导开会，派出二十多个精干的武装小分队，或秘密或公开地到周边各县去提粮食。

1948年，丰县军事管制委员会和解放后设立的第一届县委县政府，圆满出色地超额完成了军粮征收任务。这是因为万姑姑及时交出了各县粮行的提货单，如果没有万姑姑，这个任务是没有办法完成的。万姑姑一人独扛了八成的份额，不是三分天下有其二，是十分天下有其八。

万姑姑慷慨解囊，使万柳寨及周边好多村镇的纳粮任务得以豁免。万姑姑再次赢得了共产党的信任，赢得了受惠民众的尊崇和拥戴，也让柳至善心中的怒火燃烧得更旺。如果不是你这个骚娘们邀功邀宠，在共产党面前积极表现，在穷鬼面前模仿刘备摔孩子，故意收买人心，也显现不出我柳大爷卑鄙落后，更成不了人神共愤的反动老顽固。

柳至善权衡比较之后，认为自己和共产党尿不到一个壶里，因而也仇视那些拥护共产党的人。嫉妒可以放大仇恨，柳至善觉得万姑姑和共产党一样，都是他不共戴天的仇人。他之所以向蔡师长献策谏言，让他派出别动队烧掉临时兵站的存粮，其实也是想抽打万姑姑的嘴巴子，叫她没皮没脸。

五十一、旧事重提

　　捣乱、对抗、失败成了国民党的宿命。柳至善重新投入国民党的怀抱对抗共产党，同样不会成功。

　　柳处长被蔡师长委任为临时别动队队长，率领一支 30 人的特别小分队，秘密潜入万柳寨攻打解放军的临时兵站，烧毁兵站囤积的军粮。柳队长也学习共产党的招数，和共产党玩游击战术。他把别动队化整为零，星散在一望无际的大草荡子里面，像跳蚤一样东躲西藏，瞅准机会就跳出来咬上一口，咬完了马上跳回草丛深处蛰伏起来。

　　柳队长一直瞧不起三驴子，觉得他就是一个乳臭未干的学生娃，虽然穿着一身戎装，腰里也挂着一把小手枪，他仍然是六月的冬瓜——毛儿嫩。共产党派这样一个娃娃主政丰县，分明是"蜀中无大将，廖化作先锋"。

　　大表叔完全不了解小表侄。三驴子从小就受小表叔的熏陶，不光熟读兵书，也受过血与火的洗礼，在实战中茁壮成长。大表叔被保释出狱的时候，三驴子就安排民兵和便衣侦查员对他进行秘密监视。大表叔进城赶集的时候专瞅那些画有奇怪符号的人丹广告，后来深夜拱进草荡子，不知所踪好几天。三驴子马上警觉起来，并作了相应的部署。

　　三驴子把一支奇兵埋伏在兵站周围，玩了一个内紧外松、欲擒故纵的把戏。柳队长带着属下更深人静时在草荡子里装神弄鬼，埋伏的战士按兵不动。

　　村寨被夜幕包裹起来，像深度醉酒的人酣然入睡一样，沉寂得连狗叫声都没有。柳队长以为三驴子麻痹大意，想不到大表叔会来偷袭。他向空中射出一支响箭，告诉别动队员快点走出草荡子，放心大胆地向目标靠近。他自己把手伸向腰间，没有理会别在那儿的驳壳枪，而是拽出一支火把点亮，指挥身边的下属冲向屯粮的打谷场，往小山一样的麻袋上泼助燃的煤油。

　　解放军的狙击手埋伏在暗处，别动队站在明处，还有火把指示方位，非常好打。伴随清脆的枪声响起，柳至善和他身边的部下应声倒下了。柳队长想借助国军的势力重新夺回土地，继续称雄乡里的美梦像肥皂泡一样破灭了，他的属下也扔掉人世间的一切俗务，一缕游魂追着他同游地府。他们到死都不知道，粮食已被秘密转移了，那些堆砌成小山的麻袋里面装的都是沙土和碎草。

别动队员手中的油桶倒在地上，煤油"汨汨"地向周围蔓延。柳队长倒下的时候，手中的火把点燃了地上的煤油。湛蓝的火苗在地面上跳动，照亮了整个打谷场。

人无头不走，鸟无头不飞。柳队长蹬腿翘辫子之后，没和子弹亲密接触的国军撒丫子往寨子外面跑，还在草荡子里面尚未现身的队员直接掉头向后转，向萧县方向逃窜。

共产党损失了几个破麻包，击毙了二十多名国军，这一仗打得非常划算。战斗结束之后，大驴子带着民兵打扫战场，他准备把国军的遗骸暴尸荒野，扔到草荡子里面给野狼野狗充饥。

万姑姑出面拦下了大驴子，她说人死恩怨消，要尊重死者。万姑姑出钱出粮，给所有的死者买了棺材和送老衣，请吹鼓手和道士和尚给他们做法事，超度他们的亡灵。全村人出义工，挖坑打穴掩埋他们。还把柳至善单独挑出来，洗净血垢埋到了柳家老林。

万姑姑的善举引起了武装工作队的不满和非议。国民党的军队是共产党不共戴天的仇人，你和他们悲悲切切、缠缠绵绵，一副不忍割舍的样子，你和他们是啥关系？阶级立场如何？

工作队由不满到怀疑。柳至善被抓之后也是万姑姑极力担保出狱的，要是柳至善被关在号子里，哪里会有"火烧乌巢"这件事？要不是军管会的万主任智高一筹，料敌在先，后果真的不堪设想。这个万姑姑八面玲珑，见谁都撒粮撒钱，她到底是哪头的呢？

工作队开会研究之后，把大家的怀疑整理成书面材料，上报丰县军事管制委员会，被三驴子给压住了。

得人心者得天下，失人心者失江山。国共联合抗击日本鬼子，取得了决定性的胜利。如果国民党顺应历史潮流和民意，遵守"双十协定"不搞内战，组建联合政府肯定以国民党为主。共产党的军队会被改编，军政大权仍然掌控在国民党的手里，国民党现在也未必会失去执政党的地位。共产党和其他政党一样，是少数党，在野党，只能议政不能参政，愤怒的最高形式就是在媒体上发发牢骚，想推翻国民党的统治比登天还难。

国民党低估了民心的力量，明明知道民心所向还逆势而为，重新再现了"三国归晋"的历史画卷。晋王楼船下益州，金陵王气黯然收。

共产党气势如虹，一路高歌猛进。国民党萎靡涣散，溃不成军。三大战役之后，解放军饮马长江，渡过长江天险直捣总统府，很快就解放了中国大陆。毛泽东主席在北京喝茶看报，被雪片一样飞来的捷报搅得诗兴大发，吟诵着千古绝唱：钟山风雨起苍黄，百万雄师过大江。虎踞龙盘今胜昔，天翻地覆慨而慷。蒋介石总统满脸云翳，带领他的残兵败将逃到台湾，龟缩在海岛弹丸之地，喊着"反攻大陆"的口号抱恨终天了。

看到国民党像刘阿斗一样扶不起来，美国鬼子急不可耐地蹦到前台，悍然发动美韩战争，妄图把中国的红色政权扼杀在摇篮之中。一时间黑云压城，波涛汹涌，大陆上被打倒的沉渣重新泛起，他们和盘踞在海岛上的残兵败将遥相呼应，想趁机推翻共产党的政权，把天翻过来。

共产党的领袖是个敢碰硬的人，面对世界超级强国一点也不畏惧。毛泽东把美国视为纸老虎，毫不犹豫地与之抗争。

中国人民志愿军是一支铁军，装备虽然落后，也如铁甲洪流一般势不可挡。志愿军入朝之后，很快把以美国为首的联合国军团和李成晚的傀儡部队赶到了"三八线"以南。从此以后，"三八线"成了铜墙铁壁，任凭美国鬼子怎么折腾都逾越不了。板门店和谈的时候，美国的司令克拉克将军哀叹道：这是美国第一次在没打赢的停战协定上签字。

抗美援朝战争之后，新中国的红色政权也巩固下来了。中国人真正享受到了和平、独立和自主，天空中的阳光空前地灿烂。

万姑姑还和以往一样，长着一副菩萨心肠，慈悲到了对人只有心疼没有嗔怒的地步。抗美援朝期间，她把自己的多年积蓄拿出来，无私地奉献给祖国。万姑姑的家底十分殷实，钱财和粮食一样多。她又从螺钿匣子里拿出一厚沓票据，到各个钱庄都能提出真金白银。对于万姑姑捐出的钱财，政府专门统计过。具体办事的人吐着舌头说：乖乖，咱们县的地主资本家都太小了，给万姑姑提鞋也嫌他们手指头粗。万姑姑的捐款超过了所有人的总和，能买好几架飞机呢。

大驴子当了万柳寨高级社的社长兼党支部书记。三驴子随"南下工作团"渡过长江，一路追击国民党的残敌到四川，当上了四川省军区的政治部主任，1955 年被授予大校军衔。

三驴子南下之后，他的继任者在他用过的抽屉里翻出了工作队报送的各种书面材料，其中就有一份怀疑万姑姑是敌特分子，要求调查她真实身份的报告。

三驴子信任万姑姑，所以把这份材料压在抽屉里没往上级报送，也没安排别人过问这事。工作队已经解散了，工作队员被分配到其他县市工作，这件事也被淡忘了。如果三驴子把这份材料销毁，或是召集军管会和地方政府的主要领导开会，作出对万姑姑有利的结论，这件事就了结了，不会再起波澜。他犯了一个天大的错误，也许是仓促南下把这件事情忽略了，结果是大意失荆州。

疑云像雨天的阴云，厚厚地悬浮在丰县很多干部的心头上，一下子把万姑姑罩到阴影里去了。

五十二、姑姑的粮仓

抗美援朝战争结束之后，国内的政治形势趋于稳定。但是被推翻的阶级敌人并不甘心退出历史舞台，盘踞在海岛台湾的蒋介石也时常派遣敌特分子潜伏到大陆来骚扰破坏。

柳至善被乱枪打死之后，柳家大院就成了野猫、野狗、野鸡、野兔、刺猬、毒蛇、黄鼠狼、老鼠的天堂，他们在柳家大院随意出没，纵情声色，繁衍后代。野草和各种野生灌木也不甘落后，肆意扩展自己的领土，把碎石瓦砾和砖墙的缝隙里挤得满满当当。大院里杂草丛生，兽类在草丛里扑腾，禽类在树枝上鸣叫，大院里密不透光，显得十分阴森和荒凉。

万姑姑去找大驴子，把手上、腕上、头上、耳上、项上的各种首饰褪下来，叫他拿到县城的当铺去典当，买回桌椅和课本，出义工把柳家大院修葺整治一番，聘请一个识文断字的人当先生，召集本村和附近村落的儿童入学就读，把柳家大院变成了学堂。

万姑姑自觉地充当了学堂的义工，天天扛着一把大扫帚为学校打扫卫生，还把自己贮存的那些晒干的面皮、粉条、咸肉干等洗净泡软了，炖香了分给上学的娃娃吃。

万人迷简直就是活菩萨，在万柳寨一带，人们提起万姑姑无不一脸虔敬，竖起大拇指由衷地赞叹。万姑姑的威望与日俱增，如日中天。

太平盛世，歌舞升平，人们填饱肚皮就出幺蛾子，按现在的说法是寻找精神上的需求。有好事的酸腐文人吃饱了没事干，就把万姑姑的事迹编成戏文，搬到舞台上演出。万柳寨党支部也大树特树这个正面典型，把她的事迹整理成《英模材料》上报到镇里和县里。

初审之后，万姑姑的名次依然十分靠前。秘书把会审的材料放到县委书记的办公桌上，等着书记签字。书记把前任压在抽屉里的材料拿出来，和刚刚报送上来的材料摆在一起，反复研读到下班。县委书记转业前是部队上的政工干部，有一定的文化水平，也有一定的政治敏感性。

对于拿不准的事情先念"拖"字诀，要么打太极拳，要么踢皮球，就是不能拍胸脯下结论，更不能把敌特分子树为先进典型。

共产党的干部是讲组织原则的，党的组织原则包括"民主集中制"。县委书记叫秘书把常委叫到自己的办公室，泡上大叶子茶召开临时紧急会议。书记把有关万姑姑的两份书面材料放到桌子上，轮流传阅太费时间，干脆叫秘书大声朗读给各位常委听。

听完报告之后，大家踊跃发言，气氛也很热烈。大家的第一感觉是"这个女人不寻常"，她的历史确实太复杂了，不论她的现行表现如何，对她的评价盖棺才能定论。现在应该把她归属在哪个门类，大家还真的吃不准。

县委书记也积极发言。他着重强调了"实事求是"的原则和"惩前毖后、治病救人"的方针，一定要把这个人的历史查清楚，既不能冤枉一个好人，也不能放过一个坏人。书记的话说得非常明白，要认定万人迷这个人的好坏，首先要查清她的历史，要尊重事实，不能凭道听途说或个人好恶下结论。大家都同意重启调查程序，继续往万柳寨派遣工作队。

领导想看清万姑姑的庐山真面目，要求工作队彻查万人迷的历史。可是知情人都和我们阴阳两隔了，柳至贤牺牲在抗日战场上，苟敬诗在家中和鬼子同归于尽，洪天娇抱着灰太狼香消玉损在王敬久的洋房子里面。蔡华祥没死，追随王敬久跑到台湾去了，以工作队现有的条件、权限和能力，暂时无法把他拒捕到案。大驴子和三驴子也算知情人，可是他们和万姑姑有同宗之谊，带有明显的心理倾向性，他们的证明不能采信。万姑姑的事情成了死无对证的无头公案，放手不能定案，不放手是永远破解不了的悬案。

工作队的人反复会商多次，觉得把知情人从阴曹地府和海峡对岸叫过来，也无法彻底查清万姑姑的历史真相。他们对万姑姑的了解都是盲人摸象，从表面上看，万姑姑都帮助过他们，谁都觉得万姑姑是他们一伙的。

万姑姑的历史不太清白，看上去就是一堆乱麻团，一时半会捋不清楚。

毛泽东主政时期，中国一直以"阶级斗争为纲"，社会的主要矛盾是无产阶级和资产阶级的矛盾，两个阶级的矛盾是尖锐的、不可调和的，两大对立阵营的争斗也是残酷的，是你死我活的争斗。

一些歹毒的黑心商贩，为了一己之私贪图蝇头小利，置志愿军的生命于不顾，把自己的良心摘下来喂狗。他们用马粪纸当鞋底，用石灰粉替代消炎粉，把一系列假冒伪劣产品，甚至是有毒有害的药品和食品高价出售给国家，运送到朝鲜去祸害那些参加抗美援朝战斗的战士。

共产党早就准备了两手。一手对外，赴朝打击美国侵略者。一手对内，坚决镇压反革命，同时开展"三反五反"运动。

工作队的领导十分精明，知道灵活变通，及时地把彻查万人迷历史问题和"镇反"、"三反五反"运动结合在一起。毛泽东说过，凡有人群的地方都有左中右。万柳寨唯一的地主柳至善被镇压之后，全村又是清一色的"下中农"了，这怎么行呢？没有对立的阶级存在，怎么进行阶级斗争？再说了，万人迷的粮食和财富比柳至善还多，怎么没把她划成地主成分呢？她把土地分给本村的穷人，把粮食和财产捐献给国家，这更充分地证明她狡猾。她故意收买人心，处心积虑地捞取政治资本，是为了更好地伪装隐蔽自己，方便长期潜伏。这样的人是埋藏在革命队伍中的定时炸弹，是长在革命"肌体"里的毒瘤，必须彻底清除。

工作组把大驴子叫过去征求意见。准备给万姑姑的问题定性的时候，大驴子像中风一样浑身哆嗦。他哼哼唧唧，像蚊子一样断断续续地哼了两句连他自己也听不清的话：我姑姑她老人家替共产党出过大力，救了我们一个庄子人的性命。她老人家不是坏人，不能网开一面？"

工作队长知道万书记是抗日战争时期入党的老革命，他弟弟是比县委书记级别还高的大领导，对他还是相当客气的。队长十分耐心地向万书记解释党的政策，劝他站稳阶级立场。

万书记的脑袋大得像笸斗一样，眼前冒着金星，两只耳朵里响着"嗡嗡"的蚊子叫声，根本没听到工作队长说得啥话。

工作队长走了，万书记像被开水烫了一样，"噌"地蹿出屋子，快步跑到饲养场，牵出一匹歪嘴骡子翻身骑上去，往县城方向疾驰而去。万书记跑到邮电局，火急火燎地给三驴子发了一封加急电报：姑姑有大难，速归。

三驴子刚刚接到任务，要陪同慰问团赴朝慰问，顺便送一批新兵到朝鲜，这个时候请假回家是不可能的。他给转业在徐州地委任副书记的战友打了一个长途电话，让他关照一下万姑姑。

地委副书记打电话给丰县县委书记的时候，县委书记正在审阅工作队上报的"镇反"材料。解放初期县委书记有生杀予夺的权力，只要他的朱笔一挥，就可以轻易地把一个鲜活的生命送往阎罗殿。在上级领导的再三干预下，县委书记对万人迷网开一面了。他在报告上签署了这样的意见：此人为革命作出过杰出贡献，也和日本鬼子、汉奸、土匪和国民党反动派有过亲密的接触，我党我军很多高级干部和万柳寨的贫下中农受过她的资助，对这样的人不能草率处理，建议继续仔细调查。

万姑姑幸存下来，没被逮捕法办，也没被镇压。老百姓常说，躲得了初一躲不了十五，就像《封神演义》中阐教和截教门人，只要"封神榜"上有名，不论你如何折腾，最终还是在劫难逃。

板门店协议签定之后，朝鲜战役宣告结束。中国人民志愿军全部撤回国内，共产党集中精力搞社会主义经济建设。考虑到权利可以滋生腐败，国内外的反动势力亡我之心不死，毛泽东号召在全党范围内继续开展"整风"运动。

1956年11月份，中央召开中共八届二中全会，决定1957年起开展党内整风运动。以正确处理人民内部矛盾为主，以"反对官僚主义、宗派主义和主观主义"为内容，发动群众向党提出批评建议。最后这些仗义执言的民主人士被错划为"右派"，没谁再敢站出来提意见了。

当时初步认定全国的右派人数约为五千人左右，但后来局势失控了，"反右"运动被严重地扩大化了。很多响应党的号召，心怀善意、仗义执言的知识分子和民主党派人士都被定性为"右派分子"，全国揪出的"右派分子"多达55万之众。右派分子被关押管制起来，成了党和人民的公敌，是名符其实的坏分子。

万姑姑也成了"右派分子"。因为"反右"运动严重扩大化，地方各单位都内定了硬性指标。为了完成任务，把万姑姑扯进去凑数。这次是乡镇下的指标，理论根据和工作队如出一辙。凡有人群的地方都有左中右，柳至善死后万柳寨连个富农都没有，难道开批斗会的时候到外村去借地主不成？

万柳寨全村群众都是下中农，都历史清白，这种整齐划一的局面是万姑姑一手打造的。正因为如此，她有这样非凡的能力才具备当右派的资格。

大驴子是村里的党支部书记兼高级社社长，本村发生的重大事件他都是第一个知道消息的人。他和区领导争吵得面红耳赤，却无法改变万姑姑被划为"右派"的事实。堂堂一个七尺高的男子汉，急得抓耳挠腮又六神无主，双手抱着头，蹲在屋檐下独自垂泪。

万姑姑被民兵叫到大队部，由公社领导向她当面宣布组织决定。万姑姑一脸木讷，没有任何表情流露出来。等脱产的干部都走完了，她拉起蹲在门口抽泣的大侄子，掏出手绢给他擦泪。

"堂堂七尺高的汉子，孩子都到学堂里念书了，还哭哭啼啼的，像啥样子？"万姑姑吐了一口气，语气沉稳地说："既然村村都得有个坏分子，安到我身上就挺好。别人都拖家带口的，说是还影响亲戚孩子的前程，搁在谁身上都不好。我孤零零的一个人，不拖任何人的后腿。不就是多戴一顶'帽子'吗？不耽误吃不耽误喝，也觉不着沉。"万姑姑嘴上说得轻松，内心却无比沉重。这顶无形的帽子，成了压垮骆驼的最后一根稻草。

当天傍晚，全村人都陆续来到万姑姑家嘘寒问暖，仿佛一场祸及全村的劫难由万姑姑一个人挡了。对于这种"肉吃千人口，祸由一人当"的壮举，全体村民是感激涕零的。

万姑姑原本就是全村的恩人，说成是"再生父母"也不为过。每逢万柳寨遭遇不祥，全村人都如坠深渊迈不过坎的时候，万姑姑都伸出手来救苦救难，为大家消灾祈福。全村人对万姑姑的尊崇和感恩与日俱增，现在浓到了无以复加的地步。

"不论上面咋鼓捣，万姑姑的人品咱知道。她老人家就是咱万柳寨所有人的大恩人。"

"对，开批斗会的时候咱们把姑姑藏起来。"

"那样恐怕不行。叫姑姑她老人家到台上站站就是装装样子糊弄区里的干部。咱们对姑姑不能大声说话，不能用手指头戳戳点点，唾沫星子不能溅到姑姑脸上。"

乡亲们七嘴八舌地议论着，鸡叫三遍了也全无倦意。不知不觉之中，一缕晨曦透过窗棂，天色已经破晓了。

时间是有限的，人的生命是有限的，其精力和体力自然也是有限的。所以人要确立奋斗目标，制定行动纲领和实施计划，很难统筹兼顾所有的事情。也就是说，人们干这不能干那，顾此往往失彼。

1957 年以后，中国忙于各种政治运动，务虚太多务实就少了。到了1958 年，左倾思潮进一步滋长，把整个中国笼罩在强大的热带气旋之下，催生出比台风、飓风、龙卷风威力更大、破坏性更强的浮夸风。

按照常理说，人勤地不懒。中国农民勤劳节俭的品质一直未变，是"左倾冒进"主义剥夺了人民群众的主观能动性。

浮夸风吹出来的成绩，就像当时挨饿饥民的躯体，营养极度匮乏，全身因此浮肿。肿胀的幅度越大虚得越很，离死亡越近。

媒体上天天放卫星，会场上天天拔白旗。看报纸、看报表，听广播、听报告，所有的消息都是令人振奋的。粮食和钢铁的产量高到不可想象，"大跃进"的速度一日千里，看来超英赶美真的指日可待了。然而现实是残酷的，实际情况正好和领导的预期完全相反。炼钢炼出了连铁都不是的废渣，亩产十几万斤的小麦和一吨重一块的红芋都是浮夸风吹出来的，长在上报给领导的报告里，没长在田地里，能从领导的嘴里吐出来，却吃不到广大社员的肚子里。

到了1958年下半年，公社的食堂就开不下去了。粮仓和社员家的囤底都空了，充盈在报告里的粮食不能当饭吃。幸好那一年地里的红芋没扒净，幸好那一年的野菜十分丰盛。大家到地里仔细地刨地，把没扒净的红芋搬运回家里，掺着野菜贴饼子吃。到了冬天，埋藏深的红芋还没变质，贴在地表的被冻软冻烂了，大家也当作宝贝一样，掺着野菜吃进肚子里。

扒红芋的场面十分壮观，男女老少齐上阵，热火朝天地深翻土地，刨出好的吃好的，刨出烂的吃烂的，只要是红芋，哪怕是形状和红芋相似的土坷垃，大家一概厚爱如珠。事后老年人回忆当时的情景，说是1958年被饿晕了，啥事都记不住，就知道"乱吃红芋"。

党中央也意识到了"左倾"的危害，派各级干部到农村调研，并决定在党的八届八中全会上批判"左倾"错误，使党的路线重回正确的轨道上来。不知道是九江的地邪，还是庐山的水土使人健忘，1959年7月2日至8月16日在江西庐山召开的中共八届八中全会，开会之前拟定的宗旨是批判左倾错误的，开会之后主题变成反右了。

彭德怀被打倒了，各地的大小"右派"更是雪上加霜，处境恶劣到和凶险等量齐观。

苏鲁豫皖四省同时看好黄河故道这片广袤无垠的沙土地，各地的右派都被送到这片沙土窝来了，和古时候充军发配一样。当地的革命群众负责改造右派，右派负责改造沙窝盐碱地。相比较而言，右派比盐碱地好鼓捣。右派怕打怕饿，拳脚棍棒收拾一遭，再关到黑屋子里饿上几顿，不论叫他干嘛他都服服贴贴的。沙土地不怕打不怕饿，抓钩子、铁镐、铁锹一起招呼也看不出显著的变化，不浇水不施肥它也不哼不哈。管理人员出工两天就腰酸腿疼脖子歪，脚板手掌起血泡，像逃离山窝的王银环一样，再也不敢跟沙土窝较劲了。

右派累死也不敢跑，越跑罪越大，"畏罪潜逃"很快就会演绎成"畏罪自杀"。没有享不了的福，也没有受不了的罪。右派们拼命地挑战着人类的生理极限，用事实诠释着人的潜能无限。

万姑姑虽然是当地的右派，也必须离开自己居住的村庄，到草荡子深处去劳动改造。

大驴子找到万姑姑，哭丧着脸汇报了这个情况。姑母大人没有一丝惊慌，还像往日那样沉稳而又迷人地笑了一笑。

"大侄子，别难过，也别难为你自己。你到区上去给我请几天假，我收拾一下就过去。"万姑姑告诉大侄子，自己想独自到各处转一转，静下心来梳理一下自己的一生。

万姑姑并不知道自己姓啥叫啥，她幼年的时候父母双亡。当乞丐流浪的时候，一个风雪天饿昏在草丛里，是师傅救活并收留了她。跟着师傅学唱戏，起了个艺名叫小红袍。后来白玉被狗县长玷污了，她继续向深渊的底层坠落，被卖到了青楼，从戏子变成了婊子，沦落到了社会最底层。她所处的那个年代，社会乱象丛生，她的社会阅历和履历也和当时的社会一样，复杂紊乱。先后和共产党、国民党、土匪、汉奸、日本鬼子有染，而且深陷其中，不是一般的泛泛之交。可是，自己一直没有数祖忘典，一直谨记自己是地地道道的中国人，一直博爱同胞和众生，善良到了没有敌人和仇人的地步，像东郭先生一样，稀里糊涂地救助过豺狼。将心比心，共产党没法信任自己，也有充分的理由怀疑自己。只是自己的年事已经偏高，经不起折腾了。自己也觉得身心俱疲，实在是太累了，非常想美美地睡上一觉，永远都在梦中，再也不要醒过来了。

万姑姑最后的名字叫万人迷，她也就以"万"字为姓了。她在蟠龙城认下了万姓族侄，最后亲自选定万柳寨为养老定居之地，也算是有了故乡。常言道"故土难离"，尤其是不知道能否重返故土的离别，万姑姑的心情像大山一样，更舍不得离开了。

一个生在多事之秋的柔弱女人，出身贫寒之家，苟活于乱世，命运多舛，经历复杂，被人误解是在所难免的。人们只看到她无数次被黑色的颜料浸染，谁会相信她是一块涅而不缁的白布？但是万姑姑深怀民族大义，自信无愧于国家和民族，无愧于天地良心。自己的所作所为没有人能彻底证明，或者说有太多的事例可以证明，信手就能掂来很多为国为民的义举，帮助共产党做了很多事。别人同样可以列举出很多与之对立的事情，证明她替国民党反动派、替大马子土匪、替汉奸特务和日本鬼子做了很多事情。其中真假混淆，表象和内在相互交织，让人难辨真伪。做人但求无愧于心，但求不负黄天厚土，又何必把自己的善义之举大肆张扬呢？

覆水难收，湿地有痕。万姑姑确实做了很多事，该干的和不该干的都干了，她自己也捋不清楚。经历的太多太多，心力十分憔悴，她不想为自己澄清辩解什么了，就想美美地睡一个懒觉，永远不受世俗纷争的干扰。

万姑姑换上一身干净的衣服到大队部去找大侄子，像是过大年，更像是迎接重大庆典似的。她老人家一脸凝重，带着大驴子走出村寨。往西南方向走，一直走到远离村庄的一处低洼地块才停住脚步。这是一片杂草丛生的碱茫子地，野草也稀稀拉拉的不太茂盛。这片薄地也有几十亩的光景，一直无人耕种，属于无主荒地。再往远处走，就是人迹罕至的大草荡子了。这是荒原向耕地过渡的缓冲地带，人的足迹鲜有光顾，野生动物时常出没其间。这就是没人肯要的薄地，归在万姑姑名下。

这块土地和其他地方不一样。其他地方干旱也好潮湿也罢，无论凹凸不平还是砥砺平坦，踩上去都是厚重踏实的。沙壤质土地透水性极好，湿地没有沼泽，水洼子里没有泥淖。这片土地颤颤巍巍的，好像沙壤层下面埋着一块大豆腐，一走一颤，叫人提心吊胆的。

"这块地皮咋样？"万姑姑扭头咨询大侄子。这个大侄子虽然和她没有一点血缘关系，却是她现在最亲最近的人。如果没有这个大侄子，自己无论如何也不会在万柳寨定居。现在姓氏被最终确定下来，灵魂也有了归属的感觉。

"这块地皮？倒找钱也没人要的破地儿。"大驴子不解姑姑的意思，吸溜着嘴问道："当初您老人家说没人要的薄地给您留着，就是这块风水宝地？"

万姑姑点点头，在颤颤巍巍的稀草地上不停地转圈子。大驴子哪儿知道，姑姑这样疯转不是脚步在徜徉，而是心灵在流浪。

"大侄子，咱别瞎转悠了，我累了。"在饥馑的年代里，可以填充肚皮的物质极度匮乏，谷物薯类成了难得一见的奢侈品，营养品藏在太上老君的炼丹炉里，遥远到了看一眼都是造化的地步。万姑姑和其他公民一样，身体十分虚弱。羸弱的躯体背负着山一样的心事在荒原上选择永久的归宿，早就累得气喘吁吁、冷汗直流了。

"这块地不长粮食，菖蒲和芦苇也矮小纤细，确实没有多大的用处。"万姑姑像是在自言自语："也许我这百十斤可以改良这片土壤，为咱村的老少爷们作出最后一次贡献呢。"

"姑姑，您老人家这是……"大驴子倏然一惊，心头有了极为不祥的预感。"到庄外去栽几天苹果树又不是去蹲笆篱子，没啥大不了，您老人家可千万不能想不开。"

"比这更大的阵仗姑姑也见过，姑姑不怕这个。姑姑说过，这辈子都会跟随你小表叔，他到哪儿我到哪儿，不管是啥地方。人总是要死的，我现在这个模样走了，日后大家想起我来，总觉得我是一个体面的女人。再老就没人样了。孔圣人说过，老而不死是为妖，我不想当妖怪。"万姑姑找一个高一点的沙丘坐下来，呼吸多少有些急促。"人活百岁也是死，不如早死早清净。我漂泊一生，最终姓万了，有了自己的故乡，有了同姓的宗室本家，死后埋在这儿是合情合理的。我知道旧社会的老理，我这样的人死后不能入老林，就不要过去恶影他们了。我让大柳寨改名为万柳寨，让客居姥姥家的小姓排在柳家大姓的前头，也算是对得起万家列祖列宗了。我差一点成了柳家的媳妇，救了寨子里所有的父老乡亲，柳家受的恩惠大，万家又是柳家的至亲，柳家列祖列宗也不会有啥意见。我觉得我对得起万柳两家。万姑姑情不自禁，潸然泪下。她突然激动地站起身来，声情并茂地高唱一句戏文："一片赤诚呐，可对天呿！"

大驴子的心情更加沉重了，鼻头酸酸地淌了两行热泪。"姑姑，咱回家。"

"既然问心无愧，既然对得起老少爷们，对得起两姓的先人，我就走得坦然，死后也用不着蒙脸纸。"万姑姑继续向大驴子絮叨着一些不着边际的昏话。事后大驴子悟出了姑姑当时是在交代后事。"棺材的木料不用太好，式样也无需和别人一样，太厚太大了除了累自己的亲人，没啥好处。我的棺材要量身定做，站起来人是直挺挺的，不歪不斜。我这一辈子，唉！从小出生在寒门，又一直在'下八门'里混，从来没直起过腰板。刚过几天舒心的日子，腰板又被'右派'这顶'帽子'压折了。这就是命啊，一辈子活得窝窝囊囊，死后不能再躺下了。"

"您老人家现在别想这些事，百年之后侄儿我自会给您弄得好好的，所有的事都板板整整。"大驴子这样安慰姑姑，内心充满了敬重。姑姑心地善良，带着她的爱心和钱粮来入户。像她老人家这样慷慨善良的人，不论走到哪个村子里，人们都会把她当祖宗供养。可是她老人家在万柳寨没享着福，居然还被上级强行划成"右派"，这让全村的老少爷们都心怀歉疚。

"大驴子，姑姑还有个秘密要告诉你。"万姑姑第一次直呼村书记的乳名，一下子拉近了本家同宗之间的距离，让大驴子倍感亲切。她老人家依然慈祥蔼如，和风细雨地说话，却能让人感觉到一种悲凉。太史公说过"疾痛惨怛"，万姑姑极度悲痛的时候既没有呼天抢地，也没有疾言厉色地惊扰另一个世界的祖先和父母，只是选择了和他们谋面的路途。

"我家的墙头是一座粮仓，足以拯救全村人的性命。"万姑姑伸手让大侄子把自己拉起来，揉揉腿往家中走去。"跟我转悠半天了，跟我回家，煮块'土坯'给你吃。"

"啊！"大驴子的舌头吐了出来。在三年自然灾害时期，全国人都在勒紧裤腰带偿还苏联的外债，野外的树皮都被扒光了，谁家还能藏得住粮食？刨老鼠洞弄一捧豆子还靠点谱，说"粮仓"不是《天方夜谭》吗？

五十三、立葬

万姑姑朝前走了两步，又折身返回沙丘，指着洼地最为低洼的底端告诉大驴子，那是她死后的葬身之地。

"风水风水，高处招风，低处聚水。我死后就埋在那个最凹的地方，千万别把穴位打偏了。在我的坟前栽几棵白果树。白果树直溜，也能长高。树大了招风，阴宅在低处存水，那样我就得风得水了。"万姑姑向着远方深情地眺望，对她挚爱的阳间世界依然恋恋不舍。"我在阴间继续行善积德，修炼出本事来保佑咱们寨子年年风调雨顺、五谷丰登，保佑咱们庄上的老少爷们无灾无病，长命百岁。"

大驴子有些日子没咀嚼过正经东西了，在姑姑家往肚子里填了一些实实在在的"硬料"，两只脚丫子就听使唤了。他和全村人一样，全身肿得透亮，用手指轻揉一下就会出现一个深深的陷坑，好长时间不能平复。这是营养极度匮乏造成的，是体虚体弱的具体表现。附近很多村庄的青壮年都撒丫子闯关东去了，自己的思想觉悟比其他干部高，硬是压着本村族人和表叔爷们、表兄弟们呆在家里不动。现在自己也想出去逃荒，可是身体不争气，一抬脚就觉得腿软心慌，连走路的力气都没有，更别说爬火车了。

大驴子把万柳两家德高望重的长者和几个"大老知"级的能人叫到大队部，关起门来悄悄地研究姑姑家的"粮仓"问题。他把腋下一块用破麻包片包裹的坏块放到桌子上，告诉大家这就是从姑姑的墙上揭来的。看到大家一副迷茫懵懂的样子，大驴子咧开大嘴笑了，一嘴黄板牙全部裸露出来，肆意尽情地宣泄着满足和快乐。他用抹布把搪瓷盆搓了两把，添上两瓢水放到炉子上，把"土坯快"盖在搪瓷盆上点火烧燎起来。

水开了，"土坯快"也被馏透了，一股久违的饭香味弥满了房间。大家的嘴唇不约而同地张开了，"哈喇子"像溪流一样奔涌出来。大驴子把"土坯块"掰成若干等份分发给大家，人们的头颅同时被手上的小饼子拉低了。大家一起吞咽完食物，又舔完手掌上的落渣，抬起头来一同急切地询问大驴子："还有吗？"

"有，多着呢，能撑死你们几个馋猫。"大驴子得意地说："咱们村的人都有福，摊上这么一个好姑姑。"

"咱姑姑真是神人，她老人家早就掐算出来这场大难啦，及早地备好这救命的嚼谷，拯救咱全村老幼又躲过了一劫。"和大驴子平辈的万柳两姓族人全都翘起大拇指，亲得像没出五服一样。柳姓的族人也热热乎乎地喊"姑姑"，把"表"字扔到九霄云外去了。

"咱们统计好人头，把分配方案定下来，赶紧过去跟姑姑她老人家说一声。"

"嗯，咱们万柳寨的人祖上积了大德了，辈辈都得念着姑姑的好处。"

"姑姑家的宅子怕是保不住了，叫她老人家住哪儿呢？"

"挨家挨户轮流住，都得当祖宗供着。"

"咱们国家就像取经路上的唐僧，有九九八十一难呐。"

"姑姑好比救苦救难的观世音，总是在关键的时刻出来化解灾难。"

"要是没有姑姑，咱们村的老少爷们早就窖起来了，根本活不到今天。是姑姑她老人家带来的福气，咱们庄才一次又一次地逢凶化吉，遇难呈祥。"

村干部和大老知七嘴八舌地议论着，乱哄哄地朝姑姑家走去，说话中气充沛，脚下沉稳有力。

姑姑家的堂屋里点了两根牛腿粗细的白色大蜡烛，院门、屋门都是敞开的，院内明晃晃的像白昼一般。

堂屋中间放在条机前面的八仙桌被搬走了，在正中的位置放了一把紫檀木的太师椅，万姑姑正襟危坐在椅子上，双目微阖，好像刚刚入睡一般。万姑姑是巾帼裙钗中的佼佼者，深谙粉脂调和之道，化妆的技艺自然高人一筹。她老人家年轻的时候是一支出水芙蓉，年纪大了也是国色天香。虽是徐娘半老的风韵，妆扮起来依然是楚楚动人的模样。她老人家确实很美，不是那种抢眼却不耐细看的俗艳，她美得极有底蕴，美艳中透着端庄和大气，让人亲近，也让人尊崇。

"姑姑，您老人家盖上被子睡，别着了凉。"大家怕惊扰老人家休息，围着椅子轻轻地呼唤。

姑姑没有回应。大家又提高声音说了两遍，用手晃晃椅子，姑姑仍然没有反应。大驴子把手伸到姑姑的鼻子下面，已经感觉不到吐纳的气息了。

"姑姑走了，她老人家撇下咱们了。"大驴子两眼噙着泪水，声音有些哽咽。

"我的个苦命的姑姑……"有人带头嚎啕起来。

"打住!"大驴子马上高声制止："现在还不是哭的时候。咱们要化悲痛为力量，先把正事办完，再集中精力出老殡，叫老人家风光体面。"

大驴子是村里的最高首长，在社员中享有极高的威望，说话比"大老知"还有感召力。大驴子发话了，屋内马上安静下来了。

"姑姑把啥事都交代清楚了，大家按我说的做就行。"大驴子俨然是坐在中军帐里的大元帅，从容不迫地运筹帷幄之中。他把大队会计叫过来，让他作记录。"我说你记，停一会大家按照各自的分工分头行动。第一条：民兵营长带几个民兵叫上副业社的木匠，看谁家的树好伐谁家的树。按照姑姑她老人家的意思，给她量身定做棺材，砸钉封口之后扶起来竖立，入土也竖着下葬，让老人家一直站着。第二条：一二生产队的壮劳力过来扒墙拆屋，留一百块'土坯'酬客出殡用，其余的按人头平均分配。大队部有杆大秤，现在就去取过来。分完坯块搭灵棚，让姑姑躺在灵床上休息一会再入殓。第三条：万柳寨受过姑姑恩惠的人全都披麻戴孝，白布自己操兑。第四条：三四生产队的壮劳力扛上铁锨到漫洼子地里去，在中间最凹的地方破土打穴，像种山药一样往深处挖，别打成横坑。咱们也不找风水先生了，姑姑她老人家自己早就瞅好了，竖穴，子午向。常人的墓穴一般都是东北西南向，皇帝的陵墓才用正北正南的子午向。大驴子把姑姑的墓穴提升到帝王的水准，也算是包含尊崇之意吧。竖井从上到下要用青砖铺砌，用白沙灰勾缝，越讲究越好。第四条：你们几个大老知负责响器，咱得把姑姑的葬礼弄得热热闹闹的。第五条：其余几个生产队的壮劳力负责治安保卫工作，告诉咱村的老少爷们一定严守秘密，千万不能把'坯块'的事情说出去。这事牙缝都不能露，谁要是漏了口风，他家分到的东西由民兵负责马上追回，饿死活该。第六条：咱们这些人从现在开始，轮流跪在灵棚里，给姑姑守孝。大老知安排人去砍柳木棍，老盆由我来摔。第七条：柳会计带几个人到萧县山里去，捡一块大石头给姑姑刻墓碑，把姑姑她老人家的名讳勒刻成万人敬。她老人家生于忧患死于安乐，一生都致力于解除别人的痛苦，给予别人安乐，这样的人值得后人敬仰。第八条……"

大驴子把各路诸侯打发出去，思忖着各种事情也吩咐妥帖了，马上感觉到有些疲乏了。他从姑姑床上扯下一床被子，蒙着头躺在灵棚底下跪棚用的草苫子上，闭上眼睛休息，也算为姑姑守灵。

一片嘈杂之声由远而近，把和衣而卧的大驴子惊醒了。是在洼地里打穴的劳力跑回来几个，他们发现了非常重要的情况，急着赶回来向支书汇报。

打穴的队伍开进洼地，从挥锹破土开始就渐渐地解开了"豆腐地"的秘密。广袤的故黄河流域都是黄沙野草，只有这块低洼的"豆腐地"特殊。这片沙层只有七八十公分厚，下面全是包含水分的淤泥。如果万姑姑的葬身之穴和常人一样，七八十公分也就够用了，棺材入土浅一些也没关系，往上添土筑坟就是了。可是姑姑她老人家偏要立棺下葬，这就得打成两米深的竖井。黏稠湿滑的淤泥吸锹，不论怎么用力都挖不起黏泥。年事稍高的庄稼把式经验丰富，让年轻人跑回村子拿几把抓钩子过来，先把淤泥刨翻，再用铁锹一块一块地端出来。坑穴的面积也得挖很大，挖到一定深度之后用青砖垒砌，然后再用沙土填实，立棺下葬的竖井才能完成。这是一项复杂浩大的工程，要多耗时间和人工，超出了初步预算。

把土坑掘到四尺多深的时候，抓钩"刺溜"一下滑到一边去了，逆方向用力搂刨的时候，泥淖里有了动静。

"哗哧"一声爆响，在坑底刨泥的人被甩倒了两个。其他人感到脚下剧烈颤抖，怎么也站不稳了。大家不知道泥淖里藏着啥样的怪物，一下子全吓傻了。大家争先恐后地爬出坑塘，趴在坑沿上往下观看。那家伙接连打了几个挺身，一使劲蹿到地上来了。这下大家看清楚了，躺在地上不停扭动的是一条四五尺长，腰身比水桶还粗的红尾红鳍巨型鲤鱼。

在苏鲁豫皖接壤的故黄河流域，流传着"鲤鱼可以化龙"的传说。巨鲤体重超过两百多斤，无疑就是等待暴雨狂风，乘着雷电升天的雏龙。

打穴的劳力还没把巨鲤的事情汇报彻底，灵棚底下就开始炸窝了。

"这么大的鲤鱼一定成精了，千万不能祸害它。"

"你懂个锤子，这么大的金色鲤鱼一定跃过龙门了。姑姑她老人家好眼力，把穴位安到化龙池上了。"

"说不定就是姑姑显灵的化身。咱们马上磕头上香，把她老人家送到梁寨渊子去吧。"

一条巨型鲤鱼，身披黄沙在一滩泥淖中苦苦挣扎，不知道过了几年几载，仅靠一汪泥浆存身生活，把生命顽强地延续下来。无论它有没有灵性，单凭这份坚韧和执着就让人肃然起敬。忠厚善良的乡亲们，对于异类怀有敬畏之心。一是畏惧体型超常。如果挖出一个十斤八斤的鲤鱼，早就开膛破肚，撒上盐炖在锅里了。这么大的巨鲤他们没见过，不敢轻易动杀生的歹心恶意。二是畏惧众多，蚂蚁蝼蛄那样的小东西，吃屎的孩子也敢碾死它们。如果蝼蚁突然成千上万地聚在一起，黑压压地盖严地皮，乡亲们多半是绕道行走，不敢再招惹它们了。

大家一致要求放生。大驴子安排民兵用姑姑的床单做成软床，把巨鲤抬到梁寨渊子放入水中。

万姑姑长眠地下之后，她的诸多事迹被万柳两姓的族人传扬出去，引起了周边村民的极大震撼和骚动。"万姑姑死后不用蒙脸纸"、"万姑姑站在棺材里直立下葬"、"万姑姑的阴宅就是化龙池"等等，更是勾起了各村父老乡亲们一探究竟的浓厚兴趣。她老人家的坟前，前来观瞻的人群络绎不绝，把"豆腐地"踩实踏硬了，树下的野草也被鞋底磨秃了，像打麦场一样平坦光滑。

万姑姑虽然终生未嫁，虽然一辈子没解怀生养孩子，可是她的坟前香火一直鼎盛不衰。逢年过节、清明节、老历七月十五的阴节，前来祭扫的人跪满洼地，把地皮都盖严了。"姑姑、姑奶奶、老姑姑奶奶"的哭喊声不断，哀震四野。后来万柳两姓有族人谢世，他们的后人没再把老人的遗体送往老林，而是埋到"豆腐地"里和万姑姑作伴。久而久之，万姑姑的墓地旁边新坟林立，这里成了万柳两家公认的祖林，万姑姑成了万柳寨集体供奉的祖宗。

万姑姑离世很久了，她的故事仍在黄河故道中流传，这个故事裹着一层厚重的浩然之气在天地间飘荡。

2015 年 8 月 9 日初稿

2016 年 4 月 2 日三稿